Ook van Andreas Eschbach:
Het fatale zwijgen
De erfenis van Fontanelli
De Nobelprijs
De rijkdom van Saoed

Andreas Eschbach

Het Messias-mysterie

Karakter Uitgevers B.V.

Oorspronkelijke titel
Das Jesusvideo

Vertaling
Peter de Rijk

Omslag
Björn Goud

ISBN 978 90 6112 356 9
NUR 332

1

Sinds hij wist dat hij beroemd zou worden, wachtte hij op hen. Het verbaasde hem dat ze zo snel kwamen, maar het verraste hem niet.
Eerst was er alleen een stofwolk te zien, helemaal in de verte. Hij nam hem als het ware uit zijn ooghoek waar, keek toen omhoog en vroeg zich af of hij zich door zijn hooggespannen verwachtingen liet bedriegen. Waarschijnlijk wel. Dergelijke stofwolken werden opgeworpen door auto's als ze over de stenige piste reden die ongeveer een mijl ten zuidwesten van het kamp liep. Maar dit was vast en zeker gewoon een vrachtwagen die naar het dorp in de buurt op weg was. Waarschijnlijk had het niets te betekenen. Althans niet dat wat hij verwachtte.
Hij concentreerde zich weer op de paar vierkante centimeter aarde die hij al een uur met een kwastje aan het schoonvegen was. Het was heet. Het was juni, maar al in de ochtenduren steeg de temperatuur tot 28 graden en hoger. Daarna vermeed iedereen het nog op een thermometer te kijken. Het had al weken niet meer geregend, wat voor het werk natuurlijk goed was, maar de bovenste laag aarde veranderde daardoor in gemeen fijn stof dat door het geringste zuchtje wind werd meegevoerd. Ze ademden het in, aten het, namen het mee in hun tenten en veldbedden en zouden er tot het eind van de opgravingswerkzaamheden nooit meer echt van af komen. Tegelijk met het zweet vormde het een dunne, smerige laag waartegen de armetierige waterstraaltjes uit de douches in het kamp weinig konden uitrichten.
Ja, hij moest toegeven dat hij wachtte, dat iets in hem van ongeduld sidderde, dat hij alleen nog werkte om afleiding te vinden. De munt waarop hij daarnet was gestuit, toen hij op een veelbelovende plek voorzichtig met zijn blote handen de aarde opzij had geveegd, was een sjekel uit de Joodse Oorlog, een waardevolle zilveren munt waarop een bloem met drie kelken te zien was. Langs de rand was een opschrift in het oude Hebreeuwse schrift zichtbaar. Met zijn kwast had hij de munt schoongemaakt, zodat die gefotografeerd en in het opgravingenboek opgenomen kon worden. Normaal gesproken zou een dergelijke vondst hem in een jubelstemming hebben gebracht. Alleen in een heel korte periode tijdens de Romeinse bezetting hadden de joden zilveren munten met een hoge waarde geslagen, namelijk in de tijd van de joodse opstand, die in het jaar 66 begon en in 70 door Romeinse troepen werd

neergeslagen. Toen was de Grote Tempel verwoest en was de verdrijving van de joden begonnen. De munt was een van de vondsten waarmee ze de graven die ze aan het blootleggen waren exact zouden kunnen dateren.
Maar hij was met zijn gedachten ergens anders: bij de vondst van gisteren. Hij had die niet zelf opgegraven – een van de assistenten, een jonge student uit de Verenigde Staten, was de echte vinder – maar hij was wel de enige die het belang ervan begreep. Hij huiverde bij de gedachte eraan. Nog nooit tevoren waren archeologen op zo'n explosieve vondst gestuit, een voorwerp dat de beschaving letterlijk op haar grondvesten kon doen schudden.
De stofwolk kwam dichterbij, was nu de afslag gepasseerd en ging op weg naar het kamp, in plaats van naar het dorp koers te zetten. Charles Wilford-Smith legde zijn kwast op het opengeslagen opgravingenboek, waarin het zand tussen de bladzijden knisperde, en stond op.
Het landschap om hem heen irriteerde hem telkens weer. In alle richtingen strekten zich verlaten, onvruchtbare lage heuvels uit, die op enkele dorre halmen in de schaduw van grote steenblokken na volkomen kaal waren. Ze verleenden in elk geval nog een groene waas aan de vlakte, die aan de horizon in grijze heuvels overging. Die waren al behoorlijk afgesleten door de wind die er al vele duizenden jaren had gewaaid en nog steeds woei. Desondanks had je hier geen gevoel van ruimte. Integendeel, je kreeg het idee onder een brandglas te staan, alsof je letterlijk voelde hoe de geschiedenis van minstens drie grote culturen in dit land werd gebundeld. Elke steen, elke dorre struik leek met herinneringen aan bloedige drama's en meedogenloze vervolgingen doordrenkt te zijn, verre echo's van de stemmen van bijbelse profeten leken nog van de bergen te weerkaatsen en de vurigheid van de talloze gebeden leek het lichaam als radioactieve straling te doordringen.
Bedachtzaam nam hij zijn brede zonnehoed af die hij bij het werk altijd op had. Die was een soort onvrijwillig kenmerk van hem geworden en was door de tijd behoorlijk aangetast. Hij haalde een zakdoek tevoorschijn die ooit wit was geweest, wiste het zweet van zijn voorhoofd en daarna van zijn schedel, waarop zijn grijze haar al tientallen jaren lang steeds dunner werd.
'Shimon,' zei hij halfluid.
Uit een gat in de grond kwam het hoofd van een man tevoorschijn. Hij leek ongeveer vijftig en had een rond vollemaansgezicht met donker kroeshaar en een zware baard. Hij knipperde afwezig met zijn ogen.

Daarnet had hij nog tweeduizend jaar terug gekeken en hij kon zich slechts moeizaam weer op het heden instellen. 'Wat is er?'
Hij wees op de naderende stofwolk. 'We krijgen bezoek.' De auto was inmiddels herkenbaar. Het was een verlengde donkere limousine die absoluut niet op dergelijke onverharde wegen gebouwd was. Het zonlicht danste glinsterend op de chromen lijsten rond de verduisterde ramen toen de auto door een van de talloze kuilen reed en als een kustvaarder in zware zeegang heen en weer schommelde.
'Bezoek?' Shimon richtte zich moeizaam op en keek naar de auto in de verte. 'Wie kan dat zijn?'
'Hoog bezoek.'
'Iemand van de regering?'
'Nog hoger waarschijnlijk.' Hij zette zijn zonnehoed weer op en stopte de zakdoek in zijn broekzak terug. 'Onze geldschieter.'
'Aha!' Shimon Bar-Lev keek hem aan. Ze werkten al bijna twintig jaar samen. 'Perceel 14, nietwaar? Dat wil hij bekijken. En hoe zit het met ons? Wil je het eeuwig geheimhouden wat jij en die... hoe heet hij?'
'Foxx,' antwoordde Wilford-Smith geduldig. Shimons slechte geheugen voor de namen van nog levende mensen was legendarisch. 'Stephen Foxx.'
'Ja, precies. Wat jij en die Foxx gevonden hebben?'
'Nee, natuurlijk niet.'
'Maar de man in de limousine daar mag het eerder weten dan ik?'
'Ja. Geloof me, Shimon, zodra je het weet, zul je begrijpen waarom ik zo handel.'
Shimon mompelde iets onverstaanbaars. Hij leek wel een koppig kind. Wilford-Smith keek om zich heen. Hij was door satellietbeelden op het spoor gebracht van deze nederzetting, die rond het begin van de christelijke jaartelling bewoond was geweest. Op grond van deze beelden hadden ze negentien uit te graven percelen bepaald. Binnen elk perceel waren ze volgens een rastersysteem te werk gegaan, waarbij vierkanten van vijf bij vijf meter werden blootgelegd. Het rasterpatroon, dat aan het oppervlak gemarkeerd was, bleef daarbij in stand en vormde tussen de uitgegraven vierkanten scheidslijnen van een meter breed, zodat de archeologen alle details volgens een vast referentiesysteem konden indelen. Dat was de traditionele methode, waarvan de deugdelijkheid inmiddels overal ter wereld bewezen was. En natuurlijk vormden de rasters de toegang tot alle opgravingslocaties; soms vormden ze een heel systeem van smalle bruggen boven diepe kuilen.

Van de negentien percelen werden voorlopig alleen de vijf veelbelovendste onderzocht. Dat wil zeggen, sinds gisteren waren het er zes. Hij had het werk aan perceel 14 laten stilleggen en de hulpkrachten in plaats daarvan opgedragen de bovenste lagen van perceel 3 af te graven. Boven de vindplaats was nu een grote witte tent opgezet, die 's nachts door twee grimmige jonge mannen met geladen machinepistolen werd bewaakt. Deze mannen waren leden van een in Tel Aviv gevestigde bewakingsdienst en waren nog geen anderhalfuur na zijn telefoontje opgedoken met de man die nu naar alle waarschijnlijkheid in de zwarte limousine zat.
Natuurlijk waren er geruchten. Hij kon het gemompel letterlijk horen als hij tussen de opgravingen door liep. De meesten waren vrijwilligers, jonge hulpkrachten uit de hele wereld, die door de Israel Antiquities Authority in Jeruzalem naar hen toe gestuurd werden. Voor een bespottelijk lage beloning waren ze vanwege het avontuur bereid dagelijks vroeg op te staan en de hele dag met manden vol aarde en stenen te slepen. Nu keken ze uit hun ooghoeken naar hem en vroegen zich af wat hier eigenlijk aan de hand was.
'Misschien is het het beste als we al het werk voor vandaag neerleggen,' overwoog hij met gedempte stem. 'De mensen moeten wat uitrusten.'
Shimon keek hem verbijsterd aan. 'Ophouden? Maar het is nog niet eens drie uur!'
'Dat weet ik.'
'Waarom dan? Er is nog ontzettend veel te doen. Ze zijn net begonnen met het nieuwe perceel en...'
Hij merkte dat zijn stem geïrriteerd begon te klinken. 'Shimon, het gaat om allemaal intelligente jonge mensen die blaken van de energie en barsten van nieuwsgierigheid. Het kan me niet schelen hoe je het voor elkaar krijgt, maar niemand van hen mag vanavond in de buurt van perceel 14 komen, *alright*?'
De ander keek hem langdurig aan, en zoals altijd begrepen ze elkaar nu weer volledig, op een manier die ze als magisch ervoeren. *'Alright,'* zei Shimon. Het klonk als een belofte, en dat was het ook.
Hij zuchtte en klom moeizaam uit de opgravingskuil op de smalle richel. Verderop bij perceel 3 stonden ze al bij elkaar. Merendeels jonge mannen, met slechts enkele vrouwen ertussen, die hevig werden begeerd. Ze keken aandachtig naar de zwarte auto, die nu langzaam en bijna weifelend over de parkeerplaats reed, en vervolgens weer naar hem. Hij meende hun blikken op zijn huid te voelen, terwijl hij kalm

naar het half afgebakende terrein liep waar de auto's geparkeerd stonden. Hij hoopte althans dat hij een kalme indruk maakte en niet alleen maar zwak leek. Sinds hij de zeventig gepasseerd was, schoten de jammerklachten van zijn vader hem weer te binnen, die 87 geworden was en zijn familie de laatste zeventien jaar van zijn leven over het voortschrijdende verval van zijn lichaam, zoals hij het altijd noemde, geen dag in het ongewisse had gelaten.
De zwarte auto was tot stilstand gekomen. Gele kentekenplaat, een Israëlische auto dus. Waar in Israël kon je in hemelsnaam zo'n auto krijgen? Het verbaasde hem altijd weer wat er met geld allemaal mogelijk was.
Blijkbaar bleven ze in het vermoedelijk aangenaam koele interieur zitten. Toen hij bij de auto aangekomen was, stapte de chauffeur uit. Het was een enorme, breedgeschouderde man met militair gemillimeterd haar, gekleed in een eveneens bijna militair uitziend uniform, en met een revolver in een schouderholster die je onmogelijk over het hoofd kon zien. Hij was vast en zeker bodyguard van beroep en slechts af en toe ook chauffeur, want hij opende het portier op een onhandige, ingestudeerd lijkende manier.
De man die van de achterbank van de limousine uitstapte, was niet alleen rijk en machtig, maar zag er ook zo uit. Hij droeg een perfect zittend donkerblauw kostuum, dat in deze omgeving volstrekt niet gepast zou hebben als iemand anders het had gedragen. Maar John Kaun, de absolute heerser over een wereldwijd bedrijvenconglomeraat, was gewend dat de omgeving zich aan hem aanpaste en niet omgekeerd. En dat leek in zekere zin ook te gelden voor woestijnlandschappen, archeologische opgravingen en gloeiende hitte.
Ze begroetten elkaar met de vereiste beleefdheden. Ze hadden elkaar pas tweemaal ontmoet; de eerste keer was het over de vraag van de financiële ondersteuning van de opgravingen gegaan, en later hadden ze elkaar in New York gesproken, bij de opening van een tentoonstelling over opgravingen uit de tijd van koning Salomo. Het was overdreven om te stellen dat ze elkaar mochten. Het kwam erop neer dat elk van beiden de ander als een noodzakelijk kwaad zag.
'Dus het is u gelukt,' zei John Kaun, terwijl hij zijn blik over de omgeving liet dwalen. Hij bood daarbij een fascinerende aanblik; je kreeg de indruk dat die ogen in staat waren de aangeboden optische informatie letterlijk op te zuigen, om de omgeving werkelijk te doen verdwijnen. Je zou verwachten dat de bergen zich door deze ogen zouden laten wel-

ven of dat alle kleur eruit zou verdwijnen, iets dergelijks. 'U hebt iets gevonden wat meer zal zijn dan een voetnoot in een archeologische encyclopedie.'
'Daar lijkt het op,' knikte Charles Wilford-Smith.
'Heinrich Schliemann heeft Troje gevonden. Howard Carter het graf van Toetanchamon. En Charles Wilford-Smith...' Voor het eerst waren achter het masker van deze potentaat vage menselijke gevoelens zichtbaar. 'Ik moet erkennen dat ik het nauwelijks had verwacht,' verklaarde hij. 'Tijdens de hele vlucht hierheen heb ik nergens anders aan gedacht.'
Charles Wilford-Smith wees uitnodigend in de richting van de tent, die ooit tot de uitrusting van het Britse leger had behoord. 'Wat u zich ook voorgesteld mag hebben,' zei hij daarbij, 'de werkelijkheid overtreft alles.'

2

De eerste opgravingscampagne was voor een periode van vijf maanden gepland, te beginnen in mei. De leiding was in handen van de auteur, terwijl dr. Shimon Bar-Lev voor de documentatie verantwoordelijk was. Voorman was Rafi Banyamani. Vanwege de uitgestrektheid van het opgravingsterrein werd tijdelijk gebruikgemaakt van maximaal 119 vrijwillige hulpkrachten bij de opgravingen.

Prof. dr. Charles Wilford-Smith
Bericht over de opgravingen bij Bet Hamesh

Vlak voor het avondeten ging de telefoon. Lydia Eisenhardt kwam bij de tweede beltoon uit de keuken en veegde haar handen aan haar keukenschort af voordat ze opnam. Het was nog een telefoontoestel met een ouderwetse draaischijf en een zware, massieve hoorn, die in de donkere hal aan de muur hing en je dwong alle telefoontjes tussen de jassen aan de kapstok en de met de bontgekleurde rubberlaarzen van de kinderen volgestopte schoenenkast te plegen. Ze hadden de telefoon van de vorige huiseigenaar overgenomen, die hier veertig jaar had gewoond en hadden besloten die te houden. ‘Met Eisenhardt.’
Er klonk een glasheldere stem aan de andere kant die met een duidelijk Amerikaans accent vloeiend Duits sprak. ‘Met het kantoor van John Kaun, u spreekt met Susan Miller. Kan ik de heer Peter Eisenhardt spreken?’
‘Momentje, ik ga hem halen. U belt zeker uit het buitenland?’
‘Uit New York, ja.’
Lydia knikte geïmponeerd naar haar spiegelbeeld in de garderobespiegel. Haar man kreeg veel telefoontjes, maar dit was nieuw. ‘Ik haal hem meteen.’
Ze legde de hoorn naast de telefoon en liep snel naar de trap naar de eerste verdieping. Ze liep enkele treden op en riep: ‘Peter?’
‘Ja?!’ klonk het achter de deur van de werkkamer.
‘Telefoon voor je!’ En nog nadrukkelijker: ‘New York!’

Sommige woorden lijken een magische klank te bezitten. New York was zo’n woord. Voor een schrijver was New York wat Hollywood voor een acteur was: het middelpunt van de wereld, de artistieke Olympus, de fel-

begeerde, bewonderde, gevreesde en verachte plaats waar een carrière tot een hoogtepunt kon komen, maar dan ook alleen daar.
New York! Dat kon alleen maar betekenen: Doubleday, Random House, Simon & Schuster, Alfred Knopf of Time Warner... Dat kon alleen betekenen dat de langverwachte verkoop van de vertaalrechten van zijn boeken in de Verenigde Staten...
Nu niet de kluts kwijtraken. Peter Eisenhardt keek naar het grote vel pakpapier dat voor hem aan de muur achter het bureau hing, vol dikke en dunne pijlen, merkwaardige symbolen, namen, chaotisch neergekrabbelde aantekeningen, erop gekleefde briefjes en tijdschriftfoto's. De schets van zijn nieuwe roman, waaraan hij op dat moment werkte. Alleen al deze schets van drie bij anderhalve meter was een kunstwerk, dacht hij soms. Nu dacht hij alleen: New York!
'Ik kom eraan!'
Hij was buiten adem toen hij bij de telefoon kwam en had geen idee of dat goed of slecht was. Lydia stond gespannen in de deuropening van de keuken te luisteren. Het rook daar naar azijn, basilicum en vers geraspte komkommer.
'Met Peter Eisenhardt,' zei hij, met een blik in de spiegel. Hij was nog altijd tamelijk slank, ondanks zijn overwegend zittende bestaan. Alleen zijn haar begon onheilspellend dun te worden. Hoe zou dat eruitzien op het omslag van een Amerikaans pocketboek?
'Dag meneer Eisenhardt,' zei inderdaad een Amerikaanse stem, die verbazend goed Duits sprak. 'Mijn naam is Susan Miller, ik ben de secretaresse van John Kaun. Zegt die naam u iets?'
Kaun? John Kaun? Hij keek verbaasd. Hopelijk lag hij er niet gelijk uit als hij toegaf die man niet te kennen. 'Eerlijk gezegd niet. Moet ik die kennen?'
'*Mister* Kaun is bestuursvoorzitter van Kaun Enterprises, een holding waartoe onder andere de tv-omroep N.E.W., News and Entertainment Worldwide, behoort...'
'De concurrent van CNN?' Het volgende moment had hij zijn tong wel willen afbijten vanwege deze opmerking.
'Hm, ja. We werken eraan om nummer een te worden.'
Ongelooflijk stom. 'Mooi,' zei Eisenhardt laf.
'Tot Kaun Enterprises,' vervolgde de stem, 'behoort onder andere ook de Duitse uitgever die uw romans publiceert.'
'Aha,' bracht Eisenhardt uit. Dat had hij niet geweten. Verbazingwekkend.
'Mister Kaun laat u weten dat hij erg trots is uw romans te mogen

publiceren. Hij vraagt of hij enkele dagen een beroep op u kan doen.'
'Een beroep op me doen?' bauwde Peter Eisenhardt haar na. 'U bedoelt voor enkele lezingen? Een lezingenreis?' Dat was bijna even goed als een verkoop van de publicatierechten. Hij had er verschrikkelijk veel zin in: een paar dagen naar de VS gaan om een gevierde gast in het huis van een multimiljonair te zijn, als middelpunt van een literaire avond in zo'n legendarische exclusieve club in New York te fungeren, omringd door de oude geldadel, die er trots op was nog wat Duits te verstaan...
'Niet direct een lezingenreis,' corrigeerde de stem aan de andere kant van de lijn hem. 'Mister Kaun wil graag een beroep doen op uw sciencefictionkennis. Uw literaire fantasie.'
'Mijn literaire fantasie? En waar heeft hij die voor nodig?'
'Dat weet ik niet. Ik ben gemachtigd u een honorarium van tweeduizend dollar per dag aan te bieden, exclusief alle onkosten uiteraard.'
Peter Eisenhardt keek zijn vrouw met grote ogen aan, en zij keek met grote ogen terug. 'Tweeduizend dollar per dag?' Hoe hoog stond de dollar momenteel eigenlijk? 'En aan hoeveel dagen dacht mister Kaun?'
'Minstens een week, waarschijnlijk meer. En u zou morgen moeten vertrekken.'
'Morgen al?'
'Ja. Dat is een voorwaarde.'
Lydia moest even slikken, maar nu stak ze de duimen van beide handen op. Ze konden het geld momenteel goed gebruiken. Een voorschot dat allang betaald had moeten zijn, bleef maar uit, en een van de tijdschriften waarvoor Eisenhardt af en toe schreef vanwege het geld, had een artikel afgewezen waarin hij verdomd veel tijd had geïnvesteerd.
'En u weet niet wat ik daarvoor moet doen, voor die tweeduizend dollar per dag?' vroeg Peter Eisenhardt nog eens wantrouwend.
'Nee, helaas niet. Maar de overeenkomst die ik u moet faxen indien u toestemt, is ons formulier voor adviseurs. Ik neem dus aan dat hij graag uw advies in een bepaalde kwestie verneemt.'
Peter Eisenhardt haalde diep adem en wisselde nog een blik met zijn vrouw uit, die hem bemoedigend toeknikte. En jawel, hij bespeurde zin in avontuur. Waarom niet? Weer eens de wijde wereld in trekken, vrouw en kinderen een tijdje achterlaten... 'Goed dan,' zei hij.
'Oké,' zei de vrouw, die opgelucht klonk. Waarschijnlijk, bedacht Eisenhardt grimmig, had ze al een hele lijst auteurs afgewerkt, die allemaal geen tijd of zin hadden omdat ze met schrijven meer verdienden dan wat zij hun als adviseurshonorarium kon bieden.

'Ik zal voor u een ticket op de luchthaven Frankfurt laten klaarleggen,' vervolgde de stem zakelijk. 'U hebt alleen uw paspoort nodig. U moet morgenochtend uiterlijk om halfnegen daar aanwezig zijn. Direct aan de balie van El Al. Het is belangrijk dat u precies op tijd bent.'
'El Al?'
'Vanwege de veiligheidscontroles. Het toestel vertrekt om tien uur, en als u later dan halfnegen bij de incheckbalie verschijnt, kunt u niet meer meevliegen.'
Eisenhardt begreep het nog steeds niet. 'Zei u daarnet "El Al"?'
'O!' riep ze uit. Ditmaal leek ze zich werkelijk te generen. '*I'm very sorry.* Ik vergat te zeggen dat mister Kaun momenteel in Israël is. Hij heeft graag dat u naar Israël komt.'

3

Vgl. bij het volgende de plattegrond van de opgravingen, afb. I.3, en de plattegrond van de doorsneden, afb. I.4q-s, evenals de plattegrond van de gebouwrestanten (afb. I.5). In totaal werden aan de hand van de in hoofdstuk I.2 vermelde satellietfoto's (zie bijlage C.3) negentien opgravingspercelen vastgesteld, waarvan de vijf veelbelovendste, namelijk de percelen 14, 9, 2, 7 en 16 (vermeld in de geplande volgorde) voor de eerste opgravingscampagne uitgekozen werden. Zoals reeds vermeld werden de werkzaamheden aan perceel 14 voortijdig beëindigd, ten gunste van perceel 3 (zie ook hoofdstuk II.1).

Prof. Charles Wilford-Smith
Bericht over de opgravingen bij Bet Hamesh

Het zag er tamelijk indrukwekkend uit. Dit leek meer op een invasie dan een bezoek. De truck met oplegger leverde net de derde van in totaal vijf lange, zilverkleurig glanzende caravans op het terrein naast perceel 14 af, en het aantal inheems geklede, bijna geüniformeerde hulpkrachten nam met het uur toe. Enkelen van hen waren bezig een soort hekwerk op te richten rondom het terrein waarop de caravans stonden. Op enige afstand van het terrein hadden ze een generator neergezet, een donkere, hoekige kast die je van verre hoorde dreunen en vanwaar dikke stroomkabels dwars over het terrein naar de caravans liepen en naar de grote tent die over de vindplaats op perceel 14 heen was geplaatst.
'Een heel stel van die lui dragen wapens,' zei Judith, die het gekrioel met samengeknepen ogen volgde.
'Hm,' bromde Stephen Foxx kauwend. De belegde broodjes die ze in de pauzes kregen, werden met de dag slechter. Het werd tijd dat hij eens met de twee jongens ging praten die voor de maaltijden verantwoordelijk waren. Of dat hij iets verzon om voor zijn eigen natje en droogje te zorgen. Misschien waren er mogelijkheden in het dorp waarover ze het steeds hadden. Zelfs daar zouden toch winkels moeten zijn, misschien zelfs wel een supermarkt.
'Ik vraag me af wat dat allemaal te betekenen heeft. Ze willen echt blijven. Dat zijn toch zeker caravans?'
Foxx knikte. 'Zeker weten. Wie zich in zo'n wagen laat rondrijden, overnacht niet in een eenvoudige tent.'

'Het verbaast me dat zo iemand hier overnacht.'
'Mij ook.' Hij greep naar zijn waterfles, spoelde de laffe smaak van het brood met lauwwarm, vies smakend water weg. Een twijfelachtige remedie. 'Wat vanavond betreft, dat wordt toch niet toevallig een religieus familiefeest of zoiets?'
Judith schudde kort haar hoofd, zonder haar blik van de werkzaamheden af te halen. 'Ach welnee.'
'Ik hoef dus geen kalotje te dragen of mijn schoenen uit te trekken?'
'Omdat jij geen jood bent, hoef je helemaal geen kalotje te dragen.'
'En hoe staat het met de gebeden?'
'Hou toch op. We slenteren gewoon een beetje door Tel Aviv en gaan dan eten. Yehoshuah kent de uitbater en wij krijgen de beste tafel, dat is alles. Ik vraag me af wie die figuur in dat kostuum is!'
'Hij heet John Kaun.'
'Wat?' Nu keek ze hem wel aan. Niet slecht. Stephen Foxx genoot ervan als ze hem met haar glinsterende zwarte ogen aankeek. Judith Menez was de zus van Yehoshuah Menez, een archeologisch assistent bij het Rockefeller-Museum in Jeruzalem, die hij via internet had leren kennen en hem de vrijwilligersbaan bij deze opgravingen had bezorgd. Maar ze was vooral erg slank, behalve op de plekken waar dat niet gewenst was, had lang zwart haar, een adembenemende haakneus en een indrukwekkend temperament; het was werkelijk hoog tijd dat hij haar eens in bed wist te krijgen. Tot nu toe leek ze echter nog helemaal niet gemerkt te hebben dat hij haar onophoudelijk probeerde te versieren, en als dat wel het geval was, dan slaagde ze er uitstekend in zijn pogingen te negeren.
'John Kaun,' herhaalde Stephen. 'De eigenaar en bestuursvoorzitter van Kaun Enterprises. Zijn belangrijkste bezit is de tv-zender N.E.W., waarmee hij al jarenlang probeert de nieuwszender CNN van de troon te stoten.'
Ze leek onder de indruk. 'Daar zal wel behoorlijk veel geld mee gemoeid zijn.'
'Kaun verdiende zijn eerste miljoen al toen hij 22 was. Sommigen noemen hem ook Johngis Khan, vanwege zijn... hm... meedogenloze manier van zakendoen. Hij is 42 en een van de rijkste mannen van de Verenigde Staten.' Foxx overlegde even bij zichzelf of het op dit moment tactisch verstandig was te vermelden dat hij zijn eerste miljoen al had verdiend toen hij net negentien was. Liever niet. Dat zou de indruk wekken dat hij wilde snoeven. Natuurlijk wilde hij dat, maar als je echt

wilde snoeven, dan moest dat niet snoeverig klinken. 'En hij financiert de opgravingen hier.'
Haar ogen werden nog groter. 'Werkelijk? Hoe weet je dat?'
'Ik lees de juiste kranten.'
'Je leest de juiste kranten, ja natuurlijk.'
Stephen Cornelius Foxx, 22, was afkomstig uit Maine in het noordoosten van de VS. Hij was slank, zelfs bijna mager, iets te klein in vergelijking met het gemiddelde, maar hij wist dat door zijn kaarsrechte houding en zelfverzekerde optreden te compenseren. Hij droeg een bril met een dun montuur, waardoor hij een erg intellectuele indruk maakte. Het was zijn hobby om aan wetenschappelijke onderzoeksprojecten in de hele wereld deel te nemen. Hij had al vogels geringd op IJsland, in Brazilië mierensoorten geteld, in Afrika vergelijkende studies over de werkzaamheid van diverse irrigatiesystemen aan de rand van de Sahel uitgevoerd en in Montana meegeholpen bij het uitgraven van dinosaurusbotten. Stephen Foxx was het jongste lid dat de eerbiedwaardige Explorer's Society in New York, die sinds jaar en dag over de hele wereld opgravingen, oerwoudexpedities en andere onderzoeksplannen met geld en personeel ondersteunde, ooit in haar gelederen had opgenomen. En wel als betalend lid, zoals alle anderen. Alleen om die reden werd hij voor vol aangezien, en zo wilde hij het ook. Nog nooit was hij voor iets wat hij zich had voorgenomen teruggeschrikt, alleen wanneer hij volgens de gangbare mening nog niet de juiste leeftijd had. Hij had al heel vroeg begrepen welke rol geld in het leven speelde: geld was het hulpmiddel dat je de mogelijkheid gaf het leven te leiden dat je wilde leiden. Wie geld had, kon doen wat hij wilde, en wie geen geld had, moest doen wat anderen wilden. Het was dus beter om geld te hebben.
En zo was hij al vroeg begonnen zich met computers bezig te houden, maar niet zoals de meeste computerfreaks om te *gamen*, maar omdat hij het gevoel had dat daarmee het makkelijkst het geld te verdienen viel zodat hij het leven kon leiden dat hij wilde leiden. Een interessant leven, dat vooral.
Op zijn zestiende had hij het kunststukje geleverd een bedrijf in zijn woonplaats dat in autoaccessoires handelde, ervan te overtuigen dat hij een op maat gemaakte database kon leveren die beter zou functioneren dan datgene wat ze op dat moment hadden, en die op hun eigen computers kon draaien. Een jaar later kon hij inderdaad een cheque in ontvangst nemen ter grootte van een bedrag dat zelfs bij zijn vader, die advocaat was en die gewend was astronomische honoraria te bedingen en te incasseren, het nodige respect afdwong.

De grote truc bij dit enorme project was geweest dat Stephen Foxx zelf alleen de exacte specificaties voor de database had geschreven, maar de afzonderlijke onderdelen door programmeurs in India had laten programmeren; het waren informaticastudenten die hij via internet had geworven en van wie hij er niet een ooit in levenden lijve had gezien. Alles was via de datanetwerken afgewikkeld, wat toentertijd nog een ingewikkelde aangelegenheid voor insiders was: hij had de gedetailleerde beschrijving van een functiebouwsteen naar India verstuurd, waarna de partner het bijbehorende programma had ontwikkeld en de programmacode via dezelfde weg had teruggestuurd. Stephen moest alleen de afzonderlijke componenten tot een geïntegreerd systeem samenvoegen en na grondige gebruikstests op de computers van zijn opdrachtgever installeren, die gelukkig al geheel bedrijfsklaar waren.
Dat was wonderwel gelukt, vooral omdat de kwaliteit van de programma's die hij van zijn Indiase partners had gekregen, alles overtroffen had wat hij in zijn omgeving gewend was. Foutloos, zogezegd. Het ingewikkeldste deel van het hele project was uiteindelijk geweest om het geld waarop ze recht hadden van Amerikaanse naar Indiase bankrekeningen over te maken. Deze procedure herhaalde Stephen nog vijfmaal omdat hij het programma daarna aan nog vijf bedrijven wist te verkopen. Niet alleen hij, maar ook zijn Indiase onderaannemers waren op deze wijze rijk geworden, en nu hadden de meesten van hen eigen softwarebedrijven die voor opdrachtgevers uit de hele wereld werkten. Ondertussen was het voor veel westerse bedrijven heel gewoon om in India programmeerwerk te laten verrichten.
Stephen had niet de drang om na het eerste miljoen nu ook naar het eerste miljard te streven. Hij kon wel proberen zich voor te stellen wat er in iemand als John Kaun omging, maar hij kon het niet begrijpen. Hij had heel normaal de middelbare school voltooid, studeerde economie aan een relatief onbekende, gezellige kleine universiteit, reed in een knalrode Porsche rond en probeerde de knapste meisjes te versieren. Hij rustte min of meer op zijn lauweren. Hij had zijn geld zo geïnvesteerd dat hij met de opbrengst ervan zijn levensstijl grotendeels kon financieren, en het leek erop dat hij nooit meer hoefde te werken. Dat was die anderhalf jaar stress wel waard geweest, vond hij.
Minstens eenmaal per jaar trok hij de wijde wereld in. Hij had altijd al een enorme hekel gehad aan normale reizen: ergens naartoe reizen om 'de omgeving' of 'de bezienswaardigheden' te bekijken, had hem altijd een zinloze tijdsbesteding geleken. De mensen die dat deden, gingen er

gewoonlijk prat op leuke restaurantjes op Sri Lanka te kennen of al eens om de piramiden heen gereden te zijn, maar als je dan hardnekkig door bleef vragen, bleek dat ze in hun woonplaats alleen hun stamkroeg kenden en niet eens wisten voor welke bezienswaardigheden een heleboel mensen uit de hele wereld, misschien zelfs uit Sri Lanka, op bezoek kwamen die zich schuldig maakten aan precies hetzelfde snobisme. Nee, niet op die manier. Stephen Foxx interesseerde zich voor de wereld, maar als hij ergens heen reisde, dan wilde hij daar iets zinnigs doen. Hij kon zich niets fascinerenders voorstellen dan deel te nemen aan opgravingen, zoölogische observatiekampen of botanische expedities in het regenwoud. Sinds hij van de Explorer's Society had gehoord en had vernomen dat het mogelijk was als leek aan dergelijke ondernemingen deel te nemen, was het hem duidelijk geweest wat hij wilde.
Natuurlijk ging dat vrijwel altijd gepaard met zwaar lichamelijke arbeid, oncomfortabele levensomstandigheden en stompzinnige klusjes. Je moest duizenden larven tellen en tientallen manden vol aarde, puin en stenen wegslepen, je werd door muggen gestoken en moest in doornatte, stinkende tenten slapen. Maar dat hoorde bij het avontuur. Hij had niet willen ruilen met de wetenschappers, die uiteraard het veeleisender werk voor hun rekening namen, de theorieën ontwikkelden, verhandelingen schreven en de hulpkrachten aanwijzingen gaven. Want dat zou feitelijk hebben betekend dat hij een natuurwetenschappelijke opleiding had moeten volgen en zijn hele leven ditzelfde soort werk had moeten doen. En dat klonk allesbehalve interessant. Dat klonk uitgesproken saai.
'Bedoel je dat ze een film over onze opgravingen willen maken?' vroeg Judith. Vanuit de verte wenkte Rafi, die het werk op perceel 3 leidde, naar hem. De ontbijtpauze was voorbij.
'Ik weet het niet,' antwoordde Stephen. 'Ik geloof het eigenlijk niet. Ik geloof niet dat de bestuursvoorzitter komt om een film te maken.'
'Maar hij heeft iets met die vondst te maken waarover jij niet wilt praten.'
'Daar kun je geloof ik wel van uitgaan.'
'En wat is er volgens jou aan de hand?'
'Ik geloof,' zei Stephen Foxx, terwijl hij zijn bril afnam en met de rug van zijn hand over zijn wenkbrauwen veegde, die nat waren van het zweet, 'dat er een moord gepleegd is.'

4

Nu volgt de diepgaande evaluatie van de stratigrafie.
Stratigrafische elementen, zoals lagen of groevenwanden, zijn met cijfers, gebouwresten met letters aangegeven en op de desbetreffende plaatsen in de stratigrafische afbeelding ingevoegd. Zie hoofdstuk XII voor de stratigrafische rangschikking van de keramische vondsten alsook hoofdstuk III-9.
De nummering en schematische voorstelling van de stratigrafie is gebaseerd op de door Harris gepubliceerde Methode (Harris 1979, 81-91, vgl. ook Franken 1984, 86-90). Op enkele plaatsen representeert één enkel nummer ter wille van de vereenvoudiging een opeenhoping van afzettingen.
Prof. Charles Wilford-Smith
Bericht over de opgravingen bij Bet Hamesh

De incheckbalie van El Al is om veiligheidsredenen naast de centrale terminal in een afzonderlijke gang ondergebracht. Peter Eisenhardt was op het laatste moment daar gearriveerd en stond nu met een tamelijk onbehaaglijk gevoel tussen mensen die hij tot nu toe alleen in het avondnieuws gezien had. Orthodoxe joden met hun lange pijpenkrullen, geheel in het zwart gekleed, stonden naast flegmatiek ogende Palestijnen die de opvallende hoofddoek droegen die door Yasser Arafat populair was geworden. Ze probeerden elkaar zo veel mogelijk te negeren. Kuis geklede vrouwen in lange gewaden en met hoofddoekjes om wachtten in de rij met exact hetzelfde geklede franciscaner monniken. Daartussen wachtten minder opvallende, heel normale mannen en vrouwen van allerlei leeftijden en uit verschillende milieus, grootmoeders en voorname oudere heren die vol verwachting een witte zomerhoed droegen, hoewel het nog vroeg in de ochtend was en het in Frankfurt zwaarbewolkt was; bleke, forsgebouwde mannen in afgedragen glimmende kostuums, die zware plastic zakken droegen en zachtjes met elkaar praatten in een taal die volgens Eisenhardt als Russisch klonk. De rij schoof heel langzaam op.
'Waarom reist u naar Israël?' wilde de dame van de Israëlische beveiliging weten. Het was een reusachtige vrouw, die hem daarbij uiterst argwanend aankeek, alsof ze hem van criminele aspiraties leek te verdenken.
'Om eh... zakelijke redenen.' Waarom werd hij eigenlijk zo nerveus van

deze vraag? Hij haalde de fax uit New York uit zijn zak. 'Ik heb een adviesopdracht.'

Ze bestudeerde de fax uitgebreid. Dit was geen formaliteit, maar een uiterst serieuze ondervraging. Zo had hij dat nog nooit meegemaakt bij een vliegreis. Ze zouden het vliegtuig nog eerder met vertraging laten vertrekken dan bij de controles onduidelijkheden onopgehelderd laten, en daarvoor was vast en zeker een goede reden. Eisenhardt moest aan de vliegtuigkapingen denken waarover hij had gehoord. Heel veel goede redenen.

Waar was hij in vredesnaam aan begonnen? Ze las de fax voor de tweede keer, de hele overeenkomst van vier kantjes in uitstekend juridisch Engels, en nam ondertussen de hoorn van haar telefoon op, koos zonder te kijken een nummer en sprak met iemand in een taal vol keelklanken, vast en zeker Hebreeuws. Uiteindelijk gaf ze hem het papier terug en knikte, zette een handtekening op een formulier en stapte opzij. 'In orde,' zei ze en richtte al haar wantrouwen op de volgende in de rij, die ze, tot het tegendeel bewezen was, eveneens als een vermoedelijk terrorist zou behandelen.

Waarom reist u naar Israël? Een verdomd goede vraag. Hij, een slechts matig succesvol auteur! Als adviseur van een mediagigant, een miljoenenbedrijf! Krankzinnig. Uitermate dubieus. De werkelijke reden, besefte hij opeens, was dat hij met de hypotheektermijnen voor het huis achterliep. Omdat de uitgever, die via via zelfs eigendom was van de man die hem had geboekt, niet betaalde.

Ze zat op de plaats waar hij haar wilde hebben: op de rand van zijn veldbed. Maar ergerlijk genoeg was zij aangekleed en hij halfnaakt. Stephen had gedoucht, al verdiende dat nauwelijks die naam; uit de imposante douchekoppen kwam slechts een miezerig straaltje. Iedereen in het kamp klaagde voortdurend dat de douches het overal aanwezige stof niet eens konden afspoelen. Iedereen wist ook dat het zinloos was erover te klagen, omdat tot aan het eind van de opgravingsperiode er niets aan de douches zou veranderen. Stephen slaagde er met een simpele truc, die hij van de irrigatiedeskundigen in Afrika had geleerd, toch in om het stof bijna helemaal af te wassen. Hij gebruikte een spons. Hij had deze tip beslist niet geheimgehouden, maar voorzover hij het kon volgen, gaven de meesten nog steeds de voorkeur aan zich te beklagen.

'Jij bent de enige die ik ken die in een archeologisch opgravingskamp een jasje meeneemt,' zei Judith. 'Ik heb nog een heleboel andere buitengewone eigenschappen,' antwoordde Stephen, die nog bezig was zijn haar droog te wrijven en met een grote kam in model te brengen. Hij genoot ervan dat de dag achter de rug was en hij een aangename avond voor de boeg had. Hij genoot ook van de lichamelijke inspanningen; zijn conditie verbeterde en zijn lichaam voelde beter aan.

De opgravingsassistenten woonden in tamelijk ruime tenten van zwaar wit zeildoek, die van een Afrika-veldtocht van het Britse leger overgebleven leken te zijn. Misschien was dat ook wel het geval. De meeste tenten hadden een dubbele bezetting, maar Stephen had het zo kunnen regelen dat hij een tent voor zich alleen had. Hij had namelijk het gerucht laten rondgaan dat hij 's nachts verschrikkelijk snurkte en bovendien de neiging had te slaapwandelen en zich bij terugkeer vaak in het bed te vergissen. Dat risico had niemand willen nemen. Als gevolg daarvan had hij genoeg plek gehad om behalve een tafel en stoel een overzichtelijk kledingrek en een grote spiegel neer te zetten.

'Ik kom het echt wel te weten,' herhaalde ze zeker voor de vijfde keer. Het ging nog altijd over de vondst die hij had gedaan en die tot al deze heisa leek te hebben geleid. 'Dat merk je vanavond wel,' zei Stephen, terwijl hij zijn broek aantrok. Judith keek hem onaangedaan aan. Ze was gewoon zijn tent in gelopen terwijl hij in zijn onderbroek stond, was op bed gaan zitten en begonnen hem over de vondst aan zijn kop te zeuren. 'Dat is een lang verhaal. Als ik het aan jou vertel, moet ik het ook nog eens aan Yehoshuah vertellen, en dat is me te veel.'

'Jij wilt het alleen maar spannend maken.'

'Zeker weten. Dat ook. Wanneer komt je broer?'

'Over een halfuur.'

Ze had iets onbehouwens. Mogelijk doordat ze al twee jaar dienst in het Israëlische leger achter zich had, hoewel ze pas twintig was. Stephen had licht huiverend gehoord dat deze langbenige, temperamentvolle dame in een pantservoertuig kon rijden, in vuurgevechten met Intifada-strijders verwikkeld was geweest en geblinddoekt in nog geen minuut een gedemonteerd machinegeweer weer in elkaar kon zetten. En dat terwijl hij het leger alleen uit films kende.

'Zullen we toch maar niet met mijn auto gaan? En hem dan in Tel Aviv ontmoeten?' Met een hoofdknik wees hij op zijn gsm, die op tafel lag.

'Je kunt hem nu niet meer bereiken. Hij staat al in de file in Jeruzalem.'

'Goed dan.' Hij trok zijn overhemd recht, zijn lievelingshemd dat van een geraffineerde mengeling van linnen, katoen en diverse kunststoffen was gemaakt en dat hij altijd meenam op zijn expedities. Als hij het los droeg, zag het er sportief uit, in combinatie met een jasje elegant en in geval van nood kon je het ook met koud water en zeep reinigen zodat het nog altijd wit leek. Het kwam uit een exclusieve boetiek in New York, waarop hij door iemand van de Explorer's Society attent was gemaakt, een man die inmiddels tegen de tachtig liep en geen kans voorbij liet gaan om te vertellen dat hij in zijn jeugd per fiets een wereldreis had gemaakt.

Hij trok zijn jasje aan. Dat was ook zo'n kledingstuk waarnaar hij lang had moeten zoeken. Het was licht, verkoelend in hete gebieden en warm in koude, kon strak in de bagage worden opgerold zonder dat het kreukte en paste qua kleur bijna overal bij. Echt goedkoop was het natuurlijk niet geweest. Maar hij had de gewoonte aangenomen nooit ergens naartoe te reizen zonder de mogelijkheid te hebben zich smaakvol en zakelijk te kleden. Hij had zelfs enkele dassen in zijn robuuste plunjezak; die had Judith nog niet gezien, anders had ze zich er zeker vrolijk over gemaakt. Maar hij had de ervaring dat niets zo bijdroeg aan een zelfverzekerd optreden als het besef correct gekleed te zijn. Als je met mensen te maken had, kon een stropdas even beslissend zijn als een revolver in een confrontatie met een tijger.

Judith was opgestaan en naar de ingang van de tent gelopen. De laagstaande zon wierp een brede lichtstraal dwars door de tent, over het veldbed en de stoffige bodem van aangestampte aarde heen, toen ze het tentdoek opzijschoof. 'Er komt een taxi aan, geloof ik.'

'Hm,' zei Stephen, terwijl hij zijn schoenen strikte. Die kreeg je natuurlijk nooit schoon in zo'n omgeving. En hij moest ook weer eens opruimen. Uit zijn ooghoeken zag hij dat de vondstkist die hij gisteren gebruikt had, nog altijd onder het bed lag. Het was een platte, rechthoekige kist van mat blik met een deelbaar klapdeksel, waarin je tijdens het werken op opgravingslocaties de weggegraven aarde stopte, om die later zorgvuldig te zeven. Soms werden kleine, maar belangrijke vondsten, zoals losse tanden, botjes of delen van sieraden, ter plekke over het hoofd gezien en pas bij het zeven aangetroffen.

Maar dat kon allemaal wel tot morgen wachten. Hij stopte zijn portefeuille en mobiele telefoon bij zich en controleerde of hij genoeg contant geld bij zich had.

'Ze schijnen toch een film te willen maken,' zei Judith. 'Dat is toch een filmcamera?'

'Wat?' Stephen ging achter haar staan, keek over haar schouder en genoot van de warmte van haar wang, die nauwelijks een centimeter van

de zijne verwijderd was. Ze rook opwindend, maar hij wist niet waarnaar.
'Dat ding daar op dat driepotig statief. Voor de tent.' Stephen tuurde naar het ding, dat inderdaad een camera was, zoals die voor bioscoopproducties werd gebruikt. Twee van Kauns mensen waren bezig de camera op een stabiel statief te schroeven. 'Merkwaardig,' zei hij.
'Ze willen een film maken, dat zeg ik toch.'
Stephen schudde langzaam zijn hoofd. 'Dat kan ik me niet voorstellen. Ik kan me niet voorstellen dat Johngis Khan hierheen reist om een film over een archeologische opgraving te maken.'
Hij begon er langzamerhand zelf aan te twijfelen of hij echt begreep wat daar allemaal gebeurde. Als hij naar perceel 14 keek, naar de vijf caravans die vuurrood in de avondzon stonden te glinsteren en naar de merkwaardig uniform lijkende mannen in hun N.E.W.-overalls, die voortdurend druk rondliepen, dan voelde hij zich buitengesloten en naar de periferie van de activiteiten gedrongen. Het schouwspel in de verte zag eruit als in de films waarin iemand iets zeer opzienbarends ontdekte: een buitenaards object of een mens uit de oertijd, waar de 'wetenschappers' zich als sprinkhanen op stortten, alles afgrendelden, hekken en tenten optrokken en overal hun meetinstrumenten opstelden.
Hij liet de gebeurtenissen nog eens aan zijn geestesoog voorbijtrekken. Gisteren. De vondst. Zijn theorie daarover. Als hij er nu over nadacht, dan leek die niet meer zo plausibel. Er klopte iets niet aan. Wat hier nu gebeurde, paste daar niet bij. Misschien was het juist goed dat hij alles vanavond met Judith en haar broer nog eens door kon nemen.

Zijn buurman in het vliegtuig herkende hem toen ze over de Alpen vlogen. 'Neemt u me niet kwalijk, maar bent u niet de schrijver Peter Eisenhardt?' zo luidde zijn verrukkelijke vraag, waarvan alle niet al te bekende schrijvers evenveel houden als van hun kinderen. Ja, gaf Peter Eisenhardt toe, hij was het.
'Ik heb een paar van uw boeken gelezen,' zei de man en noemde de titels van twee romans, die helaas allebei van een andere auteur waren. 'Ik vond ze erg mooi, echt waar.' Eisenhardt grijnsde als een boer met kiespijn. 'Leuk om te horen.'
Hij stelde zich voor als Uri Liebermann, journalist en buitenlandcorrespondent voor diverse Israëlische kranten in Duitsland. Hij woonde in Bonn, maar reisde eenmaal per maand naar zijn vrouw en kinderen, die niets voelden voor een verblijf in het buitenland. 'En waarom reist

u naar Israël?' wilde hij weten. 'Gaat u daar lezingen geven of gaat u op vakantie?'
Peter Eisenhardt ontkende dat het om lezingen ging, en zonder zijn gezin zou hij nooit op vakantie gaan.
'Aha,' concludeerde de opgewekte buitenlandcorrespondent, die iets ouder dan veertig leek en zijn hoge voorhoofd door een opvallende, bijna Pruisische snor probeerde te compenseren, 'dan bent u dus met research bezig?'
'Zoiets,' erkende Eisenhardt.
'Betekent dat, dat uw volgende roman zich mogelijk in Israël afspeelt?'
'Mogelijk.'
Zoals altijd als hij op reis ging, was een dik notitieblok uiteraard het eerste geweest dat hij had ingepakt. Een deel van zijn hersenen leek zich sinds lang afgesplitst te hebben en was voortdurend alert op ongebruikelijke locaties, onbekende zinswendingen, interessante personages en voorvallen, en deze waarnemingen moesten op papier gezet en later in romans verwerkt worden. Daarom viel deze mogelijkheid niet uit te sluiten.
'Geweldig, geweldig,' zei de journalist verheugd en begon in zijn handbagage te zoeken. 'Zou ik een foto van u mogen maken? Ik zou graag een berichtje maken voor een van de kranten waarvoor ik werk; zoiets als: "De bekende Duitse schrijver Peter Eisenhardt maakt momenteel een rondreis door Israël"; dat is immers ook in uw belang?'
'Graag.'
En zo liet Peter Eisenhardt zich fotograferen, zo welwillend mogelijk glimlachend, en na de derde flits was Uri Liebermann tevreden. Trots liet hij daarna zijn camera zien, een splinternieuw model met een vlak beeldscherm op de achterwand, waarop je de gemaakte opname bijna op originele grootte kon beoordelen, alvorens het op de kleine *optical disc* in de camera op te slaan. 'Volledig digitaal,' verklaarde hij. 'En ziet u dit hier, aan de zijkant? Hier kan ik een seriële kabel aansluiten en de opnames direct naar elke gewone pc overzetten. Geweldig wat er tegenwoordig allemaal mogelijk is, niet? Maar het kan nog mooier.'
Hij haalde een plat apparaat tevoorschijn, dat op een mobiele telefoon leek, maar klapte het tot Eisenhardts verrassing in de lengte open, waarna het een minicomputer bleek te zijn, compleet met een toetsenbordje en een smal LCD-beeldscherm. 'Nu moeten we zorgen dat we niet te veel opvallen, want ze zien in een vliegtuig niet graag dat je met dit soort spul zit te spelen. Maar ik wil het u toch even demonstreren. Ik schrijf hier

dus mijn berichtje, wat weliswaar moeizaam gaat, maar het lukt toch heel goed; mijn vingers lijken wel kleiner te worden sinds ik dit ding heb. Vreemd, hè? Goed, wat schrijven we... bekende Duitse schrijver bezoekt Israël... Dat is de kop. Dan een beetje blabla; ik denk dat ik niet meer dan tien, twaalf regels krijg, maar samen met de foto...' Hij leek in gedachten zijn honorarium al te berekenen. Geconcentreerd typte hij een korte tekst. Eisenhardt keek over zijn schouder mee, maar de journalist werkte met een Hebreeuwse tekstverwerker, zodat Eisenhardt niet kon lezen wat hij schreef. Liebermann leek perfect te weten welke toetsen, die van Latijnse letters waren voorzien, met het Hebreeuwse alfabet correspondeerden en het was fascinerend om te zien hoe de regels van rechts naar links werden opgebouwd in plaats van omgekeerd, zoals hij gewend was.

'Goed,' zei hij ten slotte. 'Nu voegen we de foto erbij...' Hij trok een kabeltje uit zijn blijkbaar rijkelijk gevulde schoudertas tevoorschijn, sloot dat op de camera aan, drukte op enkele knoppen en op enkele toetsen van zijn mobiele telefoon-pc, wachtte even en trok het kabeltje er tevreden weer uit. 'Klaar. Normaal gesproken zou ik dit allemaal direct naar de centrale computer van mijn redactie kunnen versturen, maar hier aan boord lukt dat natuurlijk niet; waarschijnlijk zouden we neerstorten of erger nog, abusievelijk in Libië landen, ha ha! Maar ik zal de stewardess vragen of ik de telefoon van het vliegtuig mag gebruiken; meestal is dat geen probleem. Momentje...'

Eisenhardt keek verbluft toe hoe hij met een andere kabel en zijn pc in zijn hand naar voren liep en achter het gordijn van de pantry tegen een stewardess begon te praten. Beiden verdwenen en enige tijd gebeurde er niets.

Eisenhardt keek uit het raam. Wolkenflarden trokken voorbij. Dat landschap beneden, was dat Toscane? Of was dat pas de Povlakte? Een groenbruin mozaïek van akkers, met daartussen ragdunne straten en wegen. En de vaag glanzende zee.

Uri Liebermann keerde grijnzend naar zijn stoel terug. 'Nou, het is gelukt, hoor. Als u geluk hebt, ziet u zichzelf al in de krant als we landen... Nee, dat is overdreven. Het komt in de avondeditie. Als u in uw hotel aankomt, moet u de Hebreeuwse kranten daar maar eens doorkijken.'

'U maakt een grapje.'

'Nee, eerlijk waar! Goed, normaal gesproken had ik niet zoveel haast gemaakt met dit bericht. Zeker niet. Maar als er iets ernstigs gebeurt, als een minister zich in Bonn negatief over Israël uitlaat, dan typ ik zijn

woorden direct in mijn kleine wonderbox hier, druk op de knop en als het dan optimaal verloopt, ligt de krant met mijn bericht vier uur later in Israël in de kiosken.'
'Vier uur?'
'Vier uur. En let wel, dan hebben we het over een heel normaal bericht. Als er echt iets belangrijks gebeurt, gaat het nog sneller.'
'Onvoorstelbaar.' Eisenhardt was werkelijk onder de indruk.
'Controleert u het maar.'
'Doe ik zeker. Ook al vind ik al die ophef eerlijk gezegd tamelijk overdreven.'
Liebermann lachte. 'Welkom in Israël! Geloof me maar, de Israëli's zijn helemaal *meshuga*, als het om nieuws gaat. Ze luisteren voortdurend naar de radio, kijken elke avond naar het nieuws op tv, meestal ook nog naar het Jordaanse, Egyptische en Syrische, en lezen driemaal per dag de krant. En niet alleen de joden, de Palestijnen eveneens. En ze praten voortdurend over het slechte nieuws, winden zich erover op. Heel wat mensen krijgen een hartaanval ervan. Het is een manie, daar hebt u werkelijk geen idee van. Dat is Israël!'

Dus dit was Israël. De luchthaven David Ben-Goerion leek op het eerste gezicht op elke andere willekeurige luchthaven in het Middellandse-Zeegebied. Groot, felverlicht, heet en vol mensen. Op het tweede gezicht vielen Eisenhardt de opschriften op, die consequent in drie talen waren: Hebreeuws, Engels en Arabisch, dan de alomtegenwoordige soldaten, die waakzaam hun hand op het machinepistool om hun schouder hielden. Liebermann was op zeker moment verdwenen, en Eisenhardt liet zich met de mensenstroom meevoeren, langs de zenuwslopend grondige controles die tot een totale chaos in zijn koffer leidden, en ten slotte de terminal uit, onder de wolkeloze hemel van Tel Aviv. Achter de hekken verdrongen zich mensen die elk gezicht vol gespannen verwachting bestudeerden. Af en toe klonken er kreten, en dan omhelsden de wachtenden en pas aangekomenen elkaar over het hek heen, hoorde je '*Shalom*' of '*Salam alaikum*' roepen, gelach en gehuil. Eisenhardt voelde zich ietwat verloren.
Opeens ontdekte hij een stuk karton dat iemand achter de rijen wachtenden omhooghield, met zijn naam erop, al ontbrak de letter d aan het eind: alleen Eisenhardt. Hij liep op het bord af. Degene die het stuk karton omhooghield, was een verschrompelde oude man die een sjofele grijze broek droeg van het model dat in de jaren zestig ooit modern

was geweest, met daarop een verschrikkelijk lelijk, felgekleurd overhemd met duidelijke zweetvlekken onder de oksels.
Toen Eisenhardt zich bekendmaakte, knikte de man zonder veel enthousiasme, mompelde zijn naam, die Eisenhardt niet verstond, en verklaarde dat hij opdracht had gekregen hem naar mister Kaun te brengen. Hij sprak Duits met een zwaar, Oost-Europees klinkend accent en van dichtbij zag hij er nog ouder uit dan eerst. Eisenhardt volgde hem over de parkeerplaats van de luchthaven naar een taxi. Op het dashboard zat een stikker van de Poolse vlag.
'Komt u uit Polen?' vroeg Eisenhardt, terwijl ze over brede wegen door een woestijnachtig landschap reden en de luchthaven achter zich lieten.
'Ja. Uit Krakau. Maar dat is lang geleden.'
'U spreekt goed Duits.'
De chauffeur bleef onbewogen voor zich uit kijken. 'Dat heb ik in het concentratiekamp geleerd.'
Eisenhardt slikte ongemakkelijk en er schoot hem niets te binnen wat hij hierop zou kunnen zeggen. Hij keek uit het raam. Dus dit was Israël.

5

Na het afgraven van de zojuist genoemde, 2 m dikke bovenlaag bereikte men de hoogte van ± 0,00 m. Op dit niveau werd het opgravingsterrein in een 5 x 5 m-raster met snijvlakken van 1 m opgedeeld, waarbij de rasterlijnen de noord-zuidas volgden (zie afb. 11.29).
In het noordelijk deel vonden de opgravingen tussen F.20 en F.13 (Veld GL; afb. II.30 – zie hiervoor de foto's in bijlage H) plaats in een eerste fase. In het snijvlak tussen F.20 en F.19 werd een in oostwestrichting lopende muur van natuursteen aangetroffen, die de begrenzing van het kerkhof schijnt te zijn (w).
Prof. Charles Wilford-Smith
Bericht over de opgravingen bij Bet Hamesh

Stephen en Judith slenterden tussen de tenten van de opgravingsassistenten door naar de parkeerplaats. De taxi was intussen voor de caravans tot stilstand gekomen, terwijl de kleine witte Mitsubishi van Judiths broer van de hopeloos slechte steenslagweg naar beneden hobbelde. Achter de voorruit gebaarde Yehoshuah al naar hen.
'Stipt op tijd. Je kunt de klok op hem gelijkzetten,' zei Judith. 'Ik vraag me af hoe hem dat steeds weer lukt.'
'Hm,' bromde Stephen. Er stapten twee mannen uit de taxi, een bleke man van eind dertig met een beginnend buikje en dun wordend haar, die radeloos om zich heen keek alsof hij niet goed wist hoe hij hier gekomen was, en de chauffeur, een oude man met een kromme rug, die een koffer en een schoudertas uit de kofferruimte haalde. De net aangekomen man leek een belangrijke gast te zijn, want zowel professor Wilford-Smith als John Kaun liep hem tegemoet om hem te verwelkomen. Yehoshuah remde knarsend vlak voor hen, sprong uit de auto en gaf Stephen dwars over het stoffige autodak heen een hand. Het was een grote, slungelige man met het donkere kroeshaar van de sabra's, de in Israël geboren joden. 'Goed je weer eens te zien. En, al wat gewend hier? Ik heb gehoord dat je al enkele opzienbarende vondsten hebt gedaan.'
'Ja,' zei Stephen afwezig, terwijl hij in de richting van de taxi knikte. 'Zeg, weet jij wie dat is?'
Yehoshuah staarde bijna pijnlijk opzichtig in de aangegeven richting.

Als detective zou hij volkomen mislukt zijn. 'Nee, geen idee. Waarom vraag je dat?'
'Ik ken dat gezicht ergens van. Ik kan me alleen niet herinneren waarvan.'
Judith keek hem onderzoekend aan, maar zei niets.
'Goed,' zei Stephen. 'Misschien kom ik er nog op. Laten we vertrekken.'
Ze stapten in, waarbij Judith op de achterbank ging zitten. Yehoshuah startte de motor en schakelde de radio in, waarop iemand in het Hebreeuws iets voorlas; gezien de toon zou het het nieuws kunnen zijn. Stephen keek nog eens naar de man, die een opvallend slecht zittend pak droeg en oplettend knikkend stond te luisteren, terwijl professor Wilford-Smith hem met zijn typisch Britse, spaarzame gebaren iets leek uit te leggen. Hij kende deze man. Hij had zijn gezicht ooit ergens gezien, maar waar? Normaal gesproken had hij er geen moeite mee zich mensen te herinneren, maar het irriteerde hem dat zijn geheugen hem ditmaal in de steek liet. Hij had de man nog nooit ontmoet, dat zou hij zich hebben herinnerd. Hij had ergens een afbeelding van dit gezicht gezien. Laat maar, dacht hij, toen de auto wegreed. Als het belangrijk was, zou het hem nog wel te binnen schieten.
Peter Eisenhardt knikte op alles wat de professor hem in het kenmerkende, blasé en arrogant klinkende Engels van de Britse hogere klasse uitlegde. Sommige uitdrukkingen begreep hij niet helemaal, want zijn Engels was intussen behoorlijk sleets geworden! Dus dit was een opgraving. Daarom zag alles er zeker zo provisorisch en rommelig uit. Eisenhardt had eerst aan een trainingskamp van opstandige milities gedacht, toen aan opnamen op locatie voor een speelfilm.
De autorit was zenuwslopend geweest. Op het moment dat ze op de weg van Tel Aviv naar Jeruzalem door een toeterende sportwagen op de hielen werden gezeten en er op de andere weghelft een tankwagen aan kwam denderen, had de chauffeur opeens een nauwelijks waarneembare afslag genomen en was een rampzalig slechte, onverharde weg in geslagen, die kilometers lang door een niemandsland leek te voeren. En terwijl ze over die weg hotsten en botsten en de oude man zachtjes in het Pools voor zich uit zat te brommen – het leken vloeken en verwensingen – doemden voor Eisenhardts geestesoog de wildste fantasieën op. Hij dacht aan boeven en struikrovers, aan een misdadig complot en tot zijn ontzetting realiseerde hij zich dat hij geen adres had achtergelaten, omdat niemand wist waar in Israël die legendarische John Kaun hem eigenlijk ontboden had. Hij zag zichzelf al vermoord en beroofd in een grep-

pel liggen, met een afgehakte schrijfhand zelfs, omdat hij in een van zijn boeken abusievelijk iets geschreven had dat door een fanatiek religieuze groepering als moedwillige godslastering beschouwd werd. En dan zou Uri Liebermann toesnellen, zijn compacte mobiele telefoon annex pc tevoorschijn halen en de volgende kop, het volgende bericht intypen. En dat zou dan vermoedelijk al in de ochtendeditie verschijnen.
Op zeker moment, toen ze al een hele tijd van de grote weg af waren en er rondom hen nog slechts vlakke bergen vol puin te zien waren, schikte hij zich ten slotte in zijn lot en waagde het zelfs weer te ademen en zijn strakgespannen schouders te laten zakken. De oude man zag er op de keper beschouwd eigenlijk niet als een fanaticus uit. Hij scheen zich er vooral zorgen over te maken hoe zijn taxi de rit over de weg vol gaten zou doorstaan. Ze waren nog eenmaal afgeslagen en op het kamp toe gereden, waarvan de tenten en auto's in de laagstaande zon lange, merkwaardige schaduwen wierpen.
Net toen de professor over de vrijwillige opgravingsassistenten sprak en over de rol die ze bij de archeologie in Israël speelden, stapten twee van hen, een jongen en een meisje, in de witte auto die achter hen was opgedoken en hen steeds dichter was genaderd. En dat had de fantasie van de schrijver natuurlijk extra geprikkeld. De jonge man keek nieuwsgierig in hun richting toen ze wegreden.
'Ondanks al hun wetenschappelijke nieuwsgierigheid en betrokkenheid,' oordeelde de witharige archeoloog, 'blijven het natuurlijk jongeren. Ik neem aan dat ze naar Tel Aviv gaan, naar een discotheek.'
Eisenhardt knikte begrijpend. Hoewel hij de veertig naderde, vond hij het nog altijd vreemd over anderen als 'jongeren' te praten op een toon alsof hij zichzelf niet meer tot hen rekende. John Kaun, die zich na de eerste begroeting even teruggetrokken had om een medewerker sotto voce een aantal opdrachten te geven, liep weer op hen toe, waarbij zijn zelfverzekerdheid als een boeggolf voor hem uit snelde. Hij was er de man niet naar om zich afzijdig te houden en alleen maar te luisteren, dat was zonneklaar. Degene tot wie hij zich wendde, moest hem als het middelpunt van het gesprek accepteren, anders had hij er een vijand bij. Een machtige, gevaarlijke vijand. Het optreden van de mediamagnaat was meer dan zelfverzekerd; het was in zekere zin agressief, waardoor duidelijk werd dat deze man de wereld wilde veroveren, of liever gezegd, zou veroveren. Eisenhardt begreep opeens met verrassende helderheid wat het begrip killersinstinct betekende, waarover hij wel eens had gelezen. Deze man had een killersinstinct. Zelfs de voorkomende

manier waarop hij Eisenhardt bejegende, kwam berekenend over; hij gaf daarmee op subtiele wijze aan dat hij zich beter coöperatief op kon stellen, want met precies dezelfde berekening zou Kaun hem vermorzelen als dat nodig mocht blijken of voor hem profijtelijker zou zijn. 'Ik hoop dat u me niet kwalijk neemt dat ik nog niets van u gelezen heb,' zei hij glimlachend, maar zonder dat zijn ogen meededen. 'Helaas kan ik geen Duits lezen. Maar ik heb me de inhoud van uw romans laten vertellen. En dat klonk erg interessant.'

Tot Eisenhardts verbijstering leverde de bestuursvoorzitter een korte, adequate samenvatting van elke roman, beter dan hij zelf gekund zou hebben. 'Echt jammer dat ik die niet kan lezen,' concludeerde hij. 'Als we dit avontuur hier hebben afgesloten – en hopelijk met succes – dan zal ik de uitgever voorstellen een Engelse vertaling op de markt te brengen. Wat vindt u daarvan?'

'O,' bracht Eisenhardt uit, naar adem snakkend. 'Ik denk dat... dat geweldig zou zijn.' Dat was bepaald een interessant vooruitzicht! Hij besefte weliswaar vaag dat Kaun dat wellicht alleen had gezegd om hem te paaien, om hem te motiveren zo goed mogelijk te presteren bij datgene wat hem hier te doen stond... Maar lieve god, zo ver was hij in elk geval al!

'Ik zou me kunnen voorstellen,' vervolgde Kaun, 'dat u zich sinds dat telefoontje van mijn secretaresse afvraagt waarom u hier bent en wat ik van u wil.'

Eisenhardt knikte. 'Ja. Klopt.'

'Ik wil uw nieuwsgierigheid niet langer op de proef stellen. Dat ik dat tot nu toe wel moest doen, kwam doordat we hier met een zaak te maken hebben die voorlopig strikte geheimhouding vereist. Mijn secretaresse weet dus werkelijk niet waar het om gaat.' Hij plooide zijn dunne lippen tot een gemeen lachje.

'Dat begrijp ik.' Het was een eeuwigheid geleden sinds hij een gesprek in het Engels had gevoerd. Gelukkig verstond hij de Amerikaan tamelijk goed, en lange monologen leken voorlopig niet van hem verwacht te worden.

'Om het maar ronduit te vertellen: ik heb een sciencefictionauteur nodig. Een sciencefictiongeest, om precies te zijn. En omdat u een van de besten op uw terrein bent, was onze keuze duidelijk. Ik verheug me er werkelijk op dat u het hebt kunnen regelen.'

Peter Eisenhardt vertrok zijn gezicht in een pijnlijke grimas. Dat was toch wat al te gortig, en het bewees dat Kaun van sciencefiction absoluut geen kaas had gegeten.

'Weet u, ik ben zakenman. Handelaar. Een boekhouder in feite. Zonder mezelf op de borst te willen slaan, mag ik toch wel zeggen dat ik niet zover gekomen zou zijn als ik niet een zeker talent voor zaken had. Maar een zakenman leeft van zijn realiteitszin en een overmaat aan fantasie kan tamelijk gevaarlijk worden: je ziet kansen waar die niet zijn, je schildert risico's groter af dan ze zijn, kortom, een goede zakenman is een tamelijk saaie piet. Dat ziet u toch zeker wel aan me? Het omgekeerde is het geval voor een schrijver, al helemaal als hij zich met sciencefiction bezighoudt. Als hij over een sterke realiteitszin beschikte, zou hij niet eens beginnen met schrijven, omdat de kans dat hij ooit wordt uitgegeven dan bijzonder klein is. Maar op het gebied van fantasie moet hij een reus zijn, een kunstenaar, een waarlijk artiest, hij moet zich als een vis in het water voelen in het rijk van het onmogelijke, van het ongerijmde, het absurde, moet consequent de eigenaardigste gedachtegangen volgen en meester zijn over tijd en ruimte, alle regels overtreden als dat nodig is. Niets mag voor hem onmogelijk lijken.'
Hij keek Eisenhardt indringend aan. 'Zo iemand heb ik hier nodig. Want professor Wilford-Smith heeft hier eergisteren iets ontdekt wat mij volstrekt voor een raadsel stelt, hoe langer ik erover nadenk.'

Yehoshuah genoot volop tijdens de rit. Hij zong mee met liedjes die op de radio klonken en die in Stephens oren als een ruwe mix van Amerikaanse rock-'n-roll en oriëntaalse melodieën klonken, en verklaarde steeds weer: 'In Jeruzalem kun je alleen bidden. In Haifa kun je alleen ploeteren. Maar in Tel Aviv kun je léven!'
Zijn verwachtingsvolle voorpret werkte aanstekelijk. Stephen liet zich behaaglijk achterover zakken en liet de indrukken op zich inwerken. De avondsfeer boven het landschap, het lage silhouet van de stad die tegen de laag boven de zee staande zon afstak. Samen met talloze andere auto's baanden ze zich claxonnerend een weg naar het centrum, waar ze langzaam vorderden door steegjes en smalle straten, voortdurend uit de omlaag gedraaide portierraampjes gebarend als het weer eens niet opschoot. Stephen keek om, waarbij hij bijna zijn nek verrekte. Hij zag willekeurig op elkaar gestapelde vuilbruine huizen, zoals die alleen in warme landen gebouwd kunnen worden, met platte daken of dakterrassen waar de was aan lijnen hing te drogen of, als symbool van de nieuwe tijd, zonnecollectoren schuin naar de hemel gericht stonden als verkeerd geplaatste zwarte ligstoelen, en daarboven een woekerend woud van tv-antennes, waarvan de dipoolontvangers in alle windrichtingen wezen.

Hij zag half afgebouwde garages die vol bouwmateriaal lagen of met roestig oud ijzer gebarricadeerd waren, terwijl de auto's ernaast op schraal, zanderig niemandsland stonden, tussen de brokkelige straatrand, stompjes van dadelpalmen en de draadgaasomheining van het perceel ernaast. Sinds hij in Tel Aviv was geland en door Yehoshuah naar het opgravingsterrein was gebracht, was Stephen hier niet meer geweest, en bij zijn eerste bezoek was hij zo overweldigd door alle nieuwe indrukken, dat ze niet bij hem waren blijven hangen.
'Laten we de Dizengoff Boulevard af lopen,' stelde Yehoshuah voor. 'En dan naar de oude haven gaan. Ik heb een tafel gereserveerd in een geweldig visrestaurant. Stephen, lust je vis?'
'Ik eet alles,' antwoordde Stephen. 'Als het maar lekker is.' Ze vonden een parkeerplaats langs het trottoir en begonnen te lopen. Met elke pas leken ze dieper in een verboden zone vol zinnelijkheid te komen, in een vibrerend krachtenveld vol begerige levenslust. Het rook naar wilde jasmijn en bougainville, die op de braakliggende percelen woekerden die steeds weer tussen de rijen huizen opdoken, als uitgeslagen tanden in een gebit. Het rook naar uitlaatgassen en oranjebloesem, er hing een prikkelende benzinestank en toch rook je ook de zoutvochtige geur van de zee; verlammend en benauwd kroop de hete adem van de zee door de straten, het vooruitzicht van drijfnatte overhemden en slapeloze nachten met zich meevoerend.
Hoe dichter ze bij het centrum kwamen, des te chaotischer werd de mengeling van verschillende bouwstijlen. Lage villa's, die eruitzagen alsof ze rechtstreeks uit Wenen of Salzburg hierheen waren verplaatst, werden overschaduwd door protserige flats, die weer waren omgeven met door zeezout aangevreten huizen van verscheidene verdiepingen in Bauhaus-stijl. De straten werden omzoomd door palmen of intens geurende eucalyptusbomen en waren vol mensen.
Mensen, overal waar je keek. Elegant of nonchalant-modern gekleed flaneerden ze over de boulevards, zaten op de terrasjes en in de bars, waarvan er duizenden leken te zijn, of zaten simpelweg met blikjes bier in de hand op de spatborden van geparkeerde auto's te praten, te gebaren en te flirten, lazen de krant of keken gewoon wat rond. Yehoshuah, Judith en Stephen lieten zich met de stroom meevoeren langs felverlichte etalages waarin Amerikaanse confectiemode werd getoond en jachtige videoclips over tv-schermen flitsten, en slalomden om tafels waaraan backgammon werd gespeeld. Stephen moest grijnzen toen hij een fastfoodrestaurant van de 'MacDavid'-keten ontdekte. Ze vonden de weg

naar het strand, zwierven over de strandpromenade en luisterden naar het staccato van de houten sticks die voor een kennelijk erg populair balspel werden gebruikt, het ruisen van de golven en de onbegrijpelijke, opgewonden klinkende mededelingen uit de luidspreker van de strandwachten. In een strandtent dronken ze een cappuccino en aten watermeloen met zoute schapenkaas, en Yehoshuah vertelde Judith hoe hij en Stephen elkaar hadden leren kennen.

'Eerst was hij alleen een naam onder een bericht in een usenet-forum. Niet eens een naam, alleen een e-mailadres. Zoiets als stephen-raar rond teken-mrt-punt-Maine-punt-com.'

'En jij was ymenez-raar rond teken-Rockfell-punt-IL-punt-edu,' grijnsde Stephen.

Judith keek fronsend. 'Wat is een usenet-forum?'

'Hallo zeg, welkom in de twintigste eeuw, lief zusje van me. Heb je wel eens van internet gehoord? Goed, je maakt met je computer thuis via een modem en telefoonaansluiting verbinding met een kluwen van miljoenen andere computers. Ergens in die kluwen van al die computers – en het mooie is dat je niet hoeft te weten waar, dat weet die kluwen zelf – bevindt zich een soort prikbord, of eigenlijk duizenden prikborden, elk met een ander thema. Daar kun je mededelingen lezen die anderen achtergelaten hebben en zo nodig je eigen mening daaraan toevoegen. En omdat dat beter klinkt, noemen ze zo'n prikbord een usenet-forum. Dat van ons ging over archeologie. Ik had iets over het werk bij ons op het Rockefeller-Instituut geschreven, en Stephen meldde zich daarop met de vraag of het klopte dat je als vrijwilliger aan opgravingen kon deelnemen. En, Stephen, heb je daar al spijt van?'

Stephen kreeg de indruk dat Judith bijzonder nieuwsgierig was naar zijn reactie op deze vraag. Of dat iets te betekenen had? Misschien was de wens de vader van de gedachte. 'Waar moet ik spijt van hebben? Het was een keerpunt in mijn leven.'

Yehoshuah boog zich naar Judith toe en begon druk tegen haar te gebaren.

'Eerst was hij niet meer dan een naam, een paar tekentjes op het beeldscherm. Even onecht als een computergame. Goed, we discussieerden met elkaar, maar het had net zo goed een slim programmaatje in een of ander lab kunnen zijn dat deed alsof het een mens was. Maar toen kwam er een brief met een Amerikaanse postzegel, afgestempeld in de staat Maine. Langzaam begon ik te geloven dat hij wel eens echt kon bestaan, als echt personage. Op een dag belde hij me gewoon op! Wat een schok! Die naam uit mijn computer sprak tegen me. Het was een echte stem die Amerikaans Engels sprak! Hij noemde een datum en een tijdstip, een vluchtnummer! Eerlijk gezegd geloofde ik het pas werkelijk toen hij met zijn plunjezak voor me stond.'

Stephen glimlachte. Veel tijd hadden ze niet gehad; Yehoshuah had hem meteen daarna naar het kamp gebracht, en de volgende dag waren ze in alle vroegte al aan de slag gegaan.

'Jullie ook altijd met jullie computers,' meende Judith, die zich meteen naar de man aan het tafeltje ernaast toe draaide, die zijn krant helemaal uitgevouwen had, zodat een hoek ervan voortdurend vlak voor haar linkeroog heen en weer bewoog. Ze bestookte hem met enkele ratelende opmerkingen in het Hebreeuws, die hem ertoe brachten beteuterd met zijn krant een eind verderop te gaan zitten.

Later trokken ze verder, terug naar de boulevard, die er naarmate ze zuidelijker kwamen steeds oriëntaalser uitzag, en naar kebab en geroosterde noten rook. Ze werden omringd door melancholieke melodieën die in donkere kroegjes uit goedkope transistorradio's klonken. Op een zeker moment, toen het al donker was en de neonreclames Stephen aan Las Vegas deden denken, bereikten ze de haven. 'Weet je dat Jaffa de oudste handelshaven ter wereld is, Stephen? Die is door koning Salomo gebouwd, echt waar!' Ze kwamen bij het restaurant dat Yehoshuah uitgezocht had. Ze moesten nog even wachten tot hun tafel vrij kwam. Nadat de borden waren weggehaald en de tafel opnieuw was gedekt, mochten ze eindelijk gaan zitten en de menukaarten als kostbare oorkonden in ontvangst nemen. Het was er vreselijk benauwd en de dicht op elkaar zittende gasten produceerden een oorverdovend lawaai.

'Tamelijk populair,' meende Stephen. 'Wat zeg je?'

'Ik zei dat dit een tamelijk populaire tent lijkt,' herhaalde Stephen schreeuwend.

'Ja,' knikte Yehoshuah. 'Je moet vier dagen van tevoren reserveren.' Ze bestelden bij een ober die weliswaar een soort kelnersjasje droeg, maar geen enkel geduld kon opbrengen en bijna niet kon wachten tot ze eindelijk al hun wensen kenbaar hadden gemaakt en hij verder mocht jakkeren. Een jonge vrouw, die eveneens duidelijk in de stress was geschoten, bracht hun met nerveuze bewegingen het aperitief, drie grote glazen sherry. Judith bleef maar vissen naar wat er nu werkelijk voor vondst was gedaan en herinnerde hem eraan dat hij had beloofd het vanavond te vertellen, zodat Stephen uiteindelijk toegaf en zijn relaas begon, hoewel hij dit niet bepaald een geschikte gelegenheid vond.

'Perceel 14 was de necropolis van de nederzetting, het kerkhof,' verklaarde hij met zijn gezicht naar Yehoshuah toe, die weliswaar regelmatig met professor Wilford-Smith te maken had gehad, maar niet precies op de hoogte was van de bijzonderheden van deze vindplaats. 'Dat wisten ze al van de satellietbeelden. Het was dus duidelijk dat we met een hele reeks graven van doen hadden. Iedere assistent moest een graf voor zijn rekening nemen, en dat van mij was het laatste in een hele rij en lag bovendien in een eigen kwadrant. Ik zat dus alleen gehurkt in mijn kuil en hoorde anderen aan de andere kant van de muur met elkaar kletsen en lachen, terwijl ik met een penseel de botten schoonveegde die ik uit de aarde haalde, nadat we alle brokstukken van de ingestorte grafsteen hadden verwijderd. Dat was eergisteren rond elf uur. Toen de wereld nog in orde was.'
Yehoshuah en Judith hadden zich ver naar voren gebogen, evenals hij, en uit de verte moest het een tamelijk merkwaardige aanblik bieden hoe ze met hun hoofden vlak bij elkaar zaten. Stephen nam een slok sherry.
'Maak het niet zo spannend,' kapittelde Judith hem.
'Ik hoef het niet spannend te maken. Het is zo al spannend genoeg. Toen ik ongeduldig werd en een handvol aarde naast het linker bovenarmbot met mijn blote handen wilde wegscheppen om sneller op te schieten, voelde ik iets wat weerstand bood. Mijn god, ik had het bijna kapotgemaakt. Een grafgeschenk.'
'O,' merkte Yehoshuah met een kennersblik op. 'En wat dan precies?'
'Een plat zakje van een stof die volgens mij linnen was. Tamelijk goed bewaard gebleven, rondom dichtgenaaid en misschien zo groot.' Hij duidde de grootte met zijn vingers aan. 'Ongeveer zo groot als een pocketboek.'
'En?' vroeg Judith.
'Goed,' vervolgde Stephen, 'ik was nieuwsgierig naar wat erin zat. Dus heb ik het opengesneden.'
'Je hebt het opengesneden?''
'Ja.'
'Gewoon opengesneden?'
'Gewoon opengesneden. Met mijn Zwitserse zakmes. Aan één kant.'
'Onbegrijpelijk,' bracht Yehoshuah verbijsterd uit. 'Dat is wel het ergste... Dat is gewoon een archeologische doodzonde!'
'Wat zat erin?' wilde Judith weten.
Stephen pakte zijn sherryglas, sloeg het restje dat er nog in zat achter-

over, tuitte zijn lippen en trok die weer in, keek naar het plafond en daarna van de een naar de ander. ‘Dat geloven jullie nooit,’ zei hij toen.

6

Wat de Hellenistisch-Romeinse tijd betreft, zijn vaastypen uit het hele tijdsbestek van deze beide tijdvakken aangetroffen.De kookpotten E-1 en E-2 zijn afkomstig uit de eerste eeuw v.Chr. en de eerste eeuw n.Chr., waarbij E-1 vanaf het einde van de eerste eeuw v.Chr. voorkomt (zie Lapp 1961, 190: type 72.2; Tushingham 1985, 56; fig. 22:28, 29;23:5; 24:7,17,18), maar E-2 schijnt al vroeger in deze eeuw voor te komen.

Prof. Charles Wilford-Smith

Bericht over de opgravingen bij Bet Hamesh

Ze liepen naar de witte tent, met John Kaun voorop, als de heer des huizes die gasten zijn landgoed laat zien. Hij stond aan de rand van een gebied dat op een schaakbord van vierkante gaten in de grond leek. Sommige waren slechts oppervlakkig aangeduid, andere diep en grondig uitgegraven. De tent leek over een van de kuilen te zijn opgezet, en op elke hoek stonden wachtposten, vastberaden ogende jonge mannen met zwarte, gevaarlijk uitziende machinepistolen met korte loop om hun schouders, die wantrouwend om zich heen keken, alsof ze elk moment de invasie van een heel leger verwachtten.

Eisenhardt zweette. Hij vroeg zich af hoe deze industrieel het uithield in zijn donkerblauwe colbert met een dubbele rij knopen en een correct gestrikte stropdas die met een bescheiden gouden dasspeld was vastgemaakt. Toch zat er ook op hem iets van het alomtegenwoordige gele stof, op zijn schoenen en broekspijpen, dus hij bezat kennelijk toch iets menselijks.

De professor bleef licht gebukt achter hem lopen. Hoe oud zou hij zijn? Beslist ouder dan zeventig, gezien zijn witte haar. Eisenhardt probeerde zich voor te stellen waarom je op die leeftijd nog in vreemde landen in de bodem zou wroeten, in plaats van rustig thuis te zitten en rozen te kweken. Je kon je hem uitstekend als rozenkweker voorstellen. In plaats daarvan zat hij hier misschien al jaren in de woestijn, terwijl Eisenhardt daar al na een halfuur schoon genoeg van had.

Kaun greep het tentdoek beet, sloeg het terug en hield het vast zodat Eisenhardt en Wilford-Smith naar binnen konden. 'Voorzichtig,' zei hij toen de schrijver de ingang passeerde, 'het loopt naar beneden.'

Binnen in de tent was het licht gedempter en zachter. Je ging er bijna

van je stokje door de benauwde hitte. Eisenhardt bleef staan om zich te oriënteren. De tent stond inderdaad precies boven een van de vierkante kuilen, en wel een van de diep uitgegraven kuilen. Het gat besloeg zo'n vijf vierkante meter. Vlak voor zijn voeten was een soort trap in de aarde gegraven, met grote treden van onregelmatige hoogte. Op één plek had iemand een plank gelegd en met stenen verstevigd. Eisenhardt begon voorzichtig af te dalen naar de bodem van de opgraving, een meter of twee lager.
Iemand, waarschijnlijk Kaun, haalde een schakelaar over, waarna vier aan het tentdak bevestigde lampen, die Eisenhardt tot nu toe nog niet waren opgevallen, aanfloepten en het perceel in een fel licht zetten. Eisenhardt bleef een moment staan en keek nog eens om zich heen. Hoe lang zou het geduurd hebben om alleen dit gat al te graven? En in de omgeving hadden ze tientallen van dergelijke kuilen in de bodem gegraven.
De wanden zaten vol grote stenen en leken door een enkele luide kreet al te kunnen instorten. De bodem was vlak, vast aangestampt en zanderig, en in de tegenoverliggende hoek was iets met donkerblauw plasticfolie afgedekt. Het grote geheim. De vondst die iedereen voor raadsels stelde. Een moment lang raakte Eisenhardt bevangen door angst, gewoon omdat hij in een vreemd land was, in een vreemde omgeving, omdat de machtige bestuursvoorzitter van een machtig concern iets van hem verwachtte, terwijl hij geen enkel idee had wat dat was, laat staan of hij aan die verwachtingen kon voldoen. Deze angst had langzaam maar zeker bezit genomen van elke cel in zijn lichaam, zodat zijn spieren zich bij elke stap spanden en de wanden van de schacht hem bedreigend voorkwamen. Angst, zijn aloude metgezel. Misschien was dat de reden dat hij schreef in plaats van avonturen te beleven. Hij herinnerde zich zijn jeugd als een opwindende, extatische periode vol wonderlijke ontdekkingen. Maar op een dag was die angst opeens opgedoken en was hij niet meer naar buiten gegaan maar thuisgebleven. Toen was hij met schrijven begonnen.
Hij zuchtte diep en voelde hoe de lucht uit zijn mond stroomde. Hij had ontdekt dat het onmogelijk was bang te zijn op dat ene, korte moment waarop alle lucht uitgeademd en de long leeg was. Soms was die seconde zijn venster op de werkelijke wereld, op de wereld zoals die er uitzag zonder de angst in zijn ogen, zijn netvlies, zijn zenuwvezels. En nu, het moment waarop de angst voorbij was, voelde hij weer die vrolijke kinderlijke opwinding, alsof die nooit was weggeweest.

'Kom eens,' zei Kaun. Zijn ogen twinkelden veelbelovend. 'Hierheen. Trek het zeil maar opzij.'
'Wel voorzichtig graag,' voegde Wilford-Smith er kalm aan toe.
In wezen was de kuil niets anders dan een grote kamer waarvan het ontbrekende plafond door een tentkoepel was vervangen. Eisenhardt volgde het verzoek van de mediamagnaat, greep een hoek van het zeil beet en trok het voorzichtig omhoog. Er lag een skelet onder.
Het leek niet erg op het skelet zoals dat in de biologieles werd getoond. De bleke delen van het skelet lagen door elkaar, alsof het dode lichaam door een groot gewicht was platgedrukt. Eisenhardt dacht aan de aardlagen die waren weg gegraven; waarschijnlijk was dat inderdaad gebeurd. De beenderen leken glad en poreus, hij durfde ze nauwelijks op te pakken. Maar nadat hij het plastic zeil opzij had gelegd, ging hij toch op zijn hurken zitten en staarde gefascineerd in de lege oogkassen van de opmerkelijk goed bewaarde schedel. Dit was dus ooit een mens geweest.
'Zoals gezegd,' herhaalde de professor op zijn kenmerkende trage, bescheiden toon nog eens, 'is dit graf tamelijk exact tweeduizend jaar oud. Voorzover we nu kunnen beoordelen, is de hele nederzetting op zijn laatst in het jaar 90 verlaten en heeft niet langer dan circa tweehonderd jaar bestaan.'
'Ik begrijp het,' knikte Eisenhardt, zich afvragend wat dat grote geheim dan wel was. Dit was een skelet, zeker. Daar moest je rekening mee houden als je tweeduizend jaar oude kerkhoven ging opgraven. Een hoop kale botten, min of meer anatomisch correct te reconstrueren, verder wat grafgeschenken, zoals dat platte linnen zakje naast het borstbeen...
'Precies,' knikte John Kaun. 'Kijkt u daar eens wat nauwkeuriger naar.'
Eisenhardt kneep zijn ogen toe. Het was een rechthoekig zakje, iets groter dan een vlakke hand, dat van een soort zaklinnen gemaakt leek. Het zag er uitgedroogd en kwetsbaar uit. Daaronder was vaag iets lichts zichtbaar.
Kaun stond over hem heen, met zijn armen verwachtingsvol over zijn borst geslagen. Hij leek ervan te genieten te zien hoe hij in het duister tastte. 'Maakt u dat zakje eens open,' droeg hij hem op.
'Openmaken?' vroeg Eisenhardt voor alle zekerheid.
'Ja. Aan de rechterkant is het open.'
Kijken was geen probleem, maar aanraken... In musea had hij geleerd nooit iets aan te raken, en al helemaal niet als je wist dat het duizenden jaren oud of bijzonder kwetsbaar was. Eisenhardt strekte zijn hand uit, kromp bijna ineen toen hij met zijn vingertoppen, die op wonderbaar-

lijke wijze opeens uiterst gevoelig leken, de stof van het zakje aanraakte. Het bestond uit houtige, ruwe vezels die onder zijn aanraking meegaven en vast en zeker meteen tot stof zouden vergaan. Maar het zakje was werkelijk aan de rechterkant opengemaakt, en zo voorzichtig mogelijk tilde hij de stof op.

Daaronder vond hij nog een zakje van een merkwaardig, melkachtig materiaal, dat op parelmoer leek en als plastic aanvoelde.

'Hebt u ooit zoiets gezien?' vroeg Kaun nieuwsgierig. Eisenhardt schudde langzaam zijn hoofd. 'Ik geloof het niet. Moet dat dan?'

Kaun lachte zachtjes. Er trilde iets in zijn stem, alsof hij de spanning niet veel langer meer aankon. 'Ik geloof dat u zoiets wel eens eerder gezien hebt. Overigens is ook dit zakje aan de rechterkant open. Kijkt u er maar in!'

Waarom beefden zijn handen nu? Wat had dit allemaal te betekenen? Zijn vingers gleden zo voorzichtig over het zakje dat het leek alsof hij met een examen voor zakkenroller bezig was. Het voelde aan als kunststof. In het licht van de daklampen, die een fel en heet licht verspreidden, zag hij inderdaad een opening aan de rechterkant en ook aan de bovenkant, die eruitzag als een snee van een mes. Eisenhardt pakte de vrije hoek en tilde die voorzichtig op.

Hij hoorde de professor inademen. Hij voelde dat de mediamagnaat zijn adem inhield. En hij staarde naar wat er tevoorschijn was gekomen. Hij had niet kunnen zeggen wat hij eigenlijk had verwacht te vinden, maar dit in elk geval niet. Absoluut niet. Wat hij zag, was zo onverwacht, dat zijn hersenen een eeuwigheid nodig leken te hebben om de signalen van zijn ogen correct te interpreteren.

Eenvoudiger gezegd: hij kon niet geloven wat hij zag. Het was de gebruiksaanwijzing van een Sony videocamera.

Stephen hief in een verontschuldigend gebaar zijn handen op. 'Het spijt me, maar dit is de waarheid. Ik ben volkomen verbluft op de grond gaan zitten, terwijl ik ernaar bleef staren en wachtte tot het in de lucht zou oplossen. Tot zou blijken dat het om een fata morgana ging, een zonnesteek of iets dergelijks. Maar het loste niet op. Het lag er, even reëel als deze menukaarten.'

'Een gebruiksaanwijzing?' Judith staarde hem aan, terwijl haar gezicht een en al ongeloof uitdrukte. 'Voor een videocamera?!'

'Een Sony MR-01 camcorder.' En daaronder stond *US Version.* Als je het mij vraagt, was dat geen gebruikelijk grafgeschenk in het jaar 50 na Christus.'

De ober kwam met hun drie borden. Zijn gezicht glom van het zweet en iemand leek hem op te jagen; hij hijgde in elk geval alsof hij elk moment kon instorten. De drie weken wat uiteen, zodat hij de borden kon neerzetten, waarbij hij geen woord zei. Hij verdween meteen weer in het gewoel.

'Eerst dacht ik dat iemand me een poets wilde bakken,' vervolgde Stephen, terwijl hij mes en vork pakte. Hij was alweer vergeten hoe het heette wat er op zijn bord lag, maar het zag er goed uit en rook lekker. 'Echt waar, dat was zelfs het eerste wat ik dacht. Als je nu omhoog kijkt, zei ik tegen mezelf, kijken ze al grinnikend over de rand van de kuil en wachten alleen maar tot ze je beteuterde gezicht te zien krijgen. Maar toen ik omhoog keek, zag ik niemand.'

Yehoshuah schudde verbijsterd zijn hoofd, terwijl hij de huid van zijn vis haalde en het vlees zo voorzichtig van de graten scheidde dat het leek of hij met een archeologische vondst bezig was. 'En toen?'

'Ik heb nagedacht, echt heel lang nagedacht. Ik heb zeker wel een uur in dat gat gezeten en heb niets anders gedaan dan nadenken. Maar uiteindelijk schoot me niets beters te binnen dan de professor in te lichten.' Stephen nam een hap en begon te kauwen. Het smaakte even lekker als het rook. Deze tent was echt een goede tip. 'En zijn reactie vind ik opmerkelijk.'

'Aha,' zei Yehoshuah.

'Hij bekijkt de vondst langdurig, zonder iets te zeggen. Dan zegt hij zachtjes tegen mij dat ik er voorlopig met niemand over praten moet. "Met niemand!" zegt hij wel tweemaal en kijkt me daarbij ernstig en indringend aan. Dan stuurt hij me naar Pierre, die ik moet gaan helpen. Pierre, die alleen Frans spreekt. En het enige Frans dat ik spreek, is *oui* en *non* en *Voulez-vous couchez avec moi?* Wat moet ik daar nou van vinden?'

Judith grinnikte. Zoveel Frans beheerste ze blijkbaar nog wel. 'En nu verraad je ons toch nog alles.'

Stephen maakte een wegwerpgebaar. 'Ach, wat kan mij dat schelen. Dan kent hij mij nog niet. Ik bedoel, hij stuurt me weg, laat een tent over de kuil heen zetten, begint te telefoneren en de volgende dag komt de hoofdsponsor opeens met een hele stoet mensen bij de opgraving binnenvallen als een soort Atilla the Hun... wat heeft dat allemaal te betekenen? Gelooft hij dat ik me dat nu niet meer afvraag?'

'En wat geloof jij dat het betekent?' vroeg Yehoshuah.

'Eén ding is duidelijk: een dode die de gebruiksaanwijzing van een

videocamera mee in het graf krijgt, was in elk geval geen jood uit het begin van onze jaartelling,' concludeerde Stephen. 'Ik denk dat hij pasgeleden vermoord en daar begraven is.'
Yehoshuah sperde ontzet zijn ogen open. 'O jee, geloof je dat werkelijk?'
'Ik weet het niet zeker, maar het kan een verklaring zijn.'
Judith fronste nadenkend haar voorhoofd. 'Maar waarom zou de moordenaar zijn slachtoffer uitgerekend deze gebruiksaanwijzing in het graf meegeven?'
'Het moet een beslissende aanwijzing zijn. Een verraderlijk bewijsstuk.'
'Maar als het iets zou verraden, dan had hij het kunnen verbranden, of het ergens anders kunnen begraven. Het graf van zijn slachtoffer was de slechtst denkbare plek daarvoor. Daar was het toch veel verraderlijker dan ergens anders. Stel je voor dat het er niet was geweest, dan had iedereen de dode voor een normale archeologische vondst gehouden.'
Achter Judith begon alweer iemand zijn krant breeduit te lezen. Ditmaal raakte de bovenkant van de Hebreeuwse krant haar achterhoofd, wat ze nog niet leek te merken. 'Je hebt eerder gezegd dat de dode in de necropolis lag,' voegde Yehoshuah eraan toe. 'In een rij met andere graven.'
'Ja.'
'Dat betekent dat de moordenaar al vele jaren geleden van deze nederzetting moet hebben afgeweten, nietwaar?'
'Aha,' zei Stephen, 'en dat terwijl die pas vorig jaar op satellietfoto's ontdekt is. Inderdaad.'
'Precies. Dat is merkwaardig.'
'Als ik een lijk zou willen begraven,' wierp Judith opeens in het midden terwijl ze haar hand door haar haar haalde, en daarbij de krant op een haar na miste, 'dan zou een nog niet ontdekte archeologische vindplaats toch wel de slechtst denkbare plek zijn, niet? Ik bedoel, als ik iemand vermoord heb, dan wil ik toch dat hij nooit wordt gevonden.'
Stephen staarde langs haar heen naar de in het Hebreeuws gedrukte krantenpagina, die zijn aandacht trok, ook al kon hij geen woord Hebreeuws lezen. Of ging het hem om de man, die de krant in het schemerige kroeglicht probeerde te lezen? 'Misschien wilde de moordenaar juist dat het lijk gevonden werd,' opperde hij hardop. 'En hij wilde ook dat het lijk meteen als slachtoffer van moord geïdentificeerd werd. En nog iets: John Kaun is daar met zijn mensen aanwezig, en niet de recherche. Wat heeft dat te betekenen?'
Judith liet haar hand weer over haar prachtige ravenzwarte lokken glijden, en ditmaal raakte ze de krant aan. Ze draaide zich geërgerd om en

riep de man iets in het Hebreeuws toe. Het viel niet moeilijk te raden wat haar zo woedend maakte. Stephen grijnsde, terwijl de geschrokken krantenlezer, een tengere man met bril en een grote snor, onder het uiten van een reeks verontschuldigingen omzichtig zijn krant begon samen te vouwen.

Opeens ontdekte hij wat hem was opgevallen. 'Judith!'

Ze keek hem geïrriteerd aan. Hij stond op, boog zich over de tafel heen, zonder erop te letten dat hij daarbij het zoutvaatje en de vaas met plastic bloemen omstootte, en greep de krant. 'Deze foto!' riep hij, pakte de krant nog steviger beet, rukte die van de man weg en legde die voor Judith neer. 'Wat staat daar? In het bijschrift van de foto?'

'Stephen? Wat doe je nou?'

Hij tikte met zijn wijsvinger op de foto. 'Dat is de man die met de taxi kwam. Net toen we wegreden. Wat staat daar?'

'Welke man?'

Stephen boorde zijn blik in de hare. 'Lees nou eens wat daar staat. Gewoon lezen.'

'Stephen, welke man bedoel je?'

'Ik word stapelgek van jou,' bromde Stephen. 'Yehoshuah, jij dan. Mijn god, wat staat daar?'

Yehoshuah boog zich verbluft, maar gedwee naar de krantenfoto toe, die blijkbaar in een vliegtuig was genomen. 'Peter Eisenhardt, de bekende Duitse auteur, reist momenteel door Israël om research te plegen voor zijn volgende roman...'

'Peter Eisenhardt!' riep Stephen uit. 'Precies. Bedankt!'

Hij trok de krant weer van hem weg en gaf die terug aan de eigenaar, die de scène met overduidelijke verbijstering had gevolgd. 'Toen we van het kamp wegreden, stond er een taxi, die vlak voor jou was aangekomen,' zei hij, zich tot Yehoshuah wendend. 'Ik heb je nog gevraagd wie die man was, weet je nog?' Yehoshuah knikte.

'Ik wist dat ik dit gezicht al eens op een foto gezien had, maar ik kon me echt niet meer herinneren wie hij was. Maar nu weet ik het.' Een van de deelnemers aan de Brazilië-expeditie was een Duitser geweest die twee pocketuitgaven van romans van Peter Eisenhardt in zijn bagage had. Op het achterplat stond de auteur afgebeeld.

'Ja, en wat dan nog?' vroeg Judith fronsend. 'Mij zegt de naam niets, het spijt me.'

Stephen ging achterover in zijn stoel zitten en een ogenblik lang leek het lawaai om hem heen nog erger te worden, een vloedgolf van stemmen in

allerlei talen, glasgerinkel, gelach en gekras van bestek op borden. Er schoot een waanzinnige gedachte door hem heen, een absoluut idioot idee...
'In Duitsland,' zei Stephen langzaam, 'is hij een relatief bekende sciencefictionauteur.'
Judith keek hem aan en hij beantwoordde haar blik. Stephen Foxx was dol op waanzinnige gedachten. Het hele leven dat hij leidde, dankte hij aan een andere waanzinnige gedachte. Maar dit... dit sloeg alles...
'Misschien,' opperde ze, 'wil die John Kaun een van zijn romans verfilmen. En omdat ze allebei net in Israël zijn, hebben ze een afspraak gemaakt...'
Stephen schudde heel langzaam en bijna onmerkbaar zijn hoofd. 'Kaun is een nieuwsjager. Films interesseren hem niet. Hij heeft nog nooit een film geproduceerd.'
'Goed dan, Sherlock Holmes. Dan niet. Zeg jij dan wat het betekent.'
'Ik weet het niet.'
'Sciencefiction, zeg je?' bromde Yehoshuah.
Stephen bromde alleen maar wat. Maar zijn bloed kookte. Hij staarde naar zijn half leeggegeten bord en had opeens geen honger meer. Sciencefiction. Ja hoor. 'Kunnen we hier alsjeblieft zo snel mogelijk weg?' vroeg hij op matte toon.
Ze liepen weg uit de straten waarin uit het ene restaurant de klanken van een jazzpiano klonken en uit het volgende het gejengel van een elektrische gitaar die een buikdans begeleidde. Het leek op een soort vlucht. Stephen liep met grote passen voorop, zonder te weten waar ze heen gingen. Maar zijn bloed kookte nog steeds.
'Stephen?' hoorde hij Judith achter zich zeggen. 'Is alles in orde?' Hij haalde zijn mobiele telefoon uit zijn zak en schakelde die in. 'Alles in orde. Alles is prima. Ik moet alleen even rustig bellen.'
'Bellen?'
Hij bleef staan bij een massief stenen muur, die beslist duizenden jaren oud was en begon een nummer te kiezen. Het donkere water van het havenbekken klotste tegen de pier, de zwarte silhouetten van schepen waren vaag zichtbaar, en het was stil. Ze haalden hem allebei in.
'Wie bel je op?' wilde Yehoshuah weten.
'Sony.'
'Sony?'
Stephen keek op. 'Willen jullie allebei nu ophouden alles te herhalen wat ik zeg? Ik bel de firma Sony op, inderdaad. Ik wil alles weten wat er over die videocamera te weten valt.'
'Op dit tijdstip?'

'In Japan is het nu...' hij keek op zijn horloge, 'even voor elf uur 's ochtends.'
'Bel je ze in Japan op?' Yehoshuah had duidelijk moeite zijn kalmte te bewaren.
'Dat heb ik geloof ik al gezegd. Ja. Sony is een Japans bedrijf.'
Judith keek hem aan alsof ze niet zeker wist of hij gek geworden was of hen alleen maar voor de gek wilde houden. 'En jij kent het telefoonnummer van Sony natuurlijk uit je hoofd?'
Stephen stak een zwart mobieltje omhoog, alsof hij een troefkaart in zijn hand hield. 'Het loont om klant te zijn bij de juiste serviceprovider, ook al kost dat iets meer. Als ik met iemand wil spreken wiens nummer ik niet ken, kan ik een helpdesk bellen die 24 uur per dag bemenst is en alle telefoonboeken van de wereld bezit. Duidelijk zo?'
Ze wilde nog iets zeggen, maar slikte haar woorden in en knikte alleen maar.
Hij toetste nogmaals een nummer in. Er meldde zich een frisse, opgewekte vrouwenstem, alsof het nog ochtend was. Waar zij zich bevond, was het misschien ook ochtend. Hij vroeg om het nummer – 'Sony, Japan, en zo mogelijk iemand van de verkoopafdeling die Engels spreekt' – waarop ze opgewekt 'Ogenblikje alstublieft!' zei en hem in de wacht zette.
Judith wisselde een blik met haar broer uit. 'Ik vind mezelf zo ouderwets,' mompelde ze.
Ze wachtten. Dat werd geen goedkoop gesprekje.
'Goedendag,' hoorden ze Stephen ten slotte zeggen, terwijl hij zijn best deed langzaam en duidelijk te spreken. Waarschijnlijk sprak degene aan de andere kant van de lijn niet bijzonder goed Engels. 'Mijn naam is Foxx, en ik bel op uit Israël. Israël, ja. In het Midden-Oosten. Ja. Tussen Egypte en Syrië... Palestina, precies.'
Yehoshuah vertrok zijn gezicht.
'Ik heb belangstelling voor uw camcorder MR-01. Ik wil graag weten of er in Israël een winkel is waar ik dat apparaat kan bekijken.' Een pauze. 'MR-01, ja.' Nog een pauze, nu langer. 'Nee, heel zeker. MR-01. Met de M van Madagaskar en de R van Rio. Streep, nul, een. Ja.'
Ze zagen Stephens ogen groter worden naarmate hij langer luisterde. Zijn stem was op een vreemde manier veranderd, toen hij weer sprak. 'Aha. Ik begrijp het. Juist ja. Daar is niets aan te doen. Ja, hartelijk dank. Hartelijk dank voor de informatie. Zeker, u hebt me beslist geholpen. Hartelijk dank.'

De piep waarmee hij de verbinding verbrak, klonk klagelijk. Hij bleef met holle ogen naar de telefoon staren, en vervolgens naar het strand, waar aan de zuidkant inmiddels een feestje aan de gang was. Uit een draagbare cassetterecorder klonk zachte muziek, waarvan slechts flarden tot hen doordrongen. Donkere, slanke gedaanten waren op de muziek aan het dansen, sommige ervan in het water.
Judith verbrak uiteindelijk het zwijgen. 'En?'
Stephen wist een humorloos lachje op zijn gezicht te brengen. 'Sciencefiction,' zei hij, keek weer naar zijn telefoon, schakelde die uit en schoof die terug in het hoesje. 'Sciencefiction.'
'Kun je misschien wat duidelijker zijn? Wat heeft hij gezegd?'
Stephen slaakte een zucht en liet zijn blik over het uitgestrekte, duistere havenbassin glijden.
'De Sony Camcorder MR-01,' zei hij, 'is nog in ontwikkeling. Die komt op zijn vroegst over drie jaar op de markt. Op het ogenblik bestaat die alleen op de tekentafel.'

7

Munt 47: Site 98, Strat. JE 14/6, Per. 30; Ph. 83. Gewicht AE 2,53 g. – Claudius (AD 51-64), Jaar 14; joodse procurator: Antonius Felix. – Referentie: Meshorer 232. – Tijdbepaling: 54 n.Chr.
Prof. Charles Wilford-Smith
Bericht over de opgravingen bij Bet Hamesh

'En?' vroeg de eigenaar van het op een na grootste nieuwsnetwerk van de wereld triomfantelijk. 'Wat vindt u ervan?'
Eisenhardt stond moeizaam op. Zijn rechterbeen sliep een beetje, blijkbaar had hij zonder het te merken in de hurkzit de bloedtoevoer afgesneden. 'Moeilijk te zeggen,' zei hij aarzelend. 'Het lijkt op een rare grap.'
'En als we aannemen dat het geen grap is?'
'Wat zou het dan kunnen zijn?' De schrijver masseerde zijn dij met zijn hand. 'U zei toch dat een van uw vrijwilligers het heeft gevonden. Waarom denkt u dat dat klopt?' John Kaun keek de professor uitnodigend aan. 'Vertelt u hem wat we over de datering van de vondst weten.'
'We kunnen ervan uitgaan,' begon hij, 'dat de laag waarin het skelet gevonden is, niet was aangetast. Met andere woorden: het kan uitgesloten worden dat de dode hier later begraven is. Zoals u zich kunt voorstellen, komt het relatief vaak voor dat een kerkhof op een bepaalde plek wordt aangelegd waar er eeuwen geleden ook al een was, vooral in een land dat al zo lang bewoond wordt als dit. Daar moet je op letten als je je met opgravingen bezighoudt, omdat je anders vondsten aan het verkeerde tijdperk zou toekennen. Er bestaan bepaalde, onmiskenbare kenmerken waaraan je zoiets kunt herkennen. Hier was dat zoals gezegd niet het geval; de aardlaag was onaangetast, en op grond van talrijke munten, potscherven, graspollen en stukjes hout, waardoor een indeling aan de hand van de jaarringen mogelijk is, kan de ouderdom nauwkeurig worden vastgesteld. Met andere woorden: het staat vast dat het skelet tweeduizend jaar lang in het graf heeft gelegen.'
'Het skelet,' knikte Eisenhardt. 'Maar daar gaat het niet om. Het gaat om dit zakje.'
'Wel, dat lag er direct naast.'
'Toen u het zag. Maar lag het er ook naast toen het skelet uitgegraven werd?'
'Ik kan u vezels van het materiaal van het buitenste zakje onder de

microscoop laten zien. Die zijn afkomstig van een plantensoort die hier al vijftienhonderd jaar niet meer inheems is.'

'Maar ergens anders misschien wel.'

'Daar komt bij dat de stof onmiskenbaar zeer oud is.'

'Oké. Wie heeft het zakje geopend?'

'Dat was mister Foxx. De jongeman die het gevonden heeft.'

'Is het gebruikelijk dat uw hulpkrachten vondsten beschadigen?'

'Nee, natuurlijk niet. Ik heb hem dan ook berispt.'

'Maar het zou denkbaar zijn dat hij de inhoud van het zakje heeft verwisseld.'

'Dat is denkbaar, ja. Maar waarom zou hij dat willen doen?'

'Om u een poets te bakken.'

Wilford-Smith schudde zijn hoofd. 'Hij is niet het type dat andere mensen in de maling neemt.'

'Oké.' De schrijver keek van de een naar de ander. 'Wat wilt u nu precies dat ik doe? Ik heb het gevoel dat u al een theorie heeft, en die luidt klaarblijkelijk niet dat het hier om bedrog gaat. Vertelt u me eerst eens hoe u erover denkt.'

Kaun mengde zich weer in het gesprek. 'We denken dat er geen bedrog in het spel is. Ik stel voor dat ik u alles vertel wat we momenteel zeker denken te weten en vertel u dan welke conclusie we daaruit trekken. En dan vertelt u ons wat u daarvan vindt.'

'Dat klinkt zinnig.'

'Ten eerste,' telde de mediamagnaat, de wijsvinger van zijn rechterhand opstekend, terwijl hij heen en weer begon te lopen, 'is de laag waarin het skelet gevonden werd, tweeduizend jaar oud en bij de opgraving onaangetast gebleken. Ten tweede bestaat dat zakje uit materiaal dat hier ter plekke tweeduizend jaar geleden gebruikt werd, maar tegenwoordig nergens meer te vinden is. Ten derde is het materiaal van het tweede zakje zonder meer plasticfolie; het lijkt door nog onbekende invloeden verkleurd te zijn. Ten vierde lijkt ook het papier waarop de gebruiksaanwijzing gedrukt is, erg oud te zijn, hoe merkwaardig dat ook klinkt. We zullen ervoor zorgen dat alle materialen – stof, papier en beenderen – met de radiokoolstofmethode gedateerd worden, al zal dat wel nog enige tijd duren.'

'Overigens hebben we in de tanden van de schedel amalgaamvullingen ontdekt,' voegde de professor eraan toe.

'Voor tandvullingen werd amalgaam pas in 1847 voor het eerst gebruikt, in Frankrijk.'

'Een uitvinding die verloren is gegaan?'

'Nee. De dode heeft twee vakkundig uitgeboorde en gevulde kiezen, maar verder ook een aantal kiezen die ernstig door cariës zijn aangetast; er ontbreken er ook een hoop. Als er in het jaar 50 zo'n revolutionaire tandarts geweest zou zijn, dan was hij zeker teruggegaan.'
Eisenhardt ademde zuchtend uit, legde zijn armen op zijn rug, liep een stukje, draaide zich toen weer om en liep dezelfde weg terug. Hij bleef voor het graf staan en keek naar de half blootgelegde beenderen. Het rook naar heet stof. De schedel glom in het licht van de daklampen, alleen de oogholten wierpen donkere schaduwen.
'U denkt dat het een tijdreiziger is, nietwaar?'
Heel even bleef het stil, toen hoorde hij John Kaun hartelijk lachen.
'Ziet u?' riep hij tegen de professor. 'Wat heb ik gezegd? Voor een sciencefictionschrijver is dat kinderspel. Terwijl wij ons er het hoofd over breken, werpt hij één blik en tjakka, hij weet meteen wat er aan de hand is!' Hij klapte als een kind in zijn handen, maar zelfs dat zag er bij hem niet belachelijk, maar bedreigend uit.
Eisenhardt voelde zijn maag ineenkrimpen.
'Dus dat is uw archeologische sensatie,' concludeerde hij. 'Het skelet van een tijdreiziger.'
Kaun kalmeerde weer.
'Nee,' zei hij, op een toon alsof hem nu pas duidelijk werd dat Eisenhardt het belangrijkste nog altijd niet begrepen had. 'Dat is nog niet de grote sensatie.'
'Wat dan wel?'
'Denkt u nog eens na,' droeg de man in het donkerblauwe pak hem op. 'Een tijdreiziger. Met een videocamera.'
Eisenhardt staarde hem aan. Hij begreep het.
'O, mijn god,' bracht hij uit.
Kaun lachte wolfachtig. 'Ja... wat zou die tweeduizend jaar geleden gewild hebben?'

Ze zochten de weg terug naar Yehoshuahs auto, waarbij ze onwillekeurig hard doorliepen, alsof ze achterna werden gezeten. 'Vergeet alles wat we over een moord hebben gezegd,' zei Stephen. 'Het was geen moord.'
'Wat dan wel?'
'De dode is werkelijk tweeduizend jaar geleden gestorven en begraven, en wij hebben die weer opgegraven.'
'En dat zakje met die gebruiksaanwijzing?'
'Ook.'

Wat voor een stad was dit, waarin sommige straten om halftwee 's nachts nog verstopt zaten met auto's? Stephen bleef staan, staarde naar de chaos en draaide zich naar zijn metgezellen toe. 'Mijn theorie klinkt volkomen krankzinnig, maar verklaart alles. Pas op: in de nabije toekomst zal iemand ontdekken hoe je door de tijd kunt reizen. Op zijn vroegst over drie jaar, misschien iets later, maar in elk geval op een moment waarop deze Sony MR-01 de beste camcorder is die er te koop is. Iemand zal die camera namelijk kopen en er tweeduizend jaar terug in de tijd mee reizen. Om de een of andere reden lukt het hem niet meer in zijn eigen tijd terug te keren. Dus hij moet daar blijven, onder de mensen van die tijd blijven leven, tot hij op een dag overlijdt. Hij wordt bijgezet in een graf en iemand legt het zakje met de in folie verpakte gebruiksaanwijzing in het graf, zonder te weten waarom het gaat. En wij hebben hem weer uitgegraven... een paar jaar voordat hij op reis zal gaan!'
Hij keek naar twee gezichten waarvan de onderkaken langzaam open zakten.
'Dat zou betekenen,' concludeerde Judith ten slotte, 'dat degene wiens skelet daar ligt, nog in leven is?'
'Precies.'
Yehoshuahs blik drukte totale verbijstering uit. 'Dan moeten we hem vinden! Hem waarschuwen!'
'En dan?'
'Ervoor zorgen dat hij niet op reis gaat.'
'Maar dan vinden we hem niet,' hield zijn zus hem voor. 'En als we hem niet vinden, komen we helemaal niet op het idee hem te waarschuwen. En omdat we hem niet waarschuwen, begint hij die reis toch. Dus we moeten hem zien te vinden.' Ze lachte schril, vol geestdrift. 'Misschien ben ik toch niet zo ouderwets!'
'Dat is werkelijk een krankzinnige theorie!' zei Yehoshuah op klagende toon tegen Stephen. 'Het duizelt me als ik daarover na begin te denken.'
Ze liepen weer verder. Uit een rij klapdeuren stroomden opeens mensen naar buiten, en pas na enige tijd begreep Stephen dat daar een bioscoopvoorstelling afgelopen was. Ze baanden zich tussen de claxonnerende, stinkende auto's door een weg naar de overkant van de straat en sloegen op aanwijzing van Yehoshuah een rustiger, donkere zijstraat in.
'Het gaat er niet om die man te waarschuwen,' meende Stephen. 'Ik zou me kunnen voorstellen dat hij zelfs wist dat hij niet zou terugkeren. Misschien is zo'n reis door de tijd slechts in één richting mogelijk en heeft hij dat op de koop toe genomen.'

'Maar wie zou zoiets doen?' vroeg Yehoshuah.
'Luister nou eens! Om dit motief?'
'Welk motief?'
Hij bleef staan en keek hen sprakeloos aan. 'Welk motief? Ik kan tweeduizend jaar in de tijd terug reizen. Ik weet dat ik niet zal terugkeren, maar ik kan de beste videocamera meenemen die er verkrijgbaar is. Wat zal ik dan gaan filmen?'
Nog altijd twee niet-begrijpende gezichten. Tot het Stephen opeens begon te dagen.
'Verdomme nog aan toe,' mompelde hij. 'Ach natuurlijk, jullie zijn joden. Logisch...'
Hij ademde diep in en uit. 'Goed, nog eens. Bedenk dat de man die naar het verleden reist, de Amerikaanse versie van de gebruiksaanwijzing meeneemt, Niet de Japanse, niet de Hebreeuwse. Waarschijnlijk gaat het dus om een Amerikaan. En voor een Amerikaan die het op zich neemt tweeduizend jaar in de tijd terug te reizen en niet terug te keren, is er in de wereld van die tijd slechts één interessant motief: Jezus van Nazareth. Jezus Christus.'
Gedurende een kort ogenblik had hij het gevoel dat hij uit zichzelf trad, zichzelf in een smal, schemerig straatje in Tel Aviv zag staan en de echo van zijn woorden tegen de stille huizen hoorde weerklinken. Het was meteen weer voorbij. Hij knipperde met zijn ogen. Wat had hij gezegd?
'Klopt,' zei Judith peinzend. 'Die leefde toen.'
'Ja. Daar berust de tijdrekening op.' Er schoot hem te binnen dat de joodse cultuur een eigen tijdrekening had en dat ze zich volgens die tijdrekening ongeveer in het jaar 5760 bevonden. Maar zelfs de overheid van de staat Israël richtte zich naar de christelijke kalender. Hij kon zo gauw niet bedenken welke staat in de wereld zich daar niet naar richtte. Ja, je kon met recht en reden stellen dat de tijdrekening daarop berustte.
Stephen voelde zijn handpalmen vochtig worden. Er trok een rilling over zijn rug, tot in zijn nek. De chaos in zijn hoofd was verdwenen en had plaatsgemaakt voor een buitengewone helderheid die hem bijna de adem benam.
'John Kaun,' vervolgde hij met een stem die merkwaardig dof leek te klinken, 'heeft precies dezelfde theorie opgesteld. Daarom is hij hier. Hij zegt dat die camera zich nog ergens moet bevinden, verpakt en afgesloten om tweeduizend jaar te overleven. En in die camera moet de videoband zitten.'
Hij zag Judith langzaam begrijpend knikken. Hij zag Yehoshuahs gezicht

in het licht van de straatlantaarns, en het was bleek. Alles was duidelijk. De puzzelstukjes waren op hun plek gevallen. De woorden vielen als dominostenen aan het eind van een lange rij.

'Hij wil die videoband hebben,' zei hij.

8

De kwaliteit van bepaalde vaastypen werd onderzocht door stukjes van de scherven af te breken die daarna in een elektrische oxiderende oven opnieuw gebrand werden, waarbij de monsters een uur lang aan de hoogste temperatuur werden blootgesteld, te weten 800-900 °C voor keramiek uit de Byz./Fr.-Arabische en ijzertijd en 1000 °C voor middeleeuwse en latere keramiek. Door de oxidatie krijgt de scherf meestal een lichtere kleur en worden bijmengingen en deklagen beter zichtbaar.
Eventuele beschadigingen van de scherf door de hoge temperaturen geven inzicht in de oorspronkelijke baktemperaturen (vgl. Hoofdstuk III.5-1).
Prof. Charles Wilford-Smith
Bericht over de opgravingen bij Bet Hamesh

John Kauns caravan kon niet anders dan met het woord 'luxueus' worden omschreven. Het grootste deel ervan bestond uit een luxueuze werkkamer, waarvan de wanden met donker hout betimmerd waren en de vloer met hoogpolig tapijt was bedekt, waarop hun stoffige schoenen vuile strepen achterlieten. Het opvallendst in de ruimte was een enorm mahoniehouten bureau, waarop een messing lamp met groene kap stond zoals Eisenhardt die tot nu toe alleen in Amerikaanse speelfilms had gezien. Achter de imposante lederen fauteuil hing een olieverfschilderij, dat er duur uitzag en het waarschijnlijk ook was, op een bijzettafel stond een computer met een beeldscherm waarop het bedrijfslogo van Kaun Enterprises langzaam ronddraaide en daarnaast een hele batterij telefoons. Eisenhardt moest aan de antennes denken die hem op het dak van de caravan waren opgevallen, waaronder een grote schotelantenne, waarmee je waarschijnlijk rechtstreeks met een verbindingssatelliet kon communiceren. John Kaun mocht dan ver van zijn hoofdkwartier midden in de woestenij zitten, hij deed in elk geval alles wat technisch mogelijk was om de controle over zijn bedrijf te houden.
En het allermooiste was dat het er aangenaam koel was.
'Wat wilt u drinken?' vroeg de industrieel, terwijl hij een koelkast opende die propvol stond met flessen waarin drankjes in allerlei kleuren verleidelijk glinsterden. 'Canadese whisky voor u, professor?'
'Ja, graag,' zuchtte Wilford-Smith, die zich in een van de fauteuils liet zakken. Hij zag er moe uit.

'En u, mister Eisenhardt?'
De schrijver aarzelde. Hij dronk zelden alcohol, niet zozeer om principiële of gezondheidsredenen dan wel eenvoudigweg omdat hij zich daarna meestal minder goed voelde dan daarvoor. Alcohol had een slechte invloed op hem. In het beste geval maakte het hem slaperig. 'Heeft u iets zonder alcohol?' vroeg hij. Kaun keek hem aan met een blik waarin Eisenhardt een geïrriteerde afkeuring leek waar te nemen. Alsof hij tegen ongeschreven regels gezondigd had. Alsof hij een spelbreker was. Maar zonder een spier te vertrekken vroeg hij: 'Wat wilt u hebben? Een cola? Gingerale? Perrier?'
'Cola lijkt me heerlijk.'
Kaun reikte hen hun glazen aan, prepareerde voor zichzelf een iets omslachtiger te bereiden drankje en ging daarmee achter zijn bureau zitten. Onwillekeurig verwachtte Eisenhardt dat de bestuursvoorzitter zich even uit zou strekken, zijn stropdas wat losser zou knopen en dan ontspannen achterover zou leunen, maar Kaun nipte alleen maar even aan zijn glas, boog zich voorover en keek hem indringend aan. 'Wat denkt u van deze zaak?' wilde hij weten.
'Hm,' mompelde Eisenhardt, naar woorden zoekend. Bij zijn dagelijkse werk viel hem dat al niet mee, en in het Engels was het dubbel zo moeilijk. 'Hoe moet ik het zeggen? Ergens heb ik het gevoel dat ik per ongeluk in een *Indiana Jones*-film terecht ben gekomen.' Er leek een lachje over het gezicht van de mediatsaar te trekken, maar hij zei niets.
'Weet u zeker dat u toch niet het slachtoffer bent van bedrog?' vroeg Eisenhardt. 'Denkt u aan de dagboeken van Hitler.'
'Dat was het eerste waaraan ik dacht. Maar van Joseph Goebbels zijn er ook dagboeken, en die zijn echt.' Kaun wierp een blik op zijn platte gouden horloge, dat er uiterst kostbaar uitzag. 'Inmiddels zullen de materiaalmonsters in het lab in Chicago aangekomen zijn; daar wordt de ouderdom volgens de radiokoolstofmethode bepaald. Als blijkt dat het papier tweeduizend jaar oud is, dan kan er geen andere verklaring zijn dan dat iemand een reis door de tijd gemaakt heeft. Dat bent u toch zeker met me eens?'
'Ja.'
'Die camera bestaat, dat weet ik zeker. En ik weet ook zeker dat die nog in goede staat is.'
Eisenhardt had eindelijk de woorden voor een tegenwerping gevonden die hij al een tijdje in gedachten had. 'Hebt u al bedacht of een videoband die tweeduizend jaar lang onder de grond heeft gelegen, nog wel

beeld kan bevatten? Een video-opname is een magnetische registratie. In de loop van de tijd vermindert de magnetisatie. En na tweeduizend jaar is er mogelijk alleen nog geruis te zien.'

'Klopt,' knikte Kaun. 'Dat was het eerste wat ik heb gecheckt. Ik heb met wetenschappers van de NASA gesproken die radiosignalen analyseren van ruimtesondes die ververwijderde planeten als Uranus of Neptunus fotograferen. Deze mensen hebben een soortgelijk probleem, namelijk dat ze de zwakke signalen van deze sondes uit de kosmische ruis moeten filteren. Welnu, gezien de kristalheldere beelden die ze leveren, weet u wat zij klaarspelen. Het zal misschien een tijdje duren en een hoop rekentijd op dure supercomputers kosten, maar de beelden op deze videoband kunnen weer zichtbaar worden gemaakt, hoe oud die ook is.'

'Aha,' bracht Eisenhardt verbluft uit. Ja, dat klonk plausibel.

'Natuurlijk heb ik niets gezegd over iemand die een reis door de tijd heeft gemaakt,' voegde Kaun eraan toe. Hij leunde nu wel achterover, het glas met beide handen voor zijn borst houdend. De drank erin lichtte honingkleurig op. 'Ik stel me zo voor dat hij met een bondgenoot heeft samengewerkt...' Hij zweeg even en corrigeerde zichzelf: 'Hij moet vast en zeker een bondgenoot hebben. Ziet u wel? Dat is wat ik bedoel. Je wordt er horendol van als je erover nadenkt. Daarom heb ik u nodig, mister Eisenhardt. U hebt al heel wat verhalen over tijdreizen geschreven; dat betekent dat u uw fantasie al heeft laten werken over de problemen waarmee we nu in werkelijkheid te maken hebben.'

Eisenhardt knikte aarzelend.

'Dus... hij zal met een tweede persoon samenwerken. Ze zullen samen uitzoeken waar hij de camera zal verstoppen. Dan reist de een naar het verleden, de ander gaat gewoon naar de afgesproken plek en vindt daar de opnamen die de ander... gemaakt heeft? Gemaakt zal hebben? Dat is toch juist gedacht, nietwaar?'

'Ja.'

'Praktisch op hetzelfde moment.'

'Als alles gelukt is,' nuanceerde Eisenhardt. Hij begon moe te worden. Hij moest er een nachtje over slapen; morgen zou alles er anders uitzien. Dan zouden hem misschien nog enkele ideeën te binnen schieten, die de machtige, schijnbaar onvermoeibare concernbaas nog niet gehad had.

'Alles zal zeker gelukt zijn. Je reist niet naar het verleden zonder alle mogelijke voorzorgsmaatregelen te hebben genomen. Die camera ligt op de afgesproken plek. De vraag is alleen waar. Wat hebben die twee afge-

sproken? Of, wat mij betreft, wat zullen die twee afspreken? Leeft u zich in de tijdreiziger in, mister Eisenhardt, probeer zijn gedachten te raden. U bent schrijver; het is uw taak zich in anderen in te leven. U moet te weten komen wat hij zal denken. U moet te weten komen waar de camera is.'
Kauns stem veranderde terwijl hij dat zei en kreeg een dwingende, metaalachtige klank. Eisenhardt staarde de man aan en voelde paniek in zich opkomen, als een gloeiende hand die hem vanuit zijn ingewanden bij de keel greep. Daar was de echte John Kaun weer, die zich een tijdlang achter zijn masker van goede manieren verborgen had gehouden. En de echte John Kaun was een roofdier dat een blauw kostuum droeg.
Hij wierp een nerveuze blik in de richting van Wilford-Smith, maar de professor had zijn whiskyglas al leeggedronken en staarde voor zich uit. Zijn ogen leken elk ogenblik dicht te kunnen vallen. 'Het is eh... op dit moment allemaal wat veel voor me. De reis, deze vondst... Maar ik zal erover nadenken.'
'Daar heeft u de tijd voor. Niet onbeperkt weliswaar, maar u heeft de tijd.'
'Ik zal research moeten plegen. Ik moet toegang hebben tot een grote bibliotheek.'
Kaun knikte, alsof hij niet anders had verwacht. Met een snelle beweging draaide hij opzij, wat de verontrustende indruk dat hij nooit moe leek te worden alleen maar versterkte. Hij nam een van de telefoons op, koos een nummer van twee cijfers en zei, toen iemand opnam, alleen: 'Kunt u hierheen komen?' Toen legde hij neer.
'U krijgt de caravan hiernaast,' zei hij. 'Daar heeft u een volledig ingerichte werkruimte tot uw beschikking. Verder...' Bij de ingang was geluid te horen. De deur ging open, waarna er een man binnenkwam die Eisenhardt nog niet had gezien. De professor schrok op en uit de manier waarop hij de man aanstaarde, viel op te maken dat hij hem ook nog nooit gezien had.
'Mijne heren, mag ik u voorstellen aan mister Ryan? Hij is chef van mijn beveiligingsafdeling en zal zich vanaf dit moment om alles bekommeren. Ryan, dit is professor Wilford-Smith, de leider van de opgravingen, en mister Eisenhardt, de schrijver.'
'Aangenaam,' zei de man met een lage bromstem.
Hij was groot, minstens een meter negentig, en maakte een keiharde, goedgetrainde indruk. Een elitesoldaat, die geen uniform droeg, maar een eenvoudige kaki overall. Zijn handdruk was kort en zakelijk. Zijn haar was zo kortgeknipt dat je slechts kon vermoeden welke kleur het had, en de ogen in zijn uitdrukkingsloze gezicht waren zo lichtblauw

als Eisenhardt nog nooit gezien had. Hoe oud zou deze Ryan zijn? Hij leek op een vreemde manier leeftijdloos; hij had evengoed 28 of 58 geweest kunnen zijn.
'Ryan,' vervolgde Kaun met zijn blik op Eisenhardt, 'zal u elk boek leveren dat u nodig hebt. Hij zal u sowieso alles leveren wat u nodig hebt. Hij zal u naar elke bibliotheek in dit land brengen of laten brengen, als u dat wilt. Mocht u iets te binnen schieten wat onze zoektocht kan versnellen, zegt u het dan tegen hem.'
Eisenhardt knikte ietwat verbluft en wierp Ryan een schichtige blik toe, die hij zonder enige beweging beantwoordde. 'En, mister Eisenhardt, ik bedoel dat precies zoals ik het zeg. Wat u ook maar te binnen schiet.'
'Ja.'
'Het is niet aan u zich er zorgen over te maken of u hem te zwaar belast of niet.'
'Dat begrijp ik.'
'Als ik mocht constateren,' begon Kaun nog eens, waarbij hij de schrijver met donkere, glimmende tijgerogen aankeek, 'dat u een bron niet hebt geraadpleegd om de enkele reden dat u die niet ter beschikking had, maar daarnaar had moeten vragen en het niet hebt gedaan, dan zou u een kant van mijn karakter leren kennen die u niet zou bevallen. Dat beloof ik u.'
Nou, nou. Eisenhardt slikte, slecht op zijn gemak, en knikte. De wittebroodsweken waren voorbij. Kaun was hier niet naartoe gekomen omdat hij zo goed stropdassen kon strikken.
'Overigens,' vervolgde de miljardair, terwijl hij zich naar voren boog, met zijn onderarmen op het lederen schrijfblad van zijn bureau steunend met de vingertoppen van beide handen tegen elkaar, 'zullen we vanaf dit moment beveiligingsmaatregelen nemen. Deze locatie moet beschermd worden. En onverkwikkelijke incidenten, zoals dat die Foxx uitgerekend vanavond zo nodig naar een of andere discotheek moet, mogen ook niet meer voorkomen.'
De professor richtte zich op in zijn lederen fauteuil en voelde zich geroepen zijn standpunt kenbaar te maken. 'Mister Kaun, ik verzeker u... Stephen Foxx is een jonge man, en hij heeft een oogje op dat meisje. Dan is het toch heel natuurlijk dat hij met haar uit wil. De man die hen heeft afgehaald, is haar broer. Ik ken hem goed, want hij werkt als assistent bij het Rockefeller-Museum in Jeruzalem.'
Kaun keek de archeoloog als een weerzinwekkend insect aan. 'We hadden hem misschien enkele vragen willen stellen.'

'Maar die kunt u hem toch morgen stellen.'
'Maar als we dat vanavond gedaan hadden, hadden we minder tijd verloren.'
Eisenhardt trok een frons. Wat had deze man voor ideeën over de manier om een dergelijk probleem op te lossen? Met eenvoudige, brute rekenkracht volgens het motto: 'Wat? Heeft Leonardo da Vinci zes maanden nodig om de Mona Lisa te schilderen? Geef hem 25 medewerkers, dan is hij in een week klaar!'
'Mijn god,' zuchtte Wilford-Smith en liet zich weer in zijn stoel terugzakken. De lederen fauteuil leek zijn magere gestalte letterlijk op te slokken. 'Hij is een vrij man. Ik kan hem toch niet voorschrijven wat hij buiten werktijd doen of laten moet?'
'Dat hoeft u ook niet,' zei Kaun. 'Dat zullen wij vanaf nu doen.'
De wetenschapper keek hem korzelig aan. 'En wat houdt dat in?'
'We zullen een informatiestop afkondigen. Ik wil niet dat onze ontdekking voortijdig bekend wordt en er een soort *goldrush* uitbreekt, omdat iedereen in dit land op zoek gaat naar die camera.'
'En hoe wilt u dat doen? De meesten van mijn medewerkers zijn vrijwillige...'
'Dat kan me niet schelen,' onderbrak Kaun hem bits.
Ze krompen ineen alsof hij met zijn vuist op tafel geslagen had, en het feit dat dit gebaar niet noodzakelijk was geweest maakte het des te indrukwekkender.
'U maakt nog niet echt duidelijk waarmee we hier van doen hebben,' vervolgde Kaun, terwijl hij van de een naar de ander keek, alsof hij zijn boodschap op die manier in hun botte hersenen kon hameren. 'U denkt gewoon dat het een sensatie is. U denkt dat ik erachteraan zit omdat het de grootste sensatie aller tijden is. De sensationeelste krantenkop die er ooit geweest is. De sensationeelste vondst sinds het bestaan van de archeologie. Een revolutie in de natuurkunde. Wat deze videoband werkelijk betekent, hebt u beiden nog volstrekt niet begrepen.'
De woorden leken enkele seconden in de ruimte te blijven hangen en daarna door het dikke tapijt en de mahoniehouten wanden te worden opgezogen. Niemand ademde nog. Iedereen in het vertrek hing aan Kauns lippen. Hij leek ervan te genieten. Zachtjes, bijna fluisterend vroeg hij: 'Wat zou je volgens u van de katholieke kerk kunnen krijgen voor een videoband die de opstanding van Christus bewijst?'
Hij zweeg even.
'Of,' vervolgde hij met een zuinig lachje, 'die die juist weerlegt?'

De koplampen van de auto priemden in de nacht, tastten rond over het grijze asfalt van de weg die door het duister voerde en waarop verbluffend veel verkeer reed, gezien het tijdstip van twee uur 's nachts. Ze spraken niet veel, ieder in zijn eigen gedachten verzonken, en afgezien van het geraas van de motor bleef het stil in de auto, alsof ze verdoofd waren.

Ditmaal zat Stephen op de achterbank. Ergens halverwege boog hij zich naar voren, met zijn armen op de voorstoelen leunend, en stak zijn hoofd tussen de voorstoelen door. 'Yehoshuah?'

'Hm?'

'Jullie hebben in het Rockefeller-Museum toch diverse laboratoria om archeologische vondsten te onderzoeken?'

'Ja.'

'Heb je ooit niet gezegd dat jullie ook oude papieren onderzoeken?'

'Papyrus. Geen papieren.

'Papyrus, o ja. Dat spul dat van biezen werd gemaakt.'

'Niet van biezen. Papyrus werd uit de kern van papyrusstengels gemaakt, van de *cyperus papyrus*, in het Latijn. Dat is een rietgras.'

'Maar dat is wat anders dan papier?'

'Precies.'

Stephen knikte. Op de andere rijbaan denderde een vrachtwagen voorbij. In een flits was een verkeersbord te zien waarop iemand de Hebreeuwse en Engelse tekst met zwarte verf onzichtbaar had gemaakt, zodat alleen de Arabische tekens nog zichtbaar waren.

'Gesteld dat de professor de gebruiksaanwijzing wil onderzoeken, waar kan hij dat dan volgens jou het beste doen?'

'Bij ons.'

'Bij jullie? Ik dacht dat jullie alleen papyrus onderzochten?'

'Precies, dat doen we. Maar we kunnen evengoed papier restaureren. Dat is zelfs makkelijker dan de restauratie van papyrus. Tot nu toe is er alleen nooit iemand met oud papier langsgekomen.'

'En waarom niet?'

'Omdat in het hele Middellandse-Zeegebied in de historische tijd uitsluitend papyrus als schrijfmateriaal werd gebruikt.'

'Maar jij zou ook papier kunnen restaureren?'

'Natuurlijk.'

'Je zou broze bladzijden zo kunnen behandelen dat je die zonder risico kunt omslaan?'

'Zeker.'

'En verbleekte teksten weer zichtbaar maken?'
'Zonder meer.'
'Mooi,' zei Stephen. 'Dat is mooi.'
Nu mengde Judith zich in het gesprek. Ze draaide zich om in haar stoel zodat ze Stephen van opzij kon aankijken. Er leek wantrouwen uit haar gezicht te spreken, maar in het schemerlicht van het dashboard was dat niet goed zichtbaar. 'Je interesseert je toch niet puur voor Yehoshuahs werk, hè?'
Stephen liet zijn hoofd zakken, alsof het opeens te zwaar was geworden, en bromde: 'Nee, ik interesseer me niet puur voor Yehoshuahs werk.'
'Wat dan wel?'
'Ik ben iets vergeten.'
'Je bent... wat?'
'Ik ben iets vergeten. Iets vergeten te vertellen, bedoel ik. Yehoshuah, let jij nou maar op de weg!' De auto was gevaarlijk beginnen te slalommen toen Yehoshuah net als zijn zus zijn hoofd omgedraaid had en Stephen wantrouwend had aangekeken.
'Vergeten?' Judith geloofde er geen woord van.
Stephen zuchtte. 'Ik ben het werkelijk vergeten. Ik ben het vergeten te zeggen toen ik mijn vondst aan de professor liet zien en toen ik jullie het hele verhaal vertelde, was ik het alweer vergeten. Het is echt raar.'
'En wil je er nu dan wel mee voor de dag komen?'
Stephen keek van de een naar de ander. Judiths ogen glinsterden verwachtingsvol en begerenswaardig in het donker. Ze leken op twee diepe donkere meren. Yehoshuah tuurde weer op de weg, en hij leek gespannen, alsof hij aan een nieuw sensationeel verhaal evenveel behoefte had als een hartpatiënt aan een nagekomen belastingaanslag.
Maar dit was een avontuur. Avontuur en adrenaline zijn nu eenmaal onlosmakelijk met elkaar verbonden. En ja, Yehoshuah was een Israëliër, een weerbare inwoner van een bedreigd land, en hij moest evenzeer aan stress gewend zijn als een beursmakelaar in New York. Stephen besloot geen consideratie te tonen. Misschien lag het gewoon aan het eigenaardige licht dat Yehoshuah zo gestrest overkwam. 'In de plastic zak,' begon hij, 'zat niet alleen de gebruiksaanwijzing.'
Judith slaakte een gesmoorde kreet. 'Dat dacht ik al.'
'Ik ben het echt vergeten te zeggen,' bezwoer Stephen. 'Gewoon vergeten. Misschien wil mijn onderbewustzijn het geheimhouden, ik weet het niet.'
'Laat me raden wat er nog meer in zat. Een landkaart, met een kruis erop.'

'Nee. Alleen een paar opgevouwen, brokkelige stukken papier.'
Yehoshuah kreunde. 'Brokkelig!'
'Ja. Dat was het eerste wat ik zag toen ik de plastic zak had opengesneden. Omdat ik toch al helemaal over mijn toeren was, heb ik de stukken papier er met een pincet uitgetrokken. En toen zag ik het logo van Sony... Ik weet niet waarom, maar daardoor werd opeens alles uitgewist. Ik heb geen moment meer aan de andere stukken papier gedacht.'
'En waar zijn die andere stukken verbrokkeld papier nu? In de prullenmand?'
'Nee, ik heb ze gewoon in mijn vondstkist gelegd, boven op de aarde die ik tot op dat moment bij elkaar geveegd had. En die kast staat nog steeds onder mijn bed.'
'Geweldig zeg,' zei Judith.
'De professor zal niet bepaald enthousiast zijn als je daar nu pas mee aankomt,' meende Yehoshuah hoofdschuddend. 'En na alles wat je over die John Kaun verteld hebt... Ik weet het niet. Je moet nog een beetje aan je verhaal sleutelen, geloof ik. Zodat je niet gelijk hopeloos door de mand valt.' De auto reed door een kuil, wat de vering zo zwaar belastte dat er een flinke ruk en een klap volgden. *Kedeng.* Yehoshuah liet het gas los. Nog een kuil. *Kedeng. Kedeng.*
Stephen ademde langzaam in en uit en voelde hoe de auto even bleef schommelen. Hij likte zijn lippen af voordat hij weer begon te praten.
'Ik ben niet van plan iets over de papieren te zeggen. Noch tegen Kaun, noch tegen de professor.'
Kedeng.
Hij verbeeldde zich door het motorlawaai heen te horen hoe Judiths nekharen knisperend overeind gingen staan.
Kedeng.
'Stephen, zo heb ik dat niet bedoeld,' bracht Yehoshuah ten slotte moeizaam uit. 'Ik bedoel, alleen omdat je die papieren vergeten bent... door de eerste schrik... Dat zullen ze je toch wel vergeven. Echt, dat had iedereen kunnen gebeuren. Dat is geen reden om alles nu te verzwijgen. De papieren kunnen aantekeningen van de overledene zijn, misschien wel een dagboek! En als hij werkelijk een tijdreiziger was... dan bevatten die wellicht een aanwijzing voor de plek waarop de camera verborgen is!'
Stephen knikte grijnzend. 'Zeker.'
'Ja, maar...'
Yehoshuah draaide zijn hoofd om en keek Stephen vol ontzetting van opzij aan. 'Daarmee belemmer je toch...'

'Yehoshuah, alsjeblieft! Let op de weg! Als je ons nu in de afgrond stort, dan belanden die papieren echt op de vuilnishoop in plaats van in jouw lab.'
'Ja ja. Hoezo in mijn lab?'
Judith bromde wat voor zich uit. 'Hij wil ze op eigen houtje onderzoeken,' zei ze ongeduldig. 'Stephen Foxx, de doldrieste avonturier, wil iedereen te snel af zijn.'
Yehoshuah kon zijn blik niet meer op de weg houden. 'Klopt dat, Stephen?'
De auto reed slingerend over de met kuilen bezaaide weg. Stephen zuchtte. Gelukkig was er op dit moment geen tegenligger te zien. 'Denk toch eens na. Waarom is John Kaun hier, denk je? Om achter een belangrijke archeologische vondst aan te zitten? Omdat hij een plotselinge hartstocht voor geschiedenis heeft ontwikkeld? Yehoshuah, Kaun is een zakenman, en zijn enige hartstocht is winst maken. Ik weet dat je dergelijke krantenberichten niet leest, maar ik wel: eigenlijk had hij vandaag in Melbourne in Australië moeten zijn om te onderhandelen over de aankoop van het grootste Australische krantenconcern. Hij heeft dat kennelijk afgezegd. En als iemand als John Kaun een dergelijke afspraak afzegt, dan ruikt hij elders meer winst.'
'Nou en? Hij wil die video vinden en de eerste zijn die hem op televisie laat zien. Dat mag toch best? Wat kun je daartegen inbrengen?'
'Niets.'
'En aangenomen dat jij die video voor hem vindt, wat ga jij er dan mee doen?'
'Er zal me best iets te binnen schieten, neem dat van mij aan.'
Judith merkte droogjes op: 'Ik heb het gevoel dat je vooral jezelf wilt bewijzen dat je verdomd slim bent. Slimmer dan ieder ander, zelfs als die John Kaun heet en over miljarden dollars het bewind voert.'
'Onzin,' riposteerde Stephen, zij het niet al te fanatiek. Haar opmerking droeg de onaangename bijsmaak van de waarheid. Hij wist zelf niet precies wat zijn motieven waren, maar zij zat er met haar gevoel niet al te ver naast.
Maar verdomme nog aan toe, hij was nu eenmaal een behoorlijk bijdehand ventje, altijd geweest ook. En nu was daar opeens die John Kaun, die door de economische pers al sinds jaar en dag tot een absolute wonderboy werd bestempeld, tot een inderdaad absoluut bewonderenswaardige mengeling van onbarmhartige intelligentie en agressief doorzettingsvermogen. Deze man was het prototype van de manager van het

komende millennium, zo werden de kranten over de hele wereld niet moe te verkondigen. Wanneer zou hij in zijn leven weer zo'n kans krijgen om met een dergelijke man zijn krachten te meten?
Hij keek Yehoshuah van opzij aan. Die keek eindelijk weer op de weg, die als een glad, zwart lint door de rotsige heuvels sneed. Hoe dan ook, op het ogenblik kwam het wel aan op het geven van leiding. Hij kon het in elk geval niet helemaal alleen; hij moest Yehoshuah aan zijn zijde zien te krijgen. En Judith eveneens. Nog afgezien daarvan dat hij haar eindelijk eens in zijn bed moest zien te krijgen.
'Luister eens,' begon hij weer, zijn keel schrapend, 'we hoeven het niet zo ingewikkeld te maken. Als we de papieren nu eerst eens op eigen houtje onderzochten; als we weten wat erop staat, kunnen we altijd nog beslissen wat we doen.'
Yehoshuah wiegde met zijn hoofd. 'Ik weet het niet.'
'Wat weet je niet?'
'We... je bedoelt mij. Dat bedoel je toch? Ik moet de papieren restaureren. Ik heb dat inderdaad geleerd, maar veel ervaring heb ik er niet mee. Stel dat ik iets verkeerd doe en iets beschadig?'
'Waarom zou je iets verkeerds doen?'
'Er kan altijd iets verkeerd gaan.'
Stephen aarzelde. Hij had nu nog één troefkaart, en die moest hij zo effectief mogelijk uitspelen. 'Eén ding is jullie hopelijk wel duidelijk,' begon hij, van Judith naar haar broer en omgekeerd kijkend. 'Als wij die papieren uit handen geven, dan is het spel voor ons voorbij. Dan horen we niets meer, vraagt niemand ons meer iets en vertelt niemand ons meer iets. Kortom, dan is het over en sluiten.'
Judith zette grote ogen op. Yehoshuah ademde zuchtend uit, wat bijna als gefluit klonk. Hij had ze in zijn greep, allebei. 'En?' vroeg hij schouderophalend en zo onschuldig mogelijk. 'Wil iemand hier dat?'

Het kamp lag donker en stil aan de voet van de bergkam, zoals altijd. Aan de tenten van de bewakers die Kaun had meegebracht, hingen een paar flauw brandende lampen, in het schijnsel waarvan onduidelijke bewegingen te zien waren.
'Morgenavond dus,' herhaalde Stephen, terwijl hij uitstapte.
'Morgenavond begint de sabbat,' zei Yehoshuah, die er nog altijd niet echt gelukkig uitzag.
'Nou moet je niet opeens vroom worden, goed?' Stephen liet het portier dichtvallen en ging naast Judith staan. Gezamenlijk keken ze toe hoe de

auto van haar broer zo zacht mogelijk wegreed. Het meeste geluid kwam van de banden die over de losse stenen knarsten. Het leek vanuit de bergen te weerklinken, maar waarschijnlijk beeldden ze zich dat slechts in. Uiteindelijk was de auto niet meer dan een lichtpuntje in de verte. Boven hen strekte zich de nachtelijke hemel vol sterren uit, als een blik in de juwelenkist van een keizerin. Langzaam begonnen ze naar de tenten toe te lopen. Stephen legde zijn arm om haar schouders, en zij schudde die niet van zich af, maar leunde zelfs zachtjes tegen hem aan. Haar haar rook naar de woestijn en de Oriënt, naar geheimzinnige specerijen uit de kleinste steegjes van de bazaar. Hij kon het spannen van haar spieren onder haar huid voelen, terwijl ze samen de weg zochten. Dat maakte het voor hem makkelijker zijn hand nonchalant van haar schouder naar haar bovenarm en ten slotte om haar middel te laten glijden. Het waren stevige, getrainde spieren, wat hem het gevoel gaf een tijgerin in zijn arm te houden. Waarschijnlijk zou ze hem tijdens de seks vermorzelen.
'Halt!' riep een metaalachtige stem.
Ze bleven verrast staan. Uit het donker kwam een man op hen af die ze allebei nog nooit hadden gezien. Hij was groot en slank, droeg een kaki overall zonder insignes of naamplaatje, had het haar kort geschoren als een gevangene of een marinier en had opvallend blauwe ogen, die hen observeerden alsof het dekglazen voor twee ingebouwde röntgenapparaten waren. Hij droeg een grote zaklantaarn, die hij inschakelde en op hun gezicht richtte. 'Wie bent u?'
Stephen knipperde geërgerd met zijn ogen. 'Tegenvraag: wie bent u?'
De blauwe ogen vernauwden zich tot spleetjes. 'Voor dit soort grappen is het te laat in de nacht, jonge vriend. Vertel me je naam en wat je hier wilt.'
'Stephen Foxx en Judith Menez. We zijn opgravingsassistenten. En we willen alleen maar naar onze tenten, omdat het al tamelijk laat is, zoals u terecht opmerkte.'
'Kunt u zich legitimeren?'
'Of ik me...? Nee, dat kan ik niet.'
Judith had haar legitimatie bij zich en in een handomdraai tevoorschijn gehaald. De man met de blauwe ogen bestudeerde die aandachtig en vergeleek de naam met de naam op een lijst die hij uit een van de vele zakken van zijn overall had gehaald. Hij gaf het legitimatiebewijs met een knikje terug.
'Goed,' snauwde Stephen, 'en wat gebeurt er met mij? Gaat u me nu arresteren of schiet u me meteen dood?'

'Niet zo opgewonden.' De man keek naar de tent boven de vindplaats en wenkte een van de wachtposten naar hem toe te komen. Direct werd een van de gloeiende sigaretten gedoofd en meteen daarna kwam een van de mannen met zijn machinepistool losjes over de schouder uit het duister op hen toe. 'Problemen, *sir?*'
De man met de blauwe ogen wees op Stephen. 'Ken jij deze jongen?'
De wachtpost knikte. 'Jawel, sir. Hij is een van de opgravingsassistenten.' 'Weet je hoe hij heet?'
'Foxx, voorzover ik weet, sir.'
'Goed. Bedankt!'
De wachtpost knikte afgemeten en verdween weer uit de lichtkegel van de zaklantaarn. De man in de overall nam Stephen nog eens van top tot teen op, waarna hij minzaam knikte en de weg vrijmaakte. 'U kunt passeren.'
'O, dank u wel,' snauwde Stephen geïrriteerd.
De romantische atmosfeer was volkomen verdwenen. Ze liepen naast elkaar verder, in de richting van de tenten, op een armlengte afstand van elkaar. Een drukkende stilte hing als een verstikkende deken om hen heen.
'Binnenkort stellen ze waarschijnlijk een uitgaansverbod in,' zei Stephen na een poosje.
'Hm,' was het enige wat Judith uitbracht.
Het zou weer niet lukken. Dat voorval had alles verpest. Stephen voelde een machteloze woede tegen de man die in zijn kaki overall van zo'n fysieke overmacht had blijk gegeven dat je daar met alle sluwheid van de hele wereld nog niet tegenop kon. Het was volkomen zinloos die man morgenochtend ter verantwoording te roepen. In het gunstigste geval zou hij een bloedneus oplopen, verder niets.
Ze kwamen bij de tenten en bleven staan. Stephen ging voor haar staan en sloeg nog eens zijn armen om haar heen, maar zonder enige hoop dat hij daarmee iets zou bereiken. Hij kon het gevoel gefaald te hebben niet van zich afzetten, hoe vaak hij zichzelf ook voorhield dat hij er niets aan kon doen.
Ze keek hem in zijn ogen. Hij beantwoordde haar blik, gefascineerd door haar diepzwarte pupillen, die groot en open waren in het duister en een blikje in een onbekend land leken te bieden.
Misschien kon een verrassingsaanval de impasse nog doorbreken. Daarmee had hij ooit de snelste verovering in zijn leven weten te behalen. Hij was uitgenodigd op een groot feest en was nog geen halve minuut bin-

nen of een buitengewoon begerenswaardige vrouw had zijn pad gekruist. In plaats van haar te begroeten had hij haar in zijn roekeloosheid toegeroepen: 'Wil je met me naar bed?' Ze had hem verbaasd aangekeken en zonder er lang over na te denken toegestemd. Een minuut later waren ze weer buiten de deur en pas de volgende ochtend was hij op het idee gekomen haar naam te vragen.

Wolkenflarden schoven voor de smalle maansikkel.

'Er is een tijd geweest,' zei Judith plotseling, 'dat ik met elke man die ik leuk vond het bed in dook, zonder enige aarzeling. Maar daar heb je niets aan. Dat is onvoldoende reden.'

Stephen schraapte zijn keel. 'Betekent dat dat wij elkaar te laat hebben ontmoet?'

Ze leek niet naar hem te luisteren. 'Ik ben op zoek naar een relatie die iets betekent. Die echt is. Snap je?'

'Ja, natuurlijk. Wat dacht je ervan om morgen verder te zoeken?'

Judith glimlachte verstrooid, gaf hem een tedere kus op zijn lippen en maakte zich uit zijn armen los. Hij keek haar na, terwijl ze naar haar tent liep, de voorlaatste in een reeks identieke tenten, en wachtte tot ze zich nog eenmaal zou omdraaien en hem zou wenken haar te volgen, iets dergelijks. Maar ze keek geen enkele keer meer om en liep trots en begeerlijk over de maanverlichte stenige grond, waarna ze uiteindelijk verdween. Terwijl Stephen nog steeds de sandelhoutsmaak van haar kus proefde, maalden zijn gedachten als een op volle kracht werkende stoomturbine door. Misschien wachtte ze er alleen maar op dat hij haar achterna liep, fluisterde de stem van een duiveltje in hem. Dat hij hartstocht op de drempel van de waanzin toonde. Misschien, misschien...

Er schoot hem te binnen dat zij haar tent met een andere opgravingsassistente deelde, een voortdurend ernstig kijkende Scandinavische, die minstens veertig moest zijn. Nee, het was allemaal onzin. Hij ging zijn tent in, kleedde zich uit en schoot zijn bed in. Eigenlijk was hij volkomen uitgeput en helemaal niet in vorm voor een seksuele première. Vooral omdat het morgenochtend heel vroeg alweer zou beginnen. Over een paar uur, om precies te zijn. Hoogste tijd om op één oor te gaan...

Vlak voordat hij insliep, schoot hem nog iets te binnen. Ja, er was nog iets geweest. Hij ging rechtop zitten, pakte zijn zaklamp en scheen onder zijn bed. De grijze, platte stalen kist stond er nog.

9

Ondertussen geldt als vaststaand dat de vervaardiging van stenen vaten in Jeruzalem en omgeving in de tijd van Herodes een sterk ontwikkeld ambacht was. Ze zijn gemaakt van kalksteen, die in het gebied ten oosten van Jeruzalem werd gedolven, waarbij kennelijk twee methoden werden gebruikt: hetzij het afdraaien op een draaibank van vrijwel cilindrisch uitgehouwen steenblokken of het beitelen met de hand.

Prof. Charles Wilford-Smith

Bericht over de opgravingen bij Bet Hamesh

Peter Eisenhardt werd plotseling wakker en draaide zich om met het alarmerende gevoel niet thuis te zijn, maar in een vreemde omgeving, in een vreemd bed, in een verkeerd bed. Hij zag rood oplichtende digitale cijfers, die een tijdstip van acht minuten over vijf aanduidden, en op dat moment schoot het hem weer te binnen. Inderdaad. Hij was in Israël, in de woestijn, in een grote caravan, die hij helemaal voor zich alleen had. Daarnaast, in precies zo'n caravan, sliep een multimiljonair, die van hem verwachtte dat hij een verdomd moeilijk raadsel oploste. En dat terwijl hij geen flauw idee had hoe hij dat moest aanpakken.

De schrijver ging rechtop zitten. Uit ervaring wist hij dat het zinloos was te proberen weer in slaap te komen. In vreemde bedden werd hij de eerste nacht altijd om vijf uur wakker en kon dan niet meer inslapen; dat was een persoonlijke afwijking, die hij al bezat sinds hij kon denken. Zelfs in zijn kindertijd was hij om vijf uur 's ochtends wakker geworden als hij bij zijn tante of oma logeerde, en dan was hij stiekem de hele onbekende woning door gelopen, had naar de zwijgend rondzwemmende vissen in het aquarium gekeken of had uit het raam naar de straat gestaard om naar het verkeer te kijken, soms in het licht van de straatlantaarns, als de ochtendschemering nog niet was aangebroken.

Bovendien was dit bed een ware beproeving. Het zag er luxe uit, en was zeker voor een luxeprijs aangeschaft, maar het was vreselijk zacht. Als je erin ging liggen, kreeg je het gevoel in een berg watten weg te zakken, in een diepe kuil die ontworpen was om je rugspieren te verrekken en je ruggengraat te misvormen. Hij voelde zich geradbraakt. Het was al licht. Eisenhardt schoof het gordijn voor het raam iets open om een blik naar buiten te werpen. Niets bewoog, zover hij kon kijken. Er waren alleen stenen en tenten te zien in het opmerkelijk heldere licht van de net opgekomen zon. En oplettende wachtposten bij de witte tent boven de omineuze vindplaats.

Hij stond op, trok een badjas met pantoffels aan en slofte naar de ruimte die vast en zeker als keukentje bedoeld was: koel, wit, zakelijk, ongeveer even gezellig als een operatiezaal. Het eigenaardige zwarte apparaat naast het aanrecht, het enige voorwerp in de ruimte dat niet wit of verchroomd was, was vermoedelijk een koffieautomaat. Achter een van de kastdeurtjes vond hij koffiekopjes, die stuk voor stuk in houders waren geplaatst om te voorkomen dat ze tijdens het rijden kapot vielen. Hij zette een ervan onder de uitstroomopening, en drukte op de grote platte knop aan de voorkant. Meteen begon er een rood lampje te branden, als het oog van een draak die hij uit de slaap had gewekt, en hoorde hij in het apparaat sissende en klokkende geluiden. Het begon naar koffie te ruiken.

Met een kop pittige koffie in zijn hand vervolgde hij zijn rondgang. Dit was de vergaderkamer. Die nam de helft van de lengte van de caravan in beslag en bood genoeg plek voor een lange witte tafel waaraan zeker tien mensen konden plaatsnemen. Zoveel stoelen stonden er minstens omheen, en nog stonden ze elkaar niet in de weg. Er stond een flip-overstandaard, aan het eind van de tafel stond een overheadprojector en achterin nog een grote filmprojector. Dat bracht bij Eisenhardt de vraag boven waarvoor deze caravan, die Kaun toch ergens in Israël had moeten huren, gewoonlijk gebruikt werd. Voor uitgebreide buitenopnamen tijdens filmopnamen? Zat hier normaal gesproken het productieteam de opnamen van de afgelopen dag te bekijken? Sliepen er normaal gesproken regisseurs of producenten in zijn bed? Zo ja, dan moesten er in Israël opvallend veel regisseurs met een hernia zijn.

Aan de smalle zijde, tegenover de filmprojector, waren schuifdeuren aangebracht, waarschijnlijk om te voorkomen dat er problemen ontstonden met het projectiescherm dat uit het plafond neergelaten kon worden. De schrijver keek nieuwsgierig in de kasten erachter. Hij vond een telefoon en verder een hoop boeken. Het waren historische naslagwerken, allemaal in het Engels. Tja, goedbedoeld. Maar zonder woordenboek zou hij er niet veel aan hebben.

Hij draaide zich weer naar de flip-over toe. Er was een nieuw, dik pak van het beste papier op gespannen. Viltstiften lagen klaar. Uit gewoonte probeerde hij ze allemaal uit door streepjes in een hoek te zetten.

Thuis gebruikte hij bij het uitwerken van ideeën voor zijn romans ook vaak flip-overpapier, omdat het lekker groot was en genoeg ruimte voor toevoegingen bood, maar hij had er tot nu toe nog geen staander voor aangeschaft. Hij plakte de bladen altijd op de deur of de vensterruit en ging er met een meestal slecht schrijvende kleurenstift voor staan, waarna zich een chaotisch geheel van notities, pijlen, ideeën en tekeningen ontplooide. Vooral in de winter was het geen sinecure dit op de vensterruit te doen; de kou kroop door het glas en het papier in zijn vingers, totdat die pijn begonnen te doen en de gedachtestroom tot stilstand kwam.

Hij trok een stoel naar zich toe, een massief ogende bureaustoel van verchroomd staal en zwart leer, ging erop zitten en staarde naar het lege papier. Hij nipte aan zijn koffie. Zo deed hij het altijd. Naar het lege papier staren en wachten op wat komen ging. Wachten tot de leegte zich in zijn hoofd uitbreidde en ten slotte nieuwe, frisse gedachten opdoken, omdat daar nu eindelijk plaats voor was.

Het was hier verbazend koel. Hij begon bijna te rillen in zijn dunne pyjama, ondanks de kamerjas en de koffie.

Waarom ben ik hier? Op het ogenblik dat hij zich deze vraag stelde, besefte hij dat die er al de hele tijd geweest was, nog niet concreet, maar voelbaar en alles wat hij gedaan had beheersend. Het gevoel de juiste man op de juiste plaats te zijn wilde bij hem maar niet postvatten, hoezeer de dynamische multimiljonair ook had geprobeerd hem daarvan te overtuigen en hoezeer hij ook had geprobeerd zichzelf te overtuigen tijdens zijn wandeling door deze luxecaravan, luxueus althans in vergelijking met de tenten waarmee de deelnemers aan de opgravingen het grotendeels moesten doen. Waarom was uitgerekend hij hier, van alle mensen die iemand als John Kaun had kunnen oproepen? Waarom hij, een onbeduidend schrijver, en niet een heel team van wetenschappers, historici, geologen, archeologen, fysici, een hele horde Nobelprijswinnaars?

Was dat alleen vanwege de geheimhouding? Dat kon de reden niet zijn. Ook een hele horde wetenschappers kon ertoe worden gebracht het stilzwijgen te bewaren. Dat had het Amerikaanse atoombomproject aan het eind van de Tweede Wereldoorlog wel bewezen. Misschien kwamen ze allemaal nog? De fossiele gebruiksaanwijzing was nog maar drie dagen geleden ontdekt. Een briljante wetenschapper was waarschijnlijk niet op zo'n korte termijn zomaar beschikbaar.

Weer was daar opeens die kenmerkende klik in zijn hoofd, in zijn gedachten, die hij kende van de momenten waarop dingen uit hun gewo-

ne, traditionele verband loskwamen en opnieuw gerangschikt werden in een nieuw, onverwacht en meestal groter verband.
John Kaun verwachtte helemaal niet van hem dat hij die vraag alleen beantwoordde! Alles wat hij verwachtte, was dat hij hem een goed voorstel deed om tot een antwoord te komen. En dat voorstel kon er best uit bestaan dat hij hem een lijst wetenschappers voorlegde die zich met dit bizarre probleem konden bezighouden.
Een weldadig, warm gevoel begon zich in zijn binnenste uit te breiden. Het kwam niet door de koffie, althans niet alleen. Het kwam doordat deze gewijzigde kijk op de zaken juist aanvoelde. En vooral doordat hij zich er goed bij voelde. Misschien was hij wel degelijk de juiste man op de juiste plek. En hoe ongelooflijk het ook mocht klinken, John Kaun had dat eerder geweten dan hijzelf. Eisenhardt meende zich te herinneren ooit met een half oog een tv-reportage over die John Kaun, die nu in de caravan naast hem sliep, gezien te hebben waarin gesteld werd dat Kaun er een bijzonder talent voor had de juiste mensen op de juiste plek aan te stellen en optimaal van hun aanleg en talenten te profiteren.
'Wie ben ik om met de tv van mening te verschillen?' mompelde hij, het sarcasme van deze opmerking op zijn lippen proevend.
Precies, zo was het. Hij stond nog aan het begin. Het was zijn taak dit volstrekt bizarre probleem in alle richtingen te bestuderen en erachter te komen hoe het het best kon worden aangepakt. En daarvoor was hij inderdaad de juiste persoon. Want als hij een roman concipieerde, deed hij niets anders. Het enige verschil was wellicht dat hij het probleem waarmee hij zijn personages confronteerde, ook zelf schiep, maar vanaf dat moment was alles in beginsel een probleemoplossing.
Een interessante gedachte. Misschien kon je daaruit een geheel nieuwe theorie over het vertellen van verhalen construeren. Waarbij hij er wel voor op zou passen hetzelfde te doen; al in zijn schooltijd had hij vastgesteld dat niets de bron waaruit hij tijdens het schrijven putte, sneller drooglegde dan literatuurwetenschap, in welke vorm dan ook.
Hij staarde weer naar het lege blad. Naar de streepjes in de rechterbovenhoek. Rood, groen, blauw, zwart. De zwarte was een beetje bibberig. De rode was tamelijk kort. Ongelooflijk hoeveel patronen je in vier gekleurde strepen kon ontdekken als je er maar lang genoeg naar staarde.
Hij stond zuchtend weer op, liep terug naar het keukentje en wist een tweede kop koffie uit de koffieautomaat te tappen. Terwijl hij suiker en melk toevoegde en roerde, stelde hij verbluft vast dat hij gewoon niet kon geloven dat reizen door de tijd werkelijk mogelijk zou zijn.

Dat was irritant. Hij staarde naar de kop, naar de gelijkmatig ronddraaiende koffie, en schudde ten slotte verbluft giechelend zijn hoofd. Ongelooflijk. Hij had twee romans geschreven waarin reizen door de tijd centraal stonden en een reeks korte verhalen waarin mensen zich in het verleden, de toekomst, parallelle tijden of in omgekeerde tijdstromen begaven. Dan moest hij zich eigenlijk verplicht voelen in de mogelijkheid van tijdreizen te geloven.
Maar dat deed hij niet. Hij wilde er absoluut niets van weten. In verhalen, ja, maar dat was wat anders. Niet in de werkelijkheid. In verhalen en romans kon hij moorden begaan, vrouwen verleiden, belangrijke staatsgeheimen achterhalen en daarbij ook nog hele legioenen tegenstanders heldhaftig tegemoet treden, meestal met succes. In werkelijkheid kostte het hem zelfs moeite een vlieg dood te slaan (die 's zomers in hun huis een ware plaag konden vormen; desondanks probeerde hij altijd de insecten levend het raam uit te krijgen). In werkelijkheid was hij zijn vrouw trouw, blij dat ze hem had uitverkozen, en verder was hij in de omgang met het andere geslacht nog even onzeker als hij altijd was geweest. De moedigste confrontatie met een tegenstander die hij zich kon herinneren had plaatsgevonden toen hij een agente van de parkeerpolitie met bevende handen de zojuist uitgereikte bekeuring had voorgehouden en erop had gewezen dat de parkeermeter waarbij zijn auto stond, defect was. Op haar stompzinnige tegenwerping dat hij dan niet bij die meter had mogen parkeren, had hij zo heftig gereageerd dat ze uiteindelijk de bekeuring uit zijn handen had genomen en had verscheurd.
Tijdreizen. Wat een onzin. Hij pakte de koffiekop, liep terug naar de vergadertafel, pakte de zwarte viltstift en schreef met grote letters krassend op het midden van het vel:

Tijdreis??

Hij zette er een cirkel omheen, trok een pijl daarvandaan naar de rechterbovenkant en schreef aan het eind ervan: *Mogelijk?* Van daaruit tekende hij nog een pijl en schreef: *Dominik vragen!* Zoals alle sciencefictionauteurs had hij zijn wetenschappelijke adviseurs – vrienden die écht deskundig waren op de terreinen die voor zijn verhalen van belang waren – en Dominik was onder hen het allround genie, de alwetende bron, iemand die op elke vraag een beredeneerd antwoord had of in extreme gevallen in elk geval kon vertellen wie je over een bepaalde

kwestie moest raadplegen. Als er een wetenschappelijke weerlegging van tijdreizen bestond, dan kende Dominik die. Hij was dol op al die kennisgebieden die voor het gezonde mensenverstand ontoegankelijk waren: kwantumfysica, de relativiteitstheorie en dergelijke.
Nog een pijl, ditmaal van de cirkel in het midden naar rechtsonder: *Andere verklaringen?*
Hij bleef een tijdlang roerloos staan, op het eind van de viltstift kauwend. Hij was helemaal vergeten dat buiten een echte opgraving aan de gang was, dat hij de avond tevoren werkelijk in een uitgegraven gat was afgedaald en daarin een oeroud lijkend linnen zakje en een al even oud lijkende plastic zak gevonden had. De werkelijkheid was verdwenen, volkomen onbelangrijk geworden, had het veld geruimd voor abstracte voorstellingen, voor dramatische elementen, bouwstenen voor verhalen die zich in een woeste dans volgens telkens weer nieuwe patronen opbouwden.
Er bestaat een speciale categorie misdaadverhalen die allemaal hetzelfde thema hebben: er is iemand vermoord in een van binnen afgesloten ruimte, waaruit vluchten onmogelijk is. En in al die misdaadverhalen wordt een unieke, geraffineerde verklaring geleverd voor de manier waarop de moord is gepleegd en de moordenaar uit de ruimte is ontsnapt, waarbij het raffinement van deze verklaring de kracht van het verhaal bepaalt. In dit soort categorieën dacht Peter Eisenhardt nu.
Vanuit dit gezichtspunt bekeken was het verhaal van de tweeduizend jaar oude videocamera en de tijdreis gemakkelijker door te prikken dan een ballon. De enige die de vindplaats – waarvan blijkbaar vaststond dat die uit het begin van de jaartelling dateerde – ongeschonden had gezien, was die jonge man met wie hij nog geen kennis had gemaakt. Hoogstens de professor. Zelfs Kaun had er geen bewijs voor dat de datering klopte. Daarom had hij monsters naar een Amerikaans lab laten sturen om de ouderdom vast te stellen volgens de radiokoolstofmethode, die als absoluut betrouwbaar gold.
Maar stel dat iemand een manier had gevonden om de radiokoolstofmethode te slim af te zijn? Eisenhardt krabbelde pijlen, cirkels en vraagtekens en schreef: *Vervalsing? C-14?*
Hoe zou een dergelijke vervalsing mogelijk zijn? Eisenhardt probeerde zich te herinneren wat hij over de radiokoolstofmethode wist. Hij had zich daar ooit eens in verdiept voor een roman, maar dat was lang geleden. Goed, hoe zat het? Bij een levend organisme, bijvoorbeeld de planten, uit de cellen waarvan het papier voor de gebruiksaanwijzing

gemaakt was, vond voortdurend uitwisseling met de omgeving plaats. Het nam bijvoorbeeld voortdurend koolstof op en gaf die in een andere vorm weer af. Cruciaal was dat een bepaald deel van de koolstof niet uit de normale koolstof-12-atomen, maar uit koolstof-14-atomen bestond, die licht radioactief waren. Daarom werd de radiokoolstofmethode ook wel de C-14-methode genoemd.

En hoe nu verder? Thuis had hij nu zijn oude aantekeningen tevoorschijn kunnen halen. Maar hij meende zich wel te herinneren hoe het verder ging: het organisme sterft. Vanaf dat moment wordt er geen koolstof meer opgeslagen. De koolstof-14-atomen, die zich in het dode weefsel bevinden, vallen langzaam maar gelijkmatig uiteen. Het koolstofgehalte neemt in de loop van de tijd dus af, en wel ongeacht of het organisme versteent dan wel begraven, gemummificeerd of op andere wijze wordt geconserveerd. Niets van dat alles heeft invloed op het radioactieve verval; daarom kan uit de verhouding tussen de beide soorten koolstof op betrouwbare wijze de leeftijd van het dode organisme worden bepaald.

Eisenhardt wreef over zijn slapen. Hij moest het nog eens controleren, maar als het waar was dat het koolstof-14-gehalte in de loop van de tijd afnam, dan had het in elk geval geen zin een vondst met radioactieve stralen te bombarderen. In het uiterste geval zou het lukken om de vondst jonger te dateren dan die werkelijk was. Dat had in dit geval geen zin. Eerder het omgekeerde: dan zou een methode zijn gebruikt om het radioactieve verval te versnellen. Maar iets dergelijks bestond niet. En als iemand zo'n methode had uitgevonden, dan zou hij die op radioactief afval toepassen en daar steenrijk mee worden, in plaats van dubieuze bewijsstukken te vervalsen.

Maar toch... Eisenhardt bleef nog een tijdje op de punt van de zwarte viltstift staan kauwen, alsof hij de hoop op een behoorlijk ontbijt al had opgegeven, en staarde verder naar het grote vel papier met de vraagtekens. Maar toch. Kon dat het antwoord zijn? De waarheid achter alles? Was iemand hier met een groots opgezette oplichtingstruc bezig en maakte hij, Peter Eisenhardt, daar om onnaspeurbare redenen deel van uit?

Dit idee deed zijn hart sneller kloppen. Normaal gesproken was dit een aangenaam gevoel, want het betekende dat hij een adembenemend thema op het spoor was gekomen, een thema dat zijn bloed sneller deed stromen en hem tot schrijven aanzette. Maar dit hier – opeens realiseerde hij zich weer in welke situatie hij zich bevond en was hij weer terug in de harde realiteit, met de caravan, het kamp, de voetstappen over de stenen buiten, het eerste gerinkel van servies uit de keukentent – dit was geen roman. Hij was alleen, zonder bescherming, overgeleverd. En hij was maar een zwakke, onhandige schrijver, geen James Bond.

Als dit een bedrieglijke truc was, wie ging daar dan achter schuil? Kaun? De jonge man die het linnen zakje zou hebben gevonden? En zo ja, wat moest hij daar dan mee?

Als vanzelf dwaalden zijn gedachten weer af naar de criminologische patronen die hij uit misdaadverhalen kende. Wat waren de drie voorwaarden waaraan voldaan moest worden om een daad plausibel te maken? Mogelijkheid, gelegenheid en motief.

Motief. O jee.

Eisenhardt staarde met een holle blik voor zich uit. Hij legde de viltstift terug, trok het bovenste vel papier van de flip-over af en scheurde dat in kleine stukjes, totdat hij alleen nog reepjes ter grootte van een handpalm had. Hij wierp ze in de afvalemmer in de keuken.

Hij moest erachter zien te komen welke wetenschappelijke reputatie professor Wilford-Smith bezat, of hij een goede naam te verliezen had of die juist wilde verdienen. En hij wist ook al aan wie hij dat zou vragen.

10

Aan de noordkant is de grafkuil (512) in een grijze laag (513) en een muur (n) en aan de zuidkant in een opeenhoping van vier lagen (514-517) uitgegraven, waarvan de op een na bovenste een circa 0,07 m sterke, witte mortellaag (515) is en de onderste (517) gedeeltelijk de opvulling van een volgende grafkuil (518) vormt.
Prof. Charles Wilford-Smith
Bericht over de opgravingen bij Bet Hamesh

Kaun werd wakker en voelde zich zwaar, loodzwaar, meer als een zak die met dikke, stinkende turf gevuld was, dan een mens. Hij voelde zich elke ochtend zo. De ochtend was voor hem het moeilijkste deel van de dag geworden, een fase die hij de avond ervoor al vreesde. Elke ochtend voelde hij zich nog zwaarder, trager en vermoeider dan ooit tevoren. Op een dag zou hij 's ochtends wakker worden en niet meer in beweging kunnen komen.

Dat kwam natuurlijk door al die pillen die hij slikte. Tegen zijn arts had hij er grapjes over gemaakt. 'Het is toch juist goed een grote, trage massa te hebben. Als je dan eenmaal in beweging bent, kan niets je meer tegenhouden. Dat is het geheim van mijn succes!' Natuurlijk had die aardige dokter Leuven slechts met moeite een grijns tevoorschijn gebracht. Waarschijnlijk was hij een veel te goede arts om dergelijke escapades van zijn patiënten uitsluitend op hun financiële aspecten te beoordelen. Kaun kon dat niet beoordelen. Voor hem was het belangrijk dat Leuven hem alles voorschreef wat hij nodig had en zijn mond hield. Vooral dat hij zijn mond hield.

O mijn god. Goed, een nieuwe poging. Het lukte hem zijn hand in beweging te brengen. Dat was tenminste een begin. Zijn hand bereikte het nachtkastje, waar het doosje lag. Een klein zilveren kistje, met parelmoer afgezet. Dat paste bij iemand in zijn positie. Ook al waren de pillen erin ergerlijk goedkoop.

Niet bezwijkend voor de verleiding er meer te nemen dan de drie die dokter Leuven hem had toegestaan, slikte hij zonder water de pillen door en wachtte tot hij de heilzame uitwerking ervan bespeurde. Toen kon hij zich weer bewegen. Dat van die trage massa was slechts gedeeltelijk een grap. Hij geloofde werkelijk in kinetische energie. Dat was het geheim van een succesvol leider: je moest sneller zijn dan de anderen, sneller en vooral vastberadener. Je moest kinetische energie bezitten. Je moest over alles en iedereen heen lopen als dat nodig was en je moest ook overkomen alsof je op elk moment over alles en iedereen heen kon lopen. Alleen dan dwong je respect af. Succesvol leiderschap was niets anders dan een kwestie van pure kracht.

Hij voelde dat de tabletten begonnen te werken. Er trok een warm gevoel door zijn lichaam, dat de loomheid verdreef en alles licht en beweeglijk liet worden. De sluier voor zijn ogen verdween en de doffe druk in zijn hoofd veranderde in een gevoel van welbevinden. Fantastische pillen. Wat voor bezwaren zou dokter Leuven daar nu toch tegen kunnen hebben?

Toen hij eindelijk op de rand van het bed zat, merkte hij zoals altijd dat het heerlijke gevoel slechts een vluchtige, bedrieglijke sensatie was geweest. Het zou nog wel even duren voordat hij zich echt goed kon voelen. Het was maar goed dat hij alleen was. Zijn vrouw zou hem nu met een lange reeks standaardverwijten en honende opmerkingen om de oren hebben geslagen, net zo lang tot hij het gevoel kreeg dat zijn hoofd elk moment uiteen kon spatten en hij haar moest slaan of zelf moest vertrekken. Meestal vertrok hij, en de laatste tijd begon hij het steeds aangenamer te vinden zonder haar door de wereld te reizen. Het enige wat hem werkelijk ergerde, was dat hij zichzelf daarvan de schuld moest geven. Toen hij met haar getrouwd was, had hij er eigenlijk alleen op gelet hoe ze er op foto's naast hem uitzag. Hij had alleen in begrippen van 'bij zijn stand passend' en 'de vrouw aan de zijde van de winnaar' gedacht... Wat een cliché! Wat een *bullshit!* Telkens als hij in de reusachtige door hen gekochte villa terugkeerde – op Coney Island natuurlijk, met paardenstallen en een reeks garages, en talloze kamers en zalen – voelde hij zich als een vreemdeling, iemand die de rol van echtgenoot speelde. Ze had alles jarenlang volgepropt met oneindig veel onbeschoft dure snuisterijen, totdat eindelijk haar vurigste droom in vervulling was gegaan, de enige echte hartstocht in haar saaie leventje: het belangrijkste Amerikaanse interieurtijdschrift had een reportage van twaalf pagina's aan hun huis gewijd. Twaalf pagina's! En allemaal in kleur! Dat was maandenlang gespreksstof geweest op al die stomme feestjes die ze organiseerde, met al die stomme lui die ze overal en nergens vandaan haalde.

Hij schuifelde moeizaam naar de badkamer, opende de waterkraan en stak zijn hoofd onder de koude waterstraal. Heel even dacht hij aan de kosten die ermee gemoeid waren om hier, in een caravan midden in de

woestijn, zoveel ijskoud water te gebruiken, maar het geklop in zijn schedel verminderde erdoor, en dat was het enige wat telde.
Zo zag zijn leven eruit. Hij haatte elk aspect ervan, met uitzondering van zijn kantoor en zijn bedrijf. Hij had zich de afgelopen maanden vaak afgevraagd of dat misschien niet het ware geheim was van succesvolle mannen: dat ze wisten dat thuis een onuitstaanbare echtgenote op hen wachtte, zodat ze graag lang op kantoor bleven en eindeloos door bleven werken, omdat dat altijd nog beter was dan elk ander aspect in hun leven.
Maar natuurlijk behoorde het tot de ongeschreven wetten van de zogenoemde betere kringen altijd de schijn op te houden dat je een prima huwelijk had en sowieso heel gelukkig was, in de vaste overtuiging natuurlijk dat je dat geluk aan je eigen prestaties te danken had. Er was niemand aan wie hij had kunnen vragen of zijn bange vermoeden waar was.
Maar goed, op het ogenblik was hij in elk geval duizenden mijlen van huis verwijderd. Heerlijk. Hij pakte zijn scheerapparaat en begon zijn donkere, stoppelige kin even zorgvuldig te scheren als hij zijn contracten opstelde. Ondertussen verdwenen ook de donkere wallen onder zijn ogen, alsof dat slechts schaduwen waren geweest. Langzaam kwam het echte begin van de dag dichterbij.
Hij kamde heel zorgvuldig zijn haar, knipte hier en daar een uitspringende haar af en controleerde zijn huid op verontreinigingen. Vergiste hij zich, of begon zijn huid al een beetje te kleuren door de zon? Des te beter, dat scheelde weer tijd in het solarium. Hij pakte het gereedliggende overhemd. Thuis had hij een butler, maar dat was ook alleen maar een gril van zijn vrouw geweest; hij had zoiets niet nodig en kon zichzelf best redden. Het dichtknopen van het overhemd ging snel en met vaste hand. Ja, hij kwam langzaam in beweging, als een stoomlocomotief, zeven ton staal op wielen, die eerst niet van zijn plek te krijgen was, maar die door bleef denderen als die eenmaal vaart had. Pure kracht. Pure kinetische energie.
Hij koos het geschikte kostuum met grote zorg uit. Wat kleding betrof was het duurste maar net goed genoeg. Hij had de stellige overtuiging dat een kwalitatief hoogwaardige garderobe het belangrijkste argument in het zakenleven was. Je moest laten zien dat je erbij hoorde, dat je een van hen was die aan de top hoorden, of je daar nu al stond of die wilde bereiken. Als je veel geld wilde hebben, moest je er ook zo uitzien alsof je het verdiende.

Zo was zijn huidige populariteit in de media begonnen. Een tijdschrift dat zich als economisch journaal presenteerde had hem tot 'bestgeklede manager van het jaar' uitgeroepen. Zonder dat hij daarvan ook maar iets wist. In werkelijkheid verkocht dit tijdschrift niets anders dan allerlei sprookjes uit de wereld van de rijken en machtigen aan mannelijke dromers en vooral veel advertentieruimte aan fabrikanten van te dure overhemden en vreselijke herenparfums (met namen als 'Wall Street' of 'Success'). Maar daardoor waren andere publicaties op hem gaan letten en werden de berichten steeds langer en enthousiaster. Sinds enige tijd had hij steeds meer het gevoel dat hij zich moest inspannen om te beantwoorden aan het indrukwekkende imago dat de media hem hadden toebedeeld. Hij besefte steeds meer dat dit een achtervolging was die hij nooit kon winnen.

De onaangename waarheid, die ongelooflijk genoeg nog steeds niet tot de media was doorgedrongen, was toch echt dat het paradepaard van zijn concern, de N.E.W. (News and Entertainment Worldwide Corporation) geen noemenswaardige winst opleverde. Soms wist het bedrijf maar ternauwernood aan de rode cijfers te ontsnappen, en elk jaar besteedde hij een aanzienlijk deel van zijn kostbare tijd eraan het jaarverslag zo creatief op te stellen dat de vernederende negatieve balanscijfers erin verborgen bleven zonder dat er ronduit van bedrog sprake was. En tot dusverre had niemand dat gemerkt. Verblind door zijn imago stroomden er nog altijd meer investeerders toe dan dat ze hem teleurgesteld in de steek lieten. Hij werkte, vocht en sidderde, met slechts één doel voor ogen: een doorbraak te forceren, door het omslagpunt heen te breken en het vertrouwen van zijn geldschieters in klinkende munt om te zetten.

Dat betekende dat hij moest volhouden. Zijn imperium wankelde nog altijd. Het afschrikwekkende voorbeeld dat hem altijd voor ogen stond – zelfs zo dat hij er serieus over had gedacht een foto van de man op zijn bureau te plaatsen – was het lot van een allang vergeten vastgoedtycoon uit de jaren tachtig, Donald Trump geheten, die jarenlang door de media was bejubeld als economisch wonderkind en een toonbeeld van succes, totdat hij er zelf in was gaan geloven en lichtzinnig was geworden. Sommigen zeiden later dat hij aan grootheidswaanzin was gaan lijden, en velen van hen die dat zeiden, hadden behoord tot degenen die hem hadden toegejuicht toen hij nog aan de top leek te staan. Zijn val was snel en meedogenloos geweest; banken hadden hun kredieten ingetrokken, investeerders hadden zich teruggetrokken, projecten mislukten, en

hij was diep, heel diep gevallen en vrijwel volledig uit beeld geraakt. John Kaun wilde koste wat het kost aan een dergelijk lot ontkomen. Maar de tronie van het totale bankroet grijnsde hem elke ochtend in de spiegel toe. Hij leefde op grote voet en leidde het leven van een miljonair. Hij kon niet anders, gezien de deals die hij moest sluiten. Maar ondertussen nam hij wel een voorschot op de winsten die hij hoopte te maken. Als er ook maar iets gebeurde wat buiten het normale patroon viel, dan zou hij als een man met een miljoenenschuld gebrandmerkt worden en de rest van zijn leven op de vlucht zijn voor genadeloze crediteuren. Zo simpel was dat. Per saldo had hij nog niets bereikt in het leven. Zijn chauffeur in New York, die twee maanden geleden de hypotheek voor zijn huisje op Staten Island afbetaald had, was er beter aan toe dan hij.
Het allesovertreffende voorbeeld, de grote tegenstander, de onbetwiste nummer één was natuurlijk CNN, het Cable Network News van de al even prominente ondernemer Ted Turner. De man die, zoals Kaun tandenknarsend had gevolgd, met de actrice Jane Fonda was getrouwd en werkelijk gelukkig leek te zijn. De doorbraak voor CNN was gekomen met de Golfoorlog, het grote ogenblik voor de verslaggevers op locatie met de satelliettelefoons, die exclusief en rechtstreeks uit de hoofdstad van de vijand berichtten, waarbij alle andere nieuwszenders gedwongen waren hun beelden, berichten en meningen over te nemen. Dat was Ted Turners *finest hour* geweest, en hij had daar ten volle profijt van getrokken. Hij had CNN tot een begrip gemaakt, dat vandaag de dag populairder was dan de ooit zo eerbiedwaardige BBC, en had zijn ononderbroken nieuwsuitzendingen op alle kabelnetten in de hele wereld weten te krijgen. Wat er ook nog mocht gebeuren, Turner was uit het pantheon van de grote ondernemers niet meer weg te denken.
N.E.W. was daarbij vergeleken een dwergje, nog lang geen nummer twee maar een middenmoter onder de 'overige programma's'. Uit streng geheime enquêtes was gebleken dat weliswaar circa een derde van de Amerikanen de afkorting N.E.W. kende en wist dat het om een tv-zender ging – sommigen wisten zelfs dat N.E.W. over de hele wereld per satelliet te ontvangen was – maar nog geen twee procent herkende het N.E.W.-logo, als dat hun werd getoond. En dat betekende dat de meesten weliswaar van N.E.W. gehoord hadden, maar er nog nooit naar hadden gekeken, want het logo was vrijwel permanent in beeld. En dat betekende weer dat de meesten N.E.W. slechts kenden uit berichten over hem, John Kaun. N.E.W. en John Kaun hoorden bij elkaar. Dat was in elk geval niet slecht. Beter althans dan dat bekend was geworden dat de enige firma

van zijn concern die werkelijk geld verdiende – echt, eerlijk verdiend geld en in verhouding nog veel ook – een fabriek van aardappelchips in Oklahoma was. Kaun had dat feit tot nu toe op listige wijze uit de pers weten te houden.
De affaire met de videoband, die voor hem als een volkomen verrassing was gekomen, leek hem steeds meer dé grote kans om het roer om te gooien. Dit zou zijn persoonlijke equivalent van de Golfoorlog van Ted Turner worden. Als het hem lukte iets zinnigs met deze vondst te doen, dan kon hij volgend jaar op nummer één staan.
Wat een reeks merkwaardige toevalligheden! Het verzoek de opgravingen van de Britse professor te financieren, was via via bij hem terechtgekomen en was aan hem gepresenteerd met de onmiskenbare ondertoon dat een groot aantal van zijn investeerders, die zelf van joodse afkomst waren, van deze opdracht in het Heilige Land met instemming kennis zouden nemen. Hoewel dat op zich al een voldoende overtuigend argument was, had hij het bovendien als een relatief goedkope mogelijkheid beschouwd om onopvallend een voet in Israël aan de grond te krijgen. Onder het mom van een documentaire over de opgravingen kon hij filmreporters naar het land sturen die 'toevallig' ook nog een of andere opstand van Palestijnen voor het oog van de camera kregen. Zo ging dat in het leven, nietwaar?
En nu dit.
Keurig aangekleed, met gepoetste schoenen en een beschaafde das, bekeek hij zichzelf in de spiegel. Ja. Zo kon hij op de tv-schermen van de wereld verschijnen met hogere kijkcijfers dan bij de maanlanding, de bokswedstrijd tussen Cassius Clay en Joe Frazier of de begrafenis van Lady Diana, de prinses van Wales na haar tragische dood (nog zo'n ongelukkig huwelijk, bedacht hij).
'Dames en heren,' zag hij zichzelf met goed ingestudeerd understatement zeggen, 'N.E.W. prijst zich gelukkig u vandaag exclusief een zeer bijzonder filmdocument te kunnen presenteren. U kunt nu kijken naar de allereerste uitzending van de authentieke video-opname van de bergrede van Jezus Christus.' Of van de intocht in Jeruzalem, of van de kruisiging. Hoe dan ook, een kijkdichtheid van honderd procent was gegarandeerd. Als hij met deze woorden op het beeldscherm verscheen, dan konden alle andere zenders evengoed op zwart gaan. *'Omdat Jezus Christus Aramees spreekt, hebben we zijn uitspraken Engels ondertiteld.'*
Mijn god, wat een sensatie!
Genoeg gedroomd. Hij had die video nog niet eens.

En het vinden ervan zou misschien moeilijker zijn dan iemand zich kon voorstellen.
Ze hadden nog niet eens het onweerlegbare bewijs dat die video echt bestond. Of nóg bestond. En ook al was dat het geval, dan kon die nog letterlijk overal in Israël begraven zijn. Misschien duurde het jaren of zelfs tientallen jaren voordat die werd gevonden. En als er iets over de vondst naar buiten lekte – als het lang ging duren, zou dat onvermijdelijk zijn – dan zou de beslissende vondst best eens door een herder of bouwvakker kunnen worden gedaan.
Kaun staarde nog altijd naar zijn spiegelbeeld, recht in zijn eigen gezicht, dat nu sombere trekken vertoonde. Elke dag die hij hier in de woestijn doorbracht, kostte hem een vermogen. Om nog maar te zwijgen van de problemen die overal in zijn kwetsbare imperium ontstonden omdat hij niet aanwezig was om alles in de gaten te houden. Als de zoektocht langer ging duren, dan zou hij minstens een- of tweemaal per week naar New York terugvliegen en zich op kantoor laten zien. Het was een risico, een enorm risico.
Hij had zijn hoop deels op de Duitse schrijver gevestigd. Tot nu toe had die weliswaar nog niet veel gezegd, maar dat was wellicht ook wat te veel gevraagd, meteen op de dag van aankomst. Maar de romans van Eisenhardt, zo had hij zich laten vertellen, golden als doordacht en origineel. Enkele hadden zelfs prijzen gewonnen, en reizen door de tijd leken daarin vaak voor te komen. Ja, hij had het gevoel dat die schrijver creatieve impulsen kon leveren. Toch zou hij nog meer specialisten aantrekken. Zo min mogelijk uiteraard, om het ongeluk niet te tarten, maar toch wel zoveel dat ze snel het amateuristische stadium waarin de zoektocht zich nu bevond, achter zich konden laten. Hij moest hierover eens met de professor van gedachten wisselen, liefst meteen aan het ontbijt.
Eigenlijk wist hij op dit moment ook nog niet hoe hij optimaal kon profiteren van de videoband, als hij die in handen kreeg. Goed, hij kon die exclusief op zijn eigen zender vertonen, na een gigantische reclamecampagne. Maar er zouden vanzelfsprekend meteen enorme controverses ontstaan over de vraag of de band echt was en of die echt kon zijn, en dat zou de waarde van de vertoning in zekere zin verminderen. In het beste geval zouden horden geleerden zich erop storten en jarenlang over de voors en tegens discussiëren zonder ooit tot een eenduidige conclusie te komen, net zoals bij de lijkwade van Turijn, die het grafdoek van Christus zou zijn geweest. Dat doek werd al vijftig jaar lang onderzocht, en iedereen zei wat anders: voor de een was het zonder enige twijfel echt,

voor de ander een geraffineerde vervalsing uit een tamelijk recent tijdperk.
En in het ergste geval, dacht Kaun, zou de sensatie snel voorbij zijn, zoals met de film die de vivisectie op een buitenaards lijk toonde en die begin jaren vijftig in de Verenigde Staten opgenomen zou zijn. De UFO-gelovigen hadden hun geloof bevestigd gezien, de sceptici hadden voldoende redenen gevonden om de film als een vervalsing te kwalificeren, en zo was niemand ook maar een millimeter van zijn eigen overtuigingen afgeweken.
Wat zou er met een videofilm gebeuren die tweeduizend jaar geleden opgenomen zou zijn?
Kaun liep het functioneel ingerichte keukentje in en liet de eerste koffie van die dag in een kopje stromen, het eerste van minstens twintig.
In de bespreking van gisteravond had hij gebluft. Hij had voorgewend al precies bedacht te hebben wat hij met de video zou doen. Het idee die aan het Vaticaan te verkopen was spontaan bij hem opgekomen, feitelijk op het moment dat hij het had geopperd. Het was extreem belangrijk bij dit werk nooit te laten merken dat je onzeker was en spontane gedachten zo te formuleren dat de anderen de indruk kregen dat je alles al terdege overdacht had en al veel verder was dan alle anderen; het was even belangrijk om het zo te brengen dat je er later niet op vastgepind kon worden, als zou blijken dat je ernaast zat. De afgelopen jaren was hij hierin tamelijk bedreven geworden, zo moest hij telkens weer vaststellen. Aan de sterke zwarte koffie nippend bedacht hij dat het misschien helemaal niet zo'n slecht idee was. Meer geld kon hij zeker even goed gebruiken als meer populariteit, vooral omdat het daarbij eindelijk niet meer om geld van investeerders zou gaan dat hij ooit weer moest terugbetalen, maar om geld dat helemaal van hemzelf was. De beslissing was dus vooral afhankelijk van de geboden prijs, en dat was iets wat hij moest laten checken, liefst meteen: hoe rijk was de katholieke kerk eigenlijk?
Hij schoof het gordijn van een van de ramen in het kantoor opzij en keek met de koffiebeker in zijn hand naar de woestijn, waar de lucht zo vroeg in de ochtend al trilde van de hitte. Hij kon een verslaggever op deze zaak zetten, maar liever nog een advocaat. Hij zag spontaan enorme kunstschatten voor zich die eigendom van de Heilige Stoel waren en die zeker ook op een volledig atheïstische kunstmarkt enorme bedragen zouden opbrengen. Kunstvoorwerpen, en grond natuurlijk. De katholieke kerk moest een gigantisch vermogen aan onroerend goed bezitten, met zoveel kerken, kloosters, kapellen en pastorieën over de hele

wereld. En daarbij ging het ook nog eens om de beste locaties, meestal in stadscentra.
Er trok een lachje over zijn gezicht. Een uitruil: de video tegen de kerkpercelen. En hij, John Kaun, zou direct huur gaan incasseren, of pacht voor zijn part, en dat tot aan de Jongste Dag.
Hola! Wat een deal! Heel wat mensen uit zijn kennissenkring zouden naar zijn inschatting domweg van hun stokje gaan als ze dat zouden vernemen. De een omdat hij zich als goed katholiek beschouwde, de ander uit pure jaloezie.
Opeens viel hem iets in, zomaar uit het niets, als een soort goddelijke inblazing zogezegd. En daarmee werden al zijn dwaze dagdromen van tafel geveegd. Het idee gaf hem meteen een goed gevoel. *Waar?* John Kaun schoof het gordijn weer dicht en concentreerde zich geheel op deze gedachte. *Het was beter om te onderhandelen zolang de videoband nog niet was gevonden.* Hij dacht hier nog wat langer over na en voelde weer die prikkeling die zich altijd manifesteerde als hij echt iets groots op het spoor was.
Zolang de band nog niet was gevonden, kon er in feite van alles op staan. Zo lang kon de fantasie van een eventuele koper nog op hol slaan. Misschien waren die lui van de kerk wel bang dat uit de band zou blijken dat Jezus niet dood geweest was toen hij van het kruis werd gehaald. Of dat de uit de dood verrezene een dubbelganger was geweest. Alles was mogelijk, tenminste zolang de band nog niet gevonden was.
In werkelijkheid zou de band van alles kunnen bevatten, misschien zelfs wel helemaal niets. Of misschien alleen onbelangrijke zaken. Misschien zelfs een volkomen onbekende toespraak van Jezus, die aan de hand van de bijbel niet te verifiëren was. Kortom, de videoband zelf zou wellicht vrijwel waardeloos en onverkoopbaar kunnen zijn.
Kaun glimlachte, ditmaal met dat gehaaide lachje dat hem zo beroemd had gemaakt. Zo zou hij het doen: vroegtijdig met onderhandelen beginnen, begeerte opwekken, angsten voeden, en dan de eigen positie veiligstellen. Voorlopig bezat hij het zakje en de gebruiksaanwijzing van de videocamera, en een hoop goede argumenten. En dat zou hij te gelde maken. Zijn advocaten zouden het druk krijgen.
Glimlachend zette hij zich in beweging en liep naar zijn bureau. Hij was zover. De dag was begonnen.

11

Bij enkele van de graven kon worden vastgesteld dat ze uit de tijd van de Hasmoneeën en Herodes dateerden, de overige zijn van latere datum. De voor die tijd kenmerkende familiegraven werden in de rotsen uitgehouwen en vormden onderaardse loculi *(begraafplaatsen); gewoonlijk bestonden die uit een of meer grafkamers, met in de wanden nissen voor de ossuaria (*kokhim, *d.w.z. beenderkisten) of banken onder gewelfde verdiepingen (*arcosalia*). Nadat een stoffelijk overschot geheel was vergaan, werden de botten in een ossuarium verzameld, dat dan in een nis in de wand werd geplaatst. Uit het feit dat de beenderen van de dode van 14/F31 onaangeroerd zijn gebleven, kan dus de conclusie worden getrokken dat hij niet tot een familie of andere groep van verwanten behoorde.*

Prof. Charles Wilford-Smith
Bericht over de opgravingen bij Bet Hamesh

Het zenuwslopende gezoem leek midden in zijn oor te ontstaan. Stephen Foxx opende moeizaam zijn ogen, stopte zijn hand onder zijn hoofdkussen, pakte de wekker, die eruitzag als een creditcard, en schakelde die uit. Dat kon toch niet waar zijn... Hoe lang had hij geslapen? Tien minuten? Had hij wel geslapen, of was hij verdoofd? Verdoofd en vervolgens uitgebreid afgerost?

Toen hij het tentdak boven hem zag moest hij aan de opgraving denken, en daardoor weer aan de gebeurtenissen van de vorige dagen, en door die herinnering leken elektrische ontladingen opgewekt te worden die de vermoeidheid razendsnel uit zijn lichaamscellen verdreven. De kast! De brief! Met een ruk ging hij rechtop zitten en greep onder het bed om de vondstkist tevoorschijn te trekken. Het gedeukte blikken deksel rammelde zachtjes toen hij het van de kist haalde. De papieren zaten er nog in. In het schemerige daglicht dat in de tent doordrong, leken ze nog brokkeliger en sterker aangetast dan de avond tevoren. Onvoorstelbaar dat deze vellen papier tweeduizend jaar in de aarde hadden doorstaan. Zonder het plastic omhulsel zou er allang niets meer van overgebleven zijn. Stephen moest aan de berg plastic zakken en yoghurtbekers denken die overal ter wereld in vuilnisbelten lag opgehoopt en rilde bij de gedachte aan de onvergankelijkheid ervan.

Of het echt om een brief van een onbekende tijdreiziger ging? Er was

niets te zien, geen enkel letterteken. Dat hoefde niets te betekenen, want het schrift kon na zo'n tijd verbleekt zijn en pas onder ultraviolet licht of via een röntgenopname zichtbaar worden. Maar welke reden kon die hypothetische tijdreiziger gehad hebben om zo'n brief te schrijven?
Stephen Foxx bleef een tijdlang naar de grijze, brokkelige vellen papier zitten kijken, zonder tot een conclusie te kunnen komen.
Hoe was dit afgelopen? Of liever gezegd, hoe zou dit aflopen? Over enkele jaren zou de onbekende op zekere dag aan zijn reis door de tijd beginnen, uitgerust met een videocamera. Een reis tweeduizend jaar in het verleden, zonder de mogelijkheid om terug te keren. Hij zou zijn opnamen maken, de camera conserveren en op een plek neerleggen die met zijn assistenten in de toekomst – zijn heden – was afgesproken, en dan zijn leven in het verleden afsluiten. Zijn assistenten hoefden alleen maar de tijdmachine uit te schakelen, naar het afgesproken rotsblok te wandelen en de camera op te graven die ze zojuist naar een tijdperk tweeduizend jaar terug gestuurd hadden.
Welke reden zou de tijdreiziger bij een dergelijk schema hebben gehad om een brief te schrijven? Daar moest hij eens goed over nadenken.
De naar de wind toegekeerde kant van de tent bolde met een zacht geritsel naar binnen toe. Door een spleet aan de onderkant viel het felle licht naar binnen. Buiten begon de dag.
Hm... Stephen plaatste het deksel weer op de kist. Hij moest er zo snel mogelijk achter komen wat er op die papieren geschreven stond. Dat was uiterst urgent.
Misschien was het een brief aan de assistenten waarin stond dat de onderneming was mislukt.

Rafi was bezig met zijn eerste dagelijkse taak: het klaarzetten van de vondstkisten, voor iedere assistent eentje, die zorgvuldig waren geleegd en schoongeveegd. De rest van de dag zou hij met een handjevol assistenten onder het opgespannen tentdak zitten, het zand en de aarde uit de nog niet geleegde vondstkisten zeven en alle vondsten – tandsplinters, plantenvezels, scherfjes en dergelijke – zorgvuldig oppakken, op fiches noteren en gesorteerd in plastic zakjes stoppen, die samen met de fiches werden opgeborgen. Om de vondsten aan de juiste opgravingspercelen te kunnen toekennen, kreeg iedere assistent een formulier, dat hij onder in zijn vondstkist legde en waarop zijn naam, de datum, de precieze aanduiding van het opgravingsperceel en een variabel nummer stond, dat in een dik logboek werd opgetekend. Het voorbereiden van

deze formulieren was elke ochtend Rafi's tweede taak. Het was een opgave die volledige concentratie vereiste, zodat er geen fouten inslopen. Daarom vond hij het niet echt prettig dat professor Wilford-Smith uitgerekend nu hier moest rondhangen alsof hij niets anders te doen had.
'Aha. Hm. Zo. Aha.' De professor stond over de laatste aantekeningen gebogen, hield af en toe een plastic zakje tegen het licht en legde dat met een nadenkend knikje weer op de oorspronkelijke plek. Rafi probeerde zich op het invullen van de formulieren te concentreren, maar het merkwaardige gebrabbel van de opgravingsleider irriteerde hem behoorlijk.
'Het wordt een hete dag, denk je niet, Rafi?' riep Wilford-Smith plotseling.
'Jawel, sir.' Rafi voorzag een nieuw formulier van een nummer, dat hij meteen op een van de door de zon gebleekte bladzijden van het logboek optekende.
'Nietwaar? Een hete dag, ja. Eigenlijk is elke dag hier in dit jaargetij heet.'
'Dat klopt, sir.' Nu nog de naam van de opgravingsassistent invullen en het perceel waarop hij was ingedeeld. Hij moest zich niet in de war laten brengen. 'En verder? Alles in orde?'
'Alles in orde.' Volgende formulier. De assistenten zouden zo meteen komen, en dan moest alles klaar liggen. 'En kunt u de opgravingen bijhouden?' Wilford-Smith kwam schuifelend op hem toe, boog zich over het klembord met de lijst in gebruik zijnde vondstkisten.
Rafi knikte, vulde ook dit formulier in en schoof dat in de map bij de andere. 'Over het geheel genomen wel.'
'Mooi.' De professor bekeek de lijst nauwkeuriger en tikte met zijn vinger op het bovenste nummer dat Rafi al een paar dagen lang steeds weer had overgenomen. '1304? Maar dat is toch al een hele poos geleden?'
'Dat is van dinsdag, sir. De vondstkist van Stephen Foxx. U weet wel, perceel 14.'
'Aha.' Professor Wilford-Smith bleef nadenkend naar het getal staren. Diep nadenkend. Alsof hij er moeite mee had zich te herinneren wat er met perceel 14 aan de hand was. 'Foxx, zegt u? En die heeft zijn kist nog niet teruggegeven?'
Nee. Ik heb niets gezegd, omdat ik dacht dat u dat opgedragen...'
'O ja, natuurlijk.' De witharige man met zijn onvermijdelijke leren hoed knikte. 'Juist. Het is in orde zo. Ja, natuurlijk.' Hij knikte, nog altijd diep in gedachten verzonken. Verstrooid zelfs. Zijn vingers trom-

melden even een marsritme op het klembord, waarna hij hem afwezig toeknikte en zoals altijd licht gekromd in de richting van het caravanpark begon te lopen.
Rafi keek hem een tijdje verbaasd na, haalde zijn schouders op en begon het volgende formulier in te vullen.

De telefoon op het nachtkastje van Enrico Basso, advocaat en belangenbehartiger van Kaun Enterprises Holding Inc. voor Italië, ging even voor zes uur over en rukte de eigenaar ervan uit een aangename droom, waarin een idyllisch palmeneiland en diverse jonge meisjes die slechts in bloemenkransen waren gehuld, een rol speelden. Hun met donkere lokken omlijste gezichten verdwenen in het niets en het ruisen van de zee bleek het gedreun van het Romeinse spitsverkeer te zijn. Geïrriteerd door deze deceptie draaide de advocaat zich om en greep de opdringerige hoorn beet.
'*Pronto,*' bromde hij misnoegd.
Een seconde later zat hij rechtop in bed en ging van het Italiaans in het Engels over. 'O, bent u het... Goedemorgen, sir, waarmee kan ik u... Ja, natuurlijk...'
Van onder het omgewoelde kussen kwam het slaapdronken gezicht van zijn vrouw tevoorschijn. Slaperig bekeek ze haar echtgenoot, die minutenlang naar de stem in de hoorn luisterde, waarbij zijn onderkaak steeds weer omlaag zakte.
'*Si,*' zei Enrico Basso ten slotte, 'maar dat zal een tijdje duren, *naturalmente...*'
De stem aan de andere kant van de lijn leek steeds feller te klinken. Basso begon onwillekeurig zijn hoofd te schudden.
'Maar dat is niet zo gemakkelijk!' onderbrak hij de beller. 'Het weekeinde staat voor de deur en...'
Waarom zei hij eigenlijk nog iets? Luisterde de ander eigenlijk wel?
'Ja. *Capito.* Ik zal er alles aan doen. Ik meld me morgen. *Addio.*' Enrico Basso legde de hoorn op de haak en liet zich weer in de kussens vallen. Van slapen kon geen sprake meer zijn. Nu had hij er spijt van vier weken geleden met roken te zijn gestopt, zodat er geen sigaretten meer op het nachtkastje lagen.
'Wie was dat, Enrico?'
'John Kaun.'
'En welke firma wil hij ditmaal kopen?'
'De katholieke kerk.'

'Wat?' Ze schoot overeind. 'Wat vertel je me nou?'
De advocaat sloeg de dekens terug en zocht naar zijn pantoffels. 'Hij wil weten wat de katholieke kerk waard is. Wat die aan onroerend goed bezit, en aan liquide middelen, aan investeringen en overig vermogen. Wat de cashflow is. Stel je voor zeg... dat vroeg hij werkelijk: wat de cashflow van de katholieke kerk is!' Hij schudde zijn hoofd. 'Geen idee waarom hij dat wil weten. Het klinkt echt alsof hij tot aankoop wil overgaan.'

Ditmaal vond de ontmoeting in Eisenhardts caravan plaats. Het lijkt wel een triumviraat, dacht Eisenhardt, toen Kaun en Wilford-Smith tezamen binnenkwamen.
Kaun gedroeg zich weer alsof er minstens tien tv-camera's op hem gericht stonden: dynamisch, vol passie en bijna barstend van ongeduld en besluitvaardigheid. De professor kwam echter flegmatiek en broos over en gedroeg zich alsof het hem eigenlijk allemaal niets aanging. Hij veegde zorgvuldig zijn schoenen, sloot de deur achter zich en kwam de vergaderkamer binnen toen Kaun al wijdbeens aan tafel zat.
'Zal ik koffiezetten?' vroeg Eisenhardt.
De industriemagnaat maakte een geïrriteerd wegwerpgebaar. 'Kom zeg. Laten we ter zake komen. Wat hebt u allemaal bedacht?'
'Goed.' Eisenhardt draaide zich naar zijn grote vel papier met de trefwoorden toe die hij daarop geschreven had. Hij ademde diep in en besefte opeens dat hij zich gespannen voelde. Nu kwam het erop aan. Als hij nu alleen met gezichtspunten kwam die beide anderen ook al hadden bedacht, dan zou hij waarschijnlijk vanavond alweer in het vliegtuig naar huis zitten.
'Ik eh.... heb enkele punten opgeschreven waar we op door zouden kunnen gaan,' begon hij. Pauze. Niemand zei iets, ze luisterden slechts. Verdomme, zoiets was hij niet gewend. Dit leek wel een examen. Hij greep een viltstift en wees daarmee op het bovenste woord. 'Tijdreis. Wat is er tegenwoordig bekend over de mogelijkheid om door de tijd te reizen? Vindt er momenteel ergens ter wereld onderzoek plaats dat tot een ontdekking kan leiden die tijdreizen mogelijk maakt? Dat is een punt dat ik in mijn hoedanigheid als sciencefictionschrijver relatief gemakkelijk kan uitpluizen.' Hij keek Kaun aan, die wrevelig zijn voorhoofd fronste.
'Hebt u daar nog nooit onderzoek naar gedaan dan?' vroeg hij.
'Nee.'
'Maar u hebt toch al een heleboel romans geschreven waarin het om tijdreizen draait?'

Eisenhardt knikte. 'Dat klopt. Maar dat is heel goed mogelijk zonder je om de wetten van de fysica te bekommeren. Eigenlijk dacht ik zelfs dat het alleen mogelijk was als je je juist niet om de wetten van de fysica bekommert.'
Kaun dacht een moment lang na, maar zei niets meer. In plaats daarvan vroeg hij: 'Aan wie wilt u dat vragen? En waar is die informatie uiteindelijk goed voor?' De vragen klonken als zweepslagen.
'Ik zou beginnen bij een wetenschapsjournalist met wie ik goed bevriend ben. Hij is het gewend dat ik hem de gekste vragen stel, en hij heeft uitstekend inzicht in de huidige stand van de wetenschap, zoals wie waar onderzoek doet enzovoort. Als ik het op die manier aanpak, zal niemand iets anders denken dan dat ik informatie voor een nieuwe roman verzamel.'
'En wat is het nut?'
'Als we wisten wanneer reizen door de tijd beginnen en welke natuurkundige randvoorwaarden daarbij gelden, dan kunnen we verregaande conclusies uit onze vondst trekken. Tot nu toe gaan we ervan uit dat de tijdreis op een zeker moment wordt uitgevonden zolang de firma Sony nog bestaat, en dat die slechts in één richting mogelijk is, namelijk richting verleden. Stel dat zou blijken dat tijdreizen in principe in beide richtingen mogelijk zou moeten zijn, dan zouden we weten dat de dode daar begraven ligt omdat de onderneming mislukt is.'
De ondernemer begon steeds duisterder te kijken. Aan dergelijke hypothesen had hij duidelijk een broertje dood. 'Goed. En verder?'
'Verder,' vervolgde de schrijver, 'moeten we proberen de dode zelf te identificeren. Als het daarbij echt om een mens uit deze eeuw gaat, dan kunnen we misschien aan de hand van de botten of het gebit uitzoeken wie het is.'
'En dan?'
'Houden we hem in de gaten.'
Kaun snoof misnoegd. 'Ze zijn al bezig met de identificatie, maar tot nu toe zonder succes. Goed, we moeten behoedzaam te werk gaan, zodat niemand verdenkingen koestert, maar ik heb niet het idee dat we daar verder mee komen.'
Eisenhardt keek hem onderzoekend aan. 'Hebt u er al eens aan gedacht dat ú mogelijk degene kunt zijn die hem naar het verleden stuurt?'
'Ik?' Dat was een schot in de roos. De terugvlucht vanavond was alvast geschrapt, zoveel was zeker. De ogen van de mediamagnaat werden steeds groter, en je kon letterlijk zien hoe zijn gedachten zich in ontoe-

gankelijke, nog nooit betreden regionen begaven. 'U bedoelt dat ik...? Aha. Dat zou inderdaad kunnen... Nee, daar had ik nog niet aan gedacht. Klopt.' Hij was werkelijk verbluft. Hij glimlachte zelfs, en met veel fantasie kon je zelfs een zeker respect in dat lachje ontdekken.
De professor trok een frons. 'Dit heb ik niet begrepen.'
'Op dit moment geloven we,' legde Eisenhardt uit, 'dat we een paar dagen diep moeten nadenken, dan op de juiste plekken moeten graven en dan de camera zullen vinden. Maar misschien zal het anders lopen. Misschien brengen onze huidige navorsingen ons op het spoor van een bepaald onderzoeksproject, of we vinden de toekomstige tijdreiziger, en over een paar jaar zullen wij het zijn met wie hij een afspraak maakt. Wij zullen met hem de plaats bepalen waar hij de camera moet verbergen, zodat die tweeduizend jaar ongeschonden blijft. *Wij* zullen het team zijn dat zijn reis naar het verleden organiseert.'
De archeoloog knikte. 'Een interessante hypothese.'
'Nu het volgende aanknopingspunt,' vervolgde Eisenhardt, die zich steeds zelfverzekerder begon te voelen. Hij tikte op het derde trefwoord. 'De camera. We moeten meer informatie over de camera zelf hebben. We moeten de gebruiksaanwijzing onderzoeken; misschien vinden we een opgedrukt jaartal, aantekeningen of andere interessante informatie. Dan moeten we van de fabrikant alle mogelijke technische informatie over de camera zien los te krijgen.'
'Dat heb ik al gedaan,' verklaarde Kaun. 'Ik heb vanochtend met Sony in Tokio getelefoneerd. De camera is nog in ontwikkeling en zal op zijn vroegst over drie jaar op de markt komen.'
'Aha.' Eisenhardt voelde een eigenaardige huivering over zijn rug trekken. 'Zo snel al.'
'En ik ben nog enkele interessante dingen te weten gekomen,' vervolgde Kaun met grimmig samengeknepen wenkbrauwen. 'De MR-01 Camcorder is gebaseerd op een volstrekt nieuwe technologie, waarbij de videobeelden niet meer op een magneetband, maar op een soort kristalschijf worden vastgelegd, die een veelvoud van de capaciteit van een band bezitten. Een videocassette van het nieuwe type zal een speelduur van circa twaalf uur hebben, en anders dan een band die je vooruit en terug moet spoelen, kun je alle beelden op elk moment bekijken, net als bij de harde schijf van een computer of een cd-rom.'
Eisenhardt knikte. 'Hoe zit het met de houdbaarheid van de opnamen?' vroeg hij.
'Dat is het eerste interessante punt. Volgens Sony zal met de nieuwe

technologie, die ze MR noemen – ik ben vergeten waarvoor dat een afkorting is – weliswaar slechts één opname mogelijk zijn, net als bij gewone film, maar die opname zal wel vrijwel onbeperkt houdbaar zijn. Minstens tienduizend keer stabieler dan gewone bandopnamen, zeiden ze.'

'Het ideale apparaat dus voor de tijdreiziger,' meende Eisenhardt.

'Dat is duidelijk.' Kaun boog zich gewichtig naar voren en leunde met zijn ellebogen op de vergadertafel. 'Het tweede interessante punt is dat de man met wie ik gesproken heb uiterst nieuwsgierig was hoe ik de projectnaam van een camera kon weten waarover Sony nog geen enkele informatie naar buiten heeft gebracht.'

'Dat kan ik me voorstellen.'

'Dat denk ik niet, want hij zei letterlijk: "U bent vandaag al de tweede die naar de MR-01 vraagt." '

Eisenhardt hief afwerend zijn handen op. 'Ik ben het niet geweest. Het zou me veel te link zijn om Sony zonder overleg met u op te bellen.'

'Dat weet ik,' knikte de man in het blauwe maatpak. 'Het eerste wat ik daarna gecontroleerd heb, waren onze telefoonlogs. U hebt gisteren slechts eenmaal getelefoneerd, met uw vrouw.' Eisenhardt slikte. Een dergelijke vorm van controle was nieuw voor hem en hij voelde zich er niet prettig bij.

'Hoezo gisteren?' vroeg hij verward.

'Toen ik Sony vanochtend opbelde, was het in Tokio bijna zes uur in de avond. Die man vertelde me dat het eerste telefoontje even na negen uur 's ochtends was binnengekomen. Op dat moment was het hier in Israël gisteravond, even na elf uur.'

Professor Wilford-Smith staarde nadenkend naar het lege witte tafelblad. 'Op dat tijdstip zaten wij nog bij elkaar,' stelde hij vast.

'Inderdaad,' zei Kaun grimmig. 'Daarom zou ik nu eindelijk wel eens willen weten wat die Stephen Foxx eigenlijk de hele tijd uitvoert.'

12

De bijzetting van de botten in ossuaria was in die tijd een vast joods gebruik. De ossuaria waren van steen en hadden de vorm van rechthoekige kisten met traditionele versieringen, maar nooit met afbeeldingen van mensen. Vaak waren de namen van de doden op een van de zijden gegraveerd. De inscripties in het Hebreeuws, Aramees of Grieks bevatten vaak aanvullende informatie; de talrijke grafinscripties, die men in een uitgestrekte necropolis vindt, vormen daardoor zelfs een sociaal-historische encyclopedie van de toen al zeer heterogene bevolking van Palestina.
Prof. Charles Wilford-Smith
Bericht over de opgravingen bij Bet Hamesh

Stephen Foxx zat op een gammel klapstoeltje aan de al even gammele klaptafel in zijn tent mismoedig naar het beeldscherm van zijn laptop te staren, waarvan de kille technische uitstraling een merkwaardige tegenstelling met de landelijke omgeving vormde. Naast de computer stond zijn ontbijtblad, dat hij onder de grimmige blikken van de koks had meegenomen. Het was gemaakt van grijs, gedeukt blik vol krassen, evenals het bord, de beker, waarin een vloeistof die op koffie moest lijken bij elke toetsdruk over de rand dreigde te klotsen, zelfs het bestek was gedeukt. Het geheel had de uitstraling van spullen uit een legerdump. Hij wilde de ochtend gebruiken om nog enkele dringende zaken te regelen.

Zoals deze fax bijvoorbeeld. Stephen begon elke dag met het inpluggen van zijn gsm in de computer om de e-mail die mogelijk op hem wachtte op te halen. Het grootste deel van de e-mails kwam binnen op zijn andere computer thuis, die altijd aanstond en ook faxen binnenhaalde. Als iemand een fax naar Stephens faxnummer stuurde, dan werd die eerst op de harde schijf van zijn computer opgeslagen, waar die ook zou blijven tot hij terug was; maar tevens werd van de fax automatisch een e-mailbericht gemaakt, dat even automatisch naar Stephens internetadres werd gestuurd, zodat hij die overal ter wereld kon ontvangen. Op deze wijze bleef hij bereikbaar, en zoals bleek uit de fax die hij net nogmaals bestudeerde, was dat maar goed ook.

Hij was afkomstig van een bedrijf dat hij vijf of zes maanden geleden informatie over zijn softwaresysteem had gestuurd. Het was eigenlijk

een spontane actie geweest; hij had in de mensa van de universiteit in de rij achter zich iemand horen zeggen dat zijn vader daar werkte en dat er voortdurend over de computers werd geklaagd. Nog diezelfde middag had hij een kleine brochure gedrukt, een briefje op zijn indrukwekkende zakelijke briefpapier erbij geschreven, alles in een envelop gestopt, weggestuurd en er verder niet meer aan gedacht.
En nu hadden ze gereageerd. Ze wilden de gehele elektronische gegevensverwerking vernieuwen en vroegen of hij meer informatiemateriaal kon opsturen. Er zat een bijlage bij met een hele reeks uitvoerige vragen. Ze wilden zo snel mogelijk antwoord hebben.
Het merkwaardige was wel dat het om een groothandel ging die in allerlei videoapparatuur handelde.
'Dat thema achtervolgt me,' mompelde Stephen.
Hij nam een slok koffie – aan de rand van de kop zat nu al stuifzand, dat onaangenaam tussen de tanden knarste – en dacht na. De fax was donderdagmiddag bij hem thuis ontvangen. Gezien het tijdsverschil was die dus nog maar zes of zeven uur geleden verzonden. Het weekeinde stond voor de deur, wat betekende dat hij zonder probleem tot morgen kon wachten, als het sabbat was en hij de nodige vrije tijd had.
Bovendien zou hij op zijn computer thuis moeten inloggen om enkele grote bestanden met afbeeldingen en grafieken te downloaden, en omdat hij een transatlantische telefoonverbinding gebruikte, kon hij heel wat geld besparen door de goedkoopste periode af te wachten. En als hij haast maakte, kon hij zijn antwoordfax ook meteen versturen, rechtstreeks vanuit zijn laptop.
Hij pakte zijn laatste boterham met pindakaas, tilde tijdens het eten ervan zijn bord op, schudde de broodkruimels op de grond en zette die op het tweede bord. Eigenlijk was hij helemaal niet van plan geweest zich met zakelijke beslommeringen bezig te houden. Uitgerekend een groothandel in videoapparatuur. Het intrigeerde hem. Hij moest zijn Indiase compagnons vragen of zij de aanpassingen konden uitvoeren die noodzakelijk waren om een systeem dat op de behoeften van de bandengroothandel was toegespitst, aan dat van een groothandel in videotechniek aan te passen. Dat kon gelukkig met enkele simpele e-mails geregeld worden. Maar uitgerekend video...
Moest hij hierop wel reageren? Hij had genoeg geld. Hij kon de hele zaak evengoed op zijn beloop laten.
'Flauwekul,' bromde hij en trok de kabel tussen de computer en de telefoon los. Daar moest hij maar eens een nachtje over slapen, dat was het

beste. Het ergerde hem dat zijn gedachten zo bleven malen over dit eigenaardige toeval.

De ploeg opgravingsassistenten onderbrak het ontbijt niet toen professor Wilford-Smith op de keukentent af liep, maar ze begonnen wel zachter te praten en bijna iedereen wierp een nieuwsgierige blik in zijn richting. Sinds de geheimzinnige vondst in perceel 14 deden de meest fantastische geruchten de ronde. Er was een militair voorwerp gevonden, zei de een. Nee, ze waren op een grote schat gestuit, vermoedden anderen. Alleen de aanwezigheid van de Amerikaanse tv-ploeg paste niet goed in hun theorieën.

'David,' zei de opgravingsleider tegen de keukenchef, een jonge man met een bos kroeshaar en voortdurend dreigende blik.

'Jawel, professor?'

'Ik zoek Foxx,' verklaarde Wilford-Smith, terwijl hij zijn blik zoekend over de volle tafels buiten de tent liet glijden. 'Heb je hem toevallig gezien?'

'Hij was er wel. Hij heeft zijn blad volgeladen alsof hij uitgehongerd was en is daarmee weer naar de tenten vertrokken.' Het was eigenlijk niet toegestaan serviesgoed buiten het keukengebied mee te nemen, omdat het vaak niet meer terugkwam, maar de neiging had in een gesteentespleet te verdwijnen en zo materiaal voor toekomstige archeologen werd.

'Kun je iemand naar hem toe sturen en tegen hem zeggen dat ik hem wil spreken?'

'Geen probleem. Nu meteen?'

'Ja, graag. Hij moet naar de caravan komen, de tweede van hieruit gezien.'

'Komt in orde.'

Stephen wierp de kabel in zijn reistas en haalde er een cd-doosje uit. Dit had hij eigenlijk bij het ontbijt al willen doen: wat onderzoek doen. De cd die hij uit het doosje haalde en in de cd-romspeler in zijn computer legde, bevatte de gehele *Encyclopaedia Britannica.*

Als kleine jongen had hij altijd begerig naar de meer dan dertig dikke, in leer gebonden delen gekeken die in de werkkamer van zijn vader in een speciaal daarvoor bedoelde kast stonden. Af en toe had hij erin mogen bladeren, en lange tijd was het voor hem een uitgemaakte zaak geweest dat de *Britannica* alles bevatte wat er te weten viel. Ook toen hij later ontdekte dat dat zeker niet het geval was en dat zelfs de uitgebreidste

en diepstgravende artikelen in de *Britannica* ellenlange verwijzingen naar verdere literatuur bevatten, behield hij toch de gewoonte om zijn onderzoek in deze boeken te beginnen als hij iets wilde weten. Het was voor hem een gekoesterd ritueel geworden.
De lade van de cd-romspeler sloot met een schrapend geluid, waarna er een zacht gezoem klonk ten teken dat het zilverkleurige schijfje tot het juiste toerental versnelde. Stephen startte het bijbehorende zoekprogramma op en stopte.
'Zoeken naar trefwoord:' stond er, terwijl een dun streepje afwachtend knipperde in het invulveld.
Stephen aarzelde.
Dat was nog niet zo gemakkelijk. Opeens doken er herinneringen aan zijn kindertijd op; aan zondagen, aan bloeiende weiden en struiken en aan de teleurstelling mooie kleren te moeten dragen en niet naar buiten te mogen om te ravotten; aan vervelende, onbegrijpelijke, eindeloze kerkdiensten, waarbij je na afloop nog een eeuwigheid op het kerkplein moest blijven staan terwijl de volwassenen met elkaar praatten en aan een stuk door lachten en een valse vriendelijkheid tentoonspreidden tegenover mensen over wie ze thuis schande spraken. Ook waren er altijd klasgenoten en buurkinderen, die eveneens bij hun ouders stonden en al even opgedoft waren en er heel raar uitzagen.
Hij staarde naar de donkere toetsen van zijn computer, alsof hij die voor het eerst zag. Daar was de J. Daarmee moest hij beginnen. Wat was daar zo moeilijk aan?
Hij typte 'Jezus Christus' in en stopte weer.
In zijn binnenste leek iets zwaars en duisters post te vatten. Het voelde als een bedreiging, een duistere bedreiging. Weer kwamen de herinneringen. Aan een geweldig, hoog boven de kleine Stephen oprijzend kruis, waaraan een bovenmenselijk grote gedaante hing die met een van pijn vertrokken gezicht op hem neerkeek. Aan vage vermaningen, die onbegrijpelijk bleven toen hij ze moest aanhoren, maar wel angst inboezemden; pas veel later, toen hij voor het eerst een meisje kuste, kwamen ze als verschrikkelijke innerlijke stemmen weer tevoorschijn, alsof ze al die jaren op dit moment hadden gewacht, als tijdbommen op de zeebodem van zijn onderbewustzijn.
Hij drukte op de entertoets, waarna de cd-rom begon te zoemen. Er verscheen een eindeloze rij trefwoorden op het scherm.
Jezus Christus, of Jezus van Galilea, of Jezus van Nazareth. Er volgde een lijst van verwante gebieden, onderverdeeld in diverse afdelingen: *Bij-*

belse literatuur; Doctrine en geloof; Leven; Kunst; Ritus en verering; Theologische en filosofische interpretaties. Zie ook: christendom, Nieuwe Testament.

Een moment lang had hij het gevoel buiten zichzelf te treden en zichzelf te bekijken, zoals hij daar zijn trefwoordenlijst op het beeldscherm van zijn computer zat te bekijken. Alleen al de beschrijving van dit apparaat had dertig jaar geleden als pure fantasie gegolden. En toch stond zo'n ding nu werkelijk op een tafel in een benauwde kleine tent, die in een van de onherbergzaamste gebieden van Israël was neergezet, in een land waarin zich tweeduizend jaar geleden enkele gebeurtenissen hadden voorgedaan, of niet natuurlijk, afhankelijk van wat je geloofde; gebeurtenissen die voor sommigen vrome sprookjes waren, niet geloofwaardiger dan de belevenissen van Alice in Wonderland, maar voor anderen de onomstotelijke waarheid waren en van immense betekenis voor hun leven en de zin van het hele bestaan. Hij moest erom lachen, zo absurd kwam de situatie hem voor.

Kerken en religieuze groeperingen. Christelijke wetenschap. Dualistische christelijke sekten. Mennonieten. Mormonen. Oostelijke orthodoxie. Protestantisme. Rooms-katholicisme.

Datgene waar hij naar op zoek was, was in wezen al even fantastisch. Een camera te willen vinden die mogelijk opnamen bevatte van gebeurtenissen die zich tweeduizend jaar geleden hadden afgespeeld; voor sommigen zou zelfs alleen al het opperen van dit plan reden genoeg zijn om ernstig aan zijn geestelijke vermogens te twijfelen. Maar er gebeurden wel meer fantastische dingen. Een wetenschapper bewees dat machines die zwaarder dan lucht waren, nooit zouden kunnen vliegen, maar zijn kleinkinderen kochten in de supermarkt kiwi's die met vliegtuigen uit Nieuw-Zeeland kwamen. De hele samenleving was tegenwoordig gebaseerd op dingen waarvan alleen al het principe door de vorige generatie als een hersenspinsel beschouwd werd.

Eerst maar eens een overzicht zien te krijgen. Hij klikte met zijn muis een van de vele trefwoorden aan en keek snel de tekst door die tevoorschijn kwam. Ongelooflijk veel tekst, met telkens nieuwe verwijzingen. Het thema werd zo uitvoerig behandeld, dat het woord 'uitputtend' precies op zijn plaats leek; het leek de hele westelijke cultuur als een schimmel te doordringen.

Toch was het allesbehalve gemakkelijk greep te krijgen op dit thema. Het ging hier niet om een mierensoort, niet om een of andere Hebreeuwse koning; hij probeerde iets te weten te komen over een man die de zoon van God zou zijn, zo was er bij hem ingehamerd toen hij nog jong en weerloos was. De zoon van God, van de God die het universum, de sterren in de nachtelijke hemel, de atomen, de genetische code en in feite alles had geschapen wat er bestond. En die God, zo hadden ze er bij hem in gestampt, had uit oprechte liefde voor hem, Stephen Foxx, en alle andere mensen zijn eigen zoon aan de Romeinse beulen overgeleverd, omdat dat, om redenen die Stephen nooit echt had begrepen, noodzakelijk was om hem zijn zonden te kunnen vergeven. En hij moest dit geloven; hij moest niet bezwijken voor alles wat zijn verstand hem influisterde. Dat was hem weliswaar ook door God gegeven, maar kon deze ongehoorde logica naarmate hij ouder werd steeds moeilijker accepteren. Hij moest geloven, anders zou hij ten prooi vallen aan de eeuwige verdoemenis.

Enzovoort, enzovoort. Hij had een tijdlang vragen gesteld, maar de antwoorden waren onbevredigend geweest, en als hij begon te discussiëren, moest hij vaststellen dat degenen die meenden hem de antwoorden te kunnen geven, niet bereid waren te discussiëren. Ze wisten alles immers al, omdat ze geloofden, en als hij op een inconsequentie wees, dan sloegen ze hem met het argument om de oren dat het er niet om ging om te twijfelen, maar om te geloven. Op zeker moment was hij opgehouden in dit samenraapsel van gedachtespinsels een verborgen zin te willen vinden, omdat hij het gevoel had dat die gewoon niet bestond. Religie had helemaal niets te maken met het werkelijke leven of met het universum dat hij buiten zichzelf aantrof. Hij vond verbazingwekkende wonderen onder het oculair van een microscoop of als hij door een telescoop keek, en vergeleken daarmee leek het godsdienstige wereldbeeld hem maar bekrompen en beperkt. Zo verdween de religie uit zijn leven, zoals eerder het geloof in de kerstman, in elfjes en trollen en in de ooievaar uit zijn leven verdwenen was.

Maar toch niet helemaal, zoals hij nu merkte. Hij was bang! Een kille, onbarmhartige hand leek naar zijn ingewanden te grijpen en een doffe stem fluisterde in zijn binnenste: *Stel dat het allemaal toch waar is? Stel dat jou toch werkelijk de hel wacht, omdat je van je geloof gevallen bent?* De stem van een inquisiteur, die sinds de tijd van de heksenvervolging al rondzwierf en geen rust kon vinden zolang er ketters bestonden.

Stephen ging achterover zitten, sloot zijn ogen en haalde diep adem. Hij hief zijn hoofd op, hield zijn blik strak gericht op het lichtgrijze tentdoek en wachtte tot de paniek was verdwenen. Onheilspellend.

Buiten hoorde hij voetstappen op de tent af komen. Hij was er bepaald niet rouwig om. De werkelijkheid bekommerde zich om hem, liet hem niet alleen in het drijfzand van nachtmerrieachtige herinneringen wegzakken. Dat vond hij erg attent van de werkelijkheid. Het was een van de keukenassistenten, een magere jongen met een donkere huid, die niet erg goed Engels sprak. 'De professor wil je spreken. Je moet meteen komen. En je moet eerst nog je serviesgoed afgeven.'
Stephen knikte grijnzend. Tegenwerpingen hadden geen nut, de jongen zei gewoon zijn lesje op. 'Oké,' zei hij daarom. 'Ik kom meteen. En ik geef mijn serviesgoed af.'
De jongen keek hem onzeker aan. Hij wist kennelijk niet goed of Stephen hem voor de gek wilde houden. Pas toen hij zag hoe Stephen zijn computer uitschakelde, was hij tevreden en vertrok.

Judith zat later dan gewoonlijk en tamelijk slaperig aan het ontbijt en dacht na over Stephen. Ze hadden elkaar bij het opdienen van het eten gezien, maar hij had haar slechts kort begroet, alsof er verder niets was gebeurd, waarna hij zich met de opmerking dat hij nog werk te doen had en zijn volgeladen dienblad uit de voeten had gemaakt. Sindsdien zat ze hier in haar eentje in slowmotion te ontbijten, terwijl de andere assistenten om haar heen gingen zitten en weer vertrokken. De tijd om te ontbijten was bijna voorbij.
Hoe zat dat dan? Gisteravond had het nog geweldig geklikt tussen hen, of bedroog haar herinnering haar? Ze hadden met de armen om elkaar heen geslagen gelopen en het had maar weinig gescheeld of ze was hem zijn tent in gevolgd. Hoe zou het dan vanochtend geweest zijn, als ze echt met hem had geslapen? Ze kon de gedachte maar niet van zich afzetten dat hij ook dan iets heel dringends had moeten doen.
Nu zag ze hem boven met zijn etensblad op de terugweg. Hij slalomde tussen de rijen tenten door en leek in de richting van haar tent te lopen. Dacht hij soms haar daar aan te treffen? Ze begreep niet wat er in die jongen omging. Hij was aantrekkelijk, zeker, en zonder twijfel mocht ze hem graag. Op een bepaalde manier althans. Nou goed dan, ze mocht hem echt graag. Hij was dan wel altijd bezig, maar hij was in elk geval geen slappe luiwammes zoals zoveel mannen die ze had gekend en die er eigenlijk al tevreden mee waren als ze hun leven lang met hun vrienden in de kroeg rondhingen en grote verhalen ophingen. Bij hen zou zij de rol van de brave echtgenote hebben gehad die thuis bleef en de zorg voor de kinderen en het huishouden kreeg toebedeeld. Stephen verrichtte

alles waar hij mee bezig was met een tomeloze energie, waar de vonken vanaf vlogen.
Ook erotische vonken. Ze zag hoe zijn hoofd weer achter haar tent tevoorschijn kwam en wenste dat ze boven was geweest, al was het maar om te weten te komen wat hij met haar van plan was geweest. Want hij was altijd wat van plan. Hij deed nooit iets zonder reden, en meestal ook nog zeer doordacht, althans meer dan enig ander die Judith kende. Voor het eerst bewonderde ze iemand vanwege zijn vlijmscherpe intellect.
Ze hield ervan hoe hij zich bewoog. Haar blik bleef op hem gericht terwijl hij langs de helling met zijn etensblad omlaag liep, ze observeerde hoe hij het aan de balie teruggaf. De keukenchef leek hem iets te moeten vertellen – waarschijnlijk gaf hij hem het gebruikelijke standje dat het niet was toegestaan serviesgoed naar de tent mee te nemen – en Stephen maakte daar bezwaar tegen, met zijn gebruikelijke zelfverzekerde lachje op zijn gezicht. Ze hield ervan hoe hij zich bewoog, ja. Ze had ongelooflijk veel slimme jongens leren kennen op school, maar dat waren allemaal onhandige knapen met een bril geweest, bij wie de intelligentie ten koste van hun lichamelijke kwaliteiten tot abnormale proporties toegenomen leek. Bij Stephen waren lichaam en geest daarentegen een harmonisch geheel. Niet dat hij bijzonder sportief leek te zijn – waarschijnlijk had ze hem bij elke sport kunnen verslaan – maar hij zat lekker in zijn vel en straalde een soms enerverend zelfvertrouwen uit.
Maar liefde was voor hem toch maar bijzaak. Niet omdat hij haar niet zag terwijl hij op de glanzende zilveren caravan toe liep. Nee, het was overduidelijk dat hij geen man was die op zoek was naar een partner. Liefde betekende voor hem momenteel eigenlijk seks en misschien een beetje sympathie. Vriendschap, in het beste geval.
Hij leek bij de caravan verwacht te worden. Een van de mannen die met hun uniform de indruk van een bezettingsmacht wekten, hield hem aan, vroeg hem iets, knikte en wees hem de weg. Stephen liep op een van de caravans af, de tweede vanaf de keuken gezien, opende de deur en verdween daarin.
Zij was ooit precies zo geweest. In het hele land woonden mannen wier hart ze gebroken had. Het leger, dat voor de meeste dienstplichtigen het grootste huwelijksbemiddelingsbureau van Israël vormde, was voor haar één groot feest geweest. Voor het eerst voor lange tijd aan het ouderlijk toezicht ontsnapt, had ze zich flink uitgeleefd, en als iemand over liefde, trouwen en kindertjes begon, had ze alleen maar luidkeels gelachen. Ze was soms best gemeen geweest, moest ze nu vaststellen.

Maar ze had nu eenmaal dat verlangen naar iets anders. Ze kon het niet exacter beschrijven, en ze had soms het gevoel dat niemand behalve zij het begreep. Misschien beeldde ze zich slechts iets in. Misschien had ze er een hekel aan altijd zo sterk te lijken dat ze in geen enkele man meer het beschermersinstinct vermocht op te wekken. Misschien wilde ze zich gewoon een keertje laten vallen en zich vrouw kunnen voelen. Maar nee, dat was het ook niet. Ze smachtte naar een relatie, die ze weliswaar slechts gebrekkig kon beschrijven, maar ze wist zeker dat ze die zou herkennen als het zover was. En ze was vastbesloten niet eerder op te houden met zoeken.

Stephen was het niet. Hij was aantrekkelijk, ze mocht hem en waarschijnlijk was hij ook wel 'een goede partij' zoals dat heette, ook al betekende dat begrip voor haar niet veel. Maar het was niet eerlijk van hem te verlangen dat hij veranderde. Als ze hem niet kon accepteren zoals hij was, dan restte haar niets anders dan verder te zoeken.

'Kun je morgen niet verder zoeken?' had Stephen gevraagd, en als ze er nu aan dacht, knikten haar knieën. Hoe had ze hem kunnen afwijzen? Wat was erop tegen om een pauze in te lassen op een zoektocht die waarschijnlijk nog lang zou duren? Als hij haar op dat moment gevraagd had, dan had ze de boel de boel gelaten en was met hem meegegaan.

Maar hij was er niet om het haar te vragen. In plaats daarvan steeg de zon steeds hoger en werd het tijd de laatste kop koffie leeg te drinken en aan de slag te gaan.

Net toen ze op wilde staan, viel haar blik op de man die uit de schaduw van de caravan tevoorschijn was gekomen en met langzame, bedachtzame tred de helling naar de tenten op liep. De man die hen gisteravond tegengehouden had. De man met de *crew cut* en de blauwe röntgenogen. Hij liep recht naar de tenten toe, en de manier waarop hij zich voortbewoog, beviel Judith in het geheel niet.

Ze kende deze wiegende loop. Zo liepen mannen die de zwarte band in een oosterse vechtsport hadden behaald en na ongelooflijk lang ongelooflijk hard getraind te hebben, nauwelijks meer konden lopen door een overmaat aan zelfvertrouwen. Kijk eens, zeiden ze met dat loopje, hoe gevaarlijk ik ben! Probeer me maar eens aan te vallen, dan zul je wel zien wat daarvan komt!

Wat was deze man van plan?

Haastig zette Judith haar bord en mok op haar etensblad en bracht het naar de retourbalie. Vanuit de schaduw van de keukentent volgde ze waar de man heen ging.

Hij klom naar de bovenste rij tenten, draaide zich naar rechts en leek de tenten te tellen.
Daarna verdween hij in Stephens tent.

13

Het stratigrafische principe, dus het inzicht dat een opgraving op verticale profieldoorsneden is aangewezen als je die resultaten op een redelijk betrouwbaar fundament van relatieve chronologie wilt baseren, is tegenwoordig onomstreden in de archeologie van Palestina/Israël. Zoals bekend moet er echter onderscheid worden gemaakt tussen 'afzettingslaag' en 'stratum'. Een stratum is niet identiek aan een laag, maar is de theoretische pendant ervan in het kader van de wetenschappelijke evaluatie van een opgraving. De lagen zijn daarentegen de objectief voorhanden elementen, bijvoorbeeld van een schaal.
Prof. Charles Wilford-Smith
Bericht over de opgravingen bij Bet Hamesh

Het mocht er dan onschuldig uitzien, de hele ruimte was vervuld van spanning. Ze zaten om een grote wit gepolitoerde vergadertafel en keken hem aan als een onderzoekscommissie die vreest met een geraffineerde simulant te maken te hebben. En dat was tot op zekere hoogte ook zo. Het was hem duidelijk dat dit het langverwachte, uiterst strenge verhoor zou worden, en Stephen Foxx was vastbesloten zich niet in de kaart te laten kijken.

Hij sloot netjes de dunne deur achter zich, wierp een vluchtige blik op John Kaun, die van hen drieën de meeste plek innam. Hij zat met zijn benen wijd, met zijn gemanicuurde handen een eind op het tafelblad uitgestrekt en zijn hoofd loerend boven zijn schouders uit stekend. Foxx wierp een nog vluchtiger blik op de derde man, waarin hij de Duitse schrijver Peter Eisenhardt meende te herkennen, en keek vervolgens de professor aan. 'U wilde me spreken?'

'Ik wilde je spreken,' sprak Kaun meteen op luide toon, het gesprek naar zich toe trekkend. 'Ik wilde per se de jongeman leren kennen die deze uiterst geheimzinnige ontdekking gedaan heeft.' Hij stond op en stak zijn hand dwars over de tafel heen. 'Mijn naam is John Kaun; ik heb de eer deze opgraving financieel te ondersteunen.'

Aha. Hij koos blijkbaar voor de poeslieve benadering. Stephen pakte de uitgestoken hand beet en hield zijn hoofd iets schuin, daarmee van zijn bescheidenheid blijkgevend. 'Stephen Foxx. Ik voel me zeer vereerd, mister Kaun, maar helaas moet ik toegeven dat ik slechts toevallig op de juiste plek aanwezig was. Het is zeker niet mijn verdienste.'

‘Ik geloof dat je te bescheiden bent, Stephen. Mag ik je overigens voorstellen aan Peter Eisenhardt? Mister Eisenhardt is een Duitse schrijver, die hier materiaal voor zijn volgende roman verzamelt. Maar ga toch zitten.’

En zo zaten ze daar, terwijl er even een gespannen stilte heerste. Stephen keek snel om zich heen. Een opmerkelijk koele ruimte, zowel wat inrichting als temperatuur betrof. Het belangrijkste meubelstuk leek een flip-overstandaard te zijn, waarvan al een heleboel vellen volgeschreven en naar achteren omgeslagen waren, zodat je ze niet kon lezen. Het blad dat wel goed zichtbaar was, was nog wit en onbeschreven.

Kaun, die weer even wijdbeens als eerst was gaan zitten, boog zich gewichtig over het tafelblad heen, met de handen gevouwen, en keek Stephen strak aan. Stephen merkte hoe zijn nekharen door zijn blik rechtop gingen staan.

‘Stephen,’ zei de industrieel ten slotte, ‘het lijkt me interessant te weten welke mening je je gevormd hebt over je vondst.’ Foxx deed net of hij verrast was. ‘Ik?’ vroeg hij quasi-verbaasd. ‘Hoe ik daarover denk?’

‘Ja.’

Hij mocht het niet overdrijven. Hij wist niet zeker hoe goed hij kon acteren. Maar hij wist wel zeker dat John Kaun uiterst bedreven was in het taxeren van mensen. Hij moest de onnozele hals blijven spelen.

‘Ik ben bang dat ik alleen maar wat uit de lucht gegrepen speculaties kan bieden,’ zei Foxx ten slotte, nadrukkelijk weifelend. Je hebt natuurlijk zo je gedachten, zeker, maar... nou ja... ik weet eigenlijk niet goed wat ik ervan moet vinden.’

‘Wat denk jij dan?’ hield Kaun aan.

‘Hm, hoe moet ik het zeggen? Wat in het graf lag, zag eruit als een gebruiksaanwijzing voor een videocamera die nog in het oorspronkelijke plastic zat. Zoiets kan uiteraard niet uit bijbelse tijden stammen, dus dan komt de vraag op hoe dat daar terechtgekomen is. Maar dat weet ik ook niet.’

‘Heb je een hypothese?’

‘Ik ben bang van niet.’

De drie mannen hingen letterlijk aan zijn lippen. En hij moest de ijverige, fantasieloze opgravingsassistent spelen, die dat niet zag.

‘Heb je gezien van welke fabrikant die gebruiksaanwijzing was?’ wilde Kaun weten.

‘Van Sony.’

‘Heb je er wel eens aan gedacht de firma Sony hierover op te bellen?’

Stephen ademde diep in en merkte dat zijn hart sneller begon te kloppen. Kaun wist iets, daarom vroeg hij dit. Hij vroeg niet zomaar iets in het wilde weg. Dat was niets voor Johngis Khan, de manager van het volgende millennium.
Hier restte slechts de vlucht naar voren. En nu moest hem iets aannemelijks te binnen schieten, en snel ook, en zodra dat hem te binnen was geschoten, moest het zo klinken alsof hij er al de hele tijd aan zat te denken.
'Ja,' knikte Stephen daarom, met een neutrale gezichtsuitdrukking. 'Ik heb gisteravond inderdaad met Sony getelefoneerd.'
'Wanneer precies?'
'Even voor middernacht, geloof ik.' Hij zette grote ogen op. 'Is dat belangrijk dan?'
'Mogelijk. Waarheen heb je precies gebeld?'
Foxx trok zijn schouders op. 'Dat weet je met die moderne centrales nooit precies. Het was zo'n gratis servicenummer – dat wil zeggen, ik hoop dat het gratis was – u weet wel 24 uur per dag voor onze klanten – en ik werd steeds weer doorverbonden, tot ik iemand te spreken kreeg die dat cameratype kende.' Hij knikte, alsof dat zijn grootste zorg was. 'Het was alles bij elkaar een tamelijk lang gesprek. Ik hoop echt dat dergelijke nummers ook gratis zijn als je mobiel belt. Weet u dat toevallig?'
Van binnen beefde hij. Het was een riskant verhaal. In werkelijkheid kende hij helemaal niet zo'n telefoonnummer van Sony, en hij wist niet eens zeker of het bedrijf wel een dergelijke service had. Als Kaun op het idee kwam hem naar het nummer te vragen, dan werd het echt zweten.
'Waarom heb je dat nummer gebeld?' vroeg Kaun, Stephens wedervraag negerend.
'Uit nieuwsgierigheid. Ik wilde weten wat voor soort camera dat eigenlijk is. Ik weet er wel iets van, maar van dat type had ik nog nooit gehoord.' Hij deed zijn best niet te aarzelen toen hij eraan toevoegde: 'En dat was ook geen wonder, want ze vertelden me dat de camera bij die gebruiksaanwijzing helemaal nog niet op de markt is.'
Iemand snoof. Kaun trok nauwelijks zichtbaar zijn wenkbrauwen op. Hij leek zijn kaart goed uitgespeeld te hebben. Hij had bewezen dat hij een oprechte, vertrouwenwekkende medewerker was, en hij had niets verraden wat ze toch al niet wisten.
'Wat concludeer je daaruit?' vroeg Kaun.
'Ik heb geen idee.'
'Wat is je gewaagdste veronderstelling?'

'Hm...' Foxx deed alsof hij zich het hoofd erover brak, maar in werkelijkheid dacht hij aan de hypothesen die hij had overwogen voordat hij in het gesprek met Judith en Yehoshuah die beslissende ingeving gekregen had. 'Ik ken dergelijke verhalen echt alleen van de televisie, daarom moet u het me vergeven als ik complete onzin uitkraam, maar ik kan me voorstellen dat het hier om industriële spionage gaat. Misschien zijn er gegevens over een cameraprototype gestolen of zo. Maar goed, als u me dan vraagt wat die gebruiksaanwijzing dan in het graf doet, dan moet ik u het antwoord schuldig blijven. Ik weet alleen dat die in een opgraving niets te zoeken heeft.'
Kaun keek hem enkele momenten aan en knikte. Hij wisselde een blik met de beide anderen uit, die eveneens tevreden knikten. Ze waren alledrie tevreden. En ze waren tevreden omdat ze ervan overtuigd waren dat ze het fantastische geheim nog altijd helemaal alleen koesterden.

Ryan liet het tentdoek langzaam weer achter zich dicht glijden. Het licht van de ochtendzon buiten was fel genoeg om door het tentdoek heen te dringen. Hij zag een veldbed staan, dat door de bewoner van de tent niet was opgemaakt. Deken en laken hingen op de stoffige bodem, die simpelweg uit vastgestampte aarde bestond. Daarnaast een kledingrek met diverse hangers met kledingstukken en een spiegel. De man met de uitdrukkingsloze, lichtblauwe ogen floot zachtjes tussen zijn tanden door, zonder dat zijn ogen minder uitdrukkingsloos werden. Zo ruim woonde verder niemand in het kamp van de opgravingsassistenten, zoveel was hem inmiddels al duidelijk. Zo ruim woonde hij zelf niet eens.
Er stond ook nog een smal wit klaptafeltje van metaal en plastic, en daarop lag een dichtgeklapte laptop. Zomaar, open en bloot. De eigenaar leek niet bang te zijn dat het waardevolle apparaat gestolen zou worden. En hij leek ook niet bang te zijn dat iemand er in zijn afwezigheid iets mee uit wilde voeren.
En dat was nu precies de bedoeling van Ryan. Hij ging op het klapstoeltje zitten, dat schuin voor de tafel stond, er zorgvuldig op lettend het niet te verschuiven, strekte zijn handen uit alsof hij een bezwerend gebaar maakte en bekeek de kleine computer nauwkeurig. Was die op een bepaalde manier neergezet? Was ergens een haar, een lucifersplinter of een stukje papier vastgeklemd, dat later zou verraden dat iemand aan het apparaat had gezeten? Ryan zag niets en klapte het deksel omhoog, dat tegelijk het beeldscherm bevatte. Het kon natuurlijk zijn dat op de computer een programma geïnstalleerd was dat in een verborgen

bestand registreerde dat de computer op een bepaald tijdstip was ingeschakeld. Maar Ryan wist wel weg met dergelijke beveiligingsmaatregelen; hij wist waarnaar hij later moest zoeken om de betreffende gegevens te verwijderen, zodat menselijk gesproken niets meer zou verraden dat iemand de computer had doorzocht. Hij drukte op de aan/uitknop. Het kenmerkende gezoem van de startende harde schijf was te horen, en het platte beeldscherm lichtte op.
Een moderne personal computer kent een hele reeks programmafuncties die speciaal voor spionnen aanwezig lijken te zijn, en Ryan kende ze allemaal. Hij doorzocht de harde schijf op bestanden die de afgelopen drie dagen gemaakt of gewijzigd waren. Er verscheen een lange lijst, die hij zorgvuldig bekeek. Enkele bestanden, zoals brieven of andere documenten, bekeek hij nauwkeuriger door ze in de betreffende tekstverwerker te openen en op het beeldscherm door te lezen. De man met de kortgeknipte haren werkte snel en doelgericht en zijn ogen leken de inhoud van het beeldscherm wel op te zuigen en in een ander soort geheugen foutloos op te slaan.
Zijn blik viel ondertussen op de schuiflade van de cd-romspeler. Hij opende die, bekeek het opschrift van het zilveren schijfje dat erin lag, trok even zijn wenkbrauwen op en sloot de lade weer door er kort tegenaan te duwen, zonder de moeite te nemen de speciaal daarvoor bedoelde drukknop te gebruiken. Terwijl de cd-rom met een zacht geraas op toeren kwam, startte Ryan het bijbehorende leesprogramma op, riep de zoekfunctie op en liet de lijst van meest recente zoektermen op het scherm verschijnen.
'Jezus Christus' was de term waarnaar het laatst gezocht was. Er verscheen een nauwelijks waarneembaar lachje op Ryans gezicht, waar zijn ogen geen deel aan hadden. Hij had genoeg gezien. Hij zorgde er snel voor dat zijn inspectie van de computer onopgemerkt zou blijven, daarna schakelde hij het apparaat uit.
Een ogenblik lang bleef hij rustig zitten. Als iemand op dit moment had toegekeken, dan had die de indruk gekregen dat Ryans ogen voor korte tijd volledig van hun energie beroofd werden, die dan aan de overige zintuigen ten goede kwam. Zij blik werd wazig, glazig bijna, terwijl zijn oren elke voetstap in de ruime omtrek van de tent registreerden. Zijn neus rook het stof, het opgedroogde zweet van het vuile wasgoed en de uitwasemingen van het bedlaken. Zijn huid voelde de hitte die van alle kanten kwam, en zelfs bijna de schikking van de meubelstukken om hem heen. Hij maakte niet de fout zich alleen op de computer te con-

centreren. Tussen de persoonlijke bezittingen van iemand bevindt zich altijd het nodige dat een ervaren indringer evenveel kan vertellen als een computer, en nog veel gemakkelijker ook.
Ryan liep naar het kledingrek toe, doorzocht met snelle, blijkbaar vaak geoefende bewegingen alle zakken, maar vond niets. Hij ging op zijn hurken zitten en doorzocht de tas die half open onder het rek stond, waarbij hij het klaarspeelde om alle spullen die erin zaten op dezelfde vaste plek te laten zitten, althans voorzover je in de chaos van een vaste plek kon spreken. Het resultaat was kennelijk onbevredigend, wat bleek uit Ryans wenkbrauwen, die tijdens de zoektocht langzaam maar zeker steeds verder opgetrokken werden, totdat er een duidelijk misnoegde frons op zijn verder gladde voorhoofd verschenen was. Geen dagboek. Geen brieven. Zelfs geen agenda of adresboekje, waaruit je iets af kon leiden.
Hij liet zich op het bed zakken en ditmaal kon het hem niet schelen of hij sporen achterliet in de warboel van plooien, dekens en pyjamadelen. Hij stootte met zijn hak tegen iets aan wat onder het bed stond. Het maakte een droog, hol geluid. Verbaasd boog Ryan zich voorover, zijn benen uit elkaar zettend, en trok met zijn hand het laken opzij, dat op de grond hing en het zicht onder het bed verhinderde. Onder het bed stond een van de dofgrijze vondstkisten.

'Nog meer bezoek,' zei een van de opgravingsassistenten, die in perceel 3 zand en stenen in stoffige, gerafelde draagkorven schepten.
Ze onderbraken hun werk even en strekten hun nek uit. Twee grote, zilverkleurige vrachtwagens reden over de onverharde weg in de richting van het kamp, in de gebruikelijke stofwolk gehuld en bij elk van de talloze kuilen vervaarlijk schommelend. Het waren echt heel grote vrachtwagens, echte trucks, zoals ze die uit Amerikaanse films kenden.
'Dat is gewoon een invasie,' zei iemand anders. Daarna pakten ze allemaal hun scheppen weer, hoewel ze het werk sinds dinsdag niet zo leuk meer vonden.

Professor Charles Wilford-Smith schraapte uitvoerig zijn keel, boog zich naar voren en richtte zijn blik op Stephen, maar keek geïrriteerd opzij toen die zijn blik beantwoordde en keek in plaats daarvan naar de vingers van zijn hand, waarmee hij onbewust ingewikkelde figuren op de vergadertafel maakte. 'Er is iets,' begon hij omslachtig, 'wat ik je wil vragen, Stephen.'
'Ja?'

'Waarom heb je het linnen zakje geopend?'
Stephen zag hoe de vingers van de professor zich kromden. Opeens was het doodstil in de kamer.
Wilford-Smith vervolgde: 'Je werkt in het kader van een opgraving. Ik mag aannemen dat je je daar voortdurend van bewust bent geweest. Je hebt een linnen zakje gevonden dat zonder twijfel heel oud is.' Stephen meende uit zijn ooghoeken te zien hoe John Kaun de opgravingsleider een wrevelige, waarschuwende blik toewierp. 'En je weet dat een van de belangrijkste principes bij een opgraving is dat wij archeologen zijn, geen schatgravers. Vondsten worden dus niet willekeurig beschadigd, zelfs niet als je denkt daarin het goud van de koningin van Saba te vinden. Maar jij hebt dat linnen zakje gewoon geopend, en het plastic daarin heb je zelfs opengesneden! Je hebt je zakmes getrokken en het opengesneden!' Hij keek Stephen weer aan, maar nu ontweek hij diens blik niet meer. 'Ik wil graag weten waarom.'
Iedereen keek hem nu aan, en als blikken konden doden, dan was hij nu ter plekke neergevallen. Stephen had erop gerekend dat hij ooit met deze vraag zou worden geconfronteerd. Hoewel het koel was in de ruimte, begon het zweet in stroompjes van zijn rug te lopen.
Hij ademde diep in, maar niet te diep. Nu kwam het erop aan, maar hij moest nog altijd de naïeve assistent spelen. En dat was niet gemakkelijk. Kaun observeerde hem met een priemende blik, en Stephen wist zeker dat deze man niet alleen een zesde, maar ook een zevende en achtste zintuig had voor wat er in anderen omging. Hij leunde achterover, hield zijn handen stil en probeerde ontspannen te lachen.
'Ach ja,' zei hij toen. 'Het was me duidelijk dat dat geen archeologische vondst kon zijn.'
Drie paar wenkbrauwen fronsten zich. 'Pardon?' zei de professor.
'Het plastic was erdoorheen zichtbaar,' verklaarde Stephen Foxx, alsof de onuitgesproken verwijten tegen hem volkomen aan hem waren voorbijgegaan. 'Dat kon je zien. Een oud linnen zakje, dat al behoorlijk brokkelig was – je kon het aan de zijkant met je vingernagels optillen – maar daaronder was plastic te zien. Goed, eerst dacht ik dus dat iemand me een poets wilde bakken. U weet dat enkelen van de andere assistenten me niet echt mogen. Ik dacht dat er in het plastic zakje een papiertje met een of andere stomme opmerking stond. "Foxx is een idioot" of "Groetjes van de farao" of zoiets.' Dat was maar half gelogen, en daarom kon hij het tamelijk geloofwaardig brengen.
'En daarom heb je die plastic zak opengesneden?'

'Ja. Ik dacht dat ik in het geniep geobserveerd werd en dat er elk moment een enorm gelach kon opstijgen.'
'En hoe had je dat willen verhinderen?'
'Ik heb geen idee. Daar heb ik niet over nagedacht, omdat ik toen zag dat die gebruiksaanwijzing erin zat, en dat vond ik nogal merkwaardig. En toen ben ik naar u toe gegaan.'
De professor knikte. Stephen keek van de een naar de ander. Het wantrouwen was nog niet van de gezichten verdwenen. Alleen de Duitse schrijver leek niet echt betrokken te zijn bij de kwestie. Misschien had hij niet alles verstaan.
Op dat moment ging achter hem de deur van de caravan open. Er kwam een man in kaki, uniformachtige kledij binnen, die een golf hitte en onrust met zich meebracht. Stephen draaide zich om en herkende de man die gisteravond een eind had gemaakt aan het romantische samenzijn van Judith en hem. Zou deze man misschien een soort rechterhand van John Kaun zijn? In elk geval wisselde hij voortdurend blikken uit met de mediamagnaat, die weinig goeds beloofden. Dit soort blikken zag je soms in gangsterfilms, en daar betekenden ze meestal zoiets als: alles in orde, baas, ik heb die klootzak afgemaakt.
Kaun nam het woord weer over van de professor, die vast en zeker bij hem onder curatele stond. 'Bedankt, Stephen,' zei hij met een knikje, alsof hij hem werkelijk buitengewoon dankbaar was. 'Ik denk dat we genoeg van je kostbare tijd in beslag hebben genomen. Ik wil je wel nog vragen ons te informeren als je het kamp verlaat, vanavond bijvoorbeeld. Voor het geval we nog vragen hebben, begrijp je?'
'Ja,' knikte Stephen, niet zonder een zekere bewondering voor het vermogen van de industrieel onaangename boodschappen in aalgladde formuleringen te verpakken. 'Vanzelfsprekend.'
Het gesprek was afgelopen en daarom vertrok hij. Kaun lette verder niet op hem, Wilford-Smith knikte nog eens verstrooid naar hem en de schrijver keek alleen maar toe, zoals hij steeds had gedaan. Niemand zei een woord, tot Stephen de deur van de caravan achter zich had gesloten.
Hij had er heel wat om durven verwedden dat ze op hetzelfde moment al over hem begonnen te praten.

De twee enorme, met blinkend chroom opgetuigde trucks manoeuvreerden behoedzaam over de parkeerplaats, omringd door een hele ploeg mannen in grijze overalls, die in vergelijking met de beide kolossen wel mieren leken en de chauffeurs met heftige armgebaren over het

terrein dirigeerden. Dikke wolken grijsblauwe uitlaatgassen werden uitgebraakt door de opvallend vormgegeven, glimmende uitlaten, die links en rechts achter de indrukwekkende chauffeurscabines omhoogstaken. De grond trilde door de dreunende motoren.
Boven bij perceel 3 stonden de opgravingsassistenten nieuwsgierig naar beneden te kijken. De mensen in de keukentent roerden in hun pannen, waarin het middageten stond te koken, maar hun blik was gefixeerd op de zilverkleurige monsters. Wat had dit nu weer te betekenen? Er was niemand die zich dat niet afvroeg.
Stephen Foxx nam een observatiepost niet ver van de eerste rij tenten in. De trucks hadden geen opschriften, geen bedrijfsnaam, niets. Zelfs niet in het Arabisch of Hebreeuws.
Eindelijk stonden ze op een plek waar de mensen eromheen tevreden mee leken. Het gedreun van de motoren stierf weg en de plotselinge stilte was oorverdovend. Maar de mannen gunden zichzelf geen pauze. De achterste laaddeuren werden direct opengemaakt, waarna ze snel en routineus met uitladen begonnen: grote kabelhaspels, houten kisten waarin merkwaardig gereedschap van donker metaal lag, gereedschapskisten, computerbeeldschermen in stevige stalen behuizingen.
Dit leek werkelijk wel een overval van marsmannetjes. Net een film. Wat waren ze van plan? Wie waren die grijze gedaanten in vredesnaam?
Stephen merkte dat iemand hem van achteren naderde en draaide zijn hoofd even om. Het was Judith.
'De man die de caravan binnenkwam vlak voordat jij naar buiten kwam... weet jij wie dat is?' vroeg ze zachtjes. Zonder zich om te draaien antwoordde Stephen: 'Die ons gisteravond gecontroleerd heeft? Geen idee. Ik heb het gevoel dat hij een soort handlanger van Kaun is. Zijn assistent voor het grovere werk.'
'Hij was daarvoor in jouw tent.'
'Aha. Interessant.'
Ze zweeg. Ze leek af te wachten en Stephen merkte dat ze geïrriteerd raakte. 'Maak je je geen zorgen dat hij jouw papier mogelijk heeft gevonden?'
Stephen glimlachte. Ze was dus toch op zijn hand. Ze voelde zich hevig betrokken bij zijn plan. Dat was mooi.
'Nee,' zei hij. 'Dat heeft hij niet gevonden.'
'Hoe kun je dat zo zeker weten?'
'Omdat ik het vanochtend in jouw tent verstopt heb,' zei Stephen grijnzend.

14

De smalle dwarsdoorsnede is bijzonder geschikt voor chronologische problemen en dateringsvragen. Maar dit is slechts een onderdeel van de archeologische vraagstukken. Bovendien is het voor historici van belang hoe groot een nederzetting op een bepaald tijdstip was, of die versterkt was of een centraal bestuursgebouw bezat, in wat voor huizen de mensen woonden, welke ambachten ze uitoefenden, waarmee ze zich voedden, welke religie ze aanhingen enzovoort. Om antwoorden op deze en soortgelijke vragen te verkrijgen, zal noodzakelijkerwijs een horizontale oppervlakte- of lagenopgraving moeten worden uitgevoerd, met als doel de opeenvolgende blootlegging van de afzonderlijke oppervlakten.
Prof. Charles Wilford-Smith
Bericht over de opgravingen bij Bet Hamesh

Ryans verslag was kort. Toen hij klaar was, bleven ze allemaal een tijdje zwijgend voor zich uit kijken. In de wanden van de caravan klonk geheimzinnig gekraak. De airco, die in de ochtenduren slechts af en toe aangesprongen was, werkte ondertussen onophoudelijk, en waarschijnlijk zou die er niet lang meer in slagen de toenemende hitte geheel buiten de deur te houden.

'En wat betekent dat nu?' vroeg Kaun ten slotte wrevelig. 'Dat hij al argwaan gekregen heeft, niet?'

Eisenhardt keek oplettend van de een naar de ander en had steeds meer het gevoel dat hij lichamelijk helemaal niet meer aanwezig was. Ryan zat rustig op zijn plek, alsof hij van steen was. Zijn chef staarde daarentegen met grimmig samengeknepen wenkbrauwen voor zich uit en trommelde nerveus met zijn vingertoppen op tafel.

'Ik moet toegeven,' zei professor Wilford-Smith, 'dat ik het volkomen normaal acht dat iemand die naar Israël komt om als opgravingsassistent te werken, en daarbij een naslagwerk als de *Encyclopaedia Britannica* meeneemt, op zeker moment naar het trefwoord Jezus Christus zoekt. Afgezien daarvan kan het al weken geleden zijn. Ik geloof niet dat hij erg veel tijd heeft gehad om te lezen, sinds hij hier is.'

Kaun wierp Ryan een blik toe. 'Kon je zien wanneer hij dat trefwoord heeft opgezocht?'

Ryan schudde zijn hoofd. 'Nee. Dat wordt niet opgeslagen.'

Kaun leek helemaal niet naar hem te luisteren. 'Je moet hem in de gaten houden, Ryan,' zei hij. Hij leek zeer interessante inzichten te ontlenen aan de plek op het gladde tafeloppervlak waar hij onafgebroken naar keek, want hij zat een tijdlang in gedachten verzonken te knikken. Opeens sloeg hij zo hard met de vlakke hand op tafel dat iedereen ineenkromp, en riep nog eens: 'Je moet hem in de gaten houden, Ryan; heb je dat begrepen?'

'Vanzelfsprekend,' antwoordde Ryan onaangedaan.

Een moment lang hing er een onbehaaglijke spanning in de kamer. Eisenhardt had onbewust zijn adem ingehouden bij Kauns uitbarsting en ademde nu heimelijk diep in. Ryan leek dergelijke scènes gewend te zijn, maar dat gold niet voor hem. Het zweet brak hem uit.

Uiteindelijk ontspande de mediamagnaat zicht. Alsof er niets aan de hand was geweest, verscheen het zelfbewuste overwinnaarslachje weer op zijn gezicht. Hij keek in het rond alsof hij een gedeprimeerd voetbalelftal moest oppeppen dat net een belangrijke wedstrijd verloren had. 'En?' vroeg hij. 'Hoe gaat het verder?'

Judith durfde zich nauwelijks te verroeren. Ze zat op haar bed met een handspiegeltje in haar ene en een grote kam in de andere hand, en probeerde haar woeste haardos een beetje van zand en stof te bevrijden en weer in model te brengen. Tweemaal per dag moest ze zich daarvoor in haar tent terugtrekken om er 's avonds niet als een vogelverschrikker uit te zien.

Ze was bang een onverwachte beweging te maken en dan het geritsel van verbrokkelend papier te horen. De papieren die Stephen bij de gebruiksaanwijzing had gevonden, moesten eveneens tweeduizend jaar oud zijn en waren waarschijnlijk zo broos en kwetsbaar dat ze al tot stof zouden vergaan als je er alleen maar aandachtig naar keek, en dan zou het beste lab ter wereld er niets meer mee kunnen beginnen. Judith vroeg zich af waarom Stephen die papieren zo nodig in haar tent wilde verstoppen. Hopelijk zaten ze niet in de zak van een of ander kledingstuk. Ze had al onder het bed en tussen de beddenlakens gekeken, voordat ze erop was gaan zitten. Wist Stephen dat ze zich overdag af en toe hier terugtrok? En had hij daar rekening mee gehouden?

Terwijl ze de kam langzaam door haar weerbarstige haar trok, keek ze om zich heen, niet op haar spiegelbeeld lettend. Waar zou je in zo'n tent in hemelsnaam dergelijke kwetsbare documenten kunnen verbergen?

De eigenaardige geluiden die naar binnen drongen – gierende motoren, malende wielen op steenslag, opgewonden kreten uit vele kelen, dichtslaande laaddeuren – verleidden Eisenhardt ertoe het gordijn van een van de ramen nieuwsgierig opzij te schuiven en een blik naar buiten te werpen. Hij zag twee grote vrachtwagens, die op de parkeerplaats tussen de overige auto's stonden en door een groep mannetjesputters leeggehaald werden. 'Wat is dat?' bracht hij uit, zonder serieus te verwachten dat iemand antwoord zou geven.

Maar Kaun, die nu weer de bereidwilligheid zelve was, sprong op, ging naast hem staan en schoof de gordijnen helemaal opzij. 'Geweldig. Eindelijk zijn ze er,' zei hij met bijna wellustige tevredenheid. 'De sonartomograaf. Lastig ding om te transporteren. Werkelijk verbazingwekkend zoals die transporteurs tegenwoordig werken. Ze zeggen dat ze er morgenochtend om tien uur zijn, en dan zijn ze er ook werkelijk. Ik weet het niet, maar vroeger kwam zoiets niet voor.'

'Een sonartomograaf?' herhaalde Eisenhardt, die niet zeker wist of hij het woord goed had verstaan.

Kaun grijnsde breeduit. 'Dat zou jij toch moeten weten, Peter. Een sonartomograaf kan de bodem met schokgolven doorlichten. Onze paleontologen gebruiken dergelijke apparaten bij hun opgravingen in Montana om dinosauriërskeletten op te sporen.

'Dinosauriërs?'

'Ik dacht dat dit de meest waarschijnlijke plek was waar de camera zich zou kunnen bevinden,' zei de mediamagnaat opgewekt. 'Niet ver van het graf van de tijdreiziger. Misschien heeft hij die tot het laatst toe bij zich gehad, wie weet. Maar we kunnen toch moeilijk de hele omgeving hier overhoop halen, wel? De sonartomograaf dus. Zie je dat apparaat dat nu uitgeladen wordt en eruitziet als een hotdogkar? Dat is de schokgolfgenerator. Hij gooit een grote loden kogel, waarvan de massa precies bekend is, met een precies berekende snelheid op de grond. Overal in de omgeving worden sensoren opgesteld, die de echo's van de schokgolf registreren en aan de computer doorgeven. Die tovert in een handomdraai een beeld van de bodem onder onze voeten op het scherm, zo duidelijk alsof die doorzichtig is.' Eisenhardt knikte geïmponeerd. 'En dat werkt?'

'Dat werkt.'

'Waarom vinden er dan nog opgravingen plaats?'

De professor snoof misnoegd, wat Kaun enorm grappig leek te vinden. Eisenhardt keek verbaasd van de een naar de ander, met een onzekere grijns op zijn gezicht. Zelfs Ryan begon te lachen, wat er uiterst veront-

rustend uitzag, omdat hij een dergelijke gezichtsmimiek duidelijk niet vaak tentoonspreidde.
'Nee, serieus,' zei Kaun, inmiddels gekalmeerd.'Natuurlijk zullen we geen munten zien en ook geen potscherven, en sommige dingen moet je gewoon uitgraven voordat je er iets mee kunt beginnen. Maar een camera van metaal... Hoe zal die tijdreiziger de camera volgens jou ingepakt hebben, zodat die de eeuwen kan doorstaan? Het lijkt me waarschijnlijk dat hij een stevige metalen koffer heeft meegenomen en dat de camera in een grote metalen behuizing is gestopt, stofdicht ingepakt en beschermd tegen straling en extreme temperaturen.'
Dat klonk plausibel, vond Eisenhardt. *Waarom ben ik de enige die nog altijd niet kan geloven dat het zo in elkaar steekt? Uitgerekend ik?*
'En als die kist hier ergens begraven is,' vervolgde Kaun, 'dan zullen we die vinden. Dan hebben we de camera nog voordat vanavond de zon ondergaat.'
'Da's mooi,' mompelde Eisenhardt. Waarom hadden ze hem dan nog nodig? Kaun had blijkbaar al alle mogelijke acties op gang gebracht, zonder eerst af te wachten wat hij, die toch als specialist in ongelooflijke zaken gold, te berde zou brengen. En inderdaad, hij was niet op het idee gekomen het terrein met de modernste technische middelen door te lichten, omdat hij helemaal niet wist dat zoiets mogelijk was.
Nadat iedereen een poosje zwijgend door het open raam naar het uitladen van de apparaten had staan kijken, vroeg hij: 'Maar serieus, zou zo'n apparaat het werk van de archeologen niet overal en altijd gemakkelijker kunnen maken? Ik begrijp niet waarom ze nog in het wilde weg graven, als je de bodem net zo goed eerst kunt doorlichten.'
Kaun glimlachte begripvol. 'Laten we het zo zeggen,' zei hij, 'als ik het hele gebied twintig meter diep liet omwoelen, dan zou dat goedkoper zijn.'

George Martinez hield toezicht op het uitladen van de apparatuur, maar toen de Thumper aan de beurt was, hielp hij toch zelf een handje mee. Hoewel het apparaat in principe niets meer was dan een robuust, op de bodem gericht kanon voor loden kogels ter grootte van een mensenhoofd, had het toch zijn kwetsbare plekken, en de sjouwers in de grijze overalls hadden de kisten met de overige instrumenten soms zo ruw en onverschillig aangepakt, dat hij het niet aandurfde het belangrijkste uitrustingsstuk aan hen over te laten. 'Voorzichtig... Niet bij deze greep pakken... Voorzichtig met de tuimelschakelaars!'

Hij keek of hij Bob Richards zag, maar zoals gewoonlijk bekommerde die zich niet om dergelijke triviale zaken als het in- of uitladen van de miljoenen kostende apparatuur. Maar ze hadden wel een Thumper bij zich. Als die later dienst weigerde, konden ze alles weer inpakken. Hij slaakte een zucht van verlichting toen het apparaat heel op de bodem terecht was gekomen. Het was een heel diepe zucht, want hij was dergelijke inspanningen niet gewend. Niemand had ook verwacht dat hij eraan gewend was. Als kind al was hij een magere, kromme lat geweest, tot verdriet van zijn vader, die hun voorouders trots als een 'gezonde stam van krachtige Mexicaanse mijnwerkers' placht af te schilderen.
De schokgolfgenerator stond op vier grote wielen met dikke banden. George keek om. Bijna automatisch keek hij uit naar de geschiktste plek ervoor. Ze zouden zeker moeten experimenteren om de juiste opstelplaats te vinden, voor het geval de beelden onbevredigend waren, maar hij moest toch een neus zien te ontwikkelen voor het terrein dat onderzocht moest worden. De omgeving hier was licht heuvelachtig en daarom moesten ze eerst een heuveltop kiezen. Tenminste, als de ondergrond stevig genoeg was. Kiezels of keitjes gaven de schokgolf niet door, althans niet in voldoende mate.
Met een schok realiseerde hij zich waar hij was: in het Heilige Land! In het land van de bijbel, van de profeten, in het land van de kruisiging en de opstanding. Hij stond op de grond waarop de Verlosser zelf tweeduizend jaar geleden had gelopen!
Even voelde hij zich duizelig. Hij had hier altijd van gedroomd. En nu was alles zo snel gegaan, dat hij niet eens de tijd had gehad zich te realiseren waarheen hij halsoverkop had moeten afreizen.
De grootste gave van George Martinez waren zijn slanke, fijngebouwde vingers. Het waren precisie-instrumenten die hem, de ontaarde zoon van Mexicaanse immigranten, in staat hadden gesteld een opleiding als instrumentmaker af te ronden en een baan als technisch assistent bij de Montana State University in Bozeman in Montana te krijgen. Daar raakte hij eraan gewend dat hij als indiaan werd beschouwd, vanwege zijn karamelkleurige huid, zijn zwarte haar en vurige ogen. In de loop der tijd werd hij vaste technicus van de Sotom 2, de Sonar Tomograph 2, een verder ontwikkelde versie van eerdere echopeilingapparaten. Hij was er al aan gewend geraakt om af en toe met alle apparatuur aan financieel draagkrachtige ondernemingen uitgeleend te worden, meestal aardoliemaatschappijen of weg- en waterbouwbedrijven. Hij werd er dan op uitgestuurd om olievelden te onderzoeken, mijnschachten in kaart te brengen of het ver-

loop te onderzoeken van water-, gas- en andere leidingen in zich ongebreideld uitbreidende Zuid-Amerikaanse steden, waar geen betrouwbare of helemaal geen plattegrond van bestond. Voor de universiteit van Bozeman was de Sotom 2 een belangrijke bron van inkomsten.
Maar gisteren had hij echt halsoverkop moeten vertrekken. Hij had slechts tien minuten de tijd gekregen om zijn tandenborstel en wat schone kleren in te pakken. Zijn afspraken voor de volgende tien dagen had hij op weg naar het vliegveld moeten afzeggen, waar het grootste transportvliegtuig dat ooit in Bozeman geland was, al gereedstond. Het doel van de reis was hem pas onderweg verteld, toen hij bezig was te controleren of de signaalkabels wel compleet waren.
Een van de expediteurs wekte hem uit zijn dagdromen. 'Waar moet dat ding heen?' vroeg hij, op de Thumper wijzend, in een Engels vol keelklanken, dat Arabisch klonk, zodat George hem eerst niet verstond. Hij wees op de kisten die al aan de rand van het uitgebreide tentencomplex opgestapeld stonden. 'Daarheen,' zei hij zacht.
Het Heilige Land. Hij moest beslist niet vergeten zijn moeder een ansichtkaart te sturen, voordat ze klaar waren en misschien even snel weer teruggevlogen werden. En hij moest... 'Is het ver naar Jeruzalem hiervandaan?' vroeg hij aan een van de wachtposten, die zich met een machinegeweer losjes aan hun schouder in de buurt ophielden.
'Nee,' antwoordde de man. 'Israël is een klein land. Het is nergens vandaan ver naar Jeruzalem.'
Golgota. De tuin van Gethsemané. De Via Dolorosa. Hij moest beslist een uitstapje naar Jeruzalem maken. Bij de staties van de lijdensweg van Christus bidden.
'Is dat ook in mijlen te zeggen?'
De wachtpost grijnsde, knikte en leek de afstand te schatten. 'Misschien 25 mijl. Maar ik kan me ook geweldig vergissen.'
Israël was echt een klein land. George legde dagelijks de dubbele afstand af om op zijn werk te komen en hij had toch de indruk vlak bij de universiteit te wonen.
Hij wees op het landschap, op de tenten, caravans en auto's. 'Wat is hier eigenlijk aan de hand?'
'Geen idee. Opgravingen, voorzover ik weet.'
'En die moeten bewaakt worden?'
'Ja. Sinds ze hier een sensationele vondst gedaan hebben.'
'Een sensationele vondst? Wat dan?'
'Dat is streng geheim. Ons wordt overigens ook niks verteld.'

De man leek echt niets te weten. Nu ontdekte hij Bob, die voor het wetenschappelijk deel van de expeditie verantwoordelijk was. Hij stond bij een van de vijf grote zilveren caravans en sprak met een man in een blauw kostuum, zo ongeveer de minst geschikte kledij die George zich in deze omgeving kon voorstellen. Zoals bijna altijd en overal ter wereld, droeg hij zelf zijn vijftien jaar oude spijkerbroek en een vaal T-shirt, waarin hij zich redelijk prettig voelde. Hij hield van hitte, in Montana vond hij het het grootste deel van het jaar te koud.
'Streng geheim. Zo zo. Maar in een dergelijke situatie doen toch zeker allerlei geruchten de ronde? Bij ons in Amerika zou dat tenminste zeker het geval zijn.' Hij haalde een pakje sigaretten tevoorschijn en bood er de bewaker, die een gedrongen postuur en een bos krullend haar had, eentje aan.
'Een hele hoop geruchten. Maar dat is allemaal onzin, als je het mij vraagt.'
'Wat dan, bijvoorbeeld?' Hij gaf hem vuur. 'Ik heet trouwens George.'
'George, aha. Ik heet Gideon. Ik heb iemand horen beweren dat perceel 14 afgesloten is omdat ze iets nucleairs hebben gevonden. Anderen zeggen dat het om een schat gaat, de schat van Salomo. Maar weet je, dat is altijd zo. Er valt in dit land zoveel op te graven dat je de fundamenten voor een huis nauwelijks zonder problemen kunt uitgraven.'
'Dat snap ik.' Dat klonk tamelijk onheilspellend. Best opwindend allemaal. George was benieuwd naar de beelden die Sotom 2 zou leveren.

Eindelijk had hij hem aan de lijn. 'Met Wilde,' klonk een zware stem, die de indruk van onuitputtelijke energie en levenslust wekte.
'Hallo, Dominik,' zei Eisenhardt, 'met Peter.'
'Peter! Wat een verrassing, en nog wel zo vroeg op de dag! Vertel het eens!'
'Het gebruikelijke liedje. Een dringende wetenschappelijke kwestie. Heb je een momentje of bel ik ongelegen?'
'Geen probleem, ik ben net koffie aan het drinken.' Dominik was altijd 'net koffie aan het drinken' als hij opbelde. 'Heb je overigens je werkkamer naar de gang verplaatst? Het klinkt zo vreemd bij je.'
'Dat is een lang verhaal; ik vertel het je nog wel eens.'
'Goed. Steek maar van wal.'
Eisenhardt haalde diep adem. 'Weet jij of er ergens ter wereld onderzoek naar tijdreizen wordt gedaan?'
'Oeps,' bracht Dominik uit. Het bleef een tijdje stil. Dominik dacht na.

Dat waardeerde Eisenhardt nu juist zo aan hem: Dominik gaf ook op de merkwaardigste vragen – en eigenlijk stelde hij hem alleen maar merkwaardige vragen – geen overhaast antwoord. Dominik Wilde, die als freelance wetenschapsjournalist voor tal van tijdschriften werkte, was voor hem een soort laatste reddingsboei bij natuurwetenschappelijke vragen. Als hij hem opbelde met een vraag, dan had hij meestal alle encyclopedieën en andere naslagwerken doorgewerkt en al dagen in de universiteitsbibliotheek doorgebracht en nog altijd geen antwoord gevonden. Dominik was op vrijwel elk wetenschappelijk gebied thuis, wist wie in welk gebied de autoriteit was en als hij hem geen bevredigend antwoord kon geven, dan had hij in elk geval een tip die hem verder hielp, zoals een adres, een telefoonnummer of een boek.

Het contact was jaren geleden ontstaan, toen Peter Eisenhardt na lezing van een artikel de auteur had gebeld, een zekere Dominik Wilde, om enkele aanvullende vragen te stellen. Daarbij bleek dat Dominik al zijn romans gelezen had, die erg goed vond en zich vereerd voelde hem verder te kunnen helpen. Helaas kon hij dat niet meteen, want de vragen waren lastiger dan ze allebei gedacht hadden, en voor de beantwoording ervan was een persoonlijk onderhoud onvermijdelijk. Daarbij bleek dat ze van dezelfde films hielden en eindeloos over van alles en nog wat konden praten, en dat deden ze dan ook. Zo was alles begonnen.

‘Tijdreizen,’ herhaalde Dominik ten slotte na een langdurige pauze. ‘Ik zou zeggen van niet. Ik geloof niet dat er iemand is die zich met het fenomeen tijd bezighoudt, althans niet in natuurkundig opzicht. De psychologen en neurologen doen veel onderzoek in deze richting, op het gebied van tijdwaarneming, tijdbeleving enzovoort. Wat is herinnering, hoe lang duurt de periode die wij als heden waarnemen, allemaal zeer interessante vragen. Maar dat is waarschijnlijk niet wat jij zoekt.’

‘Nee, gaf Eisenhardt toe. ‘Mijn concrete vraag is of er ook maar de kleinste kans bestaat dat over vijf tot tien jaar een mens naar het verleden kan worden gestuurd.’

‘Met een tijdmachine. H.G. Wells en zo.’

‘Precies.’

‘Tja, een heel geringe kans is er in principe altijd. Je weet hoe stormachtig de ontwikkeling tegenwoordig verloopt. Onvoorspelbaar, in wezen. Heel veel mensen hebben zich al vreselijk geblameerd met de bewering dat iets onmogelijk was. Maar toch heb ik het vermoeden dat de kans dat iemand een manier vindt om sneller dan het licht te reizen, een onuitputtelijke energiebron uitvindt of een middel dat onsterfelijk maakt,

weliswaar eveneens minimaal is, maar toch nog heel wat groter is.'
'Dat snap ik. En als ik het andersom vraag: wat zegt de moderne natuurkunde dan eigenlijk over het onderwerp tijd?'
'Een heleboel, dat zal duidelijk zijn. Je zult wat preciezer moeten zijn met je vraag.'
'Goed dan.' Eisenhardt dacht na. Zo was het inderdaad: een goede vraag is vaak al het halve antwoord. Veel problemen ontstaan niet door het ontbreken van antwoorden, maar door weinig exacte vraagstellingen.
'In de thermodynamica geldt toch de stelling van het behoud van energie, waaruit volgt dat het onmogelijk is een perpetuum mobile te construeren? De tweede hoofdwet of zo. Wat ik eigenlijk wil weten, is of er een vergelijkbaar bewijs is dat aantoont dat een tijdreis fysiek onmogelijk is.'
'Dat is er niet.'
'Weet je dat zeker?'
'Ja. Tijd wordt sinds Albert Einstein opgevat als een dimensie van de vierdimensionale ruimtetijd. Preciezer gezegd, sinds Hermann Minkowski, die aantoonde dat de Lorenz-transformaties simpelweg rotaties van de ruimte-tijdassen...'
Eisenhardt slikte. Nu begonnen Dominiks woorden toch behoorlijk als vakjargon te klinken! 'Stop, stop,' zei hij. 'Nog eens, maar dan heel langzaam, voor schrijvers. Wat betekent "dimensie"? Ik ken lengte, breedte en hoogte, en dat zijn de drie richtingen waarin je je vrij kunt bewegen. Ik kan een stap naar voren zetten, maar ook weer naar achteren. Betekent dat dat ik me ook zo door de tijd moet kunnen bewegen?'
'Dat doe je in je romans toch ook voortdurend?'
'Zeker, maar dat zijn romans. Ik heb het over de werkelijkheid.'
'Dat is onwennigheid.'
'Als de tijd niets anders dan een dimensie is, waarom kan ik dan niet gewoon terugkeren naar mijn schooltijd, en van daaruit een volkomen nieuw levenspad in slaan? Of gewoon een week teruggaan en andere lottogetallen invullen?'
'Je bent behoorlijk tuk op geld.'
'Als dat zo was, was ik geen schrijver geworden.'
'Goed, voorzover ik weet, wordt er weliswaar over ruimtetijd gesproken, maar toch worden daarin ruimtelijke en tijdrichtingen onderscheiden. Er bestaat minstens één theorie waarin het bestaan van een vijfde dimensie wordt aangenomen. Dat is eveneens een tijddimensie, die hypertijd wordt genoemd. Maar je moet me nu niet vragen wat je je

daarbij moet voorstellen. Dat weet ik niet. Bovendien kan ik me voorstellen dat er theorieën zijn waarin ook nog sprake is van een zesde dimensie; de natuurkundigen houden van symmetrische theorieën, en dan zou je drie ruimte- en drie tijddimensies hebben.'

'Maar wat levert dat op? Kan de tijd achterwaarts lopen of niet?'

'Er bestaat in elk geval een hele reeks natuurkundige wetten die als tijdonafhankelijk gelden. Dat betekent dat ze gelden, ongeacht in welke richting de tijd loopt. Het klassieke voorbeeld is de botsing tussen twee biljartballen. Als je die botsing filmt, kun je de film zowel voorwaarts als achterwaarts afspelen; het werkt in beide richtingen. In beide richtingen vindt de botsing op correcte wijze plaats. Wie naar zo'n film kijkt, kan onmogelijk vaststellen welke variant de juiste is.'

'Dat is mooi. Maar ik doe 's ochtends suiker en melk in mijn koffie, roer die om en krijg een lichtbruine, zoete drank. Je wilt toch niet beweren dat alles weer in zwarte koffie, melk en suiker uiteenvalt als ik andersom roer?'

'Nee, dat is een handeling die niet tijdsymmetrisch is. Maar deze gebeurtenis wordt verklaard door de entropie die door de vermenging toeneemt. Zo blijft de principiële symmetrie van de tijd in het theoriesysteem van de fysica behouden.'

'Geweldig.'

'Luister eens, ik kan er niets aan doen. Jij wilde tenslotte weten wat de moderne fysica over de tijd zegt.'

Er schoot Eisenhardt iets te binnen. 'Zeg, jij kent Stephen Hawking toch?'

'Natuurlijk ken ik Stephen Hawking. Ik heb hem zelfs wel eens geïnterviewd.'

'Ik kan me nog vaag herinneren dat hij in een van zijn boeken bewijst dat tijdreizen niet mogelijk zijn. En hij is per slot van rekening een soort Einstein van de huidige tijd, als ik me niet vergis. Ken jij dat bewijs?'

'Hm. Ja.'

'En?'

Dominik slaakte een zucht. 'Ik denk niet dat het je zal aanstaan. Het is geen natuurkundig bewijs in de letterlijke zin van het woord.'

'Leg me dan uit hoe hij redeneert. Dan vertel ik je wel of het me al dan niet aanstaat.'

'Zoals je wilt. Hawking zegt simpelweg het volgende: als een reis door de tijd mogelijk is, dan zal op een dag ontdekt worden, hoe dat gaat. Misschien over honderd jaar, misschien over tienduizend jaar, wanneer dan ook. En vanaf dat moment zullen de mensen door de tijd reizen, en op zeker moment zullen ze ook in onze tijd komen, die best eens interessant voor hen kon zijn. Dan zouden ze in drommen hierheen moeten reizen, want vanaf het moment dat de tijdreis uitgevonden is kan iemand tot in de eeuwigheid steeds weer op het idee komen ons te bezoeken; en al die toeristen, of ze nu uit de twintigste, honderdste of miljoenste eeuw komen, zouden vanuit onze perceptie vrijwel gelijktijdig hier aankomen. Ze zouden elkaar niet kunnen ontlopen. We zouden ze in elk geval zeker niet over het hoofd hebben kunnen zien. Kun je me volgen?'

'Ja,' bromde Eisenhardt. 'Ik kan je volgen.'

'Maar we zien hier helemaal geen tijdreizigers. Hawking concludeert dus dat reizen door de tijd nooit uitgevonden zal worden. Als tot nu toe alles wat mogelijk is op zeker moment ook wordt gemaakt, kan dat alleen maar betekenen dat tijdreizen natuurkundig gezien onmogelijk is. Einde bewijsvoering.'

'Hm,' bromde Eisenhardt. Een dergelijke redenatie had hij ook al eens in een sciencefictionroman gelezen. 'Ik ben ietwat teleurgesteld.'

'Dat dacht ik al. Kortgeleden heeft hij zichzelf overigens gecorrigeerd. Hij zegt nu dat tijdreizen natuurkundig gezien eigenlijk mogelijk zou moeten zijn.'

'Hm.'

'De vraag blijft dan natuurlijk hoe het te verklaren is dat er geen tijdreizigers zijn.'

'Dat is dan zeker mijn terrein,' meende Eisenhardt wrevelig.

'Er schiet me gelijk al een verklaring te binnen, en die zal jou net zomin bevallen als mij.'

'O ja? Ik ben benieuwd.'

'Het is immers de vraag hoe lang we het nog uithouden met onze ozongaten, atoombommen en hongersnoden,' verklaarde Eisenhardt, terwijl hij naar de kale witte wand voor zich staarde. 'Misschien bewijst Hawkings argument alleen dat de mensheid niet lang genoeg meer bestaat om de reis door de tijd te ontdekken.'

15

Afb. 200 tot en met afb. 235 zijn afkomstig uit de onderzoekingen van het sonartomografische team van Montana State University onder leiding van dr. Richards. Deze onderzoekingen werden bemoeilijkt door het feit dat er al vier maanden lang opgravingen hadden plaatsgevonden. De rechthoekige donkere plekken (in de afbeeldingen dubbel gearceerd aangegeven) stellen de uitgegraven gebieden van de lagenopgraving voor, de grijze gebieden daarachter (enkel gearceerd weergegeven) zijn zogeheten 'sonarschaduwen'.
Professor Wilford-Smith
Bericht over de opgravingen bij Bet Hamesh

Hij observeerde de twee al een hele tijd. Hoe je bij dit felle zonlicht ooit iets kon zien op een computerbeeldscherm, was hem een raadsel, maar de twee leken hun blik er geen moment van af te kunnen houden. De knokige man die voor het apparaat op zijn hurken zat en in zijn vlekkerige T-shirt en verbleekte spijkerbroek de indruk wekte alsof hij te uitgemergeld was om op eigen kracht te kunnen staan, praatte aan één stuk door. Judith stond met haar rechterhand provocerend op haar heup bij hem en luisterde gebiologeerd naar hem. Hoe langer Stephen het schouwspel bekeek, hoe meer hij zich eraan ergerde. Wat zat die jongen toch met zijn handen te zwaaien! Dat was ronduit verdacht. Het leek wel alsof hij haar per ongeluk expres wilde aanraken.
Ben ik soms jaloers, vroeg Stephen zich enigszins verbaasd af. Onzin. Hij was niet jaloers. Nee. Hij had er geen enkel bezwaar tegen als een vrouw met andere mannen naar bed ging. Hij wond zich er alleen maar over op als ze niet met hém naar bed wilde. Dat kon je ook wel als jaloezie beschouwen.
Toen hij dichterbij kwam, kon hij flarden van hun gesprek volgen. Die jongen leek over niets anders te praten dan de technische bijzonderheden van zijn installatie, die hij de hele dag door had opgebouwd. De vrachtwagens waren weer vertrokken en hadden behalve een berg kisten ook twee mannen afgeleverd. Een van hen had min of meer al het werk gedaan; dat was deze Mexicaans uitziende man met de hongerige blik, die momenteel zo vertwijfeld zijn best deed indruk te maken op de temperamentvolle Israëlische. Hij had kisten uitgepakt, dikke kabels over het hele opgravingsterrein getrokken en stukken metaal in de grond ge-

ramd die er als reusachtige tentharingen uitzagen. Daar had hij weer kleinere dingen in vastgeschroefd, die hij voorzichtig uit kleine houten kisten haalde, die vanbinnen met rood fluweel waren bekleed, voorzover je dat uit de verte kon zien. Gevoelige instrumenten dus, waarschijnlijk meetapparatuur. En de kabels werden aan deze meetapparatuur aangesloten, tot het hele gebied uiteindelijk vol kabels lag.
'Maar wat maakt het terrein zo moeilijk?' hoorde hij Judith vragen, die niet leek te zien dat hij dichterbij kwam.
'De opgravingen,' verklaarde de technicus, zijn slechte tanden tonend. Dat moest zeker een glimlach voorstellen. 'De schokgolven worden door de kuilen onderbroken. Op de afbeeldingen zien ze er dan als zwarte blokjes uit. Maar goed, het zal wel lukken. We hebben nog nooit midden in een opgraving gewerkt, alleen maar ervoor.'
'Wat waren dat dan voor opgravingen?'
'Sauriërs. We hebben ooit twee prachtige sauriërskeletten opgespoord. Die staan nu ergens in een Smithonian Museum. En eenmaal werd een opgraving afgeblazen nadat wij er waren geweest. Omdat ze op de beelden zagen dat er niet genoeg te halen was.'
Stephen schraapte zijn keel. 'Judith?'
'Hm?' Ze keek hem geïrriteerd aan. 'Wat is er?'
'Kan ik je even spreken?'
Ze wierp hem een korte blik toe, waarmee ze leek te zeggen: val dood. Daarna glimlachte ze verontschuldigend tegen de technicus met de vurige ogen en liep naar Stephen toe. 'Wat is er?'
'Als iemand je vraagt wat je vanavond van plan bent, dan moet je zeggen dat we op bezoek gaan bij je ouders.' Ze gooide haar hoofd in haar nek en keek hem aan alsof ze hem voor gek versleet. 'Pardon? Hoe dat zo?'
'Omdat ik dat tegen professor Wilford-Smith gezegd heb.'
'En waarom heb je tegen de professor gezegd dat wij op bezoek gaan bij mijn ouders?'
'Nou, vanavond begint de sabbat, en dan kan ik niet met goed fatsoen zeggen dat we in Jeruzalem naar de bioscoop gaan.'
'Dat begrijp ik niet. Wat gaat het hem nou aan waar jij of ik 's avonds naartoe gaan?'
'Hij gelooft blijkbaar dat het hem iets aangaat,' zei Stephen kalm. 'Denk aan die man die in mijn tent is geweest. Ze hebben me ondertussen verhoord en me opgedragen het te melden als ik het kamp verlaat.'
Judith keek hem onderzoekend aan. Haar ergernis leek iets te verminderen. 'Zeg dan in elk geval dat we bij mijn moeder op bezoek gaan.'

'Je moeder? Wat is er met je vader?'
'Een dag nadat ik in het leger ben gegaan en dus het huis uit was, heeft hij mijn moeder verlaten. Sindsdien woont hij in een koud eenkamerflatje, leest de hele dag in de talmoed en gelooft dat hij een vroom man is.'
'Mijn hemel.' Stephen, wiens ouders redelijk gelukkig getrouwd waren, was werkelijk geschokt. 'Dat wist ik niet. Daar heeft Yehoshuah me nooit iets over verteld.'
'Ik had er ook liever nooit iets over verteld.'
'Hm, in elk geval wilde ik het je even vertellen.'
'Goed.'
'Vertel eens...'
Ze begon bijna te glimlachen. 'Wat?'
Hij knikte naar de man die bij de computer zat. 'Wat zie je in die man?'
Plotseling stond haar gezicht weer op onweer. 'Stephen Foxx,' beet ze hem toe, 'jij begrijpt helemaal niets!' Met die woorden liet ze hem staan en marcheerde weg naar de opgravingen in perceel 3, waar ze allebei eigenlijk aanwezig hadden moeten zijn.
Stephen keek haar enigszins radeloos na. Waarschijnlijk had hij dit niet moeten zeggen, maar waarom precies wist hij ook niet. Vrouwen waren soms gewoon niet te begrijpen. En dat probeerde hij dan ook niet, al waren sommige dingen er gemakkelijker door geworden.
'Sorry!' riep de man, die nog altijd in de openlucht op zijn hurken voor de computer zat. 'Mag ik u wat vragen?'
'Hm,' bromde Stephen Foxx afwerend. 'Natuurlijk.'
De man stond op en kwam waggelend op hem af. 'George Martinez,' zei hij, zijn hand naar Stephen uitstekend. 'Uit Bozeman, Montana.'
Stephen schudde weinig enthousiast de aangeboden hand. Was er niets te eten in Bozeman, Montana? 'Stephen Foxx. Ik kom uit Maine.'
'Aangenaam, Stephen. Ik heb eh... per ongeluk iets van uw gesprek met de jongedame gehoord...'
'Per ongeluk, dat begrijp ik.' Een aardige omschrijving voor: 'Ik heb jullie afgeluisterd.' Die moest hij onthouden.
'Ja, ik heb gehoord dat u vanavond naar Jeruzalem wilt. Klopt dat?'
'Ja.'
'Zou het al te brutaal zijn u te vragen mij mee te nemen?'
Stephen moest zijn uiterste best doen niet vol tegenzin zijn voorhoofd te fronsen. Hij was van plan vanavond een uniek document, dat hij zich wederrechtelijk toegeëigend had, het lab van het Rockefeller-Instituut

in te smokkelen om het daar te onderzoeken. Het laatste wat hij daarbij kon gebruiken was een wildvreemde passagier. 'Naar Jeruzalem? Wat wilt u daar dan doen?'
'Ik wil de stad zien.'
'Het is sabbat. Er valt niets te beleven.'
George wiegde verlegen heen en weer met zijn bovenlichaam. 'Weet u, het zit zo: ik ben gewend elke avond naar de kerk te gaan. Ik zou het heel jammer vinden als ik dat hier niet kon doen. En we zijn hier in het Heilige Land, waar alle heilige plaatsen maar een klein eindje rijden zijn... Ik wil die heel graag zien, zelfs als vanavond geen goed tijdstip is. Ik weet namelijk niet of we morgenavond misschien al weer op de terugreis zijn. Dat gaat vaak nogal snel.'
'Dat snap ik.' Hij bekeek de magere man met de donkere huid wat nauwkeuriger. Eigenlijk zag hij er best sympathiek uit. Een vrome katholiek, zo leek het. Vast en zeker geen serieuze rivaal wat Judith betrof. 'Het probleem dat ik daarbij heb, George, is dat ik niet weet wanneer we terugkomen. We rijden naar Jeruzalem, maar ik kan niet precies zeggen waar we heen gaan en wanneer we terugkomen. Ik weet niet eens of we vannacht wel terugkomen. Begrijp je? Ik kan je meenemen, geen probleem. Maar je moet zelf zien hoe je terugkomt.'
George maakte een afwerend gebaar. 'O, dat is geen probleem. Daar zorg ik zelf wel voor. Ik vind wel ergens een taxi. Alleen hier zijn die er niet, vandaar...'
'Goed,' zei Stephen schouderophalend. 'Tot vanavond dan.'

Hij was ertoe overgegaan vellen papier van de flip-over af te scheuren, die voor zich op de grote lege tafel uit te spreiden en met rusteloze, wilde bewegingen vol te krabbelen. Hij schreef alsof hij opgejaagd werd, gebruikte alle kleuren, schreef snel trefwoorden op, tekende grote vraagtekens, trok verbindende lijnen, markeerde gebieden van zijn chaotische landkaart en streepte andere met dikke gekleurde kruisen door. Het was een chaos, volstrekt krankzinnig. Alleen door als een krankzinnige te schrijven, lukte het hem om bij zijn volle verstand te blijven. Aan het eind van de middag wierp hij de stift uitgeput weg, liet zich tegen rug van de stoel aan zakken en begon zijn rechterschouder te masseren, die na alle inspanningen pijnlijk was geworden. Pas nu merkte hij dat hij honger had, enorme honger. Hij was de lunch helemaal vergeten, en er was niemand gekomen om hem daaraan te herinneren. Of misschien was er wel iemand gekomen, die in de deuropening was gaan staan en

diverse malen zijn naam had gezegd zonder dat hij had opgekeken. Hij wist het niet meer.
Stel dat...? Dat was de vraag geweest waarin hij zich had verdiept. Aangenomen dat er zoiets als reizen door de tijd bestond. Aangenomen dat de dode werkelijk een kamikazetijdreiziger geweest was, die op welke manier dan ook naar de tijd van Jezus overgebracht was en ertoe was veroordeeld na diens dood aan het kruis in Palestina te blijven en zijn leven daar te voltooien. Aangenomen dat, aangenomen dat...
Hij kon het nog steeds niet geloven. Het was ongelooflijk. Diep vanbinnen was hij er nog steeds rotsvast van overtuigd dat het onmogelijk was je door de tijd te bewegen, naar het verleden te reizen en om wat geweest was, het heden te laten worden. Niets kon die overtuiging veranderen.
Dat was natuurlijk een interessante ontdekking. Uitgerekend hij, de sciencefictionauteur, die zijn grootste successen met romans over tijdreizen geboekt had. En nu, in een situatie waarbij hij eigenlijk in gejubel had moeten uitbarsten – Zien jullie wel? Ik heb het altijd al gezegd! – dook die stem in hem op die in plaats daarvan aan één stuk door riep: Dat is onmogelijk! Het is allemaal oplichterij!
Maar het was hem toch gelukt zich te verdiepen in deze 'stel, dat'-vragen, erin op te gaan, met koortsachtige activiteit de stem van de twijfel te overschreeuwen. Voor hem op tafel lag nu de uitkomst van zijn urenlange zenuwslopende arbeid: grote vellen papier, volgekrabbeld met aantekeningen in vier felle kleuren, zodat het wel moderne kunstwerken leken.
Hij was begonnen met de volgende vraag: stel dat ik een roman zou schrijven over hoe iemand uit het heden terug naar het verleden reist, naar de tijd van Christus, met een videocamera in zijn bagage? Niet dat hij dat werkelijk van plan was geweest. In een verhaal dat hij ooit geboeid had gelezen, was aan het eind gebleken dat de mensen die bij de kruisiging van Jezus aanwezig waren geweest – de soldaten, de mensen langs de weg, de priesters en zelfs de beulen die Jezus aan het kruis nagelden – allemaal tijdreizigers uit heel verschillende perioden van de verre toekomst waren geweest.
En dat deed hem natuurlijk meteen weer denken aan Stephen Hawkings argument. Als tijdreizen werkelijk binnenkort uitgevonden zou worden, zouden er dan ook niet beslist avontuurlijke reizen naar het verleden bestaan, naar de grote gebeurtenissen in de wereldgeschiedenis? 'Ontmoet nu Leonardo da Vinci! Kijk toe hoe Michelangelo de Sixtijnse Kapel beschildert! Begeleid Christoffel Columbus op zijn histori-

sche zeereis naar de Nieuwe Wereld!' Zou datzelfde dan niet voor alle tijdperken moeten gelden, voor alle belangrijke gebeurtenissen? Als de tijdreis in de nabije toekomst uitgevonden en ook daadwerkelijk uitgevoerd zou worden, dan zou het verleden moeten wemelen van de reizigers uit de toekomst en zou de geschiedenis vol toeristen moeten zijn. En dan zou het misschien niet bij pure sightseeing blijven. 'Bestijg de Romeinse keizertroon; doe mee aan de meest decadente en overdadige orgieën die er ooit zijn geweest!'

En als dat wat John Kaun en professor Wilford-Smith geloofden, inderdaad waar was, dan was hier geen sprake van een ontdekking die misschien in de 24e of de 630e eeuw gedaan zou worden – er zou dan inmiddels zoveel van de geschiedenis in vergetelheid geraakt kunnen zijn dat Columbus en Da Vinci niet interessant meer waren – nee, dan was sprake van een ontdekking die op korte termijn moest plaatsvinden. De videocamera waarvan hier sprake was, zou over drie jaar op de markt komen. Als je uitging van de huidige levensduur van producten, dan was het onwaarschijnlijk dat die camera langer dan drie jaar het topmodel zou blijven. Met andere woorden: het ging hier om de komende zes jaar! Uiterlijk over zes jaar moest de man vertrekken wiens beenderen ze hier hadden opgegraven.

Vervolgens drong zich de vraag op hoe hij dat technisch voor elkaar kreeg. Zou hij een soort tijdmachine gebruiken, zoals in de roman van H.G. Wells? Hoe moest je je een dergelijke machine voorstellen? Zou het een handzaam apparaatje zijn dat je gemakkelijk aan je riem kon dragen, of een gigantisch hightech apparaat ter grootte van een krachtcentrale? Als het laatste het geval was, dan zou het vertrek van de tijdreiziger zeker niet onopgemerkt blijven. Misschien zou het gepaard gaan met een groot mediacircus, met rechtstreekse tv-uitzendingen in de hele wereld, vergelijkbaar met de eerste maanlanding. Zoiets kon je je goed voorstellen: aan de ene kant de tijdmachine, met de dappere, onzelfzuchtige tijdreiziger ervoor, die naar de camera's zwaait en misschien nog enkele laatste woorden zegt, in de trant van: 'Een grote stap voor een mens...' En dan begint hij aan zijn reis waarvan hij niet zal terugkeren. En direct nadat hij vertrokken is, zullen de opgravingen op de afgesproken plaats beginnen, op een zorgvuldig uitgekozen plek, een plek die volgens de overtuiging van alle belangrijke historici sinds de tijd van Jezus onaangeraakt is gebleven. En daar zullen ze dan video-opnamen van Jezus Christus vinden, want de tijdreiziger is er immers bij geweest en heeft de opnamen precies op deze plek verborgen. Miljarden

tv-kijkers over de hele wereld zullen het rechtstreeks kunnen volgen als deze opnamen worden afgespeeld...
Eisenhardt bleef even stilstaan, greep de rode viltstift nog eens en zette een dikke punt naast de betreffende trefwoorden. Er was nog iets met dit scenario, waarover hij moest nadenken. Iets zat hem nog dwars. Een gedachte waarvan hij zich nog niet bewust was. Een belangrijke gedachte.
Goed, eerst maar verder. Als er een tijdmachine was – dus een apparaat dat de reiziger naar het verleden bracht, zoals een raket een astronaut naar de maan – dan was de volgende vraag, waar dit apparaat gebleven was, en waarom het niet mogelijk zou zijn daarmee weer terug te keren. Daar was een simpel antwoord op, had Eisenhardt ontdekt. Het zou Kaun en Wilford-Smith niet bevallen, maar je kon het niet zomaar van de hand wijzen. Waarom zou er eigenlijk slechts één tijdreiziger naar het verleden reizen? Was het niet veel waarschijnlijker en vanzelfsprekender dat een heel team op pad gestuurd werd? Voor een individu was een dergelijke reis veel te gevaarlijk. Een vreemde cultuur, vreemde talen en denkwijzen, ziekten die allang uitgeroeid waren toen de tijdreiziger geboren werd... Het was onwaarschijnlijk dat ze een dergelijk risico zouden nemen. Er was immers ook niet slechts één man naar de maan gestuurd?
Het was natuurlijk mogelijk dat een van de teamleden gewoonweg niet meer te redden was geweest. Misschien was hij gearresteerd door de Romeinse bezetters. Misschien was hij verliefd geworden op een leuk meisje en had hij besloten te blijven. Misschien had hij een ongeluk gekregen. Hoe dan ook, hij bleef, overleed na enkele jaren en werd begraven op de plek waar Wilford-Smith hem had gevonden. De anderen van het team waren naar hun tijd teruggekeerd, vandaar dat ze geen tijdmachine hadden gevonden. En vanzelfsprekend hadden ze alle video-opnamen meegenomen.
Als deze verklaring waar bleek te zijn, dan konden ze naar de camera zoeken tot ze een ons wogen.
Hm. Hoe hard hij ook nadacht, hij vond in de feiten die hij kende niets wat tegen een dergelijke verklaring sprak. Hoogstens kon je je afvragen waarom de achterblijver uitgerekend de gebruiksaanwijzing van de camera had meegenomen. Eisenhardt schoof het vel papier opzij. Dit was dus een theorie. De team-met-achterblijver-theorie. Hij was benieuwd wat Kaun hierop te zeggen had.
Maar stel dat ze toch met één reiziger te maken hadden. Stel dat de tijd-

reis niet met behulp van een transportmiddel had plaatsgevonden, maar op een andere manier. Zoals het 'beamen' in de *Star Trek*-films. Een groot tijdkanon, dat de proefpersonen naar het verleden afvuurde. Moest dat tijdkanon dan per se in Israël worden opgesteld?
In films was dat zo. Dezelfde plaats, een andere tijd. Dat lukte allemaal best in films. Maar als alleen de tijd en niet de plaats wijzigde, dan zouden ze zich naar alle waarschijnlijkheid ergens in de ruimte bevinden. Want niets was zozeer in beweging als de zogenaamd vaste grond onder je voeten. Niet alleen draaide de aarde in 24 uur om haar as – wat betekende dat iemand die rustig in Midden-Europa in een stoel zat, zich bijna met de snelheid van het geluid verplaatste – maar de aarde draaide ook nog eens met nog grotere snelheid om de zon, die weer met een nog adembenemender snelheid om het middelpunt van de melkweg draaide, die weer dwars door het heelal schoot met een snelheid waarvan alle raketbouwers op aarde nog niet eens durfden te dromen. Het was een onvoorstelbare kosmische carrousel. Eisenhardt kon zich nauwelijks voorstellen hoe dat moest worden aangepakt: iemand dwars door de ruimtetijd sturen naar een zo nauwkeurig gedefinieerd doel als het Palestina van tweeduizend jaar geleden. Het was hetzelfde als in de lucht spugen terwijl je in de wildste carrousel van de kermis ronddraaide en dan toch een bepaald iemand die in dezelfde carrousel meereed, op de linkerschouder raken.
Dwars door de ruimtetijd...
Zijn adem stokte in zijn keel. Haastig trok hij de dop van de viltstift, die hij nog in zijn hand hield, en begon te schrijven.
Als tijdreizen mogelijk was en als je iemand dwars door de ruimtetijd kon transporteren, dan moest het natuurlijk ook mogelijk zijn iemand naar een andere planeet te sturen! Palestina op een aarde die zich op een plek bevond waar die zich tweeduizend jaar geleden had bevonden, was even gemakkelijk of moeilijk te treffen als een planeet die om Alpha Centauri of Epsilon Eridani draaide.
En de technologie daarvoor zou de komende zes jaar uitgevonden moeten worden? Onwaarschijnlijk. Zo onwaarschijnlijk zelfs dat je er verder niet over na hoefde te denken.
Als die verdomde gebruiksaanwijzing er maar niet was geweest.
Eisenhardt schoof ook dit vel papier opzij. Hij had honger. Hij had ook hoofdpijn. En met gebruiksaanwijzingen had hij nooit veel op gehad.
Je kon erover nadenken hoe de hypothetische tijdreiziger zich op zijn reis zou hebben voorbereid. Dat was voor Eisenhardt, die het al een

nachtmerrie vond zijn koffer in te pakken voor een lezingenreis van een week, buitengewoon moeilijk. Wat pakte je in als je van plan was naar het verleden te reizen, Jezus Christus te filmen en dan in het verleden te blijven? In elk geval een paar lievelingsboeken. Misschien lag er ergens een tweeduizend jaar oude walkman met cassette te vergaan? Medicijnen. Hij had zich tevoren natuurlijk goed laten vaccineren, maar hij zou ook medicijnen mee moeten nemen, zoals antibiotica, middelen tegen diarree en hoofdpijn. Je zou aan een apotheker moeten vragen hoe de reisapotheek van een tijdreiziger eruit moest zien. En hij zou zeker een van de talen die toen gesproken werden hebben geleerd. Aramees waarschijnlijk, zoals hij inmiddels had gelezen, de moedertaal van Jezus van Nazareth. En Latijn natuurlijk, om de Romeinse bezetters te kunnen verstaan.
Alles bij elkaar was het een forse lijst uitrustingsstukken geworden. Omvangrijke bagage. Naast kleding en dat soort dingen – wat gebruikten ze toentertijd eigenlijk in plaats van tandpasta? – natuurlijk de videocamera. Voldoende videobanden voor de camera. Misschien zou hij iets meegenomen hebben om de camera te camoufleren; toen Eisenhardt probeerde zich de reacties van de mensen uit die tijd voor te stellen als ze zagen dat er iemand rondliep die zijn ene oog tegen de zoeker van een kleine zilvergrijze camcorder gedrukt hield, moest hij afhaken.
Tja, zo'n camera had natuurlijk wel stroom nodig. En voorzover bekend waren stopcontacten in het Palestina aan het begin van onze jaartelling bepaald niet dik gezaaid. De tijdreiziger zou vast en zeker de accu's van zijn camera niet eenmalig opgebruikt hebben, maar een of andere energiebron meegenomen hebben waarmee hij de accu's steeds weer kon opladen.
Misschien een paar goede zonnecellen. In buitensportwinkels waar ze expedities uitrustten, zouden ze er zeker meer van weten. Eigenlijk kwam er nauwelijks iets anders in aanmerking. Eisenhardt schoof ook dit vel papier opzij, legde de viltstift weg en begon zuchtend zijn slapen te masseren. Wat een klotewerk. Wat een krankzinnig avontuur.
En verdomme, wat had hij een honger. Hij was al dat nadenken voorlopig spuugzat en zou nu naar de veldkeuken gaan om te kijken of er iets te bikken viel!

Stephen deed zijn best de spleet in het tentdoek waar hij doorheen keek, zo smal mogelijk te houden. 'Ik ben her en der eens gaan luisteren,' zei hij zacht. 'Die man heet Ryan.'
'Welke man?' vroeg Judith, die afwachtend op haar veldbed zat.

'Die in mijn tent was. Kauns man voor het grote werk.' Hij liet de zware grijze stof los. 'Niemand te zien.'
Judith keek hem afwachtend aan. 'En nu?'
'Jij neemt vanavond je vuile was mee naar je moeder?' zei Stephen. 'In je grote weekendtas.'
'En als iemand die wil doorzoeken? Die Ryan bijvoorbeeld?'
'Dan schreeuw je het hele kamp bij elkaar. Hij moet met zijn smerige vingers van je ondergoed afblijven.'
Judith boog zich zuchtend voorover, trok de weekendtas naar zich toe en begon alles eruit te halen. 'Ik weet het niet. Ik heb hier geen goed gevoel over.' Stephen bleef naast de ingang staan en keek weer naar buiten. De zon naderde de horizon. De dag was ongelooflijk snel voorbijgegaan. Ze moesten haast maken, want de andere opgravingsassistenten zouden al snel naar de tenten terugkeren.
'Weet je overigens wat ze daar doen?' vroeg ze, terwijl ze haar schone kleren naast zich op bed stapelde.
'Wie bedoel je?'
'Die technici, die vanochtend hier arriveerden. Ik heb met een van hen nog een praatje gemaakt.'
'Ja, dat heb ik gezien. En wat doen ze?'
'Hij noemde het een eh... sonartomografisch onderzoek van de bodem. Een soort doorlichting. Zoals een röntgenfoto, alleen gebruiken ze schokgolven of geluidsgolven of zo.'
'Zoiets dacht ik al.'
Judith vertrok haar gezicht. 'Natuurlijk. Dat had ik kunnen weten, dat jij dat al had gedacht. Waarom zou ik nog zo mijn best doen?' Ze leegde de inhoud van de plastic zakken waarin ze de vuile was bewaarde, in de weekendtas. 'En je weet vast en zeker ook al waar ze naar zoeken.'
'Naar de camera, neem ik aan. Kaun gelooft waarschijnlijk dat die hier ergens is.'
'Die man weet natuurlijk niets van een camera. Hij heet overigens George Martinez en werkt bij de universiteit van Bozeman in Montana.'
Stephen slikte de opmerking dat hij dat ook al wist, nog net in. 'Interessant. En wat hebben ze hem verteld?'
'Dat ze een grote metalen koffer zoeken, een metalen kist, ter grootte van een koffer. Het zou om het ossuarium van een Hasmoneïsche koning gaan.'
'Een metalen koffer... Daarin moeten de camera en de opnamen de eeuwen doorstaan.'

'Dat geloof ik best,' zei Judith, haar weekendtas opschuddend. 'Zo, de vuile was staat klaar.'
'Mooi. Ik moet nu een paar minuten ongestoord mijn gang kunnen gaan. Het lijkt me het beste dat jij zolang de wacht houdt.'
'Mij best.'
Ze stond op, waarna ze onhandig om elkaar heen liepen, totdat Judith bij de ingang stond en Stephen naast haar bed.
Hij liet zich naast het bed op zijn knieën zakken. 'Goed, het gaat beginnen. Er mag nu niemand komen.'
'En als er toch iemand komt? Stina bijvoorbeeld?' Stina was haar tentgenote.
'Dan moeten we elkaar kussen,' zei Stephen zo zakelijk mogelijk. 'En ons zo gedragen dat ze zich tactvol weer terugtrekt.'
Hij hoorde haar geschrokken inademen. 'Meen je dat werkelijk?' Hij reageerde er niet op, maar begon de zanderige bodem onder haar bed weg te graven.
'Nou ja,' zei ze na een poosje. 'Ze komt echt niet, hoor.'
Stephen moest onwillekeurig grijnzen, wat ze gelukkig niet zag. Hij bleef doorgraven totdat hij blootgelegd had wat hij hier vanochtend had verborgen.
Judith zette grote ogen op toen hij daarmee onder het bed vandaan kwam. 'Wat is dat?'
'De jongens van de keuken hebben volkomen gelijk dat ze ons verbieden het eten mee te nemen,' grijnsde Stephen. 'Het serviesgoed verdwijnt werkelijk.'
Hij hield twee platte metalen borden in zijn hand, die zo op elkaar waren gezet dat er een smalle, goed afgeschermde holle ruimte tussenin overbleef. De borden waren met stevige tape aan elkaar vastgemaakt, en het geheel zag eruit als een vliegende schotel van Mars.
'Dus daar zitten de papieren in?'
'Precies. Hopelijk goed beschermd.' Hij blies de laatste zandkorrels van de geïmproviseerde trommel en stopte die voorzichtig in Judiths weekendtas, diep onder het wasgoed.

Eisenhardt zat in zijn eentje aan een van de tafels van de veldkeuken, omringd door lege banken, en lepelde hongerig zijn bord leeg. Er was niets meer over van de lunch, maar het was al later dan hij had gedacht, en daarom had de kok hem al iets van het avondeten kunnen geven. Het smaakte lekker; een apart, interessant groentegerecht, waarvan hij de naam alweer was vergeten. Hij meende aubergines, knoflook en kummel te proeven, maar de saus kwam hem volstrekt niet bekend voor. Het was in elk geval lekker, vooral als je honger had.

De zon stond al heel laag. Afstekend tegen de horizon zag hij de opgravingsassistenten langzaam in de richting van de tenten lopen, waar ze zich waarschijnlijk wat zouden opfrissen om vervolgens de kantine binnen te vallen. Hij zag een meisje met donker haar dat een grote weekendtas naar de parkeerplaats sleepte en die in de kofferruimte van een kleine donkerblauwe auto stopte. Hij bedacht dat de sabbat bij zonsondergang begon; waarschijnlijk reden enkele van de Israëlische assistenten daarom naar huis.

Terwijl hij naar haar bleef kijken – ze zag er echt best goed uit, met haar lange zwarte haar en haar goede figuur – viel hem een tweede auto op, die in de verte op het kamp af kwam, gehuld in een stofwolk. Eisenhardt fronste zijn voorhoofd en keek er wat aandachtiger naar. Het was een taxi. Precies zo'n taxi als die waarmee hij gisteravond zelf hierheen gekomen was.

Het tafereel kwam hem zo verbazingwekkend bekend voor, dat hij vergat te eten. De taxi stopte. Terwijl de taxichauffeur de bagage uit de kofferruimte haalde, kwamen John Kaun en de professor aan lopen en begroetten de man die uit de taxi stapte en ietwat verbouwereerd rondkeek. Voorzover dat uit de verte zichtbaar was, was de nieuw aangekomene iets ouder, misschien rond de vijftig, had hij een woeste witte baard, was half kaal en bezat een indrukwekkende buik. Wilford-Smith begon tegen hem te praten, op zijn vriendelijk-bezorgde wijze en met spaarzame gebaren. Daarna nam de mediamagnaat het woord, zijn armen uitstrekkend, dynamisch en zelfverzekerd, vriendelijk lachend, waarbij hij de man een instemmend knikje wist te ontlokken. Uiteindelijk pakte hij hem bij zijn ellebogen beet. Hulpvaardige assistenten schoten te hulp, sleepten de uitgeladen koffers weg en betaalden de taxichauffeur, terwijl Kaun en Wilford-Smith hun nieuwe gast naar de witte tent op perceel 14 begeleidden.

Sinds hij met de technicus gesproken had, was Gideon zich af gaan vragen wat hij en zijn collega's eigenlijk moesten bewaken.

Normaal gesproken interesseerde hem dat niet. Het was zijn werk om te bewaken. Dat betekende dat hij zijn ogen open moest houden en op elk moment gereed moest zijn om zijn belager te stoppen of, als het niet anders kon, te doden. Als hij iemand moest bewaken, kon dat ook betekenen dat hij bereid moest zijn gewond te raken of zich te laten doden, maar een dergelijke uitgebreidere taakinvulling kwam zelden voor en werd met een extra premie vergoed. Normaal gesproken bewaakte hij fabriekscomplexen, communicatiecentra, cultuurhistorische monumenten of toeristencentra, maar hij had ook al industriëlen en politici bewaakt. Eenmaal had hij zelfs Yasser Arafat, de Palestijnse president, onder zijn hoede gehad, toen die nog geen president, maar leider van een omstreden beweging was geweest. Hij had zich toentertijd ook niet bijzonder druk gemaakt over die opdracht; de man met de blauwwitte hoofddoek was voor hem gewoon iemand die hij moest beschermen, zoals hij vele anderen had beschermd. Misschien had het bedrijf hem daarom wel voor deze taak uitgekozen. Hij werd vaak voor bijzondere klussen uitgezocht, meestal omdat hij heel goed Engels sprak. Hij was ooit bodyguard van een Amerikaanse filmactrice geweest, die twee dagen door Israël gereisd had, en die had hem bij het afscheid gekust. Sindsdien wilde hij al haar films zien. Soms speelde ook een rol dat zijn reflexen onvoorstelbaar snel waren. Dat hadden ze in het leger al ontdekt, zodat hij een opleiding tot scherpschutter had gevolgd. Dat hij buitengewoon nieuwsgierig was geweest, had niemand hem daarentegen ooit kunnen verwijten.

En dat was hij nu evenmin. Maar wel dacht hij er het zijne van. Hij had de hele dag voor een van de ingangen van de witte tent de wacht gehouden, zonder zelfs maar op het idee te komen een blik naar binnen te werpen. Ze hadden immers tegen hen gezegd dat ze dat niet mochten. En Gideon deed wat hem gezegd werd.

Maar hij dacht er wel het zijne van. Het was de eerste keer dat hij een archeologische vondst moest bewaken. Maar op zich was dat niets ongebruikelijks. Hij had van anderen gehoord dat die ooit een oude goudschat hadden moeten bewaken, munten en sieraden uit de tijd van de oude koningen. En archeologische vondsten hadden in Israël vaak een politieke lading. Iemand groef iets op. Iets wat iemand anders als bewijs of weerlegging van zijn politieke of religieuze overtuigingen beschouwde, en dan was er meteen een conflict geboren.

Ja, hij had toch wel graag geweten wat voor belangrijks er in dat gat was gevonden waar die tent overheen stond. En hij troostte zich met de gedachte dat hij het wel in de krant zou lezen als het echt belangrijk was. Dan zou hij het artikel uitknippen en meenemen in de cafés waar hij zijn vrienden ontmoette, en zeggen: 'Daar ben ik geweest! Ik heb daar op wacht gestaan!' 's Avonds zag hij hoe de Engelse professor die de leiding had over de opgravingen en de Amerikaan die kennelijk multimil-

jonair was en de opgravingen financierde, een bezoeker ontvingen die met een taxi uit Tel Aviv gekomen was. Hij had geen idee wie die man was. Hij was groot, rond de vijftig, had een grijze baard en leek behoorlijk veel last te hebben van de hitte. Hij wiste onophoudelijk zijn voorhoofd en zijn behoorlijk kale schedel af met de mouw van zijn kostuum, terwijl ze met zijn drieën over de loopplanken liepen die naar deze tent leidden. Misschien een wetenschapper, dacht Gideon en deed een stapje opzij, zodat de drie mannen ongehinderd de tent konden binnengaan.
''erev tov,' mompelde de professor, die achter de beide anderen liep en Gideon verstrooid lachend toeknikte. *'Toda.'*
'Bevakasha,' antwoordde Gideon.
Goedenavond, bedankt, geen dank. Gideon begreep dat de professor niet wist dat hij Engels sprak. De professor die een nieuwe, belangrijke bezoeker zijn waardevolle vondst wilde laten zien en toelichten.
Gideon sperde zijn ogen open, toen hij begreep wat dat betekende. Dat betekende...
Nee. Dat kon hij niet maken.
Aan de andere kant...
Ze hadden hem verboden naar binnen te kijken. Maar ze hadden niet tegen hem gezegd dat hij zijn oren dicht moest houden. Gideon zette zijn stoel iets dichter bij de tent, legde zijn uzi dwars over zijn schoot en leunde achterover. De stemmen van de drie mannen waren tamelijk goed verstaanbaar.

Op het afgesproken tijdstip koos Eisenhardt het nummer dat hij die ochtend al eens had gekozen. Aan de andere kant werd direct opgenomen. 'Met Uri Liebermann.'
'Goedenavond, meneer Liebermann, u spreekt met Peter Eisenhardt.'
'Aha, meneer Eisenhardt. Fijn dat u belt.'
'Goed,' vroeg de schrijver gespannen, 'hebt u iets kunnen ontdekken?'
'Ja.'
Eisenhardt haalde diep adem. 'Ik ben een en al oor.'
'Tja.' Ook de journalist scheen eerst diep adem te moeten halen. 'U had in elk geval gelijk. Er is echt een hele hoop materiaal over professor Wilford-Smith in ons archief opgeslagen. Met een simpel zoekwoord krijg je al talloze treffers op het scherm. Die man graaft in een verbazend tempo in de Israëlische bodem.'
'Aha.'
'Maar ik ben bang,' voegde Liebermann eraan toe, 'dat hij desondanks

geen goede reputatie in wetenschappelijke kringen geniet.' Eisenhardts mondhoeken vertrokken spontaan in een grijns. Dat was nog eens interessant!

'Wat betekent dat concreet?'

'Hem wordt voornamelijk verweten dat hij slordig werkt. Steeds weer wordt gezegd dat hij vondsten niet zorgvuldig behandelt, dat er bij hem meer kapot gaat dan bij anderen en dat hij te veel en te snel opgraaft. Ik heb een interview met Yigael Yadin gevonden, waarin hij zegt dat Wilford-Smith kwantiteit boven kwaliteit stelt, en in een deel van het interview dat niet is gepubliceerd, zegt hij zelfs letterlijk: "Deze man is een straf voor de Israëlische archeologie."'

'Dat klinkt tamelijk hard.' Eisenhardt had nog nooit van ene Yigael Yadin gehoord. Waarschijnlijk was dat ook een archeoloog, en wel van de gevestigde orde.

'Bovendien is het zo dat Wilford-Smith tamelijk weinig heeft gepubliceerd, en het meeste daarvan is weinig boeiend dan wel omstreden. Bent u bekend met Benjamin Maziar?'

Eisenhardt aarzelde. 'Dat kan ik niet zeggen.'

'Hij is in dit land een autoriteit. Hij heeft opgravingen bij de Klaagmuur gedaan. Hij heeft zich vele jaren geleden eens laten ontvallen dat hij het vermoeden had dat Wilford-Smith van grote delen van de geschiedenis van Palestina helemaal niets afwist.'

'Dat is niet mis.'

'Het enige waarmee Wilford-Smith de bewondering van vrijwel alle archeologen afdwingt, is zijn vermogen om steeds weer een sponsor voor zijn plannen te vinden.'

'Misschien kunnen ze hem daarom niet luchten of zien?'

'Zoals gezegd kan ik daar niet over oordelen. Ik heb onze databank geraadpleegd, zoals ik u beloofd heb, maar ik ben een volstrekte leek als het om de geschiedenis van de Oudheid gaat. Het is al moeilijk genoeg om op de hoogte te blijven van de contemporaine geschiedenis.'

Eisenhardt maakte driftig aantekeningen. 'Is zijn professorstitel wel echt?' vroeg hij.

Hij hoorde Liebermann zuchten. 'Ja en nee. In principe is de titel echt, want Wilford-Smith is professor geschiedenis aan de Barnford Universiteit in Zuid-Engeland. Maar dat is een ietwat omstreden instelling van een tamelijk onbekende religieuze gemeenschap, de True Church of Barnford.'

'Nooit van gehoord.'

'Ik ook niet, moet ik toegeven. Er was in zo'n korte tijd ook niets over te vinden.'
Eisenhardt noteerde 'Barnford' in zijn notitieblok, onderstreepte het woord driemaal en zette er een dik vraagteken bij. 'Verder nog iets?'
De journalist lachte zachtjes. 'Het beste komt nog.'
'Ik dacht dat journalisten het beste altijd het eerst brachten?'
'Alleen in een krantenartikel. Wist u dat Wilford-Smith oorspronkelijk beroepsmilitair was?'
Eisenhardt kon zijn oren niet geloven. 'Militair?'
'Hij heeft in de Tweede Wereldoorlog onder Montgomery in Noord-Afrika gediend en was daarna in het Britse mandaatgebied Palestina gestationeerd. Hij behoorde tot de Britse manschappen die bij de stichting van de staat Israël in mei 1948 Palestina verlieten.'
'Ongelooflijk.' Eisenhardt probeerde zich de flegmatieke, gebukt lopende wetenschapper als dappere woestijnkrijger of als lid van een legerpatrouille voor te stellen.
'Tja, en daaraan schijnt hij een nooit meer verdwenen fascinatie voor ons land te hebben overgehouden. Hij keerde toentertijd naar Engeland terug, nam ontslag uit militaire dienst, trouwde, nam een baan als chef in een lakenfabriek aan en leidde een rustig leven, althans tot 1969. Toen zegde hij plotseling zijn goedbetaalde baan met pensioenaanspraken op en begon, hoewel hij al 42 was, geschiedenis te studeren. Hij specialiseerde zich in de bijbelse archeologie en stortte zich in 1974 voor het eerst op Israëlische bodem.
'Zomaar opeens?'
'Geen idee wat de aanleiding was. Ik zou me kunnen voorstellen dat hij wat geld had geërfd en niet meer gedwongen was om te werken.
Mogelijk kon hij niets beters verzinnen dan jarenlang in een leeg, heet woestijnlandschap rond te woelen?' Eisenhardt schudde langzaam zijn hoofd.
'Liebermann vervolgde: 'In 1980 werd hij door de genoemde Barnford Universiteit tot professor benoemd, maar die stelde hem vrij van het geven van onderwijs, en sindsdien is hij nauwelijks nog weg te krijgen uit Israël. Maar om uw centrale vraag van vanochtend in één zin te beantwoorden: Wilford-Smith heeft in al die jaren nauwelijks iets ontdekt wat van enig wetenschappelijk belang was. Hij wordt niet eens vermeld in de *Who's Who In Archaeology*. Als hij het nog tot een voetnoot in de annalen van de wetenschap wil brengen, dan moet hij echt haast gaan maken.'

16

De oorspronkelijk niet-geplande sonartomografische onderzoekingen blijken vérstrekkende consequenties te hebben voor de verdere opgravingswerkzaamheden (zie bijlage II van de afsluitende samenvatting). De percelen 3 en 19 lijken namelijk niet zo veelbelovend te zijn als wij op grond van de analyse van de satellietbeelden aanvankelijk meenden, terwijl in het trapezevormige gebied tussen de percelen 4, 5 en 6 structuren zichtbaar zijn van onbekende aard, die door opgravingen nader onderzocht dienen te worden. (Voetnoot: op het moment dat dit verslag werd samengesteld, stond nog niet vast of en wanneer de werkzaamheden in Bet Hamesh weer zouden beginnen.)

Professor Wilford-Smith
Bericht over de opgravingen bij Bet Hamesh

Eerst was het slechts een grote stad als alle andere, waar ze in het donker door een dor, heuvelachtig landschap op af reden. Er doken huizen en reclameborden op, hoogspanningsleidingen en straatlantaarns, ze passeerden verlichte fabrieken, supermarkten en restaurants. In de vrije ruimte tussen de huizen stonden donkere cipressen, en het viel Stephen op dat alle gebouwen van dezelfde witgele zandsteen gemaakt leken, zodat je de indruk kreeg dat de stad in één stuk uit de rotsen gehouwen was.

George was steeds stiller geworden sinds ze de stad waren binnengereden. Stephen, die achter het stuur zat, wierp af en toe een blik op Judith, die als gids fungeerde. Maar als ze zijn blik opmerkte, wees ze slechts met twee vingers naar voren. Op de hoofdweg blijven, betekende dat. Stephen was slechts vaag op de hoogte van de voorschriften die tijdens de sabbat golden; hij wist alleen dat de sabbat met rust en het verbod op werken te maken had en dat die van vrijdagavond tot zaterdagavond duurde, van zonsondergang tot zonsondergang. Er waren in elk geval meer auto's onderweg dan hij had verwacht. Hij had er niet echt op gerekend een geheel verlaten stad te vinden, waarin hij door lege straten zou denderen terwijl de auto door orthodoxe inwoners met stenen werd bekogeld, maar het kwam er toch wel in de buurt. Het verraste hem nogal dat ze nu in het centrum in een langzaam rijdende file terechtkwamen.

Net toen hij de conclusie had getrokken dat dit een stad als alle andere was, reden ze een heuvel over en konden ze voor het eerst het stadscentrum overzien.
Vanaf de achterbank klonk een hartstochtelijke zucht. 'Jeruzalem,' bracht George vol ontzag uit. '*Yerushalayim,* de stad van de vrede...'
De stad van de vrede, waarom in duizenden jaren meer gevochten was dan om welke andere plaats op aarde ook, ontvouwde zich voor hem als een goudkleurig oplichtende lappendeken, waarin duizenden lichtjes brandden. De stad lag in een breed dal en overal waren slanke minaretten en donkere kerktorens zichtbaar, opgesierd met kleine en grote koepels; daarachter lag de Tempelberg, waarop een adembenemende, enorme koepel zichtbaar was, de enige die echt van goud was: de Rotskoepel.
'Een plaats op aarde, maar half in de hemel,' zei George met bijna sidderende stem. 'Mijn oma zei dat altijd. En ze had gelijk, echt, ze had gelijk...'
'Niet overdrijven, zeg,' bromde Stephen. 'Goed?'
George scheen hem niet te horen. 'Jeruzalem... ik ben in Jeruzalem, echt waar!' Stephen wilde hem net op iets dwingender toon tot rede brengen, toen hij Judiths hand op de zijne voelde.
Hij keek haar verrast aan en zij glimlachte zo teder naar hem als ze nog nooit had gedaan. 'Laat hem maar,' zei ze zacht. 'Jeruzalem laat geen mens koud, zelfs jou niet.'
'Zelfs mij niet? Hoe kom je daarbij?'
Ze glimlachte alleen. Ze glimlachte echt lief.
'Nee, ik ben volstrekt kalm, de rust zelve,' verzekerde Stephen haar. 'Werkelijk, ik ben de kampioen der ongelovigen. Ik zou het atheïsme uitgevonden kunnen hebben.'
'Het zal wel. Daar bij het verkeerslicht links.'

Ook deze avond verzamelden ze zich weer in Kauns caravan. De pas aangekomen man zat als een reusachtige boeddha breeduit in zijn stoel, met zijn vlezige handen op zijn omvangrijke buik gevouwen. Hij was waarschijnlijk iets ouder dan vijftig, droeg een grijs pak dat zo verkreukeld was dat hij er de afgelopen nachten in geslapen leek te hebben en een stropdas leek hij ook maar niets te vinden; zijn overhemd stond onder zijn vlassige baard tenminste ver open. Zijn halfkale schedel glom in het lamplicht in de kamer. Eisenhardt meende te zien dat zijn hoofd door de zon verbrand was.

De multimiljonair stelde hen met de elegantie van een ware salonheld aan elkaar voor; hij prees de schrijver de hemel in en introduceerde het nieuwe lid van hun kleine samenzwering als professor Goutière uit Toronto, historicus aan de universiteit aldaar en specialist in de geschiedenis van Palestina. 'Het is me een genoegen,' knikte Eisenhardt, en dacht: interessant, tot nu toe dacht ik dat Wilford-Smith de specialist in de geschiedenis van Palestina was...
Enkele momenten lang wist niemand iets te zeggen; Kaun overbrugde de tijd door weer voor barkeeper te spelen. Goutière vroeg om een Canadese whisky, 'en graag zoveel als in een groot glas past.' Hij sloeg het glas zo begerig achterover, dat Eisenhardt al duizelig werd van het toekijken.
'Goed,' vroeg Kaun hem uiteindelijk, 'wat vindt u van deze zaak?'
De Canadees staarde enige tijd met een nadenkende blik voor zich uit voordat hij antwoordde. 'Ik moet toegeven dat ik het verhaal nog niet blindelings kan geloven,' verklaarde hij ten slotte met een welluidende basstem. 'Ik zal dus voorlopig maar net doen alsof het allemaal waar is. En waarschijnlijk zal ik nog heel wat glazen van uw overigens voortreffelijke whisky nodig hebben om mijn kritische verstand zover uit te schakelen dat ik dat kan.'
'Dat mag geen probleem zijn,' zei Kaun, terwijl hij zijn glas nog eens vulde.
'Dank u.' Maar hij nam nu het glas alleen in zijn hand, zonder eruit te drinken. Blijkbaar was het eerste nog niet uitgewerkt.
Weer zei niemand enige tijd iets. Iedereen keek naar de historicus, alsof hij een vleesgeworden orakel was. De airco zoemde zacht en het leer van de stoel piepte af en toe zachtjes als iemand zijn benen over elkaar sloeg.
'U wilt weten,' recapituleerde de Canadees eindelijk, met zijn blik nog altijd strak op de mahoniehouten tafel en de tegen geluid en hitte geïsoleerde wand gericht, 'waar de camera is.'
De mediamagnaat knikte. 'Precies.'
'Waar men in de tijd van Jezus iets had kunnen begraven, met de zekerheid dat het tweeduizend jaar later onbeschadigd weer kon worden opgegraven.'
'Precies.'
Hij slaakte een bijna komische zucht. 'Dat is moeilijk.'
Kaun glimlachte begripvol. 'Als het gemakkelijk was, hadden we het zelf wel geweten.'

'Israël is erg groot...'
Eisenhardt zag hoe Wilford-Smith nu ook glimlachte.
De professor nam nog een slok uit zijn glas, ademde uit met een geluid dat zowel op genot kon duiden als op diepe concentratie, en zei: 'Daar moet ik over nadenken.'
Uit de blik die John Kaun hem toewierp, viel op te maken dat hij zijn geduld begon te verliezen. 'O god, ik heb een debiele alcoholicus ontboden!' leek deze blik te zeggen.
Op dat moment schoot hem weer te binnen dat hij dat probleem aan een andere deskundige had opgedragen, en hij wendde zich zichtbaar hoopvol tot de schrijver: 'Mister Eisenhardt, u hebt de hele dag al nagedacht; bent u al tot bepaalde conclusies gekomen?'
Eisenhardt keek de mediamagnaat somber aan. Er was niets aan te doen, hij moest hem dit pijnlijke bericht vertellen.
'Ja,' zei hij daarom. 'Ik geloof dat de camera die wij zoeken niet bestaat.'

Ze waren langs het trottoir gestopt bij een poort in de oude stadsmuur, die achteraf aangebracht leek te zijn. De muur zelf, opgebouwd uit gemetselde stenen, rees duidelijk zichtbaar achter loofbomen en palmen op als een gebouw van diverse verdiepingen.
'Dus je weet zeker dat je op eigen houtje weer in het kamp weet te komen?' vroeg Judith nog eens.
'Natuurlijk wel,' verzekerde George haar. 'Er zijn toch taxi's, en ik kan altijd nog gaan liften.' Hij stak zijn duim omhoog. 'Ik ben door half Amerika gelift, hoor!'
'Goed dan. Dat daar is de Nieuwe poort. Je gaat door de poort en rechtuit tot je bij een vrij grote dwarsstraat komt. Daar sla je linksaf, en na ongeveer tweehonderd meter kom je bij de Grafkerk. Het kan ook 250 meter zijn, maar het staat aangegeven.' Ze keek de tengere Mexicaan aan, die haar geen blik meer waardig keurde. Hij stond diep inademend naast de auto, alsof hij elk moment door elke huidporie wilde opzuigen, en had slechts oog voor de enorme muur die de oude stad van Jeruzalem al honderden jaren omsloot.
'George, is alles duidelijk?' vroeg ze voor alle zekerheid. 'Alles is duidelijk,' knikte hij. Een moment lang leek het erop alsof hij begon te wankelen, maar hij draaide zich bijna moeizaam toch nog om, boog zich naar Judith toe, pakte haar hand en drukte er een kus op. 'Bedankt. Hartelijk dank. En jij ook, Stephen, hartelijk dank.'
Hij liep langzaam weg, nog geheel in hoger sferen verkerend. De poort

leek hem met een magische kracht aan te trekken, en toen hij in de donkere opening verdween, leek hij te worden opgeslokt.
'Wat een malloot,' merkte Stephen op toen ze verder reden.

Zijn argumenten leken bijzonder weinig indruk te maken. Hij maakte duidelijk dat ze niet één persoon, maar een team naar het verleden zouden sturen, en dat dit team, zelfs als het een van de leden om wat voor reden dan ook had moeten achterlaten, in elk geval de camera en al helemaal de opnamen weer mee terug naar de toekomst zou hebben genomen. Maar nadat hij dit had gezegd, zag hij slechts blikken die op een ondefinieerbare manier afstandelijk bleven en zelfs ietwat geamuseerd leken. Het leek wel alsof ze het beter wisten. Zo hadden zijn ouders hem aangekeken toen hij als vijfjarige op het idee was gekomen zelf bankbiljetten te tekenen, zodat zijn vader niet zoveel hoefde te werken.
Eisenhardt raakte geïrriteerd. Als hij ergens niet tegen kon, dan was het wel dit soort arrogantie, zo'n 'zwets jij maar door'-houding. En als hem iets echt gemeens of kwetsends te binnen was geschoten, dan had hij dat ook zeker gezegd. Maar er schoot hem niets te binnen, en daarom zweeg hij en wachtte hulpeloos tot iemand iets zei.
Het was professor Wilford-Smith die het woord nam. Hij zei alleen: 'Ik weet zeker dat deze camera bestaat.' En dat op zachte, grootvaderlijke toon.
En John Kaun, baas van een miljoenenconcern, knikte bevestigend en zei: 'Ja. Ik geloof dat die vast en zeker hier ergens ligt.'
Alleen professor Goutière zei niets. Hij keek hen weliswaar aan, maar leek volstrekt niet te begrijpen waar ze het over hadden. De reden daarvan kon zijn dat hij zat na te denken, zoals hij aangekondigd had. Misschien lag het alleen aan de goede Canadese whisky. 'Maar ik heb jullie daarnet toch uitgelegd waarom het hoogst onwaarschijnlijk is dat...' begon Eisenhardt te fulmineren.
'Peter,' onderbrak Kaun hem op beleefde maar dwingende toon, 'ik zie dat je erg je best doet het probleem van alle kanten te beschouwen, maar aan een dergelijk resultaat hebben we niets. We zitten niet op demotiverende opmerkingen te wachten. Het is allemaal heel logisch wat je zegt, zeker. Maar er zijn in principe slechts twee mogelijkheden: de camera ligt hier ergens, of hij ligt hier niet. Dat kunnen we feitelijk niet weten. Als de camera hier is, zal het nog moeilijk genoeg zijn die te vinden. Maar als we beginnen te geloven dat de camera er helemaal niet is, dan hebben we al gecapituleerd. En ik capituleer nooit, begrijp je?'

Eisenhardt keek de miljonair verbluft aan. Wat een idioot standpunt. Hij moest nu zijn kalmte proberen te bewaren. 'Alles wat ik wil zeggen,' begon hij nog eens, zijn handen in een bezwerend gebaar uitstrekkend, 'is dat we mogelijk veel tijd en geld verspillen bij een zoekactie die...'

'Ik,' corrigeerde Kaun hem direct. 'Ik verspil geld. Het is míjn geld. Alles hier wordt van mijn geld betaald,' zei hij, terwijl hij een korte handbeweging maakte die onmiskenbaar de caravan, de caravans buiten, de vrijwilligers, het gereedschap, kortom alles omvatte. 'Of ik dat als verspilling of een investering beschouw die het risico waard is, gaat alleen mij aan.'

Dit was zinloos. Eisenhardt gaf de moed op en liet zich in zijn stoel terugzakken. 'Ja,' zei hij lusteloos. 'Goed. Vanzelfsprekend.'

'Afgezien daarvan,' vervolgde Kaun, 'geloof ik dat er nog wel iets schort aan je redenering.'

Eisenhardt trok alleen zijn wenkbrauwen op. 'In hoeverre?'

'Je zegt dat ze niet één persoon naar het verleden zouden sturen, maar een heel filmteam. Dat klinkt plausibel. Weet je, ik stuur voortdurend filmteams overal naartoe, en meestal naar gebieden waar het tamelijk gevaarlijk is. En daar komt het ook voor dat een dergelijk filmteam iemand verliest; hij wordt ontvoerd of gearresteerd, krijgt een ongeluk, wordt vermoord. Dat gebeurt elk jaar, en soms meermalen. En wat doe ik in zo'n geval, denk je?'

'Ik heb geen idee.'

'Eén ding doe ik in elk geval niet: ik laat hem niet op de plek waar hij is. Ik zal hemel en aarde bewegen om die man of vrouw terug te krijgen. Ik onderhandel, ik bedel, ik koop om, ik dreig als ik kan, maar ik zal er alles aan doen die medewerker weer naar huis te laten gaan, of hij nu gewond is of dood of zich ergens schuldig aan heeft gemaakt, en zonder ook maar een moment aan de kosten te denken. En tot nu toe is niemand achtergebleven op de plek waar ik hem was kwijtgeraakt. Er zijn in totaal zeven medewerkers gedood tijdens hun werk, maar ze zijn allemaal in hun eigen land begraven. Begrijp je wat ik daarmee wil zeggen?'

De schrijver knikte langzaam. Hij was onwillekeurig toch onder de indruk van de bevlogenheid waarmee Kaun had gesproken. En hij was geneigd hem te geloven. Als dat toneelspel geweest was, dan verspilde die man zijn talent.

En hij had gelijk. Het ergerde Eisenhardt dat te moeten toegeven. Misschien was er toch een goede reden voor dat Kaun miljonair was en hij slechts een schrijver die niet wist hoe hij zijn rijtjeshuis moest afbetalen.

'U zou hem hebben teruggehaald,' knikte hij. 'Zelfs als hem iets was overkomen.' Misschien hadden de tijdreizigers kort voor de gebeurtenis nog eenmaal op kunnen duiken om het te verhinderen. Maar daarmee kwam je weer in het domein van de beruchte tijdparadoxen. Want hoe moest dat dan in zijn werk gaan? Stel dat een van de tijdreizigers bij een ongeluk wordt gedood. Zijn collega's reizen terug naar een moment vlak voor het ongeluk en voorkomen dat dat plaatsvindt. Maar als dat ongeluk niet plaatsvindt, dan hebben ze geen reden dit tochtje te ondernemen, en dat betekent dat ze het ongeluk niet voorkomen, zodat het toch plaatsvindt. Waarna ze terugreizen in de tijd, enzovoort. Hoe zoiets ooit werkelijkheid kon worden, daarover kon je alleen maar speculeren.
'En zelfs als een lid van het hypothetische team verliefd zou zijn geworden,' vervolgde Kaun, 'dan hadden ze de jongedame mee kunnen nemen naar de toekomst. Dat zou zeker veiliger zijn geweest dan iemand in het verleden achter te laten die de geschiedenis van de komende tweeduizend jaar kent.'
'Tweeduizend jaar overslaan...' zei Eisenhardt nadenkend, 'dat zou een cultuurshock zijn die niet gemakkelijk te verwerken is...'
'Ach kom, miljoenen mensen in de ontwikkelingslanden is dat ook gelukt. Heb je al eens een Australische aboriginal van zeventig achter een moderne pc zien zitten? Ik wel. Geloof me maar, een mens uit het jaar nul went sneller aan onze huidige levenswijze dan omgekeerd.' Kaun schudde vol onbegrip zijn hoofd. 'Afgezien daarvan zijn er meer dan genoeg gebieden waar ze nog altijd zo leven als tweeduizend jaar geleden.'
'En zelfs als hij om een of andere reden in het verleden zou zijn gebleven,' bracht professor Wilford-Smith te berde, 'waarom zouden ze hem dan wel de gebruiksaanwijzing van de camera hebben gegeven, maar niet de camera zelf?'
De schrijver dacht daar even over na. Hij overwoog zijn argumenten nog eens. Wat had hij die middag ook al weer bedacht? Er was nog iets... Hardop nadenkend zei hij: 'Ik heb me afgevraagd of er, als de tijdreis werkelijk binnen enkele jaren uitgevonden zou worden, niet volop avontuurlijke reizen naar het verleden georganiseerd zouden worden. Zo is de mens nu eenmaal. Er zijn toeristen naar de oorlogsfronten in Joegoslavië gereisd, en er zullen zeker ook mensen zijn die graag aanwezig zouden zijn geweest bij de beslissende veldslagen in de Tweede Wereldoorlog. Anderen zouden Mozart of Goethe willen ontmoeten. Onze geschiedenis zou van reizigers uit de toekomst moeten wemelen. Historische documenten zouden vol moeten staan met berichten over

mensen die de taal slecht beheersen, zich niet houden aan zeden en gebruiken, rare kleren dragen en geheimzinnige apparaten gebruiken. Mensen die misdaden begaan en daarna op geheimzinnige wijze verdwijnen. Sekstoeristen zouden een ware plaag zijn. Er zou sprake moeten zijn van mensen wier afkomst duister is, maar die toch dubieuze deals sluiten, die in grote aantallen schilderijen kopen van schilders die pas tientallen jaren later beroemd zouden worden, bijvoorbeeld. Maar zo is het niet. Dergelijke berichten kennen we niet. En de vraag is waarom dat zo is.'

Kaun knikte instemmend.

'Misschien zal de tijdreis aan strenge overheidscontroles worden onderworpen, net zoals de fabricage van atoombommen,' vervolgde Eisenhardt bedachtzaam. 'Misschien zijn tijdreizen net als maanreizen zo ingewikkeld en duur dat het toerisme zich niet kan ontwikkelen. Misschien komt er een soort tijdpolitie, die alle uitwassen voorkomt. Maar misschien is er ook een simpele natuurkundige verklaring...' Het leek alsof er iets in hem knakte. Het leek alsof zijn rotsvaste overtuiging dat tijdreizen in werkelijkheid onmogelijk was, opeens was verdwenen. Ja, inderdaad, hij was begonnen te geloven. Het was verontrustend mee te maken dat ook overtuigingen die je als onwrikbaar en waarachtig had beschouwd, konden veranderen.

'Namelijk?' vroeg Kaun nieuwsgierig.

'Misschien worden binnenkort de natuurkundige principes van de tijdreis ontdekt,' zei Eisenhardt langzaam, 'en een van deze principes zal zijn dat die slechts in één richting mogelijk is. Naar het verleden. Het is mogelijk naar het verleden te reizen, maar niet meer terug naar de tijd waaruit je gekomen bent.'

Toch zou dat nog altijd genoeg zijn om de wereld zoals zij die kenden, ingrijpend te veranderen. Mensen zouden een week in het verleden terug reizen en dan de juiste lottogetallen kunnen invullen. Voor die miljoenenwinst zouden ze wel een paar dagen achter willen lopen. En hoe zou het met het achteraf verhinderen van ongelukken gaan? Met de tijdparadox, die ook dan nog kon optreden?

'Daarom zal er nooit toerisme naar het verleden komen, nooit, ook over tien miljoen jaar niet. Er zullen slechts enkelingen zijn die aan een reis zonder terugkeer beginnen. Romantici, die naar de goede oude tijd vluchten. Vrijwilligers, die hun leven voor de wetenschap geven.'

Professor Wilford-Smith knikte. 'En zo iemand hebben wij gevonden.'

Het Rockefeller-Museum was een groot complex, dat aan een park grensde en werd gekenmerkt door een grote achthoekige toren, die je vanuit de verte al zag. Ze hoefden vanaf de Nieuwe Poort niet ver meer te rijden, alleen de grote straat langs de oude stadsmuur blijven volgen, die eerst Hazanhanimstraat heette en verderop Sultan Süleimanstraat. Stephen stopte op de grote, verlaten parkeerplaats voor het museum, pakte zijn gsm en toetste het nummer in dat Yehoshuah hem had gegeven.

'We zijn er,' zei hij, toen Yehoshuah zich meldde.

Hij hoorde een zucht. 'Eindelijk. Wacht, ik kom naar buiten.'

'Ik dacht eigenlijk dat wij naar binnen zouden komen.'

'Ja, natuurlijk. Ik bedoel dat ik de deur voor jullie zal opendoen.'

Stephen grijnsde. 'We wachten.'

Ze wachtten. Tussen het struikgewas en vlak boven het gras was verlichting aangebracht, die de parkeerplaats slechts schemerig verlichtte. Een breed voetpad leidde naar de glazen toegang die geheel in duisternis gehuld was.

'Geloof jij dat we vanavond geschiedenis zullen schrijven?' vroeg Judith opeens. Ze keek hem niet aan. Stephen bekeek haar van opzij en zag hoe haar markante profiel zich als een uitgeknipt silhouet tegen de schemerige achtergrond aftekende. 'Ik acht dat in elk geval niet uitgesloten,' zei hij.

'En daarna?'

'Daarna?'

'Wat ga je daarna doen? Nadat je geschiedenis geschreven hebt, bedoel ik.'

'Ik heb geen idee.' Hij meende een beweging bij de ingang te hebben gezien, maar hij had zich kennelijk vergist, want er kwam niemand naar buiten en er wenkte ook niemand. 'Je broer heeft wel erg veel tijd nodig.'

Judith zweeg. De afkoelende motor maakte een tikkend geluid.

'Zeg,' zei Stephen ten slotte, 'ik heb het wel begrepen; je vindt mij een ambitieuze mafkees, en je gelooft niet dat we iets van belang vinden. Goed. Waarschijnlijk zal uiteindelijk blijken dat je gelijk hebt. Maar tot op dat moment kun je mij mijn pleziertje toch wel gunnen?'

Ze zuchtte en mompelde: 'Nee. Ik geloof het niet alleen, ik ben er zelfs bang voor.'

Ze schrokken zich een ongeluk toen er opeens op de ruit geklopt werd. Het was Yehoshuah, die er op een of andere manier in geslaagd was de

auto van achteren te naderen, zonder dat ze het hadden gemerkt.
Stephen draaide zenuwachtig het raampje naar beneden. 'Yehoshuah, ben je gek geworden,' siste hij. 'Wil je ons vermoorden?'
'O jee,' zei hij, met zijn ogen knipperend, 'heb ik jullie laten schrikken?'
'Laten schrikken? Ik ben een jaar ouder geworden. We hebben de hele tijd gewacht tot je uit dat portiek tevoorschijn kwam, en dan klop je opeens op de ruit...'
'De hoofdingang is 's nachts afgesloten. We moeten door een zij-ingang naar binnen. De nachtwaker hoeft niet per se te weten dat wij hier zijn.'
Yehoshuah duidde vaag op het struikgewas, in de schaduw waarvan ze betrekkelijk onzichtbaar geparkeerd stonden. 'Jullie staan goed hier, het is maar een klein stukje lopen.'
Terwijl Stephen Judiths weekendtas droeg, volgden ze haar broer over het smalle pad door het struikgewas. Het onderhout knakte zacht onder hun voeten. Ze kwamen bij een deur, die circa een meter lager lag dan de zandige bodem; enkele traptreden voerden naar beneden. Yehoshuah rinkelde met zijn sleutelbos en zei: 'Kom!' waarna ze in het donker achter hem aan slopen.
Nadat de deur achter hen weer was dichtgevallen, ging het licht aan. Ze stonden in een soort stoffige opslagruimte. Er stonden talloze kleine en grote houten kisten, die allemaal zorgvuldig waren dichtgespijkerd en van Hebreeuwse opschriften waren voorzien. Ze waren deels met zeilen afgedekt, waarop het stof van jaren of zelfs decennia zich had verzameld. Ze hadden niet veel tijd om rond te kijken. Yehoshuah gebaarde dat ze verder moesten gaan en knipte het licht weer uit. Hij liep een trap af, ging weer een deur door. Ze kwamen in een tentoonstellingszaal, waarin de noodverlichting brandde; het was een grote, kale ruimte waarin elke stap die ze zetten van de muren weerklonk. Stephen hield onwillekeurig zijn adem in toen hij langs de glazen vitrines liep die in lange rijen achter elkaar stonden. Hier werden onnoemelijk veel munten en stenen vazen tentoongesteld; verder beenderen, sierspelden van brons, goud en zilver, fragmenten van papyrusrollen en verweerde delen van leren schoenen of kledingstukken. Bij de vitrines stonden borden met uitvoerige bijschriften in drie talen, maar het was te donker om die te lezen.
'Hierlangs,' mompelde Yehoshuah, en je kon je voorstellen dat je een verre echo van zijn stem uit de hoeken hoorde weerklinken: Langs... langs... langs.
Via een hoge deur – die zacht piepte, wat hun in het doodstille museum koude rillingen bezorgde – kwamen ze in een kale hal, waar alleen een

klein borstbeeld van John D. Rockefeller, de oprichter van de stichting, tegen de wand stond. Via een trap kwamen ze weer in de kelder, en vandaar eindelijk in het laboratorium.
De kale werktafels werden felverlicht door tl-buizen. Voor de tafels stonden op onregelmatige afstanden stoelen, en hier en daar leek het restauratiewerk in volle gang te zijn. Er was geen gebrek aan loepen, die aan grote draaiarmen konden bewegen. De planken boven de tafels stonden vol met glazen chemicaliënflessen van allerlei afmetingen, deels bruin, deels doorzichtig en voorzien van zorgvuldig met de hand beschreven etiketten. Op een rek naast een van de wastafels waren metalen bakken gelegd om te drogen, en in kleine schalen lagen allerlei pincetten, scalpels, kleine en grote penselen, naalden en allerlei andere gereedschappen die Stephen nog nooit had gezien.
'Mooi, we zijn er,' zei Yehoshuah, maar gezien zijn gezichtsuitdrukking leek hij niet goed te weten of ze bang of enthousiast moesten zijn.
'Ja,' knikte Stephen, terwijl hij de tas op een vrije plek zette. 'Het lijkt er wel op.'

George Martinez vond de Grafkerk met de enorme koepel zonder moeite, maar de kerk was gesloten. Dat had hij overigens verwacht. Hij bleef een hele tijd met zijn voorhoofd tegen het koele metaal van het portaal geleund staan en probeerde greep te krijgen op de situatie. Hij kon zijn geluk niet op. Hij was hier! Hij was op de plek aangekomen waar de Heiland in het graf was gelegd waaruit hij in triomf weer was opgestaan en zo de overwinning van het licht over de dood had aangetoond. Dat was tweeduizend jaar geleden gebeurd, en nu was hij, George Martinez uit Bozeman, Montana, hier. En terwijl hij zwijgend bleef staan en probeerde vat te krijgen op de onmetelijke realiteit, leek het alsof zijn hele leven slechts een voorbereiding op dit moment geweest was, alsof hij alles wat hij tot nu toe had gedaan, alleen had moeten doen om uiteindelijk hier te belanden.
Hij wist niet meer hoe lang hij zo was blijven staan, of dat nu een halfuur, een uur of slechts tien minuten was geweest. Tijd speelde geen rol meer. Toen hij zich uiteindelijk weer oprichtte, voelde hij zich totaal veranderd, vervuld van een intense rust en begrip en vol dankbaarheid. Ook de wereld om hem heen leek te zijn veranderd, leek licht uit te stralen en de kleuren leken intensiever geworden, zwart leek donkerder en het licht leek feller. Alles was zoals het moest zijn. Hij was aangekomen.
Natuurlijk liep hij toch verkeerd. Toch kon je niet echt zeggen dat hij

verkeerd liep, omdat hij eigenlijk geen doel had. Hij liep door de smalle, hoge steegjes van de oude stad, keek omhoog naar getraliede vensters met afbrokkelende vensterbanken, werd aangelokt door muffe gangen die slechts vaag verlicht waren en waar over de eeuwenoude muren een wirwar aan elektriciteitsleidingen was aangebracht. Hier en daar kwam hij mensen tegen: kuise vrouwen met hoofddoekjes, Arabieren in witte boernoesen, met een capuchon op hun hoofd. Ze negeerden hem of wierpen hem hoogstens een neutrale blik toe. Ze zagen er allemaal mooi uit. Hij passeerde ijzeren rolluiken, gesloten deuren en mannen die onder arcades op stenen banken zwijgend zaten te roken. Er heerste grote rust.

Hij ontdekte een verweerd gietijzeren bordje op een muur en waarop in grote letters simpelweg het opschrift VII ST stond. Daaronder was nog een metalen bord bevestigd, en George moest een aansteker gebruiken om het opschrift daarop te kunnen ontcijferen.

Dit was de zevende statie van de lijdensweg van Christus, aldus de Engelse tekst. De plaats waar Jezus voor de tweede keer was bezweken onder de last van het kruis dat hij eigenhandig naar de berg Golgota moest dragen.

George keek onwillekeurig naar de grond. Natuurstenen platen, in vele eeuwen gepolijst.

Met enkele seconden vertraging, alsof de geestelijke inslag eerst moest worden voorbereid, werd hij uit alle macht getroffen. Hier? In deze smalle steeg? Als hij in het midden ging staan en zijn armen uitspreidde, kon hij de beide muren rechts en links aanraken. Thuis hadden ze afvoergoten die breder waren.

Hier was het geweest. Rechts en links hadden ze gestaan, hadden hem bespot, terwijl hij met de doornenkroon op zijn hoofd onder de last van het reusachtige kruis dreigde te bezwijken, verzwakt door de kwellingen van de foltering, het verhoor en de mishandelingen. Ze hadden hem bespuwd en gehoond op de weg naar zijn terechtstelling.

Door deze steeg had hij gelopen.

De voeten van de Heiland hadden deze bodem aangeraakt.

George liet zich op zijn knieën zakken en raakte het plaveisel aan.

Deze weg was door zijn zweet en zijn bloed nat geworden. Het leek wel alsof dat nog altijd merkbaar was.

Ryan had zijn rondgang door het kamp beëindigd en stond nu tegenover de caravan waarin zijn chef gehuisvest was. De vensters van de vergaderkamer waren schemerig verlicht, maar er was niets te horen. De wachtposten bij perceel 14 hadden elkaar net afgelost. Waarschijnlijk zou dit de laatste nacht zijn waarin het graf moest worden bewaakt. Alles was rustig, bijna onwerkelijk rustig zelfs, als je bedacht waarop ze hier gestuit waren.

Hij draaide zijn hoofd rustig naar alle kanten en zoog langzaam lucht door zijn wijd openstaande neusvleugels naar binnen. Ze rook nergens naar. Dat was ook maar een tic van hem, een aanwensel als hij ergens mee bezig was. Als zijn intuïtie hem vertelde dat er iets niet in orde was. Hij liet de gebeurtenissen van die dag nog eens de revue passeren, dacht nog eens na over wat hij had gehoord en gezien en wat ze hem hadden verteld, en zag direct waar er iets niet klopte, waar een zacht stemmetje 'Hé? Wat is dat?' riep.

Ja, hij had iets gevonden.

Met een katachtige, razendsnelle beweging draaide hij zich om en liep naar de caravan die als zenuwcentrum voor hun hele onderneming diende. Hier werd het klokje rond gewerkt, en de deur zat altijd op slot. Ryan bezat uiteraard een sleutel, en in zijn hand rinkelden sleutelbossen nooit.

Zo comfortabel als de andere caravans ingericht waren, zo Spartaans en doelmatig was deze. Er waren alleen tafels en stoelen, dossierkasten, computers, apparatuur voor videoconferenties, satelliettelefoons en andere telefoons, een heleboel telefoons. Ryan knikte een man toe die aan een schakelpaneel met tv-monitoren zat, met een mobilofoon en een kladblok voor zich, waarop hij af en toe iets noteerde. Verder naar achteren zat een vrouw achter een beeldscherm beurskoersen te bekijken. Af en toe sprak ze zachtjes in een microfoon die ze aan een beugel voor haar mond droeg. Ze ging helemaal in haar werk op en lette niet op Ryan; waarschijnlijk had ze helemaal niet gemerkt dat hij binnengekomen was.

Ryan trok een map uit een kast en ging aan een tafel zitten waarop een telefoon stond. Het was een grijze telefoon, wat volgens hun kleurcodering betekende dat die verbonden was met het telefoonnet van het land waarin ze zich bevonden. Hij sloeg de map open, bladerde de lijst met opgravingsassistenten door en liet zijn wijsvinger langs de lijst met namen glijden totdat hij op de naam Judith Menez stuitte. Zijn vinger gleed opzij en bleef bij een telefoonnummer steken.

Hij trok de telefoon naar zich toe en koos het nummer. Het duurde lang voordat er werd opgenomen. Het was de stem van een zacht pratende,

oudere vrouw, en hij verstond niet wat ze zei. 'Met mevrouw Menez?' vroeg hij.
'Ken,' zei ze. Ryan verstond geen Hebreeuws, maar dat dat 'ja' betekende, wist hij inmiddels.
'Spreekt u Engels?' vroeg hij langzaam en met nadruk. Een korte pauze. 'Ja,' zei ze. 'Een beetje.'
Dat klonk als 'heel weinig'. 'Kan ik uw dochter Judith spreken?' vroeg Ryan.
Ze moest weer nadenken. 'Nee, ze is... er niet.'
'Weet u waar ze is?'
'Ze werkt. Bij een... opgraving.' Het kostte haar werkelijk moeite de juiste woorden te vinden.
'Zou ze vanavond niet op bezoek komen?'
Een lange pauze. Dan: 'Pardon?'
Ryan haalde diep adem. Ze had hem niet begrepen. 'Vanavond,' herhaalde hij nog eens heel langzaam, 'wilde Judith bij u op bezoek komen. Dat is mij verteld.'
'Judith? Nee. Die is hier niet. Ze is aan het werk.'
'Dus ze komt vandaag niet?'
'Nee.'
Mooi, dat was eigenlijk wel voldoende. Judith Menez had gezegd dat zij en Stephen Foxx bij haar moeder uitgenodigd waren, maar die wist daar beslist niets van.

Onverwacht kwam de professor uit Canada tot leven. Tot op dit moment had hij afwezig in zijn stoel gehangen en steeds dieper in zijn glas gekeken. John Kaun had welwillend steeds gul bijgeschonken zodra Goutière zijn lege glas had uitgestoken.
Maar opeens schoot zijn vrije hand naar voren en pakte hij een fotoboek dat op Kauns bureau lag en stak dat omhoog, terwijl hij met enige moeite rechtop ging zitten. Op de omslagfoto stond de Tempelberg zoals die vanaf de Olijfberg te zien was, met de gouden Rotskoepel in het midden en de oude stad Jeruzalem op de achtergrond. Een foto zoals die in tal van reisgidsen te vinden was.
'Ik moet u iets over de Tempelberg vertellen,' begon professor Goutière. 'Of u iets in herinnering brengen, als u het al weet.'
'Hoe dat zo?' wilde Kaun weten.
'Dat zult u zo meteen zien. U weet vast en zeker dat het een jood niet is toegestaan de Tempelberg te betreden, maar weet u ook waarom?' Hij

wachtte een eventueel antwoord niet af. 'Meestal denkt men dat de moslims hen dat voor altijd verboden hebben toen ze in 632 de stad veroverden, maar dat klopt niet. Het is hun eigen overlevering die hen dat verbiedt. De Tempelberg is immers, zoals we weten, de ruïne van de Herodes-tempel – dus de tempel waar Jezus van Nazareth vaak kwam, maar dit terzijde – die weer opgericht was op de ruïne van de Salomotempel waarvan in het Oude Testament sprake is en die een gigantische omvang gehad zou hebben. Omdat tegenwoordig niet meer precies bekend is waar zich op het terrein van de Tempelberg het heiligste der heiligen bevond, dat op straffe van dood en verdoemenis door niemand betreden mag worden, behalve door de hogepriester, betreedt een gelovige jood de berg veiligheidshalve in het geheel niet.'

Hij schoof onrustig op zijn stoel heen en weer, alsof hij nog geen houding had gevonden waarin hij kon blijven zitten. 'De historici zijn er overigens tamelijk zeker van,' vervolgde hij, 'dat het heiligste der heiligen zich ongeveer op de plek van de huidige Quaitbay-bron moet hebben bevonden, iets ten zuidwesten van de Rotskoepel.'

'Ja, en?' zei Kaun, die evenals de anderen niet begreep waar de Canadees naartoe wilde.

'Het opmerkelijke aan de Tempelberg,' vervolgde Goutière lispelend, 'is dat die zowel voor joden als voor moslims een heiligdom is. De joden verwachten hier ooit de verschijning van de Messias, en voor de moslims is dit het grootste heiligdom na Mekka en Medina, omdat Mohammed hier ooit een dag lang naar de hemel gevoerd zou zijn. Zij noemen dit *Haram esh-Sharif*, oftewel "het voorname heiligdom".' Hij zweeg even en bekeek de omslag van het fotoboek enige tijd. 'En voornaam is het zeker. Een schitterender bouwwerk zult u in geheel Jeruzalem niet aantreffen. De Rotskoepel bezit een unieke schoonheid: de faiencebekleding van de buitenmuren, de arabesken en mozaïeken van de koepel... Deze kerk diende als voorbeeld voor de St.-Pieterskerk in Rome, wist u dat? De kerk is bijna bovenaards mooi, maar is vooral een symbool, een machtig politiek symbool voor de islam. Want Allah heeft tegen Mohammed gesproken omdat de voorgaande religies, zoals het jodendom en het christendom, gefaald hadden in hun opdracht. Het is de taak van de islam de overige religies op te volgen. Dat de gouden Rotskoepel en de zilveren El Aqsa-moskee op de Tempelberg staan, wordt als zichtbaar bewijs beschouwd dat de islam deze historische overwinning heeft behaald en dat de moslims de ware erfgenamen van de oudtestamentische goddelijke opdracht zijn.

Kaun pakte de whiskyfles, zette die weer in de koelkast en sloot de deur duidelijk hoorbaar. 'Ik geloof,' zei hij ondertussen, 'dat wij globaal op de hoogte zijn van deze verbanden, en waar we dat niet zijn, interesseren die ons hoogstens theoretisch. Tenzij u uitlegt welk verband u met onze zoektocht naar de bewuste camera ziet.'

'O ja.' Goutière legde het fotoboek weg, verschoof nog eens in zijn stoel, waarin hij duidelijk zeer ongemakkelijk zat, en zocht enkele momenten lang naar een geschikte openingszin. 'Als uw theorie klopt over die camera en de dappere kamikazeonderzoeker die daarmee binnen afzienbare tijd naar het verleden zal afreizen om Jezus Christus te filmen...' hij keek daarbij uitgerekend Eisenhardt aan, alsof die de grootste pleitbezorger van die theorie was, 'dan kunnen we het zo formuleren: misschien komt er op een dag in de niet al te verre toekomst een jonge man naar mij toe die me vraagt waar je in het Palestina van bijvoorbeeld het jaar 35 een voorwerp zou moeten verbergen als je ervan verzekerd wilde zijn dat dat voorwerp tweeduizend jaar later onbeschadigd terug te vinden is. Dat is toch de vraag die wij ons hier in wezen ook stellen, nietwaar?'

Kaun knikte. 'Precies.'

De Canadese historicus was weliswaar dronken, maar zijn vermogen tot logisch denken leek nog niet aangetast te zijn. 'Ik zou spontaan antwoorden: begraaft u dat voorwerp ergens in de woestijn; het doet er niet toe waar, als het maar diep genoeg is, dan kan er niets mee gebeuren.'

De mediamagnaat schraapte zijn keel. 'Dat is niet precies wat ik hoopte te horen, eerlijk gezegd.'

Goutière stak zijn hand op. 'Wacht even, ik ben namelijk nog niet klaar. Want ik zou nog eens nadenken en dan vaststellen dat deze vraag niet zo simpel te beantwoorden is. Ik wil namelijk niet alleen iets begraven, ik wil het ook weer terugvinden. En dat is een probleem. Palestina wordt al sinds meer dan vijfduizend jaar intensief bewoond. De ene cultuur wordt hier op de andere gestapeld, vrijwel elk bouwwerk staat op de ruïne van een ander, elk heiligdom herbergt een ander heiligdom onder zich. En het landschap is in de loop der tijden aanzienlijk veranderd. Immers, als we een landkaart van Israël zouden pakken en alle plaatsen waarvan we weten dat er al eens gegraven is, zwart markeren – elke archeologische opgraving, elk gebouwd huis, elke straat die we kennen – dan zouden er nog veel witte plekken overblijven. Maar dit land heeft tweeduizend jaar onrust achter zich. Er is inderdaad geen centimeter grond waarvan we met absolute zekerheid kunnen stellen dat die de afgelopen tweeduizend jaar onaangeraakt is gebleven.' Hij keek hen een voor een aan, beantwoordde de sceptische blik van Eisenhardt, glimlachte over het instemmende geknik van Wilford-Smith en keek ten slotte naar Kaun, die zijn teleurstelling nauwelijks kon verbergen. Hij vervolgde: 'Met één uitzondering.'

Eisenhardt zag hoe de ogen van de industrieel zich tot spleetjes vernauwden. Hij leek een grote hekel aan dergelijke retorische spelletjes te hebben, tenzij hij ze zelf speelde. 'Namelijk?'

'Ik wil nogmaals benadrukken dat dit voor mij een vingeroefening is,' zei Goutière. 'Een wilde theorie, verder niets. Houdt u mij dus niet verantwoordelijk voor wat ik hier allemaal bij elkaar verzin.'

'Afgesproken. Goed, aan welke plaats denkt u?'

'Ik zou de hypothetische jonge man erop attent maken, dat de Rotskoepel gebouwd is op een groot, onregelmatig gevormd rotsblok van ongeveer 13 bij 17 meter, vanwaar Mohammed naar de hemel is opgestegen. Deze rots, die bij de moslims *Sachrâ* heet, bestaat uit oergesteente en diende daarvoor in de tempel van de joden als offeraltaar. Dit rotsblok was voor hen reeds heilig, want het gaat om de top van de berg Moriah, om de rots waarop God de gehoorzaamheid van Abraham op de proef stelde door van hem te verlangen dat hij zijn zoon Isaäk offerde.'

Een moment lang zweeg iedereen verbluft.

Kaun slikte ongemakkelijk. 'Dat meent u toch niet?'

'De enige plek,' verklaarde Goutière kalm, 'waarvan we met absolute zekerheid kunnen stellen dat die de afgelopen tweeduizend jaar onaangeraakt is gebleven, is deze heiligste rots van alle rotsen. De steen in de Rotskoepel.'

17

Sender: Donald_Frey@aus.new.com
To: John_Kaun@ny.new.com
Message-Id: <4127900.70D00C@ nwesrv041. new.com>
Subject: onderhandelingen Melbourne
Mime-Version: 1.0
Content-Type: text/plain; charset=iso-8859-1

John,
De onderhandelingen zijn door het afzeggen van de afspraak woensdag ernstig bemoeilijkt. Ik heb je secretariaat gebeld; Susan Miller vertelde me dat je in Israël zit??? Neem je contact met me op? Hartelijke groet,
Don

Het papier zag er zwaarbeschadigd uit. Het zweet brak Stephen uit. Verdomme nog aan toe! Het had er lang niet zo aangetast uitgezien toen hij het uit de vondstkist had gehaald en in het metalen bord had gelegd. Of was dat pas tijdens het transport gebeurd? Er waren honderden grijze snippertjes van de zijkanten afgebrokkeld en de rest zag er zo uitgebleekt en kurkdroog uit dat het elk moment tot stof leek te kunnen vergaan.
Hij wierp Yehoshuah een korte blik toe. Die leek niet erg onder de indruk. Misschien was hij dit gewend. Papyrusrollen zagen er vast niet veel beter uit als ze een paar duizend jaar in een aarden pot hadden liggen schimmelen.
Maar juist toen hij weer enige hoop begon te krijgen, slaakte Yehoshuah een zucht en zei veelbetekenend: 'Tja...' Zonder verder uit te leggen wat hij daarmee bedoelde, begon hij allerlei voorbereidingen te treffen. Hij legde loepen en pincetten klaar, zette een rij plastic bakken naast elkaar neer en stelde het objectief van de camera scherp, die in een speciaal statief was geschroefd zodat je loodrecht omlaag kon fotograferen.
Wat had dit nu weer te betekenen? Stephen keek naar het hoopje stoffig papier dat in de bekraste stalen bak lag en dat eruitzag alsof je het alleen nog maar in de prullenbak kon gooien. En dat was misschien wel zijn schuld. Hij was geen haar beter dan degene die de bibliotheek van Alexandrië in de fik gestoken had.
Het was koud in het lab, maar Stephen zweette. Dat was angst, wist hij

opeens. Jarenlang was hij niet meer zo bang geweest. Hoe kon hij zich aan deze ellende ontrukken? Hij had altijd wel een manier gevonden om uit netelige situaties te ontsnappen. Hij was vooral altijd slim genoeg geweest om helemaal niet in een netelige situatie verzeild te raken. Altijd slim genoeg om al lang van tevoren lont te ruiken, waarschuwingssignalen te herkennen en op tijd op de rem te trappen en een andere weg in te slaan.

'Hoe ziet het eruit?' wist hij ten slotte uit te brengen, maar zijn stem klonk hees en onvast.

Yehoshuah draaide een van de loepen naar zich toe en knipte het licht ervan aan. Hij bestudeerde de vondst uitvoerig voordat hij antwoord gaf. Het leek wel uren te duren, vond Stephen. 'Moeilijk te zeggen. Het zijn twee vellen papier, die dubbel gevouwen zijn, vervolgens in elkaar gestoken en nog eens opgevouwen zijn. Kijk zelf maar.'

Hij duwde de loep naar Stephen toe. In de vergroting zag alles er nog veel zwaarder aangetast uit. Hij zag talloze gaatjes waar het papier tot fijn stof vergaan was, gerafelde, brokkelige randen waar stukjes afgebroken waren.

'Het lijkt wel of de vellen helemaal niet beschreven zijn,' zei Stephen zacht.

'Dat lijkt maar zo.'

Judith zat aan de overkant van de laboratoriumtafel achterstevoren op een stoel, met haar hoofd lusteloos steunend op haar op elkaar gelegde handen. Toen Stephen haar de loep aanbood, maakte ze een afwerend gebaar. Ze leek hier bekend te zijn, waarschijnlijk had ze haar broer hier al vaker gezelschap gehouden.

Yehoshuah trok de lens weer naar zich toe, nam een pincet en pakte een heel klein stukje papier op, dat hij in een aardewerk schaaltje legde. 'Misschien komen we erachter om wat voor papier het gaat,' zei hij, terwijl hij een paar chemicaliënflesjes van de plank pakte.

Stephen had een idee. 'Heb je een liniaal?'

'Zeker. In de kast voor je, in de bovenste lade.'

De liniaal die hij pakte, was een solide kwaliteitsproduct van zwaar staal, met op de ene kant een metrieke en op de andere kant een inchschaal. Stephen boog zich met de liniaal over het voorwerp van onderzoek heen.

'Wat ben je van plan?' wilde Yehoshuah weten.

'De breedte is bijna viereneenkwart inch en...' hij draaide de liniaal voorzichtig een kwartslag, 'en vijfeneenhalve inch hoog.'

'Dus?'

'Als je de vellen uit zou vouwen, dan zouden ze dubbel zo hoog en dubbel zo breed zijn, dus elf bij achteneenhalve inch,' zei Stephen, terwijl hij de liniaal weglegde.
'Logisch.'
Ze begrepen het nog steeds niet. Toch was dit indrukwekkend genoeg. Stephen keek de twee aan en verklaarde: 'Dat is het gewone formaat van Amerikaans briefpapier.'

De Zaaierskerk was klein, niet veel meer dan een kapel, en al even onbeduidend als die eruitzag. Het was zeker dat deze kerk niets van doen had met de heilige plaatsen en gedenkplaatsen waaraan Jeruzalem zo rijk was. De naam van de kerk had waarschijnlijk betrekking op de gelijkenis in het Evangelie van Marcus, waarin wordt verteld hoe een zaaier een deel van het zaad dat hij uitwerpt aan de vogels verliest, een ander deel per ongeluk op de rotsen werpt waar de kiemen door de zonnehitte worden verschroeid en nog een deel ten slotte kwijtraakt omdat het onder doornstruiken terechtkomt, die het zaad verstikken. Slechts een deel van de zaadkorrels valt op vruchtbare aarde, maar die vermenigvuldigen zich dan ook honderdvoudig en maken alle verliezen weer goed. Zeker was dat Jezus deze gelijkenis niet op deze plek had verteld, maar in het noorden van Galilea, vermoedelijk in Kapernaüm. De kerk was circa tweehonderd jaar geleden in een wijk vlak bij de oude stad gebouwd, op een terrein dat in de tijd van Jezus nog onvruchtbaar akkerland was geweest, en eigenlijk wist niemand precies waarom deze kerk eigenlijk op die plek stond.
Het tamelijk duistere en lage kerkschip stond precies bij een kruising van twee drukke en veel te smalle straten, die de plaatselijke bevolking als sluipwegen gebruikte als de hoofdwegen verstopt zaten met auto's. De kerkvensters waren grijs van het stof en de uitlaatgassen; zelfs het dagelijkse luiden van de klokken in de lage kerktoren klonk stoffig. Erg veel maakte dat niet uit, want in deze wijk woonden hoofdzakelijk moslims.
De avond van de sabbat was de enige avond waarop de straten rustig bleven. Pater Lucas, een franciscaner monnik die met nog twee broeders het armzalige kerkje beheerde, had de gewoonte aangenomen van deze zeldzame rustige momenten te genieten. Als hij afscheid had genomen van de laatste gast in de eetzaal, dan sloot hij niet zoals gewoonlijk de deur van de binnenplaats achter zich, maar ging buiten op de stenen richel rondom de kerktoren zitten, rookte zijn enige sigaret van de hele

week en deed een tijdlang helemaal niets. Dit waren hun gewone bezigheden hier: elke avond een mis opdragen voor de zwakken, zieken en behoeftigen en daarna de hongerigen een maaltijd geven. Er waren vele hongerigen die de weg hiernaartoe vonden, waarvan maar heel weinig katholieken. Maar daar vroegen ze niet naar.

Dat ze de armen te eten gaven, verleende hun ook respect bij de islamitische buren. De schoenmaker bijvoorbeeld, die zijn winkel precies tegenover de deur van de binnenplaats van de kerk had. Hij was een vroom man, die dagelijks alle voorgeschreven gebeden verrichtte, ongeacht de curiositeit dat hij gedwongen was zijn gebedskleed in de richting van de christelijke kerk uit te rollen, die door een geografische speling van het lot precies tussen hem en Mekka lag. Als pater Lucas op de sabbat met een sigaret plaatsnam, was hij meestal net bezig zijn winkel te sluiten, en dan groette hij hem vol respect, waarna ze over de smalle straat heen enkele woorden met elkaar wisselden.

Vanavond was het hek tegenover de kerk al neergelaten toen pater Lucas uit de brede deur tevoorschijn kwam. Het was ook al donker. Soms duurde het lang. Dat was niet erg, als iemand er behoefte aan had gehad zijn hart uit te storten. Vandaag was er ruzie geweest tussen twee gasten, die ze slechts met moeite hadden kunnen sussen.

De priester stak zuchtend zijn sigaret op en ging met zijn rug tegen de hobbelige muur van de kerktoren zitten. Wat een dag... Normaal gesproken kon hij helemaal opgaan in zijn bezigheden, zonder naar de zin ervan te vragen. Maar op dagen als deze dook de twijfel op, pijnlijke vragen wat hij hier eigenlijk deed, of het wel zin had en of hij met zijn leven niet iets beters had kunnen doen dan in een orde intreden en de dagen doorbrengen met het bedelen om eten bij supermarkten, hotels en grossiers om dat vervolgens 's avonds aan ruziemakende nietsnutten te verstrekken.

Hij nam nog een trek van zijn sigaret en wachtte tot deze gedachten zouden verdwijnen, zoals altijd gebeurde als hij er maar lang genoeg geen aandacht aan besteedde. Dat hielp bij hoofdpijn, en bij twijfel hielp het ook.

Zijn blik viel op een magere, ellendig ogende gedaante die vermoeid door de steeg sjokte. Automatisch bedacht hij wat er nog in de keuken lag voor het geval dat deze man... Hij had donker haar en een donkere huid. Een Palestijn wellicht.

'Neem me niet kwalijk,' riep de Palestijn in plat Amerikaans Engels met een Spaans accent, 'ik zoek een taxistandplaats.'

Pater Lucas stak zijn armen omhoog om aan te duiden dat hij het niet wist. 'Die is hier niet,' riep hij terug.
'Verdomme,' bracht de donkerharige man uit, die er toch niet als een Palestijn bleek uit te zien nu hij dichterbij kwam. Het leek eerder een Mexicaan vlak voor de hongerdood. Toen hij de pij zag die pater Lucas droeg, leek hij te schrikken en zei: 'O, neem me niet kwalijk, vader, ik wist niet dat u... dat...'
Hij viel stil. Zijn blik verplaatste zich omhoog over de muur waartegen de priester zat, langs de spleten van de klokkenstoel naar het kruis op de toren. 'Dat is een kerk,' stelde hij vast.
'U bent niet van hier, hè?'
'Nee, nee. Ik kom uit Bozeman, Montana. Verenigde Staten van Amerika. Ik ben vanochtend pas aangekomen en ben voor het eerst in Jeruzalem...'
'Vanavond zult u niet veel geluk gehad hebben. Op sabbat is alles gesloten.'
'O jawel, ik heb veel geluk gehad. Geloof me, ik ben vandaag de gelukkigste man ter wereld. Ik moet alleen nog in het kamp terug zien te komen, dan... Nee, echt. Weet u, morgen moet ik misschien alweer terug. Het was mooi dat ik de kans gekregen heb...'
De priester liet de opgerookte peuk vallen en drukte die uit. 'Over welk kamp hebt u het?'
De man scheen hem niet te horen. Hij bleef naar de punt van de kerktoren staren en er verscheen een gelukzalig lachje op zijn gezicht. 'Zeg eens, vader,' vroeg hij langzaam, 'zou het mogelijk zijn dat ik uw kerk even mag zien?'
'Eigenlijk zijn we allang gesloten.'
'Ja, ik weet het, ik weet het, neem me niet kwalijk. Ik dacht alleen dat het misschien... Het zou mijn moeder zoveel deugd doen als ik haar kon vertellen dat ik in Jeruzalem heb gebeden. Een paar minuutjes maar? Een minuutje, alstublieft..!'
Pater Lucas glimlachte. Gewoonlijk moesten ze met gratis eten adverteren om de kerk half te vullen. Dan mocht je iemand die vrijwillig naar binnen wilde, toch niet de toegang weigeren? Hij pakte zijn sleutelbos en stond op. 'Zo lang u wilt, beste vriend. En dan bel ik een taxi voor u.'

'Het is slecht papier,' verklaarde Yehoshuah nadat hij langdurig door de microscoop had getuurd. 'Echt rotpapier, om precies te zijn.' Stephen haalde zijn schouders op. 'Niet zo streng, zeg. Het is tweeduizend jaar oud.'

'Dat bedoel ik niet. Ik bedoel dat het niet het soort papier is dat je voor zoiets moet gebruiken.' Yehoshuah trok het objectglaasje met het stukje papier onder het objectief vandaan. 'Wie dit bericht heeft geschreven, weet niks van papier af of had geen keus.'
'Betekent dat dat we er niets mee kunnen beginnen?' wilde Stephen weten. 'Is het volkomen waardeloos?'
'Nee, dat zeker niet. We zullen zeker iets leesbaars tevoorschijn kunnen brengen na verloop van tijd. Maar veel plekken zijn gewoon tot stof uiteengevallen, daar valt niets mee te doen. Het is gewoon slecht papier. Misschien is het inderdaad gewoon Amerikaans briefpapier, wie weet.'
Stephen had hem blijkbaar tamelijk uit het veld geslagen aangekeken, want Judith begon opeens spottend te lachen. 'Yoshi, je moet hem geloof ik duidelijk maken dat dat geen anti-Amerikaans vooroordeel is.'
'Wat? O, op die manier,' zei Yehoshuah beduusd. 'Het is nu eenmaal zo dat er tegenwoordig veel slecht papier wordt gemaakt. Er wordt overal op bespaard: op bind- en kleefmiddelen, grondstoffen, gewoon alles, en dan krijg je papier dat vanzelf uiteenvalt en door het hoge zuurgehalte wordt opgevreten. Het ergste is het milieuvriendelijke papier. Er zijn belastingdiensten in Europa waar de belastingformulieren die op milieuvriendelijk papier gedrukt zijn, al voor het eind van de wettelijke bewaartermijn uiteen beginnen te vallen.'
'Maar dit is toch geen milieuvriendelijk papier?' Het zag er wel verdacht grijs uit in dat metalen bakje.
'Nee, anders was er niks van over. Maar het gaat ook niet om goed houdbaar papier.' Yehoshuah kreeg weer die afwezige blik waardoor hij er als een echte wetenschapper uitzag. 'Dat is zelfs een ondersteuning van je theorie, Stephen. Zulk slecht papier werd vroeger helemaal niet gemaakt.'
'Je maakt een grapje.'
'Nee. Oud, handgeschept lompenpapier is nu nog even goed als toen, in de veertiende of vijftiende eeuw.'
'Wil je serieus beweren dat er tegenwoordig geen papier wordt gemaakt dat qua houdbaarheid even goed is als papier uit de veertiende eeuw?'
'Natuurlijk wel, maar onze onbekende heeft verzuimd het te gebruiken. De vraag is waarom,' zei Yehoshuah half tegen zichzelf. Hij pakte het bord met de kwetsbare resten van het geschreven grafgeschenk en droeg dat voorzichtig naar de overkant van het lab, naar een ding dat er als een kolossale magnetron uitzag, en dan ook nog zelfgebouwd. Hij zette het bord met het papier zorgvuldig in het midden, sloot de glazen deur en

drukte op een grote, groene knop. Achter in het apparaat begon iets als een soort defecte föhn te blazen, zo luid dat Stephen het gevoel had dat het in het hele gebouw hoorbaar moest zijn, en binnenin was een dunne nevel te zien.

'Een bevochtiger,' legde Yehoshuah uit.

'Aha,' zei Stephen. Toen Yehoshuah geen aanstalten maakte een nadere verklaring te geven, vroeg hij: 'En waarvoor is dat?'

Yehoshuah lachte verstrooid. Hij zou later een uitstekende verstrooide professor kunnen spelen. 'Papier bestaat uit cellulose. Dat is een gepolymeriseerd polysacharide. Door het verouderingsproces neemt de polymerisatiegraad af waardoor het brokkelig wordt. Tegelijkertijd wordt het papier hygroscopisch, en daardoor kan door voorzichtig water toe te voeren, de elasticiteit deels worden hersteld.'

'En dan kunnen we lezen wat hij heeft geschreven.'

'Dat niet, maar we kunnen de vellen in elk geval een keer uitvouwen.'

'Aha.'

Het zenuwslopende geraas van het apparaat dreunde in hun oren en hoofd. 'Is dat niet in het hele gebouw te horen?'

'Nee.'

Stephen keek naar Judith, die verlegen naar hem lachte. Yehoshuah leek alleen nog oog voor het inwendige van de bevochtiger te hebben.

'Wat voor soort papier zou jij dan nemen?' wilde Stephen weten. 'Als je een brief wilde schrijven die tweeduizend jaar moet overleven, bedoel ik.'

Yehoshuah bleef naar het brokkelige papier kijken, dat de dunne nevel op sommige momenten wel leek op te zuigen. 'Ik zou helemaal geen papier nemen,' zei hij.

'Wat dan?' vroeg Stephen zich af.

'Plasticfolie. Gewoon ouderwets onverwoestbaar plastic, waarvan ze vroeger de boodschappentassen maakten, voordat ze ontdekten dat die een afvalprobleem vormden. Wat je op dergelijk plastic schrijft, blijft niet tweeduizend, maar met gemak twintigduizend jaar en langer in stand.'

De taxi stopte. George herkende de vijf zilveren caravans en het tentenkamp op de achtergrond en slaakte een zucht van verlichting. Ze hadden de weg terug toch nog gevonden. Het leek hem een goddelijke beschikking, ook al had de chauffeur, een norse, oude Arabier, wel duizend keer '*no problem*' gezegd. Dankbaar betaalde hij de afgesproken astronomisch hoge prijs, die ze voor de rit afgesproken hadden – praktisch alle Amerikaanse dollars die George bij zich had – en verzekerde de man, die twee geheimzinnige littekens dwars over zijn neus had en zich geheel op het identificeren en tellen van de groene biljetten concentreerde, nog eens dat hij uitstekend de weg wist en stapte uit toen de chauffeur klaar was met tellen en brommend ja had geknikt. Hij wachtte nog tot de rode achterlichten van de auto verdwenen waren voordat hij aan de klim naar het kamp begon.

Het was een warme, rustige nacht. Dit was beslist een gedenkwaardige dag geweest die hij nooit meer zou vergeten, dacht George Martinez uit Bozeman, Montana. Als iemand hem gevraagd had hoe hij zich voelde, dan had hij slechts kunnen antwoorden: geheel voldaan. Alles was volmaakt; alles was zoals het moest zijn.

Een van de wachtposten kwam op hem toe en wilde zijn identiteitsbewijs zien. George gaf hem het papier dat hij die ochtend gekregen had en zegende hem in stilte.

'Aha, George,' zei de man, die een machinepistool over zijn schouder droeg. 'We hebben elkaar vanochtend al gesproken. Ben je in Jeruzalem geweest?'

George kneep zijn ogen toe. Nu herkende hij de andere man. 'Ja, ik ben in Jeruzalem geweest. Ik herinner het me. Gideon toch? Heb je nog steeds dienst?'

'Nee, alweer!' De man, op wiens donkere krullen het licht van de sterren reflecteerde, leek er plezier in te hebben. Hij haalde een pakje sigaretten uit zijn zak. 'Ik kan nu iets voor je terugdoen. Hoe vond je het?'

'Het was fantastisch.' Eigenlijk had George helemaal geen zin over zijn belevenissen te vertellen en ook had hij helemaal geen trek in een sigaret. Maar hij kon de Israëliër niet zomaar laten staan, en daarom nam hij er een en liet zich vuur geven, waarna ze al rokend een tijdje bleven staan.

'Tamelijk rustig, niet?' zei George na een poosje, om te voorkomen dat het gesprek weer op zijn uitstapje zou komen.

'Absoluut. Als je ziet hoe ze overdag buffelen, dan kan het niet anders of ze zijn 's avonds half dood.'

'Ja. Dat kan ik me goed voorstellen.' Ze zwegen weer enige tijd, naar de zilverkleurige rookwolken kijkend die zich in de lucht oplosten.

'Ik zou overigens een beetje voorzichtig zijn als ik jou was,' zei de wachtpost, die Gideon heette, opeens op half achteloze, half waarschuwende toon en duidelijk zachter dan eerst. 'Als het om je opdrachtgever gaat, bedoel ik.'

George sperde zijn ogen open. 'Hoe bedoel je dat?'
'Nou, zorg ervoor dat je je geld krijgt voor het te laat is.'
'Daar heb ik helemaal niets mee te maken. Het geld gaat naar de Universiteit van Montana. Hoezo, wat is er dan aan de hand?'
Gideon liet de half opgerookte sigaret vallen en drukte die uit, keek wantrouwend alle kanten op en siste hem toe: 'Die lui zijn gek. Hartstikke mesjoche.'
'Werkelijk? Hoe dat zo?'
Ik heb hier en daar wat gehoord... Althans... eigenlijk heb ik staan afluisteren. Dat had ik natuurlijk niet mogen doen. Maar ik weet nu in elk geval wat er in die witte tent op perceel 14 aan de hand is.'
'Aha.'
Gideon knikte verbeten. 'Ik heb het niet zelf gezien, zoals ik al zei. Maar ik heb precies gehoord wat ze tegen die nieuwe gezegd hebben die vanavond gekomen is. Ik moest bij de tent op wacht staan, weet je. En ze dachten dat ik geen Engels verstond.'
'Ik snap het.'
'Helemaal doorgedraaid, echt waar. Wil je weten wat ze gevonden denken te hebben?' George knikte. 'Natuurlijk.'

Judith was in slaap gevallen, met haar hoofd op haar armen rustend. Ook Stephen kon zijn ogen nog maar met moeite openhouden; zijn hele lichaam snakte naar slaap, elke vezel smeekte om rust en ontspanning. En hij kon echt niet meer drinken van de verschrikkelijke koffie uit de automaat een verdieping hoger. De laboratoriumtafels zagen er niet eens zo oncomfortabel uit; als je de apparaten opzijschoof, kon je er vast en zeker op gaan liggen en een beetje uitrusten...
De bevochtiger dreunde nog altijd door, al uren. Alleen Yehoshuah leek niet moe te worden. Geen wonder, want hij had niet de hele dag met manden vol stenen, puin en afval door de gloeiend hete woestijn gelopen. Stephen keek stilletjes toe hoe Judiths broer allerlei tincturen bereidde uit de chemicaliën die op de planken boven de tafels stonden, hoe hij plastic schaaltjes en schalen met wattenstaafjes klaarzette. Wat hij daarbij uitlegde over waterstofbruggen en welvermogen, over alkaliresistentie en passivatoren, over ijzergallusinkt, ontzuring, neutralisatie en buffering, begreep Stephen allang niet meer.
Uiteindelijk trok Yehoshuah een paar dunne plastic handschoenen aan en schakelde de bevochtiger uit.
De plotselinge stilte kwam als een schok. Judith schrok op uit haar

slaap, keek enkele ogenblikken volledig gedesoriënteerd rond en slaakte een zucht toen ze weer besefte waar ze waren. Ondertussen opende Yehoshuah de glazen deur en pakte het metalen bord op. Het papier erop was nu zacht en slap geworden en in elkaar gezakt. Stephen vond het eruitzien als een volkomen bedorven grijze papiermassa. Maar Yehoshuah raakte het heel voorzichtig aan, alsof het om spinnenwebben ging, en mompelde tevreden: 'Prachtig.'

'Ik zou nu heerlijk in mijn tent kunnen liggen,' morde Judith op de achtergrond. 'Waarom ben ik er in godsnaam mee akkoord gegaan om ook maar één stap buiten het kamp te zetten? O nee, het is al vier uur! Vier uur 's nachts! Zijn jullie helemaal gek geworden?'

'Sst!' siste haar broer. Stephen probeerde al knipperend de slaap uit zijn ogen te verdrijven, terwijl hij gefascineerd toekeek hoe Yehoshuah eerst het bord abrupt omdraaide en de papiermassa in een van de ondiepe plastic schalen kiepte en vervolgens met pincetten en houten schaafmesjes de eeuwenoude vellen begon los te peuteren.

'Vier uur,' herhaalde Judith chagrijnig, terwijl ze aan kwam sloffen. 'Vier uur geweest! Als ik had geweten dat het zo lang zou duren...'

Pas nu zag Stephen dat Yehoshuah een stuk vliesdun, doorzichtig papier op de bodem van de schaal had gelegd. 'Japanpapier,' legde hij uit, toen hij Stephens wezenloze blik zag. 'Daarmee kunnen we de losse fragmenten in positie leggen.'

Stephen knikte. ' Ah ja,' mompelde hij vermoeid. 'Dat doen we.'

Na enige tijd lagen er twee vellen in twee ondiepe plastic schalen op vochtig Japanpapier. Yehoshuah bestudeerde ze door een loep die hij in zijn oog had geklemd. 'Hm,' zei hij na enige tijd. 'We hebben nu natuurlijk een probleem waarmee waarschijnlijk nog niemand zo is geconfronteerd. We moeten een tekst leesbaar maken die tweeduizend jaar geleden met een balpen is geschreven!'

'Hopelijk was die wel document-echt,' zei Stephen, een grapje wagend. Maar Yehoshuah knikte alleen. 'Dat was het eerste wat ik heb gecheckt. Anders was de inkt in de bevochtiger volledig uitgelopen.'

'Aha,' zei Stephen. Hij had daar helemaal niet aan gedacht. Hij boog zich over de puzzel van grijze stukjes papier vol gaatjes heen. 'Hoe kom je erbij dat hij een balpen heeft gebruikt? Ik weet niet eens zeker of er wel iets opgeschreven is.'

'In droge toestand kun je de inktsporen goed zien. Je ziet ze nu ook wel, maar heel onduidelijk. De inkt is gewoon verbleekt. Dat was ook te verwachten na zoveel tijd.'

'Ja, en nu?'
Yehoshuah pakte een bekerglas waarin hij eerst enkele chemicaliën gemengd had. 'Ik heb vanmiddag wat informatie opgezocht over de samenstelling van moderne balpeninkten. Hiermee zou ik ze onder een uv-lamp zichtbaar moeten kunnen maken.'
Hij schoof een van de schalen onder een platte zwarte tl-buis. Toen hij die aanknipte, begon het in de glazen buis te knisperen en pas na diverse pogingen sprong de buis eindelijk aan en begon een eigenaardig violet licht te verspreiden. 'Die is ook behoorlijk op leeftijd,' merkte Yehoshuah op. Zijn vingernagels lichtten op toen hij de schaal eronder zette. Enkele vezeltjes op zijn hemd lichtten in het ultraviolette licht spookachtig op.
Stephen keek wantrouwig naar de vloeistof, die daarnet nog glashelder geweest was en nu in de nabijheid van de uv-lamp een spookachtig licht uitstraalde. De vloeistof rook tamelijk penetrant. Het leek alsof een tandarts een praktijk op het terrein van een leerlooierij had geopend. 'En jij weet zeker dat niet alles gewoon door dat spul wordt weggevreten?'
'We proberen het eerst op een randje,' zei Yehoshuah. Hij pakte een dot watten en doopte die in het bekerglas. Het bolletje watten zoog zich gelijk vol. Heel voorzichtig, alsof hij een vlindervleugel wilde wassen, stipte hij een gerafeld plekje aan de rand van het papier aan.
'Het stinkt vreselijk,' klaagde Judith, die aanstalten maakte op te staan. 'Ik schakel de ventilatie zelf wel in als jullie daar te lui voor zijn.'
'Nee zeg,' zei Yehoshuah. 'Als je de afzuiging inschakelt, gaat er op het schakelpaneel van de bewaking een rood lampje branden. Dan komt hij kijken wat er aan de hand is.'
Judith ging zuchtend weer zitten. 'Ook dat nog.'
Enkele puntjes begonnen onder het uv-licht sterker op te lichten dan de omgeving. Yehoshuah herhaalde de procedure, zoog duidelijk hoorbaar de lucht tussen zijn tanden door naar binnen, stond op en vulde een tweede bekerglas met enkele chemicaliën. Hij kwam terug met dit geheimzinnige mengsel, nam een nieuwe dot watten en stipte het papier ook hiermee aan. Nu lichtten de bevochtigde plekken niet op. Alleen de puntjes van daarnet bleven licht.
'Dat wordt moeilijk,' liet Yehoshuah weten.
Judith wendde zich kreunend af. 'Ik wil naar bed! Het is mooi geweest!'
Haar broer leek haar sowieso niet te horen, en Stephen was te moe om op haar te letten. Hij bleef toekijken hoe Yehoshuah de plek afwisselend

met de ene en de andere vloeistof aanstipte, en merkte opeens dat hij onwillekeurig zijn adem had ingehouden. Niet alleen omdat ook de tweede vloeistof een irriterende stank verspreidde, waar je meteen hoofdpijn van kreeg.
En na enkele minuten zag hij dat de punten die licht bleven, een patroon vormden.
Een woord.
never
'Het lukt,' bracht Stephen triomfantelijk uit. 'Het is je gelukt, Yehoshuah.'
never
De jonge archeoloog zat zichtbaar onder de indruk voor de rode plastic schaal naar het resultaat van zijn werk te kijken, met in beide opgestoken handen een dot watten. 'Dat is ongelooflijk,' wist hij ten slotte met een vreemde hese stem uit te brengen. 'Het is echt een Engels woord. En dat op een document dat even oud is als de rollen van Qumran.'
never
Zelfs Judith leek even vergeten te zijn hoe uitgeput ze was, maar haar slechte humeur leek ze te hebben behouden. *'Never,'* las ze voor. 'Nooit. Heel zinnig om als eerste op dat woord te stuiten, vinden jullie niet?' De tl-buis flikkerde even, maar brandde meteen daarna weer goed.
'Doorgaan,' drong Stephen aan. 'Het klopt echt. Het is echt een brief van de tijdreiziger. Hij heeft werkelijk een brief naar de toekomst geschreven. Een flessenpost door de tijd heen, en wij hebben die gevonden.' Hij voelde de opwinding door zijn lichaam stromen. Dit was beter dan seks. Dit maakte zijn leven de moeite waard. Hier gebeurde het. Wat hier gebeurde, zou ooit in de geschiedenisboeken staan, zou de fantasie van schilders en schrijvers prikkelen, net zoals de opening van het graf van Toetanchamon door Carter. En hij was erbij. Hij was er niet alleen bij, hij was de hoofdpersoon.
Yehoshuah bleef voorzichtig vegen en liet de zin van achteren naar voren verschijnen. Na enkele eindeloos lijkende minuten zagen ze het volgende woord tevoorschijn komen.
Has never
'Wie?' vroeg Stephen. 'Wie heeft nooit... wat dan ook?'
Judith schudde haar hoofd. 'Heeft nooit... wat?'
'Rustig maar,' bromde Yehoshuah. 'Dat komt allemaal nog.' Maar eerst concentreerde hij zich op het begin van het zinfragment. Aanstippen met de eerste vloeistof, afbetten met de tweede. De inhoud van het tweede bekerglas begon langzaam ook op te lichten, maar dat zag

Stephen alleen uit zijn ooghoeken. Hij hield zijn blik geen moment van Yehoshuahs werk af.
Hij kon een kreet niet onderdrukken toen hij het woord herkende dat zichtbaar werd. De hoofdprijs!
Jesus has never
Zelfs Judith was onder de indruk. 'Ik geloofde het niet,' gaf ze toe. 'Je had gelijk.'
'Hij heeft Jezus gevonden!' riep Stephen triomfantelijk, met zijn gestrekte wijsvinger priemend alsof het een floret was. 'Hij is naar het verleden gereisd en hij heeft Jezus van Nazareth gevonden. Hij is met hem mee gereisd. Hij is hem gevolgd. Hij heeft naar hem geluisterd.' Hij zweeg even en keek de anderen aan. 'Begrijpen jullie wel wat dat betekent? Begrijpen jullie dat deze twee vellen papier een document vormen dat actueler en geloofwaardiger is dan alle evangeliën in de bijbel?'
Judith zuchtte diep. Yehoshuah wierp haar een korte blik toe en keek toen naar Stephen. 'Stephen, ik ben geen bijzonder vrome jood,' zei hij, 'maar wel een jood.' Hij keek naar het magisch oplichtende tekstfragment alsof hij naar een agressief beest keek dat hem elk moment kon bijten. 'Ik ben eerlijk gezegd bang voor wat er in deze brief zou kunnen staan.'
'En verdwijnt het doordat je er bang voor bent?' vroeg Stephen uitdagend. Hij schudde zijn hoofd. 'Onzin. De enige die voor deze brief misschien bang moet zijn, is de paus. Kom, we gaan verder.'
Judith deed enkele rekoefeningen met haar schouders. 'Maak liever eerst een foto van wat je nu hebt,' zei ze kreunend. 'Dat komt nog wel,' zei Stephen hoofdschuddend. 'Laten we eerst de hele zin tevoorschijn halen.'
Gehoorzaam ging Yehoshuah weer met de watten aan de slag, terwijl Judith luid begon te grommen. 'Stephen Foxx,' vroeg ze streng, 'negeer je eigenlijk principieel alles wat een vrouw jou aanraadt?'
'Ik maak geen enkel onderscheid naar ras, afkomst noch geslacht,' grijnsde Stephen. 'Ik negeer principieel alles wat wie dan ook mij aanraadt.'
'Omdat niemand het beter weet dan jij.'
'Precies.'
Ze bracht kreunend haar hoofd achterover en bleef zo zitten.
De tl-buis begon weer te flikkeren, en ditmaal langer.
Yehoshuah stipte aan, bette af, stipte aan. Ditmaal leek er een plek te zijn die zich minder gemakkelijk prijsgaf.

'Jemig,' zei hij, terwijl de lamp nog eens begon te knipperen. 'Die zal er toch niet uitgerekend op dit moment mee ophouden? Ik geef je op een briefje dat er geen nieuwe buis op voorraad is.'
Stephen trok zijn wenkbrauwen op. Judith zat nog met haar gezicht naar het plafond. 'Misschien moeten we dan toch eerst een foto maken,' zei hij.
'Ik ben bijna zover,' zei Yehoshuah.
De oplichtende puntjes in het nieuwe gebied leken volstrekt willekeurig verspreid te zijn en leken op geen enkele manier tot strepen en lijnen of zelfs tot een woord te combineren te zijn. Yehoshuah bromde wat, doopte de watten langer in de vloeistof en drukte die steviger op het papier. Zijn ogen traanden door de opstijgende dampen.
'Daar!' zei hij, de dot watten van het papier halend. 'Kun jij dat lezen?'
Stephen had het statief met het fototoestel gepakt. 'Kom, laten we eerst fotograferen wat we tot nu toe hebben.'
'Zo meteen, zo meteen. Kijk nou eens...'
'Ja, ik kijk toch.' Stephen boog zich over het papier heen. Bijna liet hij het statief vallen. 'O, mijn god...'
Op dat moment viel de tl-buis uit. Zonder enig geluid en zonder zichtbare aanleiding. De lamp hield er gewoon mee op, en de chemisch gemarkeerde tekst op het vochtige papier was meteen onleesbaar.
'Dat kan toch niet...' Yehoshuah stak geïrriteerd zijn hand naar de lichtschakelaar uit, schakelde de lamp uit en weer in, maar tevergeefs. De lamp gaf geen kik meer. 'Verdomme.'
'Jij hebt het toch ook gelezen, niet?' vroeg Stephen. 'Uitgerekend nu,' zei Yehoshuah geërgerd, sprong op en liep naar een kast aan de overkant van het lab, waar hij laden begon open te trekken en weer dicht te schuiven. 'Ik zei het al: nergens een nieuwe tl-buis te vinden.'
'Yehoshuah,' vroeg Stephen nog eens, 'heb jij het ook gelezen?'
'Dat is echt kenmerkend voor deze toestand hier,' foeterde die, steeds bozer wordend. 'Het is hier een grote klerezooi. Iedereen pakt maar wat hij hebben moet, maar niemand denkt eraan spullen bij te bestellen. En nu is het sabbat! Hoe moeten we nu aan een nieuwe tl-buis komen?'
Stephen zette het camerastatief met veel lawaai weer op de tafel neer. 'Yehoshuah!'
Zijn vriend hield nu zijn mond en zijn woede leek weg te ebben. Hij keek Stephen aan en knikte. 'Ja. Ik heb het ook gelezen.'
'Dus jij hebt het ook gelezen?'
'Ja.'

Judith richtte zich weer op en keek de twee mannen vermoeid aan. 'Wat is er aan de hand? Jullie zien allebei lijkwit. En wat was het volgende woord?'

Stephen boog zich over de ondiepe schaal heen, terwijl hij op zijn uitgespreide armen steunde alsof zijn bovenlichaam opeens tonnen woog en keek naar het grijze, geperforeerde papier. Als hij er lang naar tuurde zag hij het schimmige schrift in zijn herinnering weer voor zich.

'Lived,' zei hij. 'Het volgende woord was *lived.*'

18

Het bouwmateriaal dat voor het op te graven gebouw is gebruikt, heeft grote invloed op de opgravingstechniek. Het was ons relatief vroeg duidelijk dat we met tamelijk simpele bouwwerken te maken zouden krijgen die uit lemen stenen of natuursteen opgericht waren. We moesten er dus op bedacht zijn de muurresten, die moeilijk van het puin in de bodem te onderscheiden zijn, vroegtijdig genoeg te herkennen en te conserveren. We hebben speciale aandacht besteed aan het blootleggen van de vloeren in het gebouw, omdat vondsten die direct op een vloer worden gedaan (bijvoorbeeld keramiek, glas, munten, scarabeeën) een nauwkeurige datering van de betreffende laag mogelijk maken.

Professor Wilford-Smith
Bericht over de opgravingen bij Bet Hamesh

Waarschijnlijk had de man die als een potentaat breeduit in een van de fauteuils zat er opdracht toe gegeven dat de bespreking van de resultaten van de sonartomografie hier in deze caravan met airconditioning plaatsvond en niet buiten aan een klaptafeltje. Hij was de geldschieter van de opgravingen, de hoogste baas, zoveel was George Martinez inmiddels te weten gekomen. Hij droeg een onberispelijk donkergrijs pak met een zijden das en een gouden dasspeld met een briljant erin; zijn haren waren perfect geknipt. Hij zou vast en zeker niet willen dat het zweet hem uitbarstte. George zelf vond het op deze zaterdagochtend buiten nog heel aangenaam en hier binnen bijna te koel, in deze vergaderruimte die zo wit was dat je had kunnen denken in een koelkast verzeild geraakt te zijn.

Het rapporteren van de resultaten was zoals altijd de taak van Bob Richards. George deed het werk en Bob ging met de eer strijken, zo was dat nu eenmaal. Maar vanochtend stoorde het George niet eens. Hij was blij niets te hoeven zeggen. Des te geringer was het gevaar dat hij zijn mond voorbijpraatte.

Het was Gideon werkelijk ernst geweest, dat kon je wel merken. Eerst had George geloofd dat de forse Israëliër hem voor de gek wilde houden en eens wilde uitproberen wat je een domme Mexicaan allemaal kon vertellen. Maar toen was hij echt boos geworden! Een norse man met een uzi over zijn schouder, lieve god. Nee, voor zo iemand kon je maar beter oppassen.

Maar misschien had hij het verkeerd gehoord, iets verkeerd verstaan. Het verhaal was gewoon te ongelooflijk om waar te zijn.
Bob had de opnamen die de Sotom 2 had geleverd over de hele tafel uitgespreid zodat ze hun uitwerking niet zouden missen. Zo deed hij het altijd. Zich belangrijk maken, dat kon hij als geen ander. Ze begonnen altijd naar de foto's te staren zonder ook maar enig idee te hebben wat ze daarop moesten zien en toen ze vertwijfeld rond begonnen te kijken, nam Bob Richards eindelijk het woord. Precies op het juiste moment. Hij streek ontspannen over zijn golvende blonde haar en begon quasi-terloops aan zijn uitleg, alsof er een stadskaart op tafel lag waarover je allerlei beschouwingen moest houden en alsof iedereen als vanzelfsprekend zou begrijpen wat hij bedoelde. Hij zou nooit zoiets zeggen als: 'Deze donkere vlek duidt op resten van een muur op tien meter diepte.' Zoiets klonk bij hem heel anders, namelijk ongeveer zo: 'Deze muren zouden op ongeveer tien meter diepte kunnen liggen.' En dan knikten ze allemaal, diep onder de indruk, en zagen muren op de plaatsen waar Richards met zijn wijsvinger over de grijzige foto's bewoog.
George was altijd weer verbaasd als hij zoiets meemaakte en had zich lange tijd geërgerd over de show die Bob opvoerde. En dat nog wel met de resultaten die híj had geboekt! Maar sinds hij ooit zijn opnamen zelf had moeten presenteren en daarna slechts ongelovige, sceptische gezichten voor zich had gezien en aan het eind zelfs de werking van de sonartomografie had moeten verdedigen, was hij tot de conclusie gekomen dat een overtuigende presentatie net zo'n prestatie was als het maken van de opnamen die daar de basis van vormden.
Hij keek hoe Bob de opnamen ordende aan de hand van de globale plattegrond van de opgravingen die op tafel lag. Hij wees op muren en beenderen die nog niet uitgegraven waren en hield een uitvoerige beschouwing over diverse gesteentelagen. Dat deed hij altijd als er eigenlijk niets te melden viel. En hier in Bet Hamesh viel niets te melden. Ze hadden gevonden wat ze hadden verwacht, meer niet. *Nada.* Weggegooid geld, moest de conclusie luiden, en het was Bob Richards' taak te verhinderen diezelfde conclusie te trekken. De Universiteit van Montana maakte goede sier met de sonartomograaf en wilde geen ontevreden klanten. Dat was de reden dat Bob Richards mee was gestuurd.
'Maar ik zie helemaal niets,' merkte de dikke man uiteindelijk geïrriteerd op. 'Deze beelden zien eruit als de echo's die tijdens de zwangerschap van mijn vrouw gemaakt werden. Daarop zag ik ook nooit iets.'

Bob keek hem met een innemende glimlach aan. 'Maar de arts van uw vrouw heeft er toch zeker wel iets op herkend?'
'Hm, ja. Hij zei dat het een jongen zou worden.'
'En werd het een jongen?'
'Ja.'
Iedereen lachte.
'Mooi,' zei Bob vriendelijk, 'deze opnamen ontstaan volgens een soortgelijk procédé. En ik zie daarop dat u een heleboel ruïnes zult vinden.'
Dat leverde hem nog meer instemmend gelach op. Zelfs de dikke man begon wat te grijnzen. De man in het donkergrijze kostuum stopte het eerst met lachen. 'Hoe zit het met het metalen kistje?' wilde hij weten. 'Hebt u dat gevonden?'
'Het metalen kistje.' Bob draaide zich om. George schudde zijn hoofd.
'Nee, helaas niet,' vervolgde Bob, 'iets dergelijks hebben we niet aangetroffen.'
'Weet u dat zeker?' vroeg de man nog eens.
Bob knikte afgemeten. 'Honderd procent zeker.' Niemand kon die woorden zo overtuigend uitspreken als Bob Richards.
George keek op toen de professor zich opeens naar de gezette man achter hem toe draaide, die kennelijk schrijver was. Hij spitste zijn oren en kon opvangen dat hij hem toefluisterde: 'Ik heb toch gezegd dat die camera hier niet is!' Dus toch. Die camera. George had dat woord heel goed verstaan, en de bestraffende blik die de beveiligingsman de opgravingsleider toewierp, was feitelijk een bevestiging daarvan. Dus toch. Deze mannen geloofden werkelijk dat ergens in Israël een camera begraven was met een video-opname van... George durfde er nauwelijks aan te denken. Een video-opname van Jezus Christus!
Was dat echt mogelijk? Voor God was natuurlijk niets onmogelijk, zelfs een reis door de tijd niet. Misschien behoorde het zelfs tot een ondoorgrondelijk plan om de mensheid juist in deze tijd, die zo sterk door de televisie werd gekenmerkt, een video-opname van de Heiland te schenken. Dat zou de kerk goed doen en de mensen weer naar het geloof terugvoeren. En hoe had hij dat beter kunnen doen dan op deze wonderbaarlijke manier? George voelde hoe zijn hart begon te bonzen. Maar... Aan wat voor persoon was dit geheim onthuld? Waarom moest dit unieke document in de geldzuchtige handen vallen van deze man, die voor één kostuum meer geld uitgaf dan nodig was om een dorp in Bangladesh een jaar lang te voeden? Hij zou toch alleen maar proberen daarmee nog meer geld te verdienen en nog meer macht te verkrijgen?

Natuurlijk, hij zou de opnamen zelf houden. Wie geen abonnee van zijn tv-station was, zou die niet te zien krijgen. En het zou opeens duur worden, heel duur, om abonnee te worden. Hij zou zijn abonnees met langdurige contracten knevelen en hij zou ze dwingen ook al zijn pulpprogramma's over zich heen te laten komen.
Hij zou de woorden van de Heer tussen de twee duurste reclameblokken aller tijden uitzenden. Je zou eindeloze reclamecampagnes voor frisdranken, schoonmaakmiddelen, autobanden, inlegkruisjes en kauwgum voor lief moeten nemen om de Heiland in het gelaat te kunnen kijken. Steeds opnieuw zou Jezus worden gekruisigd op het Golgota van de commercie, eerst zaterdagavond op *prime time,* dan in de vooravond en ten slotte tijdens het kinderuurtje, tussen de reclame voor barbiepoppen en H-Man-figuren.
'George?' hoorde hij Bob vragen. 'Voel je je niet goed?'
Hij schudde zijn hoofd en kwam weer bij zinnen. 'Het gaat alweer,' zei hij. 'Ik heb gisteren misschien iets te veel zon gehad.'
Bob keek hem onzeker aan. 'Kun je hier even naar kijken?' vroeg hij. 'Ik zou graag willen weten wat je hiervan vindt.'
'Ja,' zei George lusteloos. 'Natuurlijk.' Hij ging naast Bob bij de tafel staan, waarop iemand de opnamen die ze gemaakt hadden, met een grote plattegrond had afgedekt. Dit plan was heel nauwkeurig getekend; kennelijk was het een kopie van een officieel document. Dat wat erop te zien was, kwam George vaag bekend voor.
'Dat is een tekening van de tempelberg van Jeruzalem,' legde de man in het donkergrijze pak aan hem uit. De briljant op zijn dasspeld fonkelde in het licht. 'Hoe zou je die sonartomografisch kunnen doorlichten?'

Stephen Foxx werd deze ochtend laat wakker. Hij voelde zich alsof er een bulldozer over hem heen was gereden. En dat kwam niet doordat hij nauwelijks had geslapen. Op sabbat was er altijd extra lang ontbijt zodat je kon uitslapen. Vanzelfsprekend werd er op sabbat niet gewerkt, en de vrijwilligers uit Israël die niet helemaal aan de andere kant van het land woonden, maakten van de gelegenheid gebruik om naar huis te rijden. Dat betekende dat bijna alleen de niet-joden in het kamp bleven, die op zaterdag best hadden willen werken en die door de gedwongen rust op zaterdag het gevoel kregen dat het een dag te vroeg zondag was. Het zou een rustige dag worden. Toen Stephen bij de keukentent aankwam, werd er aan een hoop tafels schaak gespeeld en andere assistenten zaten met een boek en een kop koffie ergens in de schaduw. Een stukje

verderop waren zelfs enkele assistenten met een felgroene frisbee in de weer. Aan een van de tafels ontdekte hij Judith, die er al even afgemat uitzag als hij zich voelde. Nu ja, misschien iets minder. Zelfs als ze een nacht niet had geslapen, zag ze er nog geweldig uit. Stephen zette drie tot de rand gevulde koppen koffie op het etensblad met daarnaast nog een bord cornflakes, niet zozeer omdat hij honger had maar omdat hij vond dat dat moest, en ging naast haar zitten.
Een poosje zaten ze zwijgend te eten. Toen Stephen aan zijn tweede mok begon, vroeg ze: 'En?'
Stephen slikte snel een grote slok bittere koffie door. Wat zetten die lui hier sterke koffie. 'Hoezo en? Je bedoelt wat ik ervan vind?'
'Ja.'
'Geen idee. Ik ben tamelijk perplex, moet ik toegeven.'
Ze keek rond met een blik alsof ze migraine had. Er was niemand in de buurt die hen had kunnen horen. 'Misschien moet je de tekst niet te veel interpreteren. Je hebt niet meer dan vier woorden uit een brief van twee kantjes... Wacht even af tot je de hele brief kent.'
'Doen archeologen dat niet voortdurend? Ze kijken naar één letter op een oud papyrusvel en kunnen dan uit de manier waarop die is geschreven – met de krul naar links in plaats van naar rechts – opmaken dat het hele document tweehonderd jaar ouder moet zijn dan tot nu toe gedacht. Of jonger. In elk geval betekent het iets heel anders, alleen vanwege die ene letter.'
'Geen idee. Vraag aan Yehoshuah of archeologen dat voortdurend doen.'
Hij had nu echt flinke hoofdpijn. Dat was vreemd, want hij had nog nooit hoofdpijn gehad. En zijn maag protesteerde ook al tegen de overmaat aan koffie. Stephen zette zijn derde kop weer neer en begon de rest van zijn cornflakes op te eten.
'Wat ik me afvraag,' zei hij kauwend, 'is of het eigenlijk wel mogelijk is. Daarvoor ben ik er niet goed genoeg in thuis. Er moeten buiten de bijbelteksten toch nog andere bronnen zijn waarin Jezus wordt genoemd? Hoe zit het met die volkstelling die keizer Augustus had uitgeschreven? Dat was toch Augustus? "En het geschiedde in die dagen dat er een bevel uitging vanwege keizer Augustus dat het gehele rijk moest worden ingeschreven." Zo ongeveer staat het ergens. En toen was Maria zwanger van hem.'
'Alleen maar zwanger?'
Stephen schudde ontevreden zijn hoofd. 'Ik moet dat eens nalezen. Ik

kan het gewoon niet geloven. Ik bedoel, wat zou dat betekenen? Stel je toch eens voor wat er zou gebeuren als je zou kunnen bewijzen dat Jezus in werkelijkheid nooit geleefd heeft! Wat dat niet zou betekenen!'
Judith haalde haar schouders op. 'Dat zou een ontdekking zijn, en jij zou de ontdekker zijn. Dat wilde je toch altijd al?'
'Maar wat zou het voor de wereld betekenen?' Het gaat immers om de centrale figuur in het christendom, de grootste religie ter wereld. Als Jezus in werkelijkheid nooit heeft geleefd, dan betekent dat dat iemand hem heeft verzonnen. Dan zou hij een soort stripfiguur zijn. Zoals Superman, of Mickey Mouse! Mijn hemel!'
'Je moet het niet dramatiseren. De meeste mensen zijn helemaal niet geïnteresseerd in religie. Je zou ze meer verdriet doen als je zou bewijzen dat Mickey Mouse nooit heeft geleefd.'
'Heel grappig.' Stephen nipte aan zijn laatste kop koffie. 'Ik weet ook niet waarom ik dat zo verontrustend vind. Maar toch is het zo. Ik vraag me werkelijk af of je het zou kunnen verantwoorden met een dergelijke waarheid voor de dag te komen.'
'Ho ho,' zei Judith, grote ogen opzettend. 'Dat is een heel ander geluid, mister Foxx.'
Stephen zette de kop weer neer en keek haar verrast aan. 'Zeg, wat zijn dat voor toespelingen de hele tijd? Waar zie je mij eigenlijk voor aan?'
Judith vertrok haar mond in een brede, hatelijke grijns, en haar ogen glinsterden van drift. 'Er zijn een paar dingen die je nog helemaal niet hebt begrepen. Een ervan is dat het er in het leven niet alleen maar om draait altijd te winnen.'
'O ja?' zei Stephen grimmig. 'Wie heeft jou die onzin wijsgemaakt?'
'Jij wilt alleen maar bewijzen dat je slimmer bent dan John Kaun, de grote manager.'
'En wat dan nog? Misschien ben ik dat ook wel.'
'En wat dan nog?'
Stephen voelde het bloed naar zijn hoofd stijgen. 'Iedereen wil winnen,' zei hij. 'En wie iets anders beweert, die heeft het gewoon opgegeven om te geloven dat hij kan winnen. Het enige wat zo iemand nog wil, is niet verliezen, en dat gaat het gemakkelijkst als je niet meer vecht. Zo zit dat.'
'Aha, de Amerikaan is aan het woord. Alles is *easy*, alles is te realiseren, als je maar weet hoe.'
'Ja, zo is het precies.'
Judith schudde haar hoofd. 'Dat is zo... slap, zo oppervlakkig. Ik weet

het niet... maar misschien speelt het toch een rol dat ik tot een volk behoor dat op vijfduizend jaar cultuur kan terugblikken en niet op slechts tweehonderd.'
'Dat is de grootste waanzin die ik ooit heb gehoord,' zei Stephen en stond op. 'Werkelijk. Die vijfduizend jaar cultuur kun je zo door de plee spoelen als dat alleen maar dergelijke shit oplevert. En nu moet ik me verontschuldigen; ik moet weg. Ik moet nog een offerte maken. Om mijn volgende miljoen bijeen te schrapen, als het goed is.'

Nadat de plaatsvervangend leider van de opgraving het gesprek even met uitpuilende ogen en ingehouden adem had gevolgd, was hij uit zijn vel gesprongen. 'De Tempelberg?' had hij geschreeuwd. 'Wilt u de Tempelberg doorlichten? Bent u helemaal gek geworden?'
Kaun had Ryan met een hoofdknikje opgedragen de beide technici naar buiten te leiden, wat hij direct had gedaan. Daarna had hij de Israëliër met de wijkende haargrens en de grote neus kalm aangekeken, vastbesloten zich niet te laten provoceren en in elk geval kalm te blijven tot de ander weer bij zinnen was. Niemand was in staat langer dan zeven of acht minuten achtereen te blijven razen en tieren, tenzij hij werkelijk rijp was voor een psychiatrische inrichting. De meeste driftkoppen werden na een minuut of twee wel weer rustig, zo wist Kaun op basis van talloze onaangename onderhandelingen, maar dan moest je ze niet onderbreken. Als je ze in de rede viel, dan kwam er geen eind aan zo'n woedeaanval; bij elke onderbreking begon de klok als het ware opnieuw te lopen.
'We willen dat rustig...' begon Kaun uiteindelijk toen Shimon Bar-Lev hijgend stil was gevallen, maar hij hoorde hem niet en wendde zich tot professor Wilford-Smith.
'Waarom heb je me dat niet verteld, stomme Brit?' beet hij hem toe. 'Waarom moet ik zoiets altijd als laatste horen? We werken verdomme al twintig jaar samen, en nu geef je me een dolkstoot in de rug...'
Nu was het toch echt tijd om in te grijpen. 'Mister Bar-Lev!' brulde Kaun uit alle macht. Er waren situaties waarin alleen schreeuwen hielp. Een schreeuw die de anderen zou shockeren. Als Kaun voor een dergelijke uitbarsting inademde, stelde hij zich altijd voor dat hij alleen al met de geluidsdruk van zijn woorden de schedel van de ander moest kunnen verpletteren.
En dat werkte. Bar-Lev kromp ineen en heel even was hij van zijn apropos gebracht.

'Meneer Bar-Lev,' herhaalde Kaun, die nu weer volstrekt kalm en vriendelijk klonk, 'laat u professor Wilford-Smith alstublieft in leven, want hij is onschuldig. Het is mijn schuld. We hebben het idee vannacht uitgebroed, na het gesprek met professor Goutière, en ik wilde u er vanochtend nog van op de hoogte brengen. Helaas waren de beide technici van de Sotom al hier voordat u kwam, en daarom moest ik ervan afzien. Maar als u tegen iemand wilt schreeuwen, doet u dat dan tegen mij.'
Bar-Lev keek hem onzeker aan. John Kaun had nog niet veel met de plaatsvervanger van Wilford-Smith te maken gehad, maar hij meende uit diens onzekerheid te kunnen opmaken dat hij een eenvoudig, rechtlijnig wetenschapper was, een uitstekend vakman waarschijnlijk, maar niet opgewassen tegen een twistgesprek met een geschoolde debater.
'Goed dan,' zei de Israëliër. 'Vertelt u mij dan maar wat de bedoeling is.'
'U bedoelt hoe ik op het idee gekomen ben de Tempelberg te laten onderzoeken?' vroeg Kaun.
'Ja.'
Kaun knikte, vriendelijk glimlachend. 'Mister Bar-Lev, ik moet nu naar buiten en de twee technici geruststellen dat ze hun geld in elk geval krijgen, hoe hard wij ook tegen elkaar schreeuwen. Daarom wil ik u vragen om zolang na te denken over de vraag die we professor Goutière gisteravond gesteld hebben. Te weten: welke plaatsen in Israël zijn de afgelopen tweeduizend jaar zeker onaangeraakt gebleven?
Barl-Lev staarde hem aan alsof hij een spook zag, keek naar de kaart van de Tempelberg en keek weer op. Zijn mond viel open. 'Begrijpt u het?' voegde Kaun eraan toe, waarna hij de vergaderruimte verliet.
De beide technici stonden buiten samen met Ryan te wachten en keken hem verlegen met de ogen knipperend aan toen hij de drie traptreden naar de zandbodem afdaalde.
'Ik hoop dat u niet al te zeer van streek bent geraakt door de stijl van onze interne disputen,' riep Kaun, in een poging welgemoed en absoluut niet verontrust te lijken. De twee begonnen verlegen te grijnzen.
'Ik wil u beiden beslist hartelijk danken,' verzekerde hij hun op zo vriendelijk mogelijke toon, schudde hun de hand en keek hen daarbij indringend aan. 'U hebt hier werkelijk uitstekend werk geleverd. Gelooft u mij, ik heb daar grote waardering voor. En wat de woedeaanval van mijn collega betreft...' Hij begon samenzweerderig te lachen. 'Het zijn allemaal mensen die uit pure hartstocht hierbij betrokken zijn. Dit was nog helemaal niets. We hebben wel eens hele nachten nog veel erger tegen elkaar staan schreeuwen.'

'Snap ik,' knikte de blonde man opgelucht.
'Wat de Tempelberg betreft,' vervolgde Kaun, terwijl hij de blonde man bleef aankijken, die ten eerste de baas van de twee was en ten tweede beter aanspreekbaar leek, 'u krijgt van mijn assistent een auto waarmee u naar Jeruzalem kunt rijden om de situatie ter plekke te beoordelen. Bekijkt u welke mogelijkheden er zijn om de berg onopvallend door te lichten. En dan meldt u mij vanavond uw bevindingen, oké?'
De blonde knikte bereidwillig. 'Jawel, sir. Dat zullen we graag doen.'
'Mooi. Ryan, bekommer jij je verder om de heren?' Ryan knikte. Kaun liep terug naar de caravan, die tegelijk als huisvesting van de Duitse schrijver diende. Kaun bedacht zich nog eens dat hij nog maar weinig bruikbaars aan het hele project had bijgedragen, als je hem vergeleek met de Canadees.
Bar-Lev had blijkbaar een argument bedacht dat volgens hem doorslaggevend was.
'De Tempelberg is een joods heiligdom,' verklaarde hij met een grafstem. 'Ik vraag u, mister Kaun, omdat u immers christen bent: zou u de St.-Pieterskerk sonartomografisch laten onderzoeken? Of de Geboortekerk van Jezus in Bethlehem?'
Kaun knikte. 'Vanzelfsprekend. Zonder enig voorbehoud.' Met dit antwoord leek Bar-Lev geen rekening te hebben gehouden. Wat een amateur, dacht Kaun, die moeite had zijn gezicht in de plooi te houden.
'Dat... dat geloof ik niet!'
'U kunt het gerust geloven, want misschien beginnen we er binnenkort wel mee.'
Professor Goutière stak zijn hand op. 'Ik wil nog eenmaal duidelijk stellen dat ik geenszins heb beweerd dat die camera zich in de Sachrâ-rots bevindt. Ik heb er alleen op gewezen dat dit de enige plek is waarvan de precieze locatie ook na tweeduizend jaar nog vaststaat en waarvan we tevens met zekerheid kunnen zeggen dat die onaangeraakt is gebleven.'
'En ik moet nog eens herhalen,' bracht Wilford-Smith in het midden, 'wat ik vannacht al heb gezegd: ik weet zeker dat de camera zich niet in deze rots bevindt.'
Kaun knikte geduldig. 'Verder nog iemand?'
'Het is niet uitvoerbaar,' verklaarde Bar-Lev. 'Volstrekt utopisch. Hoe stelt u zich dat voor? Wilt u dat schokgolfapparaat op de Tempelberg opstellen en de sensoren daaromheen ingraven? Wilt u ze misschien zelfs in de Klaagmuur vastslaan? Daarvoor krijgt u nooit en te nimmer toestemming.'

'Dan doen we het stiekem.'
'Stiekem? Hoe moet ik me dat voorstellen?'
'Dat weet ik niet. Maar ik heb de beide technici zojuist naar Jeruzalem gestuurd om zich ter plekke op de hoogte te stellen.'
'Het is onmogelijk!'
Kaun zuchtte diep. 'Mister Bar-Lev, ik zou nooit bereikt hebben wat ik nu heb bereikt, als ik er altijd rekening mee had gehouden wat zogenaamd wel of niet mogelijk was.'
De zwetende archeoloog leek nu volkomen wanhopig. 'Mister Kaun, met alle respect, maar u weet niet wat u van plan bent. De Tempelberg is niet alleen een heiligdom voor ons joden, maar ook voor de moslims, en alles wat daar gebeurt, heeft een politieke component. U kunt met uw plannen letterlijk een oorlog entameren!'
'Mister Bar-Lev, ik bezit onder andere een van de grootste nieuwszenders ter wereld. Neemt u van mij aan dat ik zeer goed geïnformeerd ben over de politieke situatie in Israël.'
Bar-Lev liet zich hoofdschuddend weer op zijn stoel vallen. 'Dit is waanzinnig,' mompelde hij. 'Dit is waanzinnig.'
'De camera ligt niet in de rots,' herhaalde professor Wilford-Smith. 'Daar ben ik honderd procent van overtuigd. Die ligt waarschijnlijk in een verzegelde amfoor in een afgelegen, onbekende rotsspelonk, maar zeker niet in dit rotsblok.'
'Misschien daaronder?' zei Kaun.
'Er is een legende,' wierp Goutière in het midden, 'dat daaronder de Ark des Verbonds ligt.'
'Dat zou ook een leuke vondst zijn.'
'Hoe kan de camera dan in de rots terecht zijn gekomen?' vroeg Goutière. 'Of daaronder? Die tijdreiziger van u zou immers actief geweest zijn in een tijd dat de tempel nog intact was en de betreffende rots nog als offersteen in gebruik was. Hij zou nooit de kans hebben gekregen onopgemerkt zelfs maar in de buurt van de steen te komen.'
Het debat begon Kaun op de zenuwen te werken. 'Als het ons lukt de Tempelberg te onderzoeken,' zei hij, 'dan kunnen we ons al die speculaties besparen. Dan hoeven we niet meer te geloven, maar dan zullen we het zeker weten. En daar geef ik nog altijd de voorkeur aan.' Hij was blij dat Ryan op dat moment binnenkwam met een van de mobiele telefoons in zijn hand. 'Basso,' zei hij alleen, hem de telefoon overhandigend.

Stephen Foxx zat achter zijn laptop en had absoluut geen zin de offerte voor Video World Dispatcher te schrijven. Maar het was onprofessioneel om iets niet te doen omdat je er geen zin in had. En Stephen Foxx was niet van plan onprofessioneel te zijn.
Hij logde allereerst in op zijn computer thuis, zocht de teksten en afbeeldingen die hij voor de offerte nodig had en begon die binnen te halen. Toen uit de heel traag toenemende percentages bleek dat het downloaden nog wel een tijdje zou duren, leunde hij achterover en liet zijn gedachten de vrije loop.
Het idee dat Jezus zoals die voor de kerk, in het godsdienstonderwijs en in de godvruchtige verhalen en liederen bestond, in werkelijkheid niet kon hebben bestaan – dat ze allemaal het slachtoffer van een mythe waren geworden, dat die Jezus zich in geen enkel opzicht onderscheidde van de kerstman die met Kerstmis cadeautjes bracht – leek hem pure smaad. Was dat niet verbazingwekkend? Tegen iedereen die het hem gevraagd zou hebben, zou hij zonder aarzeling hebben verklaard dat godsdienst hem niet interesseerde, alleen het echte leven. Hij zou volhouden dat hij de godsdienst, in naam waarvan hij als weerloos kind was gedoopt, allang had afgezworen en achter zich had gelaten. Dat hij als ondogmatisch humanist kon worden bestempeld. Iemand die probeerde het juiste te doen. Zich een beetje behoorlijk door het leven te slaan en deugdzaam te zijn, voorzover mogelijk.
En nu was hij hiervan toch zo ondersteboven. Het was voor hem blijkbaar toch een grotere worsteling geweest dan hij zich had gerealiseerd. Tijdens zijn hele jeugd had hij gezien hoe hypocriet de mensen met God omgingen. Zijn ouders wekten ook nu nog naar buiten toe de indruk vroom te zijn als dat gepast of nodig was, maar in werkelijkheid leidden ze een leven waarin de religie vrijwel geen rol meer speelde. Een goed christen zijn betekende dat je met Kerstmis naar de kerk ging en geld aan goede doelen gaf als je er niet omheen kon, en dan ook niet meer dan nodig was om niet uit de toon te vallen.
Slechts in bepaalde situaties werden ze opeens vroom, meestal als de situatie kritiek was. Toen zijn moeder opeens een aanval had gekregen die eerst als een hartinfarct was gediagnosticeerd, had zijn vader hen allemaal bij elkaar geroepen om samen te bidden. Wat een pijnlijke toestand was dat geweest! Maar God leek er wel schik in te hebben, want uiteindelijk bleek dat het geen infarct was geweest, maar slechts een virusaanval.
Religie was voor zijn ouders, en eigenlijk voor iedereen die hij kende,

een soort paraplu. Bij mooi weer denk je helemaal niet aan je paraplu. Pas als het regent let je er weer op. Maar echt geloven, dat deed niemand die hij kende.

Naarmate hij opgroeide, begon hij meer en meer te twijfelen aan het realiteitsgehalte van alles wat je als christen moest geloven. De onbevlekte ontvangenis bijvoorbeeld. Toen hij veertien was, werd een meisje uit de klas boven hem, die bij het friemelen met haar vriend niet had opgepast, zwanger, hoewel ze nog maagd was. Toen dat uitkwam, leek er geen eind meer te komen aan spot en hoon ('Er is een engel verschenen aan Marie-Lou, die tegen haar zei: "Grijp me in mijn broek – ha ha ha".') Maar niemand, zelfs de godsdienstleraar niet, achtte de hypothese het overwegen waard dat Marie-Lou misschien zwanger was van de volgende heiland.

En dan had je Nick, Nick Foster. Nick was zijn beste vriend geweest, van jongs af aan. Ze hadden elkaar gezworen dat ze eeuwig vrienden zouden blijven. Ze hadden samen de plaatjes uit de cornflakesverpakkingen verzameld, samen stiekem naar de meisjes gekeken bij het zwemmen in het meer en grappen over hun borsten gemaakt. Ze hadden bedacht wat ze zouden doen als ze groot waren. Stephen had astronaut willen worden, Nick gouverneur of senator.

Maar Nick was verdronken, op een heel gewone dag in de herfst. Hij was in het meer gevallen, was met zijn hoofd ergens tegenaan geslagen, en was zo lang bewusteloos gebleven dat hij verdronken was. Hij was nog maar tien jaar.

Hij had nog altijd het beeld voor ogen van Nick die opgebaard op bed lag. Om hem heen was alles heel erg opgeruimd, onbegrijpelijk genoeg. Twee dagen tevoren hadden ze op dat bed nog tv zitten kijken en was de kamer een gezellige zwijnenstal geweest. Nick had hem nog de grote *Batman*-band geleend. Toen Stephen die na de begrafenis had teruggebracht, had Nicks zus gezegd dat hij die moest houden. Hij had hem nog steeds.

Stephen staarde naar het grijze tentdoek, dat voor zijn ogen begon te vervagen. Toen hij van de ene op de andere dag zo in zijn eentje was achtergebleven, had hij tot God gebeden en gevraagd om Nick weer levend te maken. Als Jezus uit de doden kon opstaan, waarom Nick dan niet? Maar God had zijn gebed niet verhoord. Hij moest er nu om lachen als hij daaraan terugdacht. Hij had zijn ouders geïmiteerd. God was een instantie tot wie je je wendde als je er in je eentje niet meer uitkwam. Een instantie die je dan ook niet verder hielp.

Het percentage op het scherm kwam op honderd, en een pieptoon duidde aan dat de bestanden waren binnengehaald. Stephen verdreef de herinneringen uit zijn gedachten en verbrak de verbinding. Hij probeerde er niet over na te denken hoeveel deze gegevens hem gekost hadden. Goed, de offerte, ook al leek die momenteel zo ongeveer het onbelangrijkste waar hij zich mee onledig kon houden. Hij bracht de fax van donderdag nog eens op het scherm zodat hij beter wist wat hij moest schrijven. De vragenlijst was tamelijk lang, om niet te zeggen uitputtend. Mooi, dat gaf hem de ruimte om met verwijzing naar de beperkte ruimte en de grote onduidelijkheden die er kennelijk nog bestonden, een persoonlijk gesprek voor te stellen. Zolang de details nog niet opgehelderd waren, kon hij natuurlijk nog niet met een concreet prijsvoorstel komen.
Hij zag nu pas dat dit bedrijf een eigen site op internet had. Het adres stond zoals gebruikelijk klein gedrukt in het briefhoofd: *http://www.video-world.com.* Interessant. Misschien kwam hij daar iets meer over het bedrijf te weten. Dat was nooit een nadeel als je een offerte wilde doen, want die moest er aantrekkelijk uitzien. En dan was het nuttig als je er enig inzicht in had wat de zakenpartner als aantrekkelijk beschouwde.
Dus schakelde Stephen zijn gsm weer in, startte een internetprogramma en tikte het opgegeven adres in. Het was een uitgebreide, professionele website, maar het enige wat er over Video World Dispatcher in stond, was een afbeelding van het ruimbemeten bedrijfsgebouw. Verder was er een catalogus van het actuele aanbod, met prijzen en de mogelijkheid on line te bestellen. Alle creditcards werden geaccepteerd en alle vormen van digitaal contant geld eveneens.
Je kon de catalogus doorzoeken aan de hand van de productsoort – homevideo, professionele video, audio- en video-integratie en een hoop andere vaktermen – of aan de hand van de fabrikant. Stephen koos de tweede mogelijkheid en klikte op Sony.
Het bedrijfslogo van het Japanse concern kwam in beeld, en hier kon je nog eens kiezen. Normale camcorders, digitale camcorders.
Stephens adem stokte. Je kon ook reserveringen maken voor de MR-serie, die over drie jaar op de markt zou komen.
Dit was ongelooflijk. Waarom had die man van Sony die hij gesproken had hem dat niet verteld? Hij had gedaan alsof de MR-01 een staatsgeheim was. Hij had er met geen woord over gesproken dat je het apparaat al kon bestellen.
Stephen klikte de snelkoppeling aan en hield gespannen zijn adem in,

terwijl de pagina werd opgebouwd. Eerst stond er te lezen dat Video World Dispatcher het enige bedrijf ter wereld was dat nu al bestellingen voor de op een revolutionaire technologie gebaseerde MR-camcorder van Sony accepteerde, met gegarandeerde directe levering zodra het apparaat op de markt kwam.
Waarschijnlijk een reclametruc. Stephen kon zich niet goed voorstellen dat het gigantische Japanse concern een postorderbedrijf aan de Amerikaanse oostkust bepaalde privileges verleende. Hij scrollde omlaag tot hij bij de toelichting op het assortiment kwam. Dat was interessant. Daar was eindelijk te zien wat hij zocht.
Eerst was er de MR-S, het afspeelapparaat voor thuis. Op de minuscule afbeelding was een platte zwarte kast te zien, die er als een gewone videospeler uitzag. Maar het ding moest maar liefst vijfduizend dollar kosten.
Stephen voelde een eigenaardige tinteling over zijn rug toen hij verder scrollde, naar de volgende afbeelding. Volgens het onderschrift was dat een MR-01. Stephen boog zich naar voren. Een relatief klein, handzaam lijkend apparaat met een groot zoomobjectief, met schuin daarboven een ingebouwde microfoon en een rij bedieningsknoppen. Bepaald niet opwindend, en dat voor een prijs van maar liefst zesduizend dollar.
Maar de pagina liep nog verder door. Stephen scrollde verder omlaag en staarde volkomen verbijsterd naar het scherm, niet meer in staat om na te denken. Er was nog een afbeelding. Hetzelfde apparaat, met een iets groter objectief en iets meer knoppen. De prijs bedroeg zevenduizend dollar.
Een MR-02.

19

Stratum 12-B is een overgangslaag. De overgang wordt gemarkeerd door een dikke aslaag. Daarboven bevinden zich talrijke sieraden; bijzonder opmerkelijk is het beeldje van een zittende vrouw (zie afb. 11-67) en keramiek uit de tijd van Herodes.
Professor Wilford-Smith
Bericht over de opgravingen bij Bet Hamesh

'*Signore* Kaun,' bromde Enrico Basso, advocaat en gevolmachtigde van Kaun Enterprises Inc. voor Italië, alweer met moeizaam in toom gehouden ergernis in de hoorn van zijn ouderwetse telefoon. '*Per favore*... U hebt me gisterochtend vroeg opgebeld. Iets meer dan een etmaal geleden. En ik heb geen minuut verspild, gelooft u mij. Ik heb niet geslapen en niet gegeten, maar voor u gewerkt. En wat iemand in een etmaal kan achterhalen, heb ik ook achterhaald.'
Dat klopte niet helemaal. Hij was 's nachts, waarschijnlijk rond drie uur, kort ingedommeld. Om een uur of vier was hij wakker geworden doordat zijn hoofd van de stapel documenten op zijn bureau was gegleden en op het tafelblad was geslagen. Hij had daarna een koude douche genomen en twee kannen sterke zwarte koffie gezet. En sinds zijn vrouw wakker was, bracht ze hem elk uur een belegd broodje en keek telkens zuchtend zijn werkkamer rond.
'*Si, si, si,*' knikte Basso. Die Amerikaanse miljonair zou hem op een dag nog eens krankzinnig maken met zijn ongeduld, *porco dio!* 'Bedenkt u wel dat we zo'n beetje met de oudste firma ter wereld te maken hebben. Dat is geen kleine, bijna failliete radiozender of een krant met reusachtige schulden, maar een machtige, rijke multinational. We hebben het hier over miljarden dollars. Over gecompliceerde deelnemingen, deelnemingen in deelnemingen, trustees, verborgen investeringen. Ja, natuurlijk ben ik accountant. Maar u zou een heel leger accountants nodig hebben om alles te ontrafelen, en die zouden jaren bezig zijn.'
Hij schonk koffie bij, die gitzwart en loeisterk was en nam een slok. Waarschijnlijk zag hij er vreselijk uit. Ongeschoren, onuitgeslapen, met de gebruikelijke kringen onder de ogen die hij al kreeg als hij een keer te lang tv bleef kijken.
En zijn werkkamer zag er al even vreselijk uit. Alsof iemand een hele

wagonlading oud papier had leeg gekieperd. Overal lagen documenten, soms jarenoud en helemaal verstoft en vergeeld. Ze lagen in stapels langs de muur als hij ze nog niet gelezen had. Wat hij intussen al had kunnen ordenen, lag naar onderwerp gerangschikt over de hele vloer verspreid. En als zijn bureau niet was gefabriceerd in een tijd waarin meubels voor de eeuwigheid gemaakt werden, dan was het bureaublad onder de papierbergen doorgebogen.

'Mag ik nu even iets zeggen, *signore* Kaun? Dank u. Goed, we hebben allereerst de officiële verklaringen. Het Vaticaan brengt financiële verslagen uit, en daaruit blijkt dat het werkelijk een kerk der armen is. De begroting van het Vaticaan bedraagt niet meer dan tweehonderd miljoen dollar per jaar, wat werkelijk niet veel is voor het centrale bestuur van een wereldwijde organisatie met duizenden vestigingen. En als je begint over de "rijkdommen van het Vaticaan", dan lokt dat groot gejammer uit. Die rijkdommen, zo hoor je dan, bestaan uit kunstwerken, waarvan de waarde werkelijk onschatbaar is, maar die als gemeenschappelijk erfgoed van de mensheid bewaard moeten worden, wat weer geld kost en nauwelijks iets opbrengt. Anders zou men de *Pietà* van Michelangelo moeten veilen, de St.-Pieter moeten verhuren of zoiets.'

De vorige dag was hij direct na het gesprek met de mediamagnaat begonnen te telefoneren en had alle assistenten en medewerkers ingeschakeld die hij nog had kunnen bereiken. Dat was een goed geoliede machine om informatie los te krijgen over bedrijven waarmee de Amerikaan in Italië te maken had, en ze hadden hem er al heel wat keren op kunnen wijzen dat een zakenpartner er lang niet zo goed voorstond als hij voorgaf of dat omgekeerd een ogenschijnlijk buitenkansje in werkelijkheid een tikkende financiële tijdbom was.

'Officieel ziet alles er heel gezond uit,' vervolgde hij. 'Het beheer van het pauselijk vermogen ligt in handen van de Apostolische Kamer, en dat is al zo sinds de elfde eeuw. In de vroegere kerkstaat was dat de hoogste belastingautoriteit met rechterlijke macht, en hoe belangrijk die instantie vandaag de dag nog is, blijkt uit het feit dat het de kardinaal-schatbewaarder is die officieel de dood van een paus moet vaststellen.'

Ook ditmaal hadden ze kranten- en staatsarchieven overhoop gehaald, instanties bezocht en bibliotheken en kadasters doorzocht om alle informatie te vergaren die via legale manieren te vergaren viel. En Basso had de hele vrijdag door telefoontjes gepleegd met zijn contactpersonen bij banken en ministeries, zijn informanten in kerkelijke kringen, in vrij-

metselaarsloges en in de onderwereld om alle informatie te verzamelen die niet via legale manieren te verzamelen viel.
'Maar als je beter kijkt, moet je vaststellen dat het in de officiële rapporten altijd alleen maar gaat over het centrale bestuur van de Romeinse curie. Dat de Vaticaanse staat daarnaast ook een vermogen bezit, blijft onder tafel. Tot dat vermogen behoort bijvoorbeeld onroerend goed met alleen al in de stad Rome een totaal oppervlak van vijftien miljoen vierkante meter. Helemaal interessant wordt het als je bekijkt welk vermogen de Heilige Stoel de facto controleert. Dan hebben we het niet alleen over het vermogen van de paus, maar ook over dat van diverse orden die onder hem vallen, met name de jezuïeten. Er zijn vertrouwenspersonen die enorme vermogens beheren. Vaticaans geld is geïnvesteerd in Franse oliemaatschappijen, in Argentijnse gasbedrijven, Boliviaanse tinmijnen en Braziliaanse rubberfabrieken. Het Vaticaan speculeert op de beurs en ontvangt dividend van casino's. Het heeft belangen in vrijwel alle bedrijfstakken. Met andere woorden, vergeleken bij de curie is General Electric een kruideniertje.'
Hij sloeg een van de bladzijden van zijn versleten klembord op. 'In de VS sterke invloed op de staalindustrie: US Steel, Sharon Steel, Bethlehem Steel natuurlijk, Manville Steel. Grote aandelenpakketten via trustees van General Motors, McDonnel Douglas, AT&T, Prudential Life. De Bank of America, de grootste particuliere bank ter wereld, bevindt zich voor 51 procent in jezuïtische handen. In Italië zijn er deelnemingen in bijna alle elektriciteitscentrales, talloze telefoonmaatschappijen en diverse spoorwegbedrijven. Directe of indirecte controle over onder meer de Banco di Roma, de Banca Nazionale Dell'Agricoltura, het Istituto di Credito Centrale en de Banco Santo Spirito, en die laatste naam is geen toeval. Deelnemingen in Alitalia, in Fiat en een hele lijst verzekerings- en bouwondernemingen. Het gehele kapitaal van Immobiliare, de grootste onroerendgoed- en bouwonderneming van Italië, een van de grootste ondernemingen ter wereld in die sector, is in Vaticaanse handen. En dan weer staal; grote belangen in Finsider, dat de Italiaanse staalmarkt voor tachtig procent beheerst.'
Hij streek met zijn vrije hand door zijn haar, terwijl hij naar de stem aan de andere kant van de lijn luisterde, en bekeek zijn hand vervolgens met walging, omdat die vettig en smerig aanvoelde.
'In absolute cijfers is dat moeilijk,' zei hij. 'Ik kom tot een getal van zes miljard dollar, en dat betreft dan het nominale aandelenbezit en de kapitaaldeelnemingen van de Heilige Stoel uitsluitend in Italië. Dat gaat

dus om de nominale, niet om de reële waarde, en betreft alleen het directe vermogen van de curie. En dit cijfer is al van enkele jaren geleden. Er zijn schattingen van meer dan vijftig miljard dollar voor het vermogen over de hele wereld.'

Nu zou hij genezen zijn van die rare plannen, dacht Basso. De katholieke kerk, hemeltjelief!

'Circa 35 procent van de inkomsten is uit de VS afkomstig. Ongeveer vijftien procent uit Duitsland. Daar bestaat zelfs kerkbelasting. Nee, dat betekent dat de staat voor de kerk belasting int. En bovendien zijn er nog de nodige giften. En kerken worden vaak door de staat gesubsidieerd.' Basso zag het verbaasde gezicht van zijn opdrachtgever al voor zich en moest grijnzen. '*Si, signore,* een uiterst solide bedrijf. Een cashflow waarvan anderen niet durven dromen.' Nog afgezien van het feit dat bijna alle zogenaamd nieuwe managementmethoden in de organisatie van de katholieke kerk al honderden jaren lang voorbeeldig gepraktiseerd worden. De medewerkers waren zeer gemotiveerd, en als ze dat niet waren, dan golden er strenge richtlijnen waaraan ze zich hadden onderworpen. Omdat ze geen gezinsleven mochten hebben, konden ze zich geheel op het werk concentreren en daarin zeer goed presteren. En wat *lean* management betrof, de kerk was minder hiërarchisch georganiseerd dan de meeste MKB-bedrijven.

De miljonair aan de andere kant van de beveiligde lijn zweeg. Waarschijnlijk dacht hij na, en waarschijnlijk zou hij hem dan bedanken en de zaak afblazen. Dan zou hij, Enrico Basso, naar de slaapkamer sjokken, de ramen sluiten, de gordijnen dichttrekken en de rest van het weekeinde alleen nog maar slapen.

Maar John Kaun zei: 'Regelt u voor mij een ontmoeting met die kardinaal-schatbewaarder.'

'O,' bracht Basso uit. 'Met de *camerlengo* zelf... dat zal niet makkelijk worden...'

'Vanavond.'

'Vanavond? '*Signore Kaun, per favore...* het is zaterdag!'

'En hij mag voor de rest van het weekeinde geen plannen maken.'

George Martinez hield zijn handen om het stuur, maar kon zich er niet toe zetten het autoportier te sluiten en de motor te starten.

'Bob, dat lukt toch niet. Hoe zou dat ooit moeten lukken? Je kunt de Tempelberg niet tomograferen. Je hebt een dicht, gesloten veld met een zo homogeen mogelijk oppervlak en structuur nodig. In het ideale

geval een heuvel, waarop je de Thumper plaatst en waarop je de sensoren gelijkmatig kunt verdelen. En hoe moet zoiets bij een heiligdom?'
Het was een Europese auto, een merk dat hij niet kende, tamelijk comfortabel en van airco voorzien, die nu natuurlijk nog niet aan stond, tot ergernis van Bob Richards, die op de passagiersstoel zat en maar door bleef zeuren.
'George, jij bent de grote vakman, wat de Sotom betreft, zonder meer. En ik denk ook dat het niet gaat. Maar mister Kaun wil dat niet horen, snap je? Hij wil niet dat we naar de stad rijden, de berg bekijken, terugkomen en zeggen: "Het gaat niet." Hij wil dat we terugkomen en zeggen: "Het wordt moeilijk, en we weten niet of het lukt, maar we hebben iets bedacht wat we op zijn minst moeten uitproberen." En daarom zullen wij precies zo te werk gaan.'
'Maar het gaat nooit lukken. Dat kan ik je nu al zeggen.'
'George, hoor je me? Ik vertel je net wat we gaan doen. We rijden nu naar Jeruzalem. Je zet me ergens af waar ik kan bellen. Ik moet naar huis bellen om te vertellen dat we nog blijven. En jij gaat de Tempelberg bekijken en verzint iets wat je zou kunnen doen.'
'En wat mag dat dan wel zijn? Geloof jij dat we de heilige bodem met onze loodkogels mogen beschieten? En daar is alles heilige bodem!'
'Dat weet ik best. Maar we moeten iets verzinnen. Wat mij betreft zetten we de Thumper in een tent naast de Tempelberg neer en meten alleen de secundaire golven.'
George keek hem aan alsof hij gek geworden was. Iedereen leek hier gek te worden. 'En waar is dat goed voor dan?'
'O, George...' Bob slaakte een zucht. 'Nou, kijk: mister Kaun betaalt voor het gebruik van de Sotom 2 inclusief bediening honderdduizend dollar per dag. We hebben dit jaar niet bepaald een goedgevulde orderportefeuille, zoals je vast en zeker hebt gemerkt. Dus als we morgenavond nog hier zijn, dan hebben we het dak van de sporthal gerepareerd. Als het ons lukt een hele week hier te blijven hangen, dan redden we bovendien het beurzenprogramma, de cafetaria kan een espressoautomaat kopen en de bibliotheek kan weer een abonnement nemen op de tijdschriften die vorige maand wegens geldgebrek moesten worden opgezegd. Zo simpel is dat.'
George dacht aan de denkbeeldige metalen kist en aan wat er volgens John Kaun in die kist kon zitten. En wat er misschien wel echt in zat. En wat hij daarmee van plan was. Geld. Overal ging het alleen om geld. Plotseling wist hij wat hij zou doen.
'Goed,' zei hij, trok het portier dicht en draaide het contactsleuteltje om. 'Het is me duidelijk.'

Peter Eisenhardt volgde de gesprekken die de anderen met elkaar voerden slechts met een half oor, terwijl Kaun buiten stond te telefoneren. Hij maakte zich zorgen. Er was een bepaalde gedachte die zo dicht tegen zijn bewustzijn aan schurkte, dat hij bijna het spottende gelach ervan hoorde, maar er toch de vinger niet op kon leggen. Een gedachteflits die hem tussen waken en dromen door het hoofd was geschoten en alweer was verdwenen voordat hij er kennis van had kunnen nemen. Het enige wat ervan resteerde, was een verontrust gevoel. Het was een gedachte waar Kaun beslist verschoond van wilde blijven.

Geen wonder dat die gedachte niet terugkwam.

Of verontrustte het hem gewoon omdat hij het gevoel niet van zich af kon zetten dat hij hier maar wat in een stoel zat en geld kostte zonder zich nuttig te maken? Hij voelde zich in het gezelschap van de anderen een outsider. Hij was geen academicus. Hij begreep niets van archeologie of geschiedenis. Hij was maar een fantast.

De deur ging open en John Kaun kwam terug. Hij leek met zijn gedachten nog ergens anders te zijn, terwijl hij zijn gsm inklapte en in zijn zak schoof, maar het volgende ogenblik was hij er weer helemaal bij, keek de kring rond, waarbij iedereen hem vol verwachting aankeek, en vroeg: 'Wat hebben we nog te bespreken, heren?'

Bar-Lev, de plaatsvervanger van professor Wilford-Smith, hief zijn hand op. De twee hadden de hele tijd met elkaar zitten smiespelen, maar Eisenhardt had geen woord van hun gesprek verstaan. 'Nog eenmaal over de Tempelberg, mister Kaun, hoe vervelend ik dat ook vind. U wilt zich daar alleen op grond van ongefundeerde vermoedens' – zijn blik dwaalde onwillekeurig naar Goutière en Eisenhardt af – 'in een avontuur storten waarvan u de risico's onmogelijk kunt overzien. Maar het meest voor de hand liggende laat u na.' Kaun bracht zijn onderkaak naar voren; zijn gezicht kreeg een verbeten uitdrukking. 'En wat dan wel?'

'We ondernemen alles wat mogelijk is. We fantaseren een eind weg. We proberen ons in de gedachten van de tijdreiziger te verplaatsen. We nemen de geschiedenis van Palestina onder de loep. Maar het enige wat ons vrijwel zeker echte, waardevolle aanwijzingen kan leveren, ligt nog altijd onaangeraakt op de plek waar we het gevonden hebben.'

Kaun keek hem zwijgend aan.

'Ik bedoel het zakje met de gebruiksaanwijzing zelf,' legde Bar-Lev uit. 'En het skelet.'

De Canadese hoogleraar geschiedenis richtte zich snuivend op. 'Pardon? Wil dat zeggen dat de vondsten zelf nog niet eens zijn onderzocht?'

Professor Wilford-Smith wendde zich nu ook tot Kaun, de opmerking van Goutière negerend: 'Het laboratorium van het Rockefeller-Museum is uitstekend toegerust. We werken al jaren samen met de mensen daar. Ik kan een wetenschappelijk onderzoeksteam voor u samenstellen en durf mijn hand ervoor in het vuur te steken dat ze het zwijgen hierover zullen bewaren.'

'U hebt die spullen opgegraven en zo laten liggen?' herhaalde Goutière met overslaande stem.

'Daartoe heb ik opdracht gegeven,' legde Kaun hem op onvriendelijke toon uit. 'We hebben een papiermonster van de gebruiksaanwijzing naar een instituut in de VS gestuurd om de leeftijd te laten bepalen volgens de radiokoolstofmethode. En we weten dat het gebit van de schedel verscheidene moderne vullingen bevat. Verder onderzoek is uitgesteld.'

'En waarom in godsnaam?'

'Je kunt een vrouw slechts eenmaal ontmaagden,' antwoordde de industrieel. 'En je kunt een vindplaats slechts eenmaal uitgraven. Ik wilde de onaangeraakte vondst een tijdje ter beschikking hebben om die aan diverse mensen te laten zien. Aan u bijvoorbeeld.'

'Betekent dat dat u nog iemand verwacht?' vroeg professor Wilford-Smith kalm.

Kaun trommelde haastig met zijn vingers enkele maten in marsritme op de tafel waar hij bij stond. 'Ik vlieg vanmiddag naar Rome om enkele gesprekken te voeren. Ik verwacht morgenvroeg terug te komen en ik verwacht dat ik iemand meebreng die naar de vindplaats moet kijken. Daarna brengen we alles over naar het lab.'

Bar-Lev trok een grimmig gezicht. 'Mag ik vragen wie u denkt mee te brengen?'

Kaun keek hem met een sfinxachtig lachje aan. 'Een kardinaal,' zei hij.

Ze kwam met twee koppen koffie naar hem toe. Hoewel ze tegen zichzelf zei dat ze dat allebei wel konden gebruiken na zo'n nacht, was een andere, meer verborgen beweegreden dat ze hoopte dat hij haar nu niet direct uit zijn tent zou gooien. En het was dan ook terecht dat ze haar vingers verbrandde aan de hete koffie toen ze voorzichtig over de stenige bodem naar de tenten omhoog liep en tevergeefs probeerde niet te morsen. Uiteindelijk was zij begonnen met ruziën, moest ze erkennen, en ze wist niet eens waarom. Misschien omdat ze zich nog altijd geradbraakt voelde.

Stephen zat met zijn handen op zijn schoot voor zijn laptop toen ze zijn tent in kwam. Hij wierp haar terloops een blik toe, alsof hij zich er volstrekt niet over verbaasde dat ze binnenkwam. Hij zag er ook nog tamelijk afgepeigerd uit. 'En? Heb je je offerte al af?' Ach, verdomme, wat klonk dat nou weer snibbig. Alsof ze was gekomen om nog meer ruzie te maken.

Hij knikte afwezig naar het beeldscherm. 'Ik ben hem aan het faxen.' Ze gaf hem een kop aan, de volste. 'Hier. Als goedmakertje omdat ik je zo heb opgenaaid. Sorry.'

'Dank je.' Hij pakte de koffie bereidwillig en bijna begerig aan en keek haar onderzoekend aan. 'Zijn we weer vriendjes?'

'Weer vriendjes.'

De computer piepte, wat betekende dat de fax op de plaats van bestemming was aangekomen. Stephen koppelde de gsm af en schakelde die uit. 'Wat weet jij over Jezus?' vroeg hij plotseling.

Judith ging verbluft op zijn onopgemaakte veldbed zitten. 'Tamelijk weinig, ben ik bang.'

'Ik heb laatst een paar betrouwbare websites over dit onderwerp geraadpleegd, maar het lijkt erop dat er nauwelijks aanwijzingen zijn dat hij werkelijk heeft bestaan, behalve in de bijbel dan, in het Nieuwe Testament.'

'Merkwaardig. Hij is toch terechtgesteld. Zou dat dan niet ergens zijn opgetekend in een of ander gerechtelijk protocol?'

'Ja, dat zou je wel denken. Volgens de evangeliën is Jezus terechtgesteld onder Pontius Pilatus, en die heeft werkelijk bestaan, dat is bekend. Hij was van 26 tot 36 Romeins procurator in Judea, en hij moet een tamelijk meedogenloos bewind hebben gevoerd. In het jaar 35 gaf hij opdracht de Samaritanen te overvallen en af te slachten, waarna de stadhouder in Syrië, de vader van de latere keizer Vitellius, hem naar Rome stuurde. Daar moest hij zich verantwoorden. Hij werd uit zijn ambt gezet en moest op bevel van de keizer zelfmoord plegen.'

Judith knikte bedachtzaam. 'Dat was op de berg Garizim. De overval op de Samaritanen. Ik herinner het me vaag. Daar is tegenwoordig zelfs een gedenkteken, geloof ik.'

'Je weet er aardig wat van.'

'Ach, dat komt door mijn vader. Die heeft ons in onze jeugd zo met zijn vroomheid lastiggevallen dat ik voor eeuwig genoeg heb van welke religie dan ook. Maar het jodendom is nu eenmaal zo met de geschiedenis verweven, dat er wel het een en ander is blijven hangen.'

'Merkwaardig. Het christendom lijkt het helemaal zonder geschiedenis af te kunnen. Afgezien van het levensverhaal van Christus dan.' Hij drukte op enkele toetsen op zijn computer. Op het beeldscherm verscheen een document. 'Daarover zijn zelfs tamelijk exacte gegevens bekend. Ik vraag me af waarom iemand dat allemaal zou willen weten. Jezus zou in het jaar 6 of 7 voor onze tijdrekening geboren zijn; een of andere monnik heeft zich in de Middeleeuwen verrekend, toen de tijdrekening werd ingevoerd die op zijn geboortedatum was gebaseerd. Rond het jaar 27 begon zijn openbare leven in Galilea; hij moest dus 33 of 34 jaar geweest zijn. Het meest exact schijnt de datum van zijn executie te zijn: vrijdag 7 april in het jaar 30.

Judith nipte aan de koffie. De koffiegeur verdreef de muffe stank van stof, zweet en vuile was, die in alle tenten overheerste en waar ze vandaag helemaal niet tegen kon. 'Merkwaardig,' mompelde ze in de beker.

'Vreemd, hè? Een man trekt drie jaar lang door Palestina, predikt voor mensenmenigten, volbrengt wonderen... Hij wekt doden weer tot leven, stel je voor! Maar aan de geschiedschrijving van die tijd lijkt dat helemaal voorbij te zijn gegaan. Hij beraamt bijna een volksopstand; dat had dan toch zeker in een Romeins verslag moeten staan? Maar nee, geen spoor daarvan. Het vreemdste is dat zelfs zijn aanhangers een halve eeuw laten verstrijken voordat ze berichten over hem en zijn uitspraken op papier of op papyrus neerschreven.'

'Echt waar?'

'Het oudste verslag is het Marcusevangelie, dat op zijn vroegst uit het jaar 70 stamt. Alleen de brieven van Paulus zijn nog ouder, namelijk van rond het jaar 50, maar Paulus heeft Jezus nooit in levenden lijve ontmoet, dus meldt hij ook niets over diens leven.'

'Met andere woorden, je gelooft dat de brief de waarheid vertelt. Dat Jezus nooit heeft bestaan.'

'In elk geval schijnt het tegendeel niet te bewijzen te zijn.'

'Hm,' mompelde Judith. 'Het lijkt erop dat we toch nog geschiedenis gaan schrijven, nietwaar?'

Stephen staarde een tijdje afwezig naar het beeldscherm van zijn computer en gaf geen antwoord. 'Dat is nog niet alles,' zei hij ten slotte.

Judith wachtte.

'Ik heb op internet bovendien een beschrijving van de camera gevonden,' ging Stephen verder. 'De Sony MR-01.'

'Ik denk dat die er nog helemaal niet is.'

'Die moet over drie jaar op de markt komen en je kunt hem nu al bestellen.'

Judith voelde een rilling over haar rug trekken. 'Huiveringwekkend.'

'Ja. Maar de grap is dat er ook een model MR-02 komt, dat duizend dollar duurder is, maar natuurlijk ook meer voorzieningen heeft. En ik vraag me af waarom de tijdreiziger die niet heeft meegenomen naar het verleden.'
Judith sperde haar ogen open. 'Wat?'
'Kijk, ik heb het opgeslagen.' Hij riep de tekst met de afbeeldingen op het scherm op. 'Kijk, hier worden de eigenschappen opgesomd. De MR-02 krijgt een groter, lichtsterker objectief. Een 24-voudige zoomlens in plaats van de 20-voudige van de MR-01. En wat ik nog het opvallendst vind: de body is gemaakt van een magnesiumlegering, en die van de MR-01 gewoon van plastic.'

Ryan kwam binnen met een papiertje in zijn hand. Eisenhardt observeerde de man met de kille, grijze ogen onopvallend. Hij droeg een kapmes aan zijn riem, weliswaar in een leren etui, maar toch een ouderwets wapen als een mes, geen pistool. Ryan kwam het ene moment op een verwarrende manier gewelddadig en op het volgende onderdanig over, alsof hij zichzelf verloochende. Zoals nu, op het moment dat hij Kaun het briefje overhandigde. Eisenhardt moest aan Igor denken, de bediende van Frankenstein. Alleen was Ryan niet gebocheld of lelijk, maar deed hij meer aan een arische SS-officier denken. Hij bleef stokstijf stilstaan, tot Kaun hem met een knikje liet gaan.
'U bent natuurlijk benieuwd,' zei Kaun grijnzend, nadat hij de boodschap gelezen had. 'Dat is heel goed te begrijpen. Weet iemand toevallig wanneer het papier eigenlijk uitgevonden is?'
'In 105 na Christus,' zei Eisenhardt. Dat was een van de dingen geweest die hij in de encyclopedie had opgezocht tijdens zijn onderzoek. 'Door een ambtenaar aan het hof van de Chinese keizer Ho-ti, een zekere Ts'ai Lun.'
Kaun stak het papiertje in de lucht. 'Dit is het bericht uit het lab in de Verenigde Staten waar we het monster naartoe hebben gestuurd. Ze schrijven dat ze het niet begrijpen en het hebben opgegeven nog langer naar een verklaring te zoeken. Volgens de chemische analyse gaat het bij dit monster om hoogwaardig kunstdrukpapier. Maar volgens de radiokoolstofmethode is het tweeduizend jaar oud.'

20

Overzicht van de gebruikte afkortingen van archeologische instituten:
ASOR - American School of Oriental Research (nu: W.F. Albright Institute of Archaeological Research, Jerusalem, afgekort AIAR, resp. American Center of Oriental Research, Amman, ACOR)
BSAJ - British School Of Archaeology in Jerusalem
IAA - Israel Antiquities Authority
IES - Israel Exploration Society
PDA - Palestine Department of Antiquities
Professor Wilford-Smith
Bericht over de opgravingen bij Bet Hamesh

De opgravingsassistenten die niet op weekendverlof waren, waren bij de veldkeuken bijeengeroepen. De leider van de opgravingen zou iets bekendmaken, werd gezegd.
Maar de eersten die op de houten banken plaatsnamen, zagen eerst alleen hoe een grote zwarte verlengde limousine voorreed, hoe een van Kauns stafleden twee koffers inlaadde en hoe ten slotte Kaun zelf instapte. Daarna reed de auto weg, een dunne stofwolk achterlatend.
De jonge mannen en vrouwen keken elkaar vragend aan. Niemand wist wat dat allemaal te betekenen had. Ze hadden wel veel gehoord. Had de sponsor zijn interesse verloren?
De wachten bij de witte tent op perceel 14 stonden nog steeds op hun post. Dit was allemaal behoorlijk eigenaardig.
Toen iedereen zich had verzameld – het waren er niet veel, want er waren vrijwel alleen buitenlandse assistenten aanwezig – ging de professor voor hen staan, zette zijn onvermijdelijke zonnehoed af, veegde zijn voorhoofd af met de vettige grauwe hoofddoek die hij daaronder altijd droeg en plaatste beide weer op zijn hoofd voordat hij het woord nam.
Hij schraapte zijn keel en zei: 'We hebben besloten het opgravingswerk voor dit seizoen op te schorten.'
Tsjak. Dat was het dan. De assistenten waren sprakeloos. Afgelopen, zomaar opeens. Omdat de sponsor er geen zin meer in had.
'Jullie zullen je wel afvragen, waarom,' vervolgde professor Wilford-Smith met sombere stem. 'Dat is een gerechtvaardigde vraag, maar ik kan die momenteel niet beantwoorden. Omdat deze beslissing...'

'Heeft het iets met perceel 14 te maken?' onderbrak iemand hem.
De professor deed alsof hij niets gehoord had. 'Omdat deze beslissing voor jullie als een groter verrassing komt, zullen we de kampfaciliteiten zo lang instandhouden totdat jullie...'
'Vertelt u ons eindelijk eens wat er in preceel 14 gevonden is!' zei een andere stem op de achtergrond. Overal waren hoofdknikken te zien en klonk instemmend gebrom.
'Zoals gezegd, de kampfaciliteiten...'
'Perceel 14! Perceel 14!' Het klonk nu bijna als een spreekkoor.
De professor zweeg, legde zijn hand in zijn gerimpelde nek en keek naar de caravan. Daar stond Ryan, de assistent van John Kaun, opeens naar de menigte te kijken. De protesterende geluiden stierven langzaam weg.
'Ik, eh... kan jullie hierover geen bijzonderheden vertellen,' zei Wilford-Smith ten slotte. 'Vandaag is er in elk geval een eind gekomen aan de opgravingen hier in Bet Hamesh. Voor degenen onder jullie die uit het buitenland of van grote afstand hierheen zijn gekomen en zich op een langer verblijf hebben ingesteld, zullen we zoals gezegd het kamp instandhouden, totdat jullie je vluchten hebben kunnen omboeken of andere regelingen hebben getroffen. Dat moet allemaal binnen eh... de komende vijf dagen te regelen zijn. Degenen die momenteel niet aanwezig zijn, zullen we telefonisch proberen in te lichten. En anders horen ze het wel als ze vanavond hier komen.' Weer die hoed, die hoofddoek en die wissende beweging. 'Ik bedank jullie allemaal voor de geleverde arbeid, ook namens de andere wetenschappelijk medewerkers. Ik wens jullie nog een prettige dag en een goede terugreis. Hartelijk dank.'

George Martinez had zijn collega en chef bij een café in de buurt van de Oude Stadsmuur afgezet en was in de richting van de Tempelberg gereden. Zodra Bob Richards in de binnenspiegel niet meer te zien was, was hij langs het trottoir gestopt en had de weg naar de Zaaierskerk gevraagd.
De Tempelberg! Wat een onzin. Hij hoefde daar echt niet te gaan kijken. Hij kon met zijn ogen dicht al beoordelen wat daar wel of niet mogelijk was.
Nee, hij wist wat hij moest doen. Wat goed was. De hebzucht naar geld van die John Kaun was in elk geval niet goed en de cynische onverschilligheid die Bob tentoonspreidde was al geen haar beter.
Niemand leek de kerk te kennen. Enkele goedbedoelde routeaanwijzingen bleken verkeerd te zijn en een voorbijganger die hij aansprak, bleek

zelf een toerist te zijn. Uiteindelijk kwam George op het idee de weg aan taxichauffeurs te vragen. Uiteindelijk vond hij er een die de kerk kende en hem ook bereidwillig de weg erheen op een stadsplattegrond aanwees. Hij had niet genoeg geld meer om zich ernaartoe te laten rijden.
Op het moment dat hij bij de kerk aankwam, begonnen net de klokken voor de middag te luiden. De toren was nog kleiner en armzaliger dan hij zich herinnerde, en de verwaarloosde gedaanten die de binnenplaats bevolkten, deden hem aarzelen. Maar hij besloot toch naar binnen te gaan, net op tijd om pater Lucas te treffen, die juist van de pastorie op weg was naar de kerk.
Hij leek zich hem niet te herinneren. Maar opeens wist hij het weer: de man die de kerk in wilde om in Jeruzalem te bidden, inderdaad, en voor wie hij een taxi had besteld. Precies. Of hij goed thuisgekomen was.
'Ja, geen probleem,' antwoordde George kort en voegde eraan toe: 'Ik moet u even onder vier ogen spreken, vader.'
'Natuurlijk,' antwoordde de priester. 'Direct na de mis van vanmiddag, als u wilt.'
'Ik ben bang dat ik niet zoveel tijd heb. Ik moet u nu meteen spreken.'
Pater Lucas slaagde er niet in te verbergen wat hij van het idee vond zijn dagelijkse routine te doorbreken. 'Ik ben bang dat mij daarvoor wederom de tijd ontbreekt, mijn zoon. Al die mensen willen graag de mis bijwonen...'
'Een minuutje maar, vader, alstublieft.'
George bleef de pater strak aankijken. Hij was vastbesloten om die minuut te krijgen en was bereid zich desnoods voor de geestelijke in het stof te werpen, te smeken en te jammeren en een verschrikkelijke scène te maken, zich tot mikpunt van spot voor de mensen te maken en gesprekstof voor weken te leveren in de hele wijk, maar hij moest en zou die minuut krijgen.
Misschien zag pater Lucas die vastbeslotenheid bij hem. Hij knikte in elk geval berustend en zei: 'Goed, als het zo dringend is... Laten we naar de sacristie gaan; maar niet langer dan een minuut!'

Een van de zakenjets waarvan de News and Entertainment Worldwide Incorporated er in totaal zes bezat, bracht John Kaun naar Rome. Onderweg had hij eindelijk tijd de balansen, vermogensposities en andere documenten te bestuderen die Enrico Basso hem tijdens de rit naar de luchthaven van Tel Aviv in de auto had gefaxt.
Hoe je het ook wendde of keerde, de katholieke kerk was volgens alle

denkbare maatstaven een uiterst solide bedrijf. Te solide bijna. Vooral als je daarbij bedacht dat het Vaticaan een soevereine staat was en er dus geen belasting betaald hoefde te worden. Daar konden Exxon of IBM alleen maar van dromen. Zelfs als je van Basso's vermoedens de dubieuze wegliet, dan bleef er een rendement over dat anders alleen voor drugskartels haalbaar was. En waarschijnlijk klopte minstens de helft van Basso's getallen. Hij kende de Italiaanse advocaat en accountant als een zeer ervaren onderzoeker, die liever wat te voorzichtig schatte als er iets te schatten viel. Je moest ervan uitgaan dat de Heilige Stoel meer kapitaal onder zich had dan uit de officiële balans bleek. Het Vaticaan was tenslotte tot halverwege de negentiende eeuw een grote, machtige staat geweest, en grote, machtige staten verdwenen niet zomaar van de landkaart zonder dat tevoren enorme vermogens op diverse geheime plaatsen veiliggesteld waren.
Kaun keek uit het raampje. Ze vlogen over een dunne wolkenlaag, waaronder vaag een grijsbruine kustlijn zichtbaar was. De hemelsblauwe zee lichtte glinsterend op, alsof die met een kristallen moslaag overdekt was. En al die rijkdom en al die macht, bedacht Kaun, waren op niets anders gegrondvest dan het slim aan de man brengen van een mythe die tweeduizend jaar geleden in Palestina was ontstaan. En de video die ze zochten, was voor het voortbestaan van die mythe van doorslaggevend belang, wat er dan ook op die video te zien mocht zijn.
Een unieke onderhandelingspositie.
Als hij erin slaagde dat unieke bedrijf te verkopen, dat hij nog helemaal niet bezat, dan zou voor het eerst in zijn leven zijn voorstellingsvermogen de bovengrens vormen voor het bedrag dat hij kon vragen, en niet het vermogen van de andere partij.

's Middags begon langzaamaan de ontmanteling van het kamp. Tot dan toe hadden de assistenten bij de keukentent of de stookplaats met elkaar zitten praten. Ze hadden geprobeerd hun teleurstelling te boven te komen; velen hadden zich erop ingesteld dat ze weken of zelfs maanden in Bet Hamesh zouden blijven. Dat ze nu opeens afscheid moesten nemen, was voor hen een klap in het gezicht.
Niemand leek zin te hebben in een discussie rond het onderwerp 'Perceel 14'. Ze wisselden adressen en telefoonnummers uit, probeerden vluchtige flirts een steviger basis te geven, beloofden bij elkaar op bezoek te komen en spraken af elkaar bij andere opgravingen weer te ontmoeten. De telefoon in de kantinetent werd voortdurend belegerd. De eer-

sten begonnen hun spullen in te pakken. Er arriveerden auto's om koffers en rugzakken mee te nemen, waarna ze weer wegreden. Steeds weer zag je mensen het hoofd schudden en in vele talen met elkaar praten. Van verre was zichtbaar dat het steeds weer over die ene vraag ging, die onbeantwoord was gebleven: wat was er gebeurd, waardoor deze grote opgraving werd afgebroken? Welke reden was er voor zo'n drastische beslissing? Nu de eerste tenten werden neergehaald, ontstonden er gaten in de tevoren zo geordende rijen van taps toelopende, lichtgrijze tentdaken.
En professor Wilford-Smith noch Shimon Bar-Lev, zijn plaatsvervanger, liet zich de rest van de dag zien.
Stephen Foxx had de beide klapstoeltjes zo voor zijn tent neergezet dat hij zijn benen erop kon leggen en toch zowel de activiteiten in het tentenkamp als de caravans in de gaten kon houden. Hij had een groot glas met een koele drank in zijn hand en een brede strooien hoed beschermde zijn hoofd tegen de zon, die meedogenloos brandde.
Het besluit met de opgravingen te stoppen had hem verrast. Hij hield er niet van zo verrast te worden. Hij hield er niet van dat anderen de gang van zaken bepaalden. En wat hem het minst aanstond, was dat Judith, die in Jeruzalem woonde, mogelijk vandaag al vertrok.
Zeker, ze zouden elkaar nog enkele malen zien. Maar zonder de bijna intieme omgeving van het tentenkamp moest hij zijn flirt met haar als mislukt beschouwen.
Damn! Hij was wel bezig de grote Johngis Khan te slim af te zijn, maar op die temperamentvolle dame beet hij zijn tanden stuk. Dat was niet eerlijk.
Daar kwam ze alweer aan. Ze liep langzaam de helling op, waarbij haar zwarte lokken afwisselend op de ene en de andere schouder vielen als ze glimlachend naar hem opkeek. Ze lachte een beetje verlegen; ze leek nog altijd spijt te hebben van de ruzie tijdens het ontbijt.
'Het schijnt goed met je te gaan,' zei ze toen ze bij hem was aangekomen.
'Daar probeer ik altijd voor te zorgen,' zei Stephen kortaf. 'Dat het goed met me gaat.'
'Bij de caravans gebeurt niets,' ging ze verder, alsof hij niets gezegd had, zette haar handen tegen haar welgevormde heupen en keek omlaag naar het terrein naast de parkeerplaats. 'Ons sturen ze weg, maar zelf blijven ze.'
Stephen zette zijn voeten weer op de grond, trok de andere stoel bij en klopte vluchtig het zitvlak schoon. 'Kom,' zei hij. 'Ga zitten.'
'O, dank je. Ik moet zeggen dat ik helemaal...'
'Die blijven ook niet.'

'Sorry? Wie?'
'Kaun en zijn mensen.' Hij stak het glas naar haar uit. Er zat nog een restje in van zijn persoonlijke verfrissende cocktail, die hij in een speciale thermoskan had gemixt en sindsdien koel had bewaard. Ze rook eraan en schudde haar hoofd.
'Dank je, liever niet. Hoe kom je daarbij?'
'Als je hen een paar uur observeert, dan zie je dat ze zich wel degelijk op een spoedig vertrek voorbereiden,' zei Stephen. 'Er komt iemand aanlopen die de bescherming tegen de zon van de caravanbanden weghaalt. Een ander is bezig het afval te verzamelen. Een derde legt de lege kabelhaspels klaar naast de stroom- en telefoonkabels. Allemaal kleinigheden, maar ze besparen wel een hoop tijd op de dag van vertrek.'
'Je bedoelt dat ze wachten totdat wij allemaal vertrokken zijn en dan ook weggaan?'
'Misschien al eerder. Het interesseert me trouwens wel waarom Kaun is vertrokken.'
'Het is allemaal niet meer interessant voor hem. Daarom laat hij alles afbreken en zelf vertrekt hij als eerste.' Er trok een vluchtig lachje over Judiths gezicht, waar hij de rest van zijn leven graag naar had willen kijken. 'Misschien had hij ruzie met de professor en heeft Kaun uit woede al zijn geld teruggehaald.'
Stephen dacht even na over deze veronderstelling. Nee, dat paste niet bij wat hij had waargenomen. Kaun was niet woedend vertrokken. Hij had eerder de indruk gewekt dat hij ten strijde trok.
Hij schudde zijn hoofd. 'Is het je opgevallen dat ze de vindplaats nog altijd niet hebben leeggemaakt? Dat betekent dat ze nog iemand verwachten aan wie ze de vondst willen laten zien. Pas daarna vertrekken ze.'
'Dat kan best.' Judith kneep haar ogen toe. 'Daar heb je Ryan weer. Moet je kijken... wat heeft die nou weer op de parkeerplaats te zoeken? De rillingen lopen over mijn rug als ik hem zie. Hij doet me aan al die nazi-films denken.'
Stephen wendde zijn blik van haar af en keek ook omlaag naar de parkeerplaats. Ryan leek iets te hebben verloren. Hij liep langs de sterk uitgedunde rijen geparkeerde auto's en zocht de grond naar iets af. Af en toe bukte hij om onder een van de auto's te kijken. Na enige tijd gaf hij het op en liep met grote passen naar de caravan terug.
'Heb je familie verloren in de holocaust?' vroeg hij zacht. 'Neem het me niet kwalijk als dat een te opdringerige vraag is.'
'Geeft niet. Mijn vader komt uit Hongarije en hij was de enige van zijn

familie die op tijd naar Amerika kon vluchten. Al zijn broers en zussen zijn in de concentratiekampen omgekomen. Van sommigen heeft hij niet eens een foto kunnen redden.'
'Menez is niet bepaald een Hongaars klinkende naam.'
'Het is de veramerikaniseerde vorm van Menassah, een oude Hebreeuwse naam. Maar dat was te ingewikkeld voor de Amerikaanse immigratieambtenaar.'
'En je moeder?'
'Die is hier geboren. Mijn vader is na de Sinaï-oorlog naar Israël gekomen, en zij was zijn assistente aan de faculteit Geschiedenis. Zo hebben ze elkaar leren kennen. Later werd ze zijn assistente bij het krijgen van kinderen.' Het klonk verbitterd.
'Je kunt niet goed met je vader overweg?'
'Nee.' Ze klemde haar lippen op elkaar. 'Nee, niet bepaald. Jij kent hem niet. Hij heeft misschien wel vijf miljoen boeken gelezen in zijn leven, en na het eerste miljoen beschouwde hij zichzelf als slimmer dan de hele rest van de mensheid. Hij heeft ons altijd lastiggevallen met ideeën waar hij op dat moment bezeten van was. Toen ik nog kind was, wilde hij per se bewijzen dat er onder de oude stad van Jeruzalem een onontdekte rotsgang ligt. Daarvoor was het het echte graf van koning David. Daarna zette hij zich in het hoofd de route van het volk van Israël bij de uittocht uit Egypte te reconstrueren. In zijn eentje, uiteraard.'
Ze keek hem van opzij aan. 'En jij en je vader? Kunnen jullie goed met elkaar opschieten?'
Stephen haalde zijn schouders op. 'Moeilijk te zeggen. Toen ik nog kind was... Ik zie hem in mijn herinnering altijd achter zijn bureau. Hij is advocaat, weet je. Hij begon een eigen praktijk toen ik negen was, en vanaf dat moment heb ik hem tot mijn zestiende nauwelijks meer gezien. Hij werkte in die tijd regelmatig meer dan 26 uur per dag, althans volgens de facturen die hij indiende.'
'Zesentwintig uur?' Het duurde even voordat ze begreep hoe dat mogelijk was.
'Dat hebben advocaten voor op gewone mensen,' meende Stephen. 'Ze weten hoe ver ze kunnen gaan en hoe ze zich er in geval van nood uit kunnen redden.'
'Dat klinkt niet erg lovend.'
'Lovend zou beslist een verkeerd woord zijn.'
Ze zwegen een poosje. Stephen dronk zijn glas leeg en zette het onder zijn stoel neer. Het was krankzinnig heet, zonder ook maar een zuchtje wind.

'Weet je wat vreemd is?' vroeg hij.
'Ik zou niet weten wat hier niet vreemd is.'
'Ze stoppen met de opgravingen. Ze zeggen ajuus, mensen, dat was het, bedankt hoor. Ze kijken toe hoe de een na de ander vertrekt. En niemand komt naar me toe en zegt: meneer Foxx, we willen graag dat u nog een poosje blijft. Ze zouden ons toch minstens hun telefoonnummer kunnen geven voor het geval we nog vragen hebben.'
Ze keek hem met opgetrokken wenkbrauwen aan. 'Je bent gekrenkt in je trots, niet?'
'Onzin. Dat bewijst dat ze niets meer van me verwachten. Kijk, ik heb dat ding toch gevonden? Ik heb het als een stomme schatzoeker opengesneden. Iemand had zich er toch voor kunnen interesseren hoe het er daarvoor uitzag? Hoe het daar lag toen ik het vond. Of de laag werkelijk helemaal gaaf was, dergelijke dingen. Maar nee, ze willen niet eens weten wat ik nu van plan ben.'
'Hm... en wat ben je van plan?'
Stephen haalde zijn schouders op. 'Goede vraag. Ik zou natuurlijk in Jeruzalem een kamer kunnen nemen. Aan de andere kant zou ik dan helemaal niet meer weten wat hier gebeurt. Ik weet het nog niet. Het hangt er ook van af wat we vanavond in het lab ontdekken.' Hij keek haar kort aan en moest al zijn moed verzamelen om te vragen: 'En jij?'
Haar gezicht versomberde. 'Ik ben tamelijk kwaad op meneer de professor. Om zomaar op straat gezet te worden... Ik heb mijn huis voor de hele opgravingsduur aan een Chinese theologiestudente onderverhuurd; fijn, hè? Ik kan nu bij mijn broer in huis gaan, wat hij helemaal niet zo fijn zou vinden, of ik moet naar mijn moeder, wat ik niet zo fijn vind. Waarschijnlijk draait het erop uit dat ik voor de rest van de tijd aan een andere opgraving mee ga doen.'
De zon leek opeens feller te schijnen. Dat waren nog eens goede berichten! Stephen ging rechtop zitten, schoof zijn zonnehoed naar zijn nek toe, schoof met zijn stoel dichter naar haar toe en legde gespeeld brutaal zijn arm om haar schouders. 'Laten we zo lang mogelijk hier blijven en hen lastigvallen,' zei hij vrolijk. 'Laten we blijven tot ze ons eruit gooien.'
Ze protesteerde niet tegen zijn omarming en daarom verplaatste hij zijn arm niet.
'Ik wil de tijd gebruiken om voor mezelf te bepalen of ik echt geschiedenis wil studeren,' zei ze afwezig. 'Of dat ik het alleen maar doe omdat het in de familie zit. Eerlijk gezegd: als ik zie hoe het er hier aan toe gaat,

vraag ik me af of ik niet beter bedrijfseconomie kan gaan studeren, of iets anders waarmee je geld kunt verdienen.' Stephen voelde de warmte van haar lichaam onder zijn hand, en haar haar, dat zacht op zijn onderarm viel. 'Goede vraag,' zei hij.

Pater Lucas zat voor het witte tafeltje te staren waar de telefoon op stond. Het was een plomp toestel van zwart bakeliet, en al jaren oud, zoals alles hier. De tafel stond voor het raam, dat uitkeek op de stoffige binnenplaats. De poort stond open, omdat ze voor hun blauwe bestelwagentje weer eens geen parkeerplaats hadden gevonden. In dat geval parkeerden ze hierbinnen. Hij nam zich voor eraan te denken ook alle kartonnen dozen op te laden die al dagen in een hoek stonden.

De telefoon ging. Pater Lucas keek naar het notitieboek dat voor zijn gevouwen handen lag. Het lag opengeslagen op een bladzijde met een telefoonnummer waarvan hij nooit had verwacht het nog eens nodig te hebben. Maar niet hier, in het onbeduidendste klooster ter wereld.

Voor de zoveelste keer sinds hij zich in het kale kantoortje had teruggetrokken, keek hij naar het grote kruisbeeld op dat aan de muur tussen de twee ramen hing. Jezus had zijn hoofd op zijn borst laten zakken en leek opeens niet meer op een religieus kunstwerk van beschilderd hout, maar leek tot leven te komen. Onder de doornenkroon leek bloed op te wellen. Hij leek hem, pater Lucas, franciscaner monnik, zijn nederigste dienaar, aan te kijken...

Was dat allemaal fantasie? Had de Mexicaan hem in het ootje genomen? Nee. Nee, hij had gezien dat de ontsteltenis van de man echt was en dat hij werkelijk gelovig was. Nee. Misschien was hij in het ootje genomen, dat kon je niet weten. Maar in elk geval had hij geloofd wat hij had gezegd. Misschien...

Een video-opname, die Jezus Christus liet zien! Wat een adembenemende voorstelling! Wat een wonder.

Misschien, zo fluisterde een zacht stemmetje in hem, was dat de reden dat hij hier was.

Misschien was hem vanaf het begin al een rol in dit wonder toebedeeld. Hij had zich deemoedig voor de allerarmsten ingezet en zich daarmee dit moment waardig betoond.

Hij klopte, waarna de deur openging. Het was broeder Geoffrey. 'Broeder Lucas, we moeten zo langzamerhand vertrekken. Het hotel krijgt op sabbat om halfvijf vers eten, en als we het opladen van de oude spullen meerekenen...'

'Een momentje nog, een momentje. Ik kom zo. Ik moet alleen nog een telefoontje plegen.'
'Goed dan.'
De deur ging weer dicht.
De hoorn voelde zwaar aan.

John Kaun keek zijn Italiaanse vertegenwoordiger verwonderd aan, toen de taxi door een straat hobbelde die hoogstens geschikt leek te zijn voor de strijdwagens van Romeinse legioenen, maar niet voor moderne personenwagens. Voorzover je althans van modern kon spreken als het om het versleten barrel ging waarmee Enrico Basso hem van de luchthaven had afgehaald. 'En wat houdt dat in, een prelaat?'
'Prelaat is een eretitel voor een bijzonder verdienstelijk katholiek geestelijke.'
'Dat weet ik. Maar ik wilde een kardinaal spreken. De hoogste financiële baas van het Vaticaan.'
'De hoogste financiële baas is de paus.'
'De paus?'
Basso zuchtte diep. Hij zag er ongezond bleek uit. 'De paus is in principe een absoluut heerser. Alles behoort tot zijn competentie, maar bepaalde zaken delegeert hij.'
'En wie controleert hem dan?'
'God.'
'Hemeltjelief,' bracht Kaun uit. Hij keek uit het raam van de auto. Het verkeer was al even chaotisch als in Israël, maar het was zwaarbewolkt en het licht was diffuus, zoals in New York op mooie dagen. 'Zogezegd een bestuursvoorzitter zonder raad van commissarissen. En zonder aandeelhouders. Of een directeur-grootaandeelhouder. Benijdenswaard. Goed, wat heeft die man voor een functie?'
'Hij is secretaris van de prefectuur van economische aangelegenheden van de Heilige Stoel.'
'En wat moet ik me daarbij voorstellen?'
Dat is een soort rekenkamer die paus Paulus VI in 1967 heeft ingesteld. Deze instantie controleert alle rekeningen, alle balansen en alle geldstromen op rechtmatigheid en staat onder leiding van een kardinaal, die weer gecontroleerd wordt door een commissie van vijf andere kardinalen. Verder zijn er acht medewerkers en twaalf adviseurs, stuk voor stuk financieel specialisten, en zelfs de secretaris, die altijd een prelaat is.'
Kaun knikte nadenkend. Natuurlijk had hij niet mogen verwachten dat

een instituut als de katholieke kerk voor de bestuursvoorzitter van een onbeduidende nieuwszender de rode loper uitlegde. Niet zolang hij zijn troef nog niet had uitgespeeld. Niet zolang hij hun niet duidelijk had gemaakt dat hij, John Kaun, mogelijk het toekomstige lot van deze kerk in handen had.

Ze kwamen bij het Vaticaan aan. Enorme, indrukwekkend oude muren rezen voor hen op, zodat ze welhaast een gevoel van totale onbeduidendheid moesten krijgen. Een wachtpost van de Zwitserse Garde in een volstrekt belachelijk uniform controleerde hun paspoorten, keek op een lijst, pleegde een telefoontje en verleende hun ten slotte doorgang in het inwendige van de kerkstaat. Een man in een zwarte pij kwam hen tegemoet, gebaarde hen te volgen en leidde hen door lange gangen, waarin reusachtige olieverfschilderijen hingen. Ze liepen de ene na de andere trap op en af, dwars door de tuin, door zuilengangen en langs eeuwenoude fonteinen, en met elke stap begon Kaun beter in te zien hoe geweldig de tegenstander was waartegen hij het nu opgenomen had. Dit was geen vrijwel failliete uitgeverij die door de zonen van de oprichter te gronde was gericht en nu voor een appel en een ei te krijgen was, geen aardappelchipsfabriek die je met handige financiële trucs kon inpikken; dit was een organisatie die alleen al door haar langdurige bestaan een enorme macht had. Zakendoen met de katholieke kerk, dat was hetzelfde als de Himalaya willen kopen.
Tegelijkertijd groeide zijn achting voor Basso. Die man moest werkelijk overal relaties hebben en die stuk voor stuk optimaal hebben gebruikt om dit gesprek op zo'n korte termijn mogelijk te maken. Een goeie vent, heel waardevol.
Kauns maag kromp door alle spanning ineen en leek een keiharde bal te worden. Hij kende dit gevoel. Dit was strijdvaardigheid.
Het kantoor van prelaat Giuseppe Genaro was verrassend klein. De meubels leken stuk voor stuk uit de Middeleeuwen te stammen: massieve donkere tafels, kasten en stoelen, en alleen het tapijt al moest een vermogen waard zijn.
'Ik luister,' zei de geestelijke kortaf en in zeer Italiaans Engels, nadat ze hadden plaatsgenomen. Hij keek hen daarbij met zijn donkere kraaloogjes aan, onophoudelijk met zijn onderkaak malend.
Kaun boog zich iets naar voren, keek zijn opponent strak aan – een tactiek die zich aan tal van vergadertafels over de hele wereld had bewezen – en begon: 'Sir, mijn naam is John Kaun, en ik ben bestuursvoorzitter van Kaun Enterprises. Mijn onderneming beschikt over...'

De magere oude man maakte een wegwerpgebaar.' 'Ja, ja, dat weet ik allemaal wel. Wat wilt u?'
De prelaat leek allerminst onder de indruk te zijn van de hoge positie van zijn bezoeker. Kaun zuchtte eens diep. Eén ding was duidelijk: deze lelijke dwerg met zijn dunne Heinrich Himmler-montuur en zijn spaarzame haar was een hindernis, geen gesprekspartner. Hij moest gepasseerd worden, in plaats van overtuigd.
'Mijn onderneming financiert een belangrijke opgraving in Israël. In het kader van die opgravingen zijn we op het spoor gekomen van een voorwerp uit de tijd van Jezus, dat van beslissende betekenis kan zijn voor de katholieke kerk,' legde Kaun uit, en hij voegde er in een plotselinge ingeving aan toe: 'Zo beslissend, dat ik hierover met de paus moet praten.'
Hij hoorde hoe Basso naast hem geschrokken zijn adem inhield. De geestelijke liet zich in zijn stoel met hoge leuning terugvallen, zodat je moest vrezen dat hij elk moment achter zijn versleten aktemappen op de grond zou zakken. Terwijl hij Kaun aandachtiger bekeek, vernauwden zijn kraaloogjes zich.
'Wat is dat voor een... voorwerp?' vroeg hij. Zijn stem had een onaangename metaalachtige ondertoon.
'Zoals gezegd hebben we het nog niet, maar dat zal niet lang meer duren. Alles wat ik er op dit moment over kan zeggen, is dat het waarschijnlijk het onomstotelijke bewijs levert dat de opstanding van Jezus daadwerkelijk heeft plaatsgevonden.' Kaun liet even een stilte vallen om het effect te vergroten van zijn volgende woorden: 'Of niet.'
De prelaat legde zijn vingers gespreid op het bureaublad, alsof hij piano ging spelen, en begon zacht te trommelen terwijl hij nadacht. 'Ik kan me niet voorstellen wat u dan hoopt te vinden,' verklaarde hij uiteindelijk.
'Maar u bent het toch zeker met mij eens dat dat van geweldige betekenis voor de kerk zou zijn?' bracht Kaun daartegen in.
De blik van de prelaat bleef ijzig. 'Het spijt me, nee.'
'Nee?!' Zijn maag kromp nog verder ineen. 'Neem me niet kwalijk, sir, maar kunt u mij dat uitleggen? Ik zei dat we een historisch bewijs op het spoor zijn, dat voor eens en voor altijd duidelijk zal maken of Jezus uit de dood is opgestaan of niet. Hoe zou de kerk dat kunnen negeren?'
'De opstanding van Christus is een geloofswaarheid die zich heeft gemanifesteerd, en is onafhankelijk van wetenschappelijk bewijs, dat in wezen altijd slechts een interpretatie van wereldlijke waarnemingen is.'
'Mijn vliegtuig wacht op de luchthaven van Rome op me. Iemand kan

toch wel komen bekijken wat wij hebben gevonden? Een kardinaal, een historicus die u hoogacht, de paus zelf wat mij betreft. Vanavond nog, nu meteen. De vlucht duurt tweeënhalfuur, de rit naar de opgravingen een uur. Om middernacht kan hij weer thuis zijn.'

'De Heilige Vader heeft een bovenmenselijke last van tal van verplichtingen te dragen,' verklaarde de secretaris. 'Daar komt bij dat hij ernstig ziek is. Het is volstrekt uitgesloten dat hij spontaan ergens naartoe vliegt.' Met zijn zure gezicht leek hij te willen zeggen dat hij elke vorm van spontaniteit ten sterkste afkeurde. 'Dat geldt in principe ook voor de kardinalen.'

'Laat me dan een wetenschapper meenemen. Er is toch een Pauselijke Academie van Wetenschappen? Iemand daarvan moet meevliegen.'

'Daar kan ik niet over beslissen.'

'Wie dan wel?'

'In principe Zijne Heiligheid.'

Kaun zuchtte. 'Oké dan. Kan ik hem dan even spreken?'

'Als u een pauselijke audiëntie wilt, moet u zich tot de prefectuur van het pauselijk huis wenden.' De oogjes achter het dunne montuur glinsterden kil. 'Die is maandag weer open.'

Dit was werkelijk te gek. 'Luistert u eens, dan hebben we dat ding waarschijnlijk al uitgegraven. Misschien houden we dan zelfs al de eerste persconferentie. En misschien zullen de mededelingen die we dan doen Zijne Heiligheid absoluut niet bevallen. Omdat we misschien bewijzen dat toentertijd alles anders is verlopen dan in de bijbel staat, waarna de gelovigen in drommen uit de kerk weglopen.'

'De waarheid, mister Kaun,' merkte de geestelijke zuinigjes op, 'is niet democratisch. Zelfs als er zou gebeuren waar u op duidt – en ik ben ervan overtuigd dat dat niet het geval zal zijn – dan zou dat voor de heilige katholieke kerk geen enkele reden zijn iets anders te verkondigen dan wat al tweeduizend jaar het geloof uitmaakt.'

'De waarheid is dat niemand die waarheid kent,' bracht Kaun hiertegen in, 'en dat we er allemaal naar op zoek zijn. Dat is wat ik geloof.'

De prelaat vouwde zijn rimpelige handen. 'Dat spijt me zeer voor u, mister Kaun.'

Kaun moest zich beheersen om zich niet door zijn gevoelens te laten meevoeren. Deze man hier was in elk geval niet de juiste gesprekspartner noch de juiste toegang tot het bolwerk van de kerk. Hier zou hij niets klaarspelen. Elk volgend woord was tijdverspilling.

Hij wierp Basso een blik toe. Die zag ondertussen zo bleek als een vaatdoek en op zijn voorhoofd parelden zweetdruppeltjes. 'Laten we gaan,' zei hij.

Ryan was zo gaan zitten dat hij door de ruit, die naar hij wist aan de buitenzijde reflecteerde, de parkeerplaats in het oog kon houden. Als ze vandaag wegreden, wilde hij weten waarheen.

Er lag een plat apparaat op zijn schoot, dat deed denken aan een draagbare televisie, zoals die een tijdlang in de mode was geweest. Uiteraard was het geen televisie. Af en toe schakelde hij het ding in, waarna er op het beeldscherm op circa anderhalve centimeter van het exacte midden een lichte punt verscheen. Als je het apparaat draaide, verplaatste de punt zich in tegenovergestelde richting. Hij leek altijd in de richting van de parkeerplaats te willen wijzen. Dat was natuurlijk geen toeval, want daar stond de auto waarbij onder het spatbord de bijbehorende peilzender aangebracht was. Een huurwagen. De auto van Stephen Foxx, om precies te zijn. Ryan wachtte. Hij was een expert in het wachten. Als het moest, kon hij urenlang zo stokstijf stil blijven zitten, dat zelfs het knipperen van zijn ogen en de bewegingen van zijn borstkas nauwelijks meer waarneembaar waren. Als je mensen observeerde, was het belangrijk dat je kon wachten.

Hier was het niet zo belangrijk roerloos te blijven zitten. Het was voldoende de blik op de parkeerplaats gericht te houden. In het begin had hij naar gedempte geluiden in het kamp geluisterd, naar de telefoontjes en het geratel van de toetsenborden van de pc's, maar inmiddels nam hij dat niet meer waar. Als je goed was in wachten, dan leek de tijd op een gegeven moment niet meer te bestaan, en dat was geen onaangename toestand.

Hij moest daarom op zijn horloge kijken toen Stephen Foxx en Judith Menez verschenen, in de auto stapten en wegreden.

Even voor halfacht. Ryan pakte de autosleutels die naast hem op het bureau lagen.

De klapramen in de hoge vensters van het kantoor, dat in de officiële plattegrond helemaal niet bestond, stonden open. De geluiden van het nachtelijke Rome drongen van verre naar binnen, nauwelijks luider dan het gezoem van de insecten die tegen de horren aan vlogen. Paradoxaal genoeg versterkten die zachte geluiden de indruk van stilte die in deze vleugel van het pauselijk paleis heerste.

Luigi Baptist Scarfaro was een magere, lange Siciliaan. Een opvallende

haviksneus, een hoog voorhoofd, achterovergekamd zwart haar en dunne, bloedeloze lippen verleenden zijn gezicht een aristocratisch aureool, dat nog werd onderstreept door de soutane die hij droeg. Hij was 36, maar leek ouder. Het was familietraditie dat een van de familieleden in dienst van de Heilige Stoel trad. Dat moest als compensatie dienen voor het feit dat alle overige familieleden voor de maffia werkten, en Luigi was degene die geacht werd deze traditie voor zijn generatie in stand te houden. Ter bestrijding van een andere familietraditie, namelijk de neiging om al vroeg last te krijgen van ernstige jicht, at hij streng vegetarisch, rookte hij niet en was geheelonthouder. Desondanks waren ook zijn vingers karakteristiek knokig en had hij slechte tanden. Tradities waren hardnekkig.
Hij zat achter een groot bureau dat helemaal leeg was, op een donkerrode onderlegger en een massieve messing lamp na. Het was de enige lichtbron in de hoge, ruime kamer. Op de onderlegger lagen twee vellen papier, keurig naast elkaar gerangschikt. Hij was ze al urenlang steeds weer peinzend aan het doorlezen. De geheime ruimtes van dit instituut maakten misschien een wat ouderwetse indruk, maar de monniken en priesters die hier werkten, konden een enorm reservoir aan ervaringen raadplegen over het inwinnen en overbrengen van informatie. Hier werd al van geheimschrift gebruikgemaakt toen de rest van de bevolking nog niet eens kon lezen. De kasten stonden misschien vol met stoffige mappen, maar daarin stond wel de echte geschiedenis van de afgelopen tweeduizend jaar. Het verzamelen van informatie en het combineren daarvan tot rapporten was een nuttige bezigheid voor het heil van de kerk, en daarom waren deze rapporten meestal even betrouwbaar als doorwrocht.
Deze twee vellen papier bezorgden hem hoofdbrekers.
Het ene betrof een notitie van de Prefectuur van Economische Zaken van de Heilige Stoel. De secretaris van de prefectuur, prelaat Genaro, had een gesprek gevoerd met de Amerikaanse industrieel John Kaun, die hem had opgezocht en had beweerd dat hij bij opgravingen in Israël vondsten uit de tijd van Jezus had gedaan die zouden kunnen bewijzen of weerleggen dat Jezus werkelijk uit de doden was opgestaan. Welk van beide het geval was, had hij niet willen zeggen, maar de reden daarvan stond niet in het korte memorandum.
Dit was niet per se een opwindend voorval. Het gebeurde voortdurend dat malloten zich met de gekste beweringen bij het Vaticaan vervoegden. Vondsten die bij opgravingen waren gedaan, waren slechts een

van de vele varianten. Het gebeurde ook heel vaak dat iemand zich als de op aarde teruggekeerde Heiland voordeed en dan bepaald niet als een verlosser in woede uitbarstte als niet de paus opdook om hem te eren, maar drie verplegers om hem mee te nemen. Anderen hadden visioenen waarin meestal de Heilige Maagd Maria verscheen en hun de vreemdste opdrachten gaf, meestal omdat het einde van de wereld ophanden was. Ja, en dan die opgravingen. Volgens bepaalde opgravingen had Jezus in de achtste eeuw in Zuid-Amerika geleefd, of was hij na zijn opstanding naar Tibet vertrokken of had hij lang voor zijn geboorte al als een van de bijbelse profeten gewerkt.

Dergelijke waanvoorstellingen bleven niet beperkt tot bepaalde bevolkingsgroepen. Zowel armen als rijken, geschoolden als ongeschoolden werden slachtoffer van religieuze wanen, en in de betreffende documenten waren alle beroepen, leeftijden, rassen en geslachten terug te vinden. In zoverre was het zeker niet opmerkelijk dat de bekende Amerikaanse mediamagnaat om een persoonlijk onderhoud had gevraagd. Er waren zelfs al presidenten geweest die door de duivel achtervolgd meenden te worden en anderen die zich als boodschapper van God beschouwden.

Het enige opmerkelijke was dat John Kaun zich uitgerekend tot de Prefectuur van Economische Zaken had gewend, in plaats van een van de vele andere.

Het leek wel alsof hij had gemeend dat ze vol enthousiasme zijn vondst van hem zouden kopen.

Ja, en dan nog dat tweede vel. Scarfaro legde zijn vingertoppen als een afdak tegen elkaar, met zijn wijsvingers tegen zijn kin, en las de tekst voor de zoveelste keer. Het was een mededeling van een franciscaanse pater in Jeruzalem.

In wezen was het volstrekte onzin. Er stond in dat hij bezoek had gekregen van een man die bij een opgraving ten westen van Jeruzalem werkte. Het toeval wilde dat het om dezelfde opgraving ging als die van John Kaun.

Deze man, een Amerikaan van Mexicaanse afkomst, had pater Lucas toevertrouwd wat er bij deze opgraving gevonden was. Volgens hem, althans.

21

Om de in het begin vermelde redenen moest het werk relatief plotseling worden gestaakt. De vondsten die niet meer werden veiliggesteld, zijn gemarkeerd en met een laag zand afgedekt. De overige vondsten werden overgebracht naar de verzameling van het Rockefeller-Museum (inv.nr. 1003400 t/m 1003499), met uitzondering van de in hoofdstuk XII genoemde voorwerpen.
Professor Wilford-Smith
Bericht over de opgravingen bij Bet Hamesh

De nacht viel snel en vrijwel zonder overgang, zoals altijd. Met het aanbreken van de duisternis eindigde de sabbat. Stephen had de indruk dat het verkeer al even snel toenam. Het was nog maar net zo donker dat je de koplampen aan moest doen of er doken overal auto's op, die op het eind van de rustdag gewacht leken te hebben en nu ontketend waren, alsof ze de opgelopen achterstand wilden inhalen.
Vanochtend had hij nog nauwelijks zijn geduld kunnen bedwingen om naar het lab terug te gaan om aan de ontcijfering van de brief uit het verleden te werken. Maar in de loop van de dag had hij zoveel over alle mogelijkheden, betekenissen en theorieën nagedacht dat zijn hersenen ervan in een pijnlijke knoop leken te raken. Nu hij achter het stuur zat, was hij zover dat hij alles maar op zich af liet komen.
Hij wierp Judith een korte blik toe. Ze staarde naar de talloze passerende autolampen in het duister en leek in gedachten verzonken.
'Heb je er spijt van?' vroeg hij.
Ze leek even nodig te hebben tot ze begreep wat hij daarmee bedoelde. 'Nee. Nee, ik denk dat het zo het beste is.'
'Ik zou in jouw plaats naar Yehoshuah zijn gegaan. Ik zit er net aan te denken hoe het zou zijn als ik mijn moeder zou bellen en tegen haar zou zeggen dat ik twee maanden op bezoek kom. Ze zou zich voor mij helemaal een ongeluk poetsen, wassen en koken, uit zuiver moederlijk geluk. Nee, bedankt. Dan nog liever onder een brug.'
'Als ik naar Yehoshuah ga, dan duurt het waarschijnlijk nog geen vijf dagen of ik ben zelf aan het poetsen, wassen en koken. Heb jij enig idee wat die voor een mannenhuishouding voert? Ik zou in zijn keuken niets zonder tang aanpakken en om zijn kamer goed schoon te maken, heb je

een vlammenwerper nodig. Dan ga ik toch liever naar mijn moeder. Daar is het in elk geval schoon, en zij verzorgt mij in plaats van omgekeerd.'

'Goed argument,' gaf Stephen toe.

Ze draaide zich om in haar stoel, zodat ze hem van opzij kon aankijken. 'Ik zou wel eens willen weten hoe jij woont.'

'Heel mooi. Ik zou je graag uitnodigen, maar het is helaas 5000 mijl hiervandaan.'

'Zei je niet dat je op de universiteitscampus woonde? Dan heb je dus een heel klein kamertje.'

'De anderen hebben kleine kamertjes. Maar er is een conciërgewoning, heel mooi gelegen op het dak, met uitzicht op het bos en het meer daarachter, die leegstaat sinds de universiteit op personeel bespaart en geen conciërge meer in dienst heeft. Ik heb dat huis op wonderbaarlijke wijze aangeboden gekregen en het uiteraard geaccepteerd.'

'Op wonderbaarlijke wijze, nou, nou.'

'Een tweeënhalfkamerwoning, groot en licht, met inbouwkeuken en overdekt terras. Jij zou die ook genomen hebben.'

'Een voorkeursbehandeling dus, zoals altijd. En hoe schoon is die tweeenhalfkamerwoning van jou?'

'Tamelijk schoon.'

'Wil jij me vertellen dat je de enige man op aarde bent die zijn huis schoonmaakt?'

Stephen grijnsde vaag. 'Nee. Ik ben de enige student op de campus die zich een werkster kan permitteren.'

'Ach natuurlijk, wat een stomme vraag ook.' Ze draaide zich weer naar voren. Stephen dacht erover na of dit een tactische blunder was geweest. Zijn keurig ingerichte woning werkte op jonge studentes meestal als een uitgesproken afrodisiacum, maar aan hen kon hij die ook laten zien en er niet alleen over vertellen. Als je erover vertelde, dan klonk zelfs de zuivere waarheid als opschepperij.

Maar Judith leek in gedachten met heel andere dingen bezig te zijn. 'Ik probeer het gewoon nuchter te bekijken,' zei ze zuchtend na een korte pauze. 'Dat met mijn moeder, bedoel ik. Eigenlijk is het best oké. Ik heb van alles geprobeerd om van huis weg te komen. Echt van alles, behalve trouwen dan. Dat was het gemakkelijkst geweest. En in wezen is het me ook gelukt. Ik heb een eigen huis en een eigen leven. Het is maar voor een paar weken. Waarom zou een dochter niet voor een paar weken naar haar moeder kunnen gaan?' Ze grinnikte. 'Weet je wat ze zei? Dat er gis-

teravond een man heeft gebeld die naar mij vroeg. Stel je voor. Ze beschouwt dat nu natuurlijk ook als voorteken, dat is wel duidelijk.'
'Wat was dat voor een man? Een oude aanbidder of zo?'
'Ik geloof het niet. Die zijn er niet zoveel. Daar kwam bij dat hij alleen Engels sprak, zei ze, geen Hebreeuws.'
Er denderde een tankwagen voorbij.
Een van de wielen reed door een kuil.
Stephen keek in de binnenspiegel, beet nadenkend op zijn lippen en keek weer in de binnenspiegel.
'Is er iets?' vroeg Judith, omdat hij niets zei. 'Ben je nu jaloers of zo?'
Stephen pakte een gsm uit zijn zak, schakelde die in en toetste met zijn duim een code in zodat hij kon bellen. 'Weet je het telefoonnummer waaronder je broer op het instituut te bereiken is?'
'Ja, hoezo?'
Hij gaf haar de gsm. 'Bel hem op.'

Ryan was hen buiten gezichtsafstand gevolgd. Slechts eenmaal, kort nadat ze de drukke snelweg richting Jeruzalem opgereden waren, was hij vlak achter hen gaan rijden om zich ervan te verzekeren dat de donkerbruine kleine Fiat die hij volgde inderdaad die van Stephen Foxx was en dat hij en zijn vriendin daar echt in zaten. Daarna had hij zich ver laten terugzakken. Hij kon rustig aan doen. Het apparaat dat ingeschakeld op de passagiersstoel lag, zou hem op koers houden.
Dit was het opwindendste onderdeel van zijn werk. Op mensen jagen. Onder alle dieren was de mens het gevaarlijkste, want hij was het enige wild dat tegen de jager was opgewassen. Zelfs op dit onschuldige uitstapje kon hij de herinnering aan andere, opwindender momenten in zijn bloed voelen. Artsen noemden dat adrenaline, maar voor hem was het gewoon een ander woord voor leven. Een man leefde alleen echt als hij op jacht was.
Ze reden in een gezapig tempo en lieten zich inhalen door dikke sleeën waarvan de chauffeurs haast hadden. Na de korte schemering had de nacht zich over het land uitgebreid, en nu volgde hij alleen nog twee achterlichten. Zonder zijn peilontvanger had hij hen gemakkelijk uit het oog kunnen verliezen.
Wat zochten die twee in Jeruzalem? Wat hadden ze daar gisteren gezocht? Wat kon een jong stel op sabbat in de heilige stad ondernemen? Ze waren niet op bezoek geweest bij Judith Menez' moeder. Misschien waren ze op een feestje uitgenodigd, maar waarom reden ze er dan van-

avond alweer naartoe? Misschien namen ze een kamer in een daghotel, maar als ze een wip wilden maken, dan hadden ze dat de hele dag in Foxx' tent kunnen doen. Hoe je het ook wendde of keerde, het was niet logisch. Ryan hield er niet van als er om hem heen dingen gebeurden die niet logisch waren. Naar zijn ervaring was dat een symptoom dat er in werkelijkheid dingen gebeurden waarvan hij niets wist.
Jeruzalem kwam in zicht. Hij wierp een blik op het beeldscherm van de peilontvanger. Het puntje lichtte nog altijd op de juiste plek op.

'Je klinkt tamelijk ontevreden.'
'Ja,' knikte Eisenhardt en haalde met gespreide vingers zijn hand door zijn haar dat kleverig was van het zweet. De airco leek niet goed te functioneren. De telefoonhoorn werd onaangenaam vochtig op de plek waar hij die tegen zijn oor hield. 'Ik heb het gevoel dat ik hier volkomen nutteloos ben. En ik ben bang dat ik op zeker moment met hoon overladen word weggejaagd, omdat ik niet aan de verwachtingen beantwoord heb, zonder dat die ooit duidelijk zijn uitgesproken. Zoals in *Het proces* van Kafka, waarin de hoofdfiguur nooit te weten komt waarvan hij wordt beschuldigd.'
'Maar jij hebt een retourticket. Je kunt meteen vertrekken als je je niet goed voelt,' meende Lydia. 'En als je je daar beter door voelt: het honorarium voor de eerste vijf dagen is vandaag op de rekening gestort. Bijna 20.000 mark. Die kunnen we heel goed gebruiken.'
'Twintigduizend?'
Tienduizend dollar, omgerekend. En dan nog de BTW erbij. Dat klopt wel.' Lydia was het financiële brein van de familie. 'Maar als je het nog een paar dagen kunt uithouden daar, zou dat niet gek zijn.'
'Hm, ja. Eigenlijk gaat het ook wel...'
'Nou dan.'
'Red jij het wel zonder mij?'
Hij hoorde haar lachen. 'Eh, eerlijk gezegd maakt het geen verschil of je in je werkkamer met de laatste versie van een roman bezig bent of ergens in Israël.'
'Dank je. Dat had ik nou echt nodig.' Hij voelde een bijna pijnlijk verlangen naar haar, naar haar lichamelijke nabijheid, de geur van haar haren en de aanraking van haar huid. 'Mis je me niet af en toe een klein beetje?'
Pauze. Met een lage, merkwaardig klinkende stem zei ze: 'Elke avond.'
'Ik jou ook.'

Ze zwegen een poosje. 'Ik heb geen enkel idee waar het eigenlijk allemaal om gaat,' zei Lydia. 'Je zei dat je bij een opgraving was en dat er iets belangrijks is gevonden. Sindsdien denk ik er de hele tijd over na wat je daar eigenlijk te zoeken hebt. Ik bedoel, als je nou historische romans zou schrijven... Maar een sciencefictionauteur? Ik begrijp het niet. Dat slaat volgens mij nergens op.'
Peter Eisenhardt aarzelde. Hij moest van iets af zien te komen. Al was het alleen maar opdat zijn vrouw hem van zijn angsten kon afhelpen door rustig op hem in te praten, wat ze altijd deed als zijn fantasie met hem op de loop ging. 'Weet je, waar ik me eigenlijk zorgen over maak, is dat ik de verdenking koester...'
In de caravan waarin de organisatiecentrale ondergebracht was, was op het moment dat Peter Eisenhardt de hoorn van zijn telefoon had opgenomen, een geluidsband mee gaan draaien. En op dit moment gleed het eind van de band van de spoel, gleed langs de opnamekop en begon rond te draaien op de volle spoel. Het flats-flats-geluid trok de aandacht van een technicus. Hij legde het boek weg waarin hij had zitten lezen, stond kalmpjes op en schakelde de bandrecorder uit. Hij haalde de volle spoel van het apparaat af en legde die in de bijbehorende plastic doos, legde de lege spoel op de andere as en haalde een lege band uit zijn beschermende doos. Hij schreef zorgvuldig het nummer van de bandrecorder, de datum en de tijd op het etiket voordat hij de nieuwe band door de spoel trok. De hele tijd klonk Eisenhardts stem uit het ingebouwde luidsprekertje.
'... dat hier een enorme zwendel op touw gezet wordt. De professor die de opgraving leidt, is bepaald de jongste niet meer. Misschien is het wel het laatste grote project van zijn leven. En ik ben te weten gekomen dat hij nog geen wetenschappelijke prestaties van enig belang heeft geleverd, hoewel hij al sinds eind jaren zestig in Israël aan het graven is. Dit is een soort laatste grote kans voor hem.'
'Dus jij denkt dat hij een vondst heeft vervalst?'
'Ik weet het niet. Iets klopt hier niet, en dat baart me zorgen.'
Lydia zuchtte. 'Pas goed op jezelf.'
'Ja, ik doe mijn best.'
Op het moment dat Eisenhardt het gesprek met zijn vrouw beëindigde, begon de band weer te lopen, en even later stopte die. De technicus slenterde naar zijn stoel terug en greep zijn boek weer.
Van het gesprek dat hij had gehoord, had hij geen woord verstaan. Hij sprak alleen maar Engels, geen Duits.

Ryan schakelde de lampen en de motor uit en liet de auto de laatste meters uitrollen voordat hij stopte. Hij bleef enige tijd stil zitten.

De parkeerplaats aan de overkant van de straat was verlaten, op de kleine Fiat na, die half onder een bosje geparkeerd stond. De oplichtende punt op zijn peilapparaat wees precies die kant op.
Alles bleef stil. Er was nauwelijks verkeer. Ryan wachtte tot er geen auto meer te zien was, stapte snel uit en stak de straat over.
Hij bleef staan en terwijl hij er op een onschuldige voorbijganger probeerde te lijken, keek hij spiedend om zich heen. De lucht rook naar uitlaatgassen, stof, riolen en vaag naar bedwelmende bloemen. In de duistere auto bewoog niets.
Hier klopte iets niet.
Ryan had wel eens auto's geobserveerd waarin stelletjes het op de achterbank met elkaar deden. Maar dat ging altijd gepaard met de nodige bewegingen van de schokbrekers.
En je kon het horen. Ryan liep op de auto af. Niet te langzaam en niet te snel, maar met afgemeten passen. Zijn vermoeden werd bewaarheid. De achterbank was leeg en ook op de voorstoelen zat geen stelletje dat elkaars hand vast hield. De auto was leeg. 'Verdomme,' mompelde Ryan.
Hij keek om zich heen. Dit was de regeringswijk, als hij zijn stadsplattegrond mocht geloven. Hij kon het langgerekte gebouw van het ministerie van Financiën zien, een deel van het ministerie van Binnenlandse Zaken en het dak van de Knesset, het Israëlische parlement. *Wat moest een jong paartje hier in vredesnaam op dit tijdstip?*
Dit leek allemaal volstrekt zinloos.
Maar het was ook zinloos om hier te blijven staan. Ryan liep terug naar zijn auto, ging achter het stuur zitten, zette de stoel recht en wachtte. Hij besloot te wachten. Daar was hij een expert in.

Yehoshuah was zichtbaar slechtgehumeurd terwijl hij hen door de stad reed. Daar kwam bij dat alle verkeerslichten afgesproken leken te hebben vlak voor hen op rood te springen. Judith vermaakte zich best op de achterbank.
Stephen slaakte een zucht. 'Het was een vermoeden, verder niets, snap je? Ik wilde niets riskeren. Die Ryan heeft de halve middag tussen de auto's rondgeslopen. Gisteravond heeft iemand die alleen Engels en geen Hebreeuws sprak, jullie moeder opgebeld. Zo gek is het dan toch niet om te denken dat je misschien geobserveerd wordt?'

'Zeker,' bromde Yehoshuah.
'En als hij een peilzender op mijn auto heeft aangebracht, dan heeft hij dat vast en zeker op een weinig voor de hand liggende plek gedaan, die je in het donker al helemaal niet ontdekt.'
'Natuurlijk. Neem me niet kwalijk, maar als ik geweten had wie je in werkelijkheid bent, dan had ik een wodka-martini koud gezet.'

Hij had Basso gerust moeten stellen. Die was echt aan het eind van zijn Latijn geweest en zijn schuld was het zeker niet geweest dat het gesprek was mislukt. Hij had hem gerustgesteld, had hem geprezen en naar huis laten rijden om zijn slaaptekort in te halen. Nu stond hij met een dubbele whisky in zijn hand op het balkon van zijn hotelsuite, keek over het nachtelijke Rome uit en probeerde te reconstrueren hoe hij het zo verprutst kon hebben.
Want dat hij het had verprutst, was zeker. Hij was als een volslagen beginner het Vaticaan binnengemarcheerd en had verwacht de grootste vesting ter wereld te kunnen overrompelen. Hij, John Kaun, de manager van het volgende millennium. De meester van de kinetische energie. En vanwege al die kinetische energie had hij zijn huiswerk vergeten te doen. Hij kon zich slechts met moeite beheersen om het whiskyglas niet op de grond te smijten.
Alsof hij er zich bij welke andere bespreking dan ook mee tevreden had gesteld alleen de balans van zijn gesprekspartner te bestuderen. Balanscijfers waren volstrekt niet belangrijk. Mensen, daar kwam het op aan! Gold voor hem niet de ijzeren wet dat hij nooit een nieuwe gesprekspartner ontmoette zonder precies te weten met wie hij te maken had en zonder zijn sterke en zwakke punten, zijn dromen en angsten te kennen?
Zo had hij bijvoorbeeld de *South African Times* binnengehaald. Hij had geweten dat Lawrence Trumbull, de grijsharige eigenaar, de leiding van de krant niet aan zijn zoon wilde overdoen, en daarom had hij hem tot verkoop kunnen bewegen. Hij had de prijs die Trumbull gevraagd had, nog eens kunnen drukken omdat hij wist dat Trumbull Ferrari-fan was. Omdat hij Ferrari-aandelen aan hem overdeed die hij ooit goedkoop had aangeschaft, zonder er eigenlijk een bestemming voor te hebben, en hij hem ook nog een plaats in de raad van commissarissen gaf, was de Zuid-Afrikaanse krantenkoning letterlijk bereid geweest hem zijn onderneming te schenken. Dat was een succes geweest. En hier, bij misschien wel de grootste en belangrijkste deal van zijn leven, was hij ge-

woon naar binnen gestormd, zonder te weten wat iemand in de hiërarchie van de onderneming te vertellen had, wie aan welke touwtjes trok en wie er om een bepaalde reden kwetsbaar was.
Kinetische energie? Hij was te begerig geweest. Hij had alweer alles ineens willen binnenhalen. Een hoop mensen waren er al in geslaagd hem verliezen toe te brengen, maar nog niemand had hem zoveel schade toegebracht als hij zichzelf had toegebracht door zijn megalomane ongeduld.
Tja. Hij sloeg zijn whisky achterover, die aangenaam in zijn keel brandde. Hij zou Basso verder op de zaak zetten en op het juiste moment zou hij terugkomen en winnen, zoals hij uiteindelijk altijd won. En nu was het tijd om naar bed te gaan, ook al betekende dat dat er weer een morgen zou komen, een morgen vol nieuwe kwellingen.

Stephen herinnerde zich het lab van het Rockefeller-Instituut als een duistere, ongezellige kelder en zag nu tot zijn verrassing hoe licht en aangenaam de koele ruimte eigenlijk was. Hij vroeg zich af of er misschien iets aan de inrichting veranderd was, totdat het hem duidelijk werd dat hij vanavond zelf een stuk beter uitgerust was dan gisteren. Gisteren was hij na een vermoeiende werkdag onder de brandende zon 's avonds uitgeput aangekomen en had vervolgens tot halfvijf 's ochtends doorgehaald; geen wonder dat hij er niet bepaald prettige herinneringen aan had.
'We zijn gisteren wat te overhaast geweest,' zei Yehoshuah, terwijl hij de schaal met het eerste vel papier weer uit de schuiflade haalde waarin hij het achter slot en grendel had gestopt toen ze hem hadden opgebeld om te vragen of hij naar een parkeerplaats aan het andere eind van de stad kon komen. Hij leek zijn ergernis over de onderbreking te zijn vergeten. 'Vanwege "Jezus heeft nooit bestaan". Die zin was uit zijn verband gerukt.'
'Aha,' zei Stephen.
Yehoshuah schoof de ondiepe plastic bak onder de uv-lamp en schakelde die in. De nieuwe lamp sprong direct aan, en in het ultraviolette licht werd een zin zichtbaar die een stuk langer was.
'Merkwaardig,' zei Judith, nadat ze alle drie een poosje zwijgend naar het goudkleurig oplichtende handschrift hadden gestaard. 'Wat zou dat nou te betekenen hebben?'
'Geen idee,' gaf Yehoshuah toe. 'In elk geval betekent het niet dat Jezus niet heeft bestaan. Eerder het tegendeel.'

'Ik denk dat we systematisch te werk moeten gaan,' zei Stephen. 'Gewoon bij het begin beginnen en dan steeds verder gaan. Anders blijven we ons de hele tijd van alles afvragen en weten we op een gegeven moment volstrekt niet meer waar we aan toe zijn.'
Yehoshuah bekeek de bovenkant van het vel papier, dat zwaar gerafeld was en vol gaatjes zat. Door de spinnenwebachtige structuur van het vochtige Japanpapier bleven er minieme flintertjes papier aan kleven, maar je wist natuurlijk niet zeker of die op de juiste plek zaten. 'Dat zal niet veel opleveren, ben ik bang.'
'Maar de belangrijkste zaken staan vast en zeker aan het begin van de brief.'
'Des te erger.'
Hij goot de beide oplossingen weer in ondiepe schalen en prepareerde nieuwe bolletjes watten. Stephen pakte de laboratoriumcamera, controleerde of er een film in zat en schroefde die op het fotostatief. Ditmaal zou hij alle vorderingen zorgvuldig documenteren.
Op de breukvlakken duurde het erg lang voordat het eeuwenoude balpenspoor kleur kreeg. Judith en Stephen waren gaan zitten en keken toe hoe Yehoshuah te werk ging. In een oogwenk was het eerste uur voorbij, en in de loop van de tijd verspreidde zich een weeë, zoete geur in het lab, waar ze weer hoofdpijn van kregen.
Het was net een puzzel. Nadat de tekst leesbaar was geworden, schoven ze enkele fragmenten naar een andere plek, waar ze zinniger leken. Uiteindelijk leunde Yehoshuah met een diepe zucht achterover en zei: 'Dit moeten we maar eens zo houden. Konden we hier maar een raam openzetten!'
Judith stond op en opende de deur naar de gang. Dat leverde niet veel op. Stephen zette ondertussen het statief in de juiste positie en maakte een foto van de ontcijferde brieftekst.
... de vinder van de...
-een naam is Joh-... ... ... k ben gebor- op 1...
... -rikaanse bondsstaat Arizona. Een eigenaardige speling van het lo... -am het, dat ik in het palei... van de eerste eeu... zou sterven, en ik... me daarvoor gezegend.
Judith keek over zijn schouder mee, terwijl hij diverse opnamen met verschillende belichtingstijden en diafragma's maakte. 'Ik weet het niet,' mompelde ze. 'Als ik dit lees, lijkt het mij geen brief die een tijdreiziger aan zijn handlangers schrijft.'
'Inderdaad. Zeker niet.'

'En de belangrijkste woorden ontbreken natuurlijk. Zijn naam en geboortedatum. Hij valt op geen enkele manier te identificeren.'
'Als hij slim is, herhaalt hij de belangrijkste gegevens later nog eens.'
'Ach, zo is het leven,' merkte Judith sceptisch op. 'Een boterham die van tafel valt, komt altijd op de beboterde kant terecht. Een sleutelbos die je zoekt, ligt in de laatste lade die je opentrekt. En de belangrijkste woorden in een eeuwenoude brief zijn onleesbaar. Dat is een kosmische wet.'

Ryan keek op toen er een auto achter hem stopte. Een politieauto. Verdomme! Hij liet de peilontvanger met een haastige, hopelijk onopvallende beweging onder de stoel glijden en trok zijn hemd uit zijn broek, zodat het mes aan zijn riem niet zichtbaar was.
In de binnenspiegel bleef hij volgen wat er gebeurde. Het waren twee mannen die een uiterst professionele indruk maakten. Hij zag de een telefoneren, zonder twijfel om het kenteken van zijn auto na te trekken. Wat dat betrof had hij niets te vrezen: de auto was op naam en rekening van N.E.W. gehuurd. Maar het bewees dat beiden hun vak verstonden.
Toen deze kwestie opgelost leek, stapte de ene uit, bleef in de dekking van de auto staan en zette de MP die hij om zijn schouder had op scherp. Daarna stapte de ander uit en liep langzaam naar hem toe. Ryan draaide al even langzaam het portierraampje omlaag.
De politieman, een robuuste man van halverwege de veertig, wiens haar in zijn diensttijd grijs en dunner was geworden, boog zich naar hem toe en vroeg hem iets in het Hebreeuws.
'Sorry, ik versta alleen Engels,' antwoordde Ryan en gaf hem zijn paspoort. 'Ik neem aan dat u wilt dat ik me legitimeer?'
De man bestudeerde het paspoort. 'U bent Amerikaan?' vroeg hij. Hij sprak tamelijk goed Engels.
'Ja.'
'Uw rijbewijs graag, en de autopapieren.'
Ryan overhandigde die aan hem. De agent verdween ermee naar achteren. Hij zag hem telefoneren, terwijl zijn collega hem afdekte. Hij kwam weer naar het portierraam van Ryans auto toe, gaf hem de documenten terug en vroeg: 'Wat doet u hier?'
'Ik wacht.'
'Waarop?'
'Moet ik dat aan u vertellen?'
De politieman trok een wenkbrauw op. 'Nee, dat hoeft u niet. Maar ik kan u een tijdje in hechtenis laten nemen, omdat u zich in de onmiddel-

lijke nabijheid van regeringsgebouwen verdacht gedraagt.' Ryan knikte. Hij had zijn verhaal allang klaar. 'Goed dan, als het per se moet... Ziet u die auto daar op de parkeerplaats? Die is van de man met wie mijn vriendin mij bedriegt. Ik weet niet waar ze momenteel uithangen, maar ik wil wachten tot ze terugkomen.'
'Aha,' zei de politieman.
'Om ze ter verantwoording te roepen,' voegde Ryan eraan toe. 'Verder niets. Al wekenlang gaat ze een gesprek uit de weg en beweert ze dat ik me alles alleen maar inbeeld...'
De agent zuchtte. Terwijl hij met zijn onderarm op het autodak steunde, boog hij zich naar hem toe. 'Beste vriend, gelooft u een man die al tweemaal gescheiden is. Dit leidt nergens toe. Als het voorbij is, is het voorbij. Laat haar maar vertrekken.'
'Maar...' Ryan was verbijsterd. Hij had niet gerekend op zoveel menselijke steun.
'Ik weet er alles van, gelooft u mij. Maar je maakt met dergelijke acties alles alleen maar kapot. U kunt beter naar huis rijden en haar een kans geven zelf bij u terug te komen. En zo niet... Zoals u eruitziet, hoeft u maar eenmaal in Tel Aviv uit te gaan om een nieuw liefje te vinden.'
Ryan staarde de politieman aan. 'Ik wil toch graag hier op haar wachten. Ik wil de eh... kwestie voorgoed oplossen.'
De vaderlijke blik verdween en zijn gezicht kreeg een grimmige uitdrukking. 'Het spijt me, maar dat kan ik niet toestaan. U rijdt hier nu meteen weg en laat u hier vannacht niet meer zien.'

'Ik denk dat ik per ongeluk een tijdreis gemaakt heb, al weet ik niet hoe zoiets mogelijk is. Ik heb daar echt geen verklaring voor.
Het is gebeurd tijdens een bezichtiging van de necropolis van Bet Shearim, onderdeel van een georganiseerde rondreis door Galilea, die ik had geboekt. Toen onze groep door de catacomben werd geleid, raakte ik zo verdiept in de inscripties en afbeeldingen op de grafkisten en wanden, dat ik de aansluiting met de groep verloor. Toen ik de anderen wilde volgen, vergiste ik me en kwam opeens in een kleine kelder terecht, waaruit ik in een volkomen andere stad terechtkwam. Het duurde lang voordat ik kon accepteren dat ik in een ander tijdperk was beland, met niets anders dan de kleren die ik droeg en de videocamera in mijn cameratas. Gelukkig werd ik door een vriendelijke familie opgenomen, die me eten gaf en een stromatras waarop ik kon slapen. In de loop der tijd leerde ik de taal en kon ik simpele karweitjes op het land uitvoeren, zodat ik niet alleen maar van hen profiteerde. Ik

probeerde uiteraard te begrijpen wat me was overkomen en probeerde manieren te vinden om naar mijn eigen tijd terug te keren, maar dat lukte niet. Toen Esther, de jongste van de beide dochters van mijn gastgezin, en ik verliefd op elkaar werden, gaf ik mijn pogingen op en trouwde met haar. Onze liefde was gelukkiger dan ik ooit had durven dromen.
Mij bereikte toen het bericht over een prediker in het nabije Kapernaüm, die Jezus heette en over wie het verhaal de ronde deed dat hij wonderen verrichtte. Ik pakte de videocamera uit, waarvan ik het bestaan al bijna was vergeten, en ging op weg. Ik had slechts één set batterijen bij me, die ook nog eens jarenlang niet was gebruikt, maar toch werkte die nog prima. Misschien heeft dat met het warme klimaat hier te maken, maar als je de batterijen een tijdje volledig met rust liet, leken ze zich vanzelf weer op te laden. Geleidelijk aan lukte het me de drie videobanden vol te krijgen die ik bij me had. De derde kreeg ik helaas niet helemaal vol omdat de batterijen uiteindelijk toch uitgeput waren.
Sinds het me duidelijk was geworden dat ik gestrand was in Palestina rond het begin van onze jaartelling, had ik onder angsten geleden die me nu vreemd voorkomen. Ik was bang dat deze onderneming een bepaald doel had: Jezus had nooit geleefd en ik was voorbestemd om zijn rol te spelen. Toen ik hem uiteindelijk zag...'
Daarmee eindigde de tekst op het eerste blad.
Terwijl ze rond de ondiepe plastic schaal stonden, keken ze naar het vochtige grijze papier, waarop de geschreven tekst spookachtig oplichtte. Hun ogen brandden. Ze hadden vreselijke hoofdpijn door de chemicaliën, die ze allang niet meer roken. Geen van hen keek meer op de klok. De tijd leek tot stilstand te zijn gekomen.
'Het is dus allemaal waar,' zei Judith zacht. 'Hij was een tijdreiziger. En hij heeft Jezus gefilmd.'
'Ja,' knikte Stephen. 'Maar de theorie die eraan ten grondslag ligt, klopt niet. Het was geen geplande onderneming, maar toeval.' Hij zette het fotostatief weg. Ze moesten niet vergeten de film uit de camera te halen. 'Hopelijk verraadt hij op het tweede vel waar hij de banden heeft verstopt.'
'Maar vandaag toch niet meer, hè?'
Stephen keek haar aan. In het vreemde licht in het lab zag ze zo bleek als een vaatdoek. 'Kom, we zijn nu vlak bij ons doel! Nog tien minuten, dan weten we het!' Zuchtend rolde ze met haar ogen. 'Hoe vaak heb ik dat vandaag al niet gehoord?'
Yehoshuah schraapte luidruchtig zijn keel. 'Ik ben bang dat Judith ge-

lijk heeft.' Hij knipte de uv-lamp aan en begon de schalen en flessen op te ruimen, de gebruikte bollen watten in de afvalemmer te gooien en stoelen recht te zetten.
'Kom,' zei Stephen, achter hem aan lopend. 'Yehoshuah! Professor Yehoshuah! Je geeft het nu toch niet op, zo vlak voor het eind?'
'Dit heeft niets met opgeven te maken.'
'Moet ik ergens iets te eten halen? Koffiezetten? We kunnen even een luchtje gaan scheppen en zolang de deur openlaten, en dan met nieuwe moed aan het werk gaan...'
'Nee, Stephen, daar gaat het niet om.' Yehoshuah liet de deksel van de afvalemmer dichtvallen en ging met een moedeloos gezicht tegen het aanrecht aan staan. 'Ik had zo gehoopt dat hij het ons op het eerste vel zou vertellen. Echt waar. Het gaat er niet om dat ik niet verder zou willen... het lukt me alleen niet.'

Peter Eisenhardt schrok op uit zijn slaap. Ja, daar had je hem weer, die gedachte die sinds dagen als een diffuus vermoeden rondwaarde, zonder concreet te worden. Die belangrijke, verontrustende gedachte. Eindelijk had hij hem beet.
Hij knipte haastig het licht aan, trok zijn pantoffels en ochtendjas aan en liep snel naar de vergaderkamer waarin het nog altijd naar zweet en ruzie stonk. Hij pakte de grote flip-overpapieren en de viltstiften, spreidde alles op tafel uit en begon ernaar te turen. Ja. Waarom kwam hij daar nu pas op? De samenhang lag voor de hand, bezat zelfs een ontstellende logica.
En Kaun zou er niet blij mee zijn.
Zijn blik volgde de trefwoorden, pijlen en symbolen waarmee hij zijn gedachten tot nu toe op papier had gezet. Nee, hij zag geen tegenspraak, geen ontsnappingsmogelijkheid, geen achterdeurtje.
Kaun zou deze video niet uitzenden.
Wat er ook mocht gebeuren.
Eisenhardts hart begon hevig te bonzen. Omdat iemand naar het verleden was gereisd, kon de toekomst worden voorspeld. En daardoor was onvermijdelijk geworden wat er zou gebeuren. Vreselijk.
Er viel hem een geluid van buiten op. Een geluid alsof iemand op de parkeerplaats een autoportier dichtsloeg. Eisenhardt liep naar het raam en schoof het gordijn een stukje opzij.
Het was Ryan, die met zijn handen diep in zijn zakken vanaf de parkeerplaats aan kwam lopen en om de paar passen woedend tegen een steen

aan schopte. Hij ontdekte de lichtspleet en wierp hem een moorddadige blik toe. Eisenhardt schoof het gordijn snel weer dicht, ruimde zijn papieren op, knipte de lampen uit en ging weer in bed liggen.

Stephen knipperde met zijn ogen en keek Yehoshuah vol onbegrip aan. 'Wat wil je daarmee zeggen, dat het niet gaat?'

'Ik wilde het jullie de hele tijd eigenlijk al vertellen. Voordat jullie hier kwamen, heb ik met het andere vel geëxperimenteerd, maar de oplossing pakt niet op het handschrift. Ik heb geen idee waarom.

'De oplossing pakt niet op het handschrift?' bauwde Stephen hem na. Het laboratorium, de tafels, de kasten en tl-balken om hem heen leken in een donkere maalstroom te veranderen, die langzaam om hen heen begon te draaien. 'Betekent dat...?'

'Ja.'

'Weet je dat zeker?'

Yehoshuah zette zich af tegen het aanrecht en liep met grote passen naar zijn werktafel. 'Natuurlijk weet ik dat zeker. Wat dacht je dan?'

'Maar hoe kan dat dan? Ik bedoel, bij dat ene vel werkte het toch geweldig? Hoe kan het dan bij het andere vel helemaal niet werken?'

'Geen idee,' bromde Yehoshuah, terwijl hij de folie over de schaal trok die moest verhinderen dat de inhoud opdroogde. 'Misschien is het ander papier. Misschien andere inkt. Misschien komt het doordat het tweede opgevouwen vel aan de buitenkant lag en tegen de plasticfolie aan kwam. Ik weet alleen dat ik de tekst op het tweede vel niet zichtbaar kan maken.'

'Geweldig, zeg,' riep Stephen, terwijl hij zijn armen ophief en hulpeloos weer liet zakken. 'En wat doen we nu?'

'We gaan slapen.' Opeens stond Judith naast hem en pakte hem zachtjes vast. 'We slapen er eerst eens een nachtje over.'

Yehoshuah wreef zijn ogen uit. 'Op dit moment heb ik geen idee. Ik moet naar de bibliotheek om een paar dingen op te zoeken en een paar mensen te raadplegen. Ik moet het papier onderzoeken. Misschien schiet me dan nog wat te binnen.'

'Man,' bracht Stephen uit. 'Ik snap het niet. Zo dichtbij, en dan...' Het deed hem goed om Judiths arm te voelen.

Yehoshuah keek hen ongelukkig aan. 'En dat is nog niet alles.'

'O nee? Wat is er nog meer dan? Kom op, vertel het ons maar ronduit.'

'Professor Wilford-Smith heeft het lab vanaf morgenmiddag gereserveerd. Hij wil het skelet en de gebruiksaanwijzing onderzoeken.'

22

Sender: Donald_Frey@aus.new.com
To: John_Kaun@ny.new.com
Message-Id:
<5112411B.71B.00201@newsrv.01.new.com>
Subject: onderhandelingen Melbourne, DRINGEND
Mime-Version: 1.0
Content-Type: text/plain; charset=iso-8859-1

John,
Ik dring niet graag aan, maar de onderhandelingen zijn in groot gevaar! De groep Murdoch heeft een nieuw aanbod gedaan, heb ik gehoord. Ik kan ze niet langer meer aan het lijntje houden. Bel me a.u.b. op!
Don

Het was koud. Koud en vochtig, onaangenaam, hoe je ook ging liggen. En zijn nek deed pijn. Echt niet normaal meer. Het was in elk geval al een beetje licht, dus dat betekende dat hij de ochtend had gehaald... Stephen ging abrupt rechtop zitten en keek om zich heen. Hij zat in de auto. Waarom zat hij in de auto? Judith lag naast hem, in een onmogelijke positie opgerold op de passagiersstoel waarvan de rugleuning omlaag was gezet. Nu schoot het hem weer te binnen: de nachtelijke terugreis... zijn ogen waren bijna dichtgevallen... Judith was op de stoel in slaap gevallen... Uiteindelijk was hij op een parkeerplaats gestopt, had de rugleuningen van de stoelen naar achteren gezet en was in een gelukzalige slaap weggezakt.
Nu was zijn nek zo verkrampt dat de wervels tegen elkaar knarsten als hij die bewoog. Een afschuwelijk gevoel. Hij masseerde zijn schouders met zijn ene hand en wiste met de andere de aanslag van de ruiten. Hier, in zo'n woestijnachtig land nog beslagen ruiten? Ja, want het was koud 's nachts, en daarom had hij het nu ook koud. Ze hadden zich moeten toedekken, maar ze hadden geen enkele deken bij zich gehad. Dat was niet erg slim bedacht.
Hij keek op zijn horloge. Halfzeven. Wanneer waren ze vertrokken? Rond vier uur, waarschijnlijk. Dan had hij niet meer dan tweeënhalfuur geslapen. En zo voelde hij zich ook. Hij had nog altijd barstende hoofdpijn door de chemische dampen.

Wat nu? Hij was nog steeds moe, en Judith begon ontstemd te brommen toen hij het portier opende en uitstapte, omdat de frisse ochtendlucht naar binnen drong en de muffe, kleffe atmosfeer in de auto begon te verdrijven. Ze leek niet wakker te willen worden.
Hij kon het best nu naar het kamp rijden. En dan op de veldbedden verder slapen.
Nog even wat frisser worden. De armen bewegen, de benen uitschudden. Tamelijk veel verkeer al, op dit tijdstip. Het was weliswaar zondagochtend, maar de zondag was hier in Israël een werkdag.
Hij moest ook eens goed nadenken wat hen nu te doen stond. Welke aanwijzingen ze eigenlijk hadden. Kaun wilde vandaag beginnen met het onderzoek van het skelet en de gebruiksaanwijzing. Het was een nek-aan-nekrace. Het was in elk geval geen goed begin als je hoofd aanvoelde alsof het vol glaswol zat.
Slapen dus. Hij stapte weer in de auto en startte de motor. Judith richtte zich op, ging iets minder verkrampt liggen en bleef met rochelende adem doorslapen toen hij wegreed.

De paus stond gewoonlijk om vijf uur 's ochtends op en bad na het ochtendtoilet altijd een halfuur lang in zijn privé-kapel. Daarna kleedde hij zich helemaal aan, waarbij hij de laatste jaren hulp kreeg van een jonge monnik. Vervolgens begaf hij zich naar het ontbijt, dat hij met twee of drie kardinalen gebruikte aan een kale houten tafel in een kleine eetkamer met roze behang. Meestal ging het gesprek al tijdens het ontbijt over pauselijke aangelegenheden; er was niet veel tijd voor privé-zaken, ook al omdat er weinig privé-zaken waren. In de loop der jaren werd de paus gelijk aan het ambt waarin hij voor de rest van zijn leven was gekozen; hij versmolt er als het ware mee. Het was een proces waarin de privé-persoon, die de paus ooit was geweest, uiteindelijk ophield te bestaan.
Scarfaro kende de dagelijkse gewoonten van de paus uiteraard heel precies. Zelf hield hij niet van vroeg opstaan, en even voor zeven uur meldde hij zich bij de privé-secretaris die de agenda van de kerkvorst bijhield om een audiëntie aan te vragen. De secretaris was een knorrige Fransman met dun haar, die rond de vijftig leek te zijn, en niet wist welke positie Scarfaro eigenlijk bekleedde. Hij wist alleen dat de Heilige Vader hem had opgedragen de Siciliaan te allen tijde bij hem toe te laten.
De pauselijke vertrekken leken op die van een middeleeuwse vorst. Zo-

wel de muren, plafonds als de vloeren waren een en al pracht en praal. Kostbare schilderingen aan de muren, kostbaar inlegwerk op de vloeren, sierlijk stucwerk aan het plafond, enorme olieverfschilderijen in reusachtige goudkleurige lijsten, gobelins, kroonluchters, een monstrueus hemelbed met barokbaldakijn, en overal kruisbeelden in tal van groottes, kleuren en vormen. Niets ervan was echt bezit van de man die het ambt bekleedde en niets had zijn eigen persoonlijke accent; hij had alles van zijn voorganger overgenomen en gaf het aan zijn opvolger door, en als je de gelegenheid had te wennen aan alle pracht en praal, die in eerste instantie een overweldigend effect hadden, dan merkte je dat je je eerder in een soort bewoond museum bevond dan in echt gezellige vertrekken. Hoewel hij wist dat er uiteraard regelmatig grondig werd schoongemaakt, vond Scarfaro dat het hier altijd stoffig rook.
De paus zat in een hoge zetel midden in zijn werkkamer aan een van de hoge ramen, zodat het licht van de ochtendzon op hem viel. Op een tafeltje naast hem stond een glas thee en op zijn schoot lag een map met krantenknipsels, die allemaal gekopieerd en uitvergroot waren, zodat hij ze gemakkelijker kon lezen. Hij schrok op toen Scarfaro de ruimte betrad. Het leek alsof hij was ingedommeld.
'Het ontbijt kost me steeds meer kracht,' zei de paus zacht, toen Scarfaro voor hem neerknielde en zijn zegelring kuste. 'Elke ochtend bid ik om de kracht de dag door te komen, maar elke dag voel ik mijn krachten verminderen.'
Scarfaro bekeek de man in de witte soutane aandachtig. Hij zag een door ouderdom getekend gezicht, waarin de naderende dood reeds zichtbaar was. Hij zag handen die steeds erger trilden naarmate de ziekte van Parkinson voortschreed, waar het hoofd van de katholieke kerkvorst al jarenlang door werd geplaagd.
De paus wees met een miniem gebaar naar een stoel in de buurt, die Scarfaro met een snelle beweging bijtrok. 'Wat brengt je bij mij, Baptist?'
'Er zijn opgravingen gedaan, Uwe Heiligheid,' begon Scarfaro zijn verslag, 'in Israël...' Hij sprak zacht, nog geen tien centimeter van het oor van de paus verwijderd, vermeldde nauwkeurig alle details en voegde er ten slotte zijn eigen interpretatie van de gebeurtenissen aan toe. Daarna zweeg hij en gaf de grijze kerkvorst tijd om na te denken.
De paus dacht lang na. Met zijn handen op elkaar keek hij uit het raam dat uitzicht bood over een stralend Rome, waarbij hij voortdurend zijn hoofd zo zacht op en neer bewoog dat het moeilijk te zeggen was of dit ook een gevolg van parkinson was of een nadenkend knikken.

'Ik geloof dat je je vergist, Baptist,' zei hij ten slotte met gedempte stem, en heel even klonk zijn stem weer even vast en zelfverzekerd als vroeger. 'Ik geloof dat die John Kaun zijn vondst werkelijk aan ons wilde verkopen. Daarom heeft hij zich tot een financieel instituut gewend.'
'Maar hij heeft die vondst toch helemaal niet, als die al bestaat.'
De paus zuchtte. 'Ik zou willen dat God mij al tot zich had geroepen en dat mijn plaats nu werd ingenomen door een jongere man die nog de nodige kracht heeft. Maar het is nu eenmaal niet anders. Baptist, ga naar Israël. Doe wat nodig is voor het welzijn van de kerk.'
Scarfaro ademde verrast in en boog zijn hoofd, terwijl hij in gedachten al begon met het organiseren van alles wat er te organiseren viel. 'Zoals u beveelt, vader.'
'Baptist...' De paus greep zijn hand en hield die met zijn koude vingers vast, terwijl hij hem indringend aankeek. 'Luister goed naar me...' En Luigi Baptist Scarfaro luisterde.

Stephen was zo moe dat hij bijna omviel. Hij had Judith naar haar tent gebracht, die intussen half leeg was, omdat haar tentgenote inmiddels was vertrokken. Judith had zich zonder nog iets te zeggen, zonder zich uit te kleden of een deken over zich heen te slaan op het onopgemaakte veldbed laten vallen en was in slaap gevallen. Maar hij moest nog iets ophelderen. Voorlopig kon hij nog niet naar bed.
Met een beetje lauw water uit de wasbak had hij zijn ogen uitgewreven, maar dat hielp maar weinig tegen het duffe gevoel in zijn hoofd en de enorme zwaartekracht die aan zijn spieren trok. Hij voelde zich beslist niet fris. Zijn T-shirt kleefde tegen zijn huid. Het zweet dat 's nachts op zijn huid was opgedroogd, begon te jeuken. Zijn onderbroek was nog altijd klam en vochtig en knelde bij het lopen. Hij moest dringend een douche nemen, een paar uur slapen en schone kleren aantrekken. In die volgorde. Hij zag tot zijn verontrusting dat de douchecabines al gereed werden gemaakt om weggebracht te worden. Toch leken ze een ervan voorlopig ongemoeid te laten.
De ochtendzon klom steeds hoger boven het landschap, dat hij vanochtend meer dan ooit op een maanlandschap vond lijken dat iemand had geprobeerd een groen tintje te geven. Duizend jaar geleden. Het werd steeds heter. Hopelijk zou hij nog wat kunnen slapen in zijn tent.
Het deed hem trouwens goed wat te bewegen en diep in te ademen. Het gevoel dat er een pak watten in zijn hoofd zat verdween. Het was vast en zeker door die chemicaliën gekomen. Het was tenslotte niet de eerste

nacht die hij had doorgehaald, maar zo uitgeput als nu had hij zich daarna nooit gevoeld. Hij had na doorwaakte nachten wel eens tentamen gedaan, en dat waren niet de slechtste geweest. Ten slotte trof hij de professor aan in de tent waarin de foto's en de opgravingsboeken in grote stalen dossierkasten werden bewaard. Professor Wilford-Smith was net bezig papieren te ordenen die er als personeelsdocumenten uitzagen. Stephen was er gewoonlijk goed in formulieren te lezen die hij op de kop of in spiegelschrift zag, maar vandaag lukte hem dat niet. Vandaag interesseerde het hem ook niet.
'Ja?' vroeg de opgravingsleider, terwijl hij een vluchtige blik over zijn brilmontuur heen wierp.
'Ik wilde u alleen vertellen,' zei Stephen kalm, 'dat ik komende vrijdag naar huis vlieg.'
'Mooi.'
'En ik wil vragen of ik zolang nog in het kamp kan blijven.'
'Ja zeker. Deze week staat het in elk geval nog tot je beschikking.'
'Mooi.'
Stephen wachtte. Maar de professor concentreerde zich alweer op zijn papieren. Hij zei niets als: ach, Stephen, nu je hier toch bent... ik wil vandaag beginnen met het onderzoek van die merkwaardige vondsten in perceel 14; kun jij straks helpen die te bergen? In plaats daarvan onderbrak hij zijn werk na enige tijd en keek Stephen weer over zijn bril aan. 'Verder nog iets?'
'Eh, ik wilde... ik wilde vragen of er al enig resultaat is.'
'Resultaat? In welk opzicht?'
'Nou ja... vanwege die spionage. Of wat het ook was. De vondsten van perceel 14, u weet wel.'
'O ja, natuurlijk. Nee, dat wordt nog onderzocht. Er valt niets te melden.'
Stephen kreeg last van een beklemd gevoel op zijn borst, alsof iemand er een riem omheen had gelegd en die elke minuut een gaatje strakker aantrok. Hij keek de professor aan, die het gesprek kennelijk alweer als beeindigd beschouwde en besloot zich niet te laten afpoeieren.
Hij kwam snel dichterbij en boog zich over de tafel heen waaraan de grijze, magere opgravingsleider zat. 'Professor, mag ik u nog iets vragen?'
Wilford-Smith keek verrast op. 'Wat dan?'
'Waarom hebt u mij direct bevolen te zwijgen toen ik u het zakje met de gebruiksaanwijzing liet zien? Wat hadden we volgens u gevonden?'
'Dat leek mij het beste,' antwoordde de professor langzaam. Hij staarde

langs Stephen heen in de verte en voegde er nadenkend aan toe, alsof hij afwezig in zichzelf praatte: 'Ik achtte het in elk geval ook het beste om mister Kaun in te lichten. Inmiddels denk ik dat dat een vergissing was.' Hij knikte bedachtzaam. 'Het was een fout.'
Hij leek vergeten te zijn dat Stephen bij hem stond. Zuchtend boog hij zich weer over zijn papieren.

John Kaun kwam tegen halfelf weer in het kamp Bet Hamesh aan. Na een onrustige nacht vol afschuwelijke dromen en een ellendige ochtend voelde hij zich beroerd en afgedraaid. Hij had zich sinds gisteravond weten te beheersen, maar nu kon hij zijn slechte humeur niet langer negeren. Het was een fiasco geworden, niets minder dan dat. Het was een understatement om te stellen dat hij daar niet tegen kon; hij had er een verschrikkelijke hekel aan, en als iets zo mislukte als deze aanval op de Vaticaanvesting gisteren, dan was hij een paar dagen van streek.
En hier was ook al niets vrolijks gebeurd. Ryan was door die student en zijn vriendin als een beginneling voor schut gezet. Op hem had hij zich in elk geval kunnen afreageren. Het was maar goed dat de caravans over geluidsisolatie beschikten.
Van de wetenschappers was geen nieuws gekomen. Wel had de Duitse schrijver zich eindelijk weer gemeld en gevraagd of hij hem een nieuwe visie mocht voorleggen. Een gedachtegang met een onweerlegbare logica, had hij gezegd.
Zeker weer zo'n defaitistisch idee. Op de hoofdredactie van N.E.W. stonden de Duitsers bekend als wereldkampioenen in het verzinnen van allerlei bedenkingen. Afwachten maar. John Kaun knikte grimmig naar de schrijver en ging achterover zitten.
Eisenhardt merkte meteen dat de mediamagnaat slechtgehumeurd was en vroeg zich af of dit wel het juiste moment was om zijn gedachten aan hem te openbaren. Maar hij was nu eenmaal hier en iets anders schoot hem niet te binnen. Ondanks de op volle toeren werkende airco begon hij te zweten.
'U zult deze video met absolute zekerheid niet uitzenden,' begon hij zo zelfverzekerd mogelijk, 'in elk geval niet in de komende drie jaar.'
Kaun gromde achter zijn bureau als een roofdier, met zijn handen als klauwen op zijn buik in elkaar verstrengeld. 'Ik heb u al eens verteld dat ik dergelijke opmerkingen niet wil horen.'
'Het maakt niet uit of u het graag hoort of niet, mister Kaun.' Hoorde Eisenhardt zichzelf tot zijn eigen verrassing op besliste toon redeneren.

'Het is een gedachtegang met een onweerlegbare logica, en u moet er nu gewoon even naar luisteren, zodat u ervan op de hoogte bent. Uiteindelijk betaalt u ervoor.'
De ogen van de industrieel fonkelden een ogenblik lang als tijgerogen. Daarna vertrok hij zijn mondhoeken. 'Goed dan,' erkende hij. 'Dat is een argument. Vertel het maar.'
'Stel dat u de video en de camera vindt, en u zendt de opnamen uit. Dat zou u dan toch zeker in het kader van een speciale uitzending doen die over de hele wereld te ontvangen is, niet?'
'Ga daar maar van uit.'
'En vast en zeker niet slechts eenmaal, maar meermalen.'
'Zeker weten. Zo vaak als nodig is om maximale kijkcijfers te behalen.'
'Dat betekent toch dat deze video na drie jaar gemeengoed zou zijn. Iedereen die een beetje ontwikkeld is, zal er in elk geval van gehoord hebben en die waarschijnlijk ook wel minstens eenmaal gezien hebben.'
'Dat is het doel, volkomen juist.'
Eisenhardt pauzeerde even om te zien of Kaun er wellicht vanzelf opkwam. Maar de multimiljonair keek hem slechts vragend aan, en daarom begon hij aan zijn conclusie. 'Welk jong individu, denkt u,' vroeg hij op indringende toon, 'zal dan besluiten: "Ik reis naar het verleden en geef mijn leven om de video-opnamen te maken die al drie jaar lang voortdurend op tv te zien zijn?"'
Het gaf hem een eigenaardige bevrediging om te zien hoe Kaun diep nadacht, hoe het kwartje viel en de Amerikaanse zakenman zich ten slotte kaarsrecht in zijn stoel oprichtte.
'Damned!' riep hij uit. 'U hebt gelijk. Als de video al te zien was voordat de reis naar het verleden plaatsvindt, dan valt elke motivatie ervoor weg!'
'Precies. En dan zou er geen tijdreis plaatsvinden. Maar dan zou er ook geen video zijn die u kon uitzenden.'
'Hou op!' riep Kaun afwerend. 'Ik word helemaal gek! Wat betekent dat?'
'Dat betekent dat u die video niet zult uitzenden voordat de tijdreis begint.'
'Maar als ik die band vind en toch uitzend?'
'U zult die niet uitzenden, hoe dan ook. Het gebeurt gewoon niet. Misschien omdat u de video toch niet vindt. Ik weet dat u dat niet wilt horen. Misschien vindt u de band wel, en dan bewaart u hem drie jaar lang achter slot en grendel. Of langer. In elk geval zal de tijdreiziger in een wereld starten die de opnamen die hij zal maken, of heeft gemaakt, niet kent.'

Kaun liet zich weer in zijn stoel zakken en begon te peinzen. Eisenhardt wachtte geduldig. De mediamagnaat leek in elk geval niet te exploderen, zoals hij half verwacht en gevreesd had. Integendeel, hoe langer hij zat te piekeren, des te beter leek zijn humeur te worden.
'Het zou toch ook kunnen betekenen,' opperde hij uiteindelijk, 'dat het me lukt de video te vinden en aan de katholieke kerk te verkopen. En dat die hem tot in alle eeuwigheid achter slot en grendel houdt, nietwaar?'
Eisenhardt keek verbaasd op. Op deze variant was hij nog niet gekomen. Hij dacht erover na en knikte bevestigend. 'Ja, dat zou ook een verklaring kunnen zijn.'
Kaun begon te grijnzen. Hij leek bijna in lachen uit te barsten. 'Weet u wat dat betekent? Weet u wat u daarmee bewijst?'
'Wat ik daarmee bewijs?' herhaalde Eisenhardt onzeker. Kaun leek een aspect aan de zaak te hebben ontdekt dat hem tot nu toe ontgaan was. Ergerlijk.
'Als de kerk de video koopt,' verklaarde de industrieel gniffelend, 'en dan achter slot en grendel bewaart, dan betekent dat dat de kerk die video achter slot en grendel móét houden. Bijvoorbeeld omdat op de opnamen iets te zien is waardoor de hele leer van de kerk in twijfel wordt getrokken. Ja toch?'
Eisenhardt knikte verbluft. Dat was helemaal niet zo dom bedacht. Hij realiseerde zich opeens dat hij tot nu toe eigenlijk steeds had geprobeerd redenen te vinden om op de Amerikaanse miljonair neer te kijken. Ongeveer volgens het motto: oké, hij is dan wel multimiljonair, maar dat bewijst alleen dat hij een botte, inhalige vrek is, wiens wereldbeeld beperkt blijft tot optellen, aftrekken en vermenigvuldigen. Ik ben daarentegen een intellectueel, een denker, en daar komt het uiteindelijk op aan. Het zat hem dwars dat hij moest ontdekken dat John Kaun wel degelijk verdomd intelligent en inventief was. Misschien was hij al die miljoenen toch wel waard. De Amerikaan zette zijn betoog voort. 'Maar als de video zo'n explosieve inhoud heeft, dan betekent dat dat ik er bijna elke prijs voor kan vragen. Alles of niets, mister Eisenhardt. Ziet u dat in? Uw redenering bewijst met onweerlegbare logica dat we hetzij op een volledig fiasco afstevenen, omdat we de video helemaal niet vinden, hetzij op alle fronten zullen overwinnen.'

Het afvoeren van de vondsten van perceel 14 verliep volstrekt geruisloos. Professor Wilford-Smith en Shimon Bar-Lev begaven zich geza-

menlijk in de grafkuil, waar ze rondom de vindplaats enkele grof gepolijste stalen bakken neerzetten die ze met een laagje gezeefd zand vulden. Ze trokken dunne plastic handschoenen aan en legden de beenderen van de dode een voor een in de transportbakken. Ten slotte brachten ze met de nodige voorzichtigheid het linnen zakje met daarin de uitgedroogde gebruiksaanwijzing van de videocamera, in een aparte bak over. Daarna werden alle stalen bakken met bolletjes chemisch neutraal schuimplastic gevuld en werden de deksels gesloten.
Op dezelfde wijze hadden ze al zo vaak bijzonder waardevolle vondsten veiliggesteld. Het enige verschil was dat hun werk nu door diverse camera's werd gefilmd, en dat ditmaal elke kist van een zwaar hangslot voorzien was. De stalen kisten werden in vrachtwagens geladen en even later zette zich een konvooi richting Jeruzalem in beweging. Nog voordat het door het konvooi opgejaagde stof was gaan liggen, begon het afbreken van de tent die een week lang boven de vindplaats had gestaan. Afgezien van dit werk leek het ooit zo drukke kamp nu zo doods en verlaten alsof de pest er had gewoed.

Kauns humeur was nog altijd slecht, en de omstandigheden waren niet zodanig dat het binnen afzienbare tijd leek te gaan verbeteren. Hij bekeek de weinig aantrekkelijke achterzijde van het gebouw en wierp een blik van afgrijzen naar de grote vuilcontainer die naast het laadplatform stond en een ondraaglijke stank verspreidde over de binnenplaats.
'U hebt niet tegen me gezegd dat het museum vandaag open is,' mopperde hij tegen professor Wilford-Smith.
'Het Rockefeller-Museum is elke dag geopend,' verklaarde de professor rustig. 'Elke dag van tien uur 's ochtends tot vijf uur 's middags. Behalve vrijdag en zaterdag, dan gaat het om twee uur 's middags dicht.'
'Aha,' zei de miljonair.
Achter een lage balustrade dook een groepje jongeren op, die luidkeels in de buurt van de hoofdingang liepen te dollen. Enkelen van hen sprongen over de afscheiding en gebaarden enthousiast naar hen.
'Dus u wilt serieus onze vondsten onderzoeken terwijl die figuren overal binnen rondlopen?' De manier waarop Kaun het woord 'figuren' uitsprak deed vermoeden dat hij eigenlijk 'dat tuig' had willen zeggen.
'Dat risico bestaat niet. Het publiek heeft geen toegang tot de laboratoria. De meeste mensen weten niet eens dat die bestaan.'
'Zo. Ik stel voor om alles in te pakken en naar een particulier lab in de VS te brengen, waar we alles onder controle hebben.'

De professor zweeg even, sloeg zijn ogen ten hemel op en knipperde tegen de felle zon. 'Dan heeft u toestemming van de Israëlische autoriteiten nodig.'
'Die krijg ik echt wel.'
'Dat zijn echt geen stommelingen. U zou hun de vondsten moeten laten zien.' Kaun bromde ontstemd. 'Ja, ja. Dat zal best.' Hij gaf zijn mensen de wenk waarop ze hadden gewacht.
De professor liep voorop met de sleutels, en de mannen met de stalen kisten volgden hem door koele gangen met lichtgekleurde tegels, langs zwartgelakte stalen deuren, waarna ze uiteindelijk in een ruim laboratorium kwamen met lange tafels vol loepen en microscopen, en lange wandkasten vol met chemicaliënflessen. Kaun keek misnoegd om zich heen. Het zag er allemaal niet erg vertrouwenwekkend uit. Het leek wel alsof de inventaris uit de jaren zestig dateerde.
Opeens stond Ryan wijdbeens in het lokaal. 'De deursloten zijn beslist ontoereikend,' zei hij op luide toon. Hij wees op de stalen deur die naar het lab leidde. 'Die deur heb ik met een haarspeld in dertig seconden geopend. Belachelijk. We moeten beslist...'
'Hou jij je mond nou maar, Ryan,' blafte Kaun hem toe. 'En waag het niet me onder ogen te komen voordat ik in een beter humeur ben.'
'Maar sir, dat is...'
Kaun begon bijna te schreeuwen. 'Iedereen die zich door halfvolwassen studentjes om de tuin laat leiden, moet zich vandaag gedeisd houden! Heb je me verstaan, Ryan?'
Ryans blik bleef uitdrukkingsloos. Maar als je hem nauwkeurig had geobserveerd, dan had je gezien dat hij zijn ogen lichtjes toekneep. Hij zei niets meer, knikte gedwee, draaide zich om en verdween.
Een moment lang heerste er een pijnlijke stilte. Kaun draaide eenmaal om zijn as. 'Wat is er aan de hand? Breng de camera's en de lampen in gereedheid!'

Yehoshuah ontwaakte met een opgezwollen gevoel in zijn gezicht. Bovendien was het te licht en te warm in de kamer. En hij had zijn kleren van gisteren nog aan. Wat was er aan de hand? Hij herinnerde zich vaag te zijn binnengekomen en op bed te zijn gevallen... Wat een duffe kop! Hij sleepte zich naar de wastafel, draaide de koude kraan open en stak zijn hoofd eronder tot hij geen lucht meer had. Natuurlijk hing er geen handdoek aan het haakje. Met een kletsnat hoofd liep hij half op de tast door het huis, opende kastdeuren en laden totdat hij

uiteindelijk een handdoek vond die hij om zijn hoofd kon wikkelen. Terwijl hij op de bedrand zijn haren droog wreef, begon hij zich te realiseren hoe nuttig een afzuiginstallatie was in een laboratorium waar met vluchtige chemicaliën werd gewerkt. Hij was misselijk. Blijkbaar waren ze gisteravond regelrecht vergiftigd. Zijn hele lichaam voelde ziek aan. Hij was beslist aan wat frisse lucht toe. Hij gooide een raam open, maar er drong slechts een hete, benauwde middaglucht naar binnen, zoals altijd in de Jeruzalemse zomer.
Terwijl hij op de stad uitkeek, die in het zonlicht lag te glinsteren, schoten de gebeurtenissen van gisteren hem weer te binnen. Wat een ongelooflijke zaken hadden ze ontdekt. En uiterst belastend ook. Hij ging aan zijn bureau zitten, schoof alles wat in de weg lag achteloos opzij of legde het op een andere stapel en pakte een dagboek uit de boekenkast.

'Licht!' riep iemand. Er was gekraak en geknister te horen, waarna halogeenlampen op hoge, gammel lijkende statieven het lab in een fel licht zetten. Op de monitoren van de videocamera's maakte de duisternis plaats voor een zwartwitbeeld van de ruimte.
De microfoons vingen de stem van professor Wilford-Smith op. De oude archeoloog klonk ongeduldig en geïrriteerd. 'Kan ik nu beginnen?'
'Momentje. Ja, alle camera's lopen. Ga uw gang, professor!'
Pauze. Daarna begon de professor voor de camera's college te geven. 'We hebben hier het skelet van de man die we als tijdreiziger beschouwen. Er is in elk geval momenteel geen andere hypothese die de duidelijke anachronismen kan verklaren die we bij het skelet ontdekt hebben. Opvallend is allereerst dat zich in de schedel drie gave vullingen in de achterste kiezen bevinden, terwijl een groot aantal andere gebitselementen in opvallend slechte staat is of zelfs ontbreekt. Onze verklaring is dat de vullingen voor de reis van de man naar het verleden zijn aangebracht, terwijl de gebitsproblemen die later in zijn leven, toen hij al in het verleden leefde, optraden, niet meer adequaat behandeld konden worden.'
De professor begon een werkplan op te stellen, dat Shimon Bar-Lev op een notitieblok noteerde. 'Allereerst moet het materiaal van de vullingen precies geanalyseerd worden. Bij de interpretatie van de resultaten moet er rekening mee worden gehouden dat dit de eerste tweeduizend jaar oude amalgaamvullingen zijn die we kennen. Waarschijnlijk verandert de samenstelling door diffusie van het kwik dat zich erin bevindt. Mogelijk is nog wel te achterhalen of het om een product gaat dat tegenwoordig door tandartsen wordt gebruikt.' Geritsel.

Iemand begon te hoesten, wat hem op een verwijtende blik van de opnameleider kwam te staan.
'Evenzo zullen we het gehele gebit nog eens zo nauwkeurig mogelijk opmeten. Met hulp van de gebitsgegevens kunnen we mogelijk vaststellen wie de dode is.'
Kaun stond met zijn armen over elkaar geslagen op de achtergrond toe te kijken. Meer dan hij wilde toegeven, was hij ervan onder de indruk het skelet daar te zien liggen en te volgen hoe de beide archeologen het onderzochten. Wat een idee dat de persoon van wie het skelet was geweest, op dit ogenblik ergens ter wereld leefde, ademde en zich misschien op zijn roekeloze expeditie voorbereidde.
Hij keek naar Eisenhardt. Tijdens de heenreis had hij hem gevraagd hoe hetzelfde skelet als het ware tweemaal kon bestaan. De Duitse sciencefictionschrijver had hem slechts verbaasd aangekeken en hem toen, alsof het volstrekt vanzelfsprekend was, uitgelegd dat dat nu juist de grap was van tijdreizen: dat je in zekere zin een grote bocht op de tijdcurve maakte. 'We hebben hier verder nog een mooi geheelde breuk van het linker scheenbeen, die we pas bij de verwijdering uit het graf opgemerkt hebben. Van deze beenderen zullen we röntgenopnamen maken; misschien zit er nog een schroef of een ander implantaat in. Als we geluk hebben, is er een genummerd implantaat gebruikt, zodat we aan de hand van het serienummer de identiteit van de dode kunnen achterhalen.'
De levenslijn van een mens, die normaal gesproken met diens geboorte begon en met diens dood eindigde, vertoonde bij een tijdreis een soort breuk. Ergens in de nabije toekomst zou die, op het moment van de tijdreis, abrupt worden afgebroken en in het verre verleden zomaar uit het niets weer in de wereld rond het begin van onze jaartelling worden ingepast. Vanuit historisch perspectief hadden het latere leven, de levensavond en de dood van deze onbekende reeds tweeduizend jaar geleden plaatsgevonden en waren alleen de paar jaar tot zijn tijdreis nog niet 'geleefd'. Maar vanuit zijn persoonlijke visie zou de tijdreiziger dat natuurlijk heel anders ervaren. Hij zou de tijdreis ondernemen en daarna – wat voor de rest van de wereld dus daarvoor was, tweeduizend jaar ervoor maar liefst – in een antieke wereld belanden, waarin hij zijn missie zou voltooien en zijn leven zou volbrengen.
'Dan komen we nu bij het omhulsel. Het schijnt bij de buitenste laag om linnen te gaan, maar we zullen de vezels aan een nauwkeurige analyse onderwerpen. Interessant is ook de vraag, welke kleur de stof had en

of het om een stof gaat die bij het begin van onze jaartelling al in gebruik was. Zou er een camera dichterbij kunnen komen? Ik zal nu de plastic hoes openmaken die in het linnen zakje zit en de gebruiksaanwijzing die zich daarin bevindt eruithalen.'

Judith werd wakker toen iemand wild aan haar schouder schudde en had het gevoel tegelijkertijd onder een vijf meter dik donskussen te stikken. Ze draaide zich om in een poging aan het donskussen te ontkomen, terwijl iemand tegen haar bleef praten over koffie en voortdurend zei: 'Judith, hé, Judith!' Ze moest haar ogen wel openen en toen de waas en de sterretjes uit haar gezichtsveld verdwenen waren, herkende ze Stephen, die het nog steeds over koffie had en grijnsde alsof hij haar uitlachte.

'Wacht, wacht even. Rustig aan.' Ze ging moeizaam rechtop zitten en nam haar hoofd, dat dik en duf aanvoelde, in haar handen. 'Hoe laat is het?'

'Even na drieën.'

'Wat?' Het was ongelooflijk heet en benauwd in de tent. Haar haar voelde vies en zweterig aan. Volkomen krankzinnig om zo lang te slapen terwijl de zon op de tent brandde. Waarschijnlijk had Stephen haar van een collaps gered door haar te wekken. 'Even na drieën. Goed, waar gaat het om... wil je mee?'

'Mee? Wat? Waarheen?'

Stephen zuchtte. 'Naar de keukentent om een kop koffie te zetten. Als ik namelijk niet heel snel een sterke mok koffie krijg, raak ik in coma.'

Ze was nog altijd niet bij zinnen. 'Moet je dat tegenwoordig zelf klaarmaken?'

'Ja.'

'Sinds wanneer?'

'Sinds vandaag. Sinds er praktisch niemand meer is.'

'Aha.' Judith keek rond. Stina was er niet meer. Haar veldbed was verdwenen. Die was al weg, inderdaad. 'O ja, ik geloof dat ik wel aan een kop koffie toe ben.' Ze wilde dolgraag douchen en zich omkleden. Ze was met haar kleren aan in slaap gevallen en voelde zich afschuwelijk. Waarschijnlijk zag ze er al even afschuwelijk uit.

'Nu meteen?'

'Ja. En denk vooral niet dat je eerst kunt douchen. Er is nog maar één douche en er is pas vanavond weer water.'

'Tjonge, ze willen echt zo snel mogelijk van ons af.'

'Nu kunnen we pas laten zien hoe vasthoudend we zijn.'
Ze keek hem aan. Hij wist op een of andere manier altijd de schijn te wekken dat hij de situatie volledig meester was. 'Dat was een echte Stephen Foxx-zin,' stelde ze vast.
'Kom, laten we gaan,' zei hij. 'Het aanvraagformulier voor mijn fanclub kun je straks nog wel invullen.'

Terwijl de plastic hoes door metalen klemmetjes open werd gehouden, haalden professor Wilford-Smith en Shimon Bar-Lev voorzichtig het tweeduizend jaar oude papieren boekje eruit en legden het in een gereedstaande plastic schaal. De professor lichtte zijn werk voor de camera's toe. 'Het papier is licht, de tekst is goed leesbaar, zoals het gehele boekje eigenlijk verrassend goed bewaard is. Het hoekje van circa 5 bij 10 centimeter dat van het omslag ontbreekt, is vorige week op de plaats van de opgraving verwijderd om de ouderdom te kunnen bepalen. Natuurlijk is het papier nu heel broos; we zullen het in de bevochtiger moeten behandelen voordat we de bladzijden van elkaar kunnen scheiden. Het zal zeker interessant zijn de gebruiksaanwijzing te lezen van een apparaat dat pas over enkele jaren verkrijgbaar is en nu nog niet eens in productie is.'
Hij zweeg. De gebruiksaanwijzing lag in de schaal. Een camera kwam dichterbij om het omslag groot in beeld te brengen.

SONY MR-01
Digital CamCorder
User's Manual – US Version

Maar professor Wilford-Smith hield zijn blik nog altijd strak gericht op iets wat hij in de open plastic hoes ontdekt had. 'Staat u mij toe,' mompelde hij, de camera opzij duwend, en boog zich over de hoes heen.
Toen hij zich weer oprichtte, hield hij een grijs snippertje papier in zijn pincet vast. Hij trok een van de loepen naar zich toe. 'Shimon, kom eens hier kijken.'
De Israëliër keek hem vragend aan. Hij bekeek de vondst door de loep. 'Er ontbreekt niets aan het boekje,' zei hij. 'Bovendien is dit papier lichter.'
'Precies.' De professor legde het grijze snippertje in een aardewerk schaaltje. 'We zullen het nog nauwkeuriger moeten analyseren, maar waarschijnlijk is het een andere papiersoort.'

Het bleef een ogenblik volkomen stil in het lab. Alsof iedereen zijn adem inhield. Het enige wat er te horen was, was het zachte gezoem van de camera's. Professor Wilford-Smith keek omhoog, en zijn blik trof die van John Kaun, in wiens ogen een akelig vermoeden zichtbaar was.
'Het lijkt erop dat er nog een stuk papier in het plastic omhulsel gezeten heeft,' stelde de archeoloog toonloos vast. De miljonair sperde zijn ogen open. Zijn lippen vormden geluidloos de naam waaraan ze op dit moment allebei dachten. *Stephen Foxx.*
Opeens leek hij weer bij zinnen te komen. Alsof hij de objectieven van de camera's wilde laten springen, brulde John Kaun uit alle macht: 'Ryan!'

23

Sender: Jeremy_Lloyd @ waterhouse.ny.com
To: Donaldjrey@aus.new.com
Message-Id:
<77014520.ACF0.53751@mail-delivery-srv.com>
Subject: 'Melbourne-Deal?? Wat is er aan de hand??'
Mime-Version: 1.0
Content-Type: text/plain; charset=us-ascii

Don,
Wat is er bij jullie aan de hand? Hier in Wall Street gaan geruchten dat Kaun zich definitief uit de Australië-deal heeft teruggetrokken. Kun je me hierover achtergrondinfo geven? We hebben enorme problemen de koers van N.E.W. op peil te houden. Als de CEO zich niet snel met de zaken bemoeit, stort de hele handel in. Spoed gevraagd,
Jeremy

Terwijl hij onophoudelijk in zijn koffie roerde, zat Stephen Foxx in een kapot gelezen reisgids te bladeren. Judith vroeg zich af of het mogelijk was met een koffielepeltje de bodem van een kopje stuk te slijpen, en zo ja, hoe lang dat dan zou duren. Niet lang meer, vermoedelijk.
'Hier,' zei Stephen opeens en las voor: 'Bet Shearim. Aan de zuidkant van de bergen van Beneden-Galilea – zie ook Galilea – boven de westelijke uitlopers van de Jesreel-vlakte gelegen. Was omgeven door een uitgestrekte, als heilig beschouwde necropolis.' Hij las zwijgend verder, de blijkbaar lange tekst snel scannend, en mompelde af en toe enkele woorden, die zonder het zinsverband niet veel duidelijk maakten. 'Eerste vermelding door Josephus onder de naam Besara... in de tweede eeuw zetel van de Sanhedrin – tussen haakjes: joodse gerechtshof tijdens de Romeinse bezetting – aha... hier staat het: in het noordoostelijk deel kunnen vijf bouwtijdperken worden onderscheiden. De eerste van de eerste eeuw voor Christus tot het midden van de tweede eeuw na Christus. Daar heb je het. In die tijd moet hij daar aangekomen zijn.'
'Hm,' mompelde Judith.
Stephen stopte met roeren. 'Misschien moeten we daar eens gaan kij-

ken.' Hij nipte aan zijn koffie, vertrok zijn gezicht, voegde nog een schep suiker toe en begon weer te roeren.
Ze zaten helemaal achter in de keukentent, waar de meeste schaduw was. De meeste van de enorme koelkasten die hier stonden waren al uitgeschakeld, ontdooid en leeggeruimd; ze hadden weliswaar gemalen koffie en suiker gevonden, maar tot Stephens verdriet helemaal geen melk.
'Misschien,' bromde Judith. Vanuit haar positie kon ze de caravan en een deel van de parkeerplaats zien. Alles leek uitgestorven. Op weg hierheen had ze de drie Italianen gezien, die aan het inpakken waren, en de Française, Chantal, die voor een grote zus van haar kon doorgaan, had achteraan bij de opgravingen in stilte een afscheidswandeling gemaakt. De tent van perceel 14 was al opgevouwen. De hele menigte die voortdurend om John Kaun heen liep, was met hem naar Jeruzalem verdwenen, afgezien van drie mannen die lui voor de caravan in de zon zaten te dutten.
Dat wil zeggen: ze hielden net op met dutten. In een van de caravans rinkelde een telefoon, en een van de mannen moest opstaan om naar binnen te gaan.
Judith nipte aan haar koffie. De koffie was precies sterk genoeg voor haar. Maar zij dronk die dan ook zwart. 'Geloof je dat die camera echt nog bestaat? Na tweeduizend jaar?'
'Waarom niet? De gebruiksaanwijzing bestaat immers ook nog, en die is zelfs van papier.'
'Maar een camera is groot en zwaar. Stel dat hij die ergens heeft begraven. Iemand kan de camera opgegraven hebben, eeuwen geleden al. En dan heeft die hem beslist gedemonteerd om erachter te komen wat het is.'
'Ja, maar daar zal de tijdreiziger ook aan gedacht hebben. Vergeet niet dat hij daar waarschijnlijk tientallen jaren de tijd voor had. En zoals uit het begin van zijn brief blijkt, zal hij vast en zeker een geschikte plek hebben gevonden. Een plek waarvan hij zeker wist dat niemand er zou graven.'
De man kwam weer naar buiten, pakte zijn pistoolgordel van de stoel en deed die weer om. Hij sprak met de anderen.
'En dat heeft hij op de tweede bladzijde van zijn brief beschreven.'
'Precies. Het is verd....' Stephen slikte een vloek in en proefde weer van zijn koffie. Die smaakte hem nog steeds niet, maar hij slikte de drank door alsof het een medicijn was. 'Als je je toch eens in zijn gedachten kon verplaatsen!'

'Moet je kijken,' zei Judith met een hoofdknik in de richting van het tafereel dat zich achter Stephens rug afspeelde. 'Er schijnt daar iets aan de hand te zijn.'
Stephen draaide zich om. De drie mannen hadden hun pistoolgordels weer omgedaan en marcheerden als drie revolverhelden in een wildwestfilm de heuvel op, in de richting van de tenten.
'O jee,' zei Stephen verontrust. 'Vreemd.' Hij dronk de rest van de koffie achteloos op en stond op. 'Wat heeft dat te betekenen?'
Judith keek hem aan en wilde dat ze zich niet zo afgepeigerd had gevoeld. 'Ik weet het niet,' mompelde ze. 'Heeft het wel iets te betekenen?'
'Als iemand in deze hitte in zo'n tempo begint te lopen, dan heeft dat iets te betekenen.' Stephen ging op een plek staan waar tussen twee tentdoeken een smalle spleet vrij bleef en tuurde naar buiten.
Judith keek naar hem en voelde zich loodzwaar worden. Stephen leek onrustig. Dat merkte ze. Niet dat ze nu zelf ook in actie kwam, maar ze merkte het. 'Wat is er?' vroeg ze.
'Ze gaan alle tenten langs.' Hij ademde hard sissend in. 'Onze tenten. Verdomme, ze zoeken ons!'
Judith keek naar haar hand, die zwaar aanvoelde en als verlamd op tafel lag. 'Dat is niet best, zeker?'
'Ze moeten in Jeruzalem iets hebben ontdekt. We hebben toch zeker opgeruimd in het lab? We zijn kennelijk iets vergeten. Nu praten ze met de Italianen. Ze hebben ons hierheen zien gaan, verdomme.'
Judith draaide zich moeizaam om in haar stoel. Hier in de donkerste hoek van de keukentent waren ze vrijwel onzichtbaar. Maar dat zou hen niet lang baten. Ze keek naar de tentzeilen boven de ruimte waar tot gisteren nog de tafels en banken hadden gestaan; die lagen nu in elkaar geklapt en op elkaar gestapeld aan de kant, klaar om te worden meegenomen.
Het was een heel eind naar de parkeerplaats.
Stephen draaide zich naar haar toe. Aan zijn bleke, gespannen gezicht zag ze dat ze eraan kwamen. 'Nu moeten we snel iets verzinnen,' zei hij.

Ryans ogen leken af en toe onmerkbaar van kleur te veranderen, of misschien kregen ze steeds een andere kleur. Kaun observeerde de man over wiens verleden er meer geruchten dan feiten bestonden, bij het telefoneren. Zijn ogen hadden nu de kleur van ijskoud poolijs. Kaun wist intussen dat deze man nu op zijn gevaarlijkst was.
'Ik hoop dat je weet wat je doet,' zei hij desondanks, toen Ryan de hoorn neerlegde.

Ryan keek hem uitdrukkingsloos aan. 'Ik moet hem toch te pakken krijgen?' vroeg hij alleen.

Kaun bleef hem lang aankijken, maar in het gezicht van de lange, pezige Ier bewoog geen spiertje. Deze man had voor hem filmteams uit felbevochten junglegebieden gehaald, ontvoerde journalisten bevrijd, explosieve filmopnamen over zwaarbewaakte grenzen gesmokkeld en geheime documenten uit dossierkasten van de maffia gestolen. Hij moest ook in staat geacht worden een Amerikaanse student te pakken te krijgen.

'Ik wil dat je hem oppakt,' zei Kaun ten slotte. 'En ik wil weten wat hij heeft verduisterd. Je hebt de vrije hand.'

Ryan knikte, terwijl er een vaag lachje over zijn dunne lippen trok. 'Daar ga ik van uit.'

Terwijl ze langzaam op de keukentent toeliepen, die zich met zijn talloze tentstokken en scheerlijnen als een vreemde kathedraal van lichtgrijze stof op de woestijnbodem verhief, verwijderden de drie mannen zich van elkaar. Een van hen bleef achter, legde zijn hand om de kolf van zijn korte, hoekige machinepistool en liet zijn blik rondgaan. Niets zou aan zijn ogen kunnen ontkomen, niets zou de kogels van zijn uzi kunnen ontwijken. De beide anderen haalden hun pistolen uit de holsters en slopen om de tent heen, de ene links en de andere rechts, terwijl ze voorzichtig over de scheerlijnen heen stapten.

'Mister Foxx?' zei een van beiden. Hij sprak niet op de luide commandotoon van een politiearrestatieteam maar bijna op conversatietoon, maar toch was hij door de tent heen zeker goed verstaanbaar. Hij sprak Engels met een voor deze regio kenmerkend accent. 'Mister Foxx, pleeg alstublieft geen verzet. We moeten dringend met u praten.'

Bijna gelijktijdig bereikten ze de andere zijde van de tent en betraden de tent vanaf beide zijden.

De tent was verlaten.

Ze keken elkaar verbluft aan. Op een van de tafels in de achterste hoek stond nog een halfvolle kop koffie en een tweede, lege kop stond in de laatste spoelbak die nog niet gedemonteerd was, samen met een gebruikt koffiefilter vol koffie. Een van beiden pakte het koffiefilter op. Het was nog warm en uiteraard vochtig. Onder de spoelbak lag ook al niemand verborgen, en onder de toonbank evenmin.

Ze schoven hun pistolen in de schouderholsters terug en liepen hoofdschuddend weer naar buiten. Een van hen wees naar de parkeerplaats.

Daar stonden nog drie auto's: een donkergroene pick-up, een grijze Chevrolet en een blauwe Fiat. De blauwe Fiat was van degene die ze zochten, dat wisten ze.
Ze gaven de man met het machinepistool een teken dat ze de parkeerplaats af zouden zoeken. Hij gebaarde dat hij akkoord was en liep langzaam weer de heuvel op in de richting van de nog overgebleven tenten. Hoewel de meeste inmiddels leeg stonden, waren het er nog altijd zoveel dat je je erin verborgen kon houden.
Opeens zag hij het meisje.
Ze liep in de verte bij de opgravingen, achter het tentenkamp. Hij wist niet hoe ze heette, maar hij had haar vaker met Stephen Foxx samen gezien. Ze daalde net in een van de kuilen af.
De Italianen hadden hen dus proberen te misleiden.
Hij haalde zijn signaalfluitje uit de zak van zijn overhemd en blies erop.
'Hé!' gebaarde hij naar zijn kameraden. 'Ik heb haar! Daar!'

Chantal Guignard had lang voor deze reis gespaard. Kort voor haar 28e verjaardag, dit voorjaar, had ze haar studie afgerond, en ze was van plan na deze zomer te trouwen met een vriend met wie ze al jaren omging. Ze wilde met hem van Parijs naar Aix-en-Provence verhuizen om daar als lerares geschiedenis, Latijn en godsdienst te beginnen. De vervulling van haar langgekoesterde droom om een zomer lang in Israël bij opgravingen te werken was ook een soort adempauze geweest, voordat haar leven een geheel nieuwe wending zou nemen. Nog één keer afstand nemen, afstand van thuis, van Pierre, van iedereen. Een keerpunt. Iets waarop ze lang kon teren, waarover ze kon vertellen en waaraan ze kon terugdenken. Misschien zou ze al snel kinderen krijgen en voor lange tijd gebonden blijven. Ze had het belangrijk gevonden eerst nog iets helemaal alleen te ondernemen.
En nu hield dat opeens halverwege op.
Ze daalde de houten ladder af en liet haar vingers over de eeuwenoude stenen glijden, rook het stof en de droge aarde, luisterde naar de stilte in dit duizenden jaren oude graf. Hier, in deze kuil, had ze gewerkt. Ze had stenen en gruis in grote manden de kuil uit gedragen, had munten, beenderen en scherven geborgen. Ze had de geschiedenis kunnen aanraken.
En morgen om deze tijd zou ze in het vliegtuig naar huis zitten. Een strandvakantie in Tel Aviv? Nee, dat was niet wat ze had gewild. Nog afgezien van het feit dat ze dat niet had kunnen betalen.

Ze schrok op toen ze boven zich voetstappen hoorde naderen, begeleid door gehijg. Er leken diverse mensen snel dichterbij te komen. Ze realiseerde zich dat ze hier helemaal in haar eentje was, dat niemand kon zien of horen wat hier gebeurde. Nee, dacht ze. Dat mag niet gebeuren. Zo mag het niet eindigen.
Toen de drie mannen aan de rand van de kuil verschenen, met pistolen en een machinegeweer in de hand, gaf ze een schreeuw.

Stephen Foxx stootte de deur van de koelkast waarin hij zich verborgen had gehouden, open. Hij snakte naar adem. Hij had het er geen moment langer in volgehouden. Terwijl hij probeerde zo min mogelijk geluid te maken, stapte hij er wankelend uit en opende de deur van de koelkast ernaast, waarin Judith hem met een lijkbleek gezicht aankeek.
'Dit doe ik nooit meer!' bezwoer ze hem. 'Alsof je in een doodskist zit!'
'Het werkte wel,' zei Stephen, terwijl hij haar eruit hielp. 'Ik kan het nauwelijks geloven. Ze zijn tussen al deze koelkasten door gelopen zonder op het idee te komen er een kijkje in te nemen.' De macht der gewoonte. Ze hadden er niet aan gedacht dat de koelkasten al uitgeschakeld en leeggeruimd waren.
'Ja,' verzuchtte Judith bevend. 'Je bent echt ver heen als je op zo'n krankzinnig idee komt. Zeg, wat zoek je daar eigenlijk?'
Stephen was driftig bezig de laden van de toonbank open en dicht te doen. In een van de dozen vond hij uiteindelijk wat hij zocht. 'Dit hier!' zei hij, terwijl hij een groot vleesmes in de lucht stak. 'En nu wegwezen.'
Ze renden naar de parkeerplaats. Ergens hoorden ze geschreeuw, maar ze draaiden zich niet om en bleven doorrennen. Ze vlogen over stenen, grind en verdroogd gras heen, waarbij ze een stofwolk opwierpen die hen onmiskenbaar verried.
Stephen was het eerst bij de auto's. Judith zag het lemmet glinsteren toen hij de banden van de pick-up kapot stak. Toen zij bij de Fiat aankwam, rende hij naar de Chevrolet. Het portier zat op slot. Had hij de autosleutels wel bij zich? Ze rukte aan de portiergreep. Welk normaal mens nam zijn autosleutels mee als hij een kop koffie ging drinken?
Ook de Chevrolet zakte met een sissend geluid aan één kant omlaag.
Nu zag ze de mannen, boven op de helling. Ze renden tussen de tenten door naar beneden. Ze schoten. In de lucht weliswaar, maar ze schoten wel. Ze zag Stephen op haar af rennen. Hij gooide het mes weg en haalde een sleutelbos uit zijn zak. Niet te geloven! Ze moesten nu alleen nog zien weg te komen voordat de mannen hen bereikten. Stephen

kwam hijgend bij haar aan en wist het sleuteltje direct in het slot te steken. De vergrendeling sprong omhoog. Ze gooide de deur open, sprong naar binnen, ontgrendelde het portier aan de chauffeurskant terwijl hij om de auto heen rende en duwde het portier open. Hij liet zich op de chauffeursstoel vallen, maar miste het contactslot waardoor de sleutelbos op de grond viel. De mannen kwamen snel dichterbij.

'Stephen!' riep Judith, hoewel ze zich nog zo voorgenomen had dat niet te doen. Maar de een stak zijn uzi omhoog en alledrie schreeuwden ze.

'Ja, ja.' Stephen had de sleutel weer gevonden, slaagde er ditmaal wel in het contactslot te vinden en draaide de sleutel om. De motor sloeg aan. Hij gaf gas. De kleine auto schoot naar voren, op de stoffige onverharde weg af die van het kamp weg voerde. De mannen veranderden van koers en probeerden de doorgang te blokkeren, maar ze kwamen te laat.

24

PER FAX

Susan,
Hierbij het bericht dat George Miller van de Melbourne Chronicle *me een halfuur geleden gegeven heeft. Het komt erop neer dat de onderhandelingen mislukt zijn en dat driekwart jaar werk naar de kl*** is.*
Geef jij het aan John door?
Groet,
Don

'Hoe kon dat nou gebeuren?' De woedende vraag leek nog een hele tijd in de lucht te blijven hangen. Kaun stond voorovergebogen, met zijn gebalde vuisten op de tafel steunend, en staarde in Ryans ogen, alsof hij hem met zijn blik wilde doorboren. Ryan bleef zoals altijd volkomen onbewogen, zonder de geringste expressie op zijn gezicht. Als Kauns woede-uitbarsting hem al iets deed, dan was dat in elk geval niet aan hem te merken.

'Stephen Foxx en Judith Menez zijn door het dorp gereden,' verklaarde hij zakelijk. 'We hebben de mensen daar ondervraagd. Ze hebben op het betreffende tijdstip een blauwe Fiat over de hoofdweg zien scheuren. Mijn mensen hadden ongeveer vijf minuten nodig om de lek gestoken band van de Chevrolet te wisselen. Daardoor bouwden ze de nodige voorsprong op.'

'Vijf minuten voorsprong? En dat was genoeg?'

'Aan de andere kant van het dorp splitst de weg zich in een doolhof van verdere gehuchten en wegen. Er zijn wel duizend mogelijkheden om je te verstoppen.'

Kaun keek de man met het kortgeknipte lichtblonde haar zonder iets te zeggen aan, maar het was overduidelijk dat hij elk moment leek te kunnen ontploffen. Hij keek nog eenmaal om zich heen of er iets was wat als ventiel kon fungeren, maar hij zag niets en explodeerde daarom.

'Verdomme nog aan toe! Ryan, waarom?! Wat weet die klootzak van een college boy? Wat heeft hij voor ons verborgen gehouden? Wat?!'

Ryan leek versteend. Eisenhardt bekeek de man in het kaki pseudo-uniform en moest aan mister Spock denken, de gevoelloze Vulkaanse offi-

cier uit de tv-serie *Enterprise*. 'Dat moeten we hem vragen,' zei hij alleen.
'Oké,' bracht Kaun hijgend uit. Hij zette zijn handen in zijn zijden en draaide doelloos in het rond. Zijn gezicht had een ongezond grauwe kleur gekregen. 'Heb je hun spullen al doorzocht?'
'Zijn we mee bezig.'
'Misschien zit het papier daarin. Of een of andere aanwijzing... Wat is jouw theorie, Ryan?'
Ryan nam de tijd voordat hij antwoordde. 'Ik vermoed dat Foxx en het meisje toevallig gezien hebben hoe de wachtposten werden gealarmeerd. Blijkbaar hielden ze zich op dat moment in de keukentent op, waarvan de achterzijde bij felle zonneschijn van buitenaf vrijwel niet zichtbaar is. Maar ondertussen zagen zij wel alles wat er buiten gebeurde.'
'En ze hebben dus vermoed dat ze gezocht werden.' Kaun hijgde nog steeds. Het scheen hem allemaal niet in de koude kleren te gaan zitten.
'Dus ze hadden een vermoeden. Ze hadden dus boter op hun hoofd. Als we eerst nog niet zeker waren van onze zaak, dan is dat nu wel volstrekt anders. We weten het nu echt zeker.' Ryan wachtte geduldig totdat Kaun hem weer aankeek, waarna hij er op bijna zachte toon aan toevoegde: 'Uit wat er gebeurd is, kunnen we opmaken dat ze zich heel veilig gevoeld moeten hebben. Anders hadden ze allang met de andere assistenten kunnen vertrekken. Maar ze hebben al hun bagage achtergelaten.'
'Ja.' Kaun begon te ijsberen. Hij straalde onrust uit, in volledige tegenstelling tot het imago van kalm zelfvertrouwen dat hij de dagen ervoor had opgebouwd. 'Ja. Je hebt gelijk, Ryan.' Hij begint zenuwachtig te worden, concludeerde Eisenhardt in stilte. Hij vroeg zich af wat dat kon betekenen. Nu krijgen we zijn ware gezicht te zien.
'Zorg dat je ze te pakken krijgt,' vervolgde de miljonair, maar het klonk niet meer als het belangrijke bevel van een belangrijk man. Het klonk bijna komisch. Het was niet eens een hulpkreet meer. Wat hij zei, was eigenlijk volstrekt overbodig. Waar hadden ze het tenslotte de hele tijd al over? 'Zorg dat je die Stephen Foxx te pakken krijgt. Ik moet hem een paar onaangename vragen stellen.'
Eisenhardt voelde zich opeens als een toeschouwer in een toneelstuk. Een toeschouwer die door een avant-gardistische regisseur op het toneel was gezet, tussen de acteurs in. Om hem heen was het conflict in volle gang, maar hij was opgehouden zich daarbij betrokken te voelen, althans voor dit moment. Het ging hem niets aan. In plaats daarvan was

een tamelijk autonoom centrum in zijn achterhoofd begonnen de gebeurtenissen afstandelijk en neutraal tot in alle details te archiveren. Het was een stemmingsverandering die hij goed kende. Zijn onderbewustzijn bereidde zich erop voor ooit een roman over deze geschiedenis te schrijven.

De tafels in het restaurant waren niet alleen te hoog, maar ook te klein, en bovendien stonden ze te dicht op elkaar. Hoe je ook ging zitten, steeds raakte je met de poten van je oranjerode plastic stoel in de poten van een andere oranjerode plastic stoel. De prijzen op de menukaart waren daarentegen weer zo laag dat je geen echt goed eten mocht verwachten, en in dit geval waren ze in die verwachtingen niet teleurgesteld. Stephen en Judith hadden behoorlijk veel trek gehad, maar ze gaven beiden hun bord halfvol terug.

'Ik moet vanavond nog een kam op de kop zien te tikken,' mopperde Judith, terwijl ze voor de zoveelste keer haar hand met gespreide vingers door haar haar haalde. 'Anders word ik gek.'

'Nou, een kam moet wel te vinden zijn,' antwoordde Stephen. Hij pakte een portefeuille en begon zeker voor de twintigste keer de inhoud te doorzoeken. Er zaten twee creditcards in, zijn vliegticket, een reischeque van American Express, zijn rijbewijs en diverse kwitanties, van de autoverhuurder bijvoorbeeld. En zijn paspoort. Verder nog een notitieboekje met een dunne balpen. En een kalendertje.

Judith bekeek hem aandachtig. 'Jij bent echt ongelooflijk, weet je dat?' zei ze na een poosje. 'Dat is een half kantoor dat je bij je hebt, weet je dat? En een heel kantoor als je de telefoon meerekent.'

'Nee,' zei hij ernstig. 'Ik ben de visitekaartjes vergeten.' 'De wat?!' Ze sperde haar ogen open. Ineens begreep ze dat hij haar wilde opnaaien.

Stephen grijnsde. 'Als Ryan onze avond niet verpest had toen we van Tel Aviv terugkwamen en het er zo veelbelovend tussen ons uitzag, dan had ik dit allemaal niet bij me gehad. Op mijn rijbewijs en een creditcard na dan. Maar sindsdien heb ik het kamp niet meer zonder portefeuille verlaten.' Hij klapte de portefeuille dicht en stopte die weg. 'Hartelijk dank, mister Ryan.'

'Maar ze hebben wel je laptop.'

'Ja. Dat is echt erg.' In zijn bagage zaten nog wat andere spullen waarvan het verlies vervelend was, maar de computer met de bijbehorende apparatuur was natuurlijk het kostbaarste. En als hij die echt niet meer terugkreeg, dan was hij ook enkele belangrijke documenten kwijt, zoals de

offerte voor Video World Dispatcher met de bijbehorende calculaties en een hoop e-mails, die hij tijdens zijn verblijf in Israël had ontvangen. Maar ook deze documenten waren niet van levensbelang. De offerte was verstuurd, en de berekening daarachter zou hij nog wel kunnen reconstrueren. Toch was het jammer; het was een betrouwbare, solide laptop geweest, die allang niet meer in deze configuratie verkrijgbaar was. Zo ging dat nu eenmaal in de computerindustrie, waar producten elkaar snel opvolgden.
'Hoeveel kost zoiets nou?' wilde Judith weten.
'Als ik een vergelijkbaar apparaat zou kopen... rond de achtduizend dollar, denk ik.'
'Veel geld. Vergeleken met een kam, bedoel ik.'
'Ja. En vier weken werk totdat alles weer zo geconfigureerd is dat ik ermee kan werken.' Stephen dacht nog steeds voortdurend aan de laptop, maar niet omdat hij het niet kon verkroppen dat hij zijn kostbare bezit kwijt was. Sinds ze over smalle paden en stoffige wegen gehobbeld waren en via nietige dorpen en langs gevaarlijke passages uiteindelijk weer op een grotere weg naar Jeruzalem beland waren, probeerde hij zich zo gedetailleerd mogelijk te herinneren wat er allemaal op de harde schijf van zijn laptop stond. Slechts één vraag hield hem bezig: welke informatie leverden de gegevens aan zijn achtervolgers?
Ze zouden zijn volledige adressenbestand en al zijn correspondentie met zijn belangrijkste klanten erop aantreffen. Dat was erg genoeg, maar onbelangrijk voor waar het hier om ging. Ze zouden zijn elektronische dagboek vinden. Hij was zo slordig geweest dat niet te versleutelen; het was slechts beveiligd met een eenvoudig wachtwoord, dat elke ter zake kundige computerspecialist zonder veel moeite kon omzeilen. Dat was al ernstiger. Ze zouden er vooral uit kunnen opmaken dat en waarom hij een oogje had op Judith Menez. Dat was weliswaar pijnlijk, maar nauwelijks gevaarlijk. Een geluk bij een ongeluk was dat zijn dagboekaantekeningen altijd erg beknopt bleken te zijn als er echt iets in zijn leven gebeurde. In dergelijke perioden kwam hij namelijk helemaal niet aan schrijven toe. Voorzover hij zich herinnerde, was zijn laatste notitie van afgelopen maandag, en daarin had hij de vondst van de gebruiksaanwijzing slechts met één zinnetje vermeld, waarna hij hele alinea's had gewijd aan de voorpret voor zijn eerste afspraakje met Judith: het uitstapje met Judith en haar broer naar Tel Aviv.
Nu schoot hem iets te binnen... Stephen haalde zijn gsm uit zijn zak en toetste opnieuw de twee telefoonnummers in die hij van Yehoshuah

had. Het zou inmiddels geloond hebben als hij de nummers onder twee toetsen van zijn gsm geprogrammeerd had.
Bij hem thuis werd niet opgenomen.
En in het museum ook niet.
'Je hebt geen enkel idee waar je broer zich anders rond dit tijdstip kan ophouden?'
Judith haalde haar schouders op. 'Ik heb geen idee.'
'Dit vind ik vreemd,' zei Stephen nadenkend.
'Ja. Tamelijk vreemd.'
Stephen tuurde enkele momenten voor zich uit en probeerde zich te concentreren, ondanks het geroezemoes rondom hem. 'We hebben geen tijd meer te verliezen.'
'O nee?'
'We hebben nog maar een heel kleine voorsprong en die moeten we gebruiken.'
'Klinkt goed. Alleen begrijp ik niet wat je daarmee bedoelt.' Dit was zo'n moment waarop gedachten die al een hele tijd als diffuse rook door de geest waren, opeens in concrete inzichten veranderden. 'Gisteravond was ik versuft door de oplosmiddelen die je broer zo overvloedig gebruikte, door slaapgebrek, de hitte en alle inspanning,' legde Stephen uit, 'en vanochtend ook nog, bijna de hele dag eigenlijk. Daarom heeft het zo lang geduurd voordat ik me realiseerde wat er zo verdacht is.'
Judith sperde haar ogen open. Grote, donkere ogen, als twee onmetelijk diepe tunnels. 'Je bent ergens op uit,' zei ze.
'Yehoshuah heeft ons verteld dat er op het tweede vel van de brief niets te herkennen was,' zei Stephen. Grimmig voegde hij eraan toe: 'Maar hij heeft ons niets laten zíén!'

Toen Yehoshuah wakker werd, constateerde hij dat hij ineengerold op de koude stenen vloer van het toilet lag, met zijn armen om de toiletpot. Hij had een vreselijke smaak in zijn mond. Vaal tl-licht scheen van de tegelwanden op hem neer, hij had hoofdpijn en het was zo stil dat het leek alsof hij de laatste mens op aarde was.
En hij had het ijskoud.
Afgezien daarvan voelde hij zich goed. Zijn hele lichaam kleefde van het opgedroogde zweet, achter zijn voorhoofd voelde hij een ellendig geboor en geklop en hij voelde zich dodelijk verzwakt toen hij zich aan de emaille pot omhoogtrok en daarbij zwarte vlekken voor zijn ogen kreeg, maar toch voelde hij zich ondanks alles opgelucht.

Hij had die middag het museum nog weten te bereiken, maar had zijn auto laten staan omdat hij zich te beroerd had gevoeld om zich daarmee in het verkeer van Jeruzalem te storten, en had zich tijdens de hele rit in de wiebelende bus afgevraagd welke verwijten hij allemaal zou moeten aanhoren omdat hij op de eerste werkdag na de sabbat pas arriveerde op een moment dat anderen al naar huis gingen. Maar tot zijn verrassing had Ephraim Latsky, de chef Restauratie, ter begroeting zijn hand op zijn schouder gelegd en hem zalvend toegevoegd: 'Medewerkers als jij zou ik meer moeten hebben, Menez! Jij denkt tenminste mee. De anderen heb ik allemaal naar huis moeten sturen, maar jij komt pas 's avonds. Geweldig, Menez.'
Yehoshuah staarde de mollige man aan, keek vervolgens naar de vlezige hand op zijn schouder en de dichte beharing op de handrug en wist niet wat hij moest zeggen. 'Eh...' bracht hij uit en zei toen: 'Nou ja, ik... eh...'
'Die Wilford-Smith en zijn Amerikaanse sponsor hebben de gehele restauratievleugel in beslag genomen,' ging hij verder. 'Dat was ook wel te verwachten. De hele dag was het een helse toestand, werkelijk hels.'
Op het moment dat Latsky zijn hand weer van zijn schouder gehaald had en om de hoek richting kantoor verdwenen was, was hij ingestort. Onder verschrikkelijke krampen had hij nog net het toilet weten te bereiken, waarna hij onophoudelijk had moeten braken, in een bijna eindeloze stroom. Hij herinnerde zich nog slechts vaag dat hij half bewusteloos was geweest. Minuten of misschien wel uren waren in een donkere tunnel voorbijgegaan. Hij herinnerde zich nog dat hij zich had afgevraagd waar dat allemaal vandaan kwam wat hij uitkotste, en dat hij het gevoel had gehad dat hij stukjes van zijn ingewanden uitspuwde.
Maar nu was het voorbij. Hij slaagde erin op te staan, maar moest zich aan de muur vasthouden toen hij het toilet uitkwam en aan de leuning toen hij de trap opklom. Hij kwam de nachtwaker tegen op diens eerste ronde na de sluiting. De oude grijsharige man met de grote sleutelbos staarde hem aan alsof hij een spook zag, maar wist toch niets anders te zeggen dan hij altijd zei als ze elkaar 's avonds tegenkwamen: 'Goedenavond, doctor Menez.' Hij knikte hem toe, omdat hem de kracht ontbrak voor een gesprek, bereikte uiteindelijk de assistentenkamer op de eerste verdieping, deed het licht niet aan, liet zich op de versleten bank zakken waarop het naar sigarettenrook, oude koffie, halfrotte bananenschillen, stof en schimmel stonk, gleed opzij en belandde met zijn hoofd

op iets zachts, een kussen. Hij wist nog een kussen te grijpen, dat hij op zijn buik legde, en viel direct in een diepe, droomloze slaap.

Ze parkeerden op ongeveer hetzelfde tijdstip op ongeveer dezelfde plek als de vorige nachten. De parkeerplaats was zoals altijd geheel leeg. Het achthoekige, torenvormige hoofdgebouw van het Rockefeller-Museum wierp een donkere slagschaduw in de nachtelijke hemel boven de heilige stad.

'Misschien rennen we nu onze ondergang tegemoet,' zei Judith, terwijl ze uitstapten en de autoportieren zo zacht mogelijk sloten.

'Misschien,' meende Stephen.

Ze volgden het pad door het struikgewas in de richting van de iets lager gelegen deur. Stephen haalde twee eigenaardig gevormde zwarte metalen haken uit een verborgen vak in zijn riem. Terwijl hij met het deurslot aan de slag ging, lichtte Judith hem bij met een kleine zaklamp die ze zojuist bij een tankstation gekocht hadden.

'En jij zegt dat je je geld echt met eerlijk werken hebt verdiend?' vroeg ze na een poosje.

Hij knikte slechts. Hij moest zich te veel concentreren om ook nog een vrolijk gesprekje te kunnen voeren.

Gelukkig was het geen al te modern slot, anders hadden ze onverrichter zake moeten terugkeren. Maar ook zo was het toch moeilijker dan hij zich herinnerde. In elk geval was het moeilijker dan het er in misdaadseries op tv uitzag.

Een tijdlang was alleen een zacht gekras te horen terwijl Stephen probeerde de veiligheidscilinders van het slot los te prutsen. Ondanks zijn concentratie merkte hij toch dat Judith naast hem steeds nerveuzer werd. Uiteindelijk klonk er een duidelijke klik en was het slot open.

'Ik ben onder de indruk,' zei Judith halfluid, toen ze in de stoffige opslagruimte stonden. 'Waar heb je dat geleerd?'

'Bij ons in de VS kun je boeken kopen waarin precies staat beschreven hoe zoiets in zijn werk gaat. Ongelooflijk, hè?' Stephen keek onderzoekend om zich heen, tilde met stof bedekte zeilen op en loerde onder kisten.

'Wat zoek je?'

'Dit hier bijvoorbeeld.' Hij hield een dikke messing schroef omhoog en stopte die in zijn zak. 'Ik heb het overigens geleerd van een man die lid is van dezelfde club als ik. Ooit was hij inbreker en nu woont hij in New York. Hij is een veelgevraagd adviseur op het gebied van inbraakbeveili-

ging en verdient zo'n beetje het tienvoudige van wat hij vroeger op zijn rooftochten binnenhaalde. Dat is een goed voorbeeld dat misdaad veel minder loont dan de meeste mensen denken.'
'En die heeft jou zomaar geleerd hoe je sloten moet forceren?'
'Natuurlijk niet. Pas toen ik hem had verteld waarom ik dat wilde leren. Namelijk om te kunnen ontsnappen als dat tijdens een van mijn reizen over de wereld nodig mocht zijn. Als ik ergens een hekel aan heb, dan is het de gedachte opgesloten te zitten.' Onder een van de kisten vond hij een metalen lat van circa 80 centimeter, die hij ook meenam. 'Kom, we gaan verder.'
Ditmaal lieten ze het licht, dat ze de vorige nachten zo onbekommerd hadden aangeknipt, toch maar uit. Toen was Yehoshuah bij hen geweest, die zich in elk geval in dit gebouw mocht ophouden. Zonder hem waren ze gewoon indringers, en daarom probeerden ze op hun tocht door het museum zo min mogelijk geluid te maken. Desondanks leken zelfs hun sluippasjes in de hoge tentoonstellingszaal die ze moesten passeren te weerklinken. En de openslaande deur in de gang aan de andere kant piepte nog altijd, luider zelfs dan ooit, zo leek het. Ze slaakten een zucht van verlichting toen ze eindelijk voor de deur van het restauratielab stonden.
Die was uiteraard ook afgesloten. 'Nu moeten we iets beschadigen,' zei Stephen.
Hij zette de punt van de messing schroef op de cilinder van het slot en draaide die vervolgens door de meegebrachte metalen lat als schroevendraaier te gebruiken in de gleuf die eigenlijk voor de sleutel bestemd was. Toen de schroef vast zat, klemde hij de lat onder de schroefkop, zette het kortste eind van de metalen hefboom tegen de deur aan en trok eenmaal krachtig aan het langste eind. Er klonk een zacht maar duidelijk hoorbaar klikje toen de schroef brak die de cilinder op zijn plek gehouden had. Stephen trok de cilinder uit de deur, schoof de vergrendeling met zijn hand terug en opende de deur. Dit had nog geen minuut geduurd.
'Morgen zal iedereen weten dat wij hier geweest zijn,' constateerde Judith met zichtbaar onbehagen.
'Dat is nu allemaal niet belangrijk meer,' meende Stephen, terwijl hij de beschadigde deur achter zich dicht trok en het licht in het lab inschakelde.
De ruimte was duidelijk veranderd. Een van de tafels lag helemaal vol met het skelet van de tijdreiziger en diverse instrumenten, op de andere

waren ze blijkbaar druk bezig de eeuwenoude gebruiksaanwijzing in losse bladzijden op te delen. In alle hoeken stonden zwarte statieven, waarop grote videocamera's of kleine halogeenlampen vastgeschroefd waren.
'De zoektocht naar de videocamera wordt zorgvuldig op video vastgelegd,' mompelde Stephen, terwijl hij in de ruimte rondliep en de vondsten nauwkeuriger bekeek. Dit is eigenlijk bizar.'
Judith keek gefascineerd naar de gebruiksaanwijzing, waarover ze tot nu toe alleen gehoord had. Die bestond dus werkelijk. Ze keek naar het wereldberoemde bedrijfslogo op papier dat bijna even brokkelig was als de boekrollen van Qumran. 'Moet je kijken,' zei ze zacht en bijna sidderend. Stephen ging naast haar staan. In een plastic schaal, zorgvuldig afgedekt met doorschijnende folie, lag een van de bladzijden van de gebruiksaanwijzing. Vermoedelijk was dit het achterste schutblad, want de bladzijde was leeg, op de duidelijk leesbare copyrightvermelding linksonder na.
Printed in Japan stond er. Met daarachter een jaartal dat vier jaar in de toekomst lag.
'Ongelooflijk,' bracht Judith uit.
Stephen moest met tegenzin erkennen dat de rillingen hem nu ook over de rug liepen.
Hij draaide zich naar de beenderen op de tafel in het midden van de ruimte toe, die ongeveer in de vorm van een skelet op een lange zwarte rubberen mat waren neergelegd. 'Ik zou heel graag weten wie dat is,' zei hij.
De lege oogholten van de schedel leken zijn blik te beantwoorden. Maar ze gaven hun geheim niet prijs.
'Hij leeft momenteel ergens, nietwaar?' zei Judith. 'En tegelijkertijd liggen zijn beenderen hier. Dat is pas echt bizar.'
'Ja,' antwoordde Stephen. 'En Kaun zoekt ons omdat hij zijn brief wil hebben. En dat terwijl hij er de hele dag nog geen drie meter vandaan was. Dat is nog veel bizarder.'
Hij ging op zijn hurken zitten voor een van de ladekasten die onder de tafel stonden en trok de onderste lade open. Verborgen onder een doodnormale krant lagen daar de twee plastic schalen met de beide vellen briefpapier.
'Dat is behoorlijk roekeloos,' meende Stephen, terwijl hij de ondiepe schalen oppakte. 'Niet eens afgesloten. Je zou denken dat we gisteravond stomdronken waren.'

Hij zette de plastic schalen onder de uv-lamp en trok de folie weg die de beide vellen tegen stof en uitdrogen beschermde. Hij schakelde het ultraviolette licht in.
'Hm,' bromde Stephen tevreden. 'Als ik het niet dacht.' Yehoshuah had gelogen.
In de ene schaal lag het vel papier waarmee ze gisteren bezig waren geweest. Het eeuwenoude handschrift lichtte in een bovenaardse gouden kleur op, precies zoals Stephen het zich herinnerde.
In de andere schaal lag het andere vel, waarvan Yehoshuah had beweerd dat hij de tekst niet leesbaar had kunnen maken.
Yehoshuah had beweerd dat hij met dit vel had geëxperimenteerd. Dat klopte. Maar dat het markeringsmiddel niet pakte op de inkt, zoals hij had beweerd, klopte niet, want enkele woorden en zinsfragmenten lichtten wel degelijk op in het licht van de uv-lamp.
'Hoe wist je dat?'
'Ik heb gemerkt dat hij iets voor ons verborgen wilde houden,' legde Stephen uit. 'Maar op dat moment realiseerde ik me dat niet. Pas toen ik er vandaag rustig over kon nadenken, wist ik het.'
Hij trok een loep bij en probeerde de zichtbare woorden te ontcijferen.
mijn moeder placht
'Wat heeft dat te betekenen?' mompelde hij. 'Wat heeft zijn moeder hier te zoeken?
voel je de adem van de geschiedenis niet als hij je
Was dit eigenlijk wel de brief die hij gevonden had? Stephen schoof de loep weer weg. Het schrift was duidelijk slechter leesbaar dan op het eerste vel papier dat ze de vorige avond ontcijferd hadden. Je moest er een hele tijd naar staren voordat de geschreven lijnen zichtbaar werden.
maar
onrecht
Stephen werd onrustig en kon een gevoel van vertwijfeling niet onderdrukken. Waar had die man het in vredesnaam over?
'En?' vroeg Judith nieuwsgierig. 'Wat staat daar?'
'Hij heeft het over wijsheden die zijn moeder hem heeft bijgebracht,' zei Stephen vol onbegrip. Wat voor waardeloze verkenner was er naar het verleden gekatapulteerd? Wist hij in de enige brief die hij waarschijnlijk naar de toekomst had verstuurd, echt niets beters te bedenken?
'Zijn moeder?'
'Een of andere spreuk over de adem van de geschiedenis die je niet bemerkt als je iemand... zoiets, omverblaast, misschien. Onbegrijpelijk.'

Dat kon toch niet waar zijn... Hij, Stephen C. Foxx had een brief gevonden van de enige tijdreiziger die ooit ergens ontdekt was. Een tijdreiziger nog wel die met een geavanceerde videocamera in de tijd van Jezus was beland en volgens zijn eigen verslag drie banden met een speeltijd van elk twaalf uur had opgenomen, waarop de stichter van de grootste wereldgodsdienst te zien moest zijn. En nu leek het erop dat deze brief geen enkele aanwijzing bevatte over de plek waar deze banden verborgen lagen?
Hij schoof de loep nog een stuk naar beneden. Er waren nog enkele vaag oplichtende fragmenten, en in het onderste stuk van de bladzijde kon hij eindelijk iets ontcijferen wat er veelbelovend uitzag.
honderddertig yards van de zuidwestelijke hoek van de tempel in noordelijke richting
Stephens hard begon opeens sneller te slaan. 'Hier,' fluisterde hij. 'Hij beschrijft een plaats.' Judith moest ook even slikken. 'Lees voor.'
'Honderddertig yards van de zuidwestelijke hoek van de tempel in noordelijke richting... Welke tempel kan hij daarmee bedoelen?'
bijna oranjerode steen
'O, die tempel,' zei Judith. 'De tempel van Jeruzalem. Honderddertig yards, hoeveel meter is dat?'
in de tweede rij boven de grond
'Ongeveer 118,' zei Stephen opgewonden. De plek! Dat moest wel om die ene plek gaan die hij hier beschreef. Hij verplaatste de loep nog wat, op zoek naar de laatste bevestiging.
'O nee,' kreunde Judith naast hem.
Dat was het.
Camera verborgen
Stephen slaakte een juichkreet. Een veel te luide kreet, als je bedacht dat ze momenteel inbrekers waren.
'Voor de zuidwestelijke hoek van de tempel, 130 yards, oftewel 118 meter, noordelijk, tot een bijna oranjerode steen in de tweede rij boven de grond. Daarin heeft hij de camera verstopt,' herhaalde hij triomfantelijk de beschrijving die aan schatkaarten en begraven goudschatten deed denken. 'Heb je enig idee wat dat voor plek kan zijn?'
'Wij noemen deze plek *Kotel Ha-Ma 'aravi,*' zei een stem uit de richting van de deur opeens.
Geschrokken keken ze om. Daar stond Yehoshuah, die er ongewoon bleek en ziek uitzag en zich aan de deurlijst vast leek te moeten houden.
'Beter bekend als de Klaagmuur,' voegde hij er zacht aan toe.

25

In het volgende hoofdstuk wordt uitvoerig aandacht besteed aan de vondsten in perceel 14/F.31, namelijk het skelet met grafgeschenken. Hierbij moet vooropgesteld worden dat vele van de hypothesen die de vondsten moeten verklaren, moeilijk te rijmen lijken met een wetenschappelijke attitude of daarmee zelfs in strijd lijken te zijn.
Professor Wilford-Smith
Bericht over de opgravingen bij Bet Hamesh

Stephen staarde Yehoshuah aan, maar hij zag hem niet. Het leek alsof iemand een enorme klok over zijn hoofd had geplaatst en daar met de grootste klepel ter wereld op had geslagen, zodat hij niets anders dan gedreun hoorde. De Klaagmuur! Wat geweldig. Echt ongelooflijk. Waarom waren ze daar zelf niet op gekomen? De tijdreiziger had de videocamera in het grootste heiligdom van de joden sinds de verdrijving uit het Heilige Land verstopt, en daar had die de afgelopen tweeduizend jaar doorstaan. De Klaagmuur, feitelijk niets anders dan een deel van de Westmuur van de enorme tempel van Herodes, een van de tempels waarvan in het Nieuwe Testament sprake was, had twee voordelen waardoor die in dit geval een bijna ideale bergplaats was: ten eerste was de muur geheel opgegraven en was letterlijk elke vierkante centimeter onderzocht en in kaart gebracht, zodat precies bekend was wat er na tweeduizend jaar nog resteerde. Ten tweede zou niemand het wagen er onbevoegd te gaan graven.

En dat was inderdaad volkomen helder. Ze hadden met een bergplaats te maken die niet alleen absoluut veilig, maar ook absoluut ontoegankelijk was.

Judith was ondertussen naar haar broer toe gelopen en legde haar hand op zijn voorhoofd. Hij zag er bleek en ellendig uit, bijna ziek zelfs. 'Je ziet er niet goed uit,' zei ze. 'Wat is er met je aan de hand? We hebben ons zorgen over je gemaakt, omdat je niets meer van je liet horen. Hij probeerde zwakjes te glimlachen en schudde zijn hoofd. 'Het gaat wel. Het gaat... nou ja, goed zou overdreven zijn. Waarschijnlijk zie ik er nogal afgepeigerd uit, hè?'

'Nee,' antwoordde zijn zus. 'Absoluut vreselijk. Waar heb je de hele tijd gezeten?'

'Ik heb geslapen. Boven, op de bank in de assistentenkamer. Eigenlijk wilde ik werken, maar... Ik werd wakker door een heel zacht gepiep, dat van heel ver weg kwam. Dat waren jullie zeker? De grote deur van de hal.' Hij haalde diep adem. Nog altijd zag hij eruit als iemand die volstrekt versuft was. 'Hoe zijn jullie eigenlijk zonder sleutel binnengekomen?' 'Stomme vraag,' bromde Stephen geïrriteerd. De klokslag was weggestorven, de sfeermuziek was verdwenen en hij bevond zich weer gewoon in de koude kelder met de grof gestuukte muren en het kille tl-licht aan het betonnen plafond waarin hij eerst had gestaan. Nog altijd was hij dichter bij de ontdekking van het grootste geheim van de mensheid dan ooit tevoren. Hij wees op de schaal met de tweede brief. 'Waarom heb je dit voor ons geheim gehouden?'
Yehoshuah kwam langzaam dichterbij. Hij keek eerst naar Stephen, vervolgens naar het eeuwenoude papier en de onwerkelijk glimmende schriftfragmenten erop, en dan weer naar Stephen. 'Begrijp je dat niet?' vroeg hij zacht.
'Nee.'
'Ik kon het niet. Toen ik dit gistermiddag zag, schrok ik me een ongeluk. Ik zag de pneumatische hamers al voor me die de muur open beitelden... de stenen waarvoor ik als kind tot God gesproken heb!' De deur van het lab viel rammelend weer in het slot. Yehoshuah zweeg, langzaam zijn hoofd schuddend. Hij zag er echt zorgwekkend slecht uit, als iemand die minstens twee weken in bed hoorde. 'Maar... vandaag begrijp ik dat ook niet meer. Ik voel niet meer wat ik gisteren voelde. Ik weet alleen nog dat ik het niet kon, niet zomaar tenminste. Ik had tijd nodig om na te denken. Ik heb zelfs overwogen de brief te vernietigen. Kun je je dat voorstellen?'
Stephen vertrok zijn mond. 'Jemig, man, ik heb altijd al gedacht dat er een godsdienstfanaat in jou schuilde.'
'Ja, ik denk dat daar wel iets in zit,' antwoordde Yehoshuah, zonder op Stephens ironie in te gaan.
Stephen keek hem ongerust aan, maar zei niets en knipte de uv-lamp boven de beide brieffragmenten uit. Alsof hij daarmee verder gevaar voor de documenten kon afwenden.

Drie zware auto's rolden met uitgeschakelde koplampen de parkeerplaats voor het Rockefeller-Museum op. Het geknister van de langzaam uitrollende banden was luider dan het geraas van de motoren. Twee van de auto's kwamen rechts en links van de kleine auto tot stilstand die tot

op dat moment als enige op de parkeerplaats had gestaan, de derde stopte op enige afstand.
Ryan permitteerde zich een triomfantelijk lachje toen hij op de peilontvanger op zijn schoot keek. De felle lichtpunt wees ondubbelzinnig naar de auto naast hem. 'Het was goed om tot dit moment te wachten,' zei hij zacht tegen zijn chauffeur. 'Als we ze eerder hadden gepakt, hadden we alleen geweten in welk restaurant ze gegeten hadden of door welke Palestijnse dorpen ze waren gereden. Maar dat ze hierheen gekomen zijn, is echt interessant. Ik ben benieuwd wat ze hier te zoeken hebben.'
Dit was de opdracht die hij zijn mannen in het kamp gistermiddag gegeven had: eerst te controleren of de peilzender nog te ontvangen was. Pas toen dat vaststond, gaf hij opdracht Stephen Foxx te pakken.
Hij schakelde de peilontvanger uit en gaf een teken om uit te stappen.
'Twee man blijven bij de hoofdingang,' droeg hij de mannen op gedempte toon op toen ze zich om hem heen verzameld hadden. 'Twee gaan naar de achteringang; dat is de ingang waardoor we vanochtend binnen zijn gekomen. Dan is er nog een zij-ingang, ergens achter het struikgewas daar. Die nemen jullie twee voor je rekening. De overigen komen met mij mee.

'Dat zou toch betekenen,' zei Judith bij de deur, 'dat er in de muur een holle steen of zo moet zitten. Hoe kan hij die er dan in aangebracht hebben?'
Alsof ze het hadden afgesproken, wierpen ze gelijktijdig even een blik op het skelet van de tijdreiziger.
'Misschien heeft hij meegewerkt aan de bouw van de tempel?' suggereerde Stephen.
'Dat acht ik onwaarschijnlijk,' zei Yehoshuah hoofdschuddend. 'De tempel is onder koning Herodes gebouwd en was wat het fundament betrof al in het jaar 4 na Christus gereed.'
'Hm. Dat is te vroeg,' zei Stephen.
'Vreemd,' ging Yehoshuah verder, alsof hij in zichzelf praatte, 'ik probeer me net te herinneren welke steen van de Klaagmuur dat zou kunnen zijn... een oranjerode steen? Ze zijn eigenlijk allemaal geel.'
Hij kon zijn overpeinzingen niet voortzetten. Van het ene op het andere ogenblik knalde de deur van het lab open en keken ze opeens in diverse pistoollopen. Donker geklede mannetjesputters stormden de ruimte binnen, en een van hen sloeg bliksemsnel zijn onderarm om Judiths keel.

'Oké! Handen omhoog! Geen beweging!'
Stephen en Yehoshuah staken in een reflex hun armen in de lucht. Als gehypnotiseerde konijntjes volgden ze weerloos hoe de mannen de doorgang vrijmaakten voor hun commandant: Ryan.
Toen hij de pezige man met zijn kille grijze ogen zag, begreep Stephen wat er gebeurd was. Hij had zichzelf wel voor zijn kop kunnen slaan. De peilzender! Daar had hij helemaal niet meer aan gedacht. Alleen omdat ze gisteravond niets gemerkt hadden van een achtervolger, had hij zijn verdenkingen veel te snel laten varen.
En dat terwijl het geen enkel probleem was geweest de huurauto in te ruilen voor een andere, veilige auto.
Dat ze hem te slim af waren geweest, ergerde hem op dit moment nog meer dan de overval zelf. Niet bepaald bijdehand, dacht hij. 'Goedenavond, mister Foxx,' zei Ryan honend terwijl hij langs de tafels naar de camerastatieven en halogeenlampen liep die achter in het restauratielab stonden. 'Ik zal eerst de videocamera eens inschakelen, zodat de zonder twijfel interessante verklaring voor uw aanwezigheid hier voor het nageslacht bewaard blijft. Eliav, schakel de lampen vooraan in.'
Een van de mannen liet zijn wapen zakken en begon onhandig aan de kabels van de op hoge statieven geplaatste lampen te frummelen. Toen de eerste lamp verblindend wit begon te branden, moesten ze allemaal hun ogen sluiten, die sinds enkele uren op het duister ingesteld waren.
Judith had met steeds grotere woede gemerkt hoe de hand van de man die haar overrompeld en in een wurggreep genomen had, en die nu zijn naar sigaretten en rotte tanden stinkende adem in haar nek blies, van haar schouder steeds verder omlaag gegleden was. Inmiddels bevond die zich al aan de bovenkant van haar rechterborst en de vingers waren nu duidelijk op weg naar haar tepel.
Toen hij ook nog zijn bekken tegen haar achterwerk aan drukte en ze merkte dat hij een erectie kreeg, kreeg ze een waas voor ogen. Zonder verder nog te denken aan zijn op scherp staande wapen, aan de situatie waarin ze zich bevonden of aan de gevaren die er voor haar of anderen dreigden, ging ze opeens helemaal door het lint. Haar ontketende energie volgde daarbij paden die er tijdens de jiujitsu-cursussen in haar militaire diensttijd grondig ingestampt waren en uiteindelijk zuivere reflexen waren geworden: ze pakte de arm van de man en slingerde hem onder het uiten van een schelle strijdkreet met een krachtige, sierlijke beweging over haar schouder, alsof hij gewichtsloos was.
De volledig overrompelde beveiligingsman, die er volstrekt geen reke-

ning mee had gehouden dat uitgerekend deze tengere vrouw zich zou verzetten, vloog hulpeloos door de lucht en kwam zo hard tegen de zijkant van de voorste tafel aan dat hij diverse ribben brak, wat hem enkele weken aan zijn bed zou kluisteren, en trof daarbij zijn collega, die net de tweede lamp ingeschakeld had, keihard precies in zijn kruis.
De man die Ryan Eliav genoemd had, ging meteen door zijn knieën, viel voorover en trok daarbij het lampstatief met zich mee. Stephen en Yehoshuah sprongen in een reflex opzij, toen de fel brandende hete lamp tussen hen door tegen de chemicaliënkast aan viel, zodat een aantal grote en kleine flessen in stukken brak of op de grond kapot viel. Een van de grotere flessen met bijtend zuur brak in stukken en de inhoud ervan kwam met een grote verwoestende golf midden in de beide schalen met de brief van de tijdreiziger terecht. In een fractie van een seconde waren de vellen papier tot een vormeloze grijze brij gereduceerd. Het volgende moment vatte alles vlam, aangestoken door de hitte van de halogeenlamp. Sneller dan met het oog te volgen was, raasden de vlammen verder langs de banen van de uitgestroomde vloeistoffen, waarvan de meeste blijkbaar licht ontvlambaar waren.
'Handen omhoog!' gilde Judith in het inferno. Ze hield het pistool voor zich dat haar aanvaller had verloren en draaide het razendsnel en uiterst professioneel in de rondte. 'En laat je wapens zakken!'
Het brandalarm ging af. Er klonk een oorverdovend gerinkel dat het hele gebouw leek te vullen.
Ryan draaide zich om naar een van de brandblussers die aan de muur hingen.
'Staan blijven!' schreeuwde Judith. 'Niemand verroert zich!'
'Ben je gek geworden?' antwoordde Ryan, op de fel opflakkerende vlammen wijzend. 'Er is brand!'
'Handen omhoog en blijven staan, anders schiet ik je neer!' krijste Judith woest, terwijl ze snel naar Stephen en haar broer keek, die zich voor het vuur in veiligheid hadden gebracht, maar nog altijd niet goed begrepen wat er aan de hand was. 'Wat is er met jullie? Kom mee!' riep ze naar hen.
Ryan had intussen besloten zich niet meer om Judith te bekommeren. Dat idiote kind zou misschien op hem schieten omdat hij zich niet stil hield, maar wat John Kaun met hem zou doen als hij alleen uit angst voor zijn eigen hachje niet zou voorkomen dat de hier opgeslagen vondsten schade opliepen, zou veel en veel erger zijn. Ryan trok de dichtstbijzijnde brandblusser uit de houder, verbrak de beveiliging door op een

knop te drukken en ging het vuur doelgericht met forse poederstralen te lijf.

Judith, Stephen en Yehoshuah vluchtten het lab uit, door de gang en de trap op. Aan het eind van de hal zagen ze blauwe lichtflitsen, die van het voorplein afkomstig moesten zijn. Door het onophoudelijke rinkelen van het brandalarm heen waren sirenes te horen.

'De brandweer!' riep Stephen hijgend. 'Kom, naar de hoofdingang!'

'Wat?' protesteerde Judith. 'Ben je helemaal gek geworden?' Maar ze rende mee toen hij in looppas de leiding overnam.

Twee mannen kwamen hen met getrokken pistool tegemoet. Ze waren beiden donker gekleed, maar de een was klein en breed en de ander lang en pezig. Ze waren duidelijk uit hetzelfde hout gesneden als de mannen die ze in de kelder hadden achtergelaten.

'O, jee,' bromde Judith, terwijl ze op een langzame draf overging.

Maar Stephen rende verder op de twee af en begon zelfs te gebaren. 'Hé, hierheen!' riep hij tegen de mannen. 'Ryan heeft jullie beneden nodig! Er is brand uitgebroken, hij is gewond en...'

De twee keken hem geïrriteerd aan. Ze leken sowieso al behoorlijk gedesoriënteerd. De dingen liepen kennelijk niet zoals ze hadden verwacht.

'Ryan?' echode de langc.

'Ja, natuurlijk, Ryan,' zei Stephen, driftig knikkend. 'Beneden in het lab. Schiet op, waar wachten jullie nog op! Hij zei dat jullie meteen moesten komen!'

Judith wist niet wat ze zag, maar de beide mannen schoven hun wapens echt in hun schouderholsters terug en begonnen te rennen.

Stephen bleef staan en keek hen hoofdschuddend na. 'Wat een klunzen,' zei hij, toen Judith en Yehoshuah hem hadden ingehaald. Op het voorplein stonden al twee brandweerauto's toen ze naar buiten kwamen, een derde met zwaailicht en sirene kwam net aanrijden. Mannen in brandweeruniformen schroefden klemmen van brandweerladders los, laadden slanghaspels af en tilden putdeksels op waaronder zich brandkranen bevonden. Langsrijdende auto's op straat bleven staan, in de omringende huizen lichtten vensters op.

Een dikke, belangrijk ogende brandweerman liep op hen toe. 'Waar is de brand?' vroeg hij in het Hebreeuws.

'In de kelder,' antwoordde Judith zonder aarzeling. 'Het vuur verspreidt zich snel.'

'Zijn er gewonden?'

Judith dacht aan de man die ze uitgeschakeld had. Hij leek behoorlijk toegetakeld. 'Ja. Minstens eentje.'

'Bedankt,' knikte de commandant, draaide zich naar zijn mensen om en begon bevelen te schreeuwen.

De glazen deuren van de hoofdingang werden opengestoten. In de hal daarachter werden slangen uitgerold, waaraan weer verdeelstukken gekoppeld werden. Twee brandweerlieden renden met een draagbaar en een zuurstofapparaat naar binnen. Het leek op het eerste gezicht een paniekerige chaos, maar het was een goed doordachte, gecoördineerde actie. Niemand, en al helemaal niet het kleine aantal nieuwsgierigen – gezien het late uur waren het er trouwens nog verbazend veel – dat langs het trottoir stond, lette op de drie jongeren die zich in het gewoel langzaam naar achteren lieten drijven en er ten slotte onopvallend vandoor gingen.

26

Afb. XII-15 toont een zijaanzicht van de schedel. De beide amalgaamvullingen in de achterste kiezen zijn duidelijk te herkennen. De bijbehorende tanden zijn ernaast gerangschikt, voorzover ze zijn gevonden. Een sterke cariësaantasting van de hoektand en de middelste snijtand is duidelijk zichtbaar.

Professor Wilford-Smith
Bericht over de opgravingen bij Bet Hamesh

Pater Lucas sliep slecht die nacht. De vorige avond was hij opgebeld door zijn bisschop, die hem had verteld dat er een machtige man uit Rome op bezoek zou komen. Hij had dat niet letterlijk zo gezegd, maar hij had dat wel bedoeld. Hij had ook een naam genoemd: Luigi Baptist Scarfaro.

'Behandelt u hem als een kardinaal,' had de bisschop hem meermalen op het hart gedrukt. 'Hij heeft geen normale kerkelijke rang, maar hij heeft altijd vrij toegang tot de Heilige Vader. En de Heilige Vader luistert naar hem. Bied hem elke steun aan die hij vraagt, Lucas, elke steun.'

Lucas had zijn oude bisschop voor zich gezien tijdens het telefoontje, zijn ronde goedmoedige gezicht en de witte haarstrengen die altijd over zijn voorhoofd hingen, en hij had zijn angst gevoeld. Hij had die angst op de een of andere manier op hem overgebracht en die had hem in zijn droom achtervolgd.

Hij werd wakker toen iemand in de vroege ochtendschemering de deur van de binnenplaats openmaakte en er direct daarna het geknars van banden te horen was. Pater Lucas bleef liggen, niet in staat zich te verroeren en staarde naar het plafond, naar het spel van licht en schaduw dat de koplampen van de auto erop wierpen en kon alleen maar denken: het is zover.

De koplampen werden gedoofd. De priester sloeg haastig de deken terug en trok zijn pij aan.

Ook in het halfduister van de aanbrekende dag was de leider van de groep die hem tegemoetkwam, zonder enige twijfel te herkennen. Scarfaro was een lange, magere man wiens gezicht de trekjes van een roofvogel vertoonde en zo'n misnoegde, harde uitdrukking had dat hij aan een maagzweer leek te lijden. Hij werd omringd door vier jonge,

krachtige mannen in priestersoutanes, die op spookachtige wijze op elkaar leken. Toen pater Lucas hen verzocht binnen te komen, keek hij in vier paar uitdrukkingsloze ogen in vier gladde, bleke gezichten. Hij rilde, en ditmaal was niet de koele ochtendlucht daar debet aan.
'Onze auto,' zei Scarfaro zonder hem verder te begroeten, 'heeft de laatste kilometers voor Jeruzalem vreemde geluiden gemaakt. U kent vast en zeker wel een garage waar we hem naartoe kunnen brengen?'
De priester knikte gedienstig. 'Ja zeker. Vlak in de buurt. Mahmed Abdullah. Hij repareert onze hoogbejaarde VW-bus ook altijd...'
'Is hij katholiek?'
'Wat?' Pater Lucas keek de man uit Rome verbluft aan.
'Mahmed Abdullah, dat klinkt alsof die man een moslim is.'
'Ja. Ik bedoel, ik weet het niet. Hij is Arabier, dat wel. Ik neem aan dat hij ook moslim is. In deze wijk wonen bijna uitsluitend moslims.'
'Brengt u de auto naar een garage die door een katholiek wordt gedreven.'
Pater Lucas knipperde met zijn ogen. Droomde hij nog? 'U hoeft zich geen zorgen te maken. Mahmed Abdullah is een uitstekend automonteur, die alle merken ter wereld kent...' Scarfaro, die zich al had omgedraaid om door te lopen, bleef staan, keerde zich langzaam naar hem toe en doorboorde hem met zijn staalharde blik. 'Heb ik me duidelijk en ondubbelzinnig uitgedrukt?'
'Zeker, maar ik begrijp niet waarom dat zo belangrijk...'
'Heb ik me duidelijk en ondubbelzinnig uitgedrukt, pater Lucas?' herhaalde de man genadeloos.
Lukas slikte ongemakkelijk. 'Ja.'
Scarfaro keek hem een ogenblik uitdrukkingsloos aan voordat hij uiteindelijk knikte. 'Mooi.'

Het restauratielab rook naar vochtig roet en koude rook. Kaun en Ryan waren alleen en bekeken op een monitor die Ryan had meegebracht voor de tweede keer de videoband met de gebeurtenissen van de afgelopen nacht.
Die begon vrijwel direct met de woeste kreet van het meisje. Ze bekeken in slowmotion hoe ze haar bewaker beetpakte en over haar schouder wierp. De hele rij tafels, evenals de skeletbeenderen daarop, begon te trillen toen de man tegen de zijkant aan knalde. 'Ongelooflijk,' meende Kaun.
'Hij was er niet op voorbereid dat hij door het meisje zou worden aan-

gevallen,' zei Ryan. 'Hij zei dat het niet zou zijn gebeurd als hij met een man van doen had gehad.'
'Hij heeft de Israëlische vrouwen blijkbaar onderschat. En dat terwijl hij zelf een Israëliër is. Verbazingwekkend. Je zou toch denken dat hij weet wat ze in het leger bijgebracht wordt.'
'Voortaan weet hij het,' meende Ryan droogjes.
Nu viel de tweede man op de grond, die zonder waarschuwing in de rug werd getroffen; de hoog gemonteerde halogeenlamp viel om, waarbij op de video-opname een komeetachtige lichtstreep te zien was. De chemicaliënflessen vielen van de plank af, braken in stukken en gingen in vlammen op. Weer was het meisje te zien, nu met een pistool in de aanslag. Ze had een uiterst professionele houding aangenomen.
'Ongelooflijk,' herhaalde Kaun. 'Is het je opgevallen dat ze precies op het meest effectieve moment toegeslagen heeft? Ze moet het juiste moment in koele berekening hebben afgewacht. Uiterst koelbloedig.'
Vervolgens de woordenwisseling. Het vuur greep om zich heen. Ryan, die uiteindelijk de dreiging negeerde en de brandblusser greep. De vlucht van de drie jongeren. Kaun spoelde enkele minuten door, waarop alleen te zien was hoe Ryan het vuur met gerichte poederstralen terugdreef en binnen de perken hield. Toen de beide wachtposten van de hoofdingang naar binnen waren gerend, zette hij het beeld stil.
'Die zijn ontslagen,' zei hij. 'Wie zich zo in de luren laat leggen, is te dom voor dit werk.'
'Dat is al gebeurd,' bevestigde Ryan.
Kaun spoelde terug naar het begin, zette het beeld weer stil en bekeek het. 'Heb je gehoord waarover ze het hadden voordat jij binnenkwam?'
'Nee. Ik heb een poosje op de gang gewacht, maar er was niets van te verstaan.'
Kaun staarde nadenkend naar het trillende beeld. 'Wat wilden ze daar? Wat heeft die lui ertoe gebracht midden in de nacht in het Rockefeller-Museum in te breken?'
Ryan zei niets. Hij kende dit soort alleenspraken van Kaun. De industrieel wenste daarbij niet onderbroken te worden, en al helemaal niet door goedbedoelde voorstellen. Kaun tikte met zijn vinger op het beeldscherm op de plek waar Foxx en de museumassistent stonden. 'Waarom stonden ze daar?' Hij draaide zich om en liep naar dezelfde plek toe, tussen de tafels in. 'Hier. Ze stonden hier. En waarom?' Hij keek rond en bekeek de verkoolde resten van twee plastic schalen op de tafel, die met glasscherven en ingedroogd blusschuim overdekt waren. 'Wat was hier

te zien? Op de video zie je twee schalen, een uv-lamp en een loep. Maar het was niet een van onze schalen, want die staan allemaal daar en zijn nog onbeschadigd. Uitstekend werk van je trouwens, Ryan, zoals je het vuur hebt geblust. Mijn felicitaties.'
'Dank u, sir.'
'Ze stonden niet bij het skelet en interesseerden zich niet voor de gebruiksaanwijzing. Ze stonden hier, met twee schalen die niet van ons waren. Wat zat er in die schalen?'
'Het tweede stuk papier.'
'Precies. Het papier dat bij de gebruiksaanwijzing zat en dat Foxx voor ons heeft achtergehouden. Ze hebben het hierheen gebracht en onderzocht.' Kaun stopte zijn vinger in de roetmassa en wreef enkele kruimeltjes tussen zijn vingers. 'En nu is het verbrand. De vraag is wat ze hebben ontdekt.'
'Dat zullen we weten zodra we ze te pakken hebben.'
'Geloof je dat dat lukt?'
'Natuurlijk,' zei Ryan met enige verbazing in zijn stem. 'We kunnen de politie inschakelen.' Er zou in elk geval een onderzoek naar de brand komen, en iemand moest het inzetten van de brandweer betalen. Maar de Israëlische ambtenaren die die ochtend proces-verbaal hadden opgemaakt, hadden een ongeïnteresseerde indruk gemaakt. Het vuur had slechts geringe schade veroorzaakt. Het museum zou vandaag gewoon open zijn; op de bovenverdiepingen rook je niet eens dat er brand was geweest. 'Ik doe het liever niet, maar we zouden Foxx als brandstichter kunnen laten opsporen.'
'Ik geloof niet dat dat nodig zal zijn.'
'Laten we het hopen.' Kauns blik dwaalde rond. De vraag was nu hoe ze verder moesten. Het laboratorium dat die nacht nog een nieuw slot had gekregen, moest schoongemaakt worden voordat het onderzoek kon worden voortgezet. En het was nog maar de vraag of dat veel zou opleveren. Hij kon zich maar niet aan de indruk onttrekken dat op het stuk papier dat de jonge Amerikaan had gestolen, de beslissende informatie had gestaan.
Even overwoog hij de mogelijkheid dat dit voorval een afleidingsmanoeuvre was geweest, zodat ze zouden geloven dat het document verwoest was. Maar hij verwierp deze verdenking meteen weer. Ze hadden de video-opname, en een dergelijke keten van gebeurtenissen kon je echt niet in scène zetten. Het was een ongeluk geweest.
Kauns blik bleef steken bij een piramideachtig statief met dunne alumi-

nium stangen, dat op een ladekast voor in het lab stond. Op het statief was een camera vastgeschroefd. Hij liep erheen en bestuurde het filmetiket dat in een vakje op de achterwand was geschoven. Er stond in keurig schrift met dunne zwarte viltstift iets op geschreven. Onder de notities in het Hebreeuws, die hij niet kon ontcijferen, stond een datum. De datum van twee dagen geleden.
'Vertel eens, Ryan, wie heeft er behalve wij de afgelopen dagen in dit lab gewerkt?'
'Niemand.'
'Aha!' Kaun wierp een blik op de opnameteller. Er waren ongeveer twintig opnamen belicht. Hij schroefde de camera los en gaf die aan Ryan. 'Ik geloof dat we die film maar eens moeten bekijken.'

Het ontbijt was al even beroerd als het hele hotel. Zonder veel te zeggen zaten ze te eten. Ze zagen eruit als iemand die een veel te korte nacht op een doorgezakt matras heeft doorgebracht. Maar het hotel had twee doorslaggevende voordelen gehad: het was zo goedkoop geweest dat Stephen de kamer contant had kunnen betalen, zonder een creditcard te hoeven trekken, en de man bij de receptie had verder geen vragen gesteld toen ze hadden beweerd dat hun bagage en identiteitspapieren gestolen waren. 'Ik weet niet of dat echt nodig was,' bromde Yehoshuah ten slotte. 'We hadden toch gewoon naar mijn huis kunnen gaan...'
'Dan hadden we bij het ontwaken in de pistoollopen van Ryans gorilla's gekeken,' merkte Stephen zurig op.
Judith keek met afgrijzen naar haar kop koffie. 'Of dat nou echt erger geweest was?' mompelde ze tegen zichzelf.
'Schat je hen niet een beetje te gevaarlijk in?' vroeg haar broer twijfelend.
Stephen keek hem aan met een blik waarin zowel woede als spot lag. 'Welkom in de wereld van de boze mannen, Yehoshuah. Hoe dacht je dat Ryan ons gevonden had? Mijn auto had wel degelijk een peilzender, ook al lachte jij me uit toen ik die verdenking uitte. Als ik gisteravond even voorzichtig geweest was, was alles anders afgelopen. Of zeg ik iets verkeerds?'

Toen Peter Eisenhardt wakker werd, meende hij geluid in de vergaderruimte te horen. Dat was niet zo vreemd, want nog altijd lagen de spullen van Stephen Foxx daar, die zonder enig respect voor zoiets onbeduidends als zijn privacy nog onderzocht zouden worden. Hij was vanochtend laat

wakker; misschien moest hij proberen zo snel mogelijk daar te gaan kijken.
Hij schoof het gordijn opzij en trok zijn ochtendjas aan. De sloffen waren verdwenen, en daarom liep hij op blote voeten naar voren. Hij overwoog nog even een kop koffie te zetten, maar zag er toch maar van af en trok de schuifdeur van de vergaderruimte open.
Het was professor Wilford-Smith, die alleen aan tafel zat, met de laptop van de jonge Amerikaan opengeslagen voor zich. Toen Eisenhardt binnenkwam, kromp hij ineen, alsof hij door de schrijver betrapt was op een misdrijf.
'Goedemorgen,' zei Eisenhardt, die nieuwsgierig achter de opgravingsleider ging staan. Wilford-Smith was de opgeslagen internetpagina's aan het bestuderen waarop de camera's MR-01 en MR-02 beschreven werden.
'Goedemorgen, mister Eisenhardt,' antwoordde de Brit met een verstrooid lachje, terwijl hij een vel papier dubbelvouwde en in zijn zak schoof; het leek erop dat hij er iets op genoteerd had. 'U ziet dat het me nog steeds bezighoudt. Waarom heeft de tijdreiziger niet de MR-02 meegenomen naar het verleden? Volgens alle gegevens hier is die camera toch beter.'
'Een goede vraag,' beaamde Eisenhardt. Een nog veel betere vraag was waarom de professor zich zo eigenaardig gedroeg.
'De body is steviger, het objectief is lichtsterker, het zoombereik is groter en toch is de camera niet veel zwaarder of groter.'
'Maar hij is wel duizend dollar duurder.'
De professor keek hem verbijsterd aan.' 'Kom, dat kan nauwelijks het doorslaggevende argument zijn geweest.'
Eisenhardt bekeek de afbeelding op het beeldscherm van de kleine computer. Ja, je zou inderdaad denken dat dat geen doorslaggevend argument kon zijn. Maar sinds hij de camera gezien had die ze zochten, kreeg hij steeds sterker het gevoel dat dit detail een aanwijzing was dat ze tot nu toe op een volstrekt verkeerd spoor hadden gezeten.

De receptioniste van het autoverhuurbedrijf had een weelderige bos roodbruin haar en een al even weelderig figuur, sprak goed Engels en deed haar best voorkomend te blijven zonder haar werkgever onnodig op kosten te jagen. Ze bestudeerde de kopie van de huurovereenkomst die Stephen haar had voorgelegd en probeerde haar conclusies te trekken uit wat hij haar daarover had verteld.

'Eigenlijk bent u verplicht de auto ook weer in Tel Aviv in te leveren,' zei ze.
'Dat lijkt me niet zo makkelijk als hij het niet meer doet,' antwoordde Stephen.
'We kunnen de auto door de garage laten ophalen en u op de hoogte stellen als die weer gerepareerd is,' bood ze hem aan. 'Natuurlijk hoeft u zolang geen huur te betalen.' Op dat moment ontdekte Stephen dat er in het raam een ingelijste poster van Bet Shearim hing. De geschiedenis van de tijdreiziger schoot hem weer te binnen, evenals hun voornemen de necropolis te bezichtigen. Maar dat was nu niet meer nodig, omdat ze wisten waar de camera lag.
Wat een krankzinnig avontuur.
'Moet u luisteren,' zei Stephen, terwijl hij probeerde zijn aandacht weer bij het heden te brengen, 'dat de auto niet start is slechts een bijkomende complicatie. Wat ik eigenlijk wil, is de auto omruilen tegen een andere. En die geef ik dan in Tel Aviv terug, als dat per se moet.'
'Waarom wilt u dan een andere auto?'
Omdat deze van een peilzendertje is voorzien, dacht Stephen en zei: 'Hij bevalt me gewoon niet zo goed als ik had gedacht. Ik wil graag een ander model proberen.'
Ze zuchtte, aarzelde even en zei toen: 'Ik ben bang dat de enige auto die ik u op dit moment kan aanbieden, die daar is.' Ze wees met haar balpen door de vensterruit op een indrukwekkende Jeep Cherokee met getint glas. 'Maar die zit wel in een hogere huurcategorie.'
Stephen liet de imposante aanblik op zich inwerken. Het was natuurlijk een beest van een auto. Alleen een Ferrari zou nog opvallender zijn geweest. Aan de ander kant was dit misschien niet eens zo dom. Hun achtervolgers zouden nooit vermoeden dat ze in een dergelijke auto zouden rijden.
'Wat betekent dat qua prijs?' vroeg hij. Ze vertelde het hem, en hij rekende het bedrag om in dollars. Langzamerhand begon die hele toestand aardig in de papieren te lopen. Als hij er uiteindelijk niets aan verdiende, dan zou hij de opdracht van Video World zeker nodig hebben. En dat was altijd een slechte onderhandelingspositie.
'In orde,' knikte hij desondanks en legde zijn creditcard op de toonbank.
Ze draaide zich naar het boekingsscherm toe, drukte op enkele toetsen en vroeg: 'Waar staat uw vorige auto ook al weer? Bij het Rockefeller-Museum?'

'Ja. Op de parkeerplaats bij de hoofdingang.' De monteur die de auto afhaalde, zou zich er zeker over verbazen dat de auto direct startte. Maar zoiets kwam nu eenmaal wel eens voor bij moderne auto's met elektronische inspuiting.
De medewerkster met de weelderige vormen keek op de doorslag van de huidige huurovereenkomst en begon te schrijven.

Stephen was nog nooit bij de Klaagmuur geweest. Onderweg kochten ze in een elektronicawinkel een nieuwe acculader voor Stephens gsm, die je in de aanstekeraansluiting van de auto kon steken, reden om de oude stad heen, parkeerden de auto op een van de speciale parkeerplaatsen en legden de rest van het traject te voet af. Toen ze door de zogenaamde Mestpoort de oude stadsmuur passeerden, rees de zuidwesthoek van de Tempelberg als een berg vol stenen voor hen op. Het hele gebied aan de zuidkant van de Tempelberg was afgesloten wegens voortdurende archeologische opgravingen. Er was een smal pad dat er in een boog omheen, de Tempelberg op liep – voor bezoekers van de Rotskerk – terwijl de brede hoofdweg licht dalend naar het plein voor de Westmuur liep, zoals de Klaagmuur officieel werd genoemd.
Stephen vond het op het eerste gezicht moeilijk te begrijpen dat dit een heiligdom was: de Klaagmuur was gewoon een hoge muur van grote, verweerde zandsteenblokken. Op het terrasvormige plein ervoor werden de niet-joden door een versperring over de hele breedte tegengehouden, terwijl door middel van een in de lengte lopende versperring erachter een klein gebied voor de vrouwen en een veel groter gebied voor de mannen was gereserveerd. Zonder mensen had het hele gebied meer op een uitgegraven bouwplaats voor een parkeergarage geleken.
Ze bleven op een afstandje staan, en het viel Stephen op dat zowel Yehoshuah als Judith onder de indruk was door de aanblik van de muur. Hij vond het verbazingwekkend hoe druk het hier was op een gewone maandagochtend. Soldaten stonden in gebed verzonken bij de muur, met hun geweren om hun schouders, gereed voor gebruik. Orthodoxe joden in zwarte kleding met brede hoeden en pijpenkrullen drukten hun voorhoofd tegen de stenen en streelden en kusten die. Daarnaast waren enkele stoelen op een rij voor de muur geplaatst, waarop kinderen zaten te wiebelen. Geen van hen was ouder dan twaalf, en ze droegen grijs geruite overhemden, korte broeken en petjes en hadden merkwaardig lang haar. Slechts een van de kinderen zat met zijn gezicht naar de muur toe in een boek te lezen, de anderen keken rond, schoven onrus-

tige heen en weer of klommen op de zitting van hun stoel. Maar niemand lette op hen.
Hoe langer Stephen het tafereel op zich in liet werken, des te minder bizar kwam het hem voor. De beschrijvingen die hij had gelezen, klopten allemaal, en toch vertelden ze niet de hele waarheid. Ja, hij zag mensen die naar de muur toe liepen en opgevouwen papiertjes in de spleten stopten met daarop wensen of gebeden. Toen hij voor het eerst over dit gebruik gelezen had, had het hem absurd geleken. Maar als je er zelf bij stond, was het allerminst absurd. Het was bijna ontroerend. Ja, het klopte dat iedereen bij het joodse gebed door elkaar praatte, wat des te meer als een kakofonie klonk als je geen Hebreeuws verstond, maar als je het zo kwalificeerde, dan gaf je blijk van een afstandelijke, minzame houding, waarmee je weinig begrip toonde voor andere gebruiken en die slechts belachelijk wilde maken. Nu hij het met eigen ogen zag, beschouwde hij het luide bidden juist als teken van passie en het door elkaar heen praten betekende slechts dat iedereen alleen met zijn god sprak.
Hoe zou het zijn je onderdeel te voelen van een traditie waarvan zonder moeite kon worden aangetoond dat die al vijfduizend jaar en langer bestond? Of iemand dat rust gaf? Als je jezelf als onderdeel van één grote, eeuwige levensstroom zag, dan kon je niet gelijktijdig de druk voelen om van dit ene leven per se iets groots en meeslepends te moeten maken. Ben ik jaloers? vroeg Stephen zich af.
Hij werd afgeleid door uitgelaten gelach. Hij draaide zich om en zag een grote familie een dertienjarige jongen begeleiden die over zijn hele vollemaansgezicht straalde. De vrouwen droegen kleurige kleding en waren uitgelaten, de mannen waren uiterst kalm, maar duidelijk van trots vervuld.
'Een bar-mitswafeest,' legde Yehoshuah hem ongevraagd uit. 'Dat wil zeggen dat de jongen vandaag in de synagoge voor het eerst uit de thora mag voorlezen.'
Stephen keek de familie na. Wat was de prijs voor die geborgenheid in de traditie? Dat je je er zo vroeg mogelijk door moest laten inpalmen?
Hij besefte opeens weer waarom ze hier eigenlijk waren. En alsof ze zijn gedachten had gelezen, zei Judith precies op dat moment: 'Ik zie helemaal geen rode steen.'
Dat klopte. De blokken waar de Westmuur van de tempel ooit uit opgebouwd was, bestonden uit lichtgrijze, vanuit de verte geel lijkende zandsteen, waaruit min of meer heel Jeruzalem was opgetrokken. De losse

blokken waren duidelijk zichtbaar; tussen enkele ervan woekerde onkruid, en vele ervan, vooral in de bovenste rijen, hadden een groenige of donkergrijze tint.
Maar geen van de blokken had een rode tint. Zelfs niet rossig, ook niet met heel veel fantasie.
'Heeft hij ons voorgelogen?' vroeg Stephen halfluid. 'Of hebben we iets verkeerd gelezen?'
Yehoshuah schudde zijn hoofd. 'Nee. Ik geloof het niet. Ik had al zoiets gedacht.'
'Wat gedacht?'
'Dat de steen niet te zien zou zijn.'
'Hoezo?' Stephen schatte de afstand van de zuidwesthoek van de Tempelberg. De bergplaats van de camera zou zo'n beetje in het midden van de Klaagmuur moeten liggen.
'Hij heeft geschreven dat de camera in een steen in de tweede laag verborgen ligt,' zei Yehoshuah. 'Dat heeft hij toch geschreven, nietwaar?'
'Ja.' Stephen wees op de mensen voor de muur. De eerste laag reikte bij de meesten tot de borst. 'Iemand kust hem op dit moment.'
'Nee. Dat is niet de tweede laag.' De toon waarop hij dat zei, deed weinig goeds vermoeden. 'De oorspronkelijke Tempelmuur was veel hoger. Wat we hier zien, is slechts het bovenste deel. Elf lagen zandsteenblokken zijn zichtbaar, de overige negentien lagen bevinden zich onder de grond.'

Daniel Perlmann keek naar de man die op zijn leren bezoekersstoel zat, keek vervolgens door de grote ramen van zijn bureau naar de imposante zwarte limousine waarmee deze man was gekomen en waarnaast een niet minder imposante lijfwacht op zijn terugkeer wachtte, en keek toen zijn imposant geklede bezoeker weer aan. 'U weet zeker wel dat ik dergelijke informatie niet mag doorgeven,' zei de man zo zelfverzekerd mogelijk. 'Het spijt me.'
De man glimlachte gelaten. 'Het is een blauwe Fiat.'
'Het spijt me.'
'Mister Perlmann,' zei de bezoeker, nog altijd met een vriendelijke glimlach, 'ik zou nu zonder probleem kunnen vertrekken en over een halfuur met een politieagent kunnen terugkomen die hetzelfde van u wil als ik. Maar daarmee zouden we het leven van de jonge man over wie ik u daarnet vertelde, een richting op sturen die geen van ons beiden zou wensen. Denkt u zich eens in... arrestatie, gevangenis, politieonderzoek, en dat allemaal vanwege een misverstand?'

'Dat kan wel wezen,' hield Daniel Perlmann vol, 'maar dat gaat tegen onze bedrijfsrichtlijnen in. En het zou ook nog eens onwettig zijn.'
Ze zwegen beiden. Het leek opeens ijskoud te worden in Daniel Perlmanns kantoor, zonder dat hij kon zeggen hoe dat kwam.
'Mister Perlmann,' zei de bezoeker, die nu al zijn vriendelijkheid liet varen en wiens lachje opeens van zijn gezicht verdwenen was, 'ik ben de grootste klant van uw autoverhuurbedrijf, zowel wereldwijd als hier in Israël. Ik betaal dagelijks meer geld voor auto's, trucks en andere voertuigen die mijn medewerkers waar dan ook ter wereld van uw bedrijf huren dan u per maand verdient. Het enige wat ik u vraag, is een kleine gunst. En ik vraag u daarom mijn tijd niet met dwaze uitvluchten te verspillen. Moet ik eerst uw president-directeur bellen? Ik ken hem goed; ik woon niet ver van Park Ridge vandaan, waar, zoals u zich wellicht herinnert, het hoofdkantoor van uw bedrijf bevindt, en om de paar weken spelen we golf met elkaar. Wilt u werkelijk een telefoontje krijgen van mister Olson?'
Daniel Perlmann realiseerde zich dat hij zijn handen om de tafelrand geklemd hield en dat er inmiddels een dun laagje zweet op zijn voorhoofd stond. Hij keek de man aan, de limousine, de lijfwacht ernaast en weer de man. Daarna zuchtte hij diep.
'Tja,' zei hij eindelijk. 'Dan moet dat misschien maar.' Hij liet de tafelrand los en probeerde te glimlachen, maar het lukte hem niet. De man, die zich als John Kaun had voorgesteld, zat nog altijd met zijn ijskoude tijgerogen naar hem te loeren. 'Wie zou een jonge man in het verderf willen storten?'
Hij dacht daarbij eerder aan zichzelf. Hij draaide zich naar zijn computer op een bijzettafeltje en enkele toetsdrukken later had hij alles op het scherm staan wat hij wilde weten.
'Mister Foxx rijdt nu in een metallic zwarte Jeep Cherokee,' verklaarde hij, terwijl hij een briefje pakte. 'Ik schrijf het kenteken voor u op.'

27

Afb. XII-16 laat het linker scheenbeenbot zien. In het onderste derde deel (pijl) is duidelijk een naadloos geheelde breuk te zien. Zulke perfect geheelde breuken zijn in dit gebied zonder medische maatregelen (spalken, schroeven, implantaten) niet mogelijk.
Professor Wilford-Smith
Bericht over de opgravingen bij Bet Hamesh

Een moment lang had hij het gevoel kleppen in zijn gehoorgangen te bezitten waarvan de medische wetenschap niets afwist. En deze kleppen leken zich haastig te willen sluiten, zodat hij verder niets kon horen. Opeens was dat gevoel weer verdwenen en was alles weer normaal. Zijn gedachten waren tot rust gekomen. 'Dus jij denkt dat de tijdreiziger de camera in een steen heeft verstopt die nu diep in de grond begraven ligt?'
'Ja.'
'Maar wat is het nut daar dan van?'
'Ik heb geen idee.'
Stephen staarde weer naar de Klaagmuur, alsof hij die door geconcentreerde denkkracht in brand wilde steken. Hij bestudeerde het patroon van kleinere tegels die boven de bovenste stenen waren aangebracht en keek naar de half verdroogde graspluimen op de bovenkant. 'Toch wel,' zei hij opeens. 'Het is toch wel zinnig.'
Judith keek hem fronsend aan.
'De tijdreiziger is een Amerikaan,' legde Stephen uit. 'Amerikanen hebben niet veel ervaring met oude gebouwen en ruïnes, omdat die in Amerika praktisch niet voorkomen. Waarschijnlijk heeft hij de Klaagmuur tijdens een rondreis door Israël gezien, maar gedacht dat het een overblijfsel van de Tempelmuur was. Snappen jullie het? Hij beschouwde de Klaagmuur als een ruïne. Hij dacht dat wat wij nu zien, de onderste delen van de muur waren. Toen hij eenmaal in het verleden was aangekomen, wist hij dat de tempel door de Romeinen zou worden verwoest, maar hij wist niet wat er precies verwoest zou worden. Hij is vast en zeker niet op het idee gekomen dat de onderste helft van de muur onder de grond begraven zou raken. Dat is voor mij zelfs moeilijk voor te stellen.'
'Hij dacht dat de tweede laag van de Tempelmuur ook de tweede laag van de Klaagmuur was,' concludeerde Yehoshuah.

'Precies. Want toen hij de afstand tot de zuidwesthoek van de tempel bepaalde, doelde hij zonder meer op de Klaagmuur. Hij wilde de camera gewoon in de Klaagmuur verstoppen.'
Judith schudde haar hoofd. 'Waanzinnig. Maar waarschijnlijk heb je gelijk. Hij heeft een verkeerde plek uitgekozen.'
'Twintig meter te diep,' voegde Yehoshuah eraan toe. 'De vraag is wat wij nu gaan doen,' merkte Stephen nadenkend op.
'Wat wil jij nog doen dan?'
'Twintig meter grond is tegenwoordig geen enkel probleem. Een of twee dagen graven met een graafmachine en dat ding is uitgegraven.'
Yehoshuah hapte hoorbaar naar adem. 'Man,' bracht hij verbijsterd uit. 'Man! Wat heb jij een fantasie, zeg. Hoe stel je je zoiets voor?'
'Hoezo?' Je haalt de tegels weg van het plein, graaft een gat langs de muur, tast de in aanmerking komende stenen met een goede metaaldetector af...'
'Ten eerste ligt er onder het plein niet alleen maar aarde, maar tweeduizend jaar stadsgeschiedenis,' corrigeerde Yehoshuah hem. 'En ten tweede is alles heilig, heilig, heilig. Vergeet het maar. Vergeet het idee dat hier ooit een graafmachine zou kunnen staan.' Tja, dat zou ook te gemakkelijk geweest zijn. Stephen keek ontstemd om zich heen. Hij weigerde te capituleren. Als ze nou die brieven nog hadden gehad, als bewijsstukken...
Hij schudde zijn hoofd. 'Ik moet en zal die camera bergen,' verklaarde hij, zich afvragend of hij niet een beetje gestoord was. 'Ik weet het zeker. Ik weet alleen nog niet hoe.'
Judith legde haar arm om hem heen, zonder iets te zeggen. Zo bleven ze een poosje staan, en langzaam aan kwamen zijn gedachten weer tot rust. Maar toch bleef hij vastbesloten. Hij moest en zou die camera bergen. Hij sprak zichzelf niet alleen maar moed in als hij dat zei. Sinds hij wist hoe de camera eruitzag, had hij steeds vaker het eigenaardige gevoel dat hij die al in zijn handen hield. Alsof de tijd langzaam diffuus werd. Alsof hij af en toe de kans kreeg een kijkje in de toekomst te nemen, gebeurtenissen te zien die onontkoombaar waren. De tijd...
Zijn aandacht werd getrokken door een vreemd geluid, een soort luid gezoem. Hij draaide zijn hoofd om. Het kwam uit de ramen van een gebouw in de buurt; toen hij beter luisterde, bleek het een veelstemmig, luid reciteren van verzen te zijn. 'Een talmoedschool,' merkte Judith op. Zijn blik dwaalde doelloos verder rond, over de mensen die kwamen en gingen, over het opgravingsgebied, waar eveneens bezoekers te zien

waren. Je kon het blijkbaar bezichtigen. Dicht bij de kolossale muur stond een grijs tentje, dat eruitzag als de tenten die in de VS door riool-arbeiders werden gebruikt. Er kwam een man uit die een kabel achter zich aantrok.
'Moet je kijken,' zei Stephen verrast. 'Die man kennen we toch?'
'Wat?' vroeg Judith. 'Wie?'
'Die man daar.' Hij wees naar de man met de kabel. De magere, kromme gestalte was uit duizenden te herkennen.
Het was George Martinez.

Scarfaro had de leiding op zich genomen en voerde een meedogenloos bewind.
'Is het allemaal gelukt?' vroeg hij, toen pater Lucas weer terug was. Lucas knikte slechts, in een poging niets te laten merken van zijn groeiende innerlijke weerstand tegen de bazige praktijken van de man uit Rome. Het was een hele klus geweest om de waarschijnlijk enige katholieke automonteur van Jeruzalem op te sporen. Toen hij de auto had afgeleverd, was hij bevestigd in zijn overtuiging dat godsdienstige overtuiging geen zinnig criterium was om een garage te kiezen: hij zou zelf in het smerige hol dat hij aangetroffen had nog geen buts in een spatbord laten uitdeuken, en als hij dat wel had laten doen, dan had hij de auto geen moment uit het oog verloren.
'We zullen zolang uw volkswagenbus gebruiken,' vervolgde Scarfaro. 'Ik ben bang dat dat niet gaat,' protesteerde Lucas, die zich slechts met moeite kon beheersen.
De ander keek hem met zijn kille ogen strak aan. 'O nee? En waarom dan niet?'
'We eh... hebben die nodig voor het ophalen van de levensmiddelen.'
Waarom werd hij zenuwachtig? Het klonk alsof hij een leugen vertelde.
'Welke levensmiddelen?'
'Voor de armenmaaltijd.'
'Armenmaaltijd?'
'Ja. We verzorgen elke avond een gratis maaltijd voor armen en behoeftigen. De levensmiddelen daarvoor krijgen we van diverse supermarkten en hotels. Maar we moeten ze wel ophalen en daar hebben we de bus voor nodig.'
Scarfaro keek hem aan alsof hij een weerzinwekkend insect was. 'Dat hele circus vervalt voorlopig,' besloot hij. 'Ik heb uw energie voor andere taken nodig.'

‘Hoe bedoelt u? We kunnen toch niet zomaar...’
‘Pater Lucas!’ siste de knokige geestelijke. ‘Uw bisschop heeft me uw volledige steun toegezegd en nu spreekt u mij al voor de tweede keer tegen.’
‘De armen zijn van ons...’
‘Uw armen interesseren me geen donder, pater. Het wordt tijd dat u eens verder kijkt dan uw uiterst beperkte horizon, die blijkbaar niet verder reikt dan een soepbord. Hier staan de belangen van Rome op het spel. De belangen van de heilige christelijke kerk. En daarbij gaat het om meer dan een paar gevulde magen. Om onvoorstelbaar veel meer.’
Het kostte Lucas moeite de blik van de geestelijke niet te ontwijken. ‘“Jezus sprak: het volk jammert, omdat ze al drie dagen bij me zijn en niets te eten hebben; en ik wil ze niet zonder eten laten vertrekken, zodat ze niet onderweg uitgeput raken,”’ citeerde hij de eerste de beste bijbelpassage die hem over dit onderwerp te binnen schoot. ‘Mattheüs 15, vers 32.’
Scarfaro’s lippen plooiden zich in een minachtend lachje. ‘“Wat is jullie geloof toch klein! Waarom bekommeren jullie je erom dat jullie geen brood hebben? Begrijpen jullie het dan niet?”’ antwoordde hij zonder aarzeling. ‘Mattheüs 16, vers 8. Ziet u wel? Zelfs Jezus stelde zijn prioriteiten.’
Idioot, dacht pater Lucas. Waarom had die man niet gewoon een auto gehuurd? Geld kon voor iemand van zijn kaliber toch zeker geen probleem zijn?
Hij moest met broeder Geoffrey spreken. Ze moesten iets organiseren. Ze moesten de gratis maaltijd ergens anders houden, zonder dat Scarfaro daar iets over hoorde. Een andere auto zoeken, hulp uit de buurt regelen...
Scarfaro had genoeg van de discussie. Een wegwerpgebaar makend zei hij: ‘Hoe dan ook, we nemen uw bus. Als onze missie beëindigd is, kunt u uw... armenmaaltijd wat mij betreft weer invoeren.’
Pater Lucas keek hem in machteloze woede na. De deur van het kantoortje stond half open, en dat hadden ze ook al ingenomen.
Hij was zo dom geweest zich in het leven tevreden te stellen met het verschaffen van warme avondmaaltijden aan ongeletterde armen. Nu kreeg hij de rekening gepresenteerd. Hij had het als het opwindendste moment van zijn leven beschouwd toen hij naar Rome was geroepen en verslag had uitgebracht, maar het was hoogmoed geweest die nu voor de val kwam.

Mij wordt recht gedaan, dacht hij en hij ging op zoek naar broeder Geoffrey.

De politiecommissaris en zijn bezoeker wandelden langzaam over het gazon. Ze spraken met elkaar – er was in de verre omtrek niemand aanwezig die had kunnen horen waarover – maar steeds weer waren er lange periodes waarin ze zwegen en in gedachten verzonken leken.
Meestal was het de bezoeker, een duur geklede man van halverwege de veertig, die het zwijgen verbrak.
'Het schandaal met het dode barmeisje vorig jaar... We hebben u erbuiten gehouden. Mijn mensen hadden echt goede foto's, maar ik zei tegen mezelf: wie is ermee gediend als we die in de openbaarheid brengen? U bent zonder twijfel een goed mens. Maar helaas heeft de publieke opinie de neiging mensen aan de hand van hun zwakheden te beoordelen en niet aan de hand van hun goede kanten.' Hij schudde somber zijn hoofd. 'Alsof we alle belangrijke functies met heilige boontjes kunnen bezetten!'
De politiecommissaris keek hem vanonder zijn borstelige wenkbrauwen wantrouwend aan. 'U probeert toch niet toevallig mij te chanteren?'
Hij keek in een volstrekt onschuldig gezicht. 'U chanteren? Mijn god! Nee zeg, ik probeer slechts de toekomst van deze jongeman te redden. Ik ken deze jongen. Ik weet dat het een eenmalige misstap was. Alles wat ik wil, is met hem praten. Als hij teruggeeft wat hij van mij heeft gestolen, dan is de kwestie wat mij betreft vergeven en vergeten. Waarom zou je zo'n jongen met een strafblad opzadelen? Ik stel in principe precies dezelfde vraag: wie is ermee gediend als ik officieel aangifte doe? Vertelt u mij dat eens.'
De politiecommissaris zuchtte. 'Goed dan. Ik zal kijken wat ik kan doen.' Hij stak zijn hand uit, waarna een papiertje met daarop een autokenteken en een naam van eigenaar wisselde.

George was zichtbaar blij hen te zien. Vooral Judith, zo leek het Stephen. 'Hé, wat leuk,' zei hij blij, 'ik verveelde me vreselijk. Mijn maat is naar de rapportage en ik kan eigenlijk niets anders doen dan wachten tot ik weet hoe het verder moet.'
'Wat doe jij hier dan?' vroeg Judith verbaasd.
'Eh, ja...' De Mexicaan wiegde zo hevig met zijn hoofd dat het leek alsof zijn nek elk moment kon afbreken. 'Ik mag dus niet zeggen waarom we

het doen. Maar wat we doen, kan ik jullie wel vertellen, als jullie beloven het niet verder te vertellen.'
'Afgesproken.'
'We proberen een tomogram van de Tempelberg te maken.'
'De berg met geluidsgolven door te lichten? Zoals je ook met ons opgravingsterrein hebt gedaan?'
'Precies. Maar daar mochten we het doen. Hier niet. Waarschijnlijk tenminste, want we hebben het niet gevraagd. We doen het stiekem.'
Stephen schudde verbijsterd zijn hoofd. 'Heeft Kaun je deze opdracht gegeven?'
'Ja.'
'Lukt dat dan wel?' vroeg Judith. 'Jullie kunnen toch je schokgolvendumper...'
'Thumper...' corrigeerde George.
'Die Thumper kun je toch niet boven op de berg neerzetten?'
'Nee. Die staat hier in de tent. Samen met de computer, wat natuurlijk niet bepaald ideaal is. Stroom hebben we stiekem afgetapt van de belichting van de opgravingen, en de sensoren... Die vormen het grootste probleem. We kunnen die niet gewoon rondom in de muur plaatsen.'
'Hoe doe je dat dan?'
'Tja, het is moeilijk. Echt waar. We krijgen slechts heel slechte beelden, met een slechte resolutie en een nog slechtere scherptediepte. Toch zitten er een paar interessante bij. Wisten jullie dat de Tempelberg vol gangen en schachten zit?'
'Ja,' knikte Yehoshuah. 'Zeker.'
'Verbazingwekkend. Ik wist dat niet.'
'Ik ook niet,' zei Stephen. 'Kunnen we de opnamen eens bekijken?'
George leek even in tweestrijd, maar zei toen met een blik opzij naar Yehoshuah: 'Ach, waarschijnlijk weet hij dat allemaal al.'
Ze slopen de tent in, waarin nauwelijks meer plaats was. De grote Thumper stond midden in de tent op de zorgvuldig schoongeveegde kale grond, met daarvoor de computer, waarin een hele kabelbundel eindigde. Verder stonden er een tafel en twee klapstoeltjes, en in een hoek lagen twee luchtbedden met slaapzakken erop. Het zag er uiterst oncomfortabel uit.
De afgedrukte foto's zagen er zoals altijd uit als een zwaar gestoorde tv-uitzending van een sneeuwjacht in Alaska, maar een genie had er een kaart van kunnen maken. Ze bogen zich er nieuwsgierig overheen.
'Dit wordt de "stal van Salomo" genoemd,' legde Yehoshuah uit, op een

onregelmatige, grote veelhoek wijzend die de zuidoosthoek van de Tempelberg innam. 'Dat is een soort grote hal, die door twaalf rijen pijlers van verschillende lengte wordt ondersteund. Heel indrukwekkend. Je kunt die ook bezichtigen.'
Zijn vinger dwaalde verder naar een aantal onregelmatige vormen, die op inktvlekken leken. 'Dat moeten cisternes zijn. Deze hier, de grootste, wordt *bahr* genoemd, wat 'meer' betekent. Deze dunne lijnen ertussen zijn waterleidingen of andere gangen. Ze zijn bijna allemaal begaanbaar, of zijn dat in elk geval geweest.'
Stephen tuurde gefascineerd naar de kaart. Hij moest beslist nog wennen aan het idee dat de Tempelberg, die er vanbuiten als een monolithische piramide uitzag, vol kanalen en gangen zat en in het inwendige zelfs zalen en cisternes herbergde.
Terwijl Yehoshuahs vinger verder over de opname dwaalde, begon hij als een echte professor steeds onduidelijker trefwoorden te mompelen, zoals 'cisterne', 'bewakingspoort', Kiphonos-poort' of 'drievoudige deur'. Opeens hield zijn vinger halt bij een streep.
Toen Stephen de lijn volgde, stokte zijn adem. De gang – of wat het ook was – begon een eind zuidelijk van de tempelmuren, maakte twee haakse bochten en voerde dan vlak langs de Westmuur recht naar het noorden. Ongeveer op de plek waar zich de Klaagmuur moest bevinden, had iemand neergekrabbeld: 'Diepte: 20 meter'.
'Dit hier,' stelde Yehoshuah in gedachten verzonken vast, 'ken ik niet.'

De oorspronkelijke aanleiding voor de bespreking was Bob Richards' verslag over het sonartomografische onderzoek van de Tempelberg geweest. Maar nu had Kaun, die pas op het laatste moment uit Jeruzalem was binnen komen vallen, kennelijk alle interesse in dit project verloren. Het was overduidelijk dat hij er slechts op uit was dit agendapunt zo snel mogelijk af te wikkelen.
'Laat maar,' onderbrak hij Richards, toen die aan een uitvoerige beschrijving wilde beginnen van de problemen waarmee ze te kampen hadden gehad en de oplossingen die ze hadden bedacht. 'Welke resultaten hebt u geboekt?'
De blonde wetenschapper, die hierdoor uit het veld geslagen was, knikte, ruimde de klaargelegde stukken op en legde een sheet op de overheadprojector. Het was een fotokopie van een met de hand getekende kaart. 'Uit het onderzoek is gebleken dat er diverse holle ruimten in de Tempelberg bestaan, die ik aan de hand van de losse opnamen op

deze kaart heb overgebracht. Als ik ter vergelijking een van de opnamen...' Kaun viel hem alweer in de rede. 'Laat deze kaart iets nieuws zien aan historici?' wilde hij weten, met zijn blik op professor Wilford-Smith en professor Goutière gericht.
'Nee,' verklaarde Shimon Bar-Lev in hun plaats grimmig. 'Al deze gangen, kanalen en holten zijn allang bekend in de archeologie.'
'Dank u.' Hij wendde zich tot de tomograaf en probeerde een snelle, zo mogelijk pijnloze genadeklap uit te delen. 'Doctor Roberts, ik wil u bedanken voor uw bemoeienissen en uw inventiviteit. Helaas zijn de omstandigheden inmiddels zo gewijzigd dat u uw werkzaamheden onmiddellijk dient te staken. De Israëlische autoriteiten zitten ons al op de hielen. Omdat u, zoals u daarnet hebt gehoord, niets zult vinden wat al niet bekend was, willen we het hierbij laten.'
Eisenhardt, die zich op de achtergrond hield en zijn notitieblok op zijn schoot had gelegd, vertrok onaangenaam getroffen zijn gezicht. Kaun was veel te zenuwachtig om zomaar te geloven in zijn posen, waarmee hij anders zijn imperium placht te leiden. Het trucje van de minzame chef, van de motiverende, visionaire doener werkte vanmiddag in geen enkel opzicht.
Hij had durven wedden dat de opmerking over de Israëlische autoriteiten een botte leugen was.
Richards keek de mediamagnaat aan alsof hij hem onder het oog van alle aanwezigen een oorvijg had gegeven. Maar hij zei niets – waarschijnlijk kon hij niets uitbrengen – en knikte alleen, greep de sheet van de overheadprojector, legde die op de stapel documenten en zette bedeesd een stap naar achteren, alsof hij een kind op een vreemde drempel te vondeling had gelegd.
'Ik eh... begrijp dus goed dat u ook geen andere opdracht meer voor ons heeft?' informeerde hij nog voorzichtig.
'Ja, precies. U bent klaar.'
'Dat betekent dus dat we vandaag als onze laatste werkdag kunnen beschouwen? Dan moet ik onze terugvlucht naar de Verenigde Staten regelen...'
Kaun knikte ongeduldig en maakte een wegwerpgebaar. 'Natuurlijk. Als u ondersteuning nodig heeft, kunt u terecht bij het kantoor in de eerste caravan. Zegt u tegen hen dat ik u heb gestuurd. Zij zullen u helpen bij alles wat u nodig hebt. Goed? Tot ziens.'
Richards keek nog eenmaal rond, mompelde iets wat net zo goed een afscheidsgroet als een verwensing had kunnen zijn, en vertrok.

Kaun leek hem op het ogenblik dat hij de deur achter zich had dichtgetrokken al weer vergeten te zijn. Onder zijn dikke, lederen agenda trok hij een grote map vandaan, waarin vergrotingen op groot formaat van foto's bleken te zitten.
Voordat hij die uitdeelde, haalde hij nog een stukje karton uit de map, dat hij omhoogstak en liet zien. Het was het klepje van een filmdoosje, dat iemand had afgescheurd en van een Hebreeuwse tekst had voorzien.
'Deze notitie zat in de achterwand van de camera waarmee deze opnamen gemaakt zijn,' legde hij uit. 'De tekst luidt: 'Foxx-fragment, bladzijde 1'. De datum is van eergisteren. Vertelt u mij nu eens wat u daaruit concludeert.'

Iedereen keek vol spanning naar Yehoshuah, die onafgebroken naar de ruwe schets staarde. Alleen al door de intensiteit van zijn gedachten leek het warmer te worden in de tent. Zijn mond stond half open en met het puntje van zijn tong tikte hij ritmisch tegen zijn bovenlip.
'Dit is onvoorstelbaar!' mompelde hij uiteindelijk, keek op en zocht Judiths blik. 'Weet je wat dat is?'
Ze schudde zwijgend haar hoofd.
'Vaders gang.'
Stephen zag dat Judith opeens doodsbleek werd. Ook George Martinez keek haar bezorgd van opzij aan. 'Ach, kom,' bracht ze zwakjes uit.
'Je moet je vergissen.'
'Nee, ik weet het zeker. Dat is hem. En dat betekent dat pa gelijk had.'
Stephen stak zijn handen in de lucht. 'Wat is dit voor...'
'Yehoshuah, het moet iets anders zijn. Je ziet spoken.'
'Zou ik mogen weten...'
'Zie ik spoken? Ik zie een gang. Een gang die ten zuiden van de tempelmuren begint en daar onderdoor voert en twee haakse bochten maakt. Dat is precies de beschrijving die pa gegeven heeft.'
'Mag ik...'
'Ach, onzin. Je wilt je gewoon weer als vaderskindje profileren.'
'Ik? Doe niet zo belachelijk. Je probeert zo krampachtig je negatieve beeld van je vader in stand te houden, dat je zelfs duidelijke bewijzen...'
'Een vage streep met twee hoeken! Dat kun je toch nauwelijks een bewijs noemen!'
'We kunnen de oorspronkelijke opnamen bekijken. Die streep loopt daar beslist niet toevallig.'
'De foto's, ja hoor. Alsof je daar iets op zou kunnen zien.'

'Dat is een afleidingsmanoeuvre. Je weet net zo goed als ik dat dat volstrekt irrelevant...'

Stephen pakte de twee bij hun armen beet. 'Hé, hé, hé,' zei hij, er werkelijk in slagend hun het zwijgen op te leggen. 'Rustig blijven, mensen. Vertel liever nog eens rustig waarom het hier eigenlijk gaat. Nee Judith, jij niet. Yehoshuah.'

Yehoshuah woelde door zijn kroeshaar, wat een bijzonder professorale indruk maakte. 'Ik geloof dat dit hier een gang is waarvan onze vader regelmatig melding gemaakt heeft.'

'Regelmatig, dat kun je wel zeggen ja,' meesmuilde Judith. 'Hij was er bezeten van.'

'Hij heeft circa twintig jaar geleden tijdens het onderzoek van oude teksten aanwijzingen ontdekt dat leden van een sekte in de Middeleeuwen jarenlang bezig zijn geweest een gang te graven die van de Davidstad tot onder de Tempelberg liep. Volgens die beschrijving zou dat deze gang kunnen zijn. Het zou kunnen, zoals gezegd, want die suggestie van mijn vader is nooit nader onderzocht.'

'O nee?' vroeg Stephen verbaasd. 'Waarom niet?'

'Als je onze vader zou kennen,' zei Judith, 'dan zou je dat niet vragen.'

'Hij is eh... soms wat moeilijk in de omgang,' gaf Yehoshuah nu ook toe. 'Maar aan de andere kant wemelt het in Jeruzalem van de interessante vondsten. In bijna elke kelder waarin je begint te graven, kun je wel iets waardevols vinden. Als het aan de archeologen lag, dan zou de hele stad worden afgezet en zou iedereen moeten verhuizen. De komende vijfhonderd jaar zouden ze alles dan steen voor steen afbreken. Er bestaat een wachtlijst voor opgravingsprojecten in de stad. Dat van hem was gewoon niet belangrijk genoeg.'

Stephen keek op de kaart die voor hen op het tafeltje lag. Weer kreeg hij het gevoel dat de tijd diffuus werd, alsof zijn handen iets voelden wat in de toekomst lag. De camera. Er bestond een gang die onder de Klaagmuur door liep. Dat was waar het om ging. Dit was hun enige kans. Via deze gang moesten ze bij de camera zien te komen.

Hij keek George Martinez aan, die hun discussie met grote ogen had gevolgd, en vervolgens Yehoshuah, in de hoop dat hij meespeelde. 'George,' begon hij, 'denk je dat je ons een kopie van deze kaart kunt meegeven? Ik heb het gevoel dat die een belangrijke bijdrage kan leveren aan het herstellen van de harmonie in dit gezin.'

Judith wilde protesteren, maar zag net op tijd in waar hij naartoe wilde, en zweeg.

'O, geen probleem,' verzekerde de Mexicaan uit Bozeman, Montana. 'Dat was alleen maar een kopie voor een sheet die mijn partner bij de presentatie voor mister Kaun nodig had. Je kunt hem meenemen als je wilt. We hebben alles in de computer zitten.'
'Bedankt,' zei Stephen, pakte de kaart en gaf die aan Yehoshuah. 'Hier, voor je vader.'
Yehoshuah had het eveneens begrepen. Hij pakte het papier verbazingwekkend achteloos aan, vouwde het op en zei: 'Dat zal hij leuk vinden.'
'Ik dacht even dat we een sensationele ontdekking hadden gedaan,' zei George Martinez lachend.

'Denk niet dat het zo gemakkelijk is,' waarschuwde Yehoshuah, terwijl ze zich door het drukke stadsverkeer, waarin iedereen willekeurig al claxonnerend zijn route leek te kiezen, een weg naar het hotel baanden. 'De ingang van de gang en waarschijnlijk minstens een derde deel ervan staan onder water.'
'Maar het is bekend waar de ingang is?'
'Ja.'
'Waar dan?'
'In de Davidstad. Dat is de wijk ten zuiden van de Tempelberg. Aan de overkant van het Kidron-dal. In het gedeelte dat onder de Jordaanse bezetting werd gebouwd.'
'En waar precies?'
'In een cisterne die nu in de kelder van een woonhuis ligt.'
Stephen keek fronsend. 'Gewoon in een kelder?'
Yehoshuah zuchtte. 'Ja, zo gaat dat hier in Jeruzalem. Iemand wil een huis bouwen, en bij het uitgraven van de kelder stoot hij op historische resten. Als hij pech heeft, moet hij met de bouw wachten tot de archeologen klaar zijn. Als hij geluk heeft, worden hem alleen enkele beperkingen opgelegd, maar mag hij doorbouwen. De eigenaar van dit huis had geluk.'
'Hoe moet ik me dat voorstellen? Je kunt daar in de kelder afdalen, een deur openmaken en dan sta je op eeuwenoude grond, met in het midden de cisterne?'
'Precies.'
'Merkwaardig.' Stephen keek naar de stoffige voorruit, de droge bomen langs de straatkant, de kale, rotsige heuvels waartussen Jeruzalem lag. 'En waar komt het water in die gang vandaan? Als ik hier om me heen kijk, krijg ik niet het vermoeden dat ergens water ongebruikt blijft.'

Yehoshuah haalde de plattegrond van Jeruzalem uit het handschoenenvak. 'De officiële opvatting, waartegen mijn vader zich dus al twintig jaar hevig verzet, is dat de tunnel die bij deze cisterne begint, deel uitmaakt van het antieke waterleidingsysteem van Jeruzalem. Kijk hier. Dit is...'
'Sorry, ik heb de gewoonte tijdens het rijden op de weg te letten.'
'O ja, natuurlijk.'
Bij het volgende stoplicht hield Yehoshuah de deels opgevouwen plattegrond onder zijn neus en wees met zijn vinger op een plek met talloze straten in de buurt. 'Dit is de Gihon-bron. Van hieruit voerde oorspronkelijk een kanaal langs het Kidron-dal – hier – naar de oude Siloah-poel. Maar omdat deze voorziening buiten de stadsmuren lag en de watervoorziening van de stedelingen bij een beleg in gevaar zou komen, heeft koning Hiskia een andere, onderaardse tunnel in de rotsen laten uithouwen en de bovenste uitloop van de bron laten afsluiten. Dat gebeurde in circa 700 voor onze tijdrekening. De bekende tunnel is ongeveer 500 meter lang en mondt uit in de nieuwe Siloah-poel, die zich hier bevindt.'
Stephen keek naar de stadsplattegrond, zonder er iets op te herkennen, maar hij vond het uitermate fascinerend dat mensen bijna drieduizend jaar geleden al een onderaardse waterleiding door de rotsen hadden aangelegd, die nog altijd in gebruik was. Pas toen iemand achter hem begon te toeteren, zag hij dat het licht weer op groen stond.
'De Hiskia-tunnel is gewoon doorwaadbaar,' vervolgde Yehoshuah toen ze verder reden. 'Die is zo'n beetje manshoog en de waterhoeveelheid varieert, al naargelang het debiet van de bron, dat per seizoen verschilt. Mijn vader denkt dat het onmogelijk is dat een tunnel die tot hetzelfde watersysteem zou behoren, de hele tijd tot bovenaan met water is gevuld. Dat is natuurkundig gezien onmogelijk.'
'Daar zit wat in. En hoe verklaart hij dat dan?'
'Hij zegt dat de gang onder de Hiskia-tunnel door gegraven is. Door spleten in het gesteente, die er altijd al geweest zijn of in de loop der tijd zijn ontstaan, sijpelde water uit de Hiskia-tunnel omlaag, dat de gang in de loop der tijd helemaal opvulde. Maar verder, zegt hij, bestaat er geen verbinding tussen de beide tunnels.'
'Dat is toch niet zo moeilijk te achterhalen?'
'Ja, maar zoals ik al zei is de gang nooit onderzocht. Eenmaal was het bijna zover, maar dat was in 1973, en kort voordat het onderzoek zou beginnen, brak de Yom-Kippoer-oorlog uit. De twee mannen die door

de gang heen zouden duiken, kwamen allebei om. Daarna heeft mijn vader steeds weer geprobeerd een onderzoek van de gang te organiseren, maar het is er nooit van gekomen.'

'Dan wordt het daar tijd voor. Laten we gelijk naar dat huis toe rijden.'

Judith maakte gesmoorde geluiden op de achterbank. Yehoshuah zat onrustig aan de plattegrond te frummelen.

'Ik weet wat je denkt,' zei hij uiteindelijk. 'Je denkt dat je alleen maar een duikpak hoeft aan te trekken, door de tunnel hoeft te lopen en de camera uit de bergplaats hoeft te halen. Maar zo simpel is het niet. In een groot meer duiken mag dan niet zo moeilijk zijn, maar in een gang duiken die helemaal onder water staat, is andere koek. Dat is echt gevaarlijk.'

'Hoezo?' Geloof je dat er weer een oorlog uitbreekt?'

'Heel grappig.'

Op dat moment leek het Stephen dat geen enkele onderwaterexpeditie even gevaarlijk kon zijn als een rit tijdens de spits dwars door deze stad. Het spitsuur leek van 's ochtends zes uur tot 's avonds acht uur te duren. Was hij te verwend geraakt door de situatie op Amerikaanse wegen? Overal elders ter wereld reden automobilisten als gekken.

'Yehoshuah, als ik had afgezien van alles wat gewoonlijk als gevaarlijk, riskant of onmogelijk wordt beschouwd, was ik vandaag niet hier. Dan zou ik in de zomervakantie bij McDonald's hamburgers grillen.'

'Maar we hebben het hier niet over computers. We hebben het over duiken in een tunnel waarvan je niet weet waar die heen gaat of hoe smal die wordt, en waaruit je niet zomaar kunt opduiken als er iets gebeurt.'

'Dat weet ik best. En ik moet toegeven dat ik zoiets nog nooit heb gedaan. Maar ik ben geen stomme toerist. Zoals je je misschien herinnert, ben ik volwaardig lid van de Explorer's Society,' zei Stephen Foxx en voegde eraan toe: 'Met andere woorden, ik ken iemand die zoiets al eens gedaan heeft.'

28

Afb. XII-17 toont een foto van de achterzijde van de gebruiksaanwijzing. Let vooral (pijl) op het duidelijk herkenbare jaartal.
Professor Wilford-Smith
Bericht over de opgravingen bij Bet Hamesh

Er heerste een ademloze stilte in de vergaderruimte terwijl ze de tekst lazen, die van een gerafeld, eeuwenoud lijkend stuk papier was gefotografeerd.
'Dat verandert alles,' zei professor Goutière uiteindelijk, het zwijgen verbrekend.
Kaun knikte instemmend. 'Zo zie ik het ook.'
'Zou het een afleidingsmanoeuvre kunnen zijn?' vroeg Bar-Lev. 'Een valstrik van die Stephen Foxx?'
'Mogelijk,' erkende Kaun. 'Maar ik geloof het toch niet.'
'Zijn er nog meer opnamen?' wilde professor Wilford-Smith weten.
'Er zijn er nog meer, twintig in totaal. Maar op alle foto's staat dit ene vel in diverse stadia van ontcijfering,' legde Kaun uit. 'De rest van de film was niet belicht.'
'Maar de tekst houdt midden in een zin op. Er moet nog een bladzijde van deze brief zijn.'
'Ja. We geloven dat deze brief uit twee blaadjes bestond, die bij het gevecht in het lab gisteren beide zijn vernietigd.'
'Vernietigd!' riep de Britse professor verbijsterd. 'Mijn hemel, dat is onvergeeflijk!'
'Zegt u dat maar tegen Stephen Foxx.'
Professor Goutière ging met zijn omvangrijke lichaam wat meer rechtop zitten, wat erop duidde dat hij iets belangrijks te vertellen had. 'Als dit inderdaad de brief van de tijdreiziger is, dan moeten we onze ideeën geheel herzien. Dan zal er niet over enige jaren een jonge man bij mij opduiken om informatie over een plaats in Palestina te vragen waar je een voorwerp tweeduizend jaar zonder gevaar kunt bewaren. Uit de manier waarop hij zijn belevenissen beschrijft, blijkt dat deze tijdreis bepaald geen zorgvuldig geplande onderneming was. En dat werpt de vraag op hoe iets dergelijks eigenlijk plaats kan vinden.'
Automatisch richtte iedereen zijn blik op de schrijver, die tot nu toe aan het eind van de tafel de brieftekst had zitten bestuderen.

Eisenhardt legde de foto bedachtzaam voor zich op tafel en keek rond. 'Dat weet ik natuurlijk ook niet,' stelde hij kalm. 'Als een dergelijk fenomeen bestaat, dan is het beslist even zeldzaam als een bolbliksem en beslist even summier onderzocht. Wat me hierbij wel te binnen schiet, is een eigenaardigheid waarop ik enkele jaren geleden tijdens de research voor een roman gestuit ben. Namelijk, dat er steeds weer mensen spoorloos verdwijnen, en wel in de meest ongelooflijke situaties en in verrassend groten getale.'
'Tja, sommigen zijn eropuit te verdwijnen zonder sporen achter te laten,' bracht Goutière hier tegenin. 'Enkele jaren geleden is de man van een collega van mij verdwenen. Precies zoals in de clichégrap: hij ging sigaretten halen en kwam niet meer terug. Maar ik weet zeker dat hij ergens in leven is, alleen met een andere vrouw.'
Eisenhardt knikte. 'Ja, natuurlijk. En veel mensen worden slachtoffer van een misdrijf dat nooit wordt ontdekt. Maar er zijn ook voorvallen als het volgende: Het regent. Een man houdt het autoportier voor zijn vrouw open, laat haar onder zijn paraplu instappen, sluit het portier achter haar en loopt om de auto heen naar de bestuurderskant. Als hij instapt, is de auto leeg. Zijn vrouw is verdwenen. Eerst denk je dat het om het leugenachtige verhaal van een moordende echtgenoot gaat. Maar alles gebeurde voor het huis van haar ouders, haar hele familie stond in het portiek om ze uit te zwaaien en haar broer heeft alles gefotografeerd.'
Kaun keek fronsend. 'Kan het zijn dat ik daarover gelezen heb? Is dat niet enkele jaren geleden in Scandinavië gebeurd?'
'In Zweden, ja. Het heeft in de krant gestaan. Maar dergelijke gevallen komen in de hele geschiedenis voor, honderden zelfs. En er zijn mensen die verdwijnen en weer terugkomen. Sommigen weten niet waar ze zijn geweest. Over de Britse thrillerschrijfster Agatha Christie doet overigens het verhaal de ronde dat haar eens zoiets is overkomen. Anderen vertellen merkwaardige verhalen waar hun omgeving niets mee kan beginnen. Hoe het ook zij, het idee dat de tijd bepaalde valdeuren heeft waar je doorheen kunt vallen, zou een verklaring voor deze voorvallen zijn die we niet zonder meer van de hand mogen wijzen.'
'Ik weet het niet,' morde de Canadese historicus. 'Dit riekt voor mij een beetje te veel naar de *X-files*.'
'Ik doe slechts waarvoor ik ingehuurd ben,' verdedigde Eisenhardt zich. 'Ik fantaseer maar wat.'

Het huis was een onopvallend bouwsel van twee verdiepingen in een smalle straat, dat er precies zo uitzag als alle andere huizen. Gekooide balkons met enorme satellietschotels of vol natte was staken boven de weg uit, die vol stond met dicht op elkaar geparkeerde auto's.
De huiseigenaar was een oude Arabier, die met zijn grote familie op de benedenverdieping woonde. Hij heette Halil Saad en leek erg blij te zijn om Yehoshuah en zijn zus te zien. Toen ze hun vriend uit Amerika aan hem voorstelden, stond hij erop Engels te praten. Hij was slecht te verstaan, maar het was moeilijk vast te stellen of zijn gebrekkige woordenschat daarbij de grootste hinderpaal vormde of zijn sterke Arabische accent, waarmee hij de neiging had de klemtoon te leggen op de medeklinkers in plaats van de klinkers.
'Als kind kwamen we hier vaak,' fluisterde Judith Stephen toe, toen ze hem over de keldertrap naar beneden volgden. 'Hij en mijn vader kennen elkaar goed.'
Zoals Stephen later te weten kwam, was Halil Saad een van de meer dan een miljoen Arabieren die Israëlisch staatsburger waren, hoewel ze grotendeels moslims waren. De Israëlische Arabieren waren niet dienstplichtig, maar Stephen meende uit het verhaal van de oude man te kunnen opmaken dat een van zijn zoons vrijwillig dienst had genomen in het leger.
'Natuurlijk, is goed voor carrière. Hij wil carrière maken. Is goed. Maar hopelijk nu geen oorlog. Mijn zoon moet niet vechten tegen andere Arabieren. Niet goed. Hoop geen oorlog meer.'
'Ja,' knikte Stephen beleefd. 'Dat hopen we allemaal.'
Saad was met een enorme sleutelbos in de weer bij een deur, opende die en schakelde het licht in de ruimte erachter in. Stephen kon zijn ogen niet geloven toen ze de drempel passeerden. Tot aan de drempel lagen er tegels op de grond, maar daarachter leek het alsof iemand in de kelder met archeologische opgravingen bezig was. Ze liepen over verweerde stenen, zand en grind knarsten onder hun zolen en in het midden van de kelder zagen ze een donker, gapend gat dat slechts gedeeltelijk was afgeschermd. Het rook vochtig en muf. De ruimte was leeg op een plank bij de deur na. Het leek een weerbestendige opgraving.
De oude man pakte een sterke lamp van de plank, stak de stekker in een stopcontact naast de deur – Stephen hield in gedachten dat er stroom was – en liep naar de rand van de grote opening in de grond. 'Voorzichtig,' waarschuwde hij zacht, toen ze hem volgden en omlaag keken.
Het wateroppervlak glansde in het licht van de lamp. Volkomen onbe-

weeglijk, circa twee meter onder hen. Stephen stak zijn hand op om zijn ogen tegen de lamp te beschermen en probeerde te ontdekken wat eronder lag. Je kon je inbeelden dat er tegen de zijwand een vrijwel rechthoekige plek was die nog zwarter was dan de rest.
De gang. De tunnel die hier begon, 500 meter door de rots liep en achter de Klaagmuur eindigde. Werkelijk fantastisch, dacht Stephen.
'Het water smaakt slecht,' zei Halil Saad. 'Niet goed voor thee of koffie. Maar heel goed voor de planten in de tuin. Het water voor de tuin haal ik hiervandaan. Ik heb een slang en een kleine pomp. Begiet daarmee de tuin, en alles groeit groot en sterk.'
Yehoshuah wees precies in de richting waar Stephen de opening gezien meende te hebben. 'De gang begint circa een meter onder het wateroppervlak.'
'Ja,' knikte Stephen, terwijl hij rondkeek. Hij probeerde zich elk detail in te prenten. Dit zou bepaald geen zondagmiddagwandelingetje worden. De cisterne was zo smal dat er hoogstens één duiker met een zuurstoffles in kon. Als je met zijn tweeën wilde gaan, dan moest de eerste de tunnel al ingaan, zodat er plek voor de tweede was. Je zou een lier en een driepoot nodig hebben om de duikers neer te laten. En natuurlijk iemand die de lier bediende.
Dat waren allemaal details die degene aan wie hij raad wilde vragen, misschien van hem wilde weten. Iemand die dergelijke expedities al eens had ondernomen. Stephen probeerde de situatie vanuit dat gezichtspunt te beoordelen. Het plafond bijvoorbeeld. Hoe hoog zou dat zijn? Normale kamerhoogte, circa tweeënhalve meter. De hele kelder rond de cisterne was misschien vier of vijf meter lang. Moeilijk te schatten. Het liefst had Stephen alles gefotografeerd, zodat hij de foto's kon gebruiken als iemand later gedetailleerde vragen stelde.
Opeens voelde hij zijn maag samentrekken. Fotograferen! Mijn hemel, wat was er eigenlijk met het fototoestel gebeurd waarmee ze het eerste velletje van de brief gefotografeerd hadden?
Ze waren dat ding helemaal vergeten. Hij moest nog altijd in het lab staan, vastgeschroefd in het statief.
Als Kaun hem intussen niet gevonden had... Wat een stomme fout! Hij probeerde zich de tekst van de brief te herinneren. Wat had erin gestaan? In elk geval geen vingerwijzing naar de Klaagmuur. Eigenlijk kon Kaun er niets mee beginnen. Zelfs in het ergste geval hadden ze altijd nog een voorsprong. Hij merkte dat Yehoshuah hem iets had gevraagd. 'Wat?'
'Ik vroeg je hoe je het vindt hier.'

Stephen zette zijn vingers tegen elkaar en stelde tot zijn ongerustheid vast dat ze vochtig waren. 'Heel indrukwekkend,' zei hij desondanks. 'Ik vind het heel boeiend.'

'Als het allemaal toeval was,' stelde professor Goutière vast, 'als alles alleen maar door een onbegrijpelijke speling der natuur gebeurd is – of zal gebeuren, hoe je dat ook zeggen wilt – dan vermindert dat aanzienlijk de kans om de bergplaats van de camera door logisch combineren en scherp nadenken te vinden. Ik zou zelfs durven zeggen dat het dan volstrekt onmogelijk wordt.'

Eisenhardt keek aandachtig naar Kaun. Die keek op zijn beurt met een buitengewoon sombere gezichtsuitdrukking naar Goutière.

'We zijn ervan uitgegaan,' vervolgde de Canadese historicus op belerende toon, 'dat dit een goed doordachte, goed geplande onderneming was. Met andere woorden: dit zou een onderneming zijn geweest die uitging van een idee, namelijk van het idee waar en hoe je een video-opname van het leven van Jezus veilig naar onze tijd kon overbrengen. Wij hebben geprobeerd door diep na te denken nog eens op hetzelfde idee te komen. Nu is het een bekend fenomeen dat het makkelijker wordt om iets te ontdekken als je weet dat het bestaat. En wij meenden te weten dat dit idee bestond; de gebruiksaanwijzing van de videocamera, die bij de dode is gevonden, leek dat te bewijzen.'

De hele onderneming verzandt gewoon, dacht Eisenhardt. Nog hoogstens twee dagen, dan heeft Kaun er geen zin meer in en blaast hij alles af.

'Nu komen we erachter dat het een soort ongeluk is. De tijdreiziger was niet optimaal toegerust en voorbereid, maar had in werkelijkheid geen idee wat hem overkwam. Over enkele jaren zal er een berichtje in de krant staan over een toerist die bij Bet Shearim uit de bus is gestapt, samen met zijn medereizigers een rondleiding door de necropolis heeft gevolgd en onderweg tussen de oude graven is verdwenen. Ze zullen alles afzoeken, de zaak nog enkele jaren in de politiedossiers houden en op zeker moment voor gesloten verklaren. Uit deze brief – als die tenminste echt is – komen we te weten dat die verdwijning geen misdrijf en geen ongeluk is, maar een soort val in een gletsjerspleet van de tijd. Onze onvoorbereide toerist landt in een wereld die hem volledig vreemd is en moet zich zo goed mogelijk zien te redden. Het enige wat hij bij zich heeft, is de schoudertas met zijn nieuwe videocamera. Zo ongeveer het meest nutteloze uit zijn hele bagage, vanuit zijn situatie gezien. Hij zou die graag verwisseld hebben tegen spullen als een nagelschaartje, een zakmes, een paar onderbroeken of een buisje aspirine, denk ik.'

Goutière bood een indrukwekkende aanblik als hij eenmaal op gang was gekomen. Op zijn voorhoofd begonnen zweetdruppeltjes te parelen, zijn weinige haar leek zich tijdens zijn monoloog elektrisch op te laden en daardoor langzaam rechtop te gaan staan, en langzaam aan begon zijn hele dikke lichaam te participeren in de weidse gebaren die hij maakte. Waarschijnlijk werden zijn colleges goed bezocht en waren ze in elk geval niet saai.

'En daarna,' riep hij met opgestoken wijsvinger, 'ontdekt hij waar en wanneer hij is geland. Hij ontdekt dat hij niet alleen een tijdgenoot van Jezus Christus is geworden, maar dat die zelfs in de onmiddellijke nabijheid leeft en werkt, in Kapernaüm aan het Meer van Galilea namelijk, slechts enkele dagreizen verderop. Dat was in die tijd, waarin er een levendige handel tussen Europa, Noord-Afrika en India was, niet echt een grote afstand. En waarschijnlijk is hij pas toen op het idee gekomen Jezus te filmen, teneinde de opnamen naar onze tijd over te brengen. En pas toen hoefde hij erover na te gaan denken hoe hij dat kon bewerkstelligen. Wat kan hij op dat moment hebben bedacht?'

'In principe is dat nog altijd dezelfde vraag,' wierp Kaun geïrriteerd in het midden.

'In principe wel,' knikte Goutière. 'Maar de randvoorwaarden zijn anders dan we tot dusverre hebben aangenomen. We hebben niet met een onderzoeker te maken, maar met iemand die in een andere tijd gestrand is. En dan gaat het waarschijnlijk ook nog om een Amerikaanse toerist; zonder bepaalde aanwezigen te willen kwetsen, moet ik toch de vraag stellen welke historische kennis we mogen veronderstellen bij een doorsnee-Amerikaan die een groepsreis door Israël maakt.'

Eisenhardt zag een begin van een spottend lachje op de lippen van de plaatsvervangend opgravingsleider, Shimon Bar-Lev. 'En dan... er zijn inmiddels enkele jaren voorbijgegaan. Onze man heeft een nieuwe taal en een nieuw beroep moeten leren, zich in een vreemde cultuur thuis moeten leren voelen, is getrouwd, heeft wellicht kinderen gekregen. De hele tijd heeft hij zich afgevraagd wat hem in vredesnaam is overkomen. Dan komen hem verhalen ter ore over een wonderrabbi, een timmerman uit Nazareth, Jezus, en dan valt bij hem eindelijk het kwartje. Hij is door de tijd heen gevallen. Maar ook dat moet hij verwerken. Ik vraag u wat zo iemand zou kunnen weten dat hem kan helpen bij het probleem een plek te vinden waar de camera tweeduizend jaar lang onbeschadigd blijft.'

'Dat zeg ik de hele tijd al,' zei professor Wilford-Smith kalm. 'Hij zal de camera beslist goed hebben verpakt, wat mij betreft verstopt in een aarden kruik, naar een of andere naamloze holte hebben gebracht en er vervolgens maar het beste van gehoopt hebben. Dat zou ik in elk geval doen.'
'En aan het eind van zijn brief heeft hij beschreven waar de camera te vinden is,' voegde Kaun eraan toe. 'Met andere woorden, als het Foxx gelukt is de brief helemaal leesbaar te maken, dan is hij nu de enige die weet waar de camera is. Als hij het niet weet, weet niemand het meer.'
'Precies,' knikte de kolossale man uit Toronto.
'Wat denkt u ervan?' vroeg Kaun, zich tot Eisenhardt wendend. 'Wat zou u doen als u die tijdreiziger was?'
De schrijver trok zijn wenkbrauwen op, keek de machtige concernbaas afwezig aan en bewaarde bijna pijnlijk lang het stilzwijgen.
'Ik zou proberen een van de twaalf discipelen te worden,' zei hij uiteindelijk bedachtzaam.

'Oké,' zei Stephen, toen ze weer in de jeep zaten. 'Dat ziet er allemaal uitstekend uit. We zouden nu jullie vader moeten vragen wat...'
'Nee,' onderbrak Judith hem direct.
'Wat?'
'Nee!'
Hij keek eerst geïrriteerd naar haar en toen naar Yehoshuah, die pijnlijk getroffen zijn schouders ophaalde. Judith staarde verbeten en met trillende kaakspieren recht voor zich uit.
Nou, nou, het was me wel een familie. Stephen ademde diep uit en weer in.
'Goed dan,' zei hij, alsof er niets aan de hand was. Hij draaide het contactsleuteltje om, waarna de motor hevig stotterend startte. 'Dan doen we dat maar niet.'

De discussie verstomde abrupt toen er aan de deur van de caravan werd geklopt. Het was een van Kauns secretaresses, een goedgeproportioneerde blondine, die beslist een goed figuur sloeg in de kamer voor het kantoor van de bestuursvoorzitter en die tegelijk toch niet geheel in deze omgeving leek te passen. Als het haar al irriteerde dat ze door vijf zwijgende mannen werd aangestaard die de indruk wekten dat zij hen op iets onoorbaars had betrapt, dan liet ze dat niet merken. Ach wat, het ergerde haar niet. Het zou haar juist hebben geërgerd als niemand haar had aangestaard.

Ze gaf haar baas een visitekaartje en fluisterde hem iets in het oor. Kaun bestudeerde het kaartje en fronste zijn voorhoofd. 'Scarfaro?' fluisterde hij terug. 'Ken ik niet. En wat wil hij?'
Ze fluisterde weer iets.
'Goed,' knikte hij. 'Zeg tegen hem dat ik er meteen aan kom.'
Ze vertrok weer, een lichte parfumgeur achterlatend, die aan ranke jachten en dure colliers met briljanten deed denken. Eisenhardt meende te hebben gezien dat Kaun in totaal drie secretaresses had meegebracht, die het klokje rond in een van de caravans dienst hadden; waarschijnlijk fungeerde dit als hoofdkantoor voor de rest van de wereld. Ze waren ondergebracht in een hotel dat niet al te ver uit de buurt lag; in elk geval arriveerde er om de acht uur eentje in een kleine auto, waarmee degene die werd afgelost vervolgens wegreed.
'Mijne heren, zou u de discussie zonder mij willen voortzetten?' zei Kaun gewichtig. Hij was opeens weer de verschrikkelijk belangrijke zakenman met de bijbehorende brede schouders, die bij het opstaan zijn dure double breasted-jasje zorgvuldig dichtknoopte. 'Zodra de zaken het toelaten, zal ik weer aan het gesprek deelnemen.' Hij bracht zijn onderkin iets naar voren, wat zijn gezicht een opmerkelijk agressieve uitstraling gaf, knikte nogmaals rond en verliet de vergaderkamer.
Een moment lang was het rustig. Alleen de airconditioning zoemde op volle kracht door.
'Een van de apostelen,' zei professor Wilford-Smith ten slotte, het stilzwijgen verbrekend alsof er niets gebeurd was. 'Als hij een van de discipelen was geweest, dan was hij ook een apostel geworden. Dat zou betekenen dat hij de camera in het meest extreme geval naar Rome had kunnen brengen.'
'Aangenomen dat hij niet de rol van Judas op zich heeft genomen,' wierp Goutière in het midden.
'Zou u vrijwillig de rol van Judas op u nemen?'
'Nee. Natuurlijk niet.'
Eisenhardt probeerde zich uit alle macht te herinneren wat hij over de Handelingen der Apostelen wist. Veel was dat niet. De afgelopen dagen had hij vaak in de bijbel gelezen, meer dan in zijn hele leven dat tot nu toe tamelijk vrij was gebleven van welke godsdienst dan ook. Maar het was een Engelstalige uitgave geweest, en al bij de vier evangeliën had hij de nodige taalproblemen gehad. Aan de Handelingen der Apostelen was hij nog niet eens toegekomen.
Het was een spontaan idee van hem geweest. En het had wel iets. Hoe

zat het ook al weer? Na de dood van Jezus – of zijn Hemelvaart, zo je wilde – was de geest van God over zijn discipelen gekomen. Daarvan was Pinksteren afgeleid, als hij het zich goed herinnerde. In elk geval waren de discipelen, die Jezus tijdens zijn leven nogal vreesachtig begeleid hadden en traag van begrip leken, opeens moedig en welbespraakt geworden en waren ze vervuld van een charismatische overtuigingskracht de wereld in getrokken om de nieuwe heilsleer te verkondigen. Een merkwaardige wending, als je er goed over nadacht. Als hij zoiets in een roman had verwerkt, dan had zijn redacteur rode vraagtekens aan de rand van het manuscript geplaatst en geschreven: ongemotiveerde karakterverandering!
'De camera kan niet naar Rome gebracht zijn,' zei professor Goutière peinzend, 'want dat zou betekenen dat de tijdreiziger... Moeten we hem ondertussen niet anders noemen? Hoe noem je iemand die in een andere tijd terecht is gekomen? Een tijdverdwaalde? In elk geval, dat zou betekenen dat hij identiek was geweest aan de apostel Paulus. Paulus is namelijk in Rome geweest. Maar Paulus heeft Jezus nooit ontmoet.'
'Wat?' vroeg Eisenhardt verbaasd. 'Maar is hij niet de belangrijkste apostel? Ik bedoel, hij is toch de man van al die brieven?'
Goutière keek hem aan alsof hij iets onvoorstelbaar doms had gezegd. 'Ja. Vreemd, nietwaar? Maar feitelijk bevat de gehele bijbel geen enkel ooggetuigenverslag. Paulus heette oorspronkelijk Saulus en was een fanatiek christenvervolger voordat hij bij Damascus bekeerd werd.'

Kaun voelde een soort stille triomf toen hij de knokige man in de priestersoutane zomaar in het stof tussen de caravans zag staan. Een gezant van het Vaticaan. De profeet was naar de berg gegaan en het had er eerst als een veldslag uitgezien. Nu kwam de berg naar de profeet.
Hij bewonderde enige tijd lang het indrukwekkende zegel van het Vaticaan, dat naast de naam – Luigi Baptist Scarfaro, lid van de Congregatie voor de Geloofsleer – op het kaartje prijkte. Werkelijk indrukwekkend. Hij had er heel wat voor willen geven om een dergelijk wapen op zijn eigen visitekaartje te mogen voeren.
'Wat verschaft mij de eer, eh... Hoe moet ik u eigenlijk aanspreken?' vroeg Kaun.
'Ik ben priester,' antwoordde de bezoeker in opmerkelijk accentloos Engels. 'U kunt pater tegen me zeggen. Pater Scarfaro.'
'Aha. Goed dan, pater, wat kan ik voor u doen?' Hij moest het gesprek nog een poosje vaag houden om kracht te kunnen verzamelen. De ont-

moeting kwam ondanks alles op een ongunstig tijdstip, want de afgelopen uren was zijn vertrouwen dat hij de camera en de videoband ooit zou vinden geheel verdwenen.
Over en sluiten. Het was zinloos jezelf een rad voor ogen te draaien. Die eigenwijze college boy had alles verpest. Eerst verduisterde hij de belangrijkste vondst – waarom dacht hij eigenlijk het recht te hebben op eigen houtje te kunnen handelen? Had niemand hem ooit geleerd wat het betekende volwassen te worden? – en daarna had hij de vernietiging ervan teweeggebracht. Logisch dat hij zich nu verborgen hield. Maar dat zou hij niet eeuwig kunnen volhouden. Waarschijnlijk zat hij in een hoekje te sidderen, terwijl het langzaam tot hem doordrong wat hij zich op de hals had gehaald: tot aan het eind van zijn leven zou hij nooit meer uit de rechtszalen van deze planeet vandaan komen. Hij, John Kaun, zou de hele strijdmacht van zijn juridische afdelingen mobiliseren om hem met eisen tot schadevergoeding te belagen tot het hem zwart voor de ogen werd. Zijn hele schare advocaten zou hem tot aan het einde van de wereld achtervolgen. En onder hen bevonden zich enkele van de beste en agressiefste advocaten ter wereld, mannen die advocaat waren geworden omdat ze hun tomeloze agressie anders alleen kwijt hadden kunnen raken door regelmatig onschuldigen af te slachten. Ja, op de een of andere manier zou John Kaun zeker nog wel winst boeken. Het zou misschien een kleine winst zijn, maar in elk geval zou het winst zijn. Wie weet, misschien zou het wel een mooie mythe opleveren. De *Titanic* van de archeologie, als het ware.
'Ons,' begon de pater met het harde, magere gezicht en laste meteen een onmerkbaar korte pauze in, lang genoeg om te begrijpen wat hij daarmee bedoelde – de paus, het gehele Vaticaan, misschien zelfs God zelf – 'is ter ore gekomen dat u een uitzonderlijk voorwerp uit de tijd van Jezus Christus hebt ontdekt...'
Kaun knikte. 'Dat klopt.'
'Het leek ons noodzakelijk in deze zaak persoonlijk contact op te nemen. Kan ik het zien?'
Nou, nou, hoorde hij daar een zekere begerigheid? 'Hm, eerlijk gezegd, pater, weet ik nog niet geheel zeker of u degene bent die u beweert te zijn. Hier staat dat u lid bent van de Congregatie voor de Geloofsleer. Dat klinkt indrukwekkend. Maar laten we er geen doekjes om winden, u zou net zo goed een journalist van een concurrerend bedrijf kunnen zijn. Een soutane is snel gekocht en visitekaartjes kan iedereen wel laten drukken. Zelfs met het zegel van het Vaticaan erop.'

De priester knikte zachtjes. Hij stond ietwat scheef en gebogen, en leek bijna meelijwekkend, maar Kaun kon het gevoel niet van zich afzetten dat hij veinsde en dat onder het masker van zachtaardige onderdanigheid een levensgevaarlijke slang op de loer lag.
'Mister Kaun,' zei de priester op zachte toon, 'in uw positie bent u beter op de hoogte van wat er achter de coulissen van de wereldpolitiek gebeurt dan de gemiddelde tijdgenoot. Ik vertel u niets nieuws als ik u laat weten dat de Heilige Stoel een berichtendienst onderhoudt waarop alle landen in de wereld jaloers zijn. Ik ben hier omdat ons informatie bereikt heeft dat u op zoek zou zijn naar een video-opname van Jezus Christus, die door een tijdreiziger gemaakt zou zijn en die door hem op een onbekende plek verstopt zou zijn.'
Kaun moest zich inspannen zijn pokerface te bewaren. Hoe kon iemand ter wereld dat in hemelsnaam weten? Een van zijn mensen moest uit de school geklapt zijn. Dat kon hij niet zomaar negeren.
Aan de andere kant: als ze al zonder zijn toedoen ervan overtuigd waren, dan was dat alleen maar gunstig voor hem.
'Ik moet toegeven dat u goed op de hoogte bent.'
'Heeft u ze al in bezit?'
'Ik ga ervan uit dat we ze in de loop van de week kunnen bergen.' Dat klonk goed, meende Kaun. Zo straalde hij beheerst optimisme uit, en de ander zou dat kunnen interpreteren alsof ze al precies wisten waar de camera lag.
'Wat bent u van plan met de opname, als u die eenmaal in bezit heeft?'
'Ik ben van plan ermee te doen wat de aandeelhouders van mijn bedrijf van mij verwachten, namelijk er zo veel mogelijk winst mee maken.'
Er trok een schaduw over Scarfaro's gezicht. 'Kan ik u ertoe overreden de video-opname en de camera aan de kerk te overhandigen?'
'Ik ken uw overredingstalenten niet.'
'De camera behoort niet aan u, mister Kaun,' verklaarde de priester uit Rome. 'Ook als u die zou vinden, dan was die nog niet voor u bestemd. En wat zou u ermee kunnen beginnen, behalve dat u de pure sensatiewaarde ervan zou exploiteren? In het beste geval zult u een opname hebben waarop een man in het Aramees praat, en u zult niet eens weten of u de Bergrede ziet of de oproep van Bar Kochba om tegen de bezetters in opstand te komen. Aangenomen dat de opname bestaat en aangenomen dat u die vindt, dan is de heilige rooms-katholieke kerk de natuurlijke zaakwaarnemer. Wij zijn de organisatie die door Jezus zelf ooit is opgericht om zijn woord te verkondigen. Niemand behalve wij zou in staat

zijn de echtheid van de video-opname te onderzoeken en over het correcte gebruik ervan te beslissen.'
Kaun kon nauwelijks geloven wat hier gebeurde. Deze man hier geloofde hem, en hij wilde de camera echt hebben. Als hij ook maar enige invloed in de kerk had, dan was dit de opmaat voor onderhandelingen die oneindig veel interessanter waren dan de zoektocht naar de camera. Nu kalm zien te blijven, daar draaide het om.
Een lachje, half instemmend, half afwijzend. 'U maakt zich er zeer charmant van af, pater: "de pure sensatiewaarde". Echt heel charmant. Maar ik geloof dat u net zo goed als ik weet waarover we het hier echt hebben. We hebben het over de grootst mogelijke sensatie. Ik heb als jonge knaap de man leren kennen die de Beatles halverwege de jaren zeventig 500 miljoen dollar had geboden voor een eenmalig optreden, dat hij over de hele wereld wilde uitzenden. Inderdaad, 500 miljoen, en dan nog had hij een enorme knaller gemaakt. Ik weet zeker dat de tijden dat de Beatles populairder waren dan Jezus Christus, allang voorbij zijn.' Een zucht uit het diepst van zijn ziel. 'Maar aan de andere kant kan ik ook niet volledig de ogen sluiten voor uw argumenten. Ja, de video hoort in handen van de kerk te zijn. Maar dan zou ik er wel op moeten staan dat ik, gezien de niet onaanzienlijke kosten die reeds gemaakt zijn, in elk geval een geringe, bijna symbolische schadeloosstelling zou krijgen.'
'Daar valt uiteraard over te praten,' meende Scarfaro. 'Aan welk bedrag denkt u daarbij?'
'Laat ik het u zo vertellen,' antwoordde Kaun. 'De mislukte poging de Beatles weer bij elkaar te brengen, ligt bijna dertig jaar achter ons. Tegenwoordig worden voor reclame, voor de uitzendrechten van belangrijke sportwedstrijden enzovoort bedragen neergeteld die men zich toentertijd nog niet voor kon stellen. Eén succesvolle film uit Hollywood brengt in de eerste week meer geld op dan alle andere films uit de eerste helft van de eeuw bij elkaar. En nu komt u hier en wilt de film hebben waarop Jezus Christus te zien is...' Hij maakte een wegwerpgebaar. 'Maar u krijgt hem echt wel. U krijgt alles. Ik geef u het volledig bewaarde skelet van de tijdreiziger, radiologisch gedateerd op een leeftijd van tweeduizend jaar, maar met perfecte moderne kronen in het gebit en een botbreuk die volgens de stand van de medische wetenschap in de jaren tachtig is behandeld. Alleen het skelet al is een gemeenschappelijke sensatie, maar u krijgt er ook nog de gebruiksaanwijzing van een Sony-videocamera bij, die pas over drie jaar op de markt zal komen.

Door twee onafhankelijke instituten is inmiddels bevestigd dat ook het papier van deze gebruiksaanwijzing een leeftijd van tweeduizend jaar heeft. En bovendien' – hij pakte de envelop met de overgebleven foto's erin – 'laat ik u een brief van de tijdreiziger zien.'
Er was nu een vreemde schittering in de ogen van de priester te zien. 'Een brief?' echode hij.
'Een brief.' Kaun knikte vriendelijk. 'En alles wat ik daarvoor wil,' voegde hij er zachtjes aan toe, 'is 10 miljard dollar.'

Eisenhardt, die het gesprek van de twee mannen door de schuin geplaatste melkglaslamellen van zijn toilet heen had gevolgd, kromp ineen toen Kaun het bedrag noemde. Ongehoord om een dergelijk bedrag in alle ernst in de mond te nemen! Het zweet brak hem uit, en niet alleen omdat het toilet de enige ruimte in de caravan was die niet op de airco was aangesloten en daarom overdag in een regelrechte oven veranderde.
De priester reageerde uiterst verstoord op de vordering. Terwijl Eisenhardt voorzichtig door de lamellen loerde, zag hij hem heftige gebaren maken, waarbij hij Kaun verweet zonder enig mededogen op een maximale winst uit te zijn, terwijl de vondst hem niet eens toebehoorde.
'Ik heb u gewoon een voorstel gedaan, pater. En met "u" bedoel ik de katholieke kerk. U kunt erop ingaan, en dan krijgt u alles wat ik op dit moment heb, en u kunt de video opgraven of op zijn plek laten zitten. Zoals u wilt. Of u gaat er niet op in, en dan moet u geduld hebben tot ik de video heb geborgen, tot de gehele marketingcampagne is voltooid, tot ik met alle geïnteresseerde tv-concerns de voorwaarden voor de overname van de eerste uitzending heb geregeld, tot alle reclameblokken vol zijn en alle sponsors vaststaan. En dan blijft het een verrassing voor u wat erop te zien zal zijn. Zoals u wilt. Het is uw beslissing.'
'Tien miljard dollar is een volstrekt onacceptabele prijs voor een video.'
'Het is een behoorlijke som geld, ja. Maar u mag niet vergeten dat ik u heel wat meer verkoop dan alleen een video. Ik verkoop u de controle over de inhoud ervan. Ik verkoop u de belofte dat ik zal zwijgen over het bestaan van deze video indien er iets op te zien zou zijn wat met de kerkelijke dogma's onverenigbaar is. En met die belofte verkoop ik, om het maar ronduit te zeggen, tegelijk mijn journalistieke integriteit. En het spijt me zeer, maar die is niet voor een appel en een ei te krijgen.'
Al eerder, tijdens de discussie in de vergaderkamer, was er een moment gekomen waarop Eisenhardt geestelijk de pijp aan Maarten had gegeven. Alsof er in zijn binnenste een schakelaar werd omgezet. Professor

Wilford-Smith had de grote bijbel opengeslagen om in de evangeliën alle passages over de discipelen van Jezus na te lezen en te kijken of hij eventueel op een aanwijzing zou stuiten dat een van hen daadwerkelijk de tijdreiziger geweest kon zijn en zo ja, wie dan. Hij had er slechts zwijgend bij gezeten en zich afgevraagd: wat doe ik hier eigenlijk, in vredesnaam?

Wat had al dat sluwe combineren en deduceren in de sporen van Sherlock Holmes tot nu toe opgeleverd? Helemaal niets.

Toen de gebruiksaanwijzing was ontdekt, hadden Kaun en Wilford-Smith daar scherpzinnige, overtuigende conclusies uit getrokken. De brief bewees nu dat daar bijna niets van klopte. De tijdreis zou niet binnen afzienbare tijd uitgevonden worden en er stak ook geen vooropgezet plan achter. Ze hadden op basis van de verkeerde gegevens enkele juiste conclusies getrokken, maar dat was toeval geweest.

'U vergeet dat ik met datgene wat ik weet, simpelweg naar de Israëlische autoriteiten kan gaan,' begon de priester nu te dreigen. 'Die zullen uw activiteiten stilleggen, zonder dat het ons een cent kost. Wat u namelijk probeert, is niets anders dan illegale archeologische vondsten het land uit te smokkelen.'

Kaun leek niet onder de indruk. 'Ten eerste hebben we niets het land uit gesmokkeld. Ten tweede hoeft de video het land helemaal niet uit om uitgezonden te worden; ik heb de beschikking over mobiele zenders die binnen enkele uren hier kunnen zijn.' Zijn stem klonk steeds zachter en dreigender. 'Ten derde kan ik me van alles voorstellen, maar niet dat u serieus wenst dat de staat Israël de controle over de Jezus-video krijgt.'

Hij was niet in staat geweest nog langer te blijven. Hij had gemompeld dat hij naar het toilet moest en was ervandoor gegaan. Hij had de schuifdeur tussen de keuken en de vergaderruimte zorgvuldig achter zich dichtgedaan en was naar zijn slaapkamer gegaan. Daar had hij gemerkt dat er iemand naast de caravan stond, en daarom was hij toch maar zachtjes naar het toilet gegaan om hem af te luisteren.

Het ging Kaun dus echt alleen maar om geld. En nu maakte hij zich ook nog schuldig aan bedrog van het zuiverste water. Na wat er vannacht was gebeurd, had hij waarschijnlijk de hoop opgegeven dat hij de camera en de video daarin ooit zou vinden. Nu hoopte hij de paar botten en vodjes papier aan de kerk te kunnen verkopen, erop speculerend dat die er de voorkeur aan zou geven alle sporen van wat er gebeurd was, uit te wissen. En zo zou niemand ooit merken dat er in werkelijkheid geen spoor van de camera gevonden was.

En die zou ook niet gevonden worden. Hij werd er duizelig van. Was dat niet precies wat hij enkele dagen geleden nog had verklaard? *Wat er ook gebeurt, u zult deze video niet op tv vertonen voordat de tijdreiziger vertrekt.* Eisenhardt had opeens het gevoel naast zichzelf te staan en boven zichzelf te zweven, zichzelf als een personage in een groot, complex spel te zien, zoals hij de personages in zijn schema's bekeek als hij met de planning van een roman bezig was en alles in elkaar moest passen. Blijkbaar was het leven ook een soort roman, en kon hij ook daarbij toekijken hoe alles in elkaar greep, hoe alles uiteindelijk paste.
'Misschien moeten we ergens anders verder praten,' stelde de vertegenwoordiger van het Vaticaan voor.
'Met alle plezier,' hoorde Eisenhardt de bestuursvoorzitter van Kaun Enterprises zeggen. 'Laten we naar mijn kantoor gaan. Daar kan ik het nummer van een rekening in Zwitserland voor u opschrijven.'
Hij hoorde hoe de voetstappen zich verwijderden en bleef achter met een gevoel van totale verwarring.

'Je zult in de Amerikaanse bibliotheek niets over de tunnel vinden, geloof mij maar,' zei Yehoshuah met zijn hand op de portiergreep. 'Kom liever met ons mee.'
Ze stonden recht voor de bibliotheek van de Hebreeuwse Universiteit, en nog op een veel te smalle plek ook; elke tweede auto die hen passeerde begon misprijzend te toeteren.
'Onzin,' antwoordde Stephen. 'Pure tijdverspilling als je niet eens het Hebreeuwse alfabet beheerst. Nee, we doen het zoals afgesproken. Jullie zoeken hier naar al het materiaal dat jullie kunnen vinden, en ik kijk rond in de American Library. Ik moet ook nog een paar andere dingen doen. Om vijf uur haal ik jullie weer af.' Hij pakte zijn gsm op, die aan het opladen was, en controleerde de batterijen. 'Als er iets bijzonders is, bel me dan op. Ik laat de telefoon ingeschakeld.'
'In een bibliotheek? Daarmee maak je je niet populair,' zei Yehoshuah.
'Ik kan hem heel zacht instellen. Dan hoor je alleen maar tik-tik als iemand opbelt. Een bibliotheek is de enige plek waar je de kans hebt zo'n zacht geluid te horen. Maak je geen zorgen.'
Judith opende het portier en stapte uit. 'Heb je misschien haast of zo?' vroeg ze. 'Je komt een beetje gestrest over.'
Stephen keek in haar donkere, ondoorgrondelijke ogen. 'Kun je dat merken dan? Ik zou morgenmiddag op dit tijdstip graag door de tunnel duiken.'

De auto die tegenover het appartementengebouw langs het trottoir geparkeerd stond, stond daar al sinds de ochtendschemering. Sinds die tijd hadden de beide mannen die erin zaten zich niet meer bewogen en de toegangsdeur in de gaten gehouden, waarnaast een lange rij brievenbussen en belknoppen was aangebracht. Op een van de brievenbussen en belknoppen was het naambordje *Yehoshuah Menez* aangebracht, en om die reden zaten de beide mannen in de auto.
Het was een drukke straat. Niemand lette op hen. Op het dashboard van de auto waren drie fotootjes geplakt met de gezichten van twee jonge mannen en een jonge vrouw. Af en toe keek een van hen op zijn horloge, de laatste tijd wat vaker.
Eindelijk stopte er een auto achter hen, waarin eveneens twee mannen zaten. De beide mannen in de eerste auto draaiden zich om. Het waren de gezichten die ze hadden verwacht. Vragende blikken. Ze maakten een eenvoudig gebaar naar de twee pas gearriveerde mannen; met hun duim en wijsvinger vormden ze een 'O', of een nul, dat was om het even. Er is niets gebeurd, betekende dat. Geen van de drie wier foto's ze nu al bijna tien uur voor zich hadden, was opgedoken.
Een van de beide mannen in de achterste auto knikte, waarop de mannen in de voorste auto weer recht gingen zitten, de motor startten en van een gaatje in het voorbijrijdende verkeer gebruikmaakten om in te voegen en weg te rijden. De andere auto rolde nog een stukje door naar voren totdat die precies op de plaats van de eerste stond.
'En nu eerst naar de stad om wat te eten!' zei de ene man tegen de andere. 'Ik sterf van de honger.'

Eisenhardt sloot de deur van het toilet achter zich, ging er met een loodzwaar gevoel in zijn lichaam tegenaan staan en begon naar de tegenoverliggende wand te staren. Het duurde een hele tijd voordat hij zich realiseerde dat hij radeloos was. Volstrekt radeloos. Wat moest hij nu doen? Hij had echt geen flauw idee. Kon hij eigenlijk wel iets doen wat ertoe deed? Zoals het ernaar uitzag, stond de toekomst wel degelijk vast, was die onherroepelijk vastgelegd in het grote boek van God. *Kismet.* De fatalisten hadden gelijk gekregen.
Hij zou willen dat hij zelf over een klein deel van de energie en inventiviteit beschikte die hij de hoofdpersonen van zijn romans altijd verleende. Dan was in elk geval zijn dunne darm niet zo pijnlijk in de knoop geraakt.
Hij liep terug naar de keuken. Achter de schuifdeur hoorde hij de pro-

fessoren met elkaar discussiëren. Diverse malen klonk het woord 'apostel'. Eisenhardt bleef staan, met zijn hand op de deurknop. Nee, hij kon nu niet terug naar die ruimte. Hij kon niet doen alsof er niets gebeurd was. Nee.
Hij liep terug naar zijn slaapkamer, liet zich op het bed vallen en bedekte zijn gezicht met zijn armen. Niets horen, niets zien. Alles buitensluiten. Maar hij haalde toch zijn armen weer weg en begon naar het plafond te staren.
Er was nog iets. Er was hem iets opgevallen in het gesprek van de twee mannen. Er was een opmerking gevallen die iets in hem had losgemaakt, een herinnering of gedachtegang, iets wat in zijn onderbewustzijn onrust zaaide. Op zijn ellebogen steunend keek hij naar het bureautje, waarop ondertussen bijna alle boeken lagen die hij in de kasten voorin had gevonden. Lydia zou gezegd hebben dat dit echt iets voor hem was: overal waar hij sliep, veranderde de ruimte al snel in een bibliotheek.
Hoe zat het ook al weer? John Kaun had het visitekaartje van de magere man uit Rome hardop voorgelezen. Pater Scarfaro had hij hem genoemd. Lid van een of andere congregatie... Hm. Eisenhardt stond op, keek in de stapel boeken en vond wat hij zocht. Een boek over de rooms-katholieke kerk en het Vaticaan. Hij bladerde door de inhoudsopgave en sloeg de betreffende bladzijde op. Er waren in totaal negen congregaties, de hoogste bestuursorganen met wetgevende en rechterlijke macht in de gehele kerk. Eisenhardt trok een frons. De leer van de machtenscheiding leek aan de kerk geheel voorbijgegaan te zijn. Hij las verder. De Congregatie voor de Geloofsleer werd als eerste beschreven.
In zijn romans had Eisenhardt al vaak beschreven hoe mensen op een moment van dodelijke schrik het gevoel kregen dat hun hart stil bleef staan. Nu beleefde hij zelf voor het eerst hoe dat voelde. Hij had niet erger kunnen schrikken als een skelet op dat moment een hand op zijn schouder had gelegd en een doodshoofd hem had toegegrijnsd.
De Congregatie voor de Geloofsleer, zo stond er te lezen, was een eeuwenoude organisatie. Paus Gregorius IX had die in 1231 opgericht, bijna achthonderd jaar geleden dus, maar niet onder de naam die ze tegenwoordig droeg. Tot 1908 had deze organisatie anders geheten, had die een naam gedragen die symbool stond voor eeuwen vol angst en vrees, voor vuur, folteringen en stromen bloed, kortom, voor de duistere Middeleeuwen zelf. Hij had nooit gedacht dat die organisatie nog zou bestaan. De Congregatie voor de Geloofsleer was de huidige naam voor de Heilige Inquisitie.

29

DRINGEND-VERTROUWELIJK

John,
De banken zetten ons onder druk vanwege de koersdaling. Mr. Sutherland van de First National wil de raad van commissarissen a.s. woensdag bijeenroepen voor een speciale vergadering. Blijkbaar staat jouw positie als bestuursvoorzitter ter discussie.
S.

Dat kon toch niet waar zijn... Stephen staarde naar het papiertje dat de printer van de geldautomaat daarnet had uitgespuwd, en vervolgens naar zijn Visacard.

Limit exceeded, stond er.

De automaat, die solide in de muur van een openbaar gebouw was ingemetseld, had de kaart die Stephen in de gleuf geduwd had, buitengewoon lang binnengehouden. Nu schoof de stalen afdichting met meedogenloze beslistheid tussen hem en het toetsenbord waarop hij de hoogte van het gewenste geldbedrag had ingetypt.

Het was me wat moois. Stephen schoof de kaart weer terug in het vakje in zijn portefeuille en maakte plaats voor de volgende klant, een corpulente vrouw met hoog getoupeerd haar, die hem wantrouwend aankeek. Zag hij er zo gevaarlijk uit? Hij schudde wrevelig zijn hoofd en liep langzaam verder, met de portefeuille in zijn hand.

Hoe kon dat nou? Had hij al zoveel uitgegeven sinds hij in Israël aangekomen was? Hij had eraan moeten denken de limiet op tijd te verhogen. Hij moest op een of andere manier... Maar hoe? Hij moest zijn bank bellen... Als Hugh Cunningham, zijn zaakwaarnemer, te bereiken was, dan viel er misschien nog iets te regelen, in elk geval tijdelijk.

Hoeveel geld had hij eigenlijk nog? Hij telde zijn bankbiljetten. Nauwelijks genoeg om morgenochtend het hotel te betalen. En zeker niet genoeg om een duikuitrusting te huren of de auto te betalen. Ongelooflijk. Hoe stond het met de andere kaarten? Hij had er drie: een van Visa, een van Mastercard en een van American Express. Eigenlijk waren het er vijf, maar de twee overige werden alleen in de VS geaccepteerd, en een ervan zelfs alleen bij tankstations. Voor de Mastercard gebruikte hij dezelfde rekening als de Visacard, dus met die zou het ook niet lukken. Maar met de American Express... Daarmee kon je ook contant geld krijgen, maar niet uit een automaat. Ze hadden hier in Jeruzalem een vestiging, als hij het zich goed herinnerde. Of zat er alleen eentje in Tel Aviv? Nu ja, daar kon hij wel achter komen.

Geen geld. Ongelooflijk. Dat verpestte zijn stemming meteen grondig! Wat had je eraan een vermogen te bezitten als je niet de mogelijkheid had er gebruik van te maken? Een enorme stommiteit was het. Nog altijd enigszins uit het lood geslagen klapte hij de portefeuille weer dicht, schoof die weer in zijn jasje en versteende bijna tot een zoutpilaar toen hij de beide mannen zag die over het trottoir op hem af liepen, druk in gesprek met elkaar. Met ingehouden adem en erop lettend niet door een al te plotselinge beweging de aandacht op zich te vestigen, zocht hij zijn toevlucht in de dichtstbijzijnde winkeletalage.

En nu waren ze ook nog blijven staan, in plaats van door te lopen en te verdwijnen! Terwijl hij deed alsof hij de uitgestalde artikelen bekeek, observeerde hij de twee. Het waren zonder twijfel twee van Ryans mensen. Hij had ze meermalen in het kamp gezien en zij kenden hem ook. Wat deden ze hier? Het moest toeval zijn dat ze uitgerekend nu hier langskwamen; ze zagen er niet uit alsof ze op zoek naar hem waren.

Nog zo'n ellendig toeval. Helemaal niet goed voor de stemming.

Iemand sprak hem van opzij aan. Hij verstond er niets van, draaide zich geschrokken om en antwoordde automatisch: 'Sorry?'

'Hebt u interesse voor videocamera's?' zei de verkoper, een rijzige man met dun haar en een enorme neus, die op Engels overgeschakeld was.

'Videocamera's?' Stephen keek hem geïrriteerd aan en keek vervolgens naar de artikelen, waarnaar hij tot nu toe had staan kijken zonder iets te zien. Het waren inderdaad allemaal videocamera's in alle soorten en maten. Hij was in een foto- en videozaak beland. En de twee waakhonden stonden nog altijd op het trottoir en leken uitvoerig te overleggen waar ze naartoe zouden gaan.

'We voeren alle bekende merken,' begon de verkoper en pakte de eerste de beste camera, die hij Stephen in de hand drukte. Het was een verbazend licht toestel. 'Sony, Canon, Panasonic, JVC, Sharp... Wat u maar wilt. Dit is momenteel de kleinste en lichtste digital-video-camcorder, slechts 500 gram, maar voorzien van een tienvoudig motorzoomobjectief. Nou, hoe ligt die in de hand? Fantastisch toch? Absoluut geen probleem om die overal mee naartoe te nemen en alles vast te leggen.'

Stephen bekeek het apparaat. Hij had ooit een dicteerapparaat gehad

dat nog groter was. Verbazingwekkend. Hij hield de zoeker voor zijn oog en richtte die op straat. Het leek wel alsof ze een restaurant zochten en het er niet over eens konden worden welke ze zouden kiezen.
'Verbazingwekkend,' zei ook de verkoper, die hem afwachtend had geobserveerd.
'Mag ik u vragen of u al voor een bepaald systeem hebt gekozen?' wilde hij weten.
'Een systeem?' Stephen realiseerde zich plotseling dat dit de eerste keer in zijn leven was dat hij een videocamera in zijn hand hield. Een opmerkelijke tekortkoming voor iemand die op zoek was naar de belangrijkste camera uit de geschiedenis. 'Wat zijn er dan voor systemen?'
De ogen van de man begonnen te glinsteren. 'Je hebt Video-8, dat is het oudste systeem. Wijdverbreid, en de cassettes zijn goedkoop. Dan heb je Hi-8, in principe hetzelfde, maar een veel betere beeldkwaliteit, beter dan uw tv. Maar het modernste is natuurlijk de digitale opname. Het beste contrast, briljante kleuren, onovertroffen scherpte, en geen verlies bij de nabewerking. Ik houd al mijn klanten voor dat de nabewerking van video erg belangrijk is. Want stel dat u op vakantie bent – ik neem even aan dat u dat nu bent – dan neemt u op wat u voor de lens krijgt. Maar aan uw vrienden thuis, aan uw familie enzovoort, wilt u natuurlijk alleen de beste opnamen laten zien. Misschien wilt u een paar overvloeiers maken, scènes inkorten, in een andere volgorde zetten. Wat zou Stephen Spielberg zonder montage en nabewerking zijn, zeg nou zelf? Daarvoor is Digital Video optimaal geschikt. Kijkt u bijvoorbeeld eens hier...' Hij pakte de camera weer uit Stephens hand en opende een plastic klepje aan de zijkant. 'Hier ziet u alle aansluitingen: LANC, externe microfoon, hoofdtelefoon, digitale uitgang, supervideo, audio. Natuurlijk werkt de camera met een lithium-ion-accu, dus er treedt geen memory-effect op, en hij heeft...'
'Ik heb gehoord dat er binnenkort een nieuw systeem komt,' onderbrak Stephen zijn monoloog. 'Het heet MR, maar ik weet niet waar dat voor staat.'
'O ja.' De man knikte. 'Van Sony. MR staat geloof ik voor *magnetic resonance* of zoiets. Maar zoiets komt pas over drie tot vier jaar op de markt. Het is nu absoluut nog niet uitontwikkeld en zal waarschijnlijk voorlopig ook alleen voor de high-endmarkt beschikbaar komen. Dat betekent dat het veel te duur zal zijn voor een normaal mens.'
De beide mannen leken het met elkaar eens te zijn geworden en staken de straat over.

'Weet u hoe dit MR-systeem werkt?' wilde Stephen weten.
'Ach, in principe is het ook een digitaal systeem. Het enige verschil is dat niet meer op een magnetisch medium wordt opgenomen, maar dat de gegevens in een speciale siliciumkristal worden opgeslagen. Voor u betekent dat dat een eenmaal gemaakte opname niet meer gewist kan worden en zeer lang houdbaar is. Interessant voor documentatiedoeleinden, maar tamelijk duur als je pas met filmen begint. Maar op een cassette kun je dan wel tot twaalf uur aan opnames kwijt.'
'Hoe lang is een video-opname tegenwoordig houdbaar?'
Dat hangt ervan af. Bij Video-8 en Hi-8, dus bij analoge opnamen, vermindert de kwaliteit na tien tot twintig jaar duidelijk. Gewoon omdat de magnetisatie op de banden in de loop der tijd minder wordt, ziet u? Bij digitale video is dat ook zo, maar doordat de opnamen digitaal zijn, kunt u die steeds op nieuwe banden of schijfjes kopiëren zodat ze in principe eeuwig houdbaar zijn.'
'Daar zit wat in.' Ryans mannen waren uit het zicht verdwenen. Stephen wees op een kleine camcorder. 'Kunt u me daarvan een brochure meegeven?'
Een lichte trilling in de ooghoek. 'Wilt u deze camera hebben?' vroeg de man met het dunne haar.
'Dat weet ik nog niet,' loog Stephen.
'Let op, ik heb een tip voor u,' zei de verkoper op samenzweerderige toon. Hij pakte een felgekleurd vouwblad papier en een balpen. 'Normaal gesproken kost deze camera...' Hij schreef een astronomisch hoog bedrag in sjekels op en een al even astronomisch hoog bedrag in dollars ernaast. 'Maar als u meteen beslist, kan ik u een camera verkopen die helemaal nieuw en volledig is, met volledige garantie, maar zonder originele verpakking. Die is afkomstig uit een beslaglegging. Niet verder vertellen, hoor. Zonder originele verpakking mag ik die niet voor de normale prijs verkopen. Vervelend, maar zo is het nu eenmaal. Ik mag hem aan u verkopen voor...' Hij schreef twee bedragen op die ongeveer 40 procent lager waren dan de eerste. 'Zoals gezegd heb ik er maar eentje van. Een unieke kans.'
Stephen moest lachen om deze eeuwenoude truc. Zo had hij zijn eigen software ook wel eens verkocht.
'Bedankt,' zei hij en pakte het vouwblad aan. 'Maar ik moet het echt eerst aan mijn vriendin vragen. Dat begrijpt u vast wel.'
Weer een trilling in de plooi onder het rechteroog, en nu ook eentje rond de mondhoek. Ook een oude truc. Ik kan nu niet beslissen, ik

moet eerst iemand om toestemming vragen. 'Breng uw vriendin toch gewoon mee,' stelde de man direct voor. 'We kunnen enkele proefopnamen maken en op het grote beeldscherm bekijken. Ze zal zeker enthousiast zijn.'
'Doe ik,' loog Stephen, nam afscheid en vertrok. Buiten op straat keek hij zorgvuldig rond, maar er was geen spoor meer van de twee mannen te zien.

Ze spraken niet veel. Willard, een blonde reus, die slechts met moeite in het uniformachtige pak paste waarin Ryan hen wilde zien, zat bijna onafgebroken te roken, en Eliah, die bruinverbrand en onmiskenbaar een *sabra* was, een in Israël geboren jood, zat zo kalm een falafel te eten dat het leek of ze uren de tijd hadden. Beiden hielden hun blik geen moment van de huisdeur en de toegangsweg af.
Ze zagen Ryan bijna niet aankomen. Vanuit het niets dook hij op in een van de binnenspiegels, en het volgende moment opende hij het achterportier van de auto en ging op de achterbank zitten.
'En?' vroeg hij alleen.
Omdat Eliah net aan het kauwen was, antwoordde Willard. 'Niets. We hebben niemand gezien.'
Ryan maakte een knorrend geluid. Het was moeilijk om het met zekerheid over hem te zeggen, maar hij leek tamelijk opgewonden. 'We gaan naar binnen,' besloot hij.
Willard zette grote ogen op. 'Het huis in?'
'Inderdaad.'
Intussen had Eliah zijn eten doorgeslikt. '*Boss*,' zei hij, 'dat is ook in Israël illegaal.'
'Weet ik,' bromde Ryan. 'Daarom is er ook een elfde gebod. Maar Mozes heeft dat verzwegen.'
De Amerikaanse bibliotheek, een merkwaardig bouwwerk van staal, glas en veel beton, was stilistisch moeilijk in een bepaalde tijd in te delen. Het gebouw was omgeven door een wit geverfd stalen hekwerk dat er apart uitzag maar zeker heel stevig was, en hoge cipressen onttrokken het gebouw aan het zicht. Toch was het geen probleem om binnen te komen. Bij de toegangsdeur stond een bewaker in een blauw uniform, maar hij vroeg aan geen enkele bezoeker een legitimatie. Hij beperkte zich ertoe alle binnenkomers zorgvuldig te observeren. De begane grond werd in beslag genomen door een grote cafetaria, de garderobe, enkele telefooncellen, lange rijen kluisjes en talrijke leestafels, en verder door

ruimten waarin het beheer was ondergebracht en die niet voor de bezoekers toegankelijk waren, wat door bordjes met onmiskenbare opschriften duidelijk werd gemaakt. De leeszaal bevond zich op de bovenverdieping. Het was een lichte, grote ruimte met hoge ramen, met op halve hoogte een brede vide. Zoals in elke bibliotheek heerste er een stilte die op bedrijvigheid duidde, zodat je je gemakkelijk dieper kon concentreren dan in de hectische buitenwereld mogelijk was.

Net een kerk, dacht Stephen, terwijl hij langs de stellingkasten liep. Alleen huiselijker.

Bij welk onderwerp moest hij zoeken? Dat was de vraag. Hij was al dikwijls willekeurig door bibliotheken gelopen en had dan hier en daar een boek opengeslagen en zich laten verrassen door het toeval.

Hij probeerde dezelfde methode nu ook uit, maar dat leidde tot niets. Nee, er was maar één mogelijk onderwerp: de Tempelberg. Stephen liep naar de catalogus, die nog ouderwets in de vorm van beduimelde systeemkaartjes in lange houten kasten was opgeslagen en zocht op dit trefwoord en verwante onderwerpen.

Hij vond een dik, in leer gebonden boek waarin de geschiedenis van de Tempelberg uitputtend beschreven leek te worden. Dat was echter maar schijn, want een blik in de inhoudsopgave wekte weliswaar de indruk dat het om een grondige, volledige beschrijving ging, maar de tekst zelf bleek tamelijk chaotisch, ondanks de talloze tekeningen, foto's en plattegronden, en het was onmogelijk op basis hiervan een goed overzicht te krijgen. Toch las Stephen hier en daar interessante gebeurtenissen. Zo waren er in deze eeuw twee dramatische aanslagen op de islamitische gebouwen op de Tempelberg geweest. In 1969 had Dennis Rohan, een geestelijk gestoorde Australische christen, de Al Aqsa-moskee in brand gestoken en zwaar beschadigd. Enkele jaren later was op het laatste moment een samenzwering van extremistische joodse nationalisten ontdekt, die van plan geweest waren de moskeeën op de Tempelberg, en dan vooral de Rotskoepel, in de lucht te laten vliegen, om zo het gebied vrij te maken waar eens de joodse tempel had gestaan. Zo wilden ze de komst van de Messias bespoedigen.

Stephen schudde onwillekeurig zijn hoofd. De hele wereld leek bezeten te zijn van deze nutteloze halve vierkante mijl rotsgesteente.

Hij stuitte op een ander interessant feit dat terloops in een bijlage werd genoemd. Het opgravingsgebied dat ten zuiden van de Tempelberg aan de overzijde van de hoofdstraat begon, werd de Davidstad genoemd. Dat wist hij. Maar wat hij niet wist, en wat hem tot nu toe ook niet had geïnteresseerd, was waar die naam vandaan kwam. In het begin van deze eeuw, zo las hij, had een lid van de Franse tak van de familie Rothschild dit stuk land gekocht om de echte laatste rustplaats van koning David te zoeken. Maar er was nooit iets gevonden. Onder de Britten had het gehele terrein de status van archeologische vindplaats gehad, en daarom was het verboden er te bouwen. Toen het gebied Jordaans territorium werd, werd dit verbod niet langer nageleefd en werd er ondanks alle ruïnes en graven driftig gebouwd. Alleen het terrein dat aan de Rothschilds toebehoorde, werd als vijandelijk eigendom beschouwd en bleef onbebouwd.

En daardoor had Halil Saad de cisterne gevonden toen hij zijn kelder had uitgegraven. Zijn huis stond op de ruïnes van een ander huis, dat gebouwd was in een tijd dat het gebied aan Jordanië had toebehoord. Halil Saad had alleen dieper gegraven dan de vorige eigenaar. Het hele terrein maakte deel uit van een van de oudste delen van Jeruzalem.

Maar van een tunnel was nergens sprake...

Hij hoorde getik in zijn jaszak. De telefoon.

'Yehoshuah?' zei hij, legde het boek terug en liep over het dikke grijze tapijt naar de uitgang van de leeszaal. De bibliothecaresse, die achter een balie toezicht hield, keek hem afkeurend aan, uiterst afkeurend zelfs. 'Wat is er?'

Tot zijn niet-geringe verrassing was het noch Yehoshuah noch Judith die zich meldde. Het was een stem die Engels sprak met een zwaar accent en die hij niet direct herkende.

'Mister Foxx? Met Peter Eisenhardt. Ik wil graag een afspraak met u maken. Ik heb mogelijk eh... interessante informatie voor u.'

Het slot van de deur bood niet langer dan twintig seconden weerstand. Niemand hoorde hen en niemand zag hen toen ze de woning van Yehoshuah Menez binnendrongen. Direct daarna ging de deur weer dicht en zag alles er weer uit als daarvoor.

Het was een eenkamerappartement met een badkamer, een kleine garderobe en een balkon. En het zag eruit alsof andere inbrekers hen al waren voorgegaan.

'Wat een zwijnenstal,' mompelde Ryan toen hij het keukenblok inspecteerde. De jonge archeoloog leek niets op te hebben met moderne schoonmaakmiddelen maar er juist op uit te zijn spulletjes zo snel mogelijk in fossielen te veranderen.

Op het antwoordapparaat knipperde een groen lampje. Ryan kende het

model: het lampje betekende dat er boodschappen waren ingesproken die nog niet waren afgeluisterd. Hij drukte op de afspeelknop.
Er waren twee berichten. Bij het eerste bericht werd met enig lawaai meteen weer neergelegd. Het tweede telefoontje was een bericht in het Hebreeuws van een hysterische vrouwenstem, die Ryan vaag bekend voorkwam. Natuurlijk, de moeder van Judith Menez, die hij eenmaal gesproken had. Yehoshuah was immers haar broer.
Maar de inhoud van het bericht interesseerde hem niet. Veel interessanter vond hij datum en tijdstip van de telefoontjes, die tijdens het afspelen op het display van het apparaat te zien waren. Daaruit bleek dat Yehoshuah Menez sinds zondagmiddag niet meer in zijn woning was geweest.

'Hoe bent u aan mijn nummer gekomen?' vroeg Stephen verbaasd, terwijl de deur van de leeszaal geruisloos achter hem dichtging.
'Uit de adresgegevens in uw laptop.'
'En waarom wilt u mij ontmoeten?'
'Ik moet met u spreken. Ik geloof dat het belangrijk is.'
Stephen begreep het nog altijd niet goed. Wat zou die schrijver nou van hem willen? 'Mister Eisenhardt, u weet dat Kaun mij zoekt. Ik moet ervan uitgaan dat uw telefoontje een manoeuvre is waarmee hij mij te pakken wil krijgen.'
Hij sprak zachtjes. Een meisje dat aan de verwijzingscatalogi zat te werken die hier buiten waren neergezet, keek hem geïrriteerd aan. Als ze hier naar literatuur over welk onderwerp dan ook zocht, dan moest hij ervan uitgaan dat ze kon verstaan wat hij zei.
'U kunt mij beslist vertrouwen,' zei Eisenhardt. 'Kaun weet niets van dit telefoontje. Ik doe dit op eigen initiatief.'
'Kaun laat waarschijnlijk elk gesprek afluisteren dat u voert, is u dat duidelijk?'
'Ik bel niet op vanuit het kamp. Ik sta in een openbare telefooncel in Jeruzalem, en mijn telefoonmunten zijn bijna op. Laten we een afspraak maken, waar u maar wilt.'
Stephen dacht koortsachtig na. Als het klopte wat de schrijver zei, dan bood dit hem de kans te weten te komen wat Kaun precies van plan was. Bovendien, zo moest hij erkennen, was hij nieuwsgierig om welke reden Eisenhardt tegen zijn opdrachtgever wilde samenspannen.
'Goed dan,' zei hij. 'Waar bent u momenteel?'
'Ik ben in de Amerikaanse bibliotheek,' klonk Eisenhardts stem uit het

minuscule luidsprekertje van de telefoon. 'In een van de telefooncellen bij de ingang.'
Stephen barstte bijna in lachen uit. Het werd steeds gekker! 'Momentje,' zei hij, drukte op de *mute*-toets zodat de microfoon uitgeschakeld was en liep snel naar de trap, waar je de hal in kon kijken. Inderdaad, daar stond Eisenhardt in een van de telefooncabines. Hij was bezig de ene telefoonmunt na de andere in de hongerige automaat te stoppen. Als je naar een mobiel nummer belde, dan leek het net alsof je met Amerika belde.
Stephen zocht dekking achter een van de betonnen zuilen en schakelde de microfoon weer in. 'Hoe bent u daar dan gekomen?'
'Ryan heeft me hierheen gebracht. Ik heb gezegd dat ik literatuuronderzoek moest doen. Hij haalt me vanavond weer af. Ik weet niet of de naam u iets zegt; Ryan is de veiligheidsfunctionaris...'
'Zeker,' onderbrak Stephen hem. 'Die naam zegt me wel iets.'
'Aha, goed,' zei Eisenhardt verlegen. 'Vanavond. Zou u dat schikken? Het geeft niet waar, maar we moeten het er nu snel over eens worden.'
Ook een truc om de ander tot een beslissing te dwingen, dacht Stephen.
'Blijf waar u bent,' zei hij. 'Ik kom naar u toe.'
'Mooi.' Eisenhardt klonk opgelucht. 'Dat is natuurlijk het gemakkelijkst. En eh... hoe laat?'
'Over een halfuur.'
'Mooi. Dank u. Ik... ik blijf gewoon hier wachten. Weet u waar de bibliotheek is?'
Stephen gnuifde. 'Ja,' antwoordde hij. 'Ongeveer in elk geval.'
'Mooi. Tot over een halfuur dan.'
'Tot over een halfuur.' Stephen drukte op de toets die het gesprek beëindigde, stopte de telefoon weg en observeerde vanuit zijn verborgen positie wat de schrijver ging doen.
Het ging hem er natuurlijk vooral om te weten te komen of hij met een valstrik van doen had. Als Eisenhardt zich nu van de telefoon had afgewend en iemand bevestigend had toegeknikt of zelfs een positief gebaar had gemaakt – zijn duim opgestoken of zo – dan had hij zeker geweten dat ze op hem loerden. Maar de Duitser deed dat allemaal niet. Hij legde de hoorn op de haak, pakte zijn resterende telefoonmuntjes en stopte die in zijn zak. Hij bleef staan, keek schichtig om zich heen en leek niet goed te weten wat hij moest doen.
Hm. Heel eigenaardig. Te eigenaardig bijna. Zou het werkelijk toeval zijn dat de schrijver hem van hieruit had opgebeld? Stephen keek op zijn

horloge. Hij had nog een halfuur om nog eens goed over alles na te denken.
Hij liep terug naar de leeszaal, ging bij een van de grote ramen staan en keek naar de straat. Parkeerden er ergens auto's waarin mannen zaten die niet uitstapten? Stonden er verdachte gedaanten in slecht zichtbare hoeken? Hoe aandachtig Stephen ook keek, nergens kon hij iets ontdekken wat zijn argwaan kon bevestigen en aan zijn duistere fantasieën beantwoordde. Hij zag een drukke straat, waar het verboden was te parkeren; de mensen die over straat liepen waren te jong, te oud of zagen er te vrouwelijk uit om tot Ryans mannen te kunnen behoren; en de enige die niet doelbewust onderweg was, was een handelaar die zijn fruitkar voor het hekwerk had neergezet en sinaasappels aan voorbijgangers verkocht. Stephen ging bij zichzelf te rade. Hoorde hij een waarschuwende stem? Nee. Een vaag gevoel van onbehagen in zijn buik? Ook niet. Hij geloofde niet dat dit een geraffineerde valstrik was. Als Ryan had geweten dat hij hier was, dan had hij een dergelijke manoeuvre niet op touw gezet. Alles wat hij had hoeven doen, was buiten op hem te wachten, hem bij het verlaten van de bibliotheek onopvallend het bowiemes tegen zijn ribben te drukken en hem opdragen mee te komen. Zo gemakkelijk zou dat geweest zijn, en niemand had dan nog iets voor zijn kansen gegeven.
Goed dan, hij nam het risico. Stephen liep de leeszaal uit en liep de brede, eveneens met hoogpolig tapijt beklede trap af. Eisenhardt stond bij het raam naast de ingang naar buiten te kijken, met een dikke, in leer gebonden ringband onder zijn arm. Hij had zijn handen diep in zijn zakken gestopt en hoorde hem niet aankomen.
'Mister Eisenhardt?' zei Stephen ten slotte toen hij vlak achter hem stond.
De schrijver draaide zich met opengesperde ogen om, alsof hij een hartinfarct voelde aankomen. 'Mister Foxx! Mijn god, wat hebt u me laten schrikken! Waar komt u opeens vandaan?'
'Eerlijk gezegd was ik de hele tijd al hier. Ik zat boven in de leeszaal toen u opbelde.
'Wat?!' De schrijver knipperde geïrriteerd met zijn ogen. 'Werkelijk? Wat een toeval.'
'Ja.'
Eisenhardt schudde zijn hoofd. 'In een roman zou je zoiets niet moeten proberen,' zei hij met een verlegen glimlach. 'Maar in het leven is alles mogelijk...'

Waarschijnlijk moest iemand met een dergelijk beroep de zaken op zo'n manier bekijken, dacht Stephen. 'U wilde me spreken? Waar gaat het om?'
'Ja, nou... Ik weet niet goed hoe ik moet beginnen...'
'Zullen we op een rustig plekje gaan zitten?' stelde Stephen voor, naar een van de vrije tafels wijzend die wat meer in een hoek stond en waar ze ongestoord konden zitten. 'Wilt u iets drinken?'
Na een glas mineraalwater zei de schrijver, die nog altijd een zeer gespannen indruk maakte: 'Mag ik u iets recht op de man af vragen, mister Foxx?'
'Zegt u maar Stephen. Ja, natuurlijk. Wat u maar wilt. In het ergste geval geef ik geen antwoord.'
'Weet u waar de camera is?'
Stephen leunde achterover. 'Ik ben bang dat dit al zo'n geval is.'
'Dat begrijp ik. Neem me niet kwalijk.' Eisenhardt had een ringband voor zich op tafel gelegd en liet zijn vingers voortdurend langs de omtrek ervan glijden. 'Kaun heeft in het laboratorium de camera gevonden waarmee u de ontcijfering van de eerste brief hebt gefotografeerd. Uit de tekst valt af te leiden dat de tijdreis geen geplande onderneming was, en daarmee worden alle tot nu toe gemaakte veronderstellingen twijfelachtig. Omdat het erop lijkt dat de brief definitief is vernietigd, heeft Kaun klaarblijkelijk alle hoop verloren de video ooit nog te vinden.'
Stephen ademde onwillekeurig dieper in. 'En waarom vertelt u me dat?' vroeg hij.
Eisenhardt boog zich naar voren om zachter te kunnen praten. 'Omdat er een vertegenwoordiger van het Vaticaan is opgedoken, een zekere Scarfaro. Ik heb het gesprek helemaal afgeluisterd. Kaun weet er niets van. Hij probeert alle tot nu toe gedane vondsten aan de katholieke kerk te verkopen, voor een bedrag van 10 miljard dollar.
'Aha,' zei Stephen. Maar liefst 10 miljard dollar? Die Kaun was werkelijk gewend in grote dimensies te denken. En wat zou er gebeuren als ze de camera konden bergen en ermee op de proppen kwamen? 'Wat een fantasiebedrag! Maar ze zullen hem toch het leven zuur maken als ze de camera niet vinden?'
'Nee. Ik denk dat hij erop speculeert dat de kerk er helemaal geen belang bij heeft dat die video wordt gevonden. Hij wil dat ze ervoor betalen om alles in de doofpot te kunnen stoppen.'
'Denkt u echt dat de kerk bang is voor die video?'
'Uiteraard!' De schrijver sperde zijn ogen open. 'Hebt u ooit een boek

gelezen en daarna de verfilming ervan gezien zonder teleurgesteld te zijn geweest? Dit is precies zo'n situatie. Ten eerste zal de kerk vrezen dat de video onthullingen bevat die een gevaar vormen voor de tot nu toe geldende geloofsdoctrine, en daarmee ook voor de onfeilbaarheid van de paus. Ten tweede, en dat is zo mogelijk nog belangrijker: de video zal nooit tegen de beelden op kunnen die de gelovigen in hun fantasie hebben gevormd, met al die schilderijen van heiligen boven de echtelijke bedden en de kitscherige plaatjes in kinderbijbels. Op de video zal alles er tamelijk armoedig, primitief en smerig uitzien, en dan zal iedereen zien dat Jezus een mens is zoals alle andere mensen. Misschien toont de video hoe hij iets verkondigt, en dat zal best wel interessant zijn, maar de boodschap zal niet overkomen omdat nauwelijks iemand Aramees verstaat, en wat de kracht van zijn boodschappen betreft, weet ik zeker dat iedere moderne tv-evangelist vele malen overtuigender zal zijn. Kortom, de kerk moet vrezen dat de mensen zich gedesillusioneerd van haar afwenden als ze eenmaal de echte Jezus hebben gezien.'

Stephen knikte langzaam. Zo had hij het zelf ook al bedacht. 'Wat ik eerlijk gezegd een uiterst verheugende ontwikkeling zou vinden,' zei hij. 'Als ik het als mijn persoonlijke verdienste zou mogen beschouwen dat niemand nog naar de paus zou luisteren als die weer eens tegen anticonceptie zou preken in een land dat door overbevolking werd geteisterd, dan wist ik waarvoor ik geleefd had.'

'Vindt u dat nu ook?' zei Eisenhardt opgelucht. 'Dat is geweldig. Ik dacht eigenlijk dat ik eindeloos op u in zou moeten praten...'

'Had u dat verwacht?'

'Nou ja, omdat u zo achter die camera aan zat en de brief hebt verduisterd...'

'Ik ben die vergeten. Echt waar. Ik beschouwde de plastic zak natuurlijk eerst niet als een echte archeologische vondst,' betoogde Stephen zuchtend. 'Dat zou niemand toch doen? Ik dacht dat iemand me een poets wilde bakken. En toen dacht ik met een misdrijf te maken te hebben. Pas toen ik uw foto in de krant zag en me realiseerde wie u was, kon ik de puzzel in elkaar passen.'

'Hebt u mijn foto in de krant gezien?'

'Ja, op de avond waarop u bent aangekomen. De opname leek in een vliegtuig gemaakt te zijn.'

'En wist u dan wie ik was?'

'Ik had uw naam wel eens gehoord, ja. In elk geval wist ik dat u een sciencefictionschrijver bent.'

Eisenhardt schudde verbaasd zijn hoofd. 'Het doet me plezier dat te horen.'
Stephen kwam weer ter zake. 'Ik beschouw mezelf in elk geval als agnosticus of misschien zelfs als atheïst, en ben absoluut niet over de kerk te spreken. Wat mij betreft mogen alle godsdiensten van deze planeet verdwijnen.'
'Precies,' knikte Eisenhardt. 'Zeker weten. Het zou een zegen zijn.' Een magere man in een grof geruit jasje liep langs hun tafel met een etensblad met een kop koffie erop en een krant onder zijn arm, en ging twee tafels verderop zitten. Stephen, die zich er zorgen over maakte dat hij de man niet had zien aankomen, keek onderzoekend om zich heen.
'U vraagt zich af waarom ik zo achter die camera aan zit,' zei hij op gedemptere toon dan eerst. 'Dat zal ik u vertellen. Ten eerste: ik had de ontdekking gedaan, ziet u, maar ze hebben me niet op de hoogte gebracht en wilden me er niet bij hebben, en als ik het erbij had gelaten, dan waren ze mij gewoon helemaal vergeten. Zoiets laat ik me uit principe niet aanleunen. Ten tweede rook ik een kans, ook al wist ik niet precies waarop. Maar als ik een kans zie, dan grijp ik die, zo ben ik nu eenmaal. Het zal vast en zeker iets opleveren, dacht ik. Geld misschien, of roem, of allebei. In elk geval een interessant avontuur waarover je je kleinkinderen kunt vertellen als je oud en grijs bent en in een leunstoel bij de open haard zit.'
Eisenhardts blik was opeens afwezig geworden. 'Als Kaun zo doorgaat met zijn plannen,' zei hij, 'dan kan het nog moeilijk worden om die verhalen te vertellen. Misschien wordt u helemaal niet oud en grijs.'
'Hoe bedoelt u dat?'
'Snapt u het niet?' vroeg de schrijver. 'Wat Kaun aan het Vaticaan wil verkopen, is zijn volledige stilzwijgen over deze aangelegenheid. En er zijn al mensen voor geringere bedragen dan 10 miljard met geweld tot zwijgen gebracht.' Stephen keek zijn gesprekspartner aandachtig aan. Op het voorhoofd van de schrijver had zich een dunne film van minuscule zweetdruppeltjes gevormd. Deze man bezat werkelijk een levendige fantasie. Het was bijna ziekelijk.
Hij schudde zijn hoofd. 'John Kaun is een keiharde zakenman, maar hij is geen moordenaar.'
'John Kaun misschien niet.'
'Maar?'
'Die man uit Rome, Scarfaro, is lid van de Congregatie voor de Geloofsleer, als ik het goed heb verstaan.'

'Dat zegt me niks.'
Eisenhardt ademde diep in. 'Dat is zogezegd de opvolger van de Heilige Roomse Inquisitie.'
Stephen kon niet voorkomen dat zijn onderkaak openviel. 'De inquisitie?' herhaalde hij verbluft.
'De inquisitie.'
'Bestaat die nog?'
'De organisatie bezit haar huidige naam pas dertig jaar, maar haar opdracht is nog altijd hetzelfde: de bescherming van het ware geloof. De schrijver keek onrustig om zich heen. 'En dat is nog een citaat uit een uitgesproken kerkvriendelijk boek.'
Stephen Foxx schudde verbijsterd zijn hoofd. De inquisitie. Eisenhardt had hem evengoed kunnen vertellen dat ze het tegen een leger kruisvaarders moesten opnemen. 'En wat wil die Scarfaro met ons doen? Wil hij ons allemaal op de brandstapel gooien?'
'Dat weet ik niet. Maar ik zou het eerlijk gezegd niet graag aan den lijve ondervinden.' Hij keek hem ernstig aan, bijna bezwerend zelfs. 'Mister Foxx, als u weet of ten minste vermoedt waar de videocamera is, zorg dan dat u die vindt en zoek er dan de publiciteit mee op. Zo snel mogelijk.'
Stephen leunde achterover. Hij geloofde nog altijd niet echt in het gevaar dat de schrijver meende te zien. Ze hadden immers met de rooms-katholieke kerk te maken, niet met ontketende ayatollahs. 'We kunnen elk moment de publiciteit zoeken. Het skelet, de gebruiksaanwijzing... er is nu al meer dan genoeg bewijs.'
'Ja, maar deze bewijzen zijn in Kauns bezit, en als hij wil, kan hij ze op elk gewenst moment laten verdwijnen.' Eisenhardt boog zich naar voren. 'Er is mij veel aan gelegen het te kunnen vertellen, want vertellen is mijn beroep en mijn levensvervulling. Ik wil dat wat hier gebeurt, ooit op kunnen schrijven. Als u mij belooft dat u uw kant van het verhaal aan mij vertelt – dat hoeft niet nu, maar kan ook als alles achter de rug is – dan zal ik u steunen tegen Kaun en helpen de camera te vinden. Tenzij u die ook aan het Vaticaan wil verkopen.'
Stephen schudde met een grimmige blik zijn hoofd. 'Voor nog geen 20 miljard zilverlingen.'
'Goed. Ik kan u aanbieden u op de hoogte te houden van wat Kaun weet en van plan is. Maar ik weet niet hoe dat moet, als hij inderdaad mijn telefoon afluistert.'
'Kunt u weer naar de bibliotheek komen?'

'Ik denk het wel.'
'Misschien moeten we voor de zekerheid enkele codewoorden afspreken.' Stephen dacht na. 'Waarom zou dat nodig zijn? Hm. Als Kaun erachter komt waar ik ben of waar de camera is. Maar helpt het als u me dan opbelt en een of ander wachtwoord roept, zoals "neem me niet kwalijk, is dit het ministerie van Buitenlandse Zaken?" Het telefoonnummer dat u kiest wordt in elk geval opgeslagen en daaraan kan hij zien dat u met mij gesproken hebt.'
Eisenhardt sloeg zijn ringmap open en begon twee telefoonnummers op een leeg vel papier te schrijven. 'Ik geef u in elk geval mijn directe nummer; daarmee ben ik te bereiken in de caravan waar ik ben ondergebracht. En ik schrijf het telefoonnummer van een journalist voor u op die ik op de heenreis heb leren kennen. Hij heet Uri Liebermann. Hij heeft overigens de foto gemaakt die u hebt gezien. Hij weet ook dat ik bij deze opgraving te gast ben, en ik heb hem al eens opgebeld en gevraagd uit te zoeken wat er zoal over professor Wilford-Smith bekend is. Hij wist in elk geval van alles, moet ik zeggen.'
'O ja?' Stephen pakte het vel papier aan en stopte het in de borstzak van zijn overhemd.
'Wist u dat hij pas op zijn veertigste is gaan studeren? In zijn jeugd was hij soldaat. Hij was zelfs hier in Palestina gelegerd, kort voordat de Britten vertrokken.'
Stephen probeerde zich de magere professor als soldaat in het gelid voor te stellen en schudde grijnzend zijn hoofd toen hem dat niet lukte. 'Dus hij is verliefd geworden op land en volk, om het zo maar te zeggen?'
'Waarschijnlijk.'

'Eliah,' zei Ryan, die wijdbeens en tot aan zijn enkels in de troep stond. 'Kom eens hier.'
Eliah duwde de schuiflade, die hij net had opengetrokken, weer dicht, richtte zich op en baande zich een weg naar zijn commandant. Zo beschouwde hij Ryan tenminste, met zijn militaire coupe, zijn eeuwige kaki uniform en zijn bazige manier van doen. Eliah moest af en toe met zijn ogen knipperen en zichzelf eraan herinneren dat zijn tijd bij het leger inmiddels voorbij was. Hij was nu medewerker van een beveiligingsdienst, met vakantiedagen, een maandelijks salaris, een overwerkregeling en een pensioen. Kaun Enterprises had hem als medewerker aangesteld, niet als soldaat gerekruteerd.
Maar goed, de klant was koning. Hij ging naast de pezige Amerikaan

staan – was Ryan geen Ierse naam? – en bekeek de vondst die hij van de boekenplank boven het bed had gehaald.
Het was een dik kladblok, een notitieboek met blauwe en rode olifantjes erop. Een tamelijk verfomfaaid boekwerk. Ryan had het opengeslagen en bekeek de bladzijden, die in een microscopisch handschrift volgeschreven waren.
In het Hebreeuws.
'Dat is toch een dagboek?' Hij draaide het notitieboek om: hij had het verkeerd om gehouden, omdat hij zich niet meteen had gerealiseerd dat Hebreeuwse boeken van achter naar voren gelezen werden.
'Daar lijkt het wel op,' knikte Eliah. En wat dan nog? Dagboeken waren iets voor vrouwen. Dat die Yehoshuah Menez er een dagboek op nahield, bestempelde hem in zijn ogen tot een softie. Ryan bladerde zichtbaar geïrriteerd naar voren, tot aan de laatste beschreven bladzijde. 'Dat is de datum van zaterdag,' zei hij. 'Dus hij moet die dag nog hier zijn geweest. En hij heeft een heleboel geschreven; het schrift ziet er nerveus en opgewonden uit. Hij was blijkbaar erg van streek.' Hij hield Eliah het boek voor. 'Wat staat daar?'
Eliah pakte het dagboek met gestrekte vingers aan, alsof Ryan hem het gebruikte maandverband van een vrouw aanreikte. 'Wat een hanenpoten,' mopperde hij, naar het kriebelige handschrift kijkend. 'Hij schrijft iets over polyethyleenfolie en de overgang van koolwaterstoffen in papier... Ik begrijp er geen woord van, eerlijk niet...'
'Vertaal het dan gewoon naar het Engels,' zei Ryan met de onnatuurlijke kalmte waar Eliah kippenvel van kreeg. Zuchtend probeerde hij zich te concentreren. *'De verbeterde kleurstof heeft op het eerste vel van de brief wonderbaarlijk goed gewerkt, maar gaf op het tweede vel bijna geen reactie. Ik bedacht dat koolwaterstoffen uit het polyethyleenomhulsel mogelijk in de loop van de tijd in het papier waren gedrongen. Ik probeerde het toen met tetrahydronaftaline voor te behandelen, waarna ik de kleurstof nog eens heb toegepast. Ik zou willen dat ik het nooit gedaan had, dat ik nooit iets met deze hele geschiedenis te maken had gehad.'*
Opeens was Ryan opgewonden. Vergeleken met een echt mens was hij nog altijd een ijsklont, maar als je een tijdje met hem te maken had gehad, zag je duidelijk een zekere spanning bij hem. 'Ga door,' drong hij aan. *'Meteen in de eerste passage, die ik willekeurig had uitgekozen,'* vertaalde Eliah verder, *'werd de bergplaats van de camera onthuld, waarnaar iedereen zo koortsachtig zoekt...'*

30

TEMPEL, HERODIAANS.
In het 15e of 18e jaar van zijn regering begon Herodes d. Gr. met de bouw van een nieuwe t., die in de joodse geschiedschrijving als tweede t. aangeduid wordt. De bouw ervan begon in circa 20 v.Chr., het werk strekte zich over een periode van 46 jaar uit. In 70 n.Chr., kort na de voltooiing, werd de t. bij de verovering van Jeruzalem door de Romeinen (onderdrukking van de eerste joodse opstand) verwoest.
Avraham Stern,
Encyclopedie van de bijbelse archeologie

'Jessica Jones,' zei Stephen op conversatietoon, 'is de goede ziel, het alwetende oog, het hart en de hersenen. Haar vader was een vertrouweling van Martin Luther King en haar broer is de eerste zwarte burgemeester van een stad in de zuidelijke staten, waarin een blanke dertig jaar geleden nog niet naast een zwarte op een bank in het park gezien wilde worden. Jessica Jones is de enige vaste medewerker van de Explorer's Society en je kunt altijd op haar rekenen.'
Ze zaten met zijn drieën op het tweepersoonsbed in de kamer van Yehoshuah en Stephen en keken naar de wandklok, waarvan de wijzers net op kwart voor vijf sprongen.
'In New York is het nu kwart voor tien 's ochtends,' vervolgde Stephen. 'Op dit moment betreedt Jessica Jones het eerbiedwaardige huis van de Society aan de Upper Westside, vlak bij 75th Street. Vanuit de met mahonie betimmerde clubruimten heb je een schitterend uitzicht over de Hudson Rivier. Ze heeft net de monumentale hoofdingang geopend en haalt nu de post uit de brievenbus. Dan loopt ze naar de lift, waarover de legende rondgaat dat die de eerste beproeving is voor allen die het lidmaatschap willen verwerven. Je moet die lift gezien hebben om je er een voorstelling van te kunnen maken hoe versleten een lift eruit kan zien. Een echte uitdaging voor echte avonturiers. Miss Jones gaat deze uitdaging elke ochtend aan.'
Voor hem lagen een blocnote en een balpen, met daarnaast een stapel fotokopieën die Yehoshuah meegebracht had. Er lag een kaart uitgevouwen met daarop een tamelijk gedetailleerde plattegrond van de Tempelberg en de oude stad eromheen; het verloop van de tunnel was geel aan-

gegeven volgens het traject dat de vader van Yehoshuah en Judith in zijn vele jaren oude wetenschappelijke werk had bepaald, en in rood hadden ze het verloop van de tunnel ingetekend die de sonartomograaf ontdekt had. Vanaf een bepaalde plek, ongeveer 50 meter ten zuiden van de Tempelmuur, volgden beide lijnen hetzelfde traject.

De wijzers van de klok bereikten het volgende streepje.

'Tien minuten voor tien,' zei Stephen, die zijn beschrijving voortzette. 'Miss Jones opent de deur van het kantoor, legt de post in het mandje bij de ingang en zet de computer aan. Dan neemt ze een grote gieter met water op kamertemperatuur en loopt daarmee alle kamers in om de planten te begieten, met name de exotische planten in de clubruimten, die bijzonder goed verzorgd moeten worden. Al die planten zijn door een lid meegenomen van een expeditie, en sommige zijn buitengewoon kostbaar. Maar tot de verzorgende talenten van miss Jones behoort ook dat ze groene vingers bezit. Ze is nog geen enkele plant kwijtgeraakt.'

Hij had de twee niets over zijn ontmoeting met Eisenhardt verteld. Hij kon niet precies zeggen waarom, maar waarschijnlijk kwam het omdat hij zelf nog niet wist wat hij ervan moest denken.

Ze bekeken de gele en rode lijnen. Het rood ingetekende werkelijke tunneltraject boog tweemaal relatief scherp af en voerde toen langs de binnenkant van de Westmuur naar het noorden. Het geel ingetekende tunneltraject was in principe niets anders dan een verlenging van de richting die de schacht in het begin had, en deze lijn zou direct naar de cisterne in het midden van de zuidelijke helft van de Tempelberg hebben geleid.

De wijzers van de klok kropen traag verder, alsof ze door siroop voortbewogen. Judith fronste misprijzend haar voorhoofd omdat hij zich zo aanstelde vanwege die paar minuten, maar Stephen wist precies dat hij slechts het antwoordapparaat aan de lijn zou krijgen als hij ook maar één minuut te vroeg opbelde.

Eindelijk was het vijf uur. Buiten was een gongtoon te horen, ergens stond blijkbaar een radio aan. Tien uur aan de Amerikaanse oostkust. Stephen pakte zijn gsm op.

'Tien uur. Miss Jones is zojuist aan haar bureau gaan zitten en heeft het antwoordapparaat uitgeschakeld. Ze kijkt nu in de grote, in leer gebonden agenda en daarna zal ze met het verwerken van de post beginnen.' Hij drukte de toets in waaronder het telefoonnummer van de Explorer's Society was opgeslagen en luisterde naar de kiesgeluiden.

Miss Jones nam na de tweede keer overgaan op, en de wijze waarop ze

zich meldde, was zoals altijd perfect: 'Goedemorgen, met de Explorer's Society in New York. U spreekt met Jessica Jones.'
Stephen noemde zijn eigen naam en zij herinnerde zich direct dat hij zich momenteel in Israël bevond. Ze wilde weten wat ze voor hem kon betekenen.
'Miss Jones, ik wil u vragen een blik in uw kaartsysteem te werpen,' zei Stephen. Dat kaartsysteem was natuurlijk een immense computerdatabank. 'Ik heb iemand nodig die iets van grotduiken weet.'

Ryan had Eliah en Willard weggestuurd. Ze hadden de woning helemaal doorzocht, maar verder niets van belang gevonden. Nu zat hij alleen in de auto tegenover het appartementencomplex. Hij had het dagboek naast zich gelegd en in zijn hand hield hij de notities die hij gemaakt had aan de hand van de vertaling van Eliah.
Hij had het de hele tijd bij het rechte eind gehad met zijn verdenking. Stephen Foxx en zijn vriendin waren vrijdagavond al begonnen de brief te ontcijferen. De eerste avond hadden ze één zinsfragment zichtbaar gemaakt, voordat de enige uv-lamp in het lab de geest gegeven had. De volgende ochtend, op zaterdag dus, had Yehoshuah in een elektriciteitswinkel van een christen, die zich dus niet aan de verplichte sabbat hoefde te houden, een nieuwe lamp gekocht en had op eigen houtje verder gewerkt. Hij had de zin voltooid en een proef met de tweede bladzijde gedaan, die aanvankelijk echter mislukte: in tegenstelling tot het eerste blad wilde de fluorescerende markeringsoplossing niet pakken op de tekst op de tweede bladzijde. Toen was hij op het idee gekomen het papier eerst te behandelen met chemicaliën die het polyethyleen konden oplossen dat mogelijk uit het plastic omhulsel in het papier was gedrongen, en had in elk geval op enkele plaatsen succes geboekt. Vrijwel in de eerste passage die hij leesbaar gemaakt had, werd de bergplaats van de camera beschreven.
Ryan staarde naar het kale, onpersoonlijke blok met huurwoningen. De laagstaande middagzon werd in enkele ruiten weerspiegeld. Had Eliah de waarheid verteld? De Israëliër had hem tijdens het vertalen diverse malen vragend aangekeken, alsof hij verwachtte dat Ryan hem zou uitleggen waar het hier eigenlijk om ging en waarom deze dagboekpassage zo belangrijk was. Natuurlijk had Ryan zijn blikken genegeerd. Hij mocht ervan denken wat hij wilde. Als Eliah een correcte vertaling had geleverd, dan had Yehoshuah de bergplaats van de camera niet in zijn dagboek genoemd. Hij had uitvoerig beschreven hoe ontsteld hij was

geweest toen hij met de vraag had geworsteld of hij mocht toelaten dat Stephen Foxx te weten kwam waar die bergplaats was. De enige, maar toch voldoende duidelijke aanwijzing was een passage waarin hij geschreven had: 'Stephen bereikt altijd alles wat hij wil. Ik zie hem er zelfs voor aan de Klaagmuur te laten openbeitelen.

De naam van de grotduiker was John D. Harding, een op Hawaï geboren Amerikaan van begin veertig. Hij werd over de hele wereld gevraagd als wrak- en grotduiker, duikleraar en adviseur bij moeilijke operaties onder water. Stephen herinnerde zich vaag hem ooit in het clubhuis in New York te hebben gezien, maar dat was tijdens een groot feest geweest. Hij wist alleen nog dat het een reusachtige man was met een asblonde vikingbaard en handen als kolenschoppen. Op dit moment was Harding in Mexico, en Stephen trof hem aan het ontbijt. Op de achtergrond hoorde hij stemmen. Blijkbaar zat hij bij een tamelijk grote groep uitgelaten mensen; op de achtergrond hoorde hij een geraas dat alleen de branding kon zijn. Stephen legde hem zo beknopt mogelijk uit wat hij van plan was.
'Een gang onder water, hè?' bromde de duiker. 'Hoe breed?'
'Circa een meter.'
'Weet je of die ergens ingestort is of nog smaller wordt?'
'Nee, dat weet ik niet.'
Harding maakte een smakkend geluid, alsof hij etensresten tussen zijn tanden uit pulkte. 'Heb je ooit wel eens gedoken? Met perslucht, bedoel ik?'
'Ja,' verklaarde Stephen. 'Eenmaal bij het Great Barrier Reef. Dat was een duikcursus.'
'Hm. Goed dan, opgelet. Als je ergens in gaat, dan lopen vooral je ademautomaatslang en de consoleslang gevaar. Als het enigszins mogelijk is, moet je een compacte uitrusting met omgekeerde flessen en ventielen aan de onderzijde nemen. Let erop dat alle slangverbindingen tegen je vest aan liggen. Je moet ook een volgezichtsmasker hebben en je geen gewoon masker laten aansmeren. Ik neem altijd een Divator, maar andere zijn ook goed.'
Stephen maakte ijverig aantekeningen. Tegelijk kon hij een gevoel van onwerkelijkheid niet van zich afzetten. Zou hij echt morgen in die schacht afdalen om onder de oude stad een halve mijl door een met water gevulde gang te lopen?
'Wisselademhaling lukt dan natuurlijk niet, en een snorkel heb je ook

niet nodig. Maar wel een lijn die lang genoeg is, en liever nog iets langer; minstens zes millimeter kernmanteltouw in een fluorescerende kleur, liever nog tien millimeter kernmanteltouw, zoals bergbeklimmers gebruiken.'
'Bij een lengte van 500 meter heb ik dan een flinke haspel nodig.'
'Dat is duidelijk. Je moet vooral iemand buiten de gang hebben die de lijn enigszins strak houdt, zodat hij jouw signalen registreert. Wat nog meer?' Harding dacht na. 'Detectoren. Bevat de vondst die je zoekt metaal?'
'Ja.' Ook al had een camera een plastic body, er zaten zonder twijfel metalen onderdelen in.
Hij bedacht dat hij een behuizing nodig had om de camera onbeschadigd door het met water gevulde deel van de gang te vervoeren. Hij noteerde de tips van Harding en schreef eronder: 'plastic zak, waterdicht.'
'Er zijn twee soorten detectoren, namelijk VLF-TR-detectoren en pulsinductieapparaten. VLF staat voor *very low frequency* en TR voor *transmitting and receiving.* Ze berusten op het principe dat een laagfrequent veld wordt verstoord als er een metalen voorwerp in komt. Deze verstoring kun je meten, dat is de grap. Belangrijk is hier vooral de rangschikking van de spoelen ten opzichte van elkaar. De ideale spoel heeft de 'twee-D-vorm' en is coplanair gerangschikt. Pulsinductieapparaten werken volgens een ander principe: ze versturen korte gelijkstroompulsen, die korte tijd een sterk magneetveld opbouwen, dat in het gezochte object een wervelstroom opwekt die langer aanhoudt dan de impuls van het apparaat en daardoor meetbaar wordt. Pulsinductieapparaten kunnen enorm ver doordringen, tot vier meter, als het object groot genoeg is, maar ze kunnen in tegenstelling tot VLF-TR-detectoren geen metaal onderscheiden.'
'Het object dat ik zoek is tamelijk klein. Misschien 100 gram metaalmassa, meer niet. Wat zou jij dan aanbevelen?'
Harding lachte weer. 'Waarschijnlijk heb je het niet voor het uitzoeken, maar moet je blij zijn als je een verhuurder van een dergelijk apparaat vindt. In alle landen rond de Middellandse Zee zijn ze ongelooflijk wantrouwig tegenover buitenlanders die bij hen naar schatten willen duiken. Maar als je de keuze hebt, neem dan een apparaat dat van *motion* op slowmotion omgeschakeld kan worden.'
'Staat genoteerd. Ik kan me er alleen helemaal niets bij voorstellen.'
'Slowmotion betekent dat het apparaat alleen metaal kan aanwijzen als je het stilhoudt. Motion betekent dat het apparaat alleen metaal kan

aanwijzen als je het heen en weer beweegt. Om grote gebieden af te zoeken is motion beter, maar later heb je meer behoefte aan slowmotion. Ik heb vaak met de 'Silver Turtle' gewerkt, die wordt veel gebruikt. Het aangename van dat apparaat is dat het als Hipmount kan worden gebruikt.'

'Wat is in vredesnaam een Hipmount?'

Een apparaat voor aan je duikvest. Het is een dikke plexiglas behuizing die je aan je vest kunt dragen.'

'Oké, duidelijk. Wat nog meer? Op mijn eigen lijst heb ik staan: lampen, reservebatterijen, kompas, neopreenpak...'

'Ja, het warmste wat je kunt krijgen.'

'Heb ik vinnen nodig?'

'Ik zou ze meenemen, maar dan aan je vest. Maar probeer eerst of het met een loodgordel en stevige onderwaterschoenen lukt.'

'Je bedoelt dat ik gewoon ga lopen.'

'Nou ja... Zo gemakkelijk moet je het niet opvatten. Ik zou je naam niet graag op de zwarte wand terugzien.' Op de zwarte wand werden in het clubhuis plaquettes met de namen van leden bevestigd die bij expedities om het leven waren gekomen. 'Wie gaat er eigenlijk met je mee?'

'Het liefst had ik dat jij meteen hierheen vloog,' gaf Stephen toe.

Harding lachte zacht. 'Nee, dat lukt niet. Ik ben tot volgend jaar volgeboekt. Ik wil je overigens ook niet in paniek brengen; als het werkelijk een gang is die door mensen is gemaakt, is het risico gering. Als je me had verteld dat je als onervaren duiker meteen een wrak wilde binnengaan, dan zou ik je verhalen kunnen vertellen waarvan de rillingen over je rug lopen.'

Stephen keek eerst Yehoshuah en toen Judith aan. Ze volgden het telefoontje met steeds minder belangstelling, omdat ze er nauwelijks iets van verstonden. Had een van hen wel eens gedoken? 'Wacht eens.' Er schoot Harding iets te binnen. Stephen hoorde geruis op de achtergrond en flarden van een gesprek. Een poosje was alleen de zee te horen, waarna Harding zich weer meldde. 'Ik heb net mijn notitieboek gepakt. Momentje... Ik kan je de nummers van drie duikers geven die in Israël wonen en die ik goed ken. Goeie jongens. De een woont in Haifa, de twee anderen in Eilat. Heb je een pen bij de hand?'

'Ja.' Stephen noteerde de telefoonnummers. De een was duikleraar in Eilat, de ander verhuurde zelfs duikuitrustingen. Eilat lag in het uiterste zuiden van Israël en was de enige Israëlische stad aan de Rode Zee. Er kwamen daar veel toeristen om te duiken.

'Goed, ik moet langzamerhand gaan,' zei Harding ten slotte. 'Ik hoop dat ik je een beetje heb kunnen helpen. Als je nog iets wilt weten, kun je me altijd bellen. 's Ochtends om deze tijd ben ik bereikbaar en dan 's avonds weer, vanaf ongeveer zeven uur plaatselijke tijd. Geen idee hoe laat het dan bij jou is...'
'Tamelijk laat.'
'Goed, zoals gezegd, altijd. En veel succes.'

Eisenhardt zat weer eens met de twee opgravingsleiders en de Canadese historicus in de vergaderruimte en constateerde dat de eindeloze debatten hem zo langzamerhand op de zenuwen begonnen te werken. Hij nam ook niet deel aan de discussie en begreep niet eens waar het over ging, maar zat erover te peinzen wat hij van het gesprek van vandaag met Stephen Foxx in de Amerikaanse bibliotheek moest denken. Wat hadden ze eigenlijk afgesproken? En wist Foxx echt iets of had hij alleen maar gedaan alsof?
En zoals zo vaak ging op zeker moment de deur open en kwam John Kaun binnen, zoals altijd gekleed alsof ze zich in een conferentiezaal in Manhattan bevonden en niet in een kamp midden in de woestenij, en natuurlijk had hij die onvermijdelijke Ryan, die er als een menselijke haai uitzag, weer in zijn kielzog. Met enkele dicht beschreven notitieblaadjes in zijn hand liep Kaun naar de tafel en keek hen een voor een aan. Nu was ook Eisenhardt er weer met zijn gedachten bij. Opeens begon de lucht te zinderen. Kaun gloeide letterlijk van de moeizaam in toom gehouden energie; zijn ogen fonkelden zelfverzekerd. Er was iets gebeurd.

Geen van de drie duikers was te bereiken. Stephen keek naar het telefoontje in zijn hand alsof dat de schuld daarvan was.
'Kom,' zei Yehoshuah. 'Laten we wat gaan eten, dan probeer je het straks nog eens.'
Stephen keek hem aan en voelde zich opeens onvoorstelbaar moe. Hij wilde hier op bed blijven zitten en zich de rest van zijn leven niet meer bewegen. 'Gaan jullie gerust,' zei hij zwakjes. 'Ik heb geen honger en moet nog een paar gesprekken met mijn bank voeren. Het zal niet goedkoop worden, die wandeling door de natte ondergrond van een woestijnhoofdstad.'
Judith wilde niet zonder hem vertrekken. Wat haar betreft konden ze nog even wachten en dan samen weggaan. Yehoshuah zei mokkend dat hij echt tamelijk veel honger had.

'Ga nou maar,' hield Stephen vol. 'Ik geloof dat ik een tijdje in mijn eentje moet nadenken.'
En dus vertrokken de twee uiteindelijk, ook al bleef Judith protesteren.
'Mocht je je nog bedenken,' zei Yehoshuah, 'we zitten in het tentje hiertegenover, goed?'
'Eet smakelijk.'
De kamerdeur werd dichtgetrokken en hun voetstappen stierven weg. Stephen zat nog altijd op de lelijke paarsgroene sprei naar de papieren om zich heen te staren en had het gevoel dat hij steeds zwaarder werd. Hij kreeg de neiging alle kaarten, kopieën en notitieblokken met een grote zwaai van het bed te vegen om ze niet meer te hoeven zien, maar die impuls zakte weg in de allesomvattende loomheid die zich van hem meester maakte, zoals de schemering die over de stad neerdaalde.
De bank. Deze gedachte deed hem weer opschrikken. Hij moest weer aan geld zien te komen, niet alleen voor de duikuitrusting, maar ook om heel banaal de hotelrekening en het eten in het restaurant te kunnen betalen. Hij pakte zijn gsm weer op en bladerde door de opgeslagen telefoonnummers, totdat hij het nummer van Hugh Cunningham had gevonden.
Hugh was zijn contactpersoon bij zijn huisbank, een rijzige huisvader met opvallend veel rode adertjes in zijn gezicht, die graag aan bowling deed en stapelgek was op zijn beide dochters. Hij had al vroeg plezier gehad in Stephen Foxx en diens voor zijn leeftijd ongebruikelijke zakelijke activiteiten, en samen hadden ze vaak deals gesloten die tot aan de grens gingen van wat de interne voorschriften van de bank toestonden, en regelmatig er zelfs net overheen. Tot nu toe was alles steeds goed gegaan. Hugh wist dat hij Stephen Foxx kon vertrouwen en omgekeerd gold dat ook voor Stephen. Als hij hem aan de telefoon kreeg, zou hij hem helpen, dat stond vast. Maar als hij pech had, dan was Hugh net vier weken met zijn gezin op vakantie.
De telefoon ging verdacht lang over. Stephen zuchtte. Alsjeblieft, geen vakantie. Dat kon hij hem niet aandoen.
Eindelijk nam iemand op. Een vrouwenstem, die tamelijk bedremmeld klonk, noemde de naam van de bank. Stephen noemde zijn naam en vroeg naar Hugh Cunningham. Misschien was die net naar het toilet.
'O, mister Foxx,' zei de vrouw, die hem herkende. Nu herkende hij ook haar stem; het was miss Garrity, de nuffige collega van Hugh, met wie ze een moeizame relatie hadden omdat ze zo aan principes hechtte. Ze leek vandaag niet op haar best te zijn. 'Ik ben bang dat u Hugh vandaag niet kunt spreken...'

Ook dat nog. 'Vandaag niet?' herhaalde Stephen. 'Wat betekent dat? Wanneer komt hij weer?'
'Ach,' zei ze, en toen nog eens: 'Ach.'
'Miss Garrity, het is werkelijk ontzettend belangrijk dat ik met Hugh spreek. Kunt u me alstublieft...'
'Stephen,' verzuchtte ze, wat Stephen heel opmerkelijk vond omdat ze hem nog nooit bij zijn voornaam had genoemd, 'ik mag het eigenlijk niet vertellen, maar omdat u en Hugh zo nauw met elkaar... welnu, ik ben bang dat u... Hugh heeft vanochtend een ongeluk gehad.'
'Een ongeluk?' herhaalde Stephen wezenloos.
'Ja,' zei ze, iets wegslikkend. 'We hebben het daarnet gehoord. Hij was meteen... Die arme kinderen! Ik moet steeds weer aan zijn kinderen denken.'
Stephen staarde naar het patroon op het tapijt, naar de groene, paarse, gele en witte vlakken. Het patroon leek te veranderen, leek een gezicht te worden, vervolgens een landkaart en dan weer een gezicht. 'Dus Hugh is dood?'
'Een tankwagen, stelt u zich voor! Zo afschuwelijk. We zijn allemaal volkomen van streek. Hij rijdt gewoon zoals elke ochtend naar zijn werk en dan... Ik weet niet eens of zijn vrouw al geïnformeerd is. Is het niet vreselijk?'
Ze praatte nog verder, maar haar woorden gingen verloren in een zinloos gebrabbel, dat nu eens harder en dan weer zachter klonk. Hugh Cunningham dood? Vanochtend? Daarnet dus? Stephen werd opeens misselijk. Zonder Hugh was zijn eerste grote project nooit totstandgekomen. Hugh Cunningham had samen met hem het rapport voor de bank opgesteld waarin zijn bedrijfje zo gunstig mogelijk werd voorgesteld, zonder direct te liegen, en op basis daarvan had zijn opdrachtgever het risico aangedurfd. En nu was hij door een tankwagen overreden. Zomaar opeens. Stephen hoorde zichzelf iets tegen de stem in de telefoon zeggen, slaagde erin haar te bedanken en afscheid te nemen en liet de gsm op het bed zakken, alsof die op dat moment loodzwaar werd.
Het beeld dat hij altijd van zichzelf had gehad, was gewoon niet waar. Dat het hem allemaal was gelukt omdat hij zo ongelooflijk slim en ambitieus was, en dat hij het helemaal alleen had gedaan. Hij had geluk gehad, veel geluk. Zonder geluk kom je nergens, en ook niet zonder de steun en hulp van anderen, en om de juiste mensen te treffen, had je alweer geluk nodig. Hugh Cunningham was zo iemand geweest, en dat hij hem had ontmoet, was alleen te danken geweest aan het feit dat zijn

achternaam met een F begon. Als zijn achternaam met een letter was begonnen die in het alfabet na de K kwam, dan was miss Garrity aan hem toegewezen, en bij haar was hij met zijn bijzondere wensen tegen een betonnen muur gelopen.

Allerlei beelden verschenen voor zijn geestesoog. Bob Daniels, de leider van het rekencentrum in Madison, die hem toestemming had gegeven de computers te gebruiken om de programma's uit India te compileren en op banden over te zetten die hij dan kant-en-klaar naar zijn klanten kon brengen, zodat het leek alsof hij over een grote ploeg professionele programmeurs beschikte. En dan zijn Indiase partners, die hij alleen van foto's kende. Eerst en vooral Amal Rangarajan, die de kernfuncties van het systeem had geschreven en hem meer dan eens op denkfouten opmerkzaam had gemaakt waardoor het hele project had kunnen mislukken. Jarnail Singh, die in een recordtijd analyseprogramma's had geschreven die later noodzakelijk bleken te zijn en daarbij altijd nog tijd had gehad voor grapjes. Zoveel mensen die hij dankbaar moest zijn.

Hughs oudste dochter Beth was veertien toen Stephen bij de Cunninghams op bezoek was geweest. Ze hadden waterkerssoep gegeten en daarna gemarineerde lamsbout met aardappelknoedels met te gare groente en een verschrikkelijk vruchtentoetje, en de hele tijd had Beth hem gefascineerd aangestaard, omdat hij, zoals Hugh hem later eens had verteld, even oud was als Grant, een jongen uit een hogere klas waar ze verkikkerd op was. Maar Stephen had een echt kostuum met een stropdas gedragen en er heel volwassen uitgezien. Kort daarna was haar liefde voor Grant bekoeld, wat Hugh hem met zichtbare opluchting eveneens had verteld. Die opluchting bleek begrijpelijk toen Grant enkele jaren later wegens drugshandel werd gearresteerd.

Hij weigerde eigenlijk gewoon te geloven dat Hugh Cunningham dood was. Wie moest nu zijn contactpersoon worden? Miss Garrity hoogstwaarschijnlijk. Die zou zijn kredietlimiet natuurlijk ook verhogen, maar pas nadat hij de noodzakelijke handtekeningen op de noodzakelijke formulieren had gezet en natuurlijk pas met ingang van de volgende maand. In elk geval niet op grond van een telefoontje en niet met onmiddellijke ingang. Hij zou ook geld moeten laten overmaken, en dat zou tamelijk lang duren, omdat de banken het nog altijd als een enorme prestatie beschouwden geld naar een andere plek op aarde over te maken. Als het om handelaars in derivaten en deviezen ging, konden ze in een fractie van een seconde miljoenen overschrijven, maar als het

om de geldzaken van hun klanten ging, dan wekten ze de indruk nog met koeriers te paard te werken. Hij kon proberen met zijn American-Expresskaart aan contant geld te komen, maar dat zou net genoeg zijn voor de kosten van levensonderhoud. De duikuitrusting zou behoorlijk duur worden, daarover maakte hij zich geen illusies.
Zo vlak voor zijn einddoel kreeg hij ineens met sterke tegenwind te maken. Hij probeerde zich voor te stellen hoe hij de duikuitrusting aantrok, probeerde te voelen hoe het neopreen strak om zijn lichaam sloot, hoe zwaar de persluchtflessen voelden, hoe het duikmasker op zijn gezicht drukte, hoe koud het water was als je erin dook, hoe metaalachtig de lucht van de automaat proefde. Dit had hem altijd geholpen als het moeilijk werd zijn doel te bereiken; hij probeerde zich dit dan zo levendig mogelijk voor te stellen, alsof hij het reeds bereikt had. Daarom liep hij nu in gedachten door de nauwe gang van een halve mijl, die nauwelijks breder was dan zijn schouders en alleen door het licht van zijn zaklantaarn verlicht werd, maar het beeld werd al snel wazig en de bijbehorende gevoelens lieten zich niet oproepen. Hoe meer hij zijn best deed, des te sneller ontglipte het beeld hem.
Hij moest de lichte paniek die in hem oprees zien te bedwingen. Waarschijnlijk was hij gewoon van streek door het bericht van Hughs dood, zei hij tegen zichzelf. Het had niets te betekenen. Hij hoefde zich alleen maar te ontspannen en alles even laten betijen, dan zou het wel weer gaan. Hij zou een manier vinden. Hij vond altijd een manier, althans tot nu toe was dat altijd gelukt.
Op zeker moment draaiden zijn gedachten niet langer in kringetjes rond. Hij bleef zonder iets te zien voor zich uit zitten kijken, terwijl de tijd verstreek. Hij hoorde de stad; de auto's die voorbij reden, mensen die in een onmogelijke taal met elkaar spraken, een transistorradio waaruit zwoele Arabische muziek klonk. Door de leidingen in de muur stroomde duidelijk hoorbaar water. Gepiep van bedden. Het rook naar uitlaatgassen, naar gebraden schapenvlees en naar afval, dat in overvolle tonnen lag te rotten. De klok tikte door.
Het was eigenaardig. Het leek wel alsof hij de afgelopen dagen door een orkaan was getrokken en zich opeens in het windstille oog in het midden bevond. Hij voelde zich kalm en bedaard, alle onrust was verdwenen. Hij wist niet meer hoe laat het was of hoe lang hij al op het bed zat of dat de tijd nog wel voortschreed.
In deze stilte hoorde hij opeens een zacht stemmetje in zijn binnenste dat er eigenlijk de hele tijd al was geweest, maar in alle drukte en opwin-

ding onverstaanbaar was gebleven. Een stem die hem simpelweg de vraag stelde die de hele tijd al gesteld had moeten worden.

Voetstappen in de gang. De deur van de kamer ernaast ging open, daarna kwam Yehoshuah binnen, in zijn eentje. Hij rook naar sigaretten en eten en was in een goede bui.
'Wat zit jij hier nou in het donker?' zei hij, terwijl hij het licht aanknipte. 'Je hebt iets gemist,' zei hij luid, terwijl hij de luiken dichttrok. 'Het eten was niet alleen goed, maar het was ook heel veel; de uitbater heeft een rondje gegeven en twee mannen speelden muziek, de een op de piano, de ander op de contrabas, echt te gekke jazz!'
Stephen keek hem aan alsof hij van een andere planeet kwam.
'Yehoshuah,' zei hij bedachtzaam, 'wat was dat voor een sekte die die gang heeft gegraven? En vooral: waarom?'

31

Herodes liet het gebied van de Tempelberg door steunmuren vergroten, zodat een uitgestrekt terras ontstond. Daarop werd de tempel gebouwd, waarbij de voorportalen terrasvormig boven elkaar lagen. Rondom de Tempelberg stonden prachtige marmeren zuilengalerijen, en in het westen verbonden twee bruggen de tempel met de stad. Voor de eigenlijke tempel lag de binnenhof, de 'Hof van Israël', met een altaar van 32x32 el, een bassin voor rituele wassingen en een slachthuis voor offerdieren. In het westen sloot het voorportaal van de vrouwen hierop aan; vier hoekruimten stonden ten dienste van de Nazireeërs, de leprozen en de opslag van hout en olie.

Avraham Stern,
Encyclopedie van de bijbelse archeologie

De stapel fotokopieën uit het wetenschappelijk werk van hun vader lag tussen hen in op het tafelkleed dat de wankele ontbijttafel tegen gemorste koffie moest beschermen. Judith keek naar de papieren alsof het om de obsceenste afbeeldingen ging die ze ooit had gezien.
'Jullie kunnen wel gaan,' zei ze afwerend. 'Wat mij betreft.'
Daar zou het uiteindelijk ook op uitlopen, dacht Stephen. Ze hadden alle documenten nog eens bekeken – althans, dat had Yehoshuah gedaan omdat ze allemaal in het Hebreeuws waren – maar er was niet duidelijk uit geworden wie de gang onder de Tempelberg had gegraven en waarvoor die oorspronkelijk had gediend. Hoewel hij op tal van begrippen was gestuit waarmee hij niets kon beginnen, geloofde Yehoshuah dat zijn vader er in deze verhandeling helemaal niet op inging. En hoewel de gang jarenlang een belangrijk thema in het gezin Menez was geweest, herinnerde Yehoshuah noch Judith zich of hun vader de vermoedelijke initiatiefnemer ooit had genoemd. Met andere woorden: ze moesten naar hem toe om het aan hem te vragen. 'Ik begrijp niet waarom dat zo belangrijk is,' zei Judith grimmig. 'Die gang bestaat nu eenmaal, we weten waar hij begint en waar hij eindigt, en toevallig eindigt hij op de plek waar Stephen heen wil. Waarom maken we er dan niet gewoon gebruik van en vragen later nog eens wie we daarvoor moeten bedanken?'
'Het duurt niet lang,' zei Stephen. 'Twee uur, dan zijn we weer terug. Met het geldprobleem zullen we veel meer tijd kwijt zijn.'

'Dat is geen antwoord.'
'Goed. Het antwoord is: ik heb het gevoel dat het belangrijk is.'
'Je hebt het gevoel,' herhaalde Judith spottend. 'Tja, dat noem ik nou een goede reden.'
Stephen zette een ondoorgrondelijk gezicht op en besloot niet te reageren op haar cynische opmerking. Als ze hem niet mocht, dan was dat tenslotte haar zaak. 'Ja,' antwoordde hij luchtigjes, 'zo is het nu eenmaal. Bij alles wat mensen doen of laten, gaat het min of meer om gevoelens.'
'Dat is bij jou toch ook zo,' hield Yehoshuah zijn zus voor. 'Maar jij vindt het in werkelijkheid onnodig omdat je de levenswijze van pa niet wilt accepteren.'
Judith zette haar koffiekop zo hard neer dat een grote golf donkerbruine vloeistof uit de kop op het vlekkerige tafelkleed terechtkwam. Stephen pakte snel de papieren op en legde die op de vierde, lege stoel.
'Ja,' zei Judith grimmig, 'precies. Ik accepteer het niet, die levenswijze. Ik accepteer het niet als een man zijn vrouw na dertig jaar huwelijk gewoon in de steek laat en dat ook nog als vroom gedrag beschouwt. Dat zal ik nooit accepteren.'
'Misschien zie je dat te simpel,' antwoordde Yehoshuah. 'Misschien zat er van alles niet goed in het huwelijk van onze ouders, en misschien heeft hij vanwege ons gewacht met zijn stap, die hij al veel eerder had moeten zetten. Denk nog eens aan de tijd dat je zeven of acht jaar oud was, hoe vaak ze toen...'
'En waarom vindt hij het dan niet goed dat ze gaan scheiden? Als hij haar toch in de steek laat, dan kan hij haar tenminste toch de kans geven een nieuw leven te beginnen. Dat heeft hij tenslotte ook gedaan.'
'De traditie gebiedt...'
'O ja, de traditie! Natuurlijk, daar hebben we de traditie weer. De heilige traditie. Wat dat betreft zijn jij en je vader hetzelfde. Jullie bidden niet tot God, maar aanbidden de traditie. Ik zal je eens wat vertellen: jouw traditie komt me tot hier! Die houdt niets anders in dan dat jullie slaven worden van mensen die al duizenden jaren dood zijn!'
'Traditie is dat wat ons volk al duizenden jaren bij elkaar houdt.'
'O ja? Ik huiver gewoon van ontzag. En welke prijs betalen wij daarvoor? Jij, ik en iedereen in dit land? Die eeuwige traditie rust als een vloek op ons, dwingt ons tot voortdurende herinnering, zoveel herinnering dat we ons eigen leven daardoor helemaal vergeten. Zo is het toch? Hoe lang is de exodus al geleden? Drieduizend jaar? Die voorvaderen van ons

moeten inderdaad verdomd bijdehand geweest zijn dat ze veertig jaar door de woestijn hebben gezworven, op zoek naar het beloofde land. Ze wisten zich te redden door hutten van palmbladeren te maken en als het nodig was, aten ze ongezuurd brood, en dat was in die tijd waarschijnlijk best zinnig. Maar sindsdien? Sindsdien moeten we met Sukkot loofhutten bouwen en met Pasen ongezuurd brood eten, drieduizend jaar later, jaar na jaar, tot aan het einde der tijden. Waarom moeten we altijd nog met mensen meelijden wier botten allang zijn vergaan? Is ons leven soms minder waard? Bij mijn eerste auto was het slot van de bagageruimte kapot, en ik heb die de hele tijd met een elastiek dicht weten te houden. Maar dat betekent nog niet dat iedereen vanaf dit moment de kofferruimte van zijn eerste auto met een stuk elastiek moet dichthouden! En dat is precies wat onze heilige traditie met ons doet: iemand heeft in de allervroegste tijden eens iets gedaan en hij bleef daarbij vrij, maar hij heeft iedereen die na hem kwam, tot slaaf gemaakt.'
Yehoshuah keek ongemakkelijk om zich heen. Het was niet al te druk in de ontbijtruimte; de tafels naast hen waren leeg, maar langzamerhand trokken ze toch de aandacht doordat ze steeds harder waren gaan praten. Zijn onderkaak bewoog nerveus heen en weer. 'Waarom moet je altijd zo vreselijk overdrijven? Zo onbehouwen, zo... zonder gevoel voor proportie?'
Judith capituleerde zuchtend en liet zich tegen haar stoelleuning aan zakken. Ze staarde met haar hoofd omlaag naar de tafel, alsof alle antwoorden in het verbleekte patroon van het tafelkleed te vinden waren. 'Gaan jullie nu eindelijk eens. Laat mij maar hier blijven en over mijn eigen sores jammeren.'
'Ja, dat zullen we zeker doen.' Yehoshuah stond woedend op. Stephen stond ook op. Hij voelde zich er bezwaard over dat hij deze ruzie had uitgelokt.
'Stephen?' vroeg Judith, terwijl ze hem een blik toewierp waarin een zweem van leedvermaak zichtbaar leek. 'Jij wilde toch altijd weten hoe het is om een tijdreis te maken? Let dan maar goed op.'

'In het officiële spraakgebruik,' doceerde Shimon Bar-Lev, 'heet de muur niet langer de Klaagmuur, want de tijd van klagen is voorbij. Het is nu de Westmuur.
'Goed, de Westmuur wat mij betreft.' John Kaun haalde zijn schouders op. 'Dat verandert niets aan het probleem.'

'Hebben we een probleem dan?' vervolgde Bar-Lev. 'U fabriceert hier aan één stuk door de fantasievolste hypothesen, en telkens blijkt aan het eind dat u meent zich aan een joods heiligdom te moeten vergrijpen. Ik vind de conclusies die u uit het dagboek trekt, niet steekhoudend, met permissie.'

'Geachte collega,' klonk de welluidende bas van professor Goutière, 'staat u mij toe dat ik u tegenspreek. Ik meen dat de Westmuur als bergplaats voor de tijdcapsule niet alleen geschikt is, maar zelfs zo vanzelfsprekend is, dat we ons moeten schamen dat we er al niet veel eerder op gekomen zijn. Vooral nu we te weten zijn gekomen dat het geen geplande actie was, maar een wonderlijke speling van het lot, die de onbekende tijdreiziger naar het verleden heeft gebracht. Denkt u zich zijn situatie eens in: hij heeft zijn videocamera nog en is van plan Jezus te filmen. Natuurlijk vraagt hij zich af hoe hij de opnamen voor de toekomst kan bewaren. We weten dat hij een rondreis door diverse historische plaatsen in Israël heeft ondernomen. Is het dan niet heel waarschijnlijk dat hij ook allang in Jeruzalem is geweest voordat hij een tweederangs bezienswaardigheid als de necropolis van Bet Shearim opzocht? Maar dan heeft hij zonder twijfel ook daar opnamen gemaakt. Met andere woorden, hij kan op het beeldscherm van zijn camera precies zien hoe de Westmuur er ooit uit zal zien. Hij kan de juiste steen precies uitzoeken, als het ware.'

'En dan?' wierp Bar-Lev in het midden. 'Hoe heeft hij de camera in de steen weten te krijgen?'

'Door zich tussen de bouwvakkers te begeven.'

'Dat heeft hij op zijn vroegst na de kruisiging van Jezus kunnen doen, dus in het jaar 30. Op dat moment was de tempel allang klaar. De tempel zelf en de fundamenten waren al klaar toen koning Herodes stierf, en dat was in het jaar 4 voor onze tijdrekening.

'Josephus ben Mattityahu bericht dat het werk aan de tempel doorging tot vlak voor het uitbreken van de opstand tegen de Romeinen in het jaar 66. We moeten ervan uitgaan dat er voortdurend verbouwingen en uitbreidingen plaatsvonden.'

'Maar dan had hij nog altijd het probleem gehad dat hij bij de massieve steenblokken moest zien te komen, die toentertijd op een hoogte van 20 meter lagen.' De plaatsvervangend opgravingsleider keek rond, en zijn blik bleef het langst bij Kaun hangen. 'Niet waar? Het deel van de Westmuur dat nu vrij toegankelijk is, is het bovenste stuk; ongeveer 20 meter ligt nog in de aarde verborgen.'

'Dat zou ervoor pleiten dat hij de camera in een van de bovenste blokken heeft verstopt,' concludeerde Kaun koeltjes. 'Die waren van bovenaf toegankelijk.'
Bar-Lev hief zijn hoofd op. 'En? Wat wilt u nu doen? De Westmuur is een heiligdom, dat bovendien zwaar bewaakt wordt. Zelfs als u precies wist in welke steen de camera verborgen is, dan kon u die er nog niet uithalen.'

'Hoe bedoelde ze dat nou?' vroeg Stephen, terwijl hij volgens de aanwijzingen van Yehoshuah door de stad reed.
'Mijn vader woont in Mea Shearim,' zei Yehoshuah. Het klonk alsof hij dat niet prettig vond. 'Dat is de wijk van de streng orthodoxe joden.'
Ze reden over een van de uitvalswegen naar het noordwesten, totdat Yehoshuah hem opdroeg een parkeerplaats te zoeken. Ze liepen nog een stukje over de hoofdverkeersweg en sloegen uiteindelijk een smal zijstraatje in.
Stephen kon zijn ogen niet geloven. Als hij niet had geweten dat hij in Jeruzalem was, midden in de joodse staat, had hij gedacht in een getto terecht te zijn gekomen, waarin een tirannieke staat een gehate minderheid onder mensonwaardige omstandigheden had opgesloten. Ze liepen door smalle, kronkelige stegen waar een bedwelmende geur van gestoofde kool hing. Het was er vol mensen, in het zwart geklede mannen met golvende baarden en vrouwen die ondanks de hitte die er te verwachten was, geheel in sjofele kleding gehuld waren, alsof er een Poolse winter voor de deur stond. Zo moesten de Oost-Europese getto's er in de negentiende eeuw hebben uitgezien, maar dit was geen openluchtmuseum waar de periode van onderdrukking nagespeeld werd; dit was angstwekkend echt.
Steeds weer passeerden ze grote, verroeste borden waarop in het Engels en het Hebreeuws waarschuwingen vermeld stonden zoals 'Joodse dochters! De thora verplicht jullie tot zedige kleding' of 'Wij tolereren geen zedeloos geklede voorbijgangers'. Ze werden met wantrouwende, afwijzende blikken bekeken.
Yehoshuah leidde hem door een deprimerend labyrint van duistere huizen met smalle toegangen en benauwde binnenplaatsen. Sommige stegen waren overdekt met door roest aangevreten golfplaat dat elk moment omlaag zou kunnen storten en iemand vermorzelen. De ijzeren luiken voor veel vensters en deuren zagen er door de oude, afbladderende verflagen troosteloos uit.

Stephen zag talloze kinderen. Schuw en zwijgend hingen ze in drommen aan de rokken van hun moeders als de twee vreemdelingen hen passeerden, en ze keken hen aan met ogen waaruit een peilloze melancholie sprak. Hun moeders, die vaak al zwanger waren van het volgende broertje of zusje, sleepten zich met een sombere gezichtsuitdrukking voort met hun inkopen of met de was, die ze ophingen aan lijnen die dwars over de straat waren gespannen. De grotere jongens waren gekleed in korte zwarte broeken en lange kniekousen. Ze hingen met bleke gezichten rond in de straten en zagen er nu al uit als uitgebluste oude mannen. Uit duistere ramen drong hier en daar lawaai van kinderen door. Yehoshuah vertelde zachtjes dat dat de thorascholen waren, en inderdaad bleek het niet te gaan om de stemmen van spelende kinderen, maar om kinderstemmen die in koor uit de heilige geschriften voorlazen.
De oude mannen, die gebukt voortschuifelden, sommige met een net met twee sinaasappels of met een brood in de hand, hadden woeste grijze baarden en waren gekleed in dikke zwarte jassen. Ze verspreidden een onbeschrijflijke lichaamsgeur: het gebod om zedige kleding te dragen, scheen zich niet tot het regelmatig wassen van die zedige kleding uit te strekken. Maar Stephen schrok pas echt van de jonge mannen die ze tegenkwamen en die soms een ronduit meedogenloze uitstraling hadden. Eerst meende hij dat dat door hun bizarre kleding kwam, de lange zwarte kaftans en brede hoeden, waaronder lange pijpenkrullen hingen. Maar velen droegen een gewoon zwart pak met een trui eronder, hadden een hoed op hun hoofd en lieten een woeste baard groeien, maar achter hun dikke brillenglazen fonkelden hun ogen al even onverbiddelijk. Degenen die zich nog niet achter een bijbelse baard konden verstoppen, hadden een verzuurde, sombere blik, en het bloed onder hun waskleurige huid leek langzamer te stromen en kouder te zijn dan natuurlijk was. Iedereen die hier op straat liep, leek vastbesloten zich als een karikatuur van zichzelf voor te doen, en ze leken ook nog eens hun best te doen hun omgeving zo vorm te geven dat niemand hun ooit zou kunnen verwijten dat ze plezier hadden in het leven.
'Weet je zeker dat je vader thuis is?' vroeg Stephen, die onwillekeurig op gedempte toon was gaan praten.
Yehoshuah knikte. 'Die gaat nooit ergens naartoe.'
Ze kwamen op een relatief leeg pleintje, dat oorspronkelijk met witte stenen was geplaveid, maar dat ondertussen met smakeloos beton was verbeterd. Boven het plein waren eindeloze waslijnen gespannen, en

de aanblik van een rij gebloemde onderbroeken, zonder twijfel van vrouwen, kwam Stephen in de puriteinse atmosfeer waar Mea Shearim van doordesemd was, behoorlijk frivool voor.
Enkele huizen hadden provisorisch ogende houten aanbouwsels die er kennelijk al een hele tijd stonden, wat de indruk nog versterkte dat dit niets anders dan een sloppenwijk was. Het rook nog altijd sterk naar kool en azijn en aangebrande melk en honderd andere dingen die Stephen niet precies kon identificeren. Hij liep achter Yehoshuah aan, die doelgericht op een trap af liep die tussen twee houten uitbouwen naar een galerij voerde die over de hele breedte van het plein diverse smalle, bouwvallige huizen met elkaar verbond en de bovenverdiepingen ervan toegankelijk maakte. Alle twintigste-eeuwse verworvenheden waren later aan de bouwsels toegevoegd: waterleidingen, stroomkabels en rioolpijpen liepen allemaal langs de buitenmuren en zelfs om vensterbogen of deurlijsten heen.
Ze kwamen in een donkere gang. Yehoshuah klopte op een smalle, nauwelijks herkenbare deur. Binnenin was een stem te horen. Hij drukte op de deurklink en duwde de deur open, wat hem met enige moeite en onder veel gepiep lukte.
In deze ruimte was het eveneens donker, afgezien van een schemerlamp op een tafel die ternauwernood een boek en de hand die het boek openhield verlichtte. Verder waren er alleen vage omtrekken te zien: een bed en een kast, verder niets. Het enige venster was zo hoog dat je er niet bij kon. Het was nauwelijks groter dan een handdoek en er zaten tralies voor.
Yehoshuah zei iets in het Hebreeuws.
Een norse stem blafte in het Engels terug. ‘Hoe vaak moet ik je nog zeggen dat ik die taal alleen nog tijdens de eredienst spreek? Spreek Engels met me of leer joods!’

Eisenhardt keek aandachtig naar Kaun. Die zat met zijn armen over elkaar en leek de rust zelve. Hij deed alsof hij de discussie volgde die professor Goutière en Shimon Bar-Lev met elkaar voerden. Maar de vingers van de mediamagnaat trommelden onrustig op de ellebogen van de andere arm en zijn ogen staarden nadenkend in de verte.
‘Waar zijn de documenten van Richards en Martinez eigenlijk gebleven?’ vroeg Kaun opeens.
Iedereen keek hem aan. Niemand begreep de vraag.
‘De sonartomografen,’ hielp de miljonair hen. ‘Het onderzoek van de Tempelberg.’
Professor Wilford-Smith schraapte zijn keel. ‘Als ik het me goed herin-

ner, ligt de map bij de andere spullen in de keuken.' Kaun gaf Ryan een korte wenk. Die stapte gehoorzaam het keukentje in dat naast de vergaderkamer lag en keerde meteen terug met een dikke map, die hij voor Kaun op tafel legde.

Het debat was voorlopig de kop ingedrukt. Iedereen keek nieuwsgierig toe hoe Kaun door de papieren in de map bladerde. Ten slotte hield hij een overheadsheet tegen het licht, zei 'Ha!' knipte de projector aan en legde de sheet daarop.

'Misschien hadden we doctor Richards toch moeten laten uitpraten,' zei hij, alsof het een gemeenschappelijk besluit was geweest de voordracht van de wetenschapper af te kappen. 'Hier... wat is dat? Dat is toch een gang die direct achter de Klaagmuur langs loopt, niet?'

'Achter de Westmuur,' corrigeerde Bar-Lev automatisch.

'Voor mijn part. Maar het is een gang.'

'Hm.' De Israëlische archeoloog boog zich over de tekening heen die op het glas van de overheadprojector lag. 'Maar dat klopt niet. Er loopt weliswaar een gang achter de westelijke Tempelmuur, maar die voert vanuit de Wilson-boog naar het noorden, niet achter het geheiligde gedeelte.'

'Deze tekening is gebaseerd op sonartomografische metingen,' antwoordde Kaun. 'Dat betekent dat deze gang zonder enige twijfel bestaat. Uit wat u zegt moeten we opmaken dat die tot nu toe gewoon nog niet ontdekt is.'

Bar-Lev wreef over zijn kin. Professor Wilford-Smith kwam naast hem staan en begon eveneens de tekening op de sheet te bestuderen, alsof het niet genoeg was dat die op de wand werd geprojecteerd. Getweeën identificeerden ze de lijnen en zwartgemaakte vlakken door elkaar namen als 'Bab es-Silsileh', 'de stallen van Salomo' of 'cisterne 36' toe te fluisteren.

'Het is inderdaad mogelijk,' meende professor Wilford-Smith ten slotte, 'dat het om een tot nu toe niet-ontdekte gang of schacht gaat.'

'Aha,' riep Kaun triomfantelijk. 'Corrigeert u mij als ik me vergis, maar zou deze gang niet twee vragen tegelijk kunnen beantwoorden? Ten eerste de vraag hoe de tijdreiziger de camera naar de bergplaats heeft gebracht,' – hij keek rond, alsof hij bijval verwachtte – 'en ten tweede de vraag waar de camera tegenwoordig ligt.'

Bij gebrek aan andere zitmogelijkheden gingen ze op het bed zitten. De stoel waarop Yehoshuahs vader zat, was de enige in de kamer. Het was best mogelijk dat die zelfs comfortabeler was dan het harde bed en het hobbelige matras vol knobbels.

Langzamerhand raakten hun ogen aan het schemerlicht gewend. Stephen probeerde zich een beeld te vormen van het uiterlijk van de man, die daar achter de tafel met de lamp en het boek zat en zich nog altijd niet had verroerd. Hij zag een grote, kromme gestalte met een volle baard die een bijbelse profeet zeker niet had misstaan. De man hield nog altijd het boek opengeslagen, terwijl hij zonder enig commentaar naar het betoog van Yehoshuah luisterde. Schuin achter de oude man ontdekte Stephen een lage plank met daarop een kast waarop een waskom en een karaf water stonden. Op het nachtkastje, waar Stephen naast zat, lag een brokkelig stuk brood. Verder was het kamertje leeg en kaal, nog leger dan een gevangeniscel. Geen tapijt, geen foto aan de muur, geen persoonlijke voorwerpen.

'De gang dus,' bromde de stem uiteindelijk, nadat Yehoshuah zijn verhaal had gedaan. 'Waarom zijn jullie in die gang geïnteresseerd?'

'We willen erdoorheen duiken,' zei Stephen. Het werd tijd dat hij zich in het gesprek mengde.

'Erdoorheen duiken? Niet aan beginnen. Dat is al eens geprobeerd, en het is heel moeilijk.'

'Dat was 25 jaar geleden,' zei Stephen, 'en de techniek heeft zich intussen verder ontwikkeld. Met de uitrusting van tegenwoordig is het een stuk makkelijker dan vroeger. Je hoeft het alleen maar te doen.'

Pauze. Dan, op kalme toon: 'Nou, dan doe je het toch.'

Stephen boog zich naar voren en vouwde onwillekeurig zijn handen. 'We zijn hier eigenlijk om een andere reden. We hebben uw werk uit 1967 gelezen – dat wil zeggen, Yehoshuah heeft het gelezen, want ik kan geen Hebreeuws lezen – waarin u de geschiedenis en het vermoedelijke verloop van de gang uiteenzet. Maar u vertelt niet wie de gang heeft gegraven en ook niet waarom.

'Moet ik dat weten dan?'

'Vader, je weet het wel,' bracht Yehoshuah hem in herinnering. 'Je hebt het me een keer verteld, toen ik nog een kind was. Ik weet alleen niet meer wat je me precies hebt verteld.'

Nu liet de hand in de vale lichtbundel van de tafellamp het boek eindelijk los. De man sloeg het boek voorzichtig dicht en legde het opzij. 'Dat zijn allemaal verhalen van vroeger. Ik heb mijn hele leven door die gang laten vergallen, ik heb mijn krachten verspild in een halsstarrig gevecht tegen het wetenschappelijke establishment... Het interesseert me tegenwoordig allemaal niet meer. Wat mij betreft is het een zijkanaal van de Hiskia-tunnel. Weet ik veel.'

'Vader, je hebt gezegd dat het een sekte was die de schacht heeft gegraven. Wat voor een sekte?'
'Ik heb dat ooit allemaal geweten, maar het is nu niet meer van belang. Het heeft in bepaalde boeken gestaan, maar die heb ik allemaal weggegeven.'
'Maar aan wie moeten we het dan vragen, als jij het ons niet vertelt? Jij bent de enige die het weet.'
'En ik ben het vergeten. Ik lees alleen nog in de bijbel en denk alleen nog aan de dood, en nu kom jij opeens hier en verlangt dat ik het me weer herinner. Ik herinner me nauwelijks nog dat jij mijn zoon bent, laat staan dat ik me die gang herinner.'
Er viel een gespannen stilte, alsof ze allemaal hun adem inhielden. Stephen schrok bijna toen Yehoshuah naast hem plotseling diep inademde en op dringende toon fluisterde: 'Vader, alsjeblieft!'
Er gebeurde niets. Ze bleven zo zitten. Buiten, ver weg, waren onverstaanbare stemmen te horen, en hoewel het buiten zonnig en warm was, zaten ze hier in het donker en bleven wachten, zonder dat er iets gebeurde. Stephen begon zich af te vragen of Yehoshuahs vader misschien zonder dat ze het hadden gemerkt in zijn stoel was overleden.
Maar opeens bewoog de oude man zich. Onder gekraak van zijn stoel ging hij moeizaam rechtop zitten. 'De gang,' bracht hij uit terwijl hij opstond. Hij begon te hoesten van inspanning. 'Steeds weer die gang, die laat me nooit meer met rust...' Met gebogen rug schuifelde hij door de kamer heen naar de garderobekast. 'Een eeuwige vloek die op me rust...' Wonderlijk, zoals de oude man in zichzelf praatte. Hij opende de kastdeuren en begon er met veel kabaal in te zoeken, tot hij uiteindelijk een mapje gevonden had waarmee hij naar de tafel en zijn stoel terugkeerde.
'Het hele verhaal begint tijdens de vierde kruistocht,' begon hij, terwijl hij met zijn stijf geworden vingers de knoop begon los te maken van het touw waarmee de map dicht zat. 'In het jaar 1219, als ik me goed herinner, belegerden de kruisvaarders de Egyptische stad Damiette. Tijdens dat beleg kwam er een monnik op bezoek uit Italië, een zekere Franciscus van Assisi, de stichter van de orde der franciscanen. Deze monnik liep gewoon door de vijandelijke linies van de kruisvaarders en de Sarasenen heen direct naar het kamp van de sultan, ging voor hem staan en begon te prediken. Volgens de overlevering was de sultan bijzonder onder de indruk en hij gaf Franciscus op diens verzoek toestemming de heilige plaatsen in Israël te bezoeken.' Eindelijk had hij

de knoop los en kon hij de map openslaan. 'Ik heb me altijd afgevraagd wat hem tot die krankzinnige daad heeft gebracht.'
Hij bladerde een tijdje in de papieren en schoof die heen en weer. Hij leek een bepaald document te zoeken. 'Zo'n beetje vanaf die tijd zijn er kloosters van de franciscanenorde in dit land. Die bestaan nog steeds. In Jeruzalem, in Bethlehem, in Akko, Tiberias, Kapernaüm, Jericho enzovoort. De franciscanen werden enkele malen uitgewezen, maar ze keerden telkens enkele jaren later weer terug, hardnekkig als ze waren.'
Eindelijk had hij gevonden wat hij zocht. 'Hier,' zei hij, terwijl hij een stuk papier omhoog hield waarop een onduidelijke, kriebelige tekst geschreven stond. 'Uit deze oorkonde blijkt dat de franciscanen rond 1350 een gebouw ten zuiden van de Tempelberg in bezit namen, dat ze dertig jaar later weer ontruimden. En deze kaart' – hij hield een ander papier omhoog, maar zo snel dat Yehoshuah en Stephen er slechts een vluchtige blik op konden werpen en niet meer dan enkele zwarte strepen zagen – 'laat zien dat dit gebouw precies op de plek stond waar Halil Saad ooit de met water gevulde cisterne heeft uitgegraven toen hij zijn huis wilde bouwen.'
'U gelooft dat de franciscanen deze schacht hebben gegraven?' informeerde Stephen voorzichtig.
'Ja. Ik geloof zelfs dat dat de belangrijkste reden voor hen was om naar Palestina te komen.'
Stephen knipperde verrast met zijn ogen. 'Om een gang te graven?' zei hij verbaasd.
'Ze handelden volgens een eeuwenoude legende,' legde Yehoshuahs vader uit. Nog een vel papier, ditmaal klein en grauw. 'Het klinkt als een sprookje en niemand weet wanneer het precies is ontstaan. Dit is de vertaling van een Latijnse tekst die ik heb gevonden, al weet ik niet meer waar.' Hij stak het papier naar Stephen uit, die verrast opstond en het aanpakte.
De tekst was in het Engels en met de schrijfmachine getypt. Het licht was maar net voldoende om de woorden te ontcijferen. 'Het gebeurde in de tijd dat Jezus in Kapernaüm predikte, dat een man uit Besara een spiegel naar de plek bracht waar Jezus sprak. Maar toen het gelaat van Jezus in de spiegel werd weerkaatst, beviel dat de spiegel zozeer, dat die voortaan geen ander beeld meer wilde laten zien dan het beeld van de Heer. De eigenaar van de spiegel stopte die op een verborgen plek in een kast, opdat zijn nakomelingen, aan wie hij dit wilde vertellen, hun Heer zouden zien. Er wordt echter gezegd dat hij de spiegel la-

ter onder de tempel van Jeruzalem begroef, omdat geen andere plek hem veilig genoeg leek.' Stephen keek niet-begrijpend op, de blik van Yehoshuah zoekend. 'Maar dat is ongelooflijk.'
Yehoshuahs onderkaak was opengevallen, waardoor zijn gezicht bijna een debiele uitdrukking kreeg.
Stephen las de tekst nog eens door, om zich ervan te verzekeren dat hij zich dit niet allemaal inbeeldde. Sinds hij de wijk van de orthodoxe joden was binnengegaan, kon hij een gevoel van onwerkelijkheid niet van zich afzetten.
'Besara,' herhaalde hij. 'Een man uit Besara?'
'Besara,' zei Yehoshuah op zeldzaam vlakke toon, 'is de oude naam van de stad Bet Shearim.'

Toen pater Lucas van zijn brevier opkeek, viel zijn blik door het raam op de binnenplaats. Voor het kerkportaal stond Scarfaro met een man die hij nog nooit had gezien. De gezant uit Rome praatte op hem in, en de man, die klein van postuur was en een op een uniform lijkende overall droeg, knikte op een bijna onderdanige manier.
Pater Lucas observeerde de twee een tijdje. Hij wist niet wat Scarfaro en zijn mensen de hele dag uitvoerden. Ze kwamen en gingen de hele dag door en hielden besprekingen waar ze met grimmige gezichten uit tevoorschijn kwamen. Op zeker moment had hij het opgegeven te proberen er iets van te begrijpen en had zich weer aan zijn dagelijkse verplichtingen gewijd, die op dit moment niet veel voorstelden omdat hij geen avondmaaltijd hoefde te organiseren. Hij had dus veel tijd voor bezinning en gebed, iets waar het hem lang aan had ontbroken. Maar hij vond het vreselijk dat hij de mensen die 's avonds aan de deur kwamen, moest wegsturen. Het was hem nog altijd niet gelukt heimelijk een regeling te treffen.
Hij kon zijn ogen niet geloven toen hij zag dat Scarfaro een klein, donker voorwerp uit zijn soutane haalde en aan de man gaf. Dat was toch zeker een mobiele telefoon! Wat was daar in vredesnaam aan de hand?
Opeens kon hij niet langer op zijn stoel blijven zitten. Hij sprong op en liep zo snel mogelijk naar de kerk toe, waar broeder Geoffrey al met de voorbereidingen voor het middageten bezig was en hem verwonderd aankeek toen hij haastig de kerk doorstak en het hok met de schoonmaakspullen in liep. Achter in het hok was een zelden gebruikte deur naar een ruimte naast de sacristie, die slechts een smal venster had dat bijna altijd op een kier stond.

Pater Lucas vond het vreselijk flauw van zichzelf, maar toch drukte hij zich tegen de muur aan en loerde voorzichtig naar buiten. Scarfaro stond met zijn rug naar hem toe en benam hem het zicht op de man met wie hij sprak. 'Waar hij ook heengaat,' hoorde hij Scarfaro de man op het hart drukken, 'en wat hij ook doet. Alles wat u te weten kunt komen.'
De man knikte en ging een stukje opzij staan. Nu kon pater Lucas het opschrift op zijn overall lezen: 'Kaun Enterprises'.

'U bedoelt dat de franciscanen naar die spiegel hebben gezocht?'
'Zonder twijfel.' De oude man hoestte rochelend terwijl hij het document in de map terugstopte. 'Maar Jeruzalem was in handen van de sultan en de Tempelberg was niet toegankelijk. De enige manier die ze konden bedenken, was een honderden meters lange tunnel door de rots te graven. Ze hebben daar bijna dertig jaar voor nodig gehad.'
'En?' vroeg Stephen met een droge keel. 'Hebben ze de spiegel gevonden?'
Yehoshuahs vader sloeg de map weer dicht en begon het touw waarmee die waarschijnlijk tientallen jaren dicht had gezeten, er omstandig weer omheen te wikkelen. 'Het is een legende, jongeman. Het christendom is rijk aan dergelijke legenden. De geschiedenis van de heilige graal bijvoorbeeld, de kelk waaruit Jezus bij het laatste avondmaal gedronken zou hebben. Legenden zijn verhalen die mondeling worden doorgegeven. In zekere mate gaan ze een eigen leven leiden. Een literatuurwetenschapper wil weten waarom mensen die legenden zo doorvertellen.'
Stephens gedachten kwamen tot rust. Hij keek Yehoshuah aan, in wiens ogen een eigenaardige schittering lag. 'Dus het is niet bekend wat er met de monniken is gebeurd?'
'Niet echt. Er zijn wel aanwijzingen. Ergens staat te lezen dat de meeste van de monniken die in het huis woonden toen het werd opgegeven, de woestijn in getrokken zijn, waar ze een klooster hebben gesticht en zich later van de orde hebben afgescheiden.'
'En waar was dat klooster?'
Steunend en zuchtend richtte de oude man zich weer op. 'Dat bestaat nog altijd. Een klein wonder. Er wonen nu tien of twintig oude mannen.' Hij pakte de map en schuifelde met stijve pasjes naar de kast terug. 'Daar is de Negev ook nu nog woestijn. Onvoorstelbaar hoe ze dat voor elkaar krijgen.'
Stephen vond de omstandigheden waaronder Yehoshuahs vader in dit

hol woonde, nauwelijks minder verbazingwekkend. 'En waar precies in de Negev?'
'Ik ben er nooit geweest,' antwoordde hij, terwijl hij de kastdeuren opende. 'Ik kon me er nooit toe zetten ergens heen te gaan om iets uit te zoeken. Ik zat het liefst in bibliotheken en archieven.' Hij bukte zich moeizaam om de map in een donker hoekje van de kast te schuiven. 'Zo. Waarschijnlijk blijft die daar tot mijn dood liggen. En dan gooit iemand hem weg. Wat een dwaasheid.'
Stephen begon nerveus met zijn been te wippen. Was die oude man zo'n stijfkop of deed hij maar alsof? 'Maar u weet waar het klooster te vinden is?'
'Vergeet dat klooster toch, jongen. Het zijn oude mannen die van hun gezond verstand niet af weten. De meesten woonden daar al toen de staat Israël nog een vage droom was.'
Stephen wierp Yehoshuah een vragende blik toe. Die slaakte een zucht. 'Vader,' zei hij, 'zeg ons nou gewoon waar dat klooster is.'
De oude man deed alsof hij het niet had gehoord, slofte naar zijn stoel terug, liet zich er met krakende gewrichten op zakken, boog zich achterover en begon uitgebreid met zijn ene hand door zijn enorme grijze baard te woelen. Stephen realiseerde zich dat hij zijn adem had ingehouden en haalde diep adem.
'Be'er Sheva,' zei de grijze talmoedlezer uiteindelijk. 'In Be'er Sheva ben ik ooit geweest. Weet je dat nog, Yehoshuah? Waarschijnlijk niet. Je was toen nog een klein kind. Vanaf Be'er Sheva moet je naar het zuiden, een heel eind naar het zuiden. Vanuit de verte lijkt het een ruïne op een ontoegankelijke bergtop. Ik weet niet meer hoe de berg heet en of die een naam heeft, maar hij bevindt zich aan de westkant van Wadi Mershamon. Je hebt een goede kaart nodig. Op de meeste kaarten is Wadi Mershamon niet ingetekend.' Hij pakte zijn boek weer en legde het in de lichtkegel van zijn schemerlamp. 'En nu is het genoeg. Nu moeten jullie gaan.'

32

NEGEV.
(Hebr. 'droog land'), gebied ten zuiden van de grens van Juda, in het oosten begrensd door de Araba, in het noordwesten en westen door de kustvlakte en woestijnen Paran, Zin en Schur... En de 1e eeuw n.Chr. begonnen de Nabateeërs van het noorden en de Hauran landbouw te bedrijven. Ze vingen het regenwater in cisternen op om daarmee terrasvormig aangelegde akkers te bevloeien.
Avraham Stern,
Encyclopedie van de bijbelse archeologie

'Dat is het!' zei Stephen bijna juichend, toen ze Mea Shearim verlieten. Ze reden terug naar de binnenstad, waar ze het kantoor van American Express zochten en vonden. Daar kreeg Stephen contant geld, weliswaar niet veel, maar genoeg om het hotel te betalen en de eerste dagen door te komen.
'Daar hadden we zelf ook wel op kunnen komen,' zei hij tegen een tamelijk sceptisch kijkende Yehoshuah. 'De tijdreiziger kan niet alles alleen en volstrekt onopgemerkt volbracht hebben. Iemand moet hem hebben gezien als hij aan het filmen was, ook al snapte niemand waar hij mee bezig was. Iemand moet hem hebben geholpen de camera in de Tempelberg te verstoppen. Misschien heeft hij zelfs aan iemand proberen uit te leggen waar hij mee bezig was. Wie zal het zeggen? In elk geval zijn er mensen geweest die er iets van gezien hebben, die er het hunne van dachten en het hebben doorverteld... En zo is de legende ontstaan.' Ze liepen de grootste boekhandel binnen die ze konden vinden en zochten op de afdeling Reisgidsen en Atlassen tot ze een kaart hadden gevonden waarop Wadi Mershamon was ingetekend. Aan de westrand stond inderdaad het symbool van een ruïne.
'Maar waarom hebben ze het dan over een spiegel?' merkte Yehoshuah op. 'Ook met veel fantasie ziet een videocamera er niet als een spiegel uit.' Stephen maakte een handbeweging, alsof hij die kritiek wilde wegwuiven. 'Wat hadden ze dan moeten zeggen?' Ze haalden Judith af, betaalden de hotelrekening en reden naar de dichtstbijzijnde grote supermarkt om proviand en enkele uitrustingsstukken te kopen, zoals waterflessen en zouttabletten.

'Het is een soort beeldspraak,' zei Stephen. 'Misschien heeft de tijdreiziger ooit een opname afgespeeld voor een ander, in elk geval voor zijn vrouw, lijkt me. Ik stel me zo voor dat een spiegel toentertijd het enige was waarmee je een beeld van de werkelijkheid kon weergeven. Dus hoe zou iemand die in de zoeker van een videocamera kijkt en een opname bekijkt, dat aan een ander beschrijven? Hij zou zeggen dat het leek alsof je in een kleine spiegel keek. De ander verstaat alleen "spiegel" en stelt zich er iets heel anders bij voor.'
Ze reden de stad uit in de richting van Hebron. Het was erg druk. Ditmaal zat Judith op de passagiersstoel.
'Ik moet wel zeggen... De hele ochtend heb ik me erop ingesteld dat ik in de kelder van Saad luchtbellen zou zitten te tellen en af te wachten totdat jij weer tevoorschijn kwam. En nu rijden we de woestijn in!'
'Tja,' zei Stephen. 'Soms moet je een beetje flexibel zijn.'
'Jij gelooft dus dat de franciscaner monniken op basis van deze legende te werk zijn gegaan. Dat zou betekenen dat ze niet alleen bekend waren met de "spiegel", maar ook precies wisten waar die te vinden was.'
'Ja. Een dergelijke tunnel graaf je niet zomaar eventjes. We kennen vast en zeker niet de hele legende.'
Ze keek hem aan. 'Hoe weet je zo zeker dat ze de camera ook hebben gevonden? Zo zeker dat je het niet eens wilt nakijken?'
'Omdat die schacht zo exact naar een bepaald punt leidt. Omdat ze niet zomaar hebben gezocht, maar precies wisten waar ze heen wilden. Omdat ik niet geloof dat dit klooster nu nog zou bestaan zonder het heiligdom dat ze daar bewaken.'
Ze reden onder een rij grote verkeersborden door die aanduidden dat de weg rechtdoor naar Hebron leidde, dat dat Palestijns autonoom gebied was en dat je tijdig op de borden moest letten als je daaromheen wilde rijden. Jeruzalem lag nu achter hen, rechts en links strekten zich kantoorcomplexen en industriegebieden uit. En bijna zingend, op een afwezige toon, alsof hij tegen zichzelf sprak, voegde Stephen eraan toe: 'En ook omdat ik het voel. Ik ruik het, proef het. Elke cel in mijn lichaam weet dat de camera daar is. De bergplaats achter de Klaagmuur is al vijfhonderd jaar leeg.'

Aan de achterkant van de verkeersborden waren videocamera's aangebracht, eentje per rijstrook, die het passerende verkeer registreerden. De opnamen die ze maakten, werden direct overgebracht naar een krachtige computer met geavanceerde beeldbewerkingssoftware, waarmee op hetzelfde moment de nummerplaten van alle passerende auto's op de beelden geïdentificeerd konden worden en in leesbare letters en cijfers werden omgezet. De herkende kentekens, die een onophoudelijke gegevensstroom vormden, werden via een netwerk dat de gehele stad omvatte aan een centrale politiecomputer doorgegeven, die alle gemelde kentekens, alsmede de plaats en het precieze tijdstip van registratie in een databank opsloeg. Bovendien werd elk kenteken vergeleken met een tabel van gemelde kentekens waarin naast een aantal administratieve gegevens ook vermeld stond wat er moest gebeuren als dat kenteken werd ontdekt.

Het kenteken van de Jeep Cherokee, waarin Stephen reed, stond sinds een dag in die tabel. Als te volgen handelwijze stond er: stil alarm. Nog geen zestig seconden nadat de videocamera de auto had geregistreerd, begon op het beeldscherm van de dienstdoende functionaris een melding te knipperen.

Ditmaal was het een andere secretaresse die Kaun de telefoon kwam brengen, net toen ze allemaal over een schematische weergave van de Tempelberg gebogen zaten. De mediamagnaat luisterde met een ernstige blik. 'Bedankt,' zei hij. 'Hartelijk dank, Jehuda. Sjalom.'

Er verscheen een begerige glinstering in zijn ogen toen hij de verbinding verbrak. 'Roep je mensen bij elkaar, Ryan,' zei hij. 'Foxx rijdt richting Hebron.' Hij haalde een papiertje uit zijn zak. 'Hij rijdt in een donkerblauwe Jeep Cherokee, zijn kenteken is... Wel verdomme, ik kan het niet lezen. Hier.' Hij overhandigde hem het papiertje.

Ryan keek verbluft naar het verkreukelde papiertje. 'Hoe weet u dat?'

Kaun genoot zichtbaar. 'Nogal simpel. Aan de hand van het kenteken van de auto die Foxx bij het museum heeft laten staan, heb ik de autoverhuurder laten opsporen. En die heeft me verteld in wat voor auto hij nu rijdt. En daarmee is hij een halfuur geleden door een van de automatische controlepoorten van de politie gereden.'

'Dat heb ik ook allemaal geprobeerd, maar niemand wilde me informatie geven...'

'Relaties. De politiechef was zo vriendelijk in stilte een opsporingsbevel te doen uitgaan, dat nu weer als een abuis wordt ingetrokken. Hij kan hem sowieso niet helemaal naar Hebron laten schaduwen, omdat Foxx daar onder de competentie van de Palestijnse politie valt.' Hij gaf Ryan de telefoon. 'Die zul je nu wel nodig hebben, denk ik.'

Ryan knikte. 'En een kaart van Israël.'

Shimon Bar-Lev keek de lange, magere veiligheidsbeambte met grote ogen en open mond na, totdat de deur achter hem was dichtgevallen. Toen viel bij hem het kwartje. 'Dus dat betekent,' zei hij opgelucht, 'dat het thema Westmuur van de baan is.'

Ze passeerden Hebron via een nieuwe, maar smalle rondweg en reden verder, steeds verder. Gaandeweg waren er steeds minder groene plekken langs de rijbaan te zien en werd het landschap steeds kleurlozer en zanderiger. Het was heet, bloedheet zelfs. De zon steeg steeds hoger. De weg leek aan de horizon in blauw glinsterend water te verdwijnen; dat was uiteraard optisch bedrog, een zwakke afspiegeling van een echte fata morgana.
Kort voor Be'er Sheva was een eind van de weg af een merkwaardig stalen gebouw te zien.
'Stop even,' zei Yehoshuah vanaf de achterbank.
Toen ze langs de berm stopten en uitstapten, hoorden ze een zangerig geluid. Het was een heldenmonument, legde Yehoshuah bereidwillig uit, dat uit de restanten van kapotgeschoten vijandelijke pantservoertuigen was opgebouwd. Eigenlijk was het een reusachtige orgelpijp, die klagende, bijna menselijk klinkende geluiden produceerde als de hete woestijnwind over de heuvel blies waarop het monument stond. Een moment lang was er nergens een andere personenauto te zien, evenmin als een van de talloze tankwagens die onophoudelijk over deze weg denderden. Stephen keek met toegeknepen ogen naar het bizarre kunstwerk en had even het macabere gevoel dat de doden spraken en tevergeefs waarschuwingen naar het nageslacht riepen... Hij draaide zich opzij om de indruk van zich af te schudden. 'Verder,' zei hij.

Eisenhardt begon steeds nerveuzer te worden. Het gevoel herinnerde hem aan de plankenkoorts die hem altijd plaagde voor optredens voor publiek, zoals lezingen of interviews. Als er ooit een moment was geweest waarop hij Foxx moest waarschuwen, dan was het nu wel. Hij was blijkbaar onderweg om het spoor te volgen waarover hij wel beschikte en Kaun niet, en het was zeker dat hij geen enkel vermoeden had dat Kaun wist waar hij heen ging.
Zonder een woord te zeggen liep hij de caravan uit waarin de wetenschappers onverdroten verder overlegden. Kaun was allang verdwenen, en op het laatst werd er om hem heen alleen nog maar gekletst. Het waren debatten zonder inhoud, cafégesprekken, een kroeg voor niet-rokende geheelonthouders.

Hij zocht Ryan.
Hij vond hem bij zijn auto, met zijn gelaarsde voet als een veldheer in het geopende portier en de telefoon aan zijn oor. Op het dak had hij een kaart van Israël uitgespreid. Het zag er zeer indrukwekkend uit; het leek de Zesdaagse Oorlog wel.
Eisenhardt bleef op een afstandje staan wachten. Wat een eigenaardige situatie! Het kamp was leeg en verlaten, als een toneel na het eind van de voorstelling, met de tenten opgevouwen bij elkaar en de apparatuur grotendeels in kisten verpakt, en deze man stond daar met zijn kleine rode auto middenin en commandeerde een onzichtbaar leger.
Toen het even stil bleef, kwam hij dichterbij en zocht contact. Hij vroeg zo voorzichtig mogelijk of er een mogelijkheid was dat hij, Eisenhardt, nog één keer naar de Amerikaanse bibliotheek gebracht kon worden, want er was hem iets te binnen geschoten wat mogelijk de moeite waard was om te onderzoeken...
'Ah, mister Eisenhardt,' zei Ryan, terwijl hij zijn voet van de portierdrempel haalde en zich naar hem toe draaide alsof hij op hem had gewacht. 'Ik moet u de groeten doen van mister Kaun. Uw contract is met ingang van vandaag beëindigd. Pakt u uw spullen in, dan zal iemand u naar de luchthaven van Tel Aviv brengen.'
De schrijver staarde de man met de ijskoude blik sprakeloos aan, alsof hij een emmer ijskoud water over zijn hoofd had uitgestort. 'Maar...'
Aan de kant gezet. De miljonair had het niet eens nodig gevonden hem dat zelf te vertellen. En al helemaal niet om afscheid van hem te nemen of hem te bedanken. 'Maar waarom dan?'
Ryan keek hem zonder enig medelijden aan. 'Mister Kaun had de indruk dat u de laatste tijd nog maar weinig aan mogelijke oplossingen hebt bijgedragen. En eerlijk gezegd kon ik hem wat dat betreft niet tegenspreken.'
Eisenhardt opende zijn mond, maar zijn gedachten waren zo volstrekt chaotisch dat hij niets wist uit te brengen. Tegelijk breidde zich een loodzwaar gevoel in zijn borst uit. Hij had gefaald. Hoe verwrongen het ook leek, hij voelde zich schuldig dat hij de verwachtingen die ze van hem hadden niet had kunnen inlossen. Ja, het klopte. De afgelopen dagen was hem niets slims meer ingevallen. Kaun had hem aangesteld om de eeuwenoude camera voor hem te vinden, maar niet alleen had hij die niet gevonden, hij maakte ook gemene zaak met degene die Kauns plan had gedwarsboomd.
Ryans telefoon zoemde, waarop hij weer een veldheerspose aannam. Alles was feitelijk ook wel gezegd.

De achtervolgers kwamen eenmaal wat dichterbij, zodat ze zich er aan de hand van het kenteken van konden vergewissen dat ze achter de juiste auto aan reden, en lieten zich toen ver terugvallen. Het was bijna amateuristisch, zo opvallend was de auto die de student uit Maine, VS, had uitgezocht. Die was tot aan de horizon zonder enig probleem te herkennen.
'We zijn nu Be'er Sheva gepasseerd,' meldde de man op de passagiersstoel. 'Hij rijdt nu in de richting Eilat.'
'Goed. Blijf hen volgen en houd zo veel mogelijk afstand.'
'Roger.' Nadat hij de verbinding had verbroken, zei hij tegen zijn collega achter het stuur: 'Weet je wat? Aan het eind blijkt dat die drie gewoon een uitsapje naar het strand van de Rode Zee maken.'

Hij had dus niet beantwoord aan de verwachtingen. En wat dan nog? Eisenhardt stopte zijn pyjama in zijn weekendtas. Dat was toch zijn probleem niet? De mediatycoon had gemeend met een volstrekt logisch probleem van doen te hebben. Een probleem dat in de studeerkamer op te lossen was als je maar lang en scherp genoeg nadacht. Ha! Wat een onzin. Nee, hij hoefde zichzelf niets te verwijten. Hij had gedaan wat hij kon.
De schrijver keek rond. Als dat zo was, waarom was hij dan zo kwaad? Hij had goed verdiend. Hij had interessante avonturen beleefd. Hij had een hoop materiaal verzameld waaruit ooit een roman zou kunnen ontstaan. En toch was hij woedend.
Omdat hij zich gebruikt voelde. Iemand als Kaun geloofde dat hij zich alles kon permitteren omdat hij rijk en machtig was.
'En weet je wat,' mompelde Eisenhardt in zichzelf. 'Hij heeft gelijk. Hij kan zich inderdaad alles permitteren omdat hij rijk en machtig is.' En daarom kookte hij nu van woede.
De reiswekker. Die stond nog altijd op het nachtkastje. Eisenhardt pakte die op en stopte die diep onder de overhemden en onderbroeken. Hij stopte en keek naar de telefoon die naast de wekker had gestaan. Werden de telefoongesprekken echt allemaal afgeluisterd? Zeer waarschijnlijk wel. In elk geval werden alle gekozen nummers opgeslagen, evenals tijdstip en datum van het telefoontje, alleen al om de telefoonrekening te kunnen controleren. In de VS was dat in elk huishouden de praktijk.
Het was volkomen stil. Zijn eigen ademhaling was het hardste geluid. Maar wat dan nog, wat kon hem gebeuren? Hij zou al in het vliegtuig zitten voordat iemand merkte dat hij Foxx had gewaarschuwd.

Hij legde zijn hand op de hoorn. Koud, glad plastic. Leven en dood. Ging het daarom? Nee. Het ging erom dat iemand als Kaun alles kon doen wat hij wilde. Zelfs deals sluiten als het om de ongelooflijkste vondst aller tijden ging.
Stephen Foxx was ergens onderweg om het op te nemen tegen de machtige mediamagnaat. Misschien om de verkeerde redenen en met ondeugdelijke middelen, maar hij deed het toch maar. En hij had geen idee dat de mannen van Kaun al achter hem aan zaten. Dit kon een beslissend telefoontje zijn. En hij zou het zichzelf nooit vergeven als hij het niet pleegde.
Eisenhardt haalde nog eens diep adem. Het was nog altijd zo stil dat het leek of de buitenwereld verdwenen was. Hij haalde het briefje met het telefoonnummer uit zijn zak en nam de hoorn op. De lijn was dood. Ze hadden zijn telefoon al uitgeschakeld. Buiten bonsde iemand met zijn vuist op het raam.

De Negev was anders dan Stephen zich had voorgesteld. Hij had een beeld voor ogen gehad van majestueus golvende, felgele zandduinen die zich als een verstilde zandzee van horizon tot horizon uitstrekten, van karavanen die van oase naar oase trokken. In plaats daarvan reden ze door een uitgedroogde grijszwarte steenwoestijn, die meer op een maandlandschap leek, een stortplaats tot aan de horizon van onbruikbaar gesteente, waar de zon zo onbarmhartig brandde dat je het bijna in je oren kon horen sissen. Zwarte, verdorde doornstruiken die hier en daar langs de weg stonden, getuigden ervan dat hier toch nog leven mogelijk was, maar ze zagen er zo deerniswekkend uit dat je geneigd was te voorspellen dat de woestijn zou zegevieren.
Hoe langer ze door deze neerslachtig makende woestenij reden, des te ongeloofwaardiger kwam het Stephen voor dat het klooster waarover Yehoshuahs vader verteld had, echt bestond.
'Hoe kunnen mensen hier overleven?' vroeg hij opeens, de stilte verbrekend die sinds Be'er Sheva in de auto geheerst had. 'Het regent hier af en toe,' zei Yehoshuah. 'Niet vaak en niet veel, maar het regent wel. Als je het water in cisternen opvangt...' Hij maakte zijn zin niet af. Het klonk allesbehalve comfortabel. De passende omgeving voor monniken die zich in het leven zo veel mogelijk wilden ontzeggen.
'Regent het hier? Weet je dat zeker?'
'Zo'n 100 millimeter per jaar, gemiddeld. Niet in de zomer natuurlijk. Maar je hebt hier van die wadi's, weet je. Wij zoeken er ook een. Een

wadi is een uitgedroogde rivier. Eens in de vijftig tot honderd jaar regent het zo hard dat er weer water in de wadi's stroomt en sommige zelfs voor enkele uren in woeste stromen veranderen.'

Stephen keek om zich heen. Stenen, rotsen, hitte. 'Van alle ongelooflijke dingen die ik de afgelopen dagen heb gehoord, komt dit me nog het ongelooflijkst voor.'

De smalle zwarte asfaltweg sneed met onverbiddelijke rechtlijnigheid door het vijandige rotslandschap, dwars door rotsheuvels heen, en overbrugde kleine kloven en dalen via opgeworpen dammen. Af en toe liepen er hoogspanningskabels parallel aan de weg, en op plekken waar toch zand lag, dat uit de Sinaï was komen aanwaaien, trokken fijne gele sluiers dwars over de rijbaan.

De plek waar ze van deze weg af moesten, was niet gemakkelijk te vinden. De eerste keer sloegen ze te vroeg af, wat ze pas merkten toen ze na enkele kilometers hobbelen over een onverharde weg bij een kruising kwamen die er volgens de kaart niet was en waar een verroeste wegwijzer naar twee volstrekt verkeerde plaatsen wees. De juiste afslag, enkele kilometers verderop, was nauwelijks als zodanig te herkennen, en het pad dat hier begon ook niet. Het bestond uit nauwelijks meer dan twee sporen vol gaten die de indruk wekten dat een zwaar bouwvoertuig hier twintig jaar geleden lukraak de woestijn in was gereden. In de stukken waar de rijbaan niet van de omringende woestijn te onderscheiden was, hadden behulpzame handen rechts en links van de weg grote stenen neergelegd, en af en toe was zo'n steen zelfs witgekalkt. Maar wie er ook verantwoordelijk voor was, diegene was tamelijk slordig en inconsequent te werk gegaan.

Hun gemiddelde snelheid nam drastisch af. Ze reden langs een steile, zwartgrijze bergrug met majestueuze toppen, en in de verte waren enkele kamelen te zien, die waarschijnlijk de woestijnbodem afzochten naar iets eetbaars, maar Stephen had alleen oog voor de rijbaan en de majestueuze kuilen erin. Wat was het lot hem toch gunstig gezind geweest door hem net op tijd een terreinwagen toe te bedelen! Met de kleine Fiat hadden ze hier geen schijn van kans gehad.

Af en toe stopten ze om iets te drinken. Ver van de verharde weg en alle andere sporen van de beschaving waren ze gedwongen zich aan de woestijn aan te passen. Daarbij hoorde volgens Judith dat je regelmatig water dronk, en wel nog voordat je dorst kreeg.

'Eén ding is zeker,' zei Stephen, toen ze in de gloeiende hitte naast de auto hun benen strekten en de waterfles rond lieten gaan. 'Als het kloos-

ter en de monniken echt bestaan, dan gaan ze niet vaak naar de bioscoop.'
Niemand lachte. Het was ook slechts een poging geweest de deprimerende, ontzagwekkende kracht van het omringende landschap af te weren, die je de adem benam en het gevoel gaf dat je heel klein was en volledig aan de genade van hogere machten was overgeleverd.
Ze reden nog enkele malen verkeerd, misten enkele nauwelijks te herkennen afslagen, eindigden in ravijnen zonder verdere uitgang, draaiden steeds weer om en probeerden het dan opnieuw, tot ze eindelijk het klooster zagen.
Het lag op een richel onder rotsen vol spleten die als versteende vingers omhoog staken, en zag er met zijn muren van donkergroene steen als een ruïne uit. Aan de zijkant had ooit een toren gestaan, maar het bouwwerk was ingestort en nooit meer herbouwd. Overal zagen ze openingen die op schietgaten leken, zonder enig teken van leven. Er scheen daar boven helemaal niemand te wonen. Het sombere bouwwerk hing daar als een hopeloos weggevreten gebit tegen een rotszadel aan, ogenschijnlijk zonder toegangsweg.
'Misschien zijn ze allemaal allang overleden,' opperde Yehoshuah. 'Wie zou dat gemerkt hebben?'
Stephen knikte. 'Je zou hier nog waarschuwingsborden verwachten met het opschrift "Opgepast! Einde van de wereld over 500 meter!"'
Ze reden met de jeep de heuvel op, tot die op de losse stenen begon te slippen en ze niet verder konden. Ze lieten de auto staan, dronken op aandrang van Judith nog een grote slok water uit hun fles en begonnen de rest van de berg te voet te beklimmen. De ruïne bleek veel verder weg en hoger te liggen dan eerst geleken had, en de weg bleek vooral veel vermoeiender dan ze hadden gedacht. Al na enkele minuten plakten hun kleren kletsnat van het zweet aan hun lichaam, hun longen leken wel blaasbalgen en hun hart klopte als een razende. Na een hele dag zonneschijn waren de zwarte stenen onder hun voeten gloeiend heet geworden, zodat hun schoenzolen bijna doorbrandden.
Waarom doe ik dit eigenlijk, vroeg Stephen zich op een gegeven moment af en die vraag bleef hem tijdens de hele tocht omhoog kwellen. Steeds weer herhaalde hij de vraag in gedachten, tot die een soort mantra werd, een ritme waarop zijn benen zich voortbewogen. Zijn oren leken de vraag te destilleren uit de knisterende geluiden die zijn voeten op de losse stenen maakten.
Judith, die verreweg de beste conditie had, liep onvermoeibaar voorop. Stephen probeerde tevergeefs haar bij te houden en Yehoshuah raakte

vloekend en zuchtend steeds verder achterop. Hij moest steeds vaker pauzeren.
Maar uiteindelijk kwamen ze toch boven. Ze stonden voorovergebogen te hijgen, met hun armen op hun knieën steunend, en konden nauwelijks geloven dat het gelukt was. Een tijdlang had het erop geleken dat de ruïne helemaal niet in verbinding stond met de buitenwereld en dat de monniken zich hier hadden opgesloten, maar op het laatste ogenblik was er een smalle opening zichtbaar geworden die door een zware houten deur werd afgesloten.
'Kijk eens,' zei Judith, die als eerste weer rechtop stond en kon praten. 'Wat een uitzicht.'
Stephen was niet in staat te antwoorden en richtte moeizaam zijn hoofd op. Ja, fantastisch uitzicht. Absoluut. Zwarte rotsen, bruine rotsen, grijze rotsen, stenen en rotsen zover het oog reikte. In de verste verte geen nederzetting te zien, geen mens. Wat een ruimteverspilling.
'En nu?' vroeg Yehoshuah toen ze alledrie weer normaal ademden.
'Nu kloppen we netjes aan,' zei Stephen.
En dat deed hij inderdaad. Er was natuurlijk geen deurbel of deurklopper of een soortgelijk modieus attribuut, en daarom sloeg hij met zijn gebalde vuist tegen de stevige poort. Hij zette een stap naar achteren en wachtte af.
Er gebeurde niets.
'Niemand thuis,' merkte Yehoshuah op.
Stephen klopte nog eens, ditmaal nog harder, en riep zo luid hij kon: 'Hallo? Is daar iemand?'
Er kwam geen teken van leven.
'Als er echt niemand meer woont daarbinnen,' overwoog Judith, 'dan moeten we over de muur klimmen.'
'Ja,' knikte Stephen. Hij bekeek het bouwwerk wat nauwkeuriger. Het was een vrijwel rechthoekig gebouw, met buitenmuren van circa drie meter hoog. Maximaal vier meter. In geval van nood moesten ze daaroverheen kunnen klimmen.
Een touw. Ze hadden eraan moeten denken een touw mee te nemen.
'Misschien zijn we gewoon buiten de openingstijden gekomen,' zei Yehoshuah. 'Misschien zitten ze allemaal net te bidden of...'
'Dan konden ze toch minstens wel een bord ophangen,' morde Stephen, die een steen oppakte en weer naar de zwarte deur toe liep om voor de derde keer zijn komst kenbaar te maken.
Maar net toen hij zijn hand wilde opheffen om de steen krachtig tegen

het hout te slaan, werd de vergrendeling van het kijkgat van binnenuit weggehaald. De klep ging open en er werden twee oude, vermoeide ogen zichtbaar, die hen wantrouwend aankeken. Daarna zei de man aan wie de ogen toebehoorden: 'Ga weg!'
Na deze woorden sloot hij meteen weer de klep, en de vergrendeling werd weer teruggeschoven.
'Dat is nou ook wat,' mompelde Stephen verbijsterd.
'Hé!' schreeuwde hij over de muur heen. 'We zijn gekomen om de spiegel te zien waarop het gezicht van Jezus is bewaard!'
De duistere muur rees voor hen op als het bastion van een middeleeuwse vesting en bleef ondoorgrondelijk zwijgen.
'Waarschijnlijk heeft hij het niet verstaan,' zei Yehoshuah.
'Hoezo?' vroeg Stephen. 'Hij sprak daarnet nog Engels.'
'Nou ja,' zei Judith, 'hij zei *Leave!* Dat is niet echt veel Engels.'
'Goed, dan herhaal ik het nog eens in het Hebreeuws.'
Op dat moment waren er weer geluiden achter de deur te horen. Ditmaal klonk het serieuzer. Er werd aan een andere, grotere grendel geschoven, er klapperde iets, een metalen ring misschien, en iemand begon van binnenuit te trekken. De deur klemde, de balken waarvan die eeuwen geleden was gemaakt, kraakten en daarna schoof de deur met deerniswekkend geknars open. Er stonden twee oude mannen achter. Het waren uitgemergelde, ongewassen heremieten, wier magere lichamen in tot op de draad versleten gewaden gehuld waren die tientallen jaren geleden wellicht zwart waren geweest. Op het eerste gezicht zagen ze eruit als gevangenen in een goelag, beklagenswaardige overlevenden van een concentratiekamp. Maar in hun ogen was een vredig, levendig licht te zien, zoals Stephen nog nooit had gezien, en hun houding straalde een enorme kracht uit die in verwarrende tegenspraak leek met hun armzalige verschijning.
Ze leken het niet gewend te zijn veel te praten. Een van beiden wilde iets zeggen, maar slikte toen alsof hij eerst de woorden weer moest vinden die hij sinds een eeuwigheid niet meer had uitgesproken.
'Sinds dertig jaar,' verklaarde hij uiteindelijk,' is deze deur niet meer geopend. Toen was ik het, die ervoor stond. Kom binnen.'

De hoofdgroep met achtervolgers lag ongeveer een uur achter op de eerste auto. Nadat Stephen Foxx en zijn begeleiders Be'er Sheva waren gepasseerd, was ook Ryan vertrokken om zich bij zijn mensen te voegen. Er was een melding binnengekomen dat de jeep de weg naar Eilat had

verlaten. Eerst blijkbaar op de verkeerde plek, waar de achtervolgers zich bijna verraden hadden door de jeep te willen volgen en opeens door de verrekijker ontdekten dat hij via dezelfde weg weer terugkeerde. Als ze niet zoveel afstand hadden gehouden, dan hadden ze op dat moment eveneens op de onverharde weg gereden, maar nu konden ze doorrijden en zich enkele kilometers verderop in een bocht verbergen totdat de jeep met de drie jongeren hen weer gepasseerd was.
Twaalf kilometer verderop sloeg de jeep dan eindelijk af, de woestijn in. Gelukkig liet hij op het zanderige pad een spoor achter dat even duidelijk was als van een kudde olifanten, want de achtervolgers bleven met hun gewone personenauto nu ver achter.
'Hij moet dit vanaf het begin hebben gepland,' meldde Ryan telefonisch aan Kaun, terwijl hij langs Hebron scheurde, de maximumsnelheid volstrekt negerend. 'Daarom heeft hij een jeep gehuurd.'
Diep in de woestijn ontdekten ze de jeep, die leeg bij een stenige berghelling stond, met in de verte het donkere bouwwerk dat als een adelaarsnest tussen de rotsspleten lag. Ze parkeerden hun auto, die inmiddels onder het stof zat, achter een groot rotsblok en keken toe hoe de drie jongelui omhoog klommen.
'Niets ondernemen,' beval Ryan hun telefonisch. 'We verzamelen ons voor de berg en nemen dan gezamenlijk actie.'

Het verkeer op de weg naar Tel Aviv schoot niet erg op. Peter Eisenhardt zat op de achterbank, met zijn weekendtas naast zich, en keek uit het raam naar het landschap, dat hem tegelijk heel onbekend en vertrouwd voorkwam. De zon scheen feller dan thuis, het weinige groen was bleker en dorder. Hij moest aan Karl May-films denken en aan een groots geënsceneerde bijbelfilm, die hij als veertienjarige jongen met Pasen had gezien, terwijl hij met koorts op de bank in de woonkamer lag. De scène waarin er dikke spijkers door de handen van Jezus werden geslagen hadden zoveel indruk gemaakt dat die hem in zijn koortsdromen telkens achtervolgden.
Of hij ooit nog eens in dit land terug zou komen? Dat was niet erg waarschijnlijk, want daarvoor was hij niet reislustig genoeg.
'Komen we nog op tijd?' vroeg hij aan de twee zwijgende gorilla's op de voorstoelen.
'Maakt u zich geen zorgen,' zei de man op de passagiersstoel op slepende toon. 'Daar hebben we rekening mee gehouden.'
'Weet u hoe laat ik in Frankfurt land?' Er werd hem een envelop met zijn vliegticket aangereikt. 'Dit zijn uw reisdocumenten.'

Eisenhardt bestudeerde het vliegticket. Hoewel hij zichzelf voorhield dat het niet zijn probleem was, brak het zweet hem toch onwillekeurig uit. Volgens de wegwijzers was het nog 32 kilometer naar Tel Aviv, terwijl op dit moment de incheckbalie voor zijn vlucht waarschijnlijk al openging. En wat voor een vlucht... Hij vloog eerst naar Athene, vandaar naar Milaan, waar hij enkele uren moest wachten en dan naar Frankfurt, waar hij pas tegen elf uur zou aankomen.
Er viel hem iets in. 'Zeg, u heeft toch wel een telefoon bij u? Ik moet beslist mijn vrouw opbellen. Ze weet nog helemaal niet dat ik vandaag thuiskom, en ze moet me van het vliegveld ophalen.'
De beide beveiligingsbeambten keken elkaar vragend aan. De chauffeur, die blijkbaar hierover moest beslissen, zuchtte uitgebreid en knikte toen. De ander haalde een gsm uit zijn jaszak, schakelde die in en gaf die aan de schrijver achterin.

Toen ze door de smalle deuropening naar binnen waren gegaan, kregen ze de indruk in een oase te zijn gekomen. De buitenmuur van het klooster omsloot een vrijwel rechthoekig gebied en leek al het groen in deze omgeving binnen te houden, als de omheining van een gevangenis. Dwaas genoeg dacht Stephen zelfs heel even dat alles buiten het klooster daardoor misschien zo kaal en doods was.
Het rook naar kruiden, naar vochtige aarde en mest. In alle hoeken van de kloostertuin stond een verweerd, laag bouwsel tegen de muur en elk stukje grond daartussen was in bedden opgedeeld waarop de monniken alles verbouwden wat ze nodig hadden om te overleven. Stephen herkende graan, uien, bonen en bieten, en daartussen groeiden allerlei gewassen die hij niet kon identificeren. Het zag er allemaal uiterst schamel uit, maar toch was er een bed, en zeker niet het kleinste, waarop alleen bloemen bloeiden!
Er leken in totaal zeven monniken te zijn, stuk voor stuk oude, magere mannen die even breekbaar leken als droogbloemen. Ze stonden voorovergebogen tussen de gewassen en keken nieuwsgierig op, terwijl simpele oude houten kruisen aan vezelige snoeren voor hun borst bungelden. Maar in de ogen van ieder zag Stephen de vurigheid die hij ook in de blikken van de twee mannen had ontdekt die hen aan de deur ontvangen hadden: een gloed die veel te heet leek voor hun versleten lichamen, een vonk die tot een nooit dovend vuur kon ontbranden zodra die ontketend werd.
Maar op het moment dat Judith binnentrad, veranderden de blikken.

Ze werden begerig, hongerig en zelfs bijna wolfachtig, maar een seconde later sprak er pure vijandigheid uit, waarachter hartstochten die reeds lang overwonnen leken te zijn, weer moeizaam naar donkere, onbekende regionen van de ziel werden gedreven.
Stephen keek op zijn beurt Judith aan. Afgezien van haar vrouwelijke vormen en haar lange haar was ze op geen enkele wijze uitdagend gekleed. Waarschijnlijk had ze Mea Shearim kunnen doorkruisen zonder ook maar één scheve blik.
Het moest maar eens afgelopen zijn met al die godsdiensten, dacht Stephen vol verachting. Ze beweerden allemaal dat ze iemand konden leren hoe een deugdzaam leven te leiden, maar zelfs met de eenvoudigste levensfeiten en met de belangrijkste grondslag ervan, seks, konden ze niet overweg. Slechts bij een van de monniken, naar wie Stephens blik onwillekeurig werd toe getrokken, verdween de glinstering niet uit de ogen. Het was een tengere, oude man, die rustig op zijn schoffel leunde waarmee hij aan het werk was geweest, en hen met een vriendelijke blik aankeek, waaruit een warme gastvrijheid sprak.
De monnik die voor hen had opengedaan, nam het woord. 'Jullie hebben iets geroepen over de reden waarom jullie hier zijn...'
Stephen keerde zich naar hem toe. Hij leek een Engelsman te zijn, aan zijn accent te horen. Hoewel hij al ver in de zestig moest zijn, had hij een glad vollemaansgezicht, een weelderige krans donker haar en bijna geen baard, en uit zijn manier van doen en zijn bewegingen kon hij opmaken dat hij waarschijnlijk met de baas van doen had.
'Ja, allereerst hartelijk dank dat u zo vriendelijk was ons te willen ontvangen,' begon hij en constateerde dat hij onwillekeurig op een zakelijke gesprekstoon overging. 'Mijn naam is Stephen Foxx, ik kom uit de Verenigde Staten. Mijn begeleiders zijn Judith en Yehoshuah Menez, twee archeologen uit Israël. We...'
'O, neem me niet kwalijk.' De monnik strekte zijn hand uit. 'Wat onoplettend van mij. We krijgen ook zo weinig bezoek. Mag ik u mijn medebroeders voorstellen?'
Ze liepen alle monniken af, waarbij hij hun hun namen noemde, maar in het Latijn en moeilijk te onthouden. Stephen kon alleen zijn naam, Gregor, onthouden en de naam van de monnik met de schoffel en de onbedorven oogopslag, Felix. Afgezien van broeder Gregor leek hij de enige te zijn die Engels sprak.
Wel leek hij van dichtbij op zijn zachtst gezegd ietwat zonderling. Toen Stephen hem bij het voorstellen beleefd toeknikte, merkte Felix vrien-

delijk maar beslist op: 'De woorden worden oud, maar de waarheid is altijd zo fris als een pasgeboren baby.'

'Pardon?' zei Stephen verbluft. Maar Felix glimlachte alleen maar, knipperde met zijn ogen naar hem en begon weer te schoffelen. Hij was daar zeker niet onhandig in; het leek wel alsof hij met zijn schoffel danste. Merkwaardige vogel, dacht Stephen. Merkwaardige vogel in een merkwaardig adelaarsnest.

Gregor ging hen voor over de smalle paden tussen de bedden door, richting klooster. 'Dit is onze kapel,' zei hij bij een behoorlijk bouwvallige keet in de hoek tegenover de ingang, waarna hij zich opzij draaide en op een al even vervallen hut met een schuin dak wees. 'Dat zijn onze slaapcellen, daarnaast het refectorium en de keuken. We gebruiken hier geen vuur.'

'En dat?' vroeg Stephen, op een laag gebouw wijzend waaraan Gregor voorbij leek te willen gaan.

De monnik aarzelde even, maar leidde hen er toen toch naartoe en opende de lage deur. 'Dit is het knekelhuis,' verklaarde hij.

Binnenin bood het huis een macabere aanblik. De ruimte waar ze hun hoofd in staken, herinnerde aan een voorraadkelder of tuinschuur, zij het dat op de lange planken aan de muren in plaats van werktuigen of weckpotten menselijke botten lagen, keurig op soort en grootte gesorteerd, met arm- en beenbotten in het ene vak, bekkenbotten in het andere vak, in het ene vak alleen ribben, in een ander alleen schedels, en de hand- en voetbotjes in de ene kist en de rugwervels in een andere.

'Als een van onze broeders overlijdt, blijft hij begraven tot zijn vlees is vergaan,' verklaarde Gregor bijna opgewekt. 'Dan worden zijn botten opgegraven, gereinigd en hier opgeslagen. Dit zijn de stoffelijke resten van alle monniken die hier sinds het klooster bestaat ooit hebben geleefd.'

'Aha,' zei Stephen, zijn gezicht vertrekkend. Dat waren er nog heel wat. Alleen jammer dat het er als een uitdragerij uitzag!

Ze trokken de deur weer dicht, opgelucht ademhalend, en knipperden met hun ogen tegen de felle zon. Broeder Gregor kwam weer op zijn eerste vraag terug: wat had hen hierheen gevoerd?

'We willen de spiegel zien waarin het gelaat van Jezus bewaard is gebleven,' zei Stephen, de woorden herhalend die hij over de muur had geschreeuwd.

Broeder Gregor knikte ernstig. 'Ik heb over die legende gehoord. Maar helaas is het niet meer dan een legende.'

'Er wordt gezegd dat de spiegel zich sinds de tijd van de kruistochten in dit klooster bevindt.'
'Het spijt me. We hebben hier zelfs helemaal geen enkele spiegel.'
Stephen keek aandachtig naar het gezicht van de bebaarde oude man, dat opeens een ondoordringbaar masker geworden leek te zijn. Zou dat werkelijk mogelijk zijn? Zou deze monnik tegen hem een valse verklaring kunnen afleggen?
Hij besloot tot blufpoker. 'We hebben tamelijk concrete aanwijzingen dat de legende een werkelijk bestaand voorwerp beschrijft en dat dit voorwerp hier werd verborgen. We geloven dat dit klooster zelfs gebouwd is om dat voorwerp te verbergen.'
'Dat kan ik me niet voorstellen. Dit klooster is vele honderden jaren geleden gebouwd door monniken die zich uit de wereld wilden terugtrekken en zich geheel aan God wilden wijden,' verklaarde broeder Gregor. 'In geestelijke zin, uiteraard.'
Op dat moment klonk er gerinkel in Stephens broekzak.
'Wat betekent dat?' vroeg de monnik verbaasd.
'Dat betekent dat u niet zo ver van de wereld verwijderd bent als u dacht,' antwoordde Stephen, terwijl hij zijn gsm uit zijn zak haalde. Werkelijk verbazend dat er zo ver in de woestijn nog ontvangst was. Aan de andere kant was de woestijn een plek waar je een gerede kans liep ooit nog eens een dringend telefoontje te moeten plegen. 'Dat is een telefoon.'
De monnik sperde zijn ogen ver open. 'Een telefoon? Hij leek zich slechts met moeite te kunnen herinneren wat dat was. 'In een broekzak?'
'Ja. Een heel praktische uitvinding.' Stephen drukte op de gesprekstoets en hield de gsm tegen zijn oor. 'Hallo?'
De stem aan de andere kant klonk zacht en was door alle ruis moeilijk te verstaan, maar hij herkende hem weer. Er was net een dag voorbij sinds die stem hem opeens had opgebeld.
Het was de stem van Peter Eisenhardt: 'Neem me niet kwalijk, is dit het ministerie van Buitenlandse Zaken?'

33

KLOOSTER.
Het christelijke monnikendom ontstond in de 3e eeuw n. Chr. in Egypte. Tijdens de uitbreiding naar Palestina ontwikkelden zich twee vormen, de anachoretische en de koinobitische. De anachoreten woonden ieder apart in geïsoleerde hutten of holen. De koinobieten leefden daarentegen met elkaar samen in een kloostergemeenschap. Het eerste klooster werd circa 330 n. Chr. bij Gaza gesticht.
Avraham Stern,
Encyclopedie van de bijbelse archeologie

'Met Stephen Foxx,' antwoordde Stephen verbluft. 'Bent u dat, mister Eisenhardt?'
'Ja,' klonk Eisenhardts stem. 'Ik zou graag mijn vrouw opbellen.' Stephen begreep het.
Het gesprek in de bibliotheek. De zin die hij zelf als alarmteken had voorgesteld.
'Mister Eisenhardt, kunt u vrijuit spreken?'
'Nee,' antwoordde de schrijver.
'Maar u belt op omdat Kaun ons op het spoor is?'
'Ja.'
Judith en Yehoshuah keken hem verbaasd aan. De monniken leken hem als een volstrekte dwaas te beschouwen: een man die zijn hand tegen zijn oor hield en met zichzelf praatte! Stephen keek naar de hoge kloostermuur, die al oud was geweest toen Columbus het zeegat had gekozen, hij zag de felblauwe hemel daarboven, die zich eindeloos ver leek uit te strekken en de monniken tussen hun schrale planten; ja, het was inderdaad volkomen dwaas.
'Zoekt Kaun ons nog in Jeruzalem?' informeerde Stephen.
'Nee!' zei Eisenhardt met nadruk en voegde er geagiteerd aan toe: 'Luister, ik bel vanuit de auto, op weg naar Tel Aviv. Mijn vliegtuig vertrekt zo meteen, en mijn vrouw weet nog niet dat ik vandaag terugkom. Het is heel belangrijk dat ik haar voor de start nog bereik...'
'Heeft Kaun u naar huis gestuurd?'
'Ja.'
Dat kon alleen betekenen dat de miljonair geloofde geen prijs meer te

stellen op de meningen van de schrijver. Hij kon nooit de verdenking gekoesterd hebben dat ze contact met elkaar hadden, want dan had hij Eisenhardt vast niet de gelegenheid geboden te telefoneren.
'Mister Eisenhardt, ik moet weten wat Kaun weet. Probeert u mij daarover aanwijzingen te geven,' drong Stephen aan.
De schrijver leek al wat bedacht te hebben. 'Ik geef u nu het autonummer,' zei hij, maar hij corrigeerde zich meteen: 'Sorry, zei ik kenteken? Ik bedoel natuurlijk het telefoonnummer.'
Stephen dacht koortsachtig na. Wat wilde de Duitser hem daarmee vertellen? 'Betekent dat dat Kaun het kenteken van onze auto weet?'
'Ja, precies.
'Zitten ze al achter ons aan?'
'Absoluut.' Iemand op de achtergrond zei iets, en Eisenhardt gaf antwoord, maar zo ver van de telefoon vandaan dat het door alle ruis niet verstaanbaar was.
Wat betekende dat? Verdomme, wat betekende dat? Kaun kende het kenteken van hun auto, goed. Dat kon je natuurlijk wel te weten komen als je John Kaun heette. Maar hoe was hij hen op het spoor gekomen? Dat moest stom toeval zijn geweest.
Eisenhardt gaf hem zijn telefoonnummer in Duitsland door. Hij sprak heel langzaam, misschien om hem tijd te geven om na te denken. Stephen rende snel naar de kloosterdeur, die altijd nog scheef in de oude hengsels hing, klom naar buiten en drukte zich tegen de muur aan. Hij tuurde in de diepte naar de plek waar ze vandaan gekomen waren. De luidspreker van de telefoon begon onheilspellend te kraken.
Ja, hoor, daar beneden. Bewegingen achter een rots, een flikkering. Er lag daar iemand op de loer. Verdomme nog aan toe. Ze hadden zich zo veilig gevoeld.
Hopelijk hadden ze hem nog niet gezien, met zijn telefoon in de hand. Hij wurmde zich weer langs de deur, het klooster in.
'Eisenhardt,' zei hij met een stem die hem zelf opeens vreemd in de oren klonk. 'Ze zijn er al. Ze hebben ons al in de smiezen. Luister, ik weet niet wat ze met ons van plan zijn. Ik vertel u nu alles wat ik weet, zodat er in elk geval iemand is die kan vertellen waar we ons bevonden.'
Hij hoorde de ander slikken. 'Ja, goed.'
Stephen vertelde hem zo beknopt mogelijk waar ze waren en hoe ze daar terecht waren gekomen: de bergplaats achter de Klaagmuur, de tunnel van de franciscanen en de legende van de spiegel. 'Deze spiegel is de camera,' zei hij ten slotte. 'We hebben die nog niet gevonden, maar ik

weet zeker dat die hier is.'
'Ik begrijp het,' hoorde hij Eisenhardt langzaam zeggen. Hij leek beslist onder de indruk. 'Dan moet ik het later nog eens proberen. Hartelijk dank.' De verbinding werd verbroken.
Stephen keek naar de gsm in zijn hand. Het batterijsymbool gaf aan dat de telefoon hoognodig moest worden opgeladen. Hij schakelde de telefoon uit, stopte die in zijn broekzak en keek omhoog.
Het contrast met de monnik die achter in de tuin kalmpjes water uit een kleine bron schepte, was zo groot dat het hem bijna begon te duizelen. Hoe kwamen die monniken hier boven op de berg in godsnaam aan water? Het was allemaal heel merkwaardig. Stephen knipperde met zijn ogen en zocht de blik van Judith en Yehoshuah, van bekende gezichten. Ze keken hem bezorgd aan.
'Kaun weet waar we zijn,' herhaalde Stephen alsof hij verdoofd was. 'En beneden ligt er al iemand op de loer. Ze zijn ons gevolgd.'
Judith schudde vol onbegrip haar hoofd. 'Nou ja zeg... de hele tijd is alles uiterst geheim, en dan vertel je die Eisenhardt opeens het hele verhaal?'
'Ja, het was vast en zeker een truc,' viel Yehoshuah haar bij. 'Kaun stuurt Eisenhardt op pad om een balletje op te gooien, die slaagt erin jou bang te maken en jij klapt meteen uit de school?!'
Stephen rolde met zijn ogen. 'Hebben jullie het niet gehoord? Ze zijn ons de hele tijd gevolgd. En er ligt beneden al iemand te wachten tot we terugkomen. Is dat soms ook een truc? Dan wel een heel geraffineerde, moet ik zeggen.' Hij keek om zich heen. Er leken geen kijkgaten in de muur te zitten waardoor je de situatie onopvallend kon bekijken. Het enige doel van de muren leek om de buitenwereld buiten te sluiten. Alleen liet de buitenwereld zich niet buitensluiten.
'Eisenhardt heeft een wachtwoord gebruikt dat ik hem heb voorgesteld,' ging Stephen verder. Hij gaf een korte beschrijving van de omstandigheden waaronder ze elkaar in de Amerikaanse bibliotheek hadden ontmoet. 'Voor mij betekent dat dat Eisenhardt mij op eigen initiatief heeft opgebeld. Als Kaun hem had gedwongen met mij te praten, dan had hij het wachtwoord niet hoeven gebruiken.'
'En als hij gemene zaak met Kaun maakt?' vroeg Yehoshuah kritisch. 'Uit vrije wil? Of voor geld, wat mij betreft? Dat zal niet de eerste keer zijn.'
'Dan zal ik nooit meer zeggen dat ik het idee heb mensen in te kunnen schatten,' bromde Stephen. 'Ik zal me uit het zakenleven terugtrekken en een baan nemen waarbij dat van geen enkel belang is. Inpakker in een

conservenfabriek of vuilnisman.' Hij haalde beide handen over zijn hoofd. 'En houden jullie nu eens op met al die mitsen en maren; het werkt op mijn zenuwen.'

Volgens de borden was het nog altijd 20 kilometer naar Tel Aviv, maar de limousine nam de afslag naar een kruisende snelweg, waarnaast na korte tijd opeens de luchthaven Ben Goerion voor hen opdook. Zo herinnerde Eisenhardt het zich helemaal niet meer. Was dat echt allemaal pas vorige week geweest?
Zijn twee begeleiders weken ook nadat ze waren uitgestapt niet van zijn zijde. Hij moest zelf zijn weekendtas dragen, maar ze escorteerden hem naar de incheckbalie en vandaar naar de veiligheidscontrole. Ze beschikten over opvallende identiteitsbewijzen, die ze de wantrouwende beambten onder de neus hielden en bewerkstelligden dat ze mochten passeren, ondanks de onmiskenbare bobbels onder hun colberts. Ze wisten precies de weg naar de juiste gate.
Daar moesten ze wachten.
Een van beiden, de chauffeur, een donkerblonde man met een snorretje, die wel een beetje leek op de meervoudige winnaar van de gouden medaille bij de laatste Olympische Spelen, kocht een sportkrant, waar hij al snel in verdiept was.
'Ik moet naar het toilet,' zei Eisenhardt.
Het antwoord beperkte zich tot wat gebrom. De sportkrant was interessanter. De ander, die op de passagiersstoel had gezeten, stond voor de ijsautomaat en keek aandachtig naar de afbeeldingen van de verschillende ijswafels. Het was drukkend warm in het grote glazen gebouw, waarin de zonnewarmte als in een broeikas werd opgeslagen.
Eisenhardt stond op en slenterde weg, op zoek naar een toilet. Toen hij de hoek om liep, zag hij aan de muur een munttelefoon.
Onwillekeurig verdween zijn hand in zijn zak. Hij bevoelde de telefoonmuntjes die nog overgebleven waren van het gesprek met Stephen Foxx. In Duitsland kon hij er niets meer mee beginnen. Hij kon ze beter nu opmaken.
Thuis nam niemand op. Iedereen was weg, en ze waren weer vergeten het antwoordapparaat aan te zetten! Eisenhardt keek op zijn horloge, telde er een uur bij om op Midden-Europese tijd te komen en vroeg zich af waar ze konden zijn. O ja, op de muziekschool. Dat betekende dat ze pas terug zouden komen als hij al in het vliegtuig zat.
Terwijl hij de ongebruikte munten uit het retourvakje haalde, kreeg hij

een idee. Een gedachte die zijn adrenalineniveau gevoelig deed stijgen. Er was nog iemand die hij op kon bellen.
Maar dan moest hij opschieten. En dan kon hij beter een telefoon zoeken die wat verder van zijn beide oppassers vandaan lag.

Als een dikke bruine rups kroop een kleine stofwolk door de lege woestijn. Af en toe kon je de auto's al herkennen die het stof opjoegen.
'Wij zijn gewoon toeristen,' legde Stephen Foxx uit. 'We hadden over dit klooster gehoord en willen het bezichtigen. Ik wilde eens een plaats in Israël zien die niet een over de hele wereld bekende toeristenattractie is.'
'Dat geloven ze nooit,' voorspelde Yehoshuah somber.
Ze stonden naast elkaar op het vervallen, schuin tegen de muur aangebouwde dak van de hut die de monniken als hun eetzaal hadden betiteld. De dakpannen knarsten onder hun voeten, maar ze leken nog stevig genoeg. Ze hadden het al eeuwen uitgehouden. Als je op het hoogste punt van het dak zat, reikte de kloostermuur net tot aan je schouders.
'En wat dan nog,' zei Stephen. 'Je hebt het toch gehoord. Broeder Gregor is dertig jaar geleden het klooster in gegaan. Dertig jaar geleden bestonden videocamera's alleen nog maar in sciencefictionboeken. En sindsdien hebben ze geen contact gehad met de rest van de wereld. Wat zouden de monniken volgens jou antwoorden als Kaun hun vraagt waar de videocamera is?'
'Kaun zal het aan jou vragen.'
'Ik weet niets van een videocamera.'
'Maar je hebt de brief van de tijdreiziger verdonkeremaand.'
Stephen trok een uiterst onschuldig gezicht, alsof hij alvast aan het oefenen was. 'Brief? Tijdreiziger? Waar hebt u het over, meneer? Daar weet ik niets van.'
'Er zijn geen bewijzen,' knikte Judith. 'De brief is vernietigd en niemand kan bewijzen dat Stephen die ooit heeft gehad.'
'Er zijn toch foto's?'
'Valt ooit te bewijzen dat dat foto's van een tweeduizend jaar oude brief zijn, die echt in het bewuste graf heeft gelegen?'
'Maar jij hebt ingebroken in het Rockefeller-Museum,' hield Yehoshuah vol.
'Dat klopt, edelachtbare,' knikte Stephen. 'Dat valt mij inderdaad te verwijten en wat dat betreft beken ik ook schuld. Ik wilde stiekem de vondsten van perceel 14 nog eens bekijken, waartoe mij de toegang was ontzegd, ook al had ik ze ontdekt.'

Ze zwegen. Een pooslang was alleen het mompelende monnikenkoor te horen die zich voor het gebed in hun kleine kapel hadden teruggetrokken. De deur van het klooster was weer vergrendeld, alsof het een uitgemaakte zaak was dat Stephen, Judith en Yehoshuah hier voorgoed zouden blijven.
'Tja,' zei Yehoshuah ten slotte, 'dan kunnen we wel vertrekken, niet?'
Het was heet. Verschrikkelijk heet, zonder ook maar een zuchtje wind.
'Ik ben er nog niet van overtuigd dat de camera hier werkelijk niet is,' merkte Stephen op. 'Eén ding is zeker: Kaun zal dit klooster binnenstebuiten keren, veel grondiger dan wij dat zouden kunnen.'
De zandwolk kwam nog steeds dichterbij en werd steeds doorzichtiger. Het waren vijf auto's, vijf donkere puntjes die uiterst traag door de woestijn schoven.
'Heb je er ooit al eens aan gedacht,' vroeg Yehoshuah tot slot, 'dat de monniken zelf misschien niet weten dat de camera hier is?'
Stephen knikte, zonder zijn blik van de achtervolgers af te wenden. 'De hele tijd.'

Toen de broeders hun gebed hadden beëindigd en zwijgend in ganzenmars de lage toegang van de kerk uitkwamen, hadden de achtervolgers de voet van de berg bereikt. Nadat ze kort overlegd hadden en uit de geopende kofferbakken iets hadden uitgedeeld wat nog het meest op een groot handvuurwapen leek, waren ze aan de klim begonnen.
'Eerwaarde vader,' zei Stephen tegen broeder Gregor, nog een poging wagend, 'de achtervolgers over wie ik al eerder sprak, hebben ons gevonden. Ze komen steeds dichterbij. Ze zoeken hetzelfde als wij, maar ze willen er niet alleen maar een blik op werpen. Ze willen het hebben.'
'Omdat datgene wat ze zoeken hier niet is, zullen ze het niet krijgen,' antwoordde broeder Gregor.
'Gelooft u me, deze mensen zullen dat pas geloven als ze elke steen van uw klooster hebben omgedraaid zonder iets te vinden.'
De monnik keek de jonge Amerikaan wrevelig aan. Zijn mondhoek trilde. 'Blijkbaar vormt jullie aanwezigheid in ons klooster een ernstige bedreiging voor onze zelfbezinning,' constateerde hij. 'Het spijt me jullie dit te moeten vertellen, maar ik geloof dat het beter is als jullie nu vertrekken.'
'Dat zullen we graag doen, maar ik ben bang dat we het onheil daarmee niet meer kunnen afwenden.'
'Wat betekent dat?'

Stephen beet op zijn onderlip. 'Ze zullen zeker hier komen, waar we ook heen gaan en wat we ook doen. Het spijt me.'

Van heel ver weg, als de verre roep van een adelaar, drong een schreeuw over de muur door. Het was een spookachtig moment en de drie konden zien hoe in de ogen van de monnik de paniek opflakkerde. Hier waren geen adelaars. Het was de schreeuw van een mens geweest, weliswaar onverstaanbaar, maar uit de toon viel op te maken dat het een bevel was waarmee een hele horde moest worden gecommandeerd. Ze kwamen eraan.

'Maar dat is toch waanzin,' zei Gregor. 'Waarom zou iemand zoiets op touw zetten om een voorwerp te zoeken dat in het rijk der legenden thuishoort?'

Stephen haalde diep adem. Dit was het moment waarop alles zou worden beslist. Het moment waarop hij iemand voor zich moest winnen. Nu of nooit.

'U hebt gelijk,' zei hij, zijn handen uitstrekkend in een bezwerend gebaar. 'Dat zou waanzin zijn. Maar luistert u alstublieft goed naar me. We weten echt heel zeker dat er een mens door de tijd is gereisd, en wel ongeveer in het jaar waarin Jezus met prediken is begonnen. Deze tijdreiziger had een videocamera bij zich. Dat is net zoiets als een filmcamera, alleen worden de filmopnamen op een magneetband opgeslagen, net zoals bij een bandrecorder. En die tijdreiziger heeft filmopnamen van Jezus gemaakt. Ik zeg u nogmaals: dat is geen theorie, maar een feit. Wat we niet precies weten, is waar de camera met de opnamen gebleven is.'

'Door de tijd gereisd?' De monnik schudde ongelovig zijn hoofd. 'Dat kan toch helemaal niet.'

'Toch is het gebeurd. Ik zou u nu graag het hele verhaal vertellen, maar daar hebben we geen tijd voor. We zijn hier omdat we bij onze naspeuringen op de legende van de spiegel zijn gestuit, waarop het gelaat van Jezus bewaard is gebleven. Wij geloven dat met die spiegel in werkelijkheid de camera bedoeld werd, en wij geloven dat die camera in dit klooster wordt bewaard.' Broeder Gregor leek door de bliksem getroffen, en dat was zacht uitgedrukt. Zijn gezicht had een asgrauwe, ongezonde kleur gekregen, zijn kaak, die daarnet nog zo gezond en vol geleken had, hing nu slap naar beneden en zelfs zijn haar leek in één klap grijs te zijn geworden.

'Maar dit klooster is pas zeshonderd jaar geleden gebouwd,' bracht hij moeizaam uit. 'Het is echt onmogelijk.'

'De camera lag eerst ergens anders verborgen en is op zeker moment in bezit gekomen van de franciscanen,' zei Stephen op stellige toon, ook al wist hij dit helemaal niet zeker en was het slechts een vermoeden. Hij probeerde met zijn handen een indruk te geven van de afmetingen van het apparaat. 'Het gaat om een rechthoekig voorwerp, ongeveer zo groot. Mogelijk is het ding ergens in gewikkeld of in een grotere doos ingepakt.'
De blik van de oude man werd onrustig. 'Waar zou dat voorwerp dan moeten zijn? Je ziet toch zo dat zoiets hier niet te vinden is.'
Stephen wisselde een blik met Yehoshuah. 'We dachten eerst dat de camera – de spiegel dus – hier als relikwie of heiligdom vereerd wordt. Maar het is ook mogelijk dat die werd verstopt en u er helemaal niets meer van weet.'
'Hier is niets,' herhaalde de monnik, naar de kapel wijzend. 'U kunt het altaar gerust bekijken.' Hij zag eruit alsof hij elk moment flauw kon vallen. Langzamerhand begon Stephen er zelf aan te twijfelen dat de camera hier was. Misschien bestond die allang niet meer. Dat was inderdaad het waarschijnlijkst. Of misschien lag die nog in de Klaagmuur. Had hij zich misschien wat al te gemakkelijk door de woorden van Yehoshuahs vader laten beïnvloeden? Was dat hem niet heel goed uitgekomen? Hij had alleen en hongerig op zijn hotelkamer gezeten, waar hij net gehoord had dat iemand die hij kende plotseling was overleden... Natuurlijk had hij zich zorgen gemaakt om die duik. Dertig jaar lang durft niemand eraan te beginnen... dan is het niet gek dat je begint te piekeren als je het als beginneling wilt proberen. Was het dan niet de gemakkelijkste uitweg er opeens van overtuigd te raken dat de camera helemaal niet aan het eind van die gevaarlijke tunnel lag, maar werd bewaard in een zonnig klooster op een berg?
'Ja,' knikte Stephen beleefd. 'Dank u. We willen graag een kijkje nemen bij het altaar.'
De monnik keek hen met zijn dolende blik aan, knikte en liep weg. Hij begaf zich naar zijn medebroeders, die zich als een opgeschrikte kudde voor het knekelhuis hadden verzameld.
'We hadden hier nooit heen moeten gaan,' zei Stephen somber. 'Alleen onze aanwezigheid al stort hen in het ongeluk. Kaun zal zich als een gier op hen storten.' Hij keek in de kleine, gemetselde opening van de put en zag op circa twee meter diepte water glinsteren. Dat was waarschijnlijk de cisterne. Dat was het grootste raadsel van deze plek: hoe kwamen deze monniken aan voldoende water?

Yehoshuahs blik gleed over de drie grafkruisen naast de kapel. 'Ook een John Kaun kan niet zomaar doen wat hij wil.'
'Daar zou ik nog maar niet zo zeker van zijn,' waarschuwde zijn zus. Ze knikte in de richting van het knekelhuis. 'Denk je dat er voor iedereen daarbinnen een overlijdensakte is? Geen mens zal het merken als zijn mensen er nog een paar doden bij leggen.'
'Je maakt me bang,' mompelde Yehoshuah.
'Mooi,' zei Judith grimmig. 'Mooi.'
De ingang van de kapel lag iets lager dan het algemene niveau van de bodem. Ze moesten enkele ruwe traptreden af. De gebedsruimte was kaal en leeg. Ooit was die witgeverfd geweest, maar in de loop der tijd had zich een dikke zwarte roetlaag op het licht gewelfde plafond afgezet. Dat de monniken geen vuur gebruikten, klopte namelijk niet helemaal: op het altaar brandde een klein vlammetje in een simpele olielamp. In het midden hing het kruis, rechts en links daarvan stonden bloemen, als enige versiering.
Ze onderzochten het altaar, maar dat was niet meer dan een rechthoekig uitgehouwen rotsklomp waarop een dun kleed lag. De camera zou erin verborgen kunnen zijn, maar eigenlijk kon die in elke willekeurige steen van de hele kloostermuur verborgen zijn. Ze konden dat op geen enkele manier vaststellen.
'Goed,' zei Stephen. 'Ik beloof hierbij dat ik nooit meer uit de lucht gegrepen theorieën zal opstellen. We zouden...'
Een enorme knal deed hen ineenkrimpen. De stilte daarna was oorverdovend. Ze keken elkaar dodelijk geschrokken aan.
'O, shit...'
Ze renden uit de kapel naar buiten. Alsof ze gehypnotiseerd waren, weken de monniken langzaam terug van de kloosterdeur, terwijl ze daar onafgebroken naar bleven kijken. Weer werd de stilte in het klooster verbroken door een enorme knal, als een verschrikkelijke bijlslag, en houtsplinters vlogen van de achterzijde van de houten deur.
Stephen sidderde van angst en woede tegelijk. Dit was erger dan hij had durven vrezen. 'Ze schieten de boel gewoon kapot,' zei hij verbijsterd. 'Ze voelen er blijkbaar helemaal niets meer voor om te praten!'
Er klonken nu onophoudelijk salvo's uit allerlei vuurwapens, die het stuk voor stuk op de kloosterdeur hadden gemunt. Het oude, door de woestijnhitte uitgedroogde hout vloog versplinterd in het rond, maar de deur bleef toch verbazend lang intact. Toch zou het niet lang meer duren voordat die in stukken zou breken en naar binnen zou vallen.

'Broeder Gregor is verdwenen,' stelde Judith vast.
Stephen keek om zich heen. De monnik bevond zich inderdaad niet onder de broeders die zich doodsbang achter de muren van hun slaapruimte hadden verschanst. Een angstig moment lang geloofde hij dat de broeder dood in een van de bedden lag, door een ricocherende kogel getroffen, maar nee, dat was slechts opgeworpen grijze aarde. De monnik leek zich verborgen te hebben.
Het kon niet lang meer duren. De verankering van de ijzeren ring die op het midden van de deur was aangebracht, werd door een schot vernield, waardoor het deurbeslag dwars door de tuin vloog. Tussen de kakofonie van de schoten door was af en toe geroep te horen, commando's wellicht. Ze maakten zich op voor de bestorming.
Opeens, vrijwel zonder overgang, hielden de schoten op.
Stephen hield zijn adem in, wachtend op het pandemonium dat ongetwijfeld zou losbarsten. Wellicht zouden ze de deur opblazen.
In plaats daarvan was in de bijna beklemmende stilte na al het lawaai een gedreun hoorbaar. Ze herinnerden zich dat ze dat al een hele tijd hoorden en dat het steeds luider werd, een zwaar, dreigend gedreun, zoals van zware machines, dat steeds dichterbij kwam.
'Ik ken dat,' mompelde Judith, alsof ze een ellendig voorgevoel had. 'Ik ken dat geluid.'
Plotseling groeide het geluid tot een oorverdovend lawaai aan. Drie grote donkere schaduwen vlogen dreigend over hen heen, zo laag dat ze zich onwillekeurig bukten. Om hen heen werd stof en zand opgeworpen, bladeren en takken woeien op. Het waren drie militaire helikopters in formatievlucht.

34

KLOOSTERS.
De Kloosters op de berg Nebo werden door S.J. Salier in opdracht van het Studium Biblicum Franciscanum uitgegraven. De eerste monniken woonden in de 4e eeuw n.Chr. in de dalen rond de berg, terwijl het grote kloostercomplex uit de 5e tot 9e eeuw stamt. Het vermelden waard zijn vooral een kerk met diverse boven elkaar liggende mozaïekvloeren en een graanschuur.
Avraham Stern,
Encyclopedie van de bijbelse archeologie

Stephens was zo verbijsterd dat zijn onderkaak openviel, maar hij kon er niets tegen ondernemen. Als gehypnotiseerd volgde hij met zijn ogen de drie olijfkleurige helikopters, die als grote zwarte vogels weer de lucht in klommen, een stinkende wolk verbrande kerosine achter zich aan slepend. Ze maakten aanstalten een wijde bocht te maken, die zonder twijfel terug naar het klooster voerde.
Opeens voelde hij zich heel nietig en machteloos, als een muis die omhoogkijkt en een stoomwals op zich af ziet komen. Wat had hij allemaal teweeggebracht? De helikopters weken uiteen; je kon zien hoe de zijdeuren open werden geschoven en dat mannen in uniform erachter wachtten tot ze in actie konden komen.
Hij wist zijn blik ervan af te wenden en probeerde helder na te denken. Waren dat Kauns mensen? Of hadden ze door zijn toedoen het Israëlische leger op hun dak gekregen? Misschien zat ergens een norse officier van justitie te wachten, met een lange, door Kauns advocaten opgestelde lijst met beschuldigingen voor zich.
Ook de monniken die bij elkaar gehurkt in dekking zaten, hadden hun gezichten bij dit schouwspel naar de hemel opgericht, als bloemen die zich naar de zonnestand richtten. Op eentje na dan, die steeds weer naar het knekelhuis keek, alsof hij bang was dat hij daar binnenkort ook zou liggen.
'Dat is het leger, nu is het voorbij,' zei Judith, maar hij vermoedde meer dat ze het zei dan dat hij het werkelijk hoorde, want ze sprak in zichzelf. De helikopters begonnen af te dalen naar het klooster en het ervoor gelegen terrein. Over enkele ogenblikken zou je je eigen woorden niet meer kunnen verstaan.

Ja, het was vast en zeker voorbij. Stephen keek nog eens rond. Zou hij deze plek ooit terugzien? Waarschijnlijk zou hij de komende weken of maanden in een gevangeniscel doorbrengen. Natuurlijk zou zijn vader hem beslist willen verdedigen, maar dan zou hij naar Israël moeten komen en met een Israëlische advocaat moeten samenwerken, wat natuurlijk sloten geld zou kosten, waarschijnlijk zelfs Stephens gehele vermogen, als dat al genoeg was. Maar het was voorbij. De mannen die in de helikopters wachtten – heel klein en nog steeds hoog in de lucht, maar toch al met gezichten die als lichte vlekken herkenbaar waren – behoorden tot een leger dat diverse malen een twintig keer zo groot Arabisch invasieleger vernietigend had verslagen. Tegen deze mannen hadden ze geen schijn van kans.
Die ene monnik bleef maar naar het knekelhuis kijken. Nee, zijn gezichtsuitdrukking gaf geen blijk van angst. De man was niet bang. Het leek er meer op dat hij zich afvroeg of hij al dan niet het knekelhuis in moest vluchten.
Terwijl Stephen zijn adem inhield, bekroop hem een krankzinnige gedachte.
'Judith!' riep hij te midden van het helse lawaai van de op hen af komende rotorbladen. 'Yehoshuah?'
Dit was hun enige kans. Eigenlijk namen ze geen enkel risico, want ze hadden het spel toch al verloren.
'Wat is er?' riep Judith terug.
'Ik geloof dat ik weet waarin Gregor verdwenen is!' brulde Stephen in haar oor.
'Wat?' Ze schudde haar hoofd, op haar oren wijzend. Het lawaai was te erg. 'Ik versta geen woord!'
Hij greep haar hand en begon eraan te trekken. 'Kom mee!' schreeuwde hij, zijn woorden met dringende gebaren ondersteunend.
Judith volgde hem aarzelend, evenals Yehoshuah, die duidelijk in verwarring was. Hij rende op het knekelhuis af. Door het krankzinnige lawaai trilde de grendel op de deur in zijn hand toen hij die omhoogtrok. Judith begreep wat hij van plan was en deinsde terug.
'Kom mee!' schreeuwde hij nogmaals. Hij wist haar hand weer te grijpen en trok haar met zich mee. Daarna leidde hij Yehoshuah het knekelhuis in en sloot de deur. Het werd op slag pikkedonker, maar het lawaai was nog altijd oorverdovend.
Hij pakte een kleine staaflamp, schakelde die in en liet de lichtbundel over de planken met hun huiveringwekkende inhoud schijnen. Nu moest hij snel zien te vinden wat hij zocht, razendsnel zelfs...

'Wat ben je van plan?' brulde Yehoshuah in zijn oor. Uit zijn blik viel op te maken dat het hem niet goed lukte de beenderen rondom hem als zuiver archeologische voorwerpen te beschouwen.
Stephen schudde zijn hoofd. Dat was nu te moeilijk om uit te leggen. Hij loerde in de stellingen, keek onder houten schotten, voelde voorzichtig in spleten en gaten. Hoe zou hij het aangepakt hebben als hij in de veertiende eeuw een dergelijke voorziening had bedacht en gebouwd?
In de veertiende eeuw.
Lang geleden.
Gebruikssporen! Hij liet zich op zijn knieën vallen, zocht met zijn neus vlak boven de plankenvloer centimeter voor centimeter af met de zaklamp, die hij schuin opzij hield, zodat alle krassen en slijtsporen grote schaduwen wierpen. Buiten dreunden nog altijd de helikopterwieken alsof de ondergang van de wereld ophanden was.
'Hier!' schreeuwde hij, maar hij kon zichzelf niet eens horen. Hij drukte Yehoshuah, die er nog altijd niets van begreep, de lamp in zijn hand. De stelling aan de voorzijde van de ruimte had ronde moeten in de houten bodem gemaakt. Ergens moest een grendel zijn, een simpele grendel die ook door een monnik met jichthanden opengeschoven kon worden...
Je moest alleen niet bang zijn midden in de hoop koude, afschrikwekkend gladde vingerbotjes te grijpen. Stephen tastte in het rond en vond een hendel waaraan hij kon trekken, waarna de stelling als een kastdeur geopend kon worden.
Op hetzelfde moment begon het alles doordringende gedreun van de helikopters af te nemen. De drie keken elkaar verschrikt aan.
'Ze zijn voor het klooster geland,' riep Judith. 'Ze laten de rotors nu langzamer draaien, zodat ze snel weer weg kunnen vliegen.' Je kon ze weer horen. Het lawaai was nog altijd even luid als bij een popconcert, maar vergeleken met even geleden leek het werkelijk zacht.
Achter de stelling leidde een in de rots uitgehouwen trap de diepte in, waar volstrekte duisternis heerste. Stephen nam de zaklamp weer van Yehoshuah over en ging voorop. Wat er buiten ook gebeuren mocht, ze hadden in elk geval geen tijd te verliezen.
'Toen ik een monnik in de richting van het knekelhuis zag kijken, schoot het me weer te binnen,' legde Stephen uit. Judith liep achter hem aan en Yehoshuah trok de deur weer dicht. Je hoorde het mechanisme vastklikken en nu was het bijna stil hier. Het enige wat je nog hoorde, was een onbestemd gerommel, en ook dat verminderde met

elke stap. 'Ik wist dat dit klooster gebouwd is door mensen die dertig jaar lang een gang van een halve mijl door de rotsen hebben uitgehouwen. Er moest gewoon een onderaardse ruimte zijn, een geheime onderaardse ruimte. En waar zouden ze de toegang beter kunnen verbergen dan in een ruimte vol botten?'

'Geloof je dat we ons hier beneden kunnen verbergen tot de lucht boven weer is opgeklaard?' vroeg Yehoshuah.

Stephen schudde zijn hoofd. 'Nee. Ik geloof dat broeder Gregor zich hier beneden ophoudt, en ik wil weten wat hij aan het doen is.'

De trap eindigde al snel in een catacombeachtige gang, die twee kanten op leidde. Stephen bleef staan, wachtte tot Judith en Yehoshuah naast hem stonden, gebaarde hen stil te zijn en schakelde de zaklamp even uit. Van rechts kwam een onheilspellend, hol geluid, alsof er water in een enorme druipsteengrot liep. Stephens hart begon harder te bonzen. 'Rechts,' fluisterde hij.

Boven hun hoofden waren dreunende voetstappen te horen, de grond trilde lichtjes. Wat gebeurde er daarboven in vredesnaam allemaal? Stephen probeerde er niet aan te denken en liet de lichtbundel door de gang schijnen.

De gang verbreedde zich tot een cirkelvormige ruimte. Het rook er vochtig en muf en het was er opvallend koud. De lichtbundel gleed over eeuwenoude houten stokken en wielen, over kettingen en haken en een sterk aflopend, duister gat midden in de grond, waarin de ketting omlaag voerde.

'Voorzichtig,' waarschuwde Judith toen Stephen naar het gat toe liep en het duister met de lichtbundel van zijn zaklamp probeerde te doorboren.

'Dat moet een waterput zijn,' bracht Stephen uit. Hij richtte zijn zaklamp op het enorme wiel in de schraag erboven en probeerde de lengte van de ketting in te schatten die eromheen was gedraaid. 'Een onvoorstelbaar diepe put, helemaal de berg in.' Daartegenover was een kanaaltje in de bodem uitgehouwen, waarachter het zacht druppelde. Blijkbaar werd hier water naar boven gehaald en naar de cisterne gesluisd, waaruit van bovenaf water voor de tuin en het bereiden van eten werd geschept.

Maar waar kwam dit water vandaan, zo midden in de woestijn?

'Onder de Negev liggen enorme watervoorraden uit de ijstijd,' zei Yehoshuah, alsof hij zijn gedachten had gelezen. Deze berg heeft blijkbaar een natuurlijke toegang tot dat water. Dat is de enige verklaring.'

'Ja,' knikte Stephen. 'Ik kan echt niet geloven dat de monniken ook deze put gegraven hebben. Het moet zelfs voor hen toch duidelijk zijn geweest dat de top van een berg daarvoor niet de juiste plek is.'
'Licht hier eens bij.' Yehoshuah knielde duizelingwekkend dicht bij het gapende gat neer en tastte de grond met zijn vingers af. 'Hier. Een spleet. Waarschijnlijk loopt die door de hele berg. Het is goed mogelijk dat er stijgbuizen gevormd zijn die het water van een reservoir naar boven hebben gedrukt, naar een plek waar het te bereiken is.' Hij leek geheel vergeten te zijn dat ze achtervolgd werden en op de vlucht waren. 'Fascinerend. Je zou moeten onderzoeken of...'
'Ja, ja,' zei Stephen ongeduldig. Hij liet de lichtstraal in de rondte schijnen. Er was niets anders dan deze ronde ruimte met de indrukwekkende put, en de gang waardoor ze hier gekomen waren, was de enige toegang. Dus als broeder Gregor zich echt ergens hier beneden verborgen hield, dan moest hij in de gang zijn die van de trap naar links voerde.
Ze hoorden geluiden uit de bovenwereld toen ze door de gang teruggliepen. Snelle voetstappen, gedreun, alsof iemand aan het vechten was. Maar moesten de oude monniken in staat worden geacht tegen iemand te vechten, gesteld dat ze dat van plan waren geweest?
Ze passeerden de trap en liepen de andere gang in. Die maakte een bocht en helde iets omlaag. De geluiden verdwenen weer en nu werden ze door een lugubere stilte omgeven. Het leek wel alsof ze in de schoot der aarde afdaalden, in een koude, doodstille, door mensenhanden geschapen Hades.
Stephen bleef opeens staan en siste 'Sst!' toen Judith van achteren tegen hem op liep en flink wilde gaan vloeken, en knipte de lamp uit. Hij hield zijn adem in toen het om hen heen volkomen donker werd.
Yehoshuah ademde luidruchtig in, alsof hij schrok. Het was toch niet helemaal donker. Ergens voorin, in de verte, leek een flauw lichtschijnsel zichtbaar, maar helemaal zeker wist Stephen het niet.
In de parelmoerkleurige schemering besefte Stephen opeens welk gevoel in hem opspeelde sinds ze de trap waren af gelopen. Een gevoel dat als een zeurende pijn tussen zijn borstvlies en zijn borstkas leek te schuiven en dat steeds sterker werd naarmate hij verder liep: het was niets anders dan pure angst. Angst, die hem ertoe aan wilde zetten te stoppen en terug te keren. Angst, die hem met een onhoorbare stem toefluisterde dat deze tocht volstrekt onnodig was, dat hij net zo goed naar boven kon gaan om zich te laten oppakken, dat het zo wel best was, omdat hij er tenslotte alles aan had gedaan en zichzelf geen verwijten hoefde te

maken. Het was volstrekt onnodig ook nog maar één stap verder te lopen.
Stephen ademde langzaam en geruisloos uit en even geruisloos weer in. Merkwaardig, er was iets veranderd. In de eeuwige onontwarbare knoop van angsten, wensen, begeerten en driften had zich een nieuw gevoel gemanifesteerd. Toen ze aan de voet van de berg met het klooster gearriveerd waren, was één grote angst allesoverheersend geweest: stel dat hij iets over het hoofd had gezien? Stel dat hij een fout maakte? Dat John Kaun hem voor was? Stel dat hij de camera nooit te zien zou krijgen? Nu had de angst opeens een ander gezicht gekregen. Nu was dit zijn grote angst: stel dat hij werkelijk vond wat hij zocht?
Er klonk een klik toen Stephen de lamp weer inschakelde.
Zonder dat ze er met een woord over hadden gesproken, probeerden ze zo onhoorbaar mogelijk te lopen. Steeds verder, voetje voor voetje, steeds dieper in het land van de vrees, de angst tegemoet. De rottingslucht van de bron vermengde zich steeds meer met een zware, vreemde geur, die op wierook of mirre leek, iets wat aan een kathedraal deed denken en aan duizendstemmige koralen in torenhoge kerken.
Iemand neuriede.
Het geluid deed Stephen sidderen. Iemand neuriede iets wat als een merkwaardig onmelodieus lied klonk, een laag gebrom van een basstem die in uiterste concentratie was verzonken. Het zachte geneurie vervulde de atmosfeer met zo'n intensiteit, dat je moest vrezen dat degene die het geluid voortbracht, zich letterlijk dood kon schrikken als je hem op dit moment verraste.
Op het moment dat ze de grot bereikten, verstomde het geneurie.
Het was geen grote ruimte, nauwelijks groter dan de ruimte rond de put, die ruw in de rots was uitgehakt. Al op het eerste moment werd Stephen aan de talloze Arabische sprookjes herinnerd waarin het wemelde van geheime, overvolle schatkamers. Er brandden drie olielampjes op een reusachtig altaar, dat vol stond met gouden kelken, glinsterende kandelaars, kruisbeelden, grote, kleurige iconen met goudopdruk en enorme, handgeschreven bijbels. Alles was uitgestald op talloze kleine en grote, kunstig geknoopte en geweven tapijten, die ook de vloer bedekten. Nog meer iconen met taferelen uit het leven van Jezus hingen aan de muren of stonden daar tegenaan. Het was een schitterende verzameling van ontelbare kunstschatten.
Op een van de tapijten knielde een man: broeder Gregor.
Ze bleven zwijgend staan, volkomen onthutst na de onvermoede aan-

blik van al deze pracht en praal. Ze wisten niet wat ze moesten doen of zeggen.
Broeder Gregor bracht nog eenmaal zijn hoofd omlaag, sloeg driemaal een kruis, stond houterig en moeizaam op en draaide zich naar hen toe, alsof hij hen had verwacht. Misschien lag het aan de belichting of misschien kwam het door het schemerlicht dat nu zichtbaar werd wat in het daglicht verborgen was gebleven, maar in zijn gezicht lagen diepe, bezorgde groeven, die hem onvoorstelbaar oud maakten.
'Jullie hebben het gevonden,' zei hij met een vermoeide stem.
Stephen moest zijn keel schrapen voordat hij iets uit kon brengen. Zijn tong voelde dik en gevoelloos aan. 'Het gevonden? Wat gevonden?'
'De spiegel, die het gelaat van onze heer bewaart,' verklaarde de oude monnik en wees met zijn hand op een met goud en sieraden opgetooid kistje in het midden van het altaar. 'Daar is het.'

Uri Liebermann had de hoorn van de telefoon na het einde van het gesprek nog zeker vijf minuten in zijn hand gehouden. Hij was naar het blauwe tapijt voor zijn ogen blijven staren, zich afvragend wat hij nu moest doen. Moest hij eigenlijk iets doen? Het verhaal dat Peter Eisenhardt hem in chaotische, razendsnel uitgespuwde zinnen had verteld, was namelijk simpelweg te fantastisch om waar te zijn.
Hij herinnerde zich hoe hij de Duitse schrijver toevallig had ontmoet op de vlucht van Frankfurt naar Tel Aviv. Eisenhardt was een onopvallende verschijning gebleken, ongezond bleek en naar corpulentie neigend, die nauwelijks leek op de flatterende auteursfoto die zijn uitgever op de achteromslag van zijn boeken en in advertenties gebruikte. Ze hadden een tijdje leuk met elkaar zitten praten en toen had hij zijn kunststukje met zijn digitale camera en minicomputer uitgehaald, waarmee hij wel vaker indruk maakte op anderen – tot nu toe hadden alle prominenten die hij tijdens vluchten had leren kennen zich hem nog herinnerd als hij later weer contact met hen had moeten opnemen – en daarmee was de kous wat hem betrof af geweest.
Maar de schrijver had de volgende dag alweer gebeld en hem om een gunst gevraagd, inlichtingen over een Britse archeoloog die al tientallen jaren in Israël werkte. Prima, dat was een vingeroefening geweest. Het eigenlijke werk was door de computer verricht. En waarom ook niet, tenslotte had het berichtje met foto nog aardig wat opgeleverd.
Maar nu dit. Hij belde op vanaf het vliegveld, had de Duitser hem toegesist, en hij werd bewaakt, maar was net aan zijn bewakers ontkomen.

'Goed,' had Liebermann laconiek gezegd, terwijl hij zijn antwoordapparaat inschakelde om het gesprek op te nemen, 'steekt u maar van wal.' Naarmate hij langer had geluisterd, was zijn onderkaak steeds meer gaan hangen, en op het laatst had hij er vast en zeker volstrekt zwakzinnig uitgezien. Wat een krankzinnig verhaal! Een tijdreiziger... een videocamera... een Amerikaanse multimiljonair die achter eeuwenoude opnamen van Jezus aan zat... en een jonge student die een neuslengte op hem voor lag...
Volstrekt mesjoche!
Nu ja, de man was bekend als sciencefictionauteur. Misschien was hij dronken. Of misschien wel krankzinnig. In elk geval moest hij voorzichtig zijn.
Aan de andere kant... Was Israël niet het land van de wonderen? En waar rook was, was wellicht ook vuur. Zelfs als je al die onzin wegliet, dan bleef er nog genoeg over dat een nader onderzoek legitimeerde. Liebermann legde de hoorn heel voorzichtig op de haak, alsof die ineens van porselein was, liet de band terugspoelen en luisterde nog eens naar het hele verhaal.
'Wat een fantasie,' mompelde hij, terwijl hij enkele trefwoorden op het notitieblok naast het antwoordapparaat noteerde. Het leek in wezen om een archeologische vondst te gaan waar allerlei buitenlanders achteraan zaten, mogelijk met uiterst dubieuze middelen, methoden en bedoelingen.
Maar archeologie was in Israël meer dan alleen wetenschap. Een archeologische vondst kon religieuze of politieke overtuigingen legitimeren of aan het wankelen brengen. In deze regio, waarin de partijen die om macht en invloed streden en hun aanspraken baseerden op gebeurtenissen die deels duizenden jaren in het verleden lagen, was archeologie ook politiek.
Daarom sloeg Uri Liebermann zijn zwarte notitieboekje open en begon een lijstje met telefoonnummers af te werken. Hij belde ministeries, politici en redacteuren. Enkele van zijn telefoontjes veroorzaakten een stortvloed van andere telefoontjes. Ongeveer twintig minuten later ging Liebermanns telefoon over en meldde zich een hoge vrouwenstem: 'Met het secretariaat van generaal Yaakov Nahon, ik verbind u door.'
De generaal liet zich het hele verhaal nog eens vertellen. 'Merkwaardige zaak,' concludeerde hij. 'Hoe dan ook, ik heb er drie helikopters van de parate eenheid in de Sinaï op af gestuurd. Hoe luidde die naam ook al weer die u het laatst noemde?'

'Wadi Mershamon,' zei de journalist. 'Aan de westkant moet een klooster...'
'Klopt, ik herinner het me. Een eeuwenoud klooster dat nog uit de Middeleeuwen stamt. Er wonen alleen een paar monniken... Hoe dan ook, mijn helikopters zullen daar opruimen wat er op te ruimen valt.' Uri Liebermann maakte van de gelegenheid gebruik om hem om exclusiviteit bij de berichtgeving over deze zaak te vragen. Aangezien het tenslotte aan zijn initiatief te danken was, konden ze toch een afspraak maken...
'Omdat deze zaak nu aan het leger is overgedaan,' kapte de generaal hem af, 'valt die onder de algemene geheimhouding. Als u hierover wilt berichten, moet u zich tot de betreffende militaire censor wenden. 'Ik wens u nog een prettige dag.' Uri Liebermann wachtte met het uitspreken van zijn wensen tot de verbinding verbroken was.

'Ik heb om inzicht gebeden,' zei de oude monnik, 'om goddelijk leiderschap. Dat jullie de weg hierheen gevonden hebben, moet een teken zijn...'
Ze keken elkaar aan. Stephen moest hoesten. De geur van de olielampjes was zo intens dat je er duizelig van werd. Waar had die man het over? Over een teken? Een spiegel? Er stond toch alleen een overdadig met goud afgezet kistje? Wat had dat met een spiegel... Maar als ze een videocamera zochten, dan had het kistje de juiste afmetingen. Stephen voelde opeens een tinteling in zijn nek.
'Pater,' zei hij, in een poging in contact te komen met de geestelijke, die in zichzelf verzonken leek, 'boven ons zijn helikopters geland, en voor de toren van het klooster staan mannen die op zoek zijn naar deze spiegel. Hier is hij niet veilig...' Als hij zelf maar wist wat ze konden doen! Maar ze zaten hier beneden gevangen, en vroeg of laat zouden ze worden gevonden, namelijk zodra een van de overige monniken de geheime schuilplaats verried.
'De spiegel is al eeuwen in ons bezit,' brabbelde broeder Gregor. 'De spiegel, die ooit van een man uit Besara was, volgens de legende. En die het gelaat van Jezus, onze heer, heeft bewaard. Maar al lang geleden is de afbeelding gaan verbleken. Dat is het tragische, het grote leed van onze broederschap.'
'Het verbleekt?' vroeg Stephen geschrokken. 'De afbeelding verbleekt?'
De man leek hem echt niet te horen. 'Zo staat het geschreven en zo is het gebruik sinds we ons van Rome hebben losgemaakt: slechts eenmaal in de honderd jaar wordt de spiegel uit het tabernakel genomen, en

slechts één lid van de broederschap der bewaarders wordt uitgekozen om er een blik in te werpen, en die blik mag slechts één oogopslag duren. Dat ene moment is het hem vergund onze heer te zien, en de rest van zijn leven brengt hij dan door met het afleggen van getuigenissen over wat hij heeft gezien.'

Stephen bekeek het gouden kistje en vervloekte de mannen die hen in stilte hadden achtervolgd. Dit zou het moment geweest zijn om de relikwie van de monniken met een snelle beweging te grijpen en er direct mee vandoor te gaan: wat hadden die stokoude mannen tegen hen drieën kunnen uitrichten?

'Eens in de honderd jaar?' Het leek wel een sprookje. 'En wanneer is het weer zover?'

'O, pas over ongeveer 65 jaar,' glimlachte broeder Gregor begrijpend. Hij leek zich langzaam aan bewust te worden van hun aanwezigheid, en als bij toeval schuifelde hij langzaam aan steeds meer tussen hen en het altaar, alsof hij iets wilde verdedigen. 'Geen van ons zal dat meer meemaken, en geen van ons zal er ooit in kijken.'

'Hoe wordt bepaald wie erin mag kijken?'

'De broeders kiezen iemand uit hun midden. Meestal bepaalt de jongste dat, degene die nog een lang leven voor zich heeft en nog lange tijd een licht voor de anderen kan zijn. Jullie hebben broeder Felix leren kennen. Hij was de laatste die de heer heeft aanschouwd.'

Stephen begon zich steeds versufter te voelen. Hij keek naar het heiligdom en daarna naar de monnik, die met gevouwen handen op zijn vloerkleedje stond en uit een andere wereld leek te komen. 'Broeder Felix?' herhaalde hij. 'Dat lijkt me nogal merkwaardig.'

'De spiegel heeft hem veranderd.'

'Veranderd? De spiegel?'

De monnik vouwde zijn handen en keek hen aan met een blik waarin iets duisters leek te liggen, zwart als geronnen bloed. 'Dat houdt in, dat degene die erin kijkt, daarna niet meer dezelfde is,' legde hij uit. 'Wat er ook in te zien moge zijn, wie erin kijkt is voorgoed veranderd.'

Stephen moest aan de open, warme blik van de oude monnik denken. Het waren vriendelijke ogen geweest, die het oeroude geheim hadden leren kennen.

De dunne rook die van de drie olielampjes opsteeg, leek door deze woorden te kringelen. Stephen bespeurde een bijna onweerstaanbare aandrang om weg te rennen, in een hoekje te kruipen en niets meer te hoeven zien en horen totdat alles voorbij was.

Maar je kon hier slechts één kant op lopen, namelijk de trap op. Er schoot hem weer te binnen wie daarboven bezig was, en die herinnering bracht hem op een of andere manier weer in contact met de echte wereld, met de werkelijkheid, waarin mythen en sagen slechts verzinsels waren en je je op natuurwetenschappelijke feiten kon verlaten. Hij moest weer denken aan de brief van de tijdreiziger. Een detail eruit werd hem opeens volstrekt duidelijk. 'Het regeneratie-effect!' Hij draaide zich naar Yehoshuah en Judith toe. 'In de brief was er sprake van dat de batterijen na een poosje steeds weer vol waren en een bepaalde tijd stroom leverden. Dit is precies hetzelfde. Ze zijn intussen eeuwenoud, maar in de rustperiode van honderd jaar verzamelt zich nog genoeg energie om een weergave van enkele seconden mogelijk te maken. Dat is de blik in de spiegel.'
Yehoshuah knikte verbijsterd. Judith keek fronsend. 'Maar ze moeten de opnamen toch ooit hebben teruggespoeld? Welke energie gebruikten ze dan daarvoor?'
'De MR is een volledig digitaal systeem waarbij je op elk willekeurig punt met afspelen kunt beginnen,' zei Stephen. 'Er wordt niets teruggespoeld, maar de gegevens worden uit een geheugen gelezen. Net als bij een computer.' Hij draaide zich weer naar de monnik toe. 'Pater, ik heb uw spiegel nog nooit gezien, maar ik weet hoe die eruitziet. Het is een soort kastje, ongeveer zo groot' – hij duidde de globale afmetingen met zijn vlakke handen aan – 'en het heeft een rond kijkgat waar je doorheen moet kijken. Klopt dat?'
Broeder Gregor knikte verrast. 'Ja.'
'Het is geen spiegel, maar een videocamera, zoals ik u al vertelde. Die bevat opnamen van Jezus, en de enige reden dat u er slechts eenmaal per honderd jaar in kunt kijken, is dat de batterijen helemaal uitgeput zijn. Als het ons zou lukken om de camera – de spiegel dus – hiervandaan naar een redelijk goed uitgerust laboratorium te brengen, dan zouden we de opnamen aan iedereen ter beschikking kunnen stellen. Het is volstrekt onnodig steeds honderd jaar te wachten. Als we een nieuwe set batterijen zouden hebben, dan zouden we de opname op elk moment en zo lang als we wilden kunnen bekijken. De hele wereld zou kunnen zien wat alleen broeder Felix tot nu toe in deze eeuw heeft gezien.'
De monnik keek hem aan. Aan zijn gezicht was af te lezen dat geloof en kennis een eeuwenoude strijd in hem voerden. 'De hele wereld?' vroeg hij, weer terugvallend in de zangerige autistische toon van daarnet.
'Het is een videocamera,' bezwoer Stephen hem, zonder precies te

weten wat hij met deze verzekering wilde bereiken. 'Geen wonder.' Hij dacht aan de dagen die achter hen lagen, de toevalligheden, alles wat ze hadden ontdekt, de tijdreis, die op een onvoorstelbare wijze plaatsgevonden moest hebben, en corrigeerde zichzelf met tegenzin: 'Nu ja, in wezen is het wel degelijk een wonder.'
'De hele wereld...?' Zijn glinsterende ogen richtten zich op het tabernakel, leken het glanzende goud te weerspiegelen. 'Dat betekent... ook ik...!'
Stephen knikte. Hij voelde een brok in zijn keel. Langzamerhand maakte hij zich er zorgen over dat de oude monnik wel eens kon doordraaien.
'De hele wereld! De hele wereld zou veranderen?!' Broeder Gregor draaide zich naar hen toe, maar hoewel hij zich daarbij van het altaar afwendde, bleef de gouden glinstering in zijn ogen. 'Ik geloof dat ik het nu begrijp. Ik geloof dat dit het uur van de waarheid is dat ons is voorspeld. Onze broederschap heeft de relikwie gedurende vele duistere eeuwen bewaard, want er zou een tijd komen waarin de machten van het licht en de machten van de duisternis elkaar om de relikwie zouden bevechten, en als de machten van het licht in dat gevecht zouden overwinnen, dan zou dat de hele wereld heil en zegen brengen.'
Judith ging naast Stephen staan en fluisterde in zijn oor: 'Waar is dit goed voor? We kunnen nergens naartoe.'
'We hebben wel de kans de camera beter te verstoppen en terug te komen als die hele toestand boven voorbij is,' siste Stephen terug. 'En dat kunnen we alleen doen als hij ons helpt.'
'Jij daar!' riep broeder Gregor opeens hard, met zijn uitgestrekte vinger naar Stephen wijzend. Ze krompen alledrie ineen. 'Jij moet de relikwie in veiligheid brengen!'
'Hoe bedoelt u?' zei Stephen verbluft.
Maar de monnik was al bezig. Hij opende het met goud versierde kistje en haalde er een voorwerp ter grootte van een baksteen uit, die in rijkversierde linten en doeken was gewikkeld waaromheen verzegelde, met gouddraad doorweven koorden waren geslagen. Hij haalde ergens een leren buidel tevoorschijn, zoals woestijnreizigers die bij zich hebben, die van lange riemen en snoeren was voorzien, zodat je die strak tegen het lichaam kon binden. Hij legde de relikwie er voorzichtig in en gaf Stephen te verstaan dat hij dichterbij moest komen, zodat hij de schat aan zijn lichaam kon bevestigen.
'Maar we kunnen nergens heen vluchten!' protesteerde hij. Toch liet hij de monnik zijn gang gaan. 'Het klooster is allang ingenomen.'

'Jullie moeten via de bron vluchten,' zei de abt op besliste toon. Hij knoopte de leren riemen handig in elkaar, tot de buidel met de relikwie stevig op Stephens borst zat. 'Kom mee.'
Ze volgden hem haastig de grot uit, door de gang en langs de trap tot ze in de holle ruimte met de grote put in het midden waren. Terwijl hij aan het wiel draaide, gaf hij hun gehaast aanwijzigen.
'De stichters van onze orde hebben het klooster op deze plek gebouwd omdat hier een onderaardse bron is, die een donker meer diep onder ons voedt. Vanuit dit meer zou een rotsspleet tot aan de voet van de berg lopen, die ze tot een geheime vluchtweg hebben verbreed.' Er kwam een grote houten emmer uit de donkere opening tevoorschijn, die weliswaar vochtig was, maar geen water bevatte. 'Door deze spleet moeten jullie vluchten en dan de spiegel naar een plek brengen waar de wereld erin kan kijken.'
Hij bracht een vergrendeling in het wiel aan. Stephen keek met een toenemend gevoel van onbehagen naar de houten bak ter grootte van een wastobbe die aan de opgerolde ketting hing. Hij had begrepen dat broeder Gregor van hen verwachtte dat ze zich aan deze emmer in onbekende diepten zouden laten zakken. Gezien de lengte van de ketting, moest het om een behoorlijke diepte gaan. 'Hoe lang is die vluchtgang?' vroeg hij.
'Ik weet het niet,' gaf de monnik toe. 'Ik heb die nog nooit gezien.'
Een moment lang bleven ze alle vier stokstijf stilstaan. Boven hen hoorden ze getrommel van voetstappen en luide stemmen, ook al konden ze die niet verstaan. Opeens klonk er een harde klap van hout op hout door de catacomben waardoor ze ineenkrompen. Die moest uit het knekelhuis afkomstig zijn. Ze waren hen al op het spoor en zochten nu alleen de ingang naar beneden nog.
Stephen legde zijn hand op de buidel, waarin het voorwerp zat waarnaar hij op zoek was geweest. Merkwaardig dat hij er geen gevoelens bij had. Hij vond het maar vreemd dat hij een leren zak op zijn borst droeg, zoals een kangoeroe een jong in de buidel. Maar hij voelde geen triomf, geen genoegdoening. Misschien ging het allemaal te snel.
'Goed,' zei hij. 'Ik ga.'
'Stephen!' waarschuwde Judith. 'Je bent niet goed wijs. Wil je je serieus in deze put naar beneden laten zakken?'
Hij keek eerst naar haar en vervolgens naar het zwarte gat van onbekende diepte. Hij had het idee dat hij vanaf het begin had geweten dat hij daarin zou moeten afdalen. Hij tikte liefkozend op de leren buidel. 'We hebben het gevonden,' zei hij zacht. 'Wij!'

'En dan? Zelfs als er een gang naar buiten voert, wat dan?'
'Misschien kan ik dan bij onze auto komen.'
'Dat is onzin!' fluisterde ze, en het klonk als een schreeuw.
De monnik keek onrustig heen en weer. Er klonk een nieuwe dreun door de gangen. 'Je moet opschieten,' drong hij aan. 'Anders is het te laat.'
Stephen stapte in de bungelende tobbe, zich aan de ketting vasthoudend. Een gevoel van beklemming rees in hem op toen hij omlaag keek en het donkere, gapende gat zag dat hem leek te zullen verslinden. Hij moest zich dwingen te blijven ademen.
En als er beneden nu geen gang was? Dan zit je op de bodem van een put, die misschien oneindig diep is en dan ben je verloren! Onzin, hield hij zichzelf voor. Yehoshuah en Judith zouden hier blijven en ervoor zorgen dat hij in het ergste geval weer omhoog zou worden gehaald. Maar als er nu iets misgaat, als er iets...? Ademen, blijven ademen.
'Goed,' zei hij zuchtend, terwijl hij het gevoel had dat zijn ogen ver opengesperd waren, dat er paniek uit sprak, zonder dat hij er iets aan kon doen. 'Opschieten.'
Judith, die hem de hele tijd had aangekeken en op haar onderlip had staan bijten, sprong opeens naar voren en stapte bij hem in de tobbe. 'Ik ga mee,' zei ze op besliste toon. Ze hield haar handen om dezelfde ketting als Stephen geklemd, die haar vol ongeloof aankeek. Haar oogleden en haar kaakspieren trilden van de spanning. 'En nu snel, Yehoshuah, anders zijn zij hier voor wij beneden zijn!'
Snel, anders bedenk ik me nog!
Yehoshuah knikte, moest slikken en ging naast de grijze monnik bij het wiel staan. *'Ken, beseder.'*
'En je laat ons niet vallen, hè?'
In plaats van een antwoord klonk het geklik van de vergrendeling en schoten ze opeens een stuk omlaag. Tot aan hun knieën verdwenen ze in het duister. Yehoshuah en broeder Gregor slaagden erin het wiel weer onder controle te krijgen en lieten de ketting langzaam en gelijkmatig zakken. Ze begonnen te dalen. Op het laatste moment moest Stephen zich nog bedwingen om uit de tobbe te springen, om wat dan ook te doen, als hij maar niet in die bodemloze put zou verdwijnen! Maar het was al te laat. De rand van de put kwam nu al tot aan hun schouder en na nog een ruk aan de ketting waren ze erin verdwenen. Ze keken elkaar voor de laatste keer in de ogen, en elk van beiden zag angst in de blik van de ander.

Wat is ze toch mooi, schoot het door Stephen heen. Langzaam verdween het beeld van Judiths gezicht, naarmate ze steeds dieper in het duister afdaalden. Even later voelde hij dat ze haar arm om hem heen sloeg, zijn mond met de hare zocht en hem kuste, alsof het al zeker was dat ze op de bodem van de schacht zouden sterven.

35

Aan de overval op het klooster namen zowel mannen deel die tot de permanente veiligheidsstaf van John Kaun behoorden als medewerkers van Israëlische beveiligingsbedrijven, die oorspronkelijk voor de bewaking van de opgravingen waren aangesteld. Toen het vuur op de kloosterdeur werd geopend, aarzelden de Israëliërs aanvankelijk, maar de meesten van hen namen uiteindelijk toch aan de bestorming deel. Het jachtinstinct dat in de groep naar boven was gekomen, bracht hen ertoe de wettelijk gestelde grenzen te overschrijden.
'High Noon in de Negev'
door Uri Liebermann

Ze bleven maar zakken, zonder dat er een eind aan kwam. Het gat van de put was allang niet veel meer dan een nauwelijks zichtbaar puntje hoog boven hen in de inktzwarte duisternis, die hen als een doodskleed omhulde. Ze klemden zich aan elkaar vast, en aan de ketting die bij elke schokkende beweging omlaag begon te knarsen en te piepen. Ze konden elkaars adem horen. Een ruk, en weer een ruk. Ondertussen merkten ze dat de ketting boven hen met elke meter die ze verder zakten, sterker heen en weer begon te zwaaien.
Het begon steeds vochtiger te ruiken, naar water, en het werd steeds kouder naarmate ze dieper de berg in zakten. Stephen voelde de haren van Judith in zijn gezicht kriebelen, rook hoe ze naar hitte, zand en een vleugje parfum geurde, en naar iets wat hij niet kon identificeren. Hij begreep nog altijd niet waarom ze met hem mee was gegaan. Hij begreep niet eens waarom hij hier zelf aan was begonnen.
Hij strekte met ingehouden adem zijn hand uit. Judith kromp ineen toen hij haar losliet en vroeg met bevende stem: 'Wat doe je?' Hij voelde vochtige, ruwe stenen om hen heen, nog geen twee handbreedtes van hun schouders vandaan. Het was een wonder dat ze bleven dalen zonder ooit tegen de wand aan te stoten. Het was een wonderlijke put.
De ketting begon steeds sterker te trillen, en nu konden ze ver boven hen een geknars horen dat daarboven beslist heel luid moest klinken. Hoe diep waren ze intussen? Het leek Stephen dat ze minstens een halve mijl de diepte in waren gezakt, maar hij wist dat hij zich moest vergissen. Hoe hoog was de berg geweest? Hij probeerde het zich te herinne-

ren, maar hun klimtocht over de stenige helling leek zich in een ander leven te hebben afgespeeld.
Wat een geknars! Dit kon hun achtervolgers toch niet ontgaan? Ze kwamen nu vast en zeker elk moment de trap af, en wat dan? Hij zag tot zijn ontzetting al voor zich hoe Yehoshuah en de monnik bij hun takelarbeid onderbroken werden. Hoe ze allebei werden weggetrokken en de wateremmer met hen erin ineens naar beneden stortte. Hoe de vergrendeling werd vastgezet en ze hier uren of dagen, of misschien wel voor eeuwig, bleven hangen.
Ze zouden weer omhoog getrokken worden. Ja, dat zou zeker gebeuren als Yehoshuah hun uitlegde dat hij de camera had.
Dat bleef hij zichzelf maar voorhouden, maar het lukte hem maar niet het echt te geloven.
Nog altijd zakten ze de diepte in.
Maar op zeker moment, toen ze allang over hun paniek heen waren en de afdaling bijna saai begon te worden, toen ze zelfs begonnen te geloven dat ze voor de rest van hun leven de diepte in zouden blijven zakken, begon de ruimte om hen heen opeens te veranderen. Hoewel het nog steeds aardedonker was, hadden ze niet langer het gevoel in een smalle buis te zitten en kregen ze het idee in een grote ruimte te zijn aanbeland. Het leek wel alsof ze door het dak van een kathedraal omlaag zakten.
'Ik maak even licht,' fluisterde Stephen, wiens woorden hol echoden, weerkaatst door ververwijderde wanden. Hij greep zijn zaklamp, schakelde die in en scheen ermee rond. Een armetierig lichtvlekje belichtte de zwarte wanden van de grot die zich om hen heen uitstrekte.
'Ja, verdomd!' liet Stephen zich ontvallen.
'Wat is er?' wilde Judith weten.
'Daar!' Met zijn wild in het rond zwaaiende lichtstraal had hij een smalle uitspringende rots ontdekt, die duidelijk kunstmatig was aangelegd en minstens vijf meter boven het duistere wateroppervlak van het onderaardse meer uitstak. Vanaf het midden van het terras waren langs de rotswand, die naar boven trechtervormig toeliep, een rij metalen ringen aangebracht, waarvan ze de bovenste twee al gepasseerd waren. De volgende die ze konden pakken, was nog zeker twee meter van hen vandaan, en als ze die evenmin konden grijpen, dan zouden ze naar het midden van het meer toe zakken en zou de stenen balustrade, vanwaar ze naar buiten konden komen, zo'n twintig meter van hen vandaan zijn, en ook nog eens vijf meter boven hen, zodat ze die nooit meer konden bereiken. 'Kom op, we moeten hem aan het schommelen brengen!'

'Ik wist dat ik er spijt van zou krijgen,' verzuchtte Judith, maar ze begon meteen mee te doen aan de schommelbeweging.
De grote houten emmer begon langzaam heen en weer te zwaaien, als een reusachtige kinderschommel, maar het ging langzaam, veel te langzaam. Ondertussen zakten ze steeds verder naar beneden.
'Stop!' schreeuwde Stephen. 'Ophouden!'
Boven hoorden ze hem niet. Waarschijnlijk hadden ze intussen lamme armen gekregen; ze leken zelfs steeds sneller te zakken.
'Verdomme, verdomme...' Stephen schoof de zaklamp in zijn borstzak en strekte zijn arm zo ver mogelijk naar die verdomde metalen ring uit die in de rots vastzat. Hij wist die tot op enkele centimeters te naderen, maar toen zwaaide de emmer weer terug. En ondertussen bleven ze zakken. 'Harder!' Ze moesten een van deze ringen vast zien te grijpen en zichzelf dan met de emmer van de ene naar de andere ring omlaag trekken, zodat ze uiteindelijk op de uitspringende rots zouden kunnen landen. Wisten ze dat boven niet meer of was broeder Gregor vergeten hen daarop te wijzen? 'Nog harder!'
Ze schommelden uit alle macht. Ook de derde ring was intussen te hoog om nog te kunnen bereiken. De vierde was hun laatste hoop. Die bevond zich nog verder van hen vandaan en leek vrijwel onbereikbaar. Ze bleven maar zakken. Ze moesten de ring in de volgende twee schommelbewegingen zien te grijpen, anders was hun kans verkeken.
De eerste zwaai ver naar achteren. Stephen rekte zijn hand uit, alsof hij zijn arm wilde strekken tot die uit de kom lag. Hij voelde het koude metaal een moment lang tegen zijn vingertoppen. 'Bijna! Zo meteen heb ik hem!'
Judith spande zich in alsof ze tijdens een dorpsfeest zo snel mogelijk in een tobbe naar de overkant moest zien te varen. Maar de uitzwaai van een slinger is uitsluitend afhankelijk van de lengte ervan, en de ketting waaraan ze schommelden, was inmiddels ongelooflijk lang. Er leken minuten te verstrijken voordat ze het keerpunt aan de andere kant bereikten, en daarna duurde het weer eindeloos lang voordat ze terugzwaaiden.
Stephen strekte zijn hand weer uit. Elke vezel van zijn lichaam leek te weten dat het er nu om spande. De rotswand kwam steeds dichterbij, in een vloeiende beweging. De metalen ring rustte dof glanzend op de zwarte steen. Hij strekte zijn vingers, alsof die toch nog die ene centimeter langer konden worden waarop het aankwam.
'Ja!' Hij had hem te pakken, had zijn wijsvinger en middelvinger erin

gehaakt en slaakte een kreet toen de terugzwaaiende slinger zijn arm bijna leek af te rukken. Hij zag sterretjes, en er leek werkelijk iets te scheuren in zijn arm en zijn hand, maar met een onmenselijk gekreun wist hij zijn andere vingers en zijn duim om de dikke ijzeren ring heen te slaan en kreeg hij die helemaal te pakken.

'Je hebt hem!' riep Judith.

Terwijl ze schuin tegen de rotswand hingen, trok een aanzienlijk deel van hun gewicht en dat van de houten tobbe waarin ze stonden aan Stephens arm. Judith wurmde zich om de ketting heen en probeerde de last voor hem te verlichten door ook te proberen de ring vast te grijpen.

Een ruk. De tobbe zakte weer verder omlaag. Stephen hield de ijzeren ring zo stevig vast dat zijn hand ermee vergroeid leek.

'Grijp jij de volgende!' kreunde hij.

'Goed.' Ze strekte haar hand naar beneden uit.

Op dat moment begon er iets te knarsen. Het was een zacht, maar onheilspellend geluid. En onmiskenbaar.

'Dat kan toch niet...' mompelde Stephen. De ijzeren ring. De ijzeren ring in zijn hand was de bron van het knarsende geluid. Had die zich soms ook bewogen? Nee. Beslist niet. 'Pak de volgende ring!' riep hij. 'Snel!'

'We zijn nog niet diep genoeg!'

Weer klonk er geknars, ditmaal nog luider en dreigender. En de ijzeren ring had inderdaad bewogen.

'Verdomme!'

De verankering van de ijzeren ring, die na zoveel eeuwen in de vochtige lucht geheel verroest was, begon met steeds meer lawaai uit de rots te glijden waarin die was verankerd, tot roestkorreltjes verbrokkelend. Ze konden met moeite voorkomen dat ze uit de tobbe vielen toen ze weer naar achteren slingerden. Tegelijkertijd volgde er weer een ruk de diepte in, die ze drie seconden eerder veel beter hadden kunnen gebruiken, en nog een, waardoor ze definitief buiten het bereik van de handgrepen raakten. Terwijl ze zich aan de ketting vasthielden, zakten ze langzaan maar beneden in de houten tobbe, op het zwarte, stille water af. Stephen hield de ijzeren ring in het licht dat uit zijn hemdzak omhoog straalde, en bekeek die.

'Ze zijn waarschijnlijk allemaal zo,' zei hij. 'Volkomen verroest. Dat hadden we eigenlijk ook wel kunnen weten.'

'En wat doen we nu?' vroeg Judith, terwijl ze bang omlaag keek. 'Geen idee.' Hij keek naar beneden. Het oppervlak van het onderaardse meer zag er als een zwarte, onpeilbaar diepe smurrie uit, niet als water. En dat meer kwam steeds dichterbij. Het was vast en zeker water, maar zo koud dat ze na enkele minuten zouden bezwijken als ze erin vielen. Afgezien daarvan was er geen enkele plek waar ze naartoe konden zwemmen om zich in veiligheid te brengen. Hij pakte zijn lamp weer en liet de lichtstraal langs de overkant van het meer schijnen. Overal zagen ze gladde rotsen.

'Ze moeten de ketting stilzetten,' meende hij. 'Laten we het proberen. Als we allebei tegelijk zo luid mogelijk schreeuwen, horen ze ons misschien.'

'Goed.'

'Ik tel tot drie. Een... twee...'

Ze schreeuwden gelijktijdig uit alle macht en zo hard, dat het in de grot begon te dreunen. Stephen verwachtte min of meer dat er stenen van de wand los zouden komen en in het water zouden vallen, maar dat gebeurde niet. Het enige antwoord was dat ze weer enkele decimeters verder omlaag werden gelaten. Ondertussen hingen ze al zo diep onder het rotsplateau dat ze het nooit meer konden bereiken. Het werd zo langzamerhand echt riskant.

Wacht even. Het rotsplateau...

'We moeten meteen naar dat uitstekende gedeelte zwaaien!' riep Judith uit, die op hetzelfde idee gekomen was. 'Dat is de enige mogelijkheid.'

Ze lieten de houten tobbe weer slingeren door tegelijk enorme schommelbewegingen te maken. Nu leek het eindelijk ergens op. Het zou hun lukken, absoluut.

'We moeten springen!' riep Stephen. Het leek er niet op dat ze zich aan iets konden vasthouden op het glad uitgehouwen stenen terras. 'Jij eerst!'

'Nee, jij!' protesteerde Judith. 'Jij hebt de camera.'

'Ach, die rotcamera! Jij springt eerst! Pas op...' De slingerende tobbe bereikte nu zijn maximale uitslag, vlak boven het plateau. 'Nu!' Judith sprong, belandde zo te zien ongedeerd op handen en voeten en was in veiligheid.

De slinger begon traag aan de terugweg. Stephen schoof de buidel met de camera voor alle zekerheid onder zijn armen door naar zijn rug. Hij keek ongerust omhoog langs de ketting waaraan hij zich met zijn andere hand vasthield. Toen Judith was gesprongen, hadden ze een harde ruk aan de ketting gevoeld, maar een ander soort ruk dan de neerwaartse bewegingen tot op dat moment. Een ruk die niet veel goeds beloofde.

De trage rondreis door de duistere kathedraal met de vloer van water leek eindeloos te duren. Stephen hield zijn adem in. De ketting begon in zijn hand steeds heviger te trillen. Dit was niet in orde. Hij wist heel zeker dat dit niet in orde was.

De terugweg. De ketting begon te kraken, terwijl de uitspringende rots steeds dichterbij kwam. Judith was opgestaan en wachtte al op hem. Hij maakte zich gereed voor de sprong.

Net op het moment dat hij zich wilde afzetten, duurde het een fractie van een seconde voordat de ketting brak en losraakte. Stephen slaakte een kreet, greep in de lucht en sloeg het volgende moment hard met zijn borst tegen iets aan wat als een heiblok aanvoelde en de lucht uit zijn longen perste. Hij zag niet wat het was, want zijn lamp was opeens verdwenen en rondom hem was het pikkedonker, maar het deed pijn en hij gleed tot zijn grote schrik weg, maar zijn wild in het rond tastende vingers konden nergens grip vinden. Hij hing boven een afgrond en gleed naar beneden. Zijn hand werd beetgegrepen door een hand die wel van staal leek en vastbesloten leek nooit meer los te laten. Judith. Ongelooflijk, wat was ze sterk. Nog altijd had hij geen lucht in zijn longen kunnen zuigen, en daarom kon hij niets zeggen, niets roepen, niet eens kreunen.

Achter hem stortte de houten emmer donderend in het meer. De letterlijk zwakste schakel die de ketting had doen breken, moest zich tamelijk ver bovenaan bevonden hebben, want er kwam geen eind aan het oorverdovende geraas van de vallende ketting. Stephen hing naar adem snakkend aan de rotswand, terwijl boven en achter hem hevig geratel klonk alsof de hemel naar beneden kwam. Een tweede hand klemde zich in zijn overhemd vast en wist zijn bovenarm te grijpen. Stephen probeerde zijn been omhoog te zwaaien naar de rotsrichel die zich ergens in het duister boven hem bevond. In films was dat altijd zo gemakkelijk, maar hij had vijf pogingen nodig. Eindelijk lukte het hem zich met Judiths hulp al rollend in veiligheid te brengen, net toen het eind van de ketting met een luide plons in het water viel en het weer stil werd.

Hij tastte naar de leren buidel op zijn rug. De inhoud voelde nog hetzelfde aan als eerst. Hij ging rechtop zitten, terwijl hij voelde waar de rotsrichel ophield. Zijn zaklamp was in het water gevallen en lichtte nu als een spookachtig geel oog in de diepte van het meer op.

'Het is te hopen dat die geheime gang echt bestaat,' zei Stephen toen hij weer normaal kon ademhalen. Zijn borst zat vast en zeker onder de blauwe plekken, het leek wel alsof hij een flink pak rammel had gekregen.

'Die is er vast,' zei Judith. Ze hield hem nog steeds vast, alsof ze bang was dat hij weer omlaag kon vallen. 'We zitten er recht voor.'
'Mooi.' Hij dacht even na of hij hier nog iets moest doen. Vast niet. Hun hele uitrusting bestond uit een mobiele telefoon, die hier nogal merkwaardig aanvoelde toen hij in zijn zak greep, en de kleren die ze aan hadden. En buiten wachtte de woestijn op hen. Echt te gek. 'Laten we dan maar hopen dat die echt naar buiten leidt.'

De gang leidde inderdaad naar buiten. Hij was zo lang dat ze het gevoel niet van zich af konden zetten dat ze aan het eind wellicht in Jordanië uit zouden komen, maar misschien kwam het ook doordat ze voetje voor voetje in het volledige duister voort moesten schuifelen. Het was een griezelige ervaring. Af en toe bleven ze geschrokken staan, ergens ritselde iets, maakte zich met geluiden kenbaar. Er waren plekken waarin ze op iets zachts of vochtigs stuitten en dan deinsden ze met een kreet terug. Meer dan eens stootten ze hun hoofd tegen een uitstekende steen, struikelden ze over een gat in de bodem of sloegen ze met hun scheenbeen tegen een hard obstakel. Maar de gang voerde steeds verder, met af en toe scherpe bochten, en op zeker moment begon de lucht warmer te worden en anders te ruiken.
Langzaam, zonder duidelijke overgang, begon het ook lichter te worden. Eerst was er alleen een schemering waaruit je niet kon opmaken waar het licht vandaan kwam of wat je eigenlijk zag. Maar toch zagen ze iets. Even later werden er schaduwen zichtbaar en konden ze weer zien hoe hun handen langs de gekloofde rotswand tastten en uiteindelijk, na een laatste bocht, was er aan het eind een bijna glinsterend licht te zien: de uitgang.
Direct achter de opening, die angstwekkend klein leek, lag een ineen gerolde, lange dunne slang. Stephen probeerde er niet aan te denken hoeveel even gevaarlijke dieren ze daarnet zonder dat ze het wisten gepasseerd waren. Hij stampte enkele malen stevig met zijn voet op de grond, zodat de slang hen opmerkte, zijn kop ophief en hen met een argwanend heen en weer schietende tong observeerde. Stephen zwaaide met zijn armen en gooide enkele steentjes en wat zand naar de slang voordat die het verstandiger achtte ervandoor te gaan.
De uitgang was zo nauw als een vossenhol. Stephen moest de buidel met de camera naar voren schuiven om erdoorheen te passen. Eenmaal buiten trof de genadeloze hitte hem als een mokerslag. Hij moest even naast het gat gaan zitten, omdat hij duizelig werd. Hij hielp Judith naar bui-

ten, waarna ze allebei zonder iets te zeggen hijgend bleven zitten. Ze keken alleen maar rond.
De leegte die zich voor hen uitstrekte, boezemde hen angst in. Het duurde even voordat ze begrepen waarom: tot aan het klooster hadden ze steeds wegen gevolgd, in elk geval sporen. Er was in elk geval een soort infrastructuur geweest. Maar hier waren zover het oog reikte alleen maar stenen: een grijs, eenvormig landschap zonder kenmerken.
Ze voelden het allebei. Hij kon het merken aan de manier waarop Judith zachtjes vroeg: 'En nu? Waar gaan we nu heen?'
Precies. Dat was de vraag.
De gloeiende zonneschijf hing laag boven de horizon. Daar was dus het westen. De Middellandse Zee lag in deze richting, Egypte en de Sinaï in die richting. De zon zou snel ondergaan, want het licht ervan wierp nu al lange, bizarre schaduwen. Er stond constant een stevige wind, die voortdurend zandkorreltjes in hun gezicht blies.
'Hadden we de kaart nog maar,' zei Stephen, terwijl hij de leren zak weer ombond, ditmaal iets losser dan eerst.
Judith dacht na. 'Ik heb die tamelijk goed bekeken, maar niet echt in mijn hoofd zitten.' Ze wendde haar gezicht naar de zon toe. 'Er is een straat langs de grens naar de Sinaï. Dat is een tamelijk rechte streep van de Middellandse Zee naar de noordkant van de Rode Zee. Als we die kunnen bereiken...'
'Hoe ver is dat?'
'Twintig, dertig kilometer? Zoiets, denk ik.'
'Hm.' Stephen realiseerde zich dat hij tamelijk uitgeput was, ook al zat hij hier nog rustig op de grond. Een weg. Dat betekende dat er ooit een auto zou komen. 'Het zou te doen moeten zijn.' Het klonk volstrekt krankzinnig. Onder de vuurbol die als een gloeiend stuk ijzer laag boven de horizon hing, waren vage bergruggen en -kloven te zien. Twintig kilometer hemelsbreed, dat betekende naar alle waarschijnlijkheid een mars van enkele dagen over een aanzienlijk grotere afstand. En ze hadden niet eens water bij zich.
Hij stond op en inspecteerde de omgeving. Die bestond uit een grillige, stenige bodem vol scheuren, afgewisseld met zandbanken, die er even aanlokkelijk uitzagen als een maanlandschap. Moesten ze misschien toch niet proberen bij de auto te komen?
Op dat moment hoorden ze een geluid. Het leek overal en nergens vandaan te komen en het duurde even voordat hij, geschrokken als hij was, kon identificeren wat het was.

Startende helikopters.
Judith sprong eveneens op. Als de helikopters startten, dan kon dat in het ergste geval betekenen dat hun achtervolgers inmiddels op de hoogte waren en zich nu opmaakten hen te zoeken. Verdomme, alsof een vlucht door de woestijn nog niet erg genoeg geweest was!
'We moeten ons verstoppen,' zei Stephen, terwijl hij rondkeek. Er was veel schaduw, nu het avond werd. Een rotsspleet of een holte was nog beter geweest, voor het geval ze infraroodkijkers aan boord van de helikopters hadden, hoewel Stephen over dergelijke apparaten niet meer wist dan hij in films had gezien. Misschien moest het wel donker zijn om die te gebruiken.
'We kunnen terug naar de holte,' zei Judith. Uit haar toon bleek dat ze daar weinig voor voelde.
'Als er ergens in het klooster een plattegrond van de geheime gang is, dan zitten we in de val.'
Het geraas werd sterker, en nu kwam een van de grote, zwarte helikopters dreigend over de berg heen vliegen. Het leek inderdaad een zoekactie.
Stephen wees op een donkere, beschaduwde greppel op enige afstand. 'Daarheen!'
'Niet over het zand!' riep Judith, hem tegenhoudend toen hij weg wilde rennen. 'Voetsporen in het zand zijn vanuit de lucht uitstekend te herkennen. Daarlangs, over de rotsen.'
Ze zette het op een lopen, en Stephen ging achter haar aan, terwijl hij zijn best deed zijn voeten precies op de plekken te zetten waar zij had gelopen. In een oogwenk brak het zweet hem uit en liep het in dikke druppels over zijn rug en borst. Zijn conditie was niet al te best.
Hij wierp een blik achterom. Hij schrok hevig toen het er een moment lang op leek dat een helikopter hem had ontdekt en recht op hen af vloog. Maar het bleek toeval; meteen daarna draaide de grote donkere vogel een andere richting op. Stephen bereikte de greppel die in de schaduw van een grotere rots lag. Judith lag al op hem te wachten. Hijgend loerden ze in de richting van de berg waarop het klooster stond.
Twee van de helikopters namen aan de zoekactie deel. Ze zweefden als boze zwarte horzels boven de directe omgeving van het klooster heen en weer; op een bepaalde manier leken de manoeuvres tamelijk willekeurig en chaotisch. Het leek wel alsof ze er niet echt in geloofden iemand te vinden. Alsof ze zich alleen verplicht voelden een poging te wagen, zodat hun later niets te verwijten viel.

Stephen schudde zijn hoofd. Het zag er heel onwerkelijk uit, als je het van hieruit bekeek. Eigenlijk leek het meer op een James-Bondfilm op een reusachtig scherm.
Maar dan wel in een heel goed verwarmde bioscoop.
'Waar zou een vluchteling heen gaan die van hieruit de woestijn in loopt?' vroeg hij zich hardop af.
Judith dacht even na. Ze had die vraag blijkbaar nog niet op die manier bekeken. 'Waarschijnlijk zou je verwachten dat hij zo snel mogelijk de woestijn uit probeert te komen.'
'En wat betekent dat in ons geval?'
'Dezelfde weg terug nemen die we met de auto hebben gereden.' Stephen trok zijn wenkbrauwen op. Ook Kauns mensen hadden die weg genomen, en zij zouden die op zeker moment weer in de omgekeerde richting volgen. Simpel gezegd: dat was in elk geval uitgesloten.
'Of hij zou proberen zo snel mogelijk de Sinaï-weg te bereiken,' vervolgde Judith. 'Naar het westen.'
'Ja.' Stephen zuchtte. Dat leidde tot gevolgtrekkingen die hem allerminst aanstonden. 'Dat zou je verwachten.'
Ze keken toe hoe de zon onderging. Het duurde slechts enkele minuten, vanaf het moment dat de zon de bergkam raakte, tot het moment dat die erachter verdwenen was. De schemering leek in de woestijn niet te bestaan: het werd in één klap donker. En ook koeler, omdat de zon niet meer op je lichaam brandde. Stephen raakte met zijn hand zijn gezicht aan. Het prikte een beetje. Als hij thuis ging zwemmen, ging hij na afloop meestal nog even onder de zonnebank liggen, en als de uv-lampen na de ingestelde tijd uitdoofden, dan voelde zijn huid precies zo aan.
De wind was vrijwel gelijktijdig met de zonsondergang gaan liggen. De lucht was nog warm, je voelde de hitte die in de loop van de dag in de stenen was opgeslagen en die nu weer werd afgegeven, maar de temperatuur was nu veel aangenamer. De ene na de andere ster werd zichtbaar, die na korte tijd de hele hemel in een prachtige schittering zette, zoals je in bewoonde gebieden nooit te zien kreeg. De sikkel van de wassende maan daar middenin verspreidde een feeëriek licht.
Nacht. Ze zouden van de nacht gebruikmaken om te lopen! De helikopters gaven hun zoektocht op. Ze hadden schijnwerpers ingeschakeld, maar het was duidelijk dat ze naar het klooster terugvlogen.
'Laten we naar het zuiden lopen,' zei Stephen.
'Je weet niet wat je zegt. Dat is de Negev. Dat is een echte woestijn.'
'Zie je die leuke ster daar? Laten we daarop af lopen.'

De hitte die in de stenen en de bodem was opgeslagen, was niet genoeg voor de hele nacht. Op een gegeven moment was het niet warm meer en even later werd het koud. Bovendien kregen ze pijnlijke voeten en spieren, en na enige tijd begon hun hele lichaam pijn te doen. Hun lichaam riep om rust, om slaap.
En om water. Ze begonnen zo langzamerhand behoorlijke dorst te krijgen.
Ze vonden een spleet tussen twee rotsen die nog een aangename warmte afgaven en die door de voortdurende wind als twee reusachtige kiezelstenen glad en rond geslepen waren. Het deed hen goed even te kunnen zitten, ook al was het dan op een steen. De maan bescheen hen met een koel, bleek licht, en het firmament straalde als de diamantcollectie van de grootste juwelier van het universum. Judith liet haar hoofd naar achteren zakken tot het op de rots rustte, en staarde naar boven. 'Elk lichtpuntje is een zon zoals de onze,' zei ze enige tijd later op zachte toon, 'die misschien ook boven een woestijn staat te branden. En wie weet, wie daar net onderweg is.'
Stephen opende de leren buidel en haalde er de in doeken gewikkelde bundel uit. Hij schatte het gewicht in zijn hand. Het was een ongelooflijk licht pakketje. Beslist minder dan een kilo. Of was het in de loop der tijd lichter geworden? 'Ik geloof dat ik nu moet kijken wat erin zit,' zei hij.
'Wat?' Judith richtte haar hoofd op.
'Straks blijkt dat we gewoon met een paar botten rondlopen,' zei Stephen somber, terwijl hij het pakket voorzichtig los begon te knopen. Nadat hij de met goud doorweven koorden had losgemaakt, begon hij de versierde brokaatlinten los te wikkelen. Op sommige plekken waren de lagen met enkele steken aan elkaar genaaid; daar scheurde hij de draad gewoon kapot. Het bleek een enorme bal van zachte stof te zijn, die hij nu aan het afwikkelen was.
Stephen probeerde zich voor te stellen hoe de ceremonies waren verlopen waarbij de monniken eens in de honderd jaar de relikwie uit het beschermende omhulsel hadden gehaald opdat een van hen, de uitverkorene, een korte blik door het oculair kon werpen. Ze hadden vast en zeker dagenlang gevast en nachtenlang gebeden. En vast en zeker hadden ze een schitterend ritueel ontwikkeld, met nauwkeurige aanwijzingen voor elke handbeweging. Waarschijnlijk had ook de manier waarop de banen over elkaar heen geslagen en in elkaar genaaid waren een bijzondere symbolische betekenis. En nu haalde hij al die lagen zonder veel omhaal van elkaar.

Onder het brokaat kwam iets tevoorschijn wat er als zaklinnen uitzag en met een onaangenaam ruikende harsachtige massa was vastgelijmd. Zonder hulpmiddelen was het niet goed te verwijderen. Stephen zocht om zich heen en vond een scherpe steen waarmee hij het spul kon wegkrabben.

'Dat valt nog niet mee, hè?' merkte Judith op.

'Zeg dat wel. Misschien hebben ze het daarom niet vaker dan eens per honderd jaar opengemaakt.'

Ze bekeek de bundel, die in Stephens handen steeds kleiner werd. 'En daar moet ook nog een videocamera in zitten?'

'Nauwelijks te geloven, toch?' antwoordde Stephen. Dat vroeg hij zichzelf ook al enkele minuten lang af. Eigenlijk had het apparaat allang tevoorschijn moeten komen, en ondertussen hadden ze allang een heel andere vorm moeten zien, als hij aan de afbeelding van de MR-01 dacht die hij op internet gezien had.

Langzamerhand kreeg hij kleverige vingers. Hij moest oppassen niet al te driftig te worden en misschien iets te beschadigen. Hij wreef de vingers van zijn ene hand weer schoon op de rots, terwijl hij de vreemde relikwie in zijn andere hand vasthield. Kalmpjes aan. Ze hadden nu alle tijd van de wereld.

Tijd. Alles draaide om dat geheimzinnige begrip. De camera was tweeduizend jaar op geheime plaatsen bewaard, maar eigenlijk was die nog helemaal niet gefabriceerd. Wat zou er gebeuren als ze deze camera aan het publiek lieten zien, een apparaat dat boordevol techniek zat die nog maar net in een Japans laboratorium was ontwikkeld?

Tijd. Alles liep door elkaar.

Stel dat dit de camera helemaal niet was? Hij probeerde deze gedachte van zich af te zetten.

Het was hem eindelijk gelukt een gat in het grove weefsel te maken. Nu kon hij dat groter maken. Hij trok eraan en scheurde er stukken af, geheel in tegenstelling tot wat een archeoloog behoorde te doen. Uiteindelijk kon hij het omhulsel eraf halen, nadat hij het half had losgescheurd. Stephen nam de tijd om alle kleverige stofdeeltjes die nog te vinden waren te verzamelen en erin te leggen.

Wat hij nu in de hand hield, was een stoffen zakje, dat zo zacht als een hoofdkussen was en er in het maanlicht lichtgrijs uitzag. Aan de ene kant zat het zakje met een knoop dicht. Stephen vroeg zich af of de camera – als dat het was – door de tijdreiziger zelf zo was ingepakt en beschermd of dat de stichters van de kloosterorde dit hadden bedacht.

Hij moest de camera oorspronkelijk toch ook in een verpakking bij zich hebben gehad, voordat hij die aan de bergplaats toevertrouwde waarin die duizenden jaren lang ongeschonden moest blijven liggen.
Hij maakte de knoop los. Binnen in het zakje trof hij eerst nog een vreemd ruikende, wattenachtige substantie aan, een soort katoen, alleen kon het dat niet zijn. Dit zachte materiaal was rond een hard voorwerp gestopt, dat goed beschermd midden in het zakje zat. Stephen tastte door de watten heen en voelde... plastic. 'Bingo,' mompelde hij.
Hij zag er hoe dan ook anders uit dan op de afbeeldingen die hij had gezien. Maar het was een camera. Op enkele schrammetjes na zag de plastic body er nog als nieuw uit, en op de zijkant was in zwarte letters de merknaam te zien: SONY. En daaronder stond in kleinere, brede letters: MR-01.
Hij had hem. Hij hield hem in zijn handen, en hij was precies zoals hij zich de hele tijd had voorgesteld, zoals hij het de hele tijd had gevoeld. Tijd. Alweer de tijd.
Een overweldigend gevoel van triomf rees in hem op.
Hij keek op en zocht Judiths ogen. Er lag een geheimzinnige glinstering in, of beeldde hij zich dat alleen maar in?
'Dit is de camera,' zei hij bijna fluisterend. De camera van de tijdreiziger. De video-opname van Jezus Christus!'
Ze bevoelde het apparaat voorzichtig met haar vingertoppen. 'Ik kan het gewoon nog niet geloven...'
Het was ongelooflijk. Het leek wel alsof ze de Heilige Graal in handen hadden.
Alle zichtbare metalen delen van de camera bleken behoorlijk verroest als je er van dichtbij naar keek. Het objectief kon niet meer worden gedraaid, en als je de knoppen aanraakte, dan bladderde de verf eraf. Hij draaide de behuizing rond. Ook de klep waarachter de opnamecassette moest zitten, liet zich niet openen. Het bedieningsknopje zat vast. Hij duwde zijn vingernagel in de spleet tussen de deksel en de behuizing en trok het plastic deksel enkele millimeters omhoog. Er zat iets in, inderdaad. Een cassette misschien wel. Hij zou er met daglicht nogmaals een blik in werpen, misschien zag hij dan meer.
Hij kon nu nog maar één ding proberen. Stephen haalde diep adem en keek Judith aan. 'Hij zei dat het over 65 jaar weer zover was. Met andere woorden, de batterijen zijn 35 jaar lang geregenereerd.'
Ze zette grote ogen op. 'Denk je dat dat genoeg is?'
'Geen idee. Dat weten we zo meteen.'

Hij zette de zoeker tegen zijn oog, ademde diep in en legde zijn vinger op de afspeelknop. Waarschijnlijk gebeurt er helemaal niets, zei hij tegen zichzelf, maar zijn polsslag deed anders vermoeden. Hij ademde nog eens diep in en drukte op de knop. Hij hoorde een klik. Maar er gebeurde niets.

36

Bij een waterverlies van meer dan 4,5 liter en meer dan 5% van het lichaamsgewicht ontstaan er naast een sterk dorstgevoel lichamelijke problemen: de speekselvloed komt tot stilstand, slikken wordt steeds moeilijker, de stem wordt schor en hees, mond- en keelslijmvlies en ogen worden rood, de polsslag wordt sneller en sufheid en desinteresse treden op. Paniekaanvallen komen voor. Als het vloeistofverlies meer dan 12% van het lichaamsgewicht bedraagt, treedt de dood door verdorsten in.
Jerome K. Wilson,
Overleven in de woestijn

Toen hij wakker werd, was zijn eerste gedachte: ik moet batterijen hebben! Pas nadat deze gedachte door hem heen was geschoten, als de schelle toon van een signaalhoorn in een padvinderskamp die iedereen uit de slaap deed opschrikken, drong alles pas weer tot hem door: waar hij was, waarom hij hier was en wat er was gebeurd. Dat hij Judith in zijn armen hield en de hele nacht al in zijn armen had gehouden. Ze lagen nog steeds tussen de twee grote koude stenen op de zanderige grond. Het was de hele nacht verdomd koud geweest.
Dat had hij natuurlijk al zo vaak gehoord, iedereen had het hem verteld: pas op in de woestijn, want het kan er 's nachts heel koud worden. Hij had het geweten, maar had het nooit echt geloofd. Hij had het gewoon nooit kunnen begrijpen dat het in een woestijn, die de hele dag door een verschroeiende braadpan was waar het felle licht en de verzengende hitte je voortdurend bestookten, zo sterk kon afkoelen dat je het idee kreeg in een koelkast te zitten. En dat in de zomer! Geen wonder dat stenen hier kapot sprongen en hele rotsen in tweeën spleten. Ze waren dicht tegen elkaar aan gaan liggen, alsof ze zouden doodvriezen, hadden hun armen om elkaar heen geslagen, hun koude neuzen tegen elkaar gestoken, en het had bijna romantisch geleken, als het tenminste niet zo verdomd koud was geweest.
Nu begon het alweer warm te worden. Stephen stak zijn hoofd omhoog en keek in de richting van de gloeiende bol die met nieuwe energie aan de horizon omhoog klom. Het begon ook weer te waaien, precies op het moment dat de dag begon.
Ze waren op een gegeven moment blijkbaar toch in slaap gevallen.

Judith sliep nog. Ze leek uitgeput en haar gezicht zat onder het zand. Hij haalde de arm waarmee hij haar had vastgehouden voorzichtig weg en richtte zich op. Zijn mond voelde gortdroog aan en deed pijn bij het slikken. Hij pakte het zakje met de videocamera. Hij had de camera weer opgeborgen, met de losse onderdelen van zijn gsm, die hij gisternacht nog uit elkaar gehaald had in een poging met de batterij daaruit de camera op gang te brengen. Hij had een tijdlang met snoertjes en haarspelden in het donker zitten prutsen, maar het had niets opgeleverd. Nu, in het eerste daglicht, bekeek hij de losse delen nog eens wat nauwkeuriger. Waar hij al bang voor was geweest, bleek waar. De batterijen uit zijn telefoon, die hij al jaren gebruikte en die intussen behoorlijk versleten waren, waren niet alleen bijna ontladen geweest, maar hadden ook een veel te lage spanning. Dat was dus kansloos. Met bewondering bekeek hij de batterijtjes in zijn hand die hij uit de videocamera had gehaald: oplaadbaar, stond erop, en als je bedacht dat ze met één enkele lading – de tijdreiziger had vast en zeker geen adapter met oplaadapparaat meegenomen naar het verleden, want daar had hij niets aan gehad – tweeduizend jaar lang gewerkt hadden, dan kon je niet zeggen dat de kwaliteit niet goed was. Het zou geen slechte reclame zijn, dacht hij.
Hij zette de mobiele telefoon weer in elkaar, voorzover dat lukte. Judith had zich zorgen gemaakt toen hij de telefoon uit elkaar had gehaald. Als ze verdwaalden, had ze gezegd, was de telefoon de laatste mogelijkheid om hulp in te roepen. Maar nu was ook deze mogelijkheid afgesloten, want toen hij het apparaat weer inschakelde, klonk er weliswaar nog een pieptoon, maar direct daarna doofde het digitale schermpje en gaf het ding geen kik meer.
'Misschien als we vijftig jaar wachten...' mompelde hij en schoof het nutteloze ding in zijn borstzak.
Judith was door de pieptoon wakker geworden. Toen ze ging zitten, leek ze al even gedesoriënteerd en verfomfaaid als hij. Ze keek slaperig om zich heen en slaakte een kreet die niets anders dan een Hebreeuwse vloek kon zijn.
'Ik dacht dat ik alleen maar een nachtmerrie had gehad,' zei ze somber. Stephen keek haar aan. Zelfs nu haar haar helemaal in de war zat, vond hij haar mooi. 'Geen grapjes, hè,' zei hij. 'Ik wist zeker dat dit hier een ellendige droom is.'
'Stephen...' Ze wierp hem een omfloerste blik toe die hij niet goed wist te duiden, en schudde zacht haar hoofd. 'Altijd cool, hoe ernstig de toestand ook is.' Ze krabbelde zuchtend op. 'Ik heb dorst.'

Stephen haalde alleen zijn schouders op. Zo moeilijk kon het toch niet zijn om uit deze woestijn te komen? Zeker, dit was de Negev, een echte woestijn, maar toch nog klein en in zekere zin overzichtelijk. En voorzover hij zich de kaart herinnerde, stonden er talloze wegen op. Weliswaar waren dat onverharde woestijnpistes, maar ze waren duidelijk gemarkeerd. Er was gewoon niet genoeg ruimte om te verdwalen.
'Laten we de ochtend gebruiken om een eind te lopen,' stelde hij voor.
'En in welke richting dan?'
'Ergens heen,' zei Stephen, 'waar batterijen zijn.'

Ze liepen naar het westen. Langzaam aan en achter elkaar. Een tijdlang hadden ze zoveel medelijden met zichzelf dat ze elkaar vertelden wat ze over het overleven in de woestijn hadden geleerd. Judith had in het leger meegedaan aan een overlevingstraining, maar die had slechts drie dagen geduurd en ze had er niet veel van onthouden omdat ze niet in goeden doen was. Natuurlijk waren ellendige dagmarsen met volle bepakking ook een onderdeel van de militaire opleiding geweest. Haar plastische beschrijvingen van het leger bezorgden Stephen koude rillingen, en hoe vaak hij haar ook steelse blikken toewierp, toch kon hij deze verhalen niet goed rijmen met de slanke, bijna tengere vrouw die hij zag.
Zelf had hij altijd aandachtig geluisterd naar de verhalen van de veteranen van de Explorer's Society, en daarnaast had hij eenmaal aan een overlevingstraining deelgenomen: tien dagen in de eindeloze bossen van Canada. Daarbij hadden ze het eveneens over het lessen van dorst gehad, maar het was geen echt probleem geweest.
Natuurlijk kenden ze allebei de meest gebruikte trucs om in de woestijn aan water te komen. De bekendste, die in bijna elk boek, elke film en elke strip voorkomt, is om een trechtervormig gat in de bodem te graven, op het diepste punt een blikje in te graven en er dan plastic overheen te spannen; aan de rand van het gat verzwaar je dit dan met stenen of zand, dicht het af en in het midden ervan leg je een steen, zodat de folie trechtervormig strak hangt. Als de zon erop schijnt, ontstaat er een enorme hitte, zodat het bodemvocht, dat zelfs in schijnbaar kurkdroog zand nog altijd aanwezig is, verdampt, opstijgt, tegen de folie condenseert en druppelsgewijs naar onderen loopt, waar het zich in het blikje verzamelt.
Een prachtige theorie, maar ze hadden geen plastic bij zich en ook geen blikje, en verder ontbrak het hen aan de tijd en energie om dergelijke kuilen te graven waar ze dan urenlang naast moesten blijven zitten.

Ze waren het er in elk geval over eens dat ze vooral moesten voorkomen meer te zweten dan nodig was. Dat betekende: langzaam bewegen, kleren aanhouden, de schaduw opzoeken. Zodra de zon nog hoger steeg en het weer echt heet begon te worden, zouden ze een schuilplaats zoeken waar ze de rest van de dag konden doorbrengen, om dan in de avonduren en 's nachts verder te lopen. Geen probleem allemaal. Bovendien zouden ze na enkele kilometers toch wel op de Sinaï-weg stuiten.
Hoe hoger de koperen ploert aan de hemel stond, des te minder hadden ze de behoefte elkaar iets te vertellen. De woorden leken letterlijk te verdampen. En uitgerekend nu sjokten ze door een landschap dat zo plat was als een dubbeltje, zonder ook maar één schaduwrijk plekje, zonder grote steenblokken, zonder een enkele rotsformatie die als schuilplaats kon dienen tegen de hitte.
'Oké, genoeg over het onderscheid tussen theorie en praktijk,' mopperde Stephen met droge, gesprongen lippen, terwijl hij met een groeiend onbehagen om zich heen keek. De omgeving leek verdomme wel een enorme parkeerplaats. Alleen parkeerde hier niemand en lagen er te veel kiezelstenen.
En de zon scheen nog steeds onbarmhartig.
Stapje voor stapje, de ene voet voor de andere. Dat punt aan de horizon niet uit het oog verliezen. En dan de dorst. Hij had uiteindelijk Judiths voorbeeld gevolgd en een glad kiezelsteentje in zijn mond gestopt om erop te sabbelen. Je kon je voorstellen dat dat de dorst wat verminderde of in elk geval de kwellende behoefte om te zuigen.
Er was niemand te zien. Dat verwonderde Stephen nog het meest: ze werden blijkbaar niet achtervolgd. Dat was hier toch gemakkelijk genoeg geweest, waar ze vol in het zicht liepen. Een eenvoudige heli... Ze konden zich nergens verbergen, nergens een schuilplaats zoeken. Er was alleen vlak land en een verzengende hitte, die nauwelijks nog te verdragen was.
Ver voor hen, onvoorstelbaar ver weg zelfs, waren door de felle zonnegloed heen de contouren zichtbaar van ontoegankelijke, donkere bergruggen. Bij elke pas hadden deze heuvels, waarin zeker schaduwrijke kloven en spleten te vinden waren, en misschien zelfs echte bergen of vochtige plekken, dichterbij moeten komen. Maar iemand had de bergen op wielen gezet en trok ze met dezelfde snelheid waarmee ze erop af liepen weer van hen weg.
Niet blijven staan. Als hij bleef staan, dan zou hij nooit van zijn leven meer in beweging kunnen komen, en dat zou het einde betekenen.

Steeds weer betastte hij de buidel, waarin de goed beschermde camera rustte. Hij droeg die onder zijn overhemd op zijn borst. Het was een zachte, onprettig warme bundel die zich langzaam met zijn zweet volzoog. Eeuwenlang had het apparaat in een koele, vochtige bergplaats gelegen, meer dan duizend jaar in een rotsblok van de Tempelmuur, en de rest van de tijd in het kistje in het woestijnklooster. En nu sleepte hij het door de verzengende hitte van de Negev met zich mee. Zou dat wel goed zijn? Zou de camera schade kunnen oplopen door de extreme temperatuursverandering?
Judith, die net de leiding van hem had overgenomen, bleef staan, draaide zich naar hem toe en wees met een krachteloos gebaar in een richting die bijna loodrecht op hun marsroute lag, ongeveer in het zuiden. Stephen keek in de richting waarin ze wees en schrok ervan hoe hoog de zon al aan de hemel stond, hoe fel die scheen, alsof die woedend was en zich had voorgenomen de twee te vernietigen.
'Wat?' zei hij schor, omdat hij niet zag wat ze bedoelde.
Ze keek hem met een gepijnigd, ingevallen gezicht aan. 'Daar is iets,' bracht ze uit. 'Een auto of zo.'
Nu zag hij het ook: een donker, rechthoekig, metalen voorwerp dat door mensen gemaakt leek. Een lichtreflectie, als je precies op de plek stond waar Judith stond, alsof het zonlicht door een spiegel werd weerkaatst. Een auto! Als het een auto was, dan zou er nog water in het koelsysteem zitten. Een auto had een accu. Een accu! Met een spanning van 12 volt, daar kon hij wat mee beginnen. Nu zou hij kunnen zien wat er op de video stond. 'Kom mee!' riep hij, maar misschien was het niet meer dan een ongearticuleerd geluid dat hij over zijn lippen wist te brengen. Hij liep voorop. Inwendig moest hij even grinniken; had hij immers eerder niet gedacht dat dit deel van de woestijn er als een enorme parkeerplaats uitzag die van horizon naar horizon liep? Een parkeerplaats, en daar stond de enige auto! Zijn middenrif schokte een beetje tijdens het lopen, alsof het wilde gaan lachen, maar de rest van zijn lichaam was te uitgemergeld voor dergelijke inspanningen.
Het was inderdaad een auto, een klein Europees model, dat ooit wit was geweest voordat de zon zijn vernietigende werk was begonnen: intussen was de lak op alle plaatsen die aan het licht waren blootgesteld, vaalbruin geworden. Het was een VW, voorzover Stephen dat kon beoordelen. Alles wat er aan chroom op de auto had gezeten, ontbrak, evenals de merkaanduiding op de achterklep. De lichtreflectie was afkomstig van de half kapotte zijruit. De overige ruiten waren verdwenen evenals de

banden, de stoelen, het stuur en alle instrumenten, de versnellingspook, kortom, alles wat er van een autowrak af te schroeven of weg te nemen was of ergens anders voor kon worden gebruikt.
Zonder veel animo tilde Stephen de niet geheel gesloten motorkap op. Ook hier had iemand ongegeneerd van de gelegenheid geprofiteerd. Maar de radiator was nog aanwezig, en ook het motorblok en de accu leken te zwaar te zijn geweest voor de rovers.
De reden dat ze de radiator niet hadden meegenomen, was helaas maar al te duidelijk zichtbaar. Hij was gesprongen. Judith liet een teleurgesteld kreetje horen toen ze de radiatordop losdraaide en moest constateren dat er geen water meer in zat. Stephen slikte moeizaam en bewoog zijn uitgedroogde, gespleten lippen. 'Waarschijnlijk is hij daardoor gestrand,' zei hij. 'Radiatorschade.'
En de accu? Stephens vingers beefden toen hij een van de afsluitdoppen moeizaam losdraaide, wat met veel geknars gepaard ging. Leeg. De markering die het juiste vloeistofniveau in de accu aanduidde, was al bruin verkleurd. Volstrekt leeg en verdroogd. Hij schroefde ook de overige doppen los. Overal hetzelfde.
Het was zinloos, en Stephen wist dat het zinloos was, maar hij moest toch de camera pakken en er een kostbaar kwartier aan besteden de isolatie van een resterende kabel los te strippen, die met de polen van de accu te verbinden en vervolgens ook met de contacten op de camera. Hij moest in de zoeker kijken en diep inademen, in de dwaze hoop dat ondanks alle technische kennis en in strijd met alle natuurkundige wetmatigheden, deze uitgedroogde accu, hoe onwaarschijnlijk het ook leek, toch nog een stroomstoot zou leveren die zo krachtig was dat het beeldschermpje in het oculair van de videocamera even zou oplichten en hem datgene zou tonen wat broeder Felix 35 jaar geleden had gezien. Was dat te veel gevraagd in dit land van de wonderen? Was dit te veel gevraagd in deze woestijn, waarin de Here ooit manna had laten regenen voor Zijn volk? Ze waren nauwelijks vijftig mijl verwijderd van diezelfde Rode Zee die zich voor Mozes in tweeën had gedeeld. Maar zoiets verlangde hij helemaal niet. Alles wat hij wilde, was een seconde lang stroom.
Hij drukte op de afspeeltoets. Het wonder bleef uit.
Teleurgesteld liet hij zich naast Judith, die naast het wrak in de weinige schaduw was gaan zitten, op de grond zakken. Het hete blik brandde in zijn rug. Dit was niet hetzelfde als de schaduw van een rots, maar toch deed het hem goed in elk geval een moment niet aan het genadeloos felle

licht blootgesteld te zijn. Judith keek hem aan. Hij schudde zijn hoofd. Niets.
Hij had graag een time-out gekregen. Gewoon enkele uren uit de verzengende hitte verdwijnen om uit te rusten, op krachten te komen en na te denken. Vooral het nadenken werd steeds moeilijker. De gedachten begonnen steeds verwarder te worden, als in een koortsdroom. Hij wist al niet meer precies wat belangrijker was: batterijen vinden of water. De vage, warrige beelden tuimelden over elkaar heen, en hij zag al voor zich hoe hij in de woestijn versmachtte. Het leek wel alsof hij niet echt wakker meer was, maar met open ogen sliep. Bij dergelijke beelden schrok hij op en werd hij weer een moment lang helder, en dan voelde hij een vreselijke, redeloze angst dat hij zou sterven zonder de video te hebben gezien die in de camera zat. Dat mocht niet gebeuren. Zo onrechtvaardig mocht het universum niet zijn. Hij was er zo dichtbij, het mocht gewoon niet gebeuren dat hij zo dicht bij het doel zou falen.
'Zeg,' fluisterde hij ten slotte, 'we zijn toch niet echt in gevaar, hè? We lopen de hele tijd naar het westen, dus we moeten binnenkort bij de Sinaï-weg komen, niet?'
Ze reageerde eerst niet en staarde slechts wezenloos voor zich uit. 'Ik weet niet meer waar we zijn,' antwoordde ze ten slotte.
'Maar we kunnen de weg toch niet gepasseerd zijn, zonder het te merken?' Hoe lang had het volk van Israël door de Sinaï gedwaald? Veertig jaar, als hij het zich goed herinnerde.
Maar daar was helemaal niets geweest. Ze waren geen weg gepasseerd. Niets wat in de verste verte ook maar op een weg had geleken. Onmogelijk.
Judith keek hem aan. Ze zag er uitgeput uit, dodelijk vermoeid. 'Doet je telefoon het echt niet meer?'
Hij schudde zijn hoofd.
Ze zuchtte en keek weer voor zich uit. 'Als je zo'n ding echt nodig hebt...'
Ze bleven zitten. De zon steeg steeds hoger, de schaduwen werden korter. Het leek onmogelijk hier ooit weer op te staan. Ze zouden blijven zitten totdat de zon over het dak van de auto kwam en hen zou roosteren. Stephen haalde het stoffen zakje met de camera tevoorschijn en haalde de camera eruit. Wat was die toch klein, nauwelijks groter dan een notitieboekje, en zo licht, als je hem in je hand hield.
'Geloof je echt dat het allemaal waar is?' vroeg Judith, die naar hem had zitten kijken.

'Hoe bedoel je dat?'
'Hij ziet er zo nieuw uit.'
Stephen draaide de camera in zijn handen. 'Dat is hij ook. Eigenlijk bestaat deze camera nog helemaal niet.'
'En als we hier levend uitkomen en hem naar Japan brengen, wat gebeurt er dan?'
'Geen idee.' Je kon er knettergek van worden als je daarover nadacht. 'Ze zouden hem uit elkaar halen, erachter komen hoe hij werkt en dan namaken. Dat doen Japanners toch altijd?'
'En wie heeft hem dan uitgevonden?'
Stephen wilde antwoorden, maar zijn gedachten, die door de dorst steeds trager werden, raakten in de knoop en kwamen geheel tot stilstand. Geen antwoord. Er was geen antwoord. Zoveel mitsen en maren. Een vergelijking met veel te veel onbekende grootheden.
Maar als je de mitsen en maren wegliet...
'Goede vraag,' bracht hij uit. Hij keek naar de camera in zijn handen. Als alles waar was, als dit apparaat werkelijk door de tijd was gereisd en eigenlijk uit een toekomst stamde die nog drie of vier jaar van hem verwijderd was, als je alles wat er was gebeurd als onveranderlijk beschouwde... dan betekende dat, dat zij iets over de toekomst wisten. Iets wat hem angst inboezemde. Iets wat onafwendbaar zou gebeuren.
Judith sprak het uit. 'Het enige antwoord is dat het niet zal gebeuren,' overwoog ze, terwijl ze stapje voor stapje onbevangen nadacht, als iemand die nieuwsgierig over een weg wandelt en steeds wil weten hoe het er achter de volgende bocht uitziet, maar niet ver genoeg vooruit kan kijken om te vermoeden waar de weg zal eindigen. 'Die mogelijkheid bestaat helemaal niet. Het doet er niet toe hoe wij denken dat het kan gebeuren. De camera zal beslist niet in Japan belanden. Dat betekent...' Nu zag ze het. Haar ogen werden onnatuurlijk groot.
'Ja,' zei Stephen alleen.
Dat was dus wat 'het lot' genoemd werd. Hij had het in zijn hand. Met vermoeide bewegingen stopte hij het apparaatje waarvan het plastic omhulsel er nog zo nieuw uitzag, in de buidel terug, tussen de watachtige vlokken.
'Laten we verdergaan.'

De dorst werd nu verschrikkelijk. Een krankzinnig verlangen naar water, naar vocht woedde in elke vezel van hun lichaam. Vond hij maar

ergens batterijen. Hij wist niet precies waarom, maar dan zou dat verlangen ook gestild worden.
Zijn benen bewogen als vanzelf. Zijn longen werkten als een blaasbalg. De hele wereld was allang verdwenen, alleen het vlakke, stenige stuk vlak voor hen bestond nog.
Het kon niet lang meer duren. Ze waren gebrandmerkt. Hij was vergeten waarom, maar hun lot stond onvermijdelijk vast. De verschroeiende vingers van de dood strekten zich al naar hen uit en verdreven de laatste druppels levenselixer uit hen. Ze transpireerden allang niet meer. Er drong zich een onsamenhangende gedachte bij hem op.
'We hadden met elkaar naar bed moeten gaan,' zei hij.
'Wat?' zei Judith verschrikt.
'Als we hier sterven, zal ik er spijt van hebben dat we niet met elkaar naar bed zijn geweest.' Dat moest hij nog zeggen.
Ze keek hem aan met een blik waaruit een zekere gekwetstheid sprak. 'Is dat alles wat je in het leven wilt van een vrouw?'
Nu had hij iets om over na te denken, de komende honderd of duizend kilometer.

Opeens zagen ze een forse gestalte voor hen. Een man op een kameel. Een bedoeïen, die met raadselachtige ogen op hen neerkeek. Terwijl Stephen hem aanstaarde, voerde Judith het woord. Hij hoorde alleen het woord 'Sinaï'.
De woestijnbewoner knikte gelaten en wees met zijn hand in een heel andere richting dan zij hadden gelopen.
Judith vroeg nog iets anders, om water misschien. Maar de man schudde spijtig zijn hoofd. Hij had geen water, of misschien wilde hij het gewoon niet geven. Hij had zijn kameel, die hem op de plaats van bestemming zou brengen voordat dorst een probleem werd.
'Salaam aleikum,' zei hij ten afscheid, alsof het hem zo vaak gebeurde dat hij verdwaalde wandelaars tegenkwam in de woestijn. Voordat hij de teugels van zijn kameel weer oppakte, zette hij de dunne metalen beugel van een koptelefoon weer op zijn hoofd, die tijdens het gesprek losjes om zijn nek had gezeten.
'Hé!' bracht Stephen uit. Hij wees op de koptelefoon. 'Wat is dat?' De bedoeïen keek hem geïrriteerd aan en zette de koptelefoon weer af. Hij wierp Judith een vragende blik toe. Die zei iets, waarna hij een zilverkleurige cassetterecorder onder zijn boernoes vandaan haalde en die aan Stephen liet zien. 'Sony walkman,' zei hij met een nasaal Arabisch accent.

‘Een walkman!’ riep Stephen hees. ‘Een echte Sony walkman!’ Hij begon hinnikend te lachen, alsof hij waanzinnig geworden was, en die lach leek zijn verdorste lichaam te willen splijten. ‘Stephen!’ riep Judith vermanend. ‘Wat heeft dat te betekenen?’

De trotse woestijnbewoner, die zichtbaar verontwaardigd was over Stephens lachkramp, schoof het apparaat met een stalen gezicht weer onder zijn lichte wijde mantel.

‘Nee, stop!’ riep Stephen, zijn hand weer uitstrekkend. ‘Neem me niet kwalijk. Het spijt me. Judith, zeg tegen hem dat het me spijt. Vraag hem of ik de batterijen mag hebben. Alsjeblieft!’

‘Wat wil je dan met die batterijen?’

Dat wist hij ook niet precies. Batterijen waren nu eenmaal belangrijk. En een Sony walkman was een leuk apparaat. Als kind had hij er altijd al een willen hebben, maar die nooit gekregen. Van zijn eerste zelfverdiende geld had hij er uiteindelijk een gekocht, precies zo een.

Maar wanneer en waar was dat geweest? Hij kon het zich niet meer herinneren. Alleen dat hij de batterijen nodig had.

‘Vraag het hem!’

Ze zei iets in het Arabisch. Hij wist niet eens dat ze Arabisch sprak. Hij wist zoveel niet over haar en nu was het te laat. De bedoeïen nam hem van onder tot boven op en schudde kort zijn hoofd. Met zijn trotse haakneus zag hij eruit als een mythologisch personage. Uit zijn ogen sprak slechts een kille, afwijzende houding. Stephen stopte zijn hand in zijn broekzak, vond nog een verfrommeld bankbiljet, van vijftig dollar zelfs, vouwde dat haastig open en hield het de bedoeïen voor.

‘De batterijen, alstublieft! Ik betaal vijftig dollar!’

‘Stephen, wat heeft dat te betekenen? Wat moet je nou met die paar batterijen beginnen? Je maakt je alleen maar belachelijk.’

‘Vijftig dollar!’ herhaalde Stephen hardnekkig. ‘Alleen de batterijen!’

De Arabier vouwde zijn handen op de knop van zijn zadel, terwijl hij de teugels gereed hield, en zei iets tegen Judith. De kameel bekeek de beide wandelaars ondertussen met volstrekte onverschilligheid.

‘Wat zegt hij?’

‘Hij zegt dat als de batterijen je vijftig dollar waard zijn, ze je vast en zeker ook wel honderd dollar waard zijn.’

‘Zeker weten!’ riep Stephen, weer in zijn broekzak tastend. ‘Honderd dollar, ja.’

Hij begon woest te zoeken, maar vond niets meer. Niets, zelfs geen muntje, laat staan een bankbiljet. Hij keek omhoog naar de bedoeïen,

die kalmpjes afwachtte. 'Het spijt me, ik heb niet meer. Alleen maar vijftig dollar.'
De woestijnbewoner verstond blijkbaar meer Engels dan hij eerst had toegegeven. Hij liet zijn hoofd zakken, vertrok zijn mond in een arrogant lachje en zei met mild venijn: *'Then have a nice day!'* Daarna greep hij de teugels en ging er als een zandstorm vandoor.
Stephen keek hem vol onbegrip na. Was vijftig dollar soms geen goede prijs voor een paar batterijen?

Waar bleven die verdomde helikopters? Het was gewoon onbegrijpelijk. Een paar dagen geleden, toen ze nog niets wisten en nog niets hadden, hadden ze geen stap kunnen zetten zonder dat die werd gevolgd. En nu ze alles wisten en alles in bezit hadden, zocht er helemaal niemand meer naar ze!
Niets. Hoe vaak hij ook rondkeek, de hemel was tot aan de horizon helder en leeg. En de grond rondom hen glinsterde alsof ze door water werden omringd.

Judith zei met sissende, hijgende stem dingen tegen hem en over hem die niet bepaald vriendelijk klonken. Hij begreep niet waarom ze dat deed. Maar ze stootte al deze woorden letterlijk uit, alsof het giftige ballast was waarvan ze zich moest bevrijden om weer schoon te worden. Maar was ze dan niet de hele tijd met hem opgetrokken? Waarom had ze dat gedaan? Hij begreep niet wat ze wilde en reageerde kortaf. Uiteindelijk verdedigde hij zich niet meer en zweeg.
Na een tijdje beëindigde Judith haar klaagzang met overslaande stem. Hij was blij dat het voorbij was. Hij wilde nog één zin zeggen, iets om alles af te sluiten, af te ronden, er een streep onder te zetten. Ze konden dit niet zomaar tussen hen in laten staan.
Maar na die eerste zin moest hij nog een tweede zeggen, en dan nog een en nog een, en plotseling leek het alsof er een dam in hem brak, een reusachtige Hoover-stuwdam, waarachter hij alle woede, alle haat en vertwijfeling had bewaard die hij ooit had gevoeld. Hij hoorde zichzelf hoestend huilen, zag zichzelf razen en tieren als een krankzinnig geworden skelet, zag alle walgelijke, verdorven dingen uit zichzelf wegvloeien, en dat kwam allemaal bij Judith terecht, die hem hulpeloos aankeek, maar hij kon er niets tegen doen.
Toen was het voorbij. Hij was leeg. Zijn mond deed pijn, bloedde uit enkele open gebeten plekken. Judith keek hem allang niet meer aan, maar liep simpelweg verder, net als hij.

Plotseling zag hij hoe haar ene been begon te knikken. Ze struikelde. Nog voordat hij kon reageren, viel ze op de grond.
'Judith...' De wazige lucht leek uit gelatine te bestaan, waarin alleen vertraagde bewegingen mogelijk waren die ongelooflijk veel kracht vergden. Hij knielde naast haar op de grond, tilde haar op en legde haar hoofd op zijn schoot. Ze bloedde uit een wondje op haar voorhoofd. Haar ogen waren gesloten. 'Judith!'
Ze tilde haar oogleden moeizaam op, alsof die loodzwaar waren, en keek hem bedroefd aan. Haar ogen waren rood. Hij zag haar halsslagader hevig kloppen.
Ze deed haar mond open en dicht en probeerde te spreken, maar het viel haar moeilijk. Hij moest zich naar haar toe buigen om haar te verstaan.
'Ik dacht de hele tijd...'
Ze viel stil, schudde zwakjes haar hoofd. Ze sloot haar ogen weer.
'Wat?' fluisterde hij. 'Ik dacht... jij...'
'Ik?'
'Niets.'

Het gaf een goed gevoel toen de grote, brede schaduw over hen heen viel. Voetstappen achter hen, links en rechts, om hen heen. Het rook naar benzine, naar uitlaatgassen, naar verbrand rubber en hete remmen, naar aftershave.
Een man in een blauw double-breasted kostuum kwam bij hen staan. Zijn schoenen waren blinkend gepoetst. Hij had een gouden dasspeld. De man leek niet eens te zweten, en hij stak zijn hand uit. Zo had zijn vader zijn hand uitgestoken toen die hem ooit uit de kleuterschool had afgehaald, en die had ook altijd zulke pakken gedragen.
'Geef me de camera, Stephen,' zei de man. 'Dan bekommeren wij je verder om je.'
Dit was niet zijn vader. Zijn vader had zich nooit om hem bekommerd. Hij had altijd verlangd dat zijn kinderen sterk en zelfstandig waren. Hij gaf een goed gevoel dat er eindelijk iemand was die zich om een ander wilde bekommeren. Heel goed. Met een pijnlijk gevoel in zijn ooghoeken, omdat de tranen niet wilden komen, haalde hij de bundel uit zijn overhemd.

37

In de nacht van dinsdag op woensdag constateerde de dienstdoende nachtwaker Samuel Rosenfeld op zijn laatste ronde om 7.15 uur dat het hangslot dat sinds twee dagen provisorisch op de deur van het restauratielab aangebracht was, was verwijderd. Het bewakingsprotocol vermeldt verder geen onregelmatigheden.
Uit het politierapport

Het was koel toen hij wakker werd. Hij moest geslapen hebben, en ja, dat had hem goed gedaan. De koelte om hem heen leek de hitte op te zuigen die altijd nog in zijn lichaam was opgeslagen en naar alle kanten uitstraalde. En het was donker. Nee, eigenlijk niet donker. Hij wist niet waar hij was. Hij zag kale, matglanzende metalen wanden, met rijen glinsterende klinknagels erop, een plafond van metaal. Via smalle spleten vlak onder het plafond drong enig licht naar binnen. Genoeg in elk geval. Er boog zich een jonge vrouw over hem heen. Ze droeg een wit schort en keek hem aandachtig aan. Hij wist honderd procent zeker dat hij haar nog nooit gezien had. Ze hing een doorzichtige, met een heldere vloeistof gevulde plastic zak aan een metalen haak boven zijn bed en bevestigde daar een plastic slang aan, die onder een verband boven aan zijn rechterhand eindigde.

'Wat...?' begon hij schor. 'Wat doet u daar?'

De vrouw keek hem aan en glimlachte alleen maar tegen hem.

Hij bracht moeizaam zijn arm omhoog en bekeek de aansluiting op zijn hand. Wat had dat te betekenen?

De vrouw verdween. Er verscheen een ander gezicht boven hem, het gezicht van een oude, witharige man.

Hij kende dat gezicht. Professor Wilford-Smith. Nu kwam alles weer terug. De woestijn. De hitte. De collaps van Judith. Judith!

Hij draaide zijn hoofd opzij, wat verschrikkelijk pijnlijk was, en zocht haar. Ja, ze lag naast hem, ook op een stretcher, ook aan een infuus, en ze sliep. Iemand had haar gezicht gewassen.

Hij herinnerde het zich weer. Ze hadden hen een zoutige vloeistof te drinken gegeven, die vaag naar sinaasappels smaakte. Hij had er zeker een emmer vol van opgedronken. Hij had gekokhalsd, maar er was niets omhoog gekomen, en toen had hij nog meer gedronken. Daarna wist hij niets meer.

'Waar zijn we?'
De professor tilde zijn hoofd op en keek om zich heen, alsof hij zich dat ook de hele tijd al afvroeg. 'Dit is een reportagewagen,' zei hij. 'En wat gebeurt hier met ons?' Hij keek naar de infuuszak.
De oude wetenschapper glimlachte bedroefd. 'Dat is gewoon een zoutoplossing. Een vloeistof. Jullie waren allebei sterk gedehydreerd toen we jullie vonden.'
'Gedehydreerd?'
'Het scheelde niet veel.'
Stephen Foxx sloot zijn ogen. Nu de herinnering terugkeerde, ervoer hij tot zijn eigen verwondering een soort schaamte. Het was hoogmoedig geweest om zonder uitrusting en zonder voorbereiding door de woestijn te gaan lopen. Om lichtvaardig zijn leven op het spel te zetten voor een wedstrijd, om iets te bewijzen, om iets te winnen. Het was verkeerd geweest om Judith daarin mee te trekken.
'Hoe hebt u ons eigenlijk gevonden?'
'Dat was niet gemakkelijk. Jullie waren niet op de plek waar ze jullie gezocht hebben. Kaun heeft ten slotte onlangs waarnemingstijd op Russische spionagesatellieten gekocht, en die hebben u gevonden.'
'Wat? De Russen?'
'Ja.'
Stephen probeerde zich voor te stellen wat er was gebeurd. 'We zijn eerst naar het zuiden getrokken, en daarna steeds naar het westen. We wilden naar de weg die langs de grens van de Sinaï loopt.'
De archeoloog trok een frons. 'Zoals ik Kaun ken, zal hij het zich niet laten afnemen om jullie die beelden te laten zien. Jullie zijn goed te herkennen, zelfs vanuit de ruimte. En je zult je erover verbazen waar je allemaal bent geweest.'
'Aha.' Ook dat nog. Ze waren verdwaald. Maar hoe dan? Ze waren toch steeds op de bergen af gelopen?
'Hoe is het met de camera?'
Professor Wilford-Smith richtte zijn blik op een punt dat boven Stephens hoofdeinde lag. Stephen verdraaide zijn nek. Daar was een scheidingswand met een smalle, afsluitbare doorgang en een grote glazen ruit, waarachter een zwart gordijn was dichtgetrokken.
'Kaun is daarbinnen. Al een hele tijd trouwens. Hij heeft een paar sets batterijen laten komen en heeft zich daarmee opgesloten.'
Stephen liet zich met een klaaglijk geluid weer op zijn kussen vallen. Verloren! Hij had de wedstrijd verloren, verdomme. Van louter teleur-

stelling welden de tranen in zijn ooghoeken op. Het was zo onrechtvaardig, zo verdomd onrechtvaardig. Hij had zich zo ingespannen, had gevochten, had al zijn moed en vastberadenheid in de waagschaal gesteld, maar Kaun met zijn miljoenen had gewoon alleen de intelligentie, de knowhow en de technische voorzieningen van de Russen, die elke cent konden gebruiken, hoeven kopen om op het juiste moment op de juiste plaats te zijn en te kunnen oogsten wat hij niet had gezaaid. Het was een strijd van David tegen Goliath geweest en ditmaal had Goliath gewonnen. Goliath won altijd, zo was dat. De vrome oude verhalen waarin iets anders werd verteld, waren niet meer dan dat: vrome oude verhalen.
Hij sloot zijn ogen, en het volgende moment dook het gezicht van broeder Gregor op. Wat had dat goed geklonken: het uur van de waarheid. De oude profetie van de macht van het licht en de macht van het duister die om het bezit van de relikwie streden. Ook al had hij inwendig moeten glimlachen om de woorden van de monnik, toch had iets in hem deze woorden geloofd, en hij had zich erdoor gesterkt gevoeld, had God aan zijn zijde gewaand.
En nu? Had hij gefaald? Het hing ervan af wat Kaun met de video van plan was. Hij zou die zeker in een of andere vorm op zijn tv-zenders vertonen, en wel zo dat hij er zo veel mogelijk winst uit sleepte. De hele wereld zou die zien. En meer had hij de abt niet beloofd. En hij zou de video uiteindelijk ook zien. Hij zou er een nare bijsmaak bij hebben en waarschijnlijk zou hij nog een tijd geduld moeten hebben en allang thuis op de bank zitten, tegelijk met miljoenen andere nieuwsgierigen, die de bijbehorende aankondigingen hadden gevolgd, maar zien zou hij die video. Dat wel. Hij had dat weliswaar ook gemakkelijker kunnen bewerkstelligen, maar uiteindelijk zou hij de video zien.
Misschien mocht hij gewoon niet meer verwachten.
Op dat moment begon iemand van buiten aan de vergrendeling van de achterste laaddeur te morrelen. Een van de klapdeuren ging open zodat er een felle lichtstraal naar binnen viel. Drie mannen klommen via een roostertrap naar binnen, trokken de deur achter zich dicht en vergrendelden die weer.
Stephen keek hen aan, maar kon eerst niet goed duiden wat hij zag. Hij registreerde hoe de professor, die op een stoel was gaan zitten, verstijfde, alsof hij die mannen kende en liever niet meer met hen te maken had. Het waren priesters. Twee tamelijk jonge en een oudere in hun midden. Ze droegen in elk geval lange zwarte priestergewaden en de onmiskenbare kraag.

De kerk. De ontmoeting in de bibliotheek met Eisenhardt schoot hem weer te binnen. Kaun was van plan geweest alle vondsten voor tien miljard dollar aan de katholieke kerk te verkopen. Wat een smeerlap! Niet alleen had zijn rijkdom hem geholpen de overwinning te behalen, maar door de overwinning zou die rijkdom ook nog eens onvoorstelbaar veel groter worden. Maar liefst tien miljard dollar. Dat kon toch niet waar zijn...

'Goedendag,' zei de middelste man van het groepje met een gekunsteld overkomende zachtmoedigheid. 'Mijn naam is pater Scarfaro. Ik zou graag met mister Kaun spreken, als dat mogelijk is.'

Professor Wilford-Smith trok zijn neus op. 'Ik ben bang dat hij heel druk bezig is.'

De gezichtsuitdrukking van de man die zich pater Scarfaro had genoemd, versomberde op een manier die duidelijk maakte dat het verzoek van daarnet slechts retorisch uitgelegd kon worden. 'Is hij daarbinnen?' vroeg hij, op de deur naar het voorste deel van de truck wijzend.

De professor knikte slechts.

Scarfaro liep naar de deur en klopte er stevig op. Vanbinnen klonk een onverstaanbaar geluid. De priester ging weer tussen zijn begeleiders staan en zei tegen de oude wetenschapper: 'Hij verwacht ons.'

Stephen voelde zich oneindig teleurgesteld. Het was dus al een uitgemaakte zaak. De kerk zou de video krijgen. Die zou hem vertonen of in de geheime pauselijke archieven laten verdwijnen, al naar gelang wat erop te zien was. Prima.

De verbindingsdeur werd opengesmeten. Kaun vloog in hemdsmouwen naar buiten, met zijn haar door de war en op een merkwaardige wijze anders, menselijker zelfs, dan Stephen hem zich herinnerde. Hij had de camera in zijn hand.

'Dit moet u beslist bekijken, professor!' riep hij. 'De hele wereld moet dit zien, de hele...'

Pas nu viel zijn blik op Scarfaro en zijn begeleiders. Hij zweeg abrupt.

'Hoe komt u hier binnen?' vroeg hij onthutst.

Scarfaro liet zijn hoofd zakken. 'Ik probeer gelijke tred met u te houden.'

Stephen hief zijn hoofd op en keek aandachtig naar de mediamagnaat. Die leek heel duidelijk niet blij met de aanwezigheid van de priesters. En hij had hen al helemaal niet verwacht. Wat was hier aan de hand?

Misschien was er toch nog hoop.

'Niemand weet dat ik hier ben,' zei Kaun wantrouwend. 'Niemand behalve mijn mensen. 'Hoe hebt u mij gevonden?'

'Het was niet gemakkelijk,' antwoordde Scarfaro, die de eigenlijke vraag tamelijk opzichtig ontweek. 'Ik ben gekomen om u te vertellen dat het geld klaarligt. Mijn woord is voldoende om het naar uw rekeningen over te brengen.' Scarfaro liet weer zijn hoofd zakken. 'En dat zal geen probleem zijn, zodra ik het materiaal gezien heb en vastgesteld heb dat de beloften ermee ingelost worden.'

Kaun leek niet mee te willen werken. 'We moeten er nog eens over praten,' zei hij uiteindelijk. 'De situatie is gewijzigd. Het aanbod gold op dat ogenblik en voor de overname in de toenmalige staat van de opgravingen.'

Scarfaro strekte zijn hand uit. 'Zoals u wilt. Maar u staat me zeker wel toe dat ik er alvast een blik op werp?'

Kaun aarzelde. Hij keek naar de bekraste videocamera in zijn hand en vervolgens naar de gezant van het Vaticaan. Stephen hield zijn adem in. Hier klopte iets niet.

'Alstublieft,' zei Scarfaro met een zachte, bijna hypnotiserende stem.

Kaun gaf hem het apparaat. Hij leek zich er niet prettig bij te voelen, maar toch gaf hij hem aan de priester. Het zag er zo verkeerd uit, dat alles in Stephen protesteerde.

Scarfaro pakte het kleine apparaat aan, dat nauwelijks groter was dan een pakje sigaretten en woog het nadenkend op zijn hand. 'De kerk,' zei hij, 'is, om het in uw jargon uit te drukken, mister Kaun, een multinational die zingeving produceert, zingeving aan het leven van een miljard mensen. Dat is een belangrijk product, misschien wel het belangrijkste ter wereld. En het is een gewild product, want anders waren wij er allang niet meer. U ziet natuurlijk wel in,' voegde hij er met een vreugdeloos lachje aan toe, 'dat we niets kunnen dulden wat dit product in gevaar brengt.'

Wat er daarna gebeurde, kon Stephen Foxx zich de rest van zijn leven alleen nog maar herinneren alsof het zich vertraagd had afgespeeld. In talloze dromen beleefde hij die ene seconde steeds weer, zag steeds weer hoe de man uit Rome zijn hand met de camera erin ophief, zijn arm strekte, het apparaatje vanuit zijn schouder in een cirkelvormige beweging naar achteren en omhoog zwaaide en het ten slotte uit alle macht op de grond slingerde, waar het in honderd stukken uiteenviel.

Iemand slaakte een kreet. Kaun. Een fractie van een seconde later hadden de twee priesters die links en rechts van Scarfaro stonden revolvers getrokken en zagen ze er opeens helemaal niet meer als priesters uit, maar als schietgrage vechtersbazen in priesterjurken. Er knalde zo'n hard schot door de binnenruimte van de vrachtwagen dat het pijn deed, en Kaun viel naar achteren, zijn arm vasthoudend, terwijl het bloed tussen zijn vingers door begon te sijpelen.

'Wat doet u nu!' kreunde hij. 'Scarfaro, waar ben je mee bezig!'

De priester met de haakneus was nog niet tevreden met de vernieling die hij had aangericht, want hij tilde zijn been op en begon op de resten van het apparaat te stampen. Er klonk geknars alsof er botten werden gebroken, splinters vlogen in het rond, metaal kraakte op metaal, brokstukken schoten weg en knalden tegen de wanden op. Hij bukte zich en stak iets omhoog wat mogelijk de kern van de videocassette geweest was, een ronde dunne schijf van doorzichtig, glanzend materiaal. Was het silicium? Hij hield de schijf omhoog en brak die met een meedogenloze blik op zijn gezicht doormidden.

'De Heilige Schrift is volmaakt,' zei hij. 'Dat hebben we de mensen al eeuwen voorgehouden, zo lang totdat ze het geloofden, tot hun eigen heil en zielenrust. Kunnen we dan toelaten dat er nog iets aan toegevoegd moet worden? Nee, dat kunnen we niet. Mogen we het toelaten dat vastgesteld wordt dat Jezus iets anders heeft gezegd dan wat overgeleverd is? Nee, dat mogen we niet. Als we dat deden, zou er chaos ontstaan, dan zou de deur wagenwijd openstaan voor twijfel en werd het geloof vernietigd. Maar zonder geloof is er geen zielenrust. Het is onze plicht de mens in staat te stellen zijn geloof te bewaren, zelfs als dat ten koste gaat van ons eigen geloof.'

Met een van pijn vertrokken gezicht zakte Kaun langzaam tegen de tussenwand aan. Zijn overhemdsmouw kleurde rood. Niets aan hem herinnerde meer aan de machtige, rijke heerser over een bedrijvenimperium.

'U weet niet wat u hebt gedaan,' kreunde hij. 'U verwoest een document dat de geschiedenis van de mensheid in onvermoede nieuwe banen had kunnen leiden. U doodt de waarheid. Dat heeft uw kerk altijd al gedaan, nietwaar? Op de waarheid gejaagd en die om zeep geholpen.'

Scarfaro bleef doorgaan met het doormidden breken van de stukjes, totdat hij uiteindelijk alleen maar fonkelende splinters uit zijn handen op de grond liet vallen. 'De waarheid?' zei hij, terwijl hij de bloedende miljonair uitdagend aankeek. 'De waarheid is dat de waarheid onbelangrijk is. Het christendom heeft tweeduizend jaar lang gefunctioneerd, en wat zo lang functioneert, zal tot in de eeuwigheid functioneren. De waarheid is dat het werkelijke personage van de stichter geen rol speelt. Integendeel, het is juist goed dat degene op wie alles wordt teruggevoerd, volkomen onbekend en ongrijpbaar is. Hoe zou hij anders een bovenmenselijk idool hebben kunnen worden? Zelfs als op uw video de echte, historische Jezus van Nazareth te zien is geweest: welk menselijk wezen had het ooit kunnen opnemen tegen de figuur die wij geschapen hebben? Nee, wij hebben niets aan dit document. Het kan alleen maar schade aanrichten.'

Kaun gleed opzij. De verpleegster liep snel op hem toe. Niemand schoot op haar, maar Stephen zag hoe de vinger van de ene man met de trekker speelde.

Scarfaro pakte de revolver van hem af. Uit de manier waarop hij die aanpakte en vasthield, viel op te maken dat hij niet voor het eerst in zijn leven een wapen in zijn hand hield. Hij gaf zijn begeleiders een wenk. De priester ging op zijn knieën zitten en haalde een klein vuilnisblik tevoorschijn, waarmee hij de resten van de camera snel bij elkaar schoof. Hij stopte alles in een plastic zak, die hij uit een andere plooi van zijn donkere gewaad tevoorschijn haalde.

'U bent bang voor Hem!' kreunde Kaun verbijsterd. 'U bent bang voor degene die u beweert te aanbidden!'

Scarfaro keek hem met zijn glinsterende ogen aan. 'Laten we onszelf niet voor de gek houden,' zei hij ten slotte. 'De echte Jezus zou ook vandaag weer een rustverstoorder zijn, een gevaar voor de openbare orde, staatsvijand nummer een.' Zijn ogen vernauwden zich tot spleetjes. 'Alleen waren wij het vandaag die hem een proces moesten aandoen.'

38

De geponeerde hypotheses en conclusies mogen wellicht ongeloofwaardig klinken, meer kunnen wij niet aanbieden. Het is niet aan ons te oordelen of het betreffende onderzoek uiteindelijk van wetenschappelijke waarde is. Misschien zou dit afsluitende oordeel minder negatief zijn uitgevallen als de belangrijkste vondsten – het skelet en de gebruiksaanwijzing – niet onder onopgehelderd gebleven omstandigheden uit het restauratielaboratorium van het Rockefeller-Museum gestolen zouden zijn. Daardoor zijn de hier afgedrukte foto's en de bewaard gebleven video-opnamen van het eerste onderzoek alles wat van deze volstrekt unieke vondst resteert.

Professor Wilford-Smith
Bericht over de opgravingen bij Bet Hamesh

Nooit zou hij deze ochtend vergeten, waarop hij met dat onooglijke stukje papier, dat hij opgevouwen en verzegeld uit handen van het hoofd van de pauselijke nieuwsdienst in ontvangst had genomen, in grote haast door de hoge zalen, de lange gangen en over de brede trappen gesneld was. Zonder ook maar even te dralen, zoals men hem had opgedragen, had hij het bericht direct aan de Heilige Vader zelf overgebracht. Nooit zou hij de eerbied vergeten, die hem, als eenvoudige jonge monnik, deed huiveren toen hij de drempel van de privé-vertrekken van de paus overschreed. De Heilige Vader zat in een leunstoel vlak bij het raam te bidden. Of hij sliep, dat viel niet direct te zeggen. Hij bleef op gepaste afstand staan en wist niet wat hij nu moest doen. Zonder ook maar even te dralen, had de opdracht geluid. Welnu, hij had volstrekt niet gedraald, hij was zelfs bijna buiten adem. Maar hij kon de paus toch niet bij zijn gebed storen!
Hij slaakte opgelucht een zucht toen de Heilige Vader hem uit zijn conflict verloste door de ogen te openen. Hij merkte zijn aanwezigheid op en wenkte hem met een warme glimlach om dichterbij te komen. 'Wat heb je voor mij, mijn zoon?' fluisterde hij.
'Een dringende boodschap uit Israël, Uwe Heiligheid.'
Hij overhandigde hem het papiertje met het bericht. Daarna bleef hij afwachtend staan, terwijl de paus moeizaam het zegel verwijderde en het vel papier openvouwde. Hij keek toe hoe hij las wat erop geschreven stond.

Het leek alsof hij de totale ineenstorting aanschouwde van de man die aan het hoofd van de kerk stond. Hoe de inhoud van het bericht ook luidde, het leek alle levenskracht uit zijn lichaam te zuigen. Het gezicht van de Heilige Vader werd grauw en vaal, alsof de dood hem op dat moment attaqueerde. Hij hield het papier krampachtig vast, verfrommelde het in zijn hand en liet die op zijn schoot zakken, terwijl hij zijn blik door het venster heen op de hemel richtte.

'Dit heb ik niet gewild,' hoorde de jonge, ontzette monnik de oude, ontwrichte paus fluisteren. 'Dat heb ik je niet opgedragen, Baptist, dat niet...'

Zijn hele leven lang zou de jonge monnik zich blijven afvragen wat deze woorden te betekenen hadden.

Hij stond in zijn kantoor, dat eindelijk weer van hem was, en volgde het vertrek van Scarfaro en zijn begeleiders door het openstaande raam. Nooit had hij het over zich kunnen verkrijgen om de binnenplaats op te lopen om ook nog eens afscheid te nemen.

Toen ze gisteravond laat waren teruggekomen, hadden ze alle drie een onrustige, geagiteerde indruk gemaakt, alsof ze iets duisters en kils met zich meedroegen. Alsof ze zojuist een onuitsprekelijk misdrijf hadden begaan. In elk geval waren ze klaar met hun missie, wat die ook ingehouden mocht hebben. En opeens hadden ze grote haast. Scarfaro deelde hem mee dat ze de volgende ochtend wilden opbreken. Waar was de auto eigenlijk gebleven? Hij had dat op barse, minachtende toon gevraagd, alsof hij met een bediende had gesproken die wel heel traag van begrip was. Pater Lucas had ingeslikt wat hij eigenlijk had willen zeggen, zoals hij alles had ingeslikt sinds de man uit Rome hen had overvallen, en had slechts gezegd dat de auto volgens de garage gerepareerd was en gereed was om af te halen.

'En?' had Scarfaro kwaad geroepen.

'Pardon? Ik begrijp niet...'

'Als die auto klaar is,' had Scarfaro hem berispt, 'dan moet u hem ook afhalen!'

Dus was hij vanochtend extra vroeg opgestaan en was met de eerste bus door de hele stad heen naar de garage gereden om de auto direct mee te nemen zodra die openging. Uiteraard had hij de rekening betaald, en nog wel uit giften die ze van kleine middenstanders en arme omaatjes hadden gekregen! Daarna was hij in het drukke spitsverkeer met de auto naar de binnenplaats van het klooster gereden.

Nu zag hij hoe de mannen uit Rome hun weinige bagage in de kofferruimte zetten, de zitplaatsen verdeelden en bepaalden wie er zou rijden, en hij hoopte dat hij hen van zijn leven nooit meer terug zou zien.
En hij hoopte ook dat hij nooit te weten zou komen wat er in de tas had gezeten die ze meegebracht hadden. Wat hadden ze midden in de nacht in de keuken uitgevoerd? In het hele huis waren de vreemde, onheilspellende geluiden te horen geweest. Broeder Geoffrey was ongerust naar hem toe gekomen, maar had niet durven kijken. En daarom was hij zelf gegaan. Toen hij zijn hoofd door de keukendeur had gestoken, had hij gezien hoe de mannen brokstukken uit die tas haalden die op vernielde onderdelen van een radio leken, die met hakmessen en vleeshamers bewerkten of met saladetangen in de felle gasvlammen van het fornuis hielden, waar ze stinkend smolten en verbrandden. Het had erop geleken dat ze systematisch sporen van een misdrijf wilden vernietigen. Het volgende moment was een van hen opgestaan, had zich voor hem breed gemaakt en hem ondubbelzinnig te verstaan gegeven dat hij daar niets te zoeken had.
De telefoon ging. Hij wilde die laten overgaan en zich aan zijn gedachten overgeven, maar het gerinkel stopte niet. Dus nam hij op. 'Hallo?'
Hij herkende de stem. Het was de garagist. Een snuivende, kruiperige stem.
'Ja?' vroeg hij zo onvriendelijk en kortaf mogelijk. Hij had die man vanochtend al moeten aankijken. En dat was genoeg geweest voor vandaag.
'De auto die u vanochtend afgehaald hebt,' zei de man snuivend, 'die heeft een defect.'
Wat een ongelooflijke stommeling, dacht pater Lucas bij zichzelf. Maar goed, hij was katholiek. Dat was de hoofdzaak. 'Ik dacht dat u dat had gerepareerd?' vroeg hij, tot zijn genoegdoening constaterend dat zijn stem steeds venijniger begon te klinken. Ze zouden hem moeten excommuniceren. 'Waar heb ik anders vanochtend eigenlijk voor betaald?'
'Nee... ja... de auto is gerepareerd, maar iemand is vergeten de bevestigingsklemmen van de remleidingen weer aan te brengen. Ik was net in de werkplaats en daar lagen ze...'
'De bevestigingsklemmen.'
'Ja. De bevestigingsklemmen.'
'En wat betekent dat?'
De stem ging op een jammerende toon over. 'Hoe moet ik dat uitleggen... De bevestigingsklemmen moeten voorkomen dat de leidingen losraken van de aansluitingen, snapt u? Als er bepaalde trillingen zijn,

als de wagen door een kuil rijdt... Zelfs als de bestuurder gewoon remt, zetten de slangen iets uit, zodat ze langzaam van de aansluitingen loskomen. Er mag geen meter met de auto gereden worden voordat wij die gerepareerd hebben. Ik stuur direct iemand naar u toe met de klemmen.'

Pater Lucas keek uit het raam van zijn kantoortje. Een van de jonge mannen met de doodse ogen opende net de deur van de binnenplaats. De anderen zaten in de auto. De motor liep.

'Momentje,' zei pater Lucas langzaam. Hij legde zijn hand op de hoorn en wachtte onaangedaan. De auto van Scarfaro reed langzaam de binnenplaats af, de straat op, en verdween uit het zicht.

'Bent u daar nog?' zei hij tegen de man die hij aan de lijn had. 'Het spijt me, maar de auto is al weg.'

'O, mijn god. Weet u waar die naartoe is?'

'Naar Haifa.'

'Naar Haifa!' En u ziet geen kans de chauffeur in te lichten?'

'Nee.'

Toen hij had neergelegd bleef hij nog een hele tijd voor zich uit zitten staren, met zijn hand op de telefoon. Hij stelde zich de weg naar Haifa voor, die over de bergen van Galilea voerde. Een traject vol bochten, langs steile afgronden. Het was Gods wil, heel zeker. *Ik ben de God der wrake,* zegt de Heer.

Maar de remmen van de auto weigerden niet. Nog voordat ze Jeruzalem uit waren, werden Luigi Baptist Scarfaro en zijn begeleiders door een foutief afslaande bestelauto geramd. Er raakte weliswaar niemand gewond bij het ongeval, maar de auto was total loss. Die was al op de schroothoop beland voordat iemand kon constateren dat de bevestigingsklemmen van de remmen ontbraken. De trouwe dienaren van de enige ware kerk reden op kosten van de verzekering van de tegenpartij zonder verdere problemen naar Haifa, waar ze de terugreis naar Rome aanvaardden. Enkele dingen die ze mee moesten nemen, waren per schip nu eenmaal eenvoudiger het land uit te brengen dan per vliegtuig. Pater Lucas kwam dat allemaal nooit te weten. Omdat hij moeilijk kon slikken, ging hij een week na het vertrek van Scarfaro naar de dokter. Die constateerde dat hij slokdarmkanker in een vergevorderd stadium had. Het halfjaar dat hij nog te leven had, bracht hij door in een ziekenhuis van katholieke zusters, waar ze allerlei operaties en behandelingen uitvoerden, hoewel eigenlijk al vaststond dat hij niet te redden was. De

zuster die aan zijn sterfbed zat, zag tot haar ontzetting dat de priester bijna tot aan zijn laatste ademtocht als een klein kind lag te huilen.
Ook George Martinez hoorde hier allemaal niets van. Na zijn terugkeer naar Bozeman, Montana, bezorgde hij zijn moeder met zijn kleurrijke beschrijvingen van zijn belevenissen in Jeruzalem zoveel plezier, dat ze hem met een eeuwenoude Mexicaanse toverspreuk zegende. Tijdens zijn volgende karwei, dat hem naar opgravingen in Midden-Amerika voerde, leerde hij een zekere Beatriz Aznar kennen, een veelbelovend historica en daarnaast de knappe dochter van een Venezolaanse oliemagnaat, die al even hevig op hem verliefd werd als hij op haar. Ze trouwden korte tijd later en namen hun intrek op een schitterend landgoed in de buurt van Caracas, met een oppervlakte dat ongeveer vijfmaal zo groot was als dat van de universiteit van Bozeman. Daarna zetten ze een hele stoet prachtige kinderen op de wereld en wijdden zich verder aan de studie van de geschiedenis van de Inca's, Maya's en Azteken.
Zijn voormalige chef, doctor Bob Richards, liep tijdens de eerste opdracht die hij zonder George moest uitvoeren een slepende heupblessure op en kreeg van de universiteit van Bozeman vanwege zijn grote verdiensten een baan als docent voor het leven. Het was een gunstig moment voor deze stap, want het jaar daarop bracht een Maleisisch bedrijf een sonartomograaf op de markt die niet alleen veel krachtiger en handzamer was dan die van de universiteit, maar ook nog eens zoveel goedkoper dat de aanschaf ervan zelfs voor geschiedkundige instituten met hun schamele budgetten mogelijk was. Daarna stortte de vraag naar sonartomografisch onderzoek in.
De zaak van de archeologische vondsten die onder mysterieuze omstandigheden uit het Rockefeller-Museum waren verdwenen, evenals de gebeurtenissen bij Wadi Mershamon, hielden de justitiële autoriteiten van de staat Israël een tijdlang bezig. Uit het onderzoek van het Openbaar Ministerie werd niet helemaal duidelijk wat er werkelijk gebeurd was, temeer daar de verdachten en de getuigen tegenstrijdige verklaringen aflegden. De bewering van enkelen van hen dat ze de nalatenschap van een tijdreiziger op het spoor waren geweest, werd meteen al verworpen als fantasievolle smoes om zichzelf te rechtvaardigen, en tijdens het verhoor werd hun te verstaan gegeven dat ze ook nog eens wegens minachting van de rechtbank zouden worden aangeklaagd als ze deze bewering tijdens de rechtszitting zouden herhalen. Op last van hogerhand – een van de best geïnformeerde waarnemers tijdens het onderzoek en het proces, de Israëlische journalist Uri Liebermann, sprak over beïnvloe-

ding door de Amerikaanse miljonair en mediamagnaat John Kaun via diens talloze relaties – werd het proces versneld, zodat alleen de aanklacht overbleef dat er archeologische vondsten van mogelijk grote historische waarde moedwillig of door onachtzaamheid waren verwoest. Daarnaast resteerde er nog een reeks geringere aanklachten, variërend van verstoring van de openbare orde tot illegaal wapenbezit.
Judith en haar broer Yehoshuah Menez werden vrijgesproken van medeplichtigheid. De rechter liet het bij de ernstige vermaning in de toekomst een grotere voorzichtigheid te betrachten bij de omgang met historische vondsten en in twijfelgevallen de betreffende autoriteiten te informeren.
Yehoshuah Menez bleef een gewaardeerd medewerker van het Rockefeller-Museum, maar specialiseerde zich in de papyrus- en papierrestauratie en werd in de loop der tijd een erkende autoriteit op dit gebied. Hij ontwikkelde onder meer een methode die als 'menetiatie' bekend werd. Judith Menez koos voor een studie in de vergelijkende godsdienstwetenschappen en ging korte tijd later over tot het boeddhisme. De Amerikaanse student Stephen Cornelius Foxx werd door de rechtbank schuldig bevonden aan verstoring van de openbare orde en het hinderen van overheidsinstanties. Voor de verdenking dat hij in het Rockefeller-Museum ingebroken had, was onvoldoende bewijs. Foxx werd uitgewezen en kreeg een inreisverbod van vijf jaar. Hij keerde naar de universiteit terug en zette zijn studie voort. Na heftige interne debatten besloot de Explorer's Society hem het lidmaatschap te ontnemen.
De Amerikaan Keith Hegarty Ryan, die aan arrestatie in Wadi Mershamon was ontkomen door op de vlucht te slaan en het land met onbekende bestemming verlaten leek te hebben, bleef in het opsporingsregister staan. De aanklachten tegen hem bleven in stand. Ze varieerden van illegaal wapenbezit, illegale afluisterpraktijken en vrijheidsberoving tot bedreiging met geweld en het aanzetten tot misdrijven.
De Amerikaan John Kaun kon aannemelijk maken dat hij niets had afgeweten van de criminele activiteiten van zijn veiligheidsadviseur en dat hij tegenover hem altijd te goeder trouw was geweest, maar werd wel schuldig bevonden aan de vernieling van archeologische vondsten, evenals aan een aantal minder ernstige vergrijpen, en werd tot een gevangenisstraf van vijf jaar veroordeeld. Na het hoger beroep werd de straf omgezet in een voorwaardelijke, wat de reeds genoemde journalist Uri Liebermann aanleiding gaf in een omstreden krantencommentaar te veronderstellen dat hier sprake was van de protectie van invloedrijke be-

schermheren. John Kaun mocht Israël verlaten. Hij keerde terug naar New York en liet zich kort daarna van zijn vrouw scheiden, wat vrijwel over de hele wereld uitgebreid in de boulevardpers werd belicht. Daarna ontmantelde hij met grimmige vastberadenheid zijn gehele concern, en uiteindelijk verkocht hij zelfs het belangrijkste onderdeel ervan, de zender N.E.W., aan een van zijn grootste concurrenten. Daarna verdween John Kaun uit de openbaarheid.
De Engelsman professor Charles Wilford-Smith werd op alle punten van de strafrechtelijke aanklacht vrijgesproken. Hem werd echter dringend aangeraden Israël te verlaten en ook werd hem te verstaan gegeven dat hij nooit meer vergunning zou krijgen om opgravingen te doen. Voor de pers verklaarde hij dat hij alle gebeurtenissen betreurde, maar toch al van plan was geweest zich wegens zijn gevorderde leeftijd uit het actieve onderzoek terug te trekken. Hij keerde naar Engeland terug. Zijn assistent sinds jaar en dag, de Israëlische historicus Shimon Bar-Lev, werd het jaar daarop plaatsvervangend hoofd van het Rockefeller-Museum.
Het Mershamon-klooster sloot zijn deuren en raakte weer in vergetelheid.
De journalist Uri Liebermann, die tijdens het proces de voornaamste verslaggever was geweest, schreef een boek over de opgravingen bij Bet Hamesh en de gebeurtenissen die tijdens het proces aan de orde waren gekomen. Maar toen het boek gereed was, was de zaak allang uit de publieke herinnering verdwenen en kon hij er geen uitgever voor vinden.
De schrijver Peter Eisenhardt, die al voor de ontknoping uit Israël was vertrokken, werd gevraagd als getuige naar Israël te komen, maar gaf er de voorkeur aan niet te verschijnen. Direct na zijn terugkeer stopte hij zijn aantekeningen over de gebeurtenissen in een doos, verstopte die helemaal achteraan op de hoogste plank in de slaapkamer en wijdde zich aan een nieuwe roman, die zo min mogelijk en liefst helemaal niets met de zaak te maken had. Het viel een van zijn recensenten later op dat Eisenhardt nooit meer iets over tijdreizen schreef.
De Canadese historicus professor Goutière werd niet gearresteerd of in staat van beschuldiging gesteld, maar keerde evenals Kauns andere medewerkers zonder problemen naar zijn vaderland terug. Enkele jaren later kreeg hij een beroerte, waarvan hij nooit meer herstelde.
De Zaaierskerk werd opgegeven en geseculariseerd. De maaltijdvoorziening voor arme mensen, die na de komst van Luigi Baptist Scarfaro was gestopt, werd nooit meer opnieuw ingesteld.

39

Drie jaar later

Buiten regende het uit een kille, grijze novemberlucht, binnen wilde de verwarming nog altijd niet echt aanspringen, en daarom probeerde Stephen Foxx de kou met vele koppen warme thee en een dikke trui te bestrijden. Hij had een van zijn oudere ordners voor zich liggen en probeerde net met beide handen om een dampende kop thee de inhoud en de bedoeling van een oud collegedictaat te ontcijferen, toen de telefoon ging.

Het was alweer de firma Video World Dispatcher. Of preciezer gezegd, miss Barnett, die voor de marketing verantwoordelijk was. Miss Barnett onderscheidde zich door twee eigenschappen: ten eerste door de gewoonte zich zo fel op te maken alsof ze de neonreclame op het dak van het bedrijf wilde beconcurreren, en ten tweede door een diepgewortelde aversie tegen computers.

In de drie jaar die achter hem lagen, was Video World Dispatcher een van zijn belangrijkste klanten geworden. Hij had toentertijd, na zijn terugkeer uit Israël, de opdracht binnen weten te halen, hoewel hij op de indringende vragen van George C. Addams, bedrijfsleider en vennoot, naar waarheid had verklaard dat zijn bedrijf juridisch gezien alleen uit zijn persoon bestond en dat hij samen met partners in Bangalore in India samenwerkte in de vorm van een *virtual company*, zoals dat de laatste tijd modieus werd genoemd. Mister Addams had bij het trefwoord 'India' zelfs niet met zijn ogen geknipperd. Qua grootte was deze opdracht met zijn eerste project vergelijkbaar geweest, maar ditmaal was het op meer werk uitgedraaid en had hij er minder geld voor gekregen. De tijden veranderden, wat hem in elk geval duidelijk was geworden toen Amal Rangajan hem vertelde dat ze vanwege de kosten delen van de opdracht aan onderaannemers in Oezbekistan moesten uitbesteden, omdat topprogrammeurs in India ondertussen nauwelijks meer te betalen waren.

'Mister Foxx, u moet meteen komen!' Het klonk alsof het magazijn in brand stond.

Stephen zuchtte eens diep, liet zijn blik over de kaartenbakken, planningsoverzichten, formulierenverzameling en aantekeningen van zijn

hele studie glijden en dacht aan het examen dat voor de deur stond. 'Wat is er kapot?' vroeg hij. *Niets, waarschijnlijk. Zoals altijd zou blijken dat het een bedieningsfout was, omdat niemand de gebruiksaanwijzing had gelezen.*
'Over vier weken,' verklaarde miss Barnett opgewonden, 'begint de wereldwijde introductiecampagne van het nieuwe MR-systeem van Sony.'
'Aha,' zei Stephen.
Het MR-systeem. Wat had hij daar een tijd niet meer aan gedacht. Opeens schoot het hem te binnen dat er al meer dan de helft verstreken was van het inreisverbod van vijf jaar in Israël dat hem was opgelegd. Als gasbellen in een troebel moeras kwamen de herinneringen naar boven. De spannende jacht, de achtervolging in de woestijn, de uren dat hij dat ding werkelijk in zijn hand had gehouden, die camera die de meest fantastische reis aller tijden meegemaakt had, de videocamera uit het verleden. De pijn, de hitte. De kussen. Judith.
'We zitten nu met het probleem dat we alle klanten die het systeem vooraf via internet hebben besteld, moeten aanschrijven,' vervolgde miss Barnett. Wat EDV betrof, had ze nooit eens gewone opdrachten die ze moest uitvoeren, nee, ze had altijd 'problemen'. 'De adressen zijn toch opgeslagen?'
'Ja,' knikte Stephen, 'uiteraard.'
'En kun je dan op basis van die adressen... op een of andere manier... brieven printen, waarin het adres steeds automatisch wordt ingevoegd?'
'Zeker,' verklaarde Stephen geduldig. 'Dat wordt een samenvoegbrief genoemd.'
'Kunt u dat voor ons doen?'
'Dat kunt u zelf doen. Het systeem bevat een aparte functie om...'
'Ik had echt liever dat u dat deed.'
Stephen beet weifelend op zijn lip. Hij kon onmogelijk als argument aanvoeren dat hij vlak voor een examen zat. Bovendien zou dit een simpele, goedbetaalde klus worden, en helaas was het zo dat hij het geld goed kon gebruiken. Het avontuur in Israël, en dan vooral het juridische deel ervan, had, tezamen met enkele verkeerde investeringen, zijn ooit zo riante financiële positie ernstig aangetast.
De herinneringen daaraan waren nog altijd pijnlijk. De pijn van een onherstelbaar verlies. De pijn gefaald te hebben. Als hij aan Israël dacht, dan had hij altijd het gevoel dat hij er onzichtbare littekens aan had overgehouden, en als hij dan in de spiegel keek, dan kwam hem zijn

gladde, jeugdige gezicht vreemd voor, omdat hij ervan overtuigd was dat hij eigenlijk diepe rimpels moest zien.
'Vanzelfsprekend,' zei Stephen dus, 'zoals u wilt. Ik zal even in de agenda kijken...' Dat was helemaal niet nodig. De komende twee weken had hij helemaal geen afspraken. Over alle blaadjes stond met rode inkt schuin 'Leren!' gekrabbeld. 'Ik kan morgen om tien uur bij u zijn.'
'Geweldig, mister Foxx. Weet u, bij deze actie mag er niets verkeerd gaan.'
'Maakt u zich geen zorgen. Dat lukt ons wel.' Zelfvertrouwen uitstralen!
Toen hij de hoorn op de haak legde, voelde hij zich ellendig. De regen tikte nog altijd met fijne speldenprikken tegen het raam. Drie jaar was het nu geleden. Van Yehoshuah had hij nog een of twee e-mails gekregen vol onbeduidende prietpraat. Judith daarentegen had geen enkele van zijn brieven beantwoord. Haar telefoonnummer had hij niet. Haar broer had beweerd dat ze echt geen telefoon had.

Het was even voor tien uur en het regende niet meer toen hij met zijn rode Porsche de parkeerplaats van Video World Dispatcher op reed. De auto zag er nog altijd indrukwekkend uit, wat de belangrijkste reden was dat hij er nog in reed. Maar eigenlijk had hij allang een nieuwe moeten kopen, want onder de motorkap waren vaak geluiden te horen die uiterst kostbare reparaties leken aan te kondigen, en hij was altijd bang dat hij pech onderweg zou krijgen.
Maar ditmaal was het weer goed gegaan. Ben, de oude portier, hield glimlachend het hek voor hem open en begroette hem als een oude bekende, wat Stephen Foxx bij dit bedrijf inmiddels ook was. Stephen trok zijn overhemdkraag nog eens recht, die erg strak aanvoelde omdat hij de afgelopen weken steeds truien had gedragen, en nam de ingang die direct naar het magazijn voerde.
Nadat hij de deur met moeite had geopend, werd hij weer omringd door de bedrijvigheid die altijd in deze ruimte tussen de huizenhoge metalen stellingen heerste. Hij ontweek een ooit knalgele, maar inmiddels rijkelijk bekraste vorkheftruck en nam de metalen roostertrap naar de computerruimte. Hier stonden veertien, via een netwerk met elkaar verbonden computers van diverse makelij dag en nacht te zoemen om allerlei opdrachten uit te voeren.
Miss Barnett verwachtte hem al. Ze hield een van de brieven die ze wilde versturen in haar hand. Stephen ging achter de computer zitten waarop de klantendatabank was ondergebracht en riep met een paar muisklik-

ken een overzichtstabel op het scherm op. Dit was de lijst met alle bestellingen die ooit via de internetsite van Video World Dispatcher waren uitgevoerd. De lijst bevatte de namen en adressen van de klanten, hun creditcardnummers, datum en tijd van de bestelling en uiteraard de bestelnummers van de gewenste apparaten of artikelen. Het enige wat hij hoefde te doen, was uit deze tabel de adressen te selecteren van degenen die tijdens de looptijd van hun abonnement een apparaat uit de MR-serie hadden besteld.
'Iedereen die voor de peildatum besteld heeft, krijgt vijftien procent korting,' legde miss Barnett uit. 'Als we er een vergeten, krijgen we klachten, en dat willen we vermijden.'
'Geen probleem,' zei Stephen alleen en voerde de overeenkomstige opdrachten in.
De computer ging aan het werk. Ondertussen was op het scherm in plaats van de gebruikelijke zandloper een draaiende wereldbol met het logo van Video World Dispatcher te zien. Stephen krabde afwezig op de rug van zijn hand; zijn gedachten waren bij de principes van de economische theorie van Keynes, die hij tijdens het haastige ontbijt nog eens vluchtig had doorgenomen.
Klaar. Je hoorde de harde schijf ratelen, het wachtsymbool veranderde in de gewone muispijl en de tabel met de resultaten werd op het scherm opgebouwd. Stephen pakte de muis. Prima. Over hoogstens een uur zou hij weer buiten staan, naar huis rijden, een gepeperde factuur uitschrijven en zich met nieuw elan op de voorbereidingen voor het examen storten.
Toen hij de eerste naam las, verstijfde hij.
Die naam. Hoe kwam die naam op deze lijst?
'Dat is niet waar,' mompelde hij. 'Dat is niet waar.'
Miss Barnett vroeg iets, maar hij hoorde alleen betekenisloze geluiden. Zijn gedachten roteerden opeens als helikoptervleugels rond, de ene overweging volgde de andere razendsnel op, flarden kennis tuimelden als stukjes van een kapotgemaakte reusachtige puzzel op en over elkaar. Hij moest de losse deeltjes te pakken krijgen, verzamelen en in elkaar zetten. Het was aan hem om de scherven weer bijeen te brengen.
Hoe kwam die naam op deze lijst?
Hij bladerde opzij en las tijdstip en datum van de bestelling. Hij las wat er besteld was. Hij wist niet meer hoe hij het had. Ongelooflijk. Hij rekende het na. Ja, het jaar klopte. En de maand. En de dag, dat was...
Ongelooflijk.

'Mister Foxx!' Ze schudde aan zijn schouder. 'Wat is er, meneer Foxx? Klopt er iets niet met de gegevens?'
Stephen keek op. 'Met de gegevens?' herhaalde hij wezenloos. 'Met de gegevens is alles in orde.'
'Godzijdank,' zei miss Barnett opgelucht.
Stephen bleef de naam maar lezen.
Het verleden was bezig hem in te halen.

40

Het kleine, lage landhuis, dat onder het enorme grijze dak leek te kunnen bezwijken, was het enige in de buurt met een satellietschotel en lag aan de rand van het kleine Zuid-Engelse plaatsje Barnford. Aan de andere kant van de smalle weg strekten zich slechts akkers uit, die al waren omgeploegd voor de winterse vorstperiode. Daarboven strekte zich een vaalgrijze hemel uit. De gronderige geur die de akkers verspreidden, vermengde zich met een zweem van kou die verried dat er sneeuw op til was.

De auto die op deze ochtend over deze weg reed en voor het huis stopte, had een Londens kenteken. Er stapten twee mannen uit. Ze gedroegen zich zo bedachtzaam dat het er alle schijn van had dat ze hier voor het eerst waren. De een was jong en slank, bijna mager zelfs, en droeg een bril met dun montuur. Hij was ondanks de herfstkou slechts in een jasje gekleed. Uit zijn manier van voortbewegen viel op te maken dat zijn energie slechts moeizaam in toom te houden was en op zijn gezicht stond een vastberaden, ernstige uitdrukking. De andere, die iets ouder was en flink wat gezetter, trok bij het uitstappen rillend een grijsgroene parka aan, waarbij hij ook nog eens een sjaal met ruitpatroon had omgeslagen die qua kleur niet bij de jas paste. In zijn ogen lag iets onzekers, iets verbaasds. Hij keek rond als een kind dat nog niet goed weet of hem iets aangenaams of ellendigs te wachten staat.

De twee staken de weg over en bleven even voor het lichtgroen geverfde tuindeurtje staan om de naam op de brievenbus te lezen die op de ruw gestuukte buitenmuur was aangebracht. Ze knikten naar elkaar. Ja, hier moesten ze zijn. De jongste van de twee opende het slecht onderhouden tuinhek.

Ook de tuin daarachter leek volstrekt niet te worden bijgehouden. Het gazon rond de verwilderde vijver lag vol rottende bladeren die van de inmiddels kale bomen en struiken waren gevallen. Er stond een fiets tegen een verroeste, afgedekte waterton. Langs de muren woekerden allerlei klimplanten.

De twee mannen liepen naar de huisdeur en belden aan.

Een tijd lang gebeurde er niets, maar toen klonken er voetstappen en zwaaide de deur open.

De man die de deur had geopend, was veel ouder dan zijn twee bezoe-

kers. Zijn zonverbrande gezicht, waarin grijze, levendige ogen de bezoekers priemend aankeken, werd omringd door sneeuwwit haar, dat alle kanten op stond, alsof hij het al jaren niet meer had gekamd. Hij droeg een groen vest met een dikke kraag, waaruit een rimpelige, leerachtige hals stak die je onwillekeurig aan een stokoude reuzenschildpad deed denken.
'Wat een verrassing!' bracht de oude man uit toen hij over de eerste schrik heen was. 'Mister Foxx! Mister Eisenhardt! Wat komt u hier doen? Komt u toch binnen, alstublieft...' Hij gebaarde uitnodigend met zijn armen. 'Wat een geluk dat ik net thuis ben! Ik ben zo vaak weg, dat vrijwel niemand me zonder telefonische afspraak bezoekt.'
'Dat heeft minder met geluk te maken dan u denkt,' zei Stephen Foxx met een vaag lachje, terwijl ze naar binnen stapten. 'Goedendag, professor Wilford-Smith.'

Een halfuur later zaten ze in een ruime, goed verwarmde woonkamer, waarvan de brede, ouderwetse terrasdeuren een romantisch uitzicht boden op de tuin, geurige thee te drinken uit dunne porseleinen kopjes. De professor had zich in een grote leren fauteuil genesteld. De muren werden volledig in beslag genomen door volgepakte boekenkasten of oude olieverfschilderijen in protserige lijsten.
'Het is lang geleden,' zei hij peinzend.
'Meer dan drie jaar.' De twee bezoekers die naast elkaar op de koloniale bank zaten, knikten instemmend.
'U hebt me nog niet verteld wat u naar deze buurt voert.'
'We wilden u bezoeken.'
'Zomaar?'
'Nee,' zei Stephen terwijl hij zijn theekopje voorzichtig op de salontafel zette, 'niet zomaar.'
Opeens was het stil in de kamer. Buiten in de tuin verzamelden zich raven in de takken van de kale bomen, alsof ze wilden volgen wat er ging gebeuren.
'Als kind zat ik vaak te puzzelen,' begon Stephen Foxx. 'Met Kerstmis kochten mijn ouders altijd een nieuwe puzzel, en dan zat het hele gezin tijdens de kerstdagen urenlang om de grote salontafel om te proberen de stukjes in elkaar te passen. Hoe ouder mijn broertjes, zusjes en ik werden, des te meer stukjes kregen de puzzels, en op een gegeven moment kochten mijn ouders zelfs puzzels zonder voorbeeld. We hadden dus duizenden puzzelstukjes, maar geen enkel idee welke afbeelding daaruit

zou ontstaan. Vaak zaten we urenlang te proberen, zonder dat we vorderingen maakten. Maar op een gegeven moment vond je dan een bepaald stukje dat bij een ander stukje paste, en tezamen vormden die een heel klein stukje van de afbeelding, zodat je plotseling een vermoeden begon te krijgen hoe het geheel eruit moest zien. En dan gaat het soms razendsnel. De stukjes lijken als vanzelf in elkaar te passen en de juiste plek op te zoeken. Alles past opeens in elkaar, alleen omdat je dat ene belangrijke stukje gevonden hebt.' Stephen zweeg even. 'Enkele weken geleden heb ik zo'n stukje gevonden,' zei hij, terwijl hij naar de professor keek, die zijn wenkbrauwen steeds verder had opgetrokken.
Professor Wilford-Smith pakte het theekopje op het bijzettafeltje naast zijn stoel. 'Dat klinkt spannend,' zei hij. 'Maar ook behoorlijk raadselachtig, als u mij die opmerking toestaat.'
'Maakt u zich geen zorgen. Ik ben hier om het raadsel op te lossen.'
'Gelukkig maar.'
Stephen boog zich voorover en steunde met zijn onderarmen op zijn dijen. 'Toen ons avontuur in Israël was afgelopen, leek het alsof alle vragen waren opgelost. Maar dat klopte niet. Enkele merkwaardige bijzonderheden pasten niet in het beeld. We waren allemaal te uitgeput en teleurgesteld om die op te merken, maar die minuscule, schijnbaar onbeduidende details zijn bijzonder belangrijk. Ik heb me dat de afgelopen weken gerealiseerd toen ik opnieuw het hele beeld nog eens stukje voor stukje heb opgebouwd rond dat ene belangrijke fragment waarover ik het daarnet had. En jawel, opeens ontstond er een heel ander beeld.'
'Fascinerend,' zei de professor.
'Mag ik u wat vragen?'
'Maar natuurlijk.'
'Wat heeft u er eigenlijk toe gebracht om archeologie te gaan studeren?'
Professor Wilford-Smith knipperde geïrriteerd met zijn ogen. 'O, dat is zo lang geleden... waarom is dat eigenlijk van belang?'
'U was al over de veertig, had in een lucratief beroep carrière gemaakt en als u daarin verder was gegaan, dan was u nu waarschijnlijk mede-eigenaar van een van de belangrijkste lakenfabrikanten van Groot-Brittannië geweest. Maar u hebt alle schepen achter u verbrand. Waarom?'
Het gezicht van de geleerde verried nu dat het gesprek hem begon te vervelen. Deze vraag had hij blijkbaar al heel vaak moeten beantwoorden.
'Geld is nu eenmaal niet alles in het leven.'
'En bent u van mening dat het heeft geloond?'

'Vanzelfsprekend. Het was een fascinerende zaak. Anders was ik er vast en zeker niet bij gebleven.'
Stephen keek hem aan. 'Ik heb de afgelopen weken veel onderzoek gedaan. Ik heb veel gesprekken gevoerd, met voormalige medewerkers van u, met andere archeologen. Die spreken deels nogal negatief over u.'
'Dat weet ik. Zo ziet u hoezeer de wetenschap door afgunst wordt beheerst. Dat zijn mensen die in een ivoren toren zijn geboren en getogen, en de reden dat ze jaloers op me zijn, is dat ik uit het bedrijfsleven kwam en wist hoe je met geldschieters en sponsors moest onderhandelen en zij niet. Ik was een zij-instromer en kon met geld omgaan. Het is moeilijk te zeggen wat ze me nog meer kwalijk nemen.'
'U heb altijd heel grote opgravingen georganiseerd, met honderden medewerkers. Dat gold ook voor de laatste, waar ik aan meewerkte.'
'Ja,' bevestigde Wilford-Smith. 'Dat was zelfs nog een van de kleinere.'
'Ik kende u toen helemaal niet en had nooit van u gehoord. Ik had die baan bij uw opgraving via Yehoshuah Menez gekregen. De eerste keer dat we meer dan twee woorden met elkaar hebben gewisseld, was volgens mij toen ik de vondst in perceel 14 deed.' Stephen Foxx leunde achterover en sloeg het ene been over het andere. 'Weet u wat ik me sindsdien steeds meer ben gaan afvragen?'
De witharige professor trok slechts vragend zijn wenkbrauwen op.
'U hebt vrijwel meteen geweten waar het om ging,' vervolgde Stephen zijn betoog. 'U bent naar mij toe gekomen, zag het plastic omhulsel en de gebruiksaanwijzing en wist meteen dat we met een sensationele vondst te maken hadden. Bij mij duurde het dagen voordat ik dat begreep. Zelfs hij' – hij wees op Eisenhardt, die zwijgend naast hem zat – 'had het niet zo snel in de gaten. Hij kwam relatief snel op het idee dat het om het skelet van een tijdreiziger moest gaan. Maar wat het betekende, namelijk dat de bijbehorende camera nog ergens moest bestaan, dat realiseerde hij zich pas toen Kaun het hem vertelde. En die is zeker niet uit zichzelf op dat idee gekomen.'
Wilford-Smith hief een hand op in een gebaar waarmee hij leek te willen zeggen: neem me niet kwalijk dat ik zo slim ben. 'Misschien moet ik ook nog ooit eens een sciencefictionroman schrijven.'
'En weet u wat voor merkwaardigs mister Eisenhardt me nog meer heeft verteld?' ging Stephen verder. 'Hij zei dat u van begin af aan in de eindeloze vergaderingen die werden gehouden, een uitzonderlijk ongeïnteresseerde indruk maakte. Hoe langer het allemaal duurde, des te minder leek u er betrokken bij te zijn. Dat is toch vreemd?'

De oude man ging tegen de rugleuning van zijn fauteuil aan zitten. 'Je bent ergens op uit, Stephen,' stelde hij kalm vast. 'Of vergis ik me?'
'Dat klopt inderdaad,' bevestigde Stephen grimmig. 'Ik ben bezig de losse eindjes van deze geschiedenis aan elkaar te knopen. Er is nog een bijzonderheid die mister Eisenhardt me heeft verteld. Een schijnbaar onbelangrijk detail, als je het op zichzelf bekijkt. Op de ochtend na mijn vlucht uit het kamp bent u namelijk in alle vroegte naar de vergaderkamer gegaan, waarin alle spullen uit mijn tent verzameld waren, en daar hebt u op mijn laptop de op de harde schijf opgeslagen internetsites over de camera's van de MR-serie bekeken. Mister Eisenhardt is erbij gaan staan, en toen hebt u er beiden over gesproken hoe verbazingwekkend het was dat de tijdreiziger de MR-01 had meegenomen naar het verleden en niet de veel krachtiger en steviger MR-02. Herinnert u zich dat nog?'
'Vaag,' gaf Wilford-Smith toe.
'Ik weet zeker dat u het zich nog heel goed herinnert. Ik weet zeker dat u die ochtend het adres en telefoonnummer van de firma Video World Dispatcher, waarvan die site is, heeft genoteerd.' Stephens stem had een bittere ondertoon gekregen. 'Nu wil het toeval dat deze firma, die niet al te ver van de stad waar ik studeer gevestigd is, ondertussen tot mijn klantenkring behoort. Ik ben daar kind aan huis en doe met hun computers wat ik wil. Vijf weken geleden heb ik in een abonneebestand met bestellingen uw naam aangetroffen, professor.'
Professor Wilford-Smith zei niets. Hij staarde Stephen slechts aan, en er lag opeens een vreemde glinstering in zijn ogen.
'In dit bestand,' vervolgde Stephen onverstoorbaar, 'zijn ook datum en tijd van de bestelling opgeslagen. Ik heb het diverse malen nagerekend en ontdekt dat u een besluitvaardig man bent, professor. Het tijdverschil tussen Israël en de Amerikaanse oostkust in aanmerking genomen, hebt u na het dichtklappen van mijn laptop nog geen halfuur gewacht of u belde Video World Dispatcher al op. Weet u dat u een van de eersten was? En weet u dat u onder de duizenden bestellingen uit de hele wereld de enige bent die alleen een afspeelapparaat en geen camera heeft besteld?'
De stem van de voormalige opgravingsleider klonk opeens hees. 'Wat concludeert u daaruit?'
'Tja, dat heb ik me natuurlijk ook afgevraagd. Wekenlang heb ik me afgevraagd: Stephen, wat concludeer je daaruit? Wat heeft dit te betekenen? Ik heb mijn onderzoek voortgezet. Uiteindelijk vond ik bij Sony

een behulpzaam persoon die me kon vertellen dat een zekere mister Wilford-Smith uit Engeland sinds 1969 steeds op de verzendlijst voor reclamemateriaal en nieuwe ontwikkelingen op het gebied van videotechniek stond. Pas tweeënhalf jaar geleden was het bericht gekomen dat hij van de lijst geschrapt mocht worden. Wat ze overigens niet gedaan hebben, maar dit terzijde.'

De grijze archeoloog knikte slechts.

'Natuurlijk valt ook dit detail te verklaren,' gaf Stephen toe. 'Natuurlijk. Zo gek is het immers niet als een wetenschapper zich voor videotechniek interesseert. Integendeel, het is een verwant gebied. Behalve dan dat u nooit video-opnamen van opgravingen hebt gemaakt of daartoe opdracht hebt gegeven.'

'Daar was de techniek nog niet betrouwbaar genoeg voor,' zei de professor zacht.

'Dat was misschien in 1969 zo, maar de laatste tien jaar is dat beslist niet meer het geval.'

Wilford-Smith zuchtte, liet zijn gerimpelde handen in zijn schoot zakken en keek Stephen peinzend aan. 'Wat denkt u?' vroeg hij. 'U hebt toch een theorie? Anders was u hier niet. Voor de draad ermee.'

'Ik zou het geen theorie noemen. Ik heb een verhaal. Een ander verhaal,' benadrukte Stephen, die opeens weer de zelfverzekerdheid voelde waaraan het hem zo lang had ontbroken. Hij was hierheen gekomen met de angst dat de oude wetenschapper iets zou zeggen wat zijn verhaal volkomen waardeloos zou maken, met een argument zou komen waaraan hij niet had gedacht en dat een levensgroot gat zou schieten in zijn met veel moeite opgebouwde redenering. Maar dat zou hem niet overkomen. Niet meer. 'Het verhaal gaat over een jonge Britse soldaat, die in 1947 en 1948 in Palestina gelegerd is, in de tijd dat in de Verenigde Naties het plan bediscussieerd wordt om de joden toe te staan daar een eigen staat te stichten. Het is een onrustige periode, maar de soldaat vindt toch genoeg tijd om in het land rond te kijken en indrukken en souvenirs te verzamelen. Die soldaat was u, professor.'

'Ja,' knikte die. 'Ik was toentertijd in Palestina gelegerd.'

'Op 15 mei 1948 trok u met de Britse troepen uit het net gestichte Israël weg, keerde naar Engeland terug, nam ontslag uit het leger en accepteerde een heel gewone baan in de textielindustrie. U trouwde, zette kinderen op de wereld en maakte behoorlijk carrière. Twintig jaar lang leidde u een onopvallend leven. Maar toen moet er iets gebeurd zijn. De vraag is: wat?'

'Ik was er niet langer tevreden mee een onopvallend leven te leiden,' gaf Wilford-Smith als verklaring. 'Tegenwoordig zouden ze dat een midlifecrisis noemen.'

Stephen schudde zijn hoofd. 'Nee. Mijn verhaal gaat anders. Mijn verhaal luidt dat onder de souvenirs die u uit het Heilig Land meegebracht en in een doos of kist bewaard hebt, een voorwerp geweest moet zijn waarvan u niet wist wat het was. En wat er twintig jaar later, in de jaren zestig, gebeurde, was dat er cassetterecorders op de markt kwamen, die al snel massaal aftrek vonden. Toen u de eerste muziekcassette zag, moet u weer te binnen zijn geschoten dat u uit Palestina een vreemd voorwerp had meegebracht. Op een gegeven moment hebt u dat weer opgediept en vastgesteld dat er een zekere gelijkenis bestond. Ondertussen hadden ook de vier letters die erop stonden, een betekenis gekregen: Sony. Dat was het Japanse bedrijf dat de wereldmarkt aan het veroveren was. Wat een raadsel! Maandenlang, zelfs jarenlang moet u erover nagedacht hebben wat het te betekenen kon hebben. Een ander was met het zwarte, rechthoekige ding naar wetenschappers gegaan en had hun gevraagd het te onderzoeken, maar om een of andere reden was dat niet bij u opgekomen. U wilde het helemaal zelf oplossen. En zo wordt u ook omschreven door vrijwel iedereen die ik tegenkwam en die u van vroeger kende: iemand die alles alleen wil doen. U heeft voortdurend alle mogelijkheden overwogen, zelfs de meest onwaarschijnlijke, heeft in de beste Sherlock Holmes-traditie de onmogelijke verworpen en in de loop der tijd, waarin ook de eerste logge videorecorders uitkwamen, hebt u uw theorie ontwikkeld. Ik stel me zo voor dat het materiaal het beslissende zetje gaf. Uw souvenir bestond uit kunststof, zoveel was u wel duidelijk toen u het weer vastpakte. Maar u herinnerde zich dat u in 1948 nog niet wist van welk materiaal het was gemaakt. Want deze kunststof bestond toen nog niet, en dat moet u op het idee gebracht hebben dat er sprake kon zijn van een tijdreis. Het leek logisch te vermoeden dat het bij uw vondst om een soort opname moest gaan, waarschijnlijk om een video-opname. En omdat de tijdreiziger dat voorwerp niet mee teruggenomen had naar de toekomst, moest u ervan uitgaan dat een tijdreis alleen naar het verleden toe mogelijk was, eenrichtingsverkeer dus. De enige manier om opnames uit het verleden naar de toekomst terug te laten keren was door die op een verborgen plaats neer te leggen, waar vroegere tijdgenoten die dan konden opgraven. Maar waarom zou een dergelijk offer lonend zijn? Over deze vraag hoef je slechts even na te denken, en dan kom je uit bij de bijbelfiguur Jezus. Het voorwerp dat u had gevonden, móést gewoon een video-opname van Jezus bevatten. Het vervelende was alleen dat er nog geen apparaat was om die opname zichtbaar te maken, en toen u folders bestudeerde die Sony u regelmatig stuurde, zag het ernaar uit dat een dergelijk apparaat bovendien nog jaren op zich zou laten wachten. Maar op zeker moment moet het u duidelijk zijn geworden dat er in elk geval al één apparaat moest bestaan, als uw theorie klopte, en wel sinds bijna tweeduizend jaar: namelijk de camera van de tijdreiziger. Ondertussen wist u dat een videocamera om technische redenen altijd ook een afspeelmechanisme moest bevatten, waarmee je kon zien wat je had opgenomen. Met ander woorden: als u de camera van de tijdreiziger vond, dan zou u de opname kunnen zien die naar uw overtuiging Jezus vertoonde. Dat was de werkelijke reden dat u op 42-jarige leeftijd nog archeologie ging studeren en uiteindelijk naar Palestina terugkeerde. U deed dat niet omdat u zo in archeologie geïnteresseerd was. De enige reden was dat u de camera wilde vinden.'

Professor Wilford-Smith zei niets. Hij zat stil in zijn stoel, met zijn rimpelige nek gestrekt en het hoofd opgeheven, terwijl er een heel vaag lachje om zijn lippen speelde.

'Daarom hebt u altijd zulke grote opgravingen ondernomen,' vervolgde Stephen. 'Daarom was het u altijd meer om kwantiteit dan om kwaliteit te doen, en daarom hebt u zo weinig gepubliceerd. In werkelijkheid had u nauwelijks belangstelling voor archeologie. Wat u interesseerde, was de camera. En alleen om deze reden kon u zo snel handelen toen ik de gebruiksaanwijzing vond. U hoefde niet eerst na te denken wat dat te betekenen kon hebben, want u had er al tientallen jaren over nagedacht. U wist dat het simpelweg inhield dat ik had gevonden waar u naar op zoek was.'

Ergens kraakte een tak. De raven in de takken vlogen op en fladderden weg.

'Dat was de werkelijke achtergrond. John Kaun zocht de video, maar u hebt de hele tijd alleen naar de camera gezocht. Zelfs in de tijd van de opgravingen bij Bet Hamesh bevatten de klantenfolders van Sony nog geen enkele aanwijzing over het nieuwe MR-systeem. Er gingen alleen geruchten onder insiders. Toen u erachter kwam dat zulke apparaten over slechts drie jaar op de markt zouden komen, verminderde uw belangstelling voor de opgraving, en toen u een afspeelapparaat had besteld, verdween die zelfs geheel. Terwijl wij allemaal koortsachtig rondrenden, hoefde u alleen maar af te wachten, want u bezat al een van de drie Jezus-video's. U had dertig jaar lang elke steen in Israël omgedraaid in uw zoektocht naar de camera, dus dan zou u zonder probleem nog wel drie jaar kunnen wachten.' Stephen boog zich naar voren. 'Ik weet dat uw afspeelapparaat eerverleden week bezorgd is. Ik ben hierheen gekomen omdat ik de video wil bekijken.'

Stephen had tegenargumenten verwacht, in elk geval een meewarig hoofdschudden of opmerkingen dat hij te veel fantasie had of de verkeerde boekjes las. En als hij eerlijk moest zijn, dan kwam zijn theorie hem op dit moment, nu hij die in deze kamer had geopenbaard en er nog slechts een gespannen, bijna verbijsterde stilte hing, zelf tamelijk overspannen voor. Een soort archeologische pendant van een ufo-paranoia.

Maar professor Wilford-Smith lachte niet en hij probeerde hem ook niet belachelijk te maken. Hij bleef een hele tijd zitten en keek hem aan met het subtiele, bijna welwillende lachje waarmee hij de hele tijd naar hem had geluisterd. Daarna stond hij met enige moeite op, zoals bij zijn leeftijd paste, en zei simpelweg: 'Goed. Kom maar mee.'

Eisenhardt, wiens Engels de afgelopen jaren weer sleets was geworden, zoals hij zelf moest toegeven, en die daarom de hele tijd niets had gezegd en waarschijnlijk zelfs moeite had gehad het gesprek te volgen, sprong opeens op alsof hij door een wesp gestoken was. 'Wacht even!' riep hij uit. 'Betekent dat dat Stephen gelijk heeft met zijn theorie?'

De witharige archeoloog knikte bedachtzaam. 'Ja, zo is het precies gegaan.'

Ze volgden hem als lammeren achter een herder naar zijn werkkamer. Daar stond de televisie, een groot en kostbaar model, met daarop een gewone videorecorder en daar weer bovenop een smal, elegant zwart kastje: de MR-S, het afspeelapparaat van het nieuwe systeem. Daaromheen stonden stellingkasten die volgestopt waren met boeken, manuscripten en vondsten, zoals vaasjes en beeldjes. Twee smalle deurvensters leidden naar het terras. Aan de muur daartussen hing een kaart van Israël die, gezien de erop aangegeven staatsgrenzen, tamelijk oud moest zijn. Met gekleurde stickers waren de plaatsen gemarkeerd waar professor Wilford-Smith opgravingen had gedaan.

'In 1947 zijn de boekrollen van Qumran gevonden, zoals u wellicht weet,' begon hij zijn relaas, terwijl hij de stoelen voor de tv schoof. 'Ik had daarover gehoord. Dat verhaal fascineerde me – u ziet dat er ook toen al toch een zekere belangstelling voor archeologie in mij sluimerde

– en ik kon het zo regelen dat ik naar Jericho reisde en me daar door een bedoeïenengids de holte liet tonen waarin de boekrollen ontdekt waren. Ter verontschuldiging kan ik alleen zeggen dat ik toen pas begin twintig en nog erg naïef was.' Hij glimlachte. 'Er zijn in de bergen daar honderden holtes, en de gidsen hadden die onder elkaar verdeeld. Al naargelang de gids die je toebedeeld kreeg, werd je een andere holte getoond, uiteraard steeds de enige echte.'

Hij gebaarde hen te gaan zitten. 'De gids die ik toen had, was weliswaar geldzuchtig, maar ook genereus als hij naar zijn mening goed werd betaald. Nadat ik hem nog een biljet had toegestoken, liet hij mij de holte op eigen houtje verkennen, en terwijl hij bij de ingang een stinkende sigaret zat te roken, vond ik in een zijholte in een spleet een weliswaar kapotte, maar toch nog volledige amfoor. Terwijl ik de scherven aan het verzamelen was, zag ik een pakketje, een vettige bundel van om elkaar heen gewikkelde stofbanen, die ik in mijn onschuld voor papyrus aanzag. Het was beslist geen spectaculaire vondst; ik zocht nog wat rond, maar vond verder niets, wikkelde mijn vondst in een grote zakdoek en stak die bij me. Daarna vertrokken we weer.'

Wilford-Smith liep naar een lade, waaruit hij een blikken kistje haalde, dat ooit een koektrommel was geweest. 'Toen ik weer terug was en mijn vondst bij daglicht bekeek, werd me duidelijk dat het om een eenvoudige linnen stof ging, die in een harssubstantie was gedrenkt. Ik was er dagen mee bezig om laag voor laag te verwijderen, en uiteindelijk trof ik in het binnenste dit hier aan.' Hij opende het deksel van het blik en haalde er een platte, zwarte MR-cassette uit. Alsof het niets bijzonders was, gaf hij die aan Stephen. 'U hebt gelijk, dat ik lange tijd niet wist wat het was. Ik beschouwde het materiaal als een mij onbekende halfedelsteen, en aangezien er Latijnse letters in gegraveerd waren, dacht ik dat het misschien een Romeins sieraad was.'

Stephen had drie weken geleden, in het magazijn van Video World Dispatcher, voor het eerst een MR-cassette in handen gehad. Deze hier zag er precies hetzelfde uit: een plat, vierkant voorwerp van zwarte kunststof, dat stevig in de hand lag en niet klapperde zoals gewone videocassettes. Aan de ene kant zaten er geheimzinnige gaatjes en rechthoekige holtes in, maar verder was er geen zichtbare opening. Het eigenlijke opslagmedium, een speciaal behandelde siliciumschijf, was van buiten niet toegankelijk.

Deze cassette zat onder de schrammen, en op de zijde waarop het opschrift 'SONY' stond, was een stuk afgebroken en met plakband zorgvuldig weer op zijn plaats bevestigd. De cassette zag er niet gloednieuw uit, maar het was ook nauwelijks te geloven dat die tweeduizend jaar oud was.

Hij wreef besluiteloos in zijn handen. Nu de zoektocht hoogstwaarschijnlijk ten einde was gekomen, voelde hij een vreemde leegte in zich. Dus dit was waarnaar ze zo hartstochtelijk hadden gezocht. Of iets dergelijks in elk geval. Nu hij het ding in zijn handen hield, leek het merkwaardig genoeg betekenisloos te zijn geworden. Alsof het erom gegaan was te zoeken, en niet om te vinden.

'Ik moet u nog een bekentenis doen,' onderbrak de professor zijn gedachten. 'Het betreft mijn veelgeroemde en nog meer benijde vermogen sponsors voor mijn opgravingen te vinden.'

Stephen ging rechtop zitten. Hij protesteerde niet toen Eisenhardt de cassette uit zijn hand pakte.

'Mijn ervaringen in het bedrijfsleven waren vaak weliswaar erg nuttig, maar als je ooit in je leven leiding hebt moeten geven aan tweehonderd naaisters en weefsters, dan is de organisatie van een opgraving werkelijk een fluitje van een cent,' zei Wilford-Smith. 'Maar daar ging het helemaal niet om, althans niet altijd. Als ik in een moeilijke situatie terechtkwam, dan greep ik altijd terug op de scherf die aan de voorkant afgebroken is.'

'Hoe bedoelt u?' vroeg Eisenhardt verbluft.

'Ik had helemaal niet zoveel sponsors als iedereen altijd beweert. Ik had langdurige, kapitaalkrachtige sponsors; eerst vooral de Universiteit van Barnford, later, na enkele korte episodes, John Kaun. Ik heb hem alleen dit scherfje laten zien, heb hem bij hoog en bij laag verzekerd dat ik dat in 1947 in Palestina had gevonden, en daaruit ongeveer de theorie had ontwikkeld die we nu allemaal kennen.'

'Hij wist dus dat u in Israël naar een videocamera zocht,' zei Stephen. 'Maar hij wist niet dat u de bijbehorende videocassette al in bezit had.'

'Precies. Het was me duidelijk dat iemand als Kaun de cassette direct door wetenschappers zou laten onderzoeken. En dat wilde ik niet.'

'Omdat u bang was, daardoor een...' – Eisenhardt zocht naar het passende woord – 'tijdparadox teweeg te brengen!'

De archeoloog keek hem verrast aan, waaruit beter dan uit welke opmerking dan ook bleek dat hij het zo nog nooit had bekeken. 'Nee,' zei hij hoofdschuddend, 'ik was bang dat de opname vernietigd kon worden.'

'O!' zei de schrijver.

Stephen pakte de cassette weer terug en bekeek het scherfje, dat precies zo liep dat het opschrift erop stond. Licht huiverend stelde hij vast dat onder het bedrijfslogo in kleinere letters de volgende tekst stond: MR-VIDEO SYSTEM. Op de cassettes die hij had gezien, had zoiets niet gestaan. En hij meende zich ook te herinneren, dat er bij deze cassettes geen groefjes aan de zijklant gezeten hadden.
'De cassette was onbeschadigd, toen ik die vond. Ik heb het scherfje er zelf afgehaald, omdat ik enerzijds wilde weten hoe de binnenkant eruitzag – nogal nietszeggend voor het blote oog – en anderzijds om een sponsor voor mijn plannen te vinden.' Hij zag hoe Stephen naar de cassette keek. 'Ja, het opschrift is anders. Ik meen dat dit soort cassettes nog niet op de markt is.'
'Dus dit is het bewijs dat deze hier echt uit de toekomst stamt. Nog altijd?'
'Ja.'
'Is deze cassette dan wel af te spelen?' vroeg Stephen angstig. De professor nam de cassette weer van hem aan en liep naar de video-installatie om die in te leggen. 'Gelukkig wel, ja.'
'En?'
'Laat u zich maar verrassen,' zei de archeoloog geheimzinnig, terwijl hij de televisie inschakelde en zich met de afstandsbediening op een stoel terugtrok. 'Laat u zich nu maar gewoon verrassen.'

41

Peter Eisenhardt, 42 jaar, gehuwd, twee kinderen, van beroep schrijver, beleefde die middag de grootste teleurstelling van zijn leven. Hij was verrast geweest toen Stephen Foxx zich na zo lange tijd weer bij hem had gemeld, zoals hij eigenlijk altijd verrast was als iemand zomaar opbelde. Eerst had de jonge Amerikaan gewoon enkele vragen gesteld over het avontuur in Israël van een tijd terug, en hij had die naar vermogen beantwoord, voorzover zijn herinnering en zijn kennis van het Engels het toelieten. De dagen en weken daarna had Foxx nog een aantal keren opgebeld. Steeds was hij beleefd gebleven, nooit opdringerig, en had hem verteld wat hij dacht. Steeds gefascineerder had hij gevolgd hoe Stephen de kleine, schijnbaar bijkomstige feiten bijeen had gebracht en daaruit vlijmscherpe conclusies had getrokken. Toen het erop begon te lijken dat professor Wilford-Smith waarschijnlijk al tientallen jaren in het bezit was van een tot nu toe onleesbare videocassette uit de bezittingen van de tijdreiziger, was hij bevangen geraakt door een soort koorts die hem meteen deed begrijpen wat de mensen moesten hebben gevoeld die indertijd de verlokkingen van de goudkoorts niet konden weerstaan. Ja, zonder zich ervan bewust te zijn, had ook hij geleden onder de teleurstellende afloop van de jacht op de camera. Die had nooit zo mogen eindigen. Nu er dankzij deze gewaagde gedachtegang misschien toch nog een kansje op een goede afloop was, appelleerde dat aan zijn gevoel dat het recht uiteindelijk zou zegevieren.

En daar had hij graag bij willen zijn. Ondanks zijn drukke agenda en zijn banksaldo had hij zijn bureau in de steek gelaten en een vlucht naar Londen geboekt, om daar Stephen te ontmoeten, die uit de VS kwam. Uit onbekende bron was Foxx te weten gekomen dat professor Wilford-Smith, die sinds hij zich uit het actieve onderzoek had teruggetrokken, meer dan ooit op reis was, deze ochtend thuis zou zijn. Ze hadden een auto gehuurd, een landkaart gekocht en waren naar Barnford gereden. Eisenhardt had zich als kaartlezer opgeworpen en het stuur aan Stephen overgelaten, die verbazingwekkend gemakkelijk zijn weg vond in het links rijdende verkeer.

En nu... dit!

Eerst waren er alleen kleurige strepen op het scherm te zien, die herinnerden aan het kleurenspel op een cd als je die onder een lichtbron heen en weer beweegt.

'Er zijn slechts ongeveer 25 minuten bewaard gebleven,' lichtte de professor toe. 'Misschien zijn de opnamen toch niet zo goed houdbaar als wordt beweerd.'
Langzaam vormde zich een beeld, een heen en weer bewegend, amateuristisch beeld. Een landschap, dat Palestina of Griekenland zou kunnen zijn, zonder bijzondere kenmerken. Mensen die grove, eenvoudige kleding droegen. Uiteindelijk richtte de camera zich op een man met lang, golvend haar, een smal gezicht en een geprononceerde neus, die een verbluffende gelijkenis vertoonde met de alomtegenwoordige Jezus-afbeeldingen in kerken en op schilderijen. Hij zat met enkele mannen aan een tafel en at iets, terwijl er een bonte menigte om hen heen stond.
Eisenhardt trok een geërgerde frons. Wat had dit nu weer te betekenen? Hij had verwacht de Bergrede te zien of de spijziging van de vijfduizend hongerige mensen, of hoe Jezus over het water liep. Of – en bij deze gedachte liepen hem de rillingen over de rug – de kruisiging zelf. Tijdens de vlucht naar Londen had hij zijn oude, ongebruikte confirmatiebijbel meegenomen, had de evangeliën nog eens gelezen en zich afgevraagd welke van de legendarische gebeurtenissen de tijdreiziger zou hebben gefilmd. Hij was immers de enige geweest die precies wist wat er ging gebeuren, en je kon verwachten dat hij de opnametijd die hem ter beschikking stond, goed zou gebruiken.
Maar deze figuur had niets beters geweten dan Jezus – als die het was – te filmen terwijl hij zat te eten en te drinken en met mensen zat te praten die bij hem aan tafel zaten!
De schrijver ging achterover zitten en sloeg zijn armen over elkaar. Dit was echt belachelijk. Was daarvoor al die heisa geweest? Hij voelde hoe de teleurstelling loodzwaar op zijn schouders, zijn borst en zijn hele lichaam begon te drukken; het was bijna net zo'n gevoel als toen hij zijn eerste echte vriendin een huwelijksaanzoek had gedaan en zij hem had afgewezen.
Dit kan toch allemaal niet waar zijn, dacht hij. Die professor luist ons er allemaal weer in.

Voor Stephen Cornelius Foxx, 24 jaar, ongehuwd, geboren in Maine, Verenigde Staten, student economie en daarnaast eigenaar van een softwarebedrijf, veranderde deze ochtend in Barnford, Zuid-Engeland, zijn hele leven.
Toen de videorecorder begon te zoemen, staarde hij met holle ogen naar het beeldscherm en vroeg zich af waarom hij niets voelde. Geen triomf,

geen gespannen voorpret, niets. Hij zat alleen maar te staren, alsof hij hier helemaal niet hoorde. Alle verwachtingen en voorstellingen die hem de afgelopen weken in rep en roer hadden gebracht, waren opeens volkomen verdwenen, als blaadjes van een verwelkende bloem van hem afgevallen. Als hij al iets voelde, dan was het droefheid dat de hele zoektocht nu voorbij was. Hij moest nu een nieuw doel zien te vinden dat hij kon nastreven, en weer een, en weer een, en zo zou het altijd verdergaan. Het was een vreemde, intense droefheid, die hem volkomen verlamde. Eigenlijk wilde hij de video helemaal niet meer zien.

Er schoot hem weer te binnen wat de abt in de catacomben van het klooster in de Negev had gezegd over de relikwie die ze de 'spiegel' noemden. *Dat houdt in, dat degene die erin kijkt, daarna niet meer dezelfde is. Wat er ook in te zien moge zijn, wie erin kijkt is voorgoed veranderd.* Hij voelde opeens paniek opkomen, nu hij er weer aan terugdacht, aan de vlucht, aan de woestijn, aan de vertwijfelde gevechten... Hij was bang, dat was het. Hij was opeens verschrikkelijk bang de opname te bekijken.

Maar toch bleef hij zitten.

Terwijl de kleurige sluiers verdwenen en het beeld scherper werd, werd er een zonnig landschap zichtbaar, zoals hij zich van Israël herinnerde, maar dan groener en weelderiger. De camera, die ongeveer op buikhoogte werd gedragen, bewoog wild heen en weer en liet mannen en vrouwen in grotendeels vaalbruine, ouderwetse kleren zien. Was een van deze mannen Jezus? En zo ja, wie dan?

De camera werd op een tafel geplaatst en het bewegende beeld kwam tot rust. Een veel te snelle beweging in de andere richting. Kruiken en bekers werden uit het beeld weggehaald, zodat een man zichtbaar werd die aan het eind van de tafel zat te eten. Precies op dat moment keek die op, eerst naar een punt boven de camera – vast en zeker naar degene die de camera had gedragen en neergezet – en dan direct in het cameraobjectief, alsof hij heel precies wist wat hier gebeurde.

Die ogen... Stephen hield geschrokken zijn adem in. Het waren grote, zwarte ogen, als oneindig diepe schachten van een put, een soort afgronden. Je werd er duizelig van als je erin keek. Op onbegrijpelijke wijze was deze man volledig aanwezig in wat hij op dat moment deed, en toch gelijktijdig niet van deze wereld. Hij brak brood, doopte het in een schotel en at het op, en elk van deze bewegingen was van een overweldigende, verheven pracht.

Zoiets had hij nog nooit gezien. Er ging iets van deze man uit, zelfs van zijn televisiebeeld, zelfs ondanks de kloof van vele eeuwen die tussen hen in stond.

Wat er ook op te zien is...

En toen begon hij te spreken. Hij sprak met mensen die bij hem aan tafel zaten en hem verlegen aankeken, op dit moment vast en zeker op dezelfde wijze onder de indruk als Stephen. Hij durfde het geen goddelijke macht te noemen, hoewel dat er toch het dichtst bij kwam. Zijn stem was warm en intens, en hij sprak melodieus, bijna alsof hij er groot plezier in had de woorden te vormen en uit te spreken, alsof hij van elk woord dat over zijn lippen kwam, genoot. Het leek alsof de aarde zelf sprak, of het oneindige heelal, de oceaan of de brandende doornstruik. En wanneer hij luisterde, rustten zijn ondoorgrondelijke ogen op degene die sprak en hoorde hij elk woord aan met een intensiteit, zodat wat er gezegd werd voor eeuwig vastgelegd leek te worden.

Wat er ook in te zien moge zijn, wie erin kijkt is voorgoed veranderd.

Hij voelde het zelf. Als een warm gevoel steeg het in hem op, langs zijn ruggengraat, drong in al zijn ledematen, in elke cel van zijn lichaam, om die op een of andere wijze om te draaien, te veranderen, en dat kwam allemaal door de man die hij daar zag. Zijn gedachten sprongen alle kanten op, waren onbegrijpelijk geworden, alsof hij krankzinnig was, gingen als radeloze wilde dieren in hun kooi tekeer, terwijl om hem heen alles in brand stond. Net radioactieve straling, dacht hij steeds weer. Net radioactieve straling, maar dan sterker en veelomvattender. Er bestond geen enkele bescherming tegen, tegen deze... wat het ook was. Het brandde in hem, doofde bepaalde dingen uit, zette andere juist in vuur en vlam zonder dat blussen mogelijk was. Dat was zeker geen inbeelding, want als er nu een thermometer onder zijn tong werd gelegd, had die zeker aangegeven dat hij koorts had.

Opeens wist hij waarom ze deze man moesten kruisigen. Hij moet hen onvoorstelbaar bang gemaakt hebben. Ze moeten doodsbang zijn geweest voor zijn levenskracht, en hem daarom vast en zeker hebben gehaat. Ze leken in vergelijking met zijn natuurlijke autoriteit zonder meer belachelijk, met hun rangen en standen en onderscheidingstekens, en dat moet hen tot op het bot hebben gekwetst.

Maar de kerk, die zich op hem beriep – Stephen meende geen lucht meer te krijgen, zo diep was het begrip dat hem werd geopenbaard, met onbarmhartige, voortdurende klappen – de kerk had hem nog veel dieper gekrenkt dan de joodse hogepriesters. Zijn boodschap, zijn uitstraling, zijn hele wezen was vol van levenskracht, begrip en rijkdom,

maar zijn priesters hadden uitgerekend de dode Jezus tot hun icoon gekozen, de gekruisigde, het symbool voor de afwijzing van een onmetelijk geschenk door de mensheid. En sindsdien predikten ze de ontkenning van het leven, wezen ze rijkdom af, en onderwezen onthouding en ascese, alles precies in het tegendeel verdraaiend.
En hij begreep het nu. Hij begreep hoeveel eenvoudiger het was iemand te aanbidden nadat hij was overleden. Hij begreep dat iemand moest worden aanbeden als die tijdens zijn leven was miskend en mensen tot de overtuiging kwamen dát hij was miskend. Hij begreep dat men van hem een god had gemaakt, opdat hij geen gevaar meer was, opdat de uitdaging die van hem uitging – de uitdaging voor elk mens: leef! – was uitgebannen, opdat men kon vergeten dat die uitdaging er ooit was geweest. Daarom was het zwaartepunt van zijn leven volledig naar zijn dood verlegd. Alles draaide om zijn dood. In de overlevering was zijn leven slechts de voorbereiding op zijn dood, waren de wonderen die hem werden toegedicht – omdat men de wonderen die hij daadwerkelijk elk moment, met elk woord en elke beweging had volbracht, niet kon verdragen – slechts noodzakelijke bewijzen voor zijn goddelijkheid, voor de idee dat hij anders was dan ieder ander mens. En dit moest per se worden bewezen, want anders hadden de mensen moeten veranderen, in plaats van de verantwoordelijkheid te kunnen afschuiven met aanbidding en verering. In de overlevering, zoals zijn leven in de evangeliën was opgetekend, richtte alles zich op zijn dood, die een catastrofaal tekortschieten van de mensheid symboliseerde, een laffe daad, en om ook deze waarheid te kunnen ontwijken, hadden ze een mythologie eromheen verzonnen, hadden ze de moord tot een offerdood moeten ombuigen.
En zo was alles verdraaid en verminkt. Stephen merkte hoe de hete, zoutige tranen over zijn wangen liepen, en hij voelde een onvoorstelbare opluchting. Hij was in één klap bevrijd uit zijn geestelijke gevangenis, waarin hij, zonder het te vermoeden, zijn hele leven opgesloten had gezeten.
Want dit, zo moest hij tot zijn droefenis vaststellen, was de waarheid: deze man had heel lang moeten leven.
En toch, het was alleen al een zegen om deze afspiegeling van hem te zien. Te zien dat het mogelijk was, een dergelijke kracht en gratie, een dergelijke levenskracht en alles overstromende liefde... Ja, precies, dat was het: deze man was zo van liefde vervuld, dat die overstroomde en alles en iedereen in zijn omgeving aanraakte, veranderde en betoverde.

Een liefde die geen object nodig had, een liefde voor het leven, voor de hemel en voor de aarde, onvoorwaardelijk, grootmoedig en telkens als een vuur weer oplaaiend. Elke seconde dat hij hem zag, werd zijn honger gestild naar een ziel waaronder hij een heel leven lang had geleden, zonder dat hij zich ervan bewust was, simpelweg omdat hij nooit beter had geweten. Het was deze honger – weer een nieuw besef, een nieuwe, peilloze afgrond – die hem had voortgedreven met de vertwijfelde kracht die de drijfveer was geweest voor alles wat hij had ondernomen. *Dat houdt in, dat degene die erin kijkt, daarna niet meer dezelfde is. Wat er ook in te zien moge zijn, wie erin kijkt is voorgoed veranderd.* Ja, dacht hij, ja. Verander me alsjeblieft. Laat me deze rust ervaren, deel zijn van deze waarachtigheid, open mij voor deze liefde. Er schoten beelden door hem heen, herinneringen aan de jacht op de camera, en hij schaamde zich voor de mentaliteit waarmee hij deze jacht had ondernomen, voor de begerigheid waarmee hij de eerste en de beste, de slimste en de sterkste wilde zijn, terwijl het hem er uiteindelijk alleen maar om te doen was geweest zich te bewijzen in een levensgevaarlijke concurrentiestrijd met een succesvolle gigant als John Kaun. Strijd, altijd alleen maar strijd. Het leven beleven alsof je er oorlog tegen voert. En dat was allemaal volstrekt niet nodig!

Hij liet zijn tranen de vrije loop. Het waren tranen van opluchting, tranen van een heel leven.

Er gebeurde niets sensationeels. De man at, converseerde met de mensen om zich heen. Er werd een ziek meisje naar hem toe gebracht, waarop hij de schotel opzij zette (met zo'n prachtige, grandioze handbeweging dat Stephen alle balletdansen ter wereld voor die ene beweging had willen geven) en zich naar het kind toe keerde, zijn hand teder op het hoofd van het kind legde en nauwelijks hoorbaar met haar sprak. Het had iets heel intiems, heel vertrouwds, zoals die twee elkaar aankeken. Nadat de man het kind iets had gevraagd, begon het te antwoorden en verlegen te lachen. En een van de vrouwen onder de toehoorders, de moeder misschien, drukte sprakeloos haar gebalde vuisten voor haar mond, alsof ze een schreeuw wilde onderdrukken: misschien was het meisje altijd stom geweest en kon ze nu opeens praten? Onder grote opwinding werd het kind weer in de menigte opgenomen. Ze prezen de man die ook op dit moment nog altijd tegelijk waardigheid, liefde en deemoed uitstraalde en de dankbaarheid in ontvangst nam zonder de indruk te wekken er trots op te zijn. Op iets hogere toon verklaarde hij iets, met zijn warme, melodieuze en tegelijk krachtige stem, wees naar de hemel en keek tot slot naar boven, waarbij zijn gezicht zoveel dankbaarheid uitstraalde dat de omstanders huiverend verstomden. Later stond hij op, bedankte de gastheren intens en liep samen met zijn begeleiders weg, een lage heuvel op, en zonder traag of aarzelend over te komen zette hij zijn voeten toch zo bedachtzaam neer, dat je had kunnen denken dat hij daarmee de grond liefkoosde. Elk van zijn bewegingen was even volmaakt als de bewegingen van de hemellichamen. Elk woord dat hij sprak, was volmaakt van klank.

Maar met geen enkele van zijn gebaren, niets in zijn houding, zei hij ook maar een enkel ogenblik: ik ben God, en jullie zijn maar mensen. Elk van zijn gebaren, zijn hele houding zelfs, straalde onophoudelijk slechts één ding uit: *Aanschouw mij! Zie, wat er mogelijk is! Ik ben niets anders dan jullie, ook jullie kunnen dit prachtige leven in al zijn volmaaktheid leven. Niets is voor mij mogelijk wat voor jullie niet even goed mogelijk is!*

Een eind bij de mensen vandaan, die waren gekomen om hem te aanschouwen, stond een oude, zieke bedelaar, die wel eens wilde zien over wie het allemaal ging. Maar hij bleef klein en onopvallend op de achtergrond, zich welbewust van zijn positie onder de andere mensen. Maar degene die hij vanuit de verte wilde zien, ontwaarde hem en baande zich een weg door de mensen, die ontzet toekeken toen ze zagen waar hij heen wilde. Iedereen en alles verstomde toen ze met elkaar spraken, de gezegende en de bedelaar. De oude man begon te huilen en de mensen om hem heen vertrokken hun gezicht. Maar hoe langer de man met hem sprak, des te meer richtte de kromme, uitgemergelde gestalte zich op, des te meer klaarde zijn gezicht op, werd het levendiger en begonnen zijn ogen te stralen, tot hij er helemaal niet meer als een bedelaar uitzag, maar als iemand die zich als een bedelaar had verkleed.

Opeens trokken er weer gekleurde vegen over het beeld en verdween het.

Ze keken op.

Peter Eisenhardt: verveeld, bijna vol walging.

Stephen Foxx: een metamorfose.

Glasgerinkel. Luid, akelig, gewelddadig.

42

'Mag ik vragen, mijne heren,' vroeg professor Wilford-Smith op een besliste toon, waarin de nodige verontwaardiging doorklonk, 'wie u bent, wat u hier wilt en waarom u mijn ruiten hebt ingeslagen?'
Er hadden heel wat andere vragen gesteld kunnen worden, bijvoorbeeld waarom de mannen wapens op hen gericht hielden. Een snelle blik leerde Stephen dat er in totaal zes mannen waren, stuk voor stuk gekleed in zwarte coltruien en zwarte pantalons. Alsof ze drie zwaarbewapende gijzelnemers waren die moesten worden overrompeld, waren de zwarte gedaanten gelijktijdig door de beide ruiten van de deur naar binnen gedrongen. Kennelijk hadden ze een dergelijke actie vaker uitgevoerd, want drie van hen, die al eerder op veel onopvallender wijze het huis moesten zijn binnengedrongen, stonden bijna op hetzelfde moment in de geopende deur van de huiskamer, zodat ze omcirkeld waren.
Een van hen, met een ietwat gedrongen figuur en met de uitstraling van een leider, stapte naar voren. Glassplinters knarsten onder zijn zwarte laarzen. Hij had grijs, kortgeschoren haar en kille, eveneens grijze ogen.
'Als u zich rustig gedraagt, zal u niets gebeuren,' zei hij.
'Om de dooie dood niet,' antwoordde Wilford-Smith woedend. 'Ik eis een verklaring!'
'Kraam toch geen onzin uit,' stelde de man bars. 'Dit is geen film. Geef me de videocassette die u net hebt afgespeeld.' Hij stak zijn hand uit.
De professor keek hem aan alsof hij een spook zag. Roerloos bleef hij staan. 'Bent u doof?' sprak de indringer op dreigende toon. 'De video!'
'U komt in opdracht van het Vaticaan.' De oude archeoloog leek niet in staat tot handelen, alsof hij niet helemaal begrepen had wat hier aan de hand was.
Zijn stem klonk monotoon en dreigend. 'Zo is het toch? Monsignore Scarfaro heeft u gestuurd. Hoe bent u hier gekomen? En uitgerekend vandaag. Heeft u die twee achtervolgd? Hen jarenlang bespioneerd? Heeft u ons eerdere gesprek afgeluisterd? Ja, ik ben ervan overtuigd dat u dat allemaal hebt gedaan.'
'Wij bestaan helemaal niet,' zei de man, terwijl hij de professor aan de kant duwde. Hij nam de videocassette uit de recorder en keek ernaar. 'En deze cassette,' vervolgde hij, 'bestaat ook niet.' Hij stak de cassette in zijn zak.

Stephen keek als verlamd naar wat zich voor zijn ogen afspeelde. Alsof hij weer met een infuus in zijn arm op een brancard in een vrachtwagen lag, ternauwernood aan de dood ontsnapt. Het gebeurde weer en het zou steeds weer blijven gebeuren, dat was hem inmiddels volkomen duidelijk. Hier, in deze kamer en op dit moment werd Jezus weer gekruisigd. Telkens als mensen het leven niet aan bleken te kunnen, resteerde hun geen andere keuze dan Jezus te kruisigen. Dat kon de pijn voor hen ook niet wegnemen, maar dit was de enige verlichting die overbleef.
Deze mannen waren slechts handlangers. Stephen keek onopvallend rond. Als goedgetrainde professionals hielden steeds twee mannen hun wapen op een van hen gericht. Maar het bleven slechts handlangers, argeloze hulpjes. Of het nu om Romeinse legionairs of in zwart geklede revolverhelden ging, dat maakte geen enkel verschil. En zij waren een onoverwinnelijke overmacht. Ook dat scheen onvermijdelijk en onveranderbaar: dat het kwaad, het duister steeds de overmacht vormt.
Hij dacht aan het klooster in Negev, aan het moment dat de abt hem de grootste relikwie van zijn orde had toevertrouwd. Hij had dat vertrouwen direct de volgende dag al beschaamd en vandaag deed hij dat weer. De oude profetie waarnaar de monnik had gehandeld, kwam niet uit.
Of was er toch nog een mogelijkheid? Hij keek naar Eisenhardt. De schrijver volgde de gebeurtenissen met een gelaatsuitdrukking waarop een mengeling van angst, afschuw en verwondering te lezen stond. Zeven mannen, van wie zes de loop van hun zwarte korte wapens op hen gericht hielden. Met geweld viel er niets te beginnen, maar misschien leverde een intelligente zet, een slimme truc wel iets op... Er moest hem iets te binnen schieten, en liefst zo snel mogelijk! Het was hem tot nu toe altijd gelukt. Zijn hele leven lang had hij altijd wel een truc kunnen bedenken en nog een pijl op zijn boog gehad. Altijd had hij net iets verder doorgedacht dan de anderen en daarmee bereikt wat hij wilde bereiken.
Maar er schoot hem niets te binnen. Zijn zenuwen voelden als verlamd, zijn hersenen functioneerden niet meer. Wat hij had gezien, kolkte nog steeds binnen in hem, brandde als een laaiend vuur, pruttelde maar door. De hele wereld moest die video zien, dat had hij aan de oude priester beloofd, maar hij zou zijn belofte niet waar kunnen maken.
'Dat mag u niet doen!' hoorde hij zichzelf plotseling zeggen. De man keek hem aan, en hij herhaalde nog eens: 'Dat mag u niet doen.'
'Wat zegt u?' vroeg hij.
'U hebt er geen idee van wat deze video betekent,' bezwoer Stephen

hem. Zijn hart ging als een razende tekeer. Hij had hem in elk geval zover gekregen dat hij gestopt was, vragen stelde en luisterde. Misschien was er toch nog een kans. Misschien was dit het moment waarop het lot hem goedgezind was, zodat alles uiteindelijk nog goed kwam. 'Bekijk de video toch alstublieft eerst. Het is een video die door iedereen op de hele wereld gezien moet worden. U mag de video niet meenemen, of u maakt zich op onvoorstelbare wijze... schuldig!'

De man met de grijze, kille ogen, die meer op glazen knikkers leken, keek hem aan. Stephen beantwoordde de blik. Had hij hem bereikt? Sommige dingen mochten gewoonweg niet gebeuren, en dit was zoiets. Hij had al eens gefaald, toen hij de camera had verloren. Dat mocht niet nog eens gebeuren. Als het hem lukte om ten minste de video te redden, dan was zijn missie niet helemaal mislukt. 'Ik weet wat deze video betekent,' zei de man uiteindelijk. 'Wees ervan overtuigd dat ik dat als geen ander weet.'

Vervolgens gaf hij zijn mannen een knikje, waarop ze allemaal in een oogwenk verdwenen waren. Er klonk wat geritsel van bladeren, in de verte klonk het geluid van een startende motor. Toen keerden de raven terug, landden op het gazon voor de ingeslagen vensters en keken met hun donkere kraaloogjes naar binnen.

Door de schok leek de tijd tot stilstand te zijn gekomen. Een tijdlang was het even stil als na een explosie. Niemand durfde ook maar adem te halen.

De professor stond ten slotte traag op, liep naar het raam en bekeek de schade.

'Beide ruiten,' mompelde hij en schoof met zijn schoenen besluiteloos een aantal scherven bij elkaar. 'Alsof eentje niet voldoende was. Hoogst overdreven!' Hij zette voorzichtig een stap naar buiten, om zich niet aan de uitstekende glasscherven te verwonden. In de tuin keek hij sceptisch naar de hemel. 'Het gaat vandaag beslist nog regenen. Wat een ergerlijke toestand.'

Hij kwam weer naar binnen en keek hoofdschuddend naar de ravage van houtsplinters en gebroken glas. 'Vandaag kan ik zeker geen timmerman meer laten komen. Ik zal de ruiten op een andere manier moeten afdichten. Misschien met plasticfolie. Ja, dat moet wel lukken.'

Eisenhardt zat met opgetrokken schouders op zijn stoel en keek de archeoloog wantrouwend aan. 'Kan iemand mij misschien uitleggen,' vroeg hij uiteindelijk, 'wat dit allemaal te betekenen heeft?'

'Zij hebben de video,' hoorde Stephen zichzelf toonloos zeggen. Het leek meer op een verbijsterd gefluister.
Wilford-Smith keek hem van onder zijn witte, borstelige wenkbrauwen aan. 'Herinnert u zich een man met de naam Scarfaro, mister Eisenhardt? Jij vast wel, Stephen. Scarfaro is ooit in het opgravingskamp van Bet Hamesh geweest om met Kaun te praten.'
'Ja,' knikte de schrijver. 'Ik herinner me hem. Hij kwam uit Rome. Een inquisiteur of zoiets.'
'Scarfaro is als het ware een geheim agent van het Vaticaan. Hij was degene die de camera kapotmaakte en de restanten ervan mee heeft genomen. Ook was hij degene die deze mannen heeft gestuurd.'
'Maar waarom juist nu?' bracht Stephen uit. 'Waarom uitgerekend vandaag en waarom hier?'
De professor keek hem indringend aan en zei: 'Ik ben bang dat jij hen op mij hebt gewezen.'
'Ik?'
'Jij hebt de camera immers gevonden. Weet je nog? Scarfaro wist dat. Hij heeft je vast en zeker laten schaduwen. Mister Eisenhardt was voor hen niet zo belangrijk, en ik was dat tot op de dag van vandaag beslist ook niet, want anders waren ze hier al veel eerder geweest. Ze moeten je zijn gevolgd, Stephen, ons hebben afgeluisterd en vervolgens direct hebben toegeslagen.'
Stephen hoorde het met een onbewogen gezicht aan. Hij probeerde het zich te herinneren, maar er kwam niets. Geen achtervolgers, geen verdachte telefoontjes, geen doorzocht huis, geen gekraak in de telefoonlijn. Als hij al bespioneerd was, dan had hij er in elk geval niets van gemerkt.
Maar hij had er wél rekening mee moeten houden. Het was onvergeeflijk dat hij niet eens aan de mogelijkheid had gedacht.
'Ach kom, professor!' zei Eisenhardt hoofdschuddend. 'Wat wilt u daarmee zeggen? Wilt u serieus beweren dat iemand naar deze video op zoek was?'
'Pardon?' Wilford-Smith trok vragend zijn wenkbrauwen op.
'Wie zou er in dit broddelwerk geïnteresseerd zijn? Het Vaticaan? Laat me niet lachen. Met dit hele toneelstuk wilt u ons alleen maar voor schut zetten. Zoals u dat al eerder met ons in Israël en daarvoor waarschijnlijk ook met John Kaun hebt gedaan.'
Stephen keek de schrijver verbijsterd aan. 'Peter, wat zeg je nu toch? Je hebt de video toch zelf gezien!'

'Ja, daarom juist! Ik heb in mijn hele leven nog nooit zo'n amateuristisch, bloedeloos toneelstuk hoeven aanschouwen. En dat probeert de professor ons als een video uit het verleden voor te schotelen? Belachelijk zeg ik je. Absoluut belachelijk.'

'Hoe kun je zoiets zeggen?' vroeg Stephen. 'Je hebt deze man gezien, hoe hij liep, hoe hij sprak... Wie zou dat dan geweest moeten zijn, als het niet daadwerkelijk de historische Jezus was?'

'Dat moet Jezus Christus verbeelden? Volstrekte onzin. Als dat waar was, ben ik de keizer van China.'

Stephen wilde iets antwoorden, maar zweeg verbijsterd. Hij begreep niet wat zich hier afspeelde. Zijn ogen zochten die van de professor. 'Professor Wilford-Smith, wat heeft dit te betekenen? Het lijkt wel alsof we twee totaal verschillende video's hebben gezien.'

Uit zijn ooghoeken zag hij hoe de Duitse schrijver grimmig zijn hoofd schudde.

De professor verborg zijn handen achter zijn rug en knikte bedachtzaam. 'Ja, dat zal het wel geweest zijn. Dat heb ik wel vaker meegemaakt. Er zijn mensen die ten diepste geroerd worden door wat ze op de video hebben gezien, meer dan ze zich ooit hadden kunnen voorstellen. Maar anderen waren volstrekt niet onder de indruk. Gelukkig behoor ik zelf tot de eerste categorie en jij, Stephen, eveneens, geloof ik. Maar mister Eisenhardt niet, vrees ik.'

'Wil dat zeggen dat wij niet de enigen zijn die de video hebben gezien?'

'Ja. Vele anderen hebben de video ook gezien.'

'En nu is het afgelopen?'

Eisenhardt richtte zich op en boog zich weer voorover. 'Stephen, zie je dan niet welk spelletje hier wordt gespeeld? Dit is toch gigantische oplichterij. Hier moet een legende worden gecreëerd en jij bent daarvoor het gereedschap. Professor Wilford-Smith is lid van een sekte die hier in Barnford haar hoofdzetel heeft. Ik weet niet precies wat ermee beoogd wordt, maar ik neem aan dat we hier een herhaling beleven van een ideetje van de Mormonen. Kent u hun mythologie? Hun stichter heette Joseph Smith. Over hem gaat het verhaal dat aan hem een engel was verschenen die hem een boek met gouden letters gaf en hem opdroeg de tekst in het Engels te vertalen, omdat hij dat gouden boek weer mee moest nemen. Daarop is het boek *Mormon* ontstaan, de basis van hun religie. Maar ja, zoiets kun je vandaag de dag niet meer aan de mensen verkopen. Tegenwoordig moet het een video zijn, een tijdreiziger, al dat bijgeloof dat nu zo modern is.'

Stephen luisterde naar de argumenten van de schrijver, die heel logisch en geloofwaardig klonken. Maar vanbinnen stuitten ze op een barrière die daar was opgericht sinds hij de video had gezien, en daar ketsten ze op af. In zijn hart glinsterde iets wat sterker was dan alle argumenten.
'Peter, ik heb die man gezien. Wat je ook zegt en wie hij ook is, hij heeft mij veranderd. Precies zoals de oude monnik in de Negev dat voorspelde.'
'Maar dat is geen bewijs! Als een en dezelfde film de ene mens overtuigt en de andere niet, dan is dat effect niet aan de film te danken, maar uitsluitend aan de toeschouwer. Snappen jullie dat dan niet?'
'Jawel.'
Eisenhardt schudde zijn hoofd. 'Dat we dat niet eerder hebben ingezien. We hadden kunnen voorspellen wat er zou gebeuren. Natuurlijk moest het zogenaamde origineel verdwijnen, omdat anders iemand had kunnen vaststellen dat de video geen tweeduizend jaar oud is, maar bijvoorbeeld gezandstraald is of in de wasmachine is mee gewassen. En wie zou je beter als boosdoener kunnen aanwijzen dan de natuurlijke vijand van alle christelijke sekten en splintergroeperingen, de rooms-katholieke kerk? Dat schiep een hechte band tussen de sekteleden. Hele wereldrijken zijn op dergelijke legendes gebouwd.'
Iedereen zweeg. Stephen keek van de een naar de ander. Eisenhardt zat met een uitdrukkingsloos gezicht op zijn stoel. Hij had zijn waarheid voor het voetlicht gebracht. De professor stond rustig tussen de omgevallen stapels boeken en de ravage van de ruiten, alsof hij volstrekt niet had begrepen waarvan de schrijver hem allemaal beschuldigde. Wat in het begin een bittere strijd had geleken, leek volkomen dood te bloeden. Ieder had zijn eigen waarheid. Op basis daarvan was geen strijd mogelijk.
'Goed,' stelde Eisenhardt ten slotte en stond op. 'Hoe het ook zij, het interesseert me allemaal niet meer. Stephen, ik wil zo snel mogelijk weer naar huis. Er ligt werk op me te wachten.'
Stephen stond eveneens op. 'Natuurlijk.'
'Ik wacht in de auto. Professor? Het ga u goed.' Hij knikte de oude man kort toe en vertrok. Ze hoorden hoe hij zijn jas van de kapstok haalde en de deur dichttrok. Het klonk teleurgesteld en boos. Je hoorde het zelfs aan zijn voetstappen. Stephen en Wilford-Smith keken elkaar aan. Plotseling ontstond er een onverwachte, merkwaardige vertrouwdheid tussen hen.
'Tja,' zei Stephen, terwijl hij zijn hand naar de witharige oude man uitstak. 'Dan zal ik hem maar niet laten wachten.'

'Ja. Hij had zich van deze reis vast en zeker iets anders voorgesteld.'
'Het spijt me dat dit is gebeurd. Als ik niet was gekomen, zou de video waarschijnlijk nog bestaan.'
'De video bestaat toch nog.'
'Ja zeker, maar nu heeft het Vaticaan die,' zei Stephen. 'Als ze de video niet vernietigen, dan zullen ze die in elk geval voor eeuwig achter slot en grendel stoppen.'
De professor ging voorzichtig achter zijn bureau zitten, omdat er nog altijd glassplinters onder zijn schoenen kraakten. 'De cassette is verloren, ja,' zei hij. 'Dat is jammer. Maar de video is niet verloren.' Hij opende een lade en nam er twee normale VHS-videobanden uit. 'Wij hebben natuurlijk kopieën gemaakt, in alle gangbare videoformaten: VHS, Super-VHS, Beta-Cam, Hi-8 Digital, MR, enzovoort. Vergeet niet dat de Jezus-video een digitale opname was. Dat wil zeggen dat de kopie even goed is als het origineel. De opname kan oneindig vaak gekopieerd worden, zonder dat de kwaliteit daaronder te lijden heeft.' Hij reikte Stephen een van de banden aan.
'Wij?' vroeg die verbluft. 'Wie zijn wij?'
'Vrienden,' zei de professor kortweg. 'Alleen voor het geval dat hier in deze kamer ook afluisterapparatuur is geplaatst en iemand met ons meeluistert, vertel ik je wat je zelf ook kunt bedenken: de kopieën zijn over de hele wereld verspreid en er zijn er talloze van gemaakt. Het is een sneeuwbaleffect. De een geeft een paar kopieën aan vrienden, die weer kopieën maken en cadeau geven aan anderen. Zo gaat het eindeloos door. Een lawine. Scarfaro kan die opname nooit meer laten verdwijnen. Dat is echt onmogelijk. Het maakt niet uit hoeveel kopieën hij aantreft en vernielt, hij zal nooit zeker weten of hij alle kopieën in handen heeft.'
Stephen staarde naar de cassette in zijn hand. Het was een heel gewone videocassette die je voor een paar dollar kon kopen om een film op te nemen. Er zat een etiket op met alleen het woord *Jezus-video.*
Hij dacht dat hij droomde. Hij zou naar huis gaan, de band in de videorecorder leggen, in hetzelfde apparaat dat hij gebruikte om *Star Trek*-films of *Bugs Bunny* te bekijken en zou Jezus op zijn eigen televisiescherm zien.
'Neem er ook een voor Eisenhardt mee,' zei Wilford-Smith terwijl hij hem een tweede band gaf. 'Als aandenken.'

43

Nog eens tweeënhalf jaar later

In het begin hadden de uitgestrektheid en eenzaamheid van het landschap hem doen huiveren. Maar heel geleidelijk was de eerste paniek overgegaan in iets wat alleen extase kon zijn: met een auto door ongetemde, woestijnachtige vlakten rijden, waar de civilisatie van steden en fabrieken eindeloos ver weg leek, waar hij alleen was met zichzelf en het firmament, de loop van de zon en de aarde.
Maar dat leek natuurlijk alleen maar zo. Aangekondigd door een reeks zuilen met gruwelijk kleurrijke reclames langs de kant van de weg dook er met geruststellende regelmaat een stoffig oord, een benzinestation of een motel op. Peter Eisenhardt moest toegeven dat hij blij was niet op jacht te hoeven of 's nachts een tentje te hoeven opzetten. Hij genoot ervan alleen maar zijn creditcard te hoeven trekken om een warme maaltijd of een schoon bed te krijgen. Hij voelde zich een globetrotter, vrij en ongebonden. Dagdromerij natuurlijk.
Het briefje met de routebeschrijving had hij met plakband op het dashboard bevestigd. Dat had hij al veel eerder gedaan, nog voordat hij de Interstate 40 op was gereden, die hij vele duizenden kilometers lang door vijf Amerikaanse staten was blijven volgen, zonder te verdwalen. Met uitzondering van een of twee uitstapjes had hij deze weg pas vanmorgen achter zich gelaten.
Soms hoefde hij het stuur urenlang niet te bewegen, terwijl roestrode rotsen, vaalgroene grasvlakten of niets anders dan een eindeloze leegte aan hem voorbijtrokken. Hij had soms het gevoel alsof hij in een bioscoopfilm verzeild was geraakt, in een land van een andere planeet, die hij van het bioscoopscherm of de televisie kende, totdat hij er zelf voet had gezet en die andere zwaartekracht had ervaren, de andere geuren had ingeademd, de andere polsslag van de bodem had gevoeld. Dan trof hem weer dat gevoel van vreemdheid, alsof iemand een gordijn wegschoof, en had hij het gevoel altijd al thuis te zijn geweest.
Opeens dook het op: het 'Great Spirit Motel'.
De naam beloofde meer dan werd waargemaakt: een uitgebleekt, laag gebouwencomplex, zonder veel poespas direct naast de weg neergezet. Het had geen enkel opvallend kenmerk dat je zou onthouden als je

erlangs was gereden. Eisenhardt reed de inrit op die door twee witgeverfde olietonnen vol cactussen werd gemarkeerd. Hij stopte op de parkeerplaats, die slechts uit platgereden grijzige aarde bestond. Hier was het dus.

Afgezien van het verplichte Coca-Cola-bord en de neonreclame voor Budweiser-bier achter de ramen, beschouwden reclamebureaus dit motel kennelijk niet als aantrekkelijk reclamemedium. Een metalen bord met een gestileerde windhond gaf aan dat hier Greyhound-bussen stopten, een ander bord verwees naar het benzinestation. Achter het hoofdgebouw stonden twee langgerekte gebouwen met elk acht appartementen, maar gezien de slordig ervoor geparkeerde auto's waren die lang niet allemaal bezet. Hier was het dus. Het was amper te geloven.

Eisenhardt duwde het portier open en stapte uit de auto. De woestijnhitte overviel hem als de hete adem van een hellehond. In een mum van tijd liep het zweet in zijn nek, onder zijn oksels vandaan en over zijn rug en borst. Hij had de airconditioning van zijn auto leren waarderen en vergat soms waar die hem voor behoedde.

Met stoffige schoenen betrad hij de ruimte die nogal hoogdravend als restaurant werd betiteld: een grote, lage ruimte die door een zoemende airco werd gekoeld en zonder enige smaak was ingericht, waarin een handjevol mensen zat. Door grote ramen aan de straatkant scheen het zonlicht fel naar binnen, maar het werd geheel geabsorbeerd door het donkere hout van de tafels en banken, zodat het achterste gedeelte van de ruimte in een vage duisternis gehuld bleef. Een grote, massieve bar nam bijna de gehele linkerwand in beslag. Het eerste stuk lag nog in het licht, maar de rest verdween in het duister. Op de bar stonden pinda-automaten, houders met brochures van creditcardorganisaties, metalen mandjes vol met pakjes van het een of ander, waarschijnlijk nootjes, zoutjes of kauwgom, en op elkaar gestapelde asbakken. Eisenhardt ontweek de nieuwsgierige blikken van de andere gasten en zocht een vrije kruk aan de bar uit, wat geen moeite kostte omdat ze allemaal vrij waren. Hij ging zitten, keek de jongeman aan die achter de bar stond en zei: 'Hallo, Stephen.'

Stephen Foxx, die net de glazen aan het afwassen was, keek verrast op. 'Mijnheer Eisenhardt!' riep hij uit. 'Dat is me ook wat! Zo vroeg in de ochtend had ik u nog niet verwacht...'

'Zal ik wat later terugkomen dan?'

Hij lachte. 'Dat bedoelde ik niet. U hebt waarschijnlijk in Flagstaff overnacht of niet? Hebt u de Grand Canyon bezocht?'

'Gisteren. Die kans wilde ik mij niet laten ontnemen. De buschauffeur was, geloof ik, een echte indiaan. Zou dat kunnen? Hij zag er in elk geval als een echte indiaan uit.' Eisenhardt merkte dat hij nerveus was. Het overkwam hem de laatste tijd vaker dat hij maar wat raak kletste als hij zich onzeker voelde.
'Waarschijnlijk een Navajo. Het National Park grenst aan hun reservaat. 'Wilt u een kopje koffie?'
'Is dat een cappuccinomachine daar achteraan?'
'Ja.'
'Kan ik dan in plaats van gewone koffie een cappuccino krijgen?' Geleidelijk deed de airconditioning zijn werk en droogde het zweet op zijn huid op.
'Maar natuurlijk.' Foxx maakte zich gereed om de machine in werking te stellen. Je kon zien dat hij redelijk ervaren was. En naarmate de bereiding vorderde, begon het steeds lekkerder te ruiken.
'Dank je,' zei Eisenhardt, toen de kop voor hem werd neergezet.
'Wat vond u ervan? Van de Grand Canyon, bedoel ik.'
Eisenhardt aarzelde. 'Tja, wat zal ik ervan zeggen...? Op foto's ziet het er indrukwekkend uit. Maar als je ervoor staat, dan is het ook echt indrukwekkend. Je hebt het gevoel dat je je ogen gewoon niet ver genoeg kunt opensperren om die kloof werkelijk te zien. Het is echt ongelooflijk.'
Foxx knikte en uit zijn glimlachje bleek dat hij het ermee eens was. 'Uw bericht heeft me verrast. Wat brengt u naar deze desolate omgeving?'
'Geweldig hè, die e-mails,' beaamde de schrijver, terwijl hij aan zijn cappuccino nipte. 'Daar raakt een mens snel aan gewend. Via je oude telefoonnummer had ik je vast niet kunnen bereiken, zeker?'
'Nee, dat klopt.'
'Ik was met mijn agent in New York om enkele gesprekken met mensen uit de uitgeversbranche te voeren,' lichtte Eisenhardt toe. 'Een ongelooflijke stad. Aan het einde was ik helemaal daas.'
'Ja, New York vraagt heel wat van je. Momentje, ik ben zo weer terug...' Aan een van de tafels bij het raam had een van de gasten zijn hand omhoog gestoken omdat hij wilde betalen.
'Geen punt.'
Terwijl Stephen zich om de man bekommerde, keek hij rond. Er was niets bijzonders te zien en je kreeg het gevoel dat dat eigenlijk vrijwel altijd het geval was.
'Dat was de laatste van de lui die naar Tucson doorrijden,' vertelde Stephen toen hij terugkwam. 'Waarschijnlijk heb ik nu adempauze tot

de bus komt. Dat is ongeveer over...' hij keek op zijn horloge, 'tien minuten.'
'Komen hier voornamelijk mensen die met de bus onderweg zijn?'
'Op dit moment van de dag wel. 's Middags komen de motelgasten en 's avonds komen er zelfs mensen uit de omgeving.'
'Aha,' zei Eisenhardt. Het moest hier wel een behoorlijk troosteloze omgeving zijn als dit de enige attractie was. 'En nu,' zei Foxx met een geheimzinnig lachje, 'wil ik u graag aan iemand voorstellen.' Hij draaide zich om, opende het doorgeefluik van de keuken en riep in de ruimte daarachter: 'Hij is er!'
Als antwoord schalde er een kreet door de keuken, maar het was niet te verstaan. Direct daarop kwam er een slanke, donkerharige schoonheid door de deur, een pittige jonge vrouw die glimlachend haar handen aan haar schort afveegde voor ze die naar hem uitstak.
Dit keer was het de beurt aan Eisenhardt om verrast te zijn. 'Ik ken jou!' zei hij. 'Jij... jij was erbij, bij de opgraving...'
'Judith Menez,' knikte ze. 'Ik kan me u ook nog herinneren. Maar we hebben elkaar geloof ik nooit gesproken.'
'Ja, gek hè?' Zijn blik ging tussen Foxx en Judith heen en weer. 'Hier wil ik nu toch wel het fijne van weten.'
'Zoveel valt er niet uit te leggen,' zei ze met een zijwaartse blik op Stephen, die boekdelen sprak. 'Een dag na het verlopen van zijn inreisverbod stond hij met een bos bloemen voor mijn deur, en... nu ja...'
Stephen sloeg zijn armen om haar heen en drukte haar tegen zich aan. 'Ze wil daarmee zeggen dat ik daarvoor nogal in mezelf gekeerd was als het om mijn instelling tegenover het leven en de liefde ging.'
'Hij was totaal veranderd,' benadrukte zij.
'Zo,' zei Eisenhardt, die onwillekeurig moest glimlachen. Na zeventien jaar huwelijk en twee kinderen verlangde hij ook wel eens naar die eerste tijd vol hartstochtelijke verliefdheid.
'En toen,' vertelde Judith verder, 'haalde hij een videoband tevoorschijn en ben ik ook totaal veranderd.' Ze kuste hem op zijn wang. 'Ik moet snel de lunch voorbereiden. Ik kom straks nog wel bij jullie, goed?'
Het lachje leek in het gezicht van Eisenhardt gebeiteld. De videoband! Precies waar hij bang voor was geweest. In de afgelopen jaren was er een echte ondergrondse beweging rond die zogenaamde Jezus-video ontstaan en het leek er verdomd veel op dat Stephen Foxx daar ook toe behoorde.
'U blijft toch wel tot morgen? Dan kunnen we vanavond gezellig wat

over vroeger praten,' stelde hij voor en voegde eraan toe: 'U bent uiteraard onze gast.'
'Ja, graag. Alhoewel...' Misschien was het wel het beste om zich tolerant op te stellen. Iedereen moest immers op zijn eigen manier zalig zien te worden. Eisenhardt krabde op zijn hoofd, waarop sinds hun laatste ontmoeting aanzienlijk minder haar groeide. 'Ik heb het gevoel dat ik vandaag niks ben opgeschoten. Maar toch was het vanaf Flagstaff... Geen idee waarom. Er komt gewoon geen einde aan dit land. De afgelopen dagen heb ik min of meer voortdurend achter het stuur doorgebracht, maar als ik 's avonds op de kaart keek, had ik slechts centimeters vooruitgang geboekt. Ongelofelijk. Duitsland kun je in een dag doorkruisen, kun je je dat voorstellen?'
'U hebt toch hopelijk niet het hele land doorkruist om dit motel, dit architectonisch meesterwerk, te bezoeken?' vroeg Foxx.
'Nee, eigenlijk wil ik naar de westkust. Er zijn dagen geweest dat ik eraan twijfelde of die eigenlijk wel te bereiken is. Ik heb daar een vriend wonen, die heeft me uitgenodigd om een paar dagen bij hem te komen logeren. Hij is circa vijftien jaar geleden geëmigreerd, en het is alweer tien jaar geleden dat we elkaar voor het laatst hebben gezien. O ja, overigens,' zei hij opeens, 'ik heb John Kaun ontmoet.'
'Wat?' riep Stephen verbaasd. 'Hoe is het mogelijk! En? Ik heb al lang niets meer over hem vernomen, en daarvoor alleen slechte dingen. Hoe gaat het met hem?'
'Hij leek het leuk te vinden dat ik belde en nodigde me uit toen ik hem vertelde dat ik met de auto dwars door de Verenigde Staten wilde reizen. Hij is nu chef van een aardappelchipsfabriek in Oklahoma, het laatste restant van zijn concern. Hij is hertrouwd, heeft een baby en ziet er gelukkig en tevreden uit. Hij draagt alleen nog maar spijkerbroeken en sweatshirts, kun je je dat voorstellen?'
'John Kaun? Daar geloof ik helemaal niets van.'
'Ik herkende hem ook nauwelijks.'
'Waar had u zijn telefoonnummer vandaan? Ik bedoel, ik zou hem niet in Oklahoma hebben verwacht...'
'Een van de uitgeverijen die we hebben bezocht, behoorde vroeger tot Kaun Enterprises. Op de een of andere manier kwam het gesprek daarop. Ik vertelde dat ik John Kaun kende en toen ik vroeg of iemand wist wat er van hem was geworden, kreeg ik zijn telefoonnummer. Kennelijk staat hij ook gewoon in het telefoonboek.' Eisenhardt trok zijn schouders op. 'Het schijnt echt goed met hem te gaan, ook al leidt hij nu een doorsnee bestaan.'

'Waarschijnlijk is dat een voorwaarde voordat het goed met je kan gaan,' zei Stephen nadenkend. 'Als ik eraan terugdenk... ooit wilde ik net zo worden als hij. Zoals hij toen was, machtig, rijk en belangrijk. Een van de allergrootsten. In het begin, voordat ik de camera had gevonden, wilde ik voornamelijk bewijzen dat ik slimmer en sneller was dan hij, ondanks al zijn macht. Gek hè?'
'Ach, ik weet het niet,' zei Eisenhardt en keek om zich heen. 'Een beetje ambitie moet je toch wel hebben in het leven, nietwaar?'
'U vraagt zich zeker af wat ik hier doe?'
'Eerlijk gezegd wel, ja. Toen ik je voor de eerste keer ontmoette was je echt een soort whizzkid, een veelbelovende jonge entrepreneur met meer geld op de bank dan ik ooit in mijn leven zal hebben. En nu ben je eigenaar van een motel in Niemandsland. Dat is niet precies wat je je bij een glanzende carrière voorstelt.'
Stephen Foxx lachte, trok een droogdoek uit een lade en begon de glazen af te drogen. 'Ach, mijn bedrijf bestaat nog steeds. Even virtueel als altijd. Volgende week vlieg ik weer naar de oostkust om een paar klanten te bezoeken, maar normaal gesproken handel ik alles via internet af en maakt het dus niet uit waar ik woon. Ik doe dit slechts tijdelijk, voor een paar maanden. Het motel is van een goede vriend van ons die een zware operatie achter de rug heeft en nu moet aansterken.' Hij haalde zijn schouders op. 'Het is nu eenmaal zo gelopen. Ik begin de zaken steeds meer te nemen zoals ze zijn. Op die manier kun je fantastische ervaringen opdoen.'
'Ja, dat is best mogelijk.' Eisenhardt legde zijn vlakke hand op de bar. 'Eerlijk gezegd dacht ik eerst dat hier misschien het hoofdkwartier van de videosekte gevestigd was.'
Stephen glimlachte zwakjes. 'Er bestaat helemaal geen hoofdkwartier. Dat zou veel te gevaarlijk zijn. Of u het nu gelooft of niet, de kerk zit nog steeds achter de video aan.'
Plotseling werd het onrustig in de ruimte. Stoelen schoven over de grond omdat mensen opstonden, hun tassen pakten en allemaal tegelijk naar de deur liepen. De Greyhound-bus was aangekomen. Je zag passagiers buiten uitstappen en op de koffers wachten die de chauffeur uit de wijd openstaande bagageruimte haalde.
Stephen maakte van de gelegenheid gebruik om snel al het gebruikte servies en de gebruikte glazen van de tafels af te ruimen. Hij maakte de tafels snel schoon, stak de menukaarten in de houders en legde nieuwe papieren placemats neer. Deze werkzaamheden verrichtte hij met een

opvallende gedrevenheid, stelde Eisenhardt tot zijn verwondering vast. Toen de bus weer vertrok en direct daarna de eerste nieuwe gasten het restaurant betraden, zagen de lege tafels er fris en schoon uit. Stephen stond al klaar om de bestellingen op te nemen.

Judith kwam weer uit de keuken om een onderzoekende blik op zijn notitieboekje te werpen.

'Alleen drankjes,' zei Stephen. 'Kom gezellig bij ons zitten.' Tegen Eisenhardt zei hij: 'De meeste mensen stappen hier over op de bus naar Los Angeles. Die komt over twintig minuten.'

'Wat doet die daar nou?' vroeg Judith terwijl ze haar schort afdeed. Ze keek naar een slanke jongen met stroblond haar, die in de gloeiende hitte met een zware rugzak en een enorme kledingzak nog altijd bij de bushalte stond. 'Durft hij niet naar binnen of zo?'

'Wat vind je van het artikel?' vroeg Eisenhardt aan Stephen. Het was een vraag die hem al lang bezighield.

'Welk artikel?' vroeg hij, terwijl hij de tap bediende.

'Het artikel van Uri Liebermann over de Jezus-video. Ken je dat artikel dan niet?'

'Nee, ik moet toegeven van niet. Liebermann, dat is toch die Israëlische journalist, met wie u ooit contact had? Die in het klooster een helikopter op ons afstuurde?'

'Ja. Hij heeft zich in de loop der jaren tot een soort expert op het gebied van de Jezus-videobeweging ontwikkeld. Een tijdlang was hij voortdurend te gast in talkshows. Een halfjaar geleden heeft hij een groot artikel over de achtergronden van de video gepubliceerd, dat bijna overal in Europa is verschenen. Bij ons in Duitsland stond hij in de *Stern,* en ook in de *Reader's Digest.*'

'Ik moet toegeven dat dat helemaal langs me heen is gegaan. Wat schreef deze expert dan?'

Eisenhardt haalde diep adem. Het was geen aangename taak om iemand de illusies te ontnemen die de basis van zijn leven vormden. 'Hij heeft een groep amateur-acteurs ontdekt die ongeveer een jaar voordat professor Wilford-Smith met de opgravingen in Bet Hamesh begon, in opdracht van een onbekende opdrachtgever een video in Israël heeft geproduceerd,' verklaarde hij grimmig. 'Alle deelnemers waren tot geheimhouding verplicht en de belangrijkste eis was dat alle toneelspelers Aramees moesten leren.'

'Aramees?!' vroeg Stephen verbaasd. Hij richtte zich tot Judith: 'De tapkraan voor de cola doet weer vreemd.'

'De monteur komt morgen. Dat heeft hij in elk geval beloofd.'
'Aramees,' benadrukte Eisenhardt nog eens. Luisterden ze eigenlijk wel? Of waren ze nu al begonnen met het verdringen van de waarheid? 'De taal die Jezus naar alle waarschijnlijkheid gesproken heeft.'
'Ja, dat snap ik. En wat is dat voor een video?'
'Die van jou.'
Nu stopte hij met zijn werkzaamheden. 'Wat zegt u?'
'Het is de video die jij overal verspreidt. De video die we bij professor Wilford-Smith hebben gezien.' De schrijver boog zich naar voren om niet te luid te hoeven praten, aangezien diverse gasten inmiddels in hun richting keken. 'Begrijp je het niet? Het was allemaal in scène gezet, van het begin af aan. Een groot toneelstuk. De hele avontuurlijke zoektocht, de zogenaamde experts die werden aangesteld, dat diende allemaal om het verhaal geloofwaardig te maken. Luister nou eens goed. Zo moeilijk is het toch niet om een menselijk skelet met een fractuur die met moderne middelen is genezen, vóór de opgraving op de juiste plek te verstoppen. Of om van de gebruiksaanwijzing van een camera die nog op de markt moet komen één exemplaar te laten drukken en die daarnaast te leggen. Het is ook mogelijk om een radiokoolstofanalyse te vervalsen. Je hoeft alleen degene om te kopen die die uitvoert. Jij hebt met je rare fratsen het hele plan weliswaar behoorlijk in de war geschopt, maar intussen speel je het spel heel goed mee. Desondanks gaat het om niets anders dan leugens en bedrog. Liebermann bewijst dat zeer overtuigend.'
Stephen keek hem nadenkend aan. 'Ik denk dat ik nu weet waar u het over hebt. Een ogenblikje.' Hij nam het dienblad op en bracht de drankjes naar de tafels. Toen hij terugkwam, begon hij aan de volgende bestelling en zei: 'Dat waar u het over hebt, noemen wij de anti-video. Dat is een video waarop soortgelijke scènes te zien zijn als in de echte, maar zo krankzinnig slecht gespeeld, dat iedereen direct doorheeft dat het om bedrog gaat, om waardeloos toneelspel. We weten niet waar deze video vandaan komt, maar we vermoeden dat de rooms-katholieke kerk erachter zit. Deze band is in elk geval in ongelooflijke aantallen in omloop gebracht.'
'Je zou het artikel echt moeten lezen,' zei Eisenhardt.
'Ik geloof niet dat dat nodig is. Het is hetzelfde als met de honderdduizend andere complottheorieën. Dat de *Titanic* helemaal niet is vergaan. Dat Kennedy in opdracht van het leger werd vermoord. Dat Elvis nog leeft. Allemaal heel logisch opgebouwd, tot in de kleinste details, en...

allemaal onwaar.' Uit de tapkraan van de cola kwam weer alleen maar schuim. Stephen haalde met een zucht een fles uit de koelkast en vulde de glazen daaruit. 'De vraag is echter, wie zet zoiets in scène, en vooral: waarom?'

'Liebermann houdt het op Wilford-Smith, maar die kunnen we het niet meer vragen.' De professor was in het voorjaar overleden. Een automobilist had de fietsende professor bij het afslaan niet opgemerkt en omver gereden.

'En waarom zou hij zoiets hebben gedaan?'

'Dat heb ik je toentertijd toch al gezegd. Wilford-Smith was lid van de True Church of Barnford. Dat is een exclusieve, kleine christelijke sekte in Zuid-Engeland die ongeveer sinds de jaren veertig bestaat. De video moest de leer van deze kerk verspreiden en haar rechtmatigheid staven.'

Stephen schudde met een ietwat vermoeide grijns zijn hoofd. 'Nog afgezien van het feit dat deze theorie zulke grote gaten vertoont dat een Greyhound-bus er probleemloos doorheen zou kunnen rijden,' zei hij, 'is het nog altijd zo dat er helemaal geen leer is.'

'Maar waar ben jij dan mee bezig?' vroeg Eisenhardt.

'We komen eenmaal per maand bij elkaar,' Stephen maakte een vaag gebaar, dat deed vermoeden dat achter in het restaurant afgesloten ruimtes voor dergelijke bijeenkomsten waren, 'en bekijken de video.'

'Ja, en?'

'En dan laten we die op ons inwerken. Anders kan ik het niet omschrijven. We blijven ongeveer een uur in stilte zitten, zodat we alles goed in ons op kunnen nemen, en dan bekijken we de video. Dat is alles.'

Eisenhardt keek hem sceptisch aan. 'Dat is alles? Jullie kijken steeds weer naar dezelfde video?'

Foxx glimlachte vaag, een beetje dromerig zelfs. 'Het vergaat mij dan hetzelfde als u bij de Grand Canyon; ik heb het gevoel dat mijn ogen niet alles kunnen bevatten wat er te zien is.'

'Maar wat is er dan te zien?'

'Ik zie erin wat mogelijk is. Ik zie een man die helemaal aanwezig is, die met elke vezel van zijn lichaam op deze plaats, op dit ogenblik leeft, die de beker des levens tot op de bodem leegdrinkt. Als ik hem zie, word ik gestimuleerd om aan mijn eigen beker niet alleen maar te nippen.'

'Maar ze hebben hem gekruisigd,' bracht Eisenhardt hem in herinnering. 'Als hij tenminste diegene is voor wie jij hem houdt.'

Stephen knikte ernstig. 'Ja, omdat ze het niet konden verdragen. Zoveel levenskracht moet een hoop mensen verschrikkelijk jaloers hebben ge-

maakt.'
'Maar is dat niet onlogisch? Je zegt dat het bekijken van de video jou verandert. Dan hadden degenen die hem toentertijd in levenden lijve gezien hebben, nog veel meer moeten zijn veranderd?'
'Wie zegt dat dat niet zo was? Sommigen worden erdoor getroffen, anderen niet. Dat komt u toch zeker ook bekend voor?'
De deur van het restaurant ging open met een zacht, knarsend geluid. Eisenhardt keek vluchtig op. Het was de jongen die tot dan toe bij de bushalte was blijven staan en nu onder het stof en bezweet naar de bar liep. Hij leek onzeker, alsof hij voor het eerst alleen op reis was.
'Er is geen greintje bewijs dat de man op de video daadwerkelijk Jezus is,' zei Eisenhardt halfluid tegen Stephen, om het onderwerp voorlopig af te sluiten zolang ze niet alleen waren.
Stephen knikte slechts, alsof het voor hem volstrekt onbelangrijk was, en wendde zich tot de verlegen voor zich uit kijkende jongeman. 'Kan ik u misschien helpen?'
'Hm,' zei hij. Zijn ogen draaiden weg, zochten achter de bar of op de muur naar een prijslijst, maar hij zag er geen. 'Een kop koffie graag.'
'Een kop koffie; komt eraan.'
Eisenhardt volgde met zijn blik hoe Stephen een kop, een schotel en een servetje pakte, het ensemble onder de koffiemachine zette en op de groen verlichte knop drukte. Terwijl de machine de koffie bereidde, legde Stephen er een lepeltje, koffieroom en een verpakt suikerklontje bij. De discussie die ze tot nu toe gevoerd hadden, leek hem volstrekt niet te irriteren.
'Een kop koffie, alstublieft. Dat is een dollar twintig.'
'Dank u wel.' De jongen streek zijn bezwete haar uit zijn gezicht, pakte het geld uit de zak van zijn spijkerbroek en telde het op de toonbank uit. Stephen bedankte hem, pakte het geld op en sloeg het bedrag op de kassa aan.
'Het speelt totaal geen rol, begrijpt u dat?' zei hij opeens tegen Eisenhardt. Het leek hem niet te deren dat er iemand meeluisterde. 'Of het nu Jezus of Boeddha is of iemand van wie we nooit gehoord hebben, ik zie in hem hoe het leven kan zijn. Dat het er niet om gaat per se iets te bereiken. Dat we niet op deze wereld zijn om anderen te overtroeven en voorbij te streven en op alle renbanen de overwinning te behalen. Het maakt geen verschil of je wint of verliest, niet écht, bedoel ik. Vroeger dacht ik dat het er in het leven om ging een prijs te behalen, figuurlijk gesproken dan. Ik was me daar totaal niet van bewust, maar achteraf

gezien weet ik dat ik dat geloofde. Het was de houding waarbij je zegt: "Als ik eerst maar..." Als ik eerst maar een miljoen dollar bezit, dan... Als ik eerst maar beroemd ben, dan... Steeds maar dan, dan, dan... Ik geloofde dat als ik de echte race maar gewonnen zou hebben, mijn leven zou veranderen in iets anders dan datgene wat het was. In het echte leven namelijk. Dan zou het echte leven beginnen. Maar hoeveel wedstrijden ik ook won, ik kreeg die prijs nooit. Dat "dan" gebeurde nooit. En daarom bleef ik maar doorrennen, stelde mijn doelen steeds hoger. Toen ik aan de race met John Kaun begon, was ik in werkelijkheid vertwijfeld omdat ik al zo veel had bereikt zonder dat de grote verandering zich had aangediend.' Hij keek hem aan. 'Kent u dat ook? Ik stel me voor dat een schrijver erdoor gedreven wordt: door het geloof dat alles anders wordt als je eenmaal een meesterwerk hebt geschreven.'
'Nee,' bromde Eisenhardt. 'Ik schrijf omdat ik het leuk vind.'
Foxx scheen het niet te horen. 'Toen ik de video zag, begreep ik dat het echte leven er al is. Dat dit de hele tijd al het echte leven was. Ik was alleen niet bij machte het waar te nemen, om plezier te scheppen in dat wat ik al bezat. Het leven, het echte, ware leven vond al die tijd al plaats, maar ik had het de hele tijd niet gezien omdat ik het zo druk had. Ik moest eerst zien hoe iemand werkelijk in staat is om van het moment te genieten, vol overgave en met hart en ziel, voordat ik dat kon begrijpen.'
'Nou ja,' zei Eisenhardt terughoudend. 'Dat is een oude levenswijsheid, als ik me niet vergis.'
Stephen keek hem aan terwijl hij met een zucht de doek sierlijk over zijn schouder wierp. 'Ik kan het niet in woorden omzetten. U kunt dat als schrijver waarschijnlijk beter.'
'Maar ik zie niet wat jij ziet.'
'Dat is jammer.' Judith en hij knikten naar elkaar, als twee wetenden die medelijden met de onwetende hadden.
De schrijver had die arrogantie van het vrome volkje nooit kunnen uitstaan. Als er niet nog iemand aan de bar had gezeten, dan had hij... Hij stond op, strekte zijn verstijfde rug en dacht erover na of hij hier echt de nacht wilde doorbrengen. Hij zou zonder twijfel de hele avond bestookt worden met hun ijverige zendingswerk.
'Is de koffie niet goed?' vroeg Stephen aan de blonde jongeman, die met gebogen hoofd boven zijn kop zat en er onophoudelijk in roerde.
'Wat?' Hij keek geschrokken op. 'Nee, alles is in orde, prima.'
'Nou ja, omdat u de hele tijd in uw koffie roert en er niets van drinkt.'

'Nee, het is alleen... Het ligt niet aan de koffie. Dank u.' Er gleed een pijnlijke uitdrukking over zijn gezicht. Om te bewijzen dat er niets met de koffie aan de hand was, nam hij een grote slok. Stephen bleef naar hem staan kijken, maar zei niets.
'Mijn vader en moeder zijn overleden,' zei de jongen uiteindelijk, terwijl hij met een holle blik voor zich uit staarde. 'Vorig jaar, een auto-ongeluk. En vier weken geleden heeft mijn vriendin het uitgemaakt. Het is eh... niet gemakkelijk.'
'Dat spijt me voor je.'
'Ik hoorde net half en half dat jullie het over de zin van het leven hadden.' Hij streek met zijn hand door zijn haar, een eigenwijze lok terugduwend die steeds voor zijn gezicht viel. 'Toen kwam alles weer terug.'
'Hm.' Stephen pakte de droogdoek van zijn schouders en begon de smetteloze bar schoon te maken.
'Sorry dat ik heb meegeluisterd, dat was niet mijn bedoeling.'
'Het geeft niet.'
'De koffie is echt heerlijk.'
'Dank je.' Stephen aarzelde even, wierp snel een zijdelingse blik op Eisenhardt en ging verder met het schoonmaken van de bar. 'Ik kan je iets laten zien. Een video waar je misschien iets aan hebt.'
Zo ging dat dus. Eisenhardt meende enig wantrouwen in de ogen van de jongeman te zien. Gezond wantrouwen, vond hij.
De jongen toverde een dappere glimlach op zijn gezicht en schudde zijn hoofd. 'Dank je, maar ik moet met de volgende Greyhound naar L.A.'
'Vanavond komt er nog een bus.'
'Ja, maar dan mis ik mijn vliegtuig.'
'Aha.' Stephen tilde de doek op, liet hem uit elkaar vallen en vouwde die weer op. Hij begon weer schoon te maken. 'Waar gaat de reis naartoe?'
'Naar Israël.'
Stephen leek een soort schok te krijgen van dat woord. Hij hield op met schoonmaken en Eisenhardt meende te voelen hoe zijn nekharen overeind gingen staan. Dit was toch wel enorm toevallig.
'Naar Israël.' Stephen ging weer verder. 'Klinkt geweldig. En waarheen in Israël?'
'Overal. Een rondreis, veertien dagen dwars door het hele land, alle mogelijke heilige en historische plaatsen bekijken.' Hij probeerde te lachen, maar het klonk gekweld en de blonde lok viel weer voor zijn gezicht. 'Ik weet niet hoe ik ertoe ben gekomen, ik bedoel... ik heb eigenlijk nooit veel interesse voor religie of iets dergelijks gehad... zelfs niet toen mijn

ouders... Er lag een brochure bij ons in de supermarkt. Geen idee waarom die brochure me zo aansprak, maar ik dacht: ach, waarom ook niet?'
Het leek alsof hij het allemaal nogal pijnlijk vond.
Stephen dompelde de doek weer in het water en wrong die zorgvuldig uit. 'We hebben af en toe toeristen uit Israël die Arizona willen bezichtigen. De Grand Canyon en zo.' Hij hing de doek op een verchroomde stang. 'Jij bent de eerste waarbij het omgekeerde het geval is.'
'Denk je dat ik op de vlucht ben?'
'Nee, dat denk ik niet, het zal je goed doen om in een nieuwe omgeving te komen.'
Dat antwoord leek hem goed te doen. 'Ja, ik ben echt benieuwd. Ik bedoel, het is eigenlijk te gek voor woorden, maar ik ben nooit eerder ergens geweest. Nou ja, behalve dan naar Disneyland met mijn vader en moeder. En ik ben eens wezen skiën, maar toen heb ik mijn been gebroken. En nu vlieg ik helemaal naar Israël. Maar weet je, ik ben echt heel benieuwd.'
'Dat geloof ik graag.'
'Ik wil vooral graag weten, hoe het op de eeuwenoude historische plaatsen is,' vertelde de jongen, die nu echt enthousiast begon te worden. 'Weet je, mijn moeder had een spreuk. Ze zei altijd: geschiedenis is wat in de boekjes staat. In werkelijkheid merk je het niet als je door de adem van de geschiedenis wordt beroerd. Ik wil wel eens zien of dat waar is.'
De lucht leek ineens te prikkelen als champagne. Toen Eisenhardt zag dat Stephens ogen onnatuurlijk groot werden, wist hij dat hij zich precies herinnerde wat hij hem over de inhoud van de tweede brief had verteld.
Het kopje in zijn hand voelde plotseling onnatuurlijk aan en leek vloeibaar te willen worden.
'Ik heb nog iets geks meegemaakt.' De blonde jongeman legde zijn schoudertas op de bar. Hij was nu niet meer te stuiten. 'Ik heb zelfs speciaal voor deze reis een videocamera gekocht, gloednieuw. Weet je, ik heb in mijn hele leven nog nooit iets nieuws gekocht, in elk geval niet zoiets. Ik koop altijd tweedehands auto's, gebruikte stereo-installaties, televisies via een garageverkoop en zo... En nu heb ik zomaar vierduizend pegels neergeteld voor zo'n waanzinnig iets, een MR-01 van Sony. Hoe vind je zoiets?'
'Ja,' zei Stephen met een stem die plotseling wat zielig klonk. 'Ik heb dat wel vaker gehoord.'
'Het nieuwste van het nieuwste, volgens de verkoper. Superkwaliteit en

kinderlijk eenvoudig te bedienen. Ik ben benieuwd. O, ik geloof dat de bus eraan komt.'
Op dat moment stopte buiten de grote, zilverkleurige Greyhound-bus, sissend en snuivend als een grote draak. Er stapten mensen uit en overal in het restaurant stonden anderen op, pakten hun koffers, rugzakken en draagtassen en snelden naar de uitgang. De jongen pakte zijn schoudertas en zijn kledingzak, knikte ten afscheid nog eens naar hen en vertrok ook. De deur zwaaide met een zacht knarsend geluid voor hem open en achter hem weer dicht en bleef daarna nog even in de scharnieren heen en weer bewegen. Eisenhardt zette zijn kopje terug. Het maakte een klakkend geluid. Het was weer een heel normaal kopje. Alsof het een heel normaal moment was, net als alle andere momenten waaruit het leven bestaat.
'Hé,' zei Judith zacht.
Ze keken elkaar met grote ogen aan. Daarna draaiden ze zich naar het grote raam toe, alsof het afgesproken was. De blonde jongen had zijn buskaartje al in zijn hand. Hij stond helemaal achteraan in de rij. Woorden waren overbodig. Ze stonden op en liepen naar de jongen toe, door de draaideur die ook bij hen een zacht knarsend geluid maakte. Naast elkaar, terwijl hun schoenen op de zanderige bodem knarsten, liepen ze op hem toe. Ze liepen steeds sneller, uiteindelijk zelfs in looppas, om de jongen nog te treffen voordat hij in de bus zou stappen.
'Hé!' riep Stephen, zijn hand naar hem uitstrekkend. 'Goede reis!'
De jongen met de schoudertas keek hem verbaasd aan. 'Dank je wel.'
'Ik wilde alleen even zeggen... Mijn naam is Stephen Foxx. Ik wens je het allerbeste.'
'Mijn naam is John,' zei de jongen, de lok voor de zoveelste keer uit zijn ogen strijkend. 'Dank je wel.'
'John, en verder?'
Heel even flikkerde er wantrouwen op in zijn ogen. 'Dat doet er toch niet toe,' zei hij. 'Gewoon John, oké?' Hij stak nog eenmaal zijn hand kort op en stapte de bus in.
Ze zagen hem door de getinte ruiten van de bus naar achteren lopen, terwijl het voorportier hevig sissend sloot en de enorme, naar diesel stinkende bus zich langzaam met dreunende motor in beweging zette. Ze keken hem na tot hij achter de horizon was verdwenen.
'Ik weet niet meer wat ik moet denken,' zei Eisenhardt.
Stephen Foxx wierp hem een onderzoekende blik toe. 'Dat was hem, niet?'
De horizon glinsterde, alsof die hun een spottende grijns wilde toewer-

pen. Niets was meer echt. Als hij zijn blik van het zilveren puntje in de verte afwendde, zou de wereld ophouden te bestaan en het einde der tijden aanbreken.
Zo'n gevoel moest het zijn als je krankzinnig werd. Als je de vaste grond onder je voeten verloor.
Of als je de grond voor het eerst echt voelde.
'Ja,' knikte hij. 'Het verhaal begint.'

Lees ook van Karakter Uitgevers B.V.

ANDREAS ESCHBACH

De erfenis van Fontanelli

John Salvatore Fontanelli is een arme sloeber, totdat hij een ongelooflijke erfenis in zijn schoot geworpen krijgt: een vermogen dat een verre voorvader in de 15^e eeuw nagelaten heeft en dat door samengestelde rente in 500 jaar tot een biljoen dollar is uitgegroeid.
Het testament bevat echter een raadselachtige profetie: de erfgenaam van dit vermogen, zo voorspelt het, zal ooit de mensheid haar 'verloren toekomst' teruggeven.

Johns leven verandert van het ene moment op het andere. Hij moet zich laten omringen door bodyguards en onderhandelt met ministers en kardinalen. De mooiste vrouwen werpen zich aan zijn voeten. Maar kan hij nog iemand vertrouwen?
En dan komt hij in contact met een vreemdeling die beweert precies te weten wat er met de erfenis gedaan moet worden...

De erfenis van Fontanelli is een thriller die de lezer terugvoert naar een mysterieus verleden en hem uiteindelijk een apocalyptische ontknoping laat meemaken. Opnieuw een bestseller van de auteur van *Het Messias-mysterie*!

'Spannend, provocerend, tot nadenken stemmend, slim en romantisch. Een originele vijf-sterren thriller zoals je die zelden tegenkomt...' – *www.crimezone.nl*

ISBN 978 90 6112 014 8

Lees ook van Karakter Uitgevers B.V.

ANDREAS ESCHBACH

De Nobelprijs

Op de luchthaven van Milaan stort een vliegtuig van Scandinavian Airlines neer met aan boord drie leden van het comité dat verantwoordelijk is voor de Nobelprijs voor geneeskunde. Vlak vóór de stemming brengt een onbekende een bezoekje aan het kantoor van professor Hans-Olof Andersson, eveneens lid van het comité, en biedt hem veel geld om op een bepaalde kandidaat te stemmen; een aanbod dat hij verontwaardigd afwijst. Kort daarop wordt zijn 14-jarige dochter Kristina ontvoerd met als doel de keuze van Andersson op deze wijze te chanteren.

In eerste instantie wendt Hans-Olof zich tot de politie, maar hij ontdekt tot zijn ontzetting dat hij hiervan geen hulp te verwachten heeft. Dan wendt hij zich tot een ambitieuze, jonge journalist, die een paar dagen later onder mysterieuze omstandigheden om het leven komt... Ten slotte kan hij nog maar één uitweg bedenken: de hulp in te roepen van zijn zwager Gunnar Forsberg, die echter al geruime tijd in de gevangenis zit voor inbraak en bedrijfsspionage...

In *De Nobelprijs* wordt de lezer gevangengenomen in een net van leugens en bedrog en volgt hij de hoofdpersoon op zijn genadeloze weg naar een superverrassend einde.

ISBN 978 90 6112 055 1

Lees ook van Karakter Uitgevers B.V.

ANDREAS ESCHBACH

De rijkdom van Saoed

De mensheid staat voor een grote uitdaging.
De aardolievelden raken uitgeput.
Het einde van de wereld die wij kennen, dient zich aan.

Markus Westermann wil het maken – in de Verenigde Staten, het land van de onbegrensde mogelijkheden. En als hij Karl Walter Block leert kennen, lijkt zijn kans gekomen. Want deze oude oliedeskundige beweert dat er in de diepten van de aarde nog genoeg aardolie voor de komende duizend jaar verscholen ligt – en dat alleen hij de methode kent om deze op te sporen. Hij heeft alleen nog maar een zakenpartner nodig. Iemand als Markus.

Maar al te bereidwillig gelooft de wereld de beloftes van dit duo. En na de eerste successen kan zelfs gesproken worden van de renaissance van het aardolietijdperk. Maar schijn bedriegt.

Als in Saoedi-Arabië het grootste olieveld ter wereld uitgeput raakt en de Saoedi's er alles aan doen deze verbijsterende waarheid te verbergen, leidt dat niet alleen in het Nabije Oosten tot onlusten. De mensheid staat plotseling voor haar grootste uitdaging. Het einde van de wereld die wij kennen, dient zich aan. En alleen Markus is ervan overtuigd dat het roer nog éénmaal omgegooid kan worden...

ISBN 978 90 6112 286 9

BLADER SNEL DOOR VOOR EEN UITGEBREIDE VOORPUBLICATIE VAN DEZE ANGSTWEKKEND REËLE THRILLER!

VOORPUBLICATIE

Andreas Eschbach

De rijkdom van Saoed

DE MENSHEID STAAT VOOR EEN GROTE UITDAGING.
DE AARDOLIEVELDEN RAKEN UITGEPUT.
HET EINDE VAN DE WERELD DIE WIJ KENNEN, DIENT ZICH AAN.

Andreas Eschbach – De rijkdom van Saoed (Ausgebrannt)
Paperback, 550 pag
ISBN 978 90 6112 286 9
Prijs: € 19,95
Verschijnt: oktober 2007

Proloog

Zelfs met de laatste druppel benzine kun je nog accelereren. Alleen had Markus Westermann niet in de gaten dat hij op het punt stond vaart te meerderen. Hij reed op Highway 80, vlak na de brug over de Susquehanna, en het enige wat hij wilde, was de truck met aanhanger in te halen die constant met zevenenveertig mijl per uur voor hem reed. Daarom stuurde hij naar de linkerbaan. Het regende en hij hield zijn mobieltje tegen zijn oor.

'Stop, stop, luister even!' riep hij. 'Niet ophangen. Gelooft u me nou maar, mister Taggard wacht op mijn telefoontje.'

'Zou kunnen,' zei de vrouwenstem aan de andere kant van de lijn. 'Maar hij is er vandaag niet, zoals ik al zei.'

De ruitenwissers hadden moeite de waternevel te verwerken die achter de reusachtige banden van de truck opstoof. Markus' blik viel op de snelheidsmeter. Rustig aan, hield hij zichzelf voor. Je mocht hier vijfenvijftig mijl per uur. De politie zocht hem. Het was volstrekt onnodig om in de gaten te lopen door te hard te rijden.

'Luistert u eens,' zei hij, 'ik weet dat u in werkelijkheid geen handelsonderneming in Amerikaans fruit en groenten bent. Mister Taggard is ook geen salesmanager. Maar hij heeft gegarandeerd een telefoon in zijn zak...'

'Zijn mobiele nummer is geheim en...'

'Ja, natuurlijk. Maar mevrouw, ik weet dat mijn naam in zijn adresboek staat. Met daarbij de opmerking dat ik op elk moment doorverbonden moet worden.'

Er leek geen eind aan de truck te komen. Accelereerde die vent nu, zodat hij niet kon passeren? Waarom dat nu weer? Markus drukte het gaspedaal dieper in. 'Kijkt u het nog eens na, alstublieft. Het is echt heel belangrijk.'

Ze mompelde iets, waarna hij het getik van een toetsenbord hoorde. Eindelijk. In zijn binnenspiegel zag hij een idioot die hem op de linkerbaan met grote vaart naderde en al van verre met zijn lichten knipperde. Markus Westermann gaf gas, maar de auto reageerde niet. Zijn rug werd niet tegen de rug van zijn stoel aan gedrukt. Er gebeurde helemaal niets toen hij het gaspedaal tot op de bodem indrukte. En de auto klonk eigenlijk ook niet zoals die zou moeten klinken...

Plotseling begreep Markus tot zijn schrik dat hij alleen nog maar de banden hoorde die over het asfalt rolden, maar geen motor meer.
'Mister Westman?' klonk het uit de telefoon. 'Ik verbind u nu door met mister Taggard.'
'Ik bel terug.' Markus liet de telefoon op de passagiersstoel vallen, pakte snel het contactsleuteltje beet, draaide het om en hoorde de startmotor. Maar de motor sloeg niet aan.
De brandstofmeter. Wel verdomme! Hij had altijd al geweten dat die kapot was en zomaar wat aanwees. Wat een elektronische troep. Maar de meter had nu op halfvol gestaan; halfvol verdomme! Hoe kon die nu eerst halfvol aangeven en dan...
Had hij de dagteller op nul gezet toen hij de laatste keer getankt had? Nee, verdomme! Er zat gewoon geen druppel benzine meer in de tank. Precies op het juiste moment. De eindeloos lange, witglanzende truck, waar geen eind aan leek te komen, reed ongestoord verder, zoals de maan zijn baan in de hemel vervolgde. Logisch, want de chauffeur had niet in de gaten dat er iets niet klopte. Hoe kon die dat ook weten?
De auto achter hem kwam steeds dichterbij. Het was een dikke rode terreinwagen met een hele batterij koplampen op de bullbar. En de chauffeur wist daar wel weg mee, echt geweldig.
'Mark?' klonk het nu uit de telefoon. 'Ben jij dat?'
Grote klasse.
'Yes, shit!' schreeuwde Markus, terwijl hij remde. Hij had nog veel meer willen zeggen, bijvoorbeeld dat hij in een uiterst penibele situatie verkeerde en zijn handen vol had, maar op dat moment wist hij absoluut niet hoe hij dat in het Engels moest formuleren.
Remmen! Hij omklemde het stuur zo stevig dat het pijn deed. Geen paniek, hield hij zichzelf voor, zoals mensen reageren die op het punt staan in paniek te raken. Hij hoefde alleen maar vaart te minderen en achter de truck weer in te voegen, en daarna rustig naar de kant van de weg uitrollen en stoppen. Geen probleem, want de rem deed het tenslotte nog.
'Mark, wat is er? Ik hoor jou wel, waar zit je?'
Toch nog een probleem. De truck denderde door, maar op een of andere manier had Markus zoveel vaart verloren dat hij al bijna stilstond. Van pure schrik had hij te hard geremd. Was dat de oorzaak? En die halve gare achter hem leek wél zijn lichthendel te kunnen bedienen, maar niet zijn rem.
Markus sloeg op het stuur, hamerde er met zijn vuist op, schreeuwde

'Shit, shit, shit!' en schudde met zijn bovenlichaam heen en weer alsof hij de auto op die manier nog vooruit kon dwingen.
'Mark, wat is er aan de hand?'
De idioot in de rode terreinwagen zou toch eindelijk wel eens remmen? Lieve god, ja, nu schoot het hem weer te binnen! Er was een trucje voor dergelijke situaties... hoe zat het ook alweer? Precies, met de startmotor! De startmotor laten draaien en dan de koppeling laten opkomen. Markus greep het contactslot beet.
Op dat moment werd hij geramd door een moorddadiger kracht dan hij ooit ervaren had. De wereld viel in wervelende bewegingen uiteen, in pijn, in een kakofonie van gierend, scheurend metaal. Vaag drong het tot hem door dat hij tegen een andere auto aan botste. Daarna werd alles zwart.

De twee minaretten van de Grote Moskee staken loodrecht de hemel in. Ze wierpen slechts een korte schaduw. Als vermanende vingers, dacht de oude man.
Ze stonden bij het raam en keken omlaag naar het grote voorplein, waar een man op de grond knielde. Hij had een blinddoek voor en zijn handen waren op zijn rug vastgebonden. Hij ademde paniekerig. Dat kon je zelfs van hierboven nog zien.
Het vrijdaggebed was voorbij. Steeds meer gelovigen verlieten de Grote Moskee om hun bezigheden te vervolgen, behalve degenen die de executie wilden bijwonen. Het waren er meer dan anders. Ze leken te vermoeden dat er vandaag geen ordinaire moordenaar of verkrachter onthoofd werd.
'Ik had liever dat ze hun kinderen niet lieten toekijken,' mompelde de grijze prins. 'Dit is niet voor kinderen.'
De man naast hem, de politiecommissaris van Riyad, streek kuchend door zijn baard. 'Er zijn geleerden die een andere mening hebben.'
'U hebt het nu over Al-Schammari, neem ik aan. Al-Schammari is een oude man.'
'Hij zegt dat het verschrikkelijke beeld van de terechtstelling kinderen ervan kan weerhouden later zelf misdadigers te worden.' Het was duidelijk dat de commissaris deze mening deelde.
'Mogelijk, maar ik betwijfel het.'
'*Sjaikh*!' riep de ander, die zich niet kon bedwingen. 'Deze man heeft drugs verhandeld! U hebt toch zeker geen medelijden met zo iemand?'
Een moment lang had prins Aboe Jabr Faroeq Ibn Abdoelaziz Al-Saoed

het onbestemde gevoel dat de commissaris hem iets op de mouw speldde. Maar dat was uiteraard ondenkbaar.
Hij schudde misnoegd zijn hoofd. 'Ik maak me slechts zorgen om de zieltjes van de kinderen, dat is alles. De kinderen zijn onze toekomst.'
Beneden op het plein ging de beul achter de misdadiger staan. Hij droeg riemen die kruiselings over zijn borst bevestigd waren. De kling van zijn zwaard glinsterde in het zonlicht.
'Waar kwam die man vandaan, zei u? Uit Cyprus?'
'Ja,' zei de commissaris ernstig. 'Een Cyprioot. Hij was student aan de Koning Fahd-academie en was lang genoeg in het land om Gods wetten te kennen.'
Eén houw met het zwaard, bijna sneller dan het oog kon zien, en het lichaam van de veroordeelde viel voorover, terwijl zijn hoofd wegrolde en tegen een betonnen wand belandde. Er klonk een collectieve luide zucht. Het bloed spoot enkele ogenblikken lang uit de hals en vloeide in het zand, totdat het hart niet meer klopte.

Het Jet Rock-café in de centrale terminal van de luchthaven La Guardia had een groot raam van bruin glas met uitzicht op straat. Het rook naar frituurvet en uien en het was druk bij de kassa. Niemand lette op de twee geheel verschillende mannen die naast elkaar op barkrukken aan het raam zaten, ieder met een blad met een cheeseburgermenu voor zich.
Een van hen, een magere, bruinverbrande man van rond de vijftig, zat met gedempte stem en een pijnlijke blik te praten, terwijl hij zijn hamburger verorberde. Wat hij zei, werd overstemd door karakterloze muziek, onderbroken door mededelingen en *last calls*, en was aan het tafeltje ernaast al niet meer te verstaan.
De ander raakte zijn blad niet aan en luisterde alleen maar. Hij leek op een voormalige footballprof. Alleen de priesterkraag die onder zijn parka zichtbaar was, paste daar niet bij.
'Dit verstoppertje spelen kan niet lang goed gaan,' zei hij, toen de ander eindelijk zweeg.
'Natuurlijk niet. Het is pure wanhoop.'
'Hoe lang nog? Wat denkt u?'
De magere man pakte zijn papieren servet en veegde zijn mond en vingers af. 'Twee weken. Hoogstens. Eerder minder.'
'Dat betekent dat het moment waarop we ons voorbereid hebben aangebroken is.'

De man met de brede schouders knikte. 'Het was goed dat u me gebeld hebt, ook al was het nog verdomd vroeg in de ochtend.'
'Het kon niet anders.'
'U hoeft zich niet te verontschuldigen.'
'Ik had niet verwacht u hier te ontmoeten. Ik wist niet dat u net in New York was.'
'Dat is het werk van de Heer, mijn zoon. De laatste stop op mijn lezingenreis.'
De magere man zocht naar woorden. '*Reverend...* Eerlijk gezegd heb ik het toentertijd niet willen geloven, maar u had gelijk.' Hij haalde een envelop uit zijn jaszak. 'Dit is mijn ontslagbrief. Ik neem die mee naar Washington en doe hem daar op de bus. En dan ga ik pakken, want ik wil vanavond nog weg.'
'We wachten op u.'
'Daarom wilde ik u spreken. Het is een risico mij in de gemeenschap op te nemen, dat moet u goed begrijpen.'
'Ze zullen echt niet meer serieus naar u gaan zoeken,' zei de man die door de ander *reverend* genoemd was. 'Niet zolang het eind van de wereld aanstaande is.'

1

Verleden

New York! Het leek wel alsof je in een andere wereld aankwam, een wereld die meer licht uitstraalde, groter was en veel meer energie bevatte dan het duistere, vermoeide Europa, waar Markus vandaan kwam.
Hij ontwaakte alsof iemand hem zachtjes aan zijn arm schudde en nogmaals zei: 'Markus! We zijn er!'
Hij keek omhoog en zag fel daglicht door het raam naar binnen stromen, keek naar het glinsterende water en meende het silhouet van een stad te zien, een ongelooflijke stad aan de horizon. New York. 'Nog niet helemaal,' mompelde hij slaapdronken.
Het volgende moment raakte hij vervuld van zo'n geluksgevoel dat hij wel had kunnen juichen. 'Maar wel bijna!' riep hij, terwijl hij de man in de stoel naast hem aankeek. Het was de Italiaan in hun team, een sympathieke magere man van zijn leeftijd, die vloeiend Engels sprak, maar wel met een grappig accent.
De stewardess deelde groene papiertjes uit. Het waren formulieren voor de immigratiedienst, waarop je met je handtekening moest bevestigen dat je geen drugs smokkelde, niet van plan was de president te vermoorden enzovoort. Allemaal zaken die geen mens vrijwillig wilde toegeven, vooral niet als hij zoiets werkelijk van plan was.
Markus had nauwelijks overal 'Nee' aangekruist of het vliegtuig begon aan de landing, die verbazend zacht verliep. Alom bleke, doorwaakte gezichten toen iedereen zich gereedmaakte om uit te stappen. Markus voelde zich daarentegen uitgeslapen en vol energie; hij had zelfs sinds lange tijd niet meer zo goed geslapen.
Ze verlieten het toestel via een slurf die zijn beste tijd allang had gehad, met een wand die op de naden roestte en een vloer die tot op het metaal eronder afgesleten was. Was dat belangrijk? Feit was dat dergelijke voorzieningen op JFK allang gebruikelijk waren toen je overal elders nog in weer en wind het platform over moest lopen.
Bij een van de scharnieren van de slurf stond een deur open. Er drong een sterke benzinegeur naar binnen (kerosine, corrigeerde Markus zichzelf), evenals het geraas van de stationair draaiende motoren en een intense, overweldigende hitte. Na een nacht in de koele, synthetisch ruikende lucht aan boord van het vliegtuig leek de adem van het land dat

hij zou gaan veroveren hem op dit moment tegemoet te slaan. Ja, het was de vurige adem van een draak!
De passagiers stonden in lange, slingerende rijen voor de controle van de immigratiedienst te wachten en keken toe hoe bewapende functionarissen in uniform met metaaldetectors in de weer waren. De rij schoot maar langzaam op. Je moest vooral niet op de klok kijken, dat leidde maar tot ergernis. De hokjes van staal en glas kwamen stap voor stap dichterbij. Op zeker moment was het zover, zoveel was zeker. Was het belangrijk te weten wanneer precies?
In deze minuten of uren gebeurde het. Op een magisch moment viel Markus' blik op het bordeauxrode paspoort in zijn handen, op het groene papiertje dat erin zat en op de eerste regel daarop: UNITED STATES OF AMERICA.
Toen hij die woorden zag, leek er een elektrische schok door hem heen te gaan. Een ogenblik lang leken alle geheimen en raadsels ter wereld voor hem ontsluierd te zijn en een van die geheimen leek te zijn dat er geen indrukwekkender en invloedrijker reeks letters bestond dan deze. De rug voor hem schoof weer iets naar voren. Hij moest aansluiten en daarmee was het magische moment voorbij. Maar de woorden stonden nog altijd op het papier en bleven maar naar hem oplichten.
Bij de hoofduitgang vielen hem vier mannen in livrei op in de mensenmassa die bordjes met het opschrift LAKESIDE AND ROWE omhoog staken. Hij moest wachten tot ze allemaal de controles gepasseerd waren en het team compleet was. Op een parkeerplaats in de buurt stonden vier zwarte verlengde limousines te wachten. Zonder het echt te geloven, merkte iemand op dat ze daarmee naar de stad gebracht werden. De mannen in livrei hoorden het en vertrokken geen spier, maar het bleek inderdaad het geval. Het team bestond uit zestien mensen; dat paste precies.
Het leek wel een film. Ze reden op de grijze skyline aan de horizon toe, passeerden een brug en zoefden eindelijk Manhattan in, tussen wolkenkrabbers door die echt zo hoog waren als hij zich altijd had voorgesteld en langs mensen in alle huidskleuren die er op aarde voorkwamen. Overal fietsen en de gele taxi's die hij uit zoveel films kende. En bussen natuurlijk. Er lag een zilveren, onwerkelijke glans over alles; misschien waren het uitlaatgassen of was het gewoon nevel die belicht werd door de zon, die hier onverwacht heet en fel scheen. New York, lieve hemel, het was hem gelukt! Hij was waar hij thuishoorde: in de hoofdstad van de wereld, het centrum van alles, daar waar het hart van de moderne beschaving klopte.

De wolkenkrabbers werden steeds hoger, de straten smaller: Upper Manhattan. Het hoofdkantoor bleek een grijs, hoekig gebouw uit het eind van de negentiende eeuw en leek in het echt kleiner dan op de foto's in de brochures. Maar er was een eigen oprit, de limousines stopten onder een degelijke luifel en de deuren werden voor hen geopend. De Amerikanen hadden een groot gevoel voor show. Als het om uiterlijk vertoon en effectbejag ging, hoefde je ze niets wijs te maken.
Ze werden op zo'n wijze naar boven gebracht dat ze het idee kregen belangrijke staatsgasten te zijn. Boven bij de lift werden ze begroet door Irving Young in eigen persoon, de chef Human Resources. Hij werd vergezeld door enkele hoofden van diverse regio's en markten, en door de openstaande deuren kon Markus een blik in de kamers werpen: ronduit schitterend. Hoe zou hij met zo'n panorama ooit kunnen werken? De skyline van Manhattan, een zilverkleurige rivier die in de zon glansde... Hij kon nauwelijks wachten.
Nu ben ik waar ik thuishoor, schoot het door zijn hoofd. Hij kon onmogelijk luisteren naar alles wat Young vertelde, te meer omdat zijn toon uitgesproken verveeld was.
Eindelijk gingen ze verder, een trap op naar een ontvangstruimte, waar champagne en hapjes klaarstonden. Aan de muren hingen illustraties uit het laatste jaarverslag. Er was een lessenaar neergezet, dus waarschijnlijk volgden er nog meer toespraken.
Tot Markus' verrassing verscheen even later de grijze Simon Rowe, de laatste van de generatie oprichters, die, hoewel al ver in de negentig, nog altijd voorzitter van de raad van commissarissen was. Hij liet zich de kans niet ontnemen iedereen de hand te schudden. Het verhaal ging dat hij 's ochtends zo vroeg op kantoor kwam dat hij de nachtportier nog gedag kon zeggen. Dankzij het werk was hij nog altijd in leven, zei hij altijd. Als deze uitleg in de media opdook, werd er vrijwel altijd bij vermeld dat Rowes partner Eric W. Lakeside, die zich al op de jeugdige leeftijd van zevenenvijftig jaar uit de zaak teruggetrokken had om te golfen, rozen te kweken en met zijn zeiljacht voor de kust van Florida te cruisen, op zijn drieënzestigste was overleden.
Rowe daarentegen, die de eerste module van het softwaresysteem waarmee ze de financiële wereld verblijd hadden hoogstpersoonlijk geschreven had – in COBOL zelfs – leefde nog steeds. Met grote moeite beklom hij het lage platform waarop de lessenaar stond. Hij keek in het rond, vouwde een blad papier open dat eruitzag alsof hij het al decennia bij zich droeg en hield een toespraak waarin hij benadrukte dat ze zich ge-

lukkig mochten prijzen voor het beste bedrijf ter wereld te mogen werken. De pathos lag er nogal dik bovenop, maar dat was typisch Amerikaans; Markus zag hoe de Fransman in hun team zijn neus optrok, maar het gebaar op zich was toch indrukwekkend.

Toen iedereen dacht dat hij klaar was – een begrijpelijke veronderstelling, omdat hij de tekst van zijn toespraak langzaam weer dichtgevouwen had en in zijn colbert had gestopt – boog de oude man zich naar de microfoon toe en zei: 'Denk eraan, dames en heren, dat geld de wereld regeert. Dat geldt vandaag nog meer dan vroeger. De financiële instituten, de banken, investeringsfondsen enzovoort – onze cliënten dus – bezitten een onvergelijkbare macht. En dat is niet de macht van de geweerlopen, maar een geweldloze, subtiele, maar des te effectievere macht. Macht betekent echter ook verantwoordelijkheid. De besluiten die onze cliënten nemen, beïnvloeden het leven van miljoenen mensen. Vele van deze besluiten berusten op gegevens die door onze software geleverd worden. En de verantwoordelijkheid voor de nauwkeurigheid en waarheidsgetrouwheid van al deze gegevens ligt bij ons. En wat uw project betreft ligt die bij u. Weest u zich daarvan altijd bewust.' Hij knikte met zijn grotendeels kale, slechts door enkele witte haren omlijste schedel. 'Dank u wel.'

De bejaarde baas stapte onder applaus van het podium af. Opeens was het gebeurd met de verwelkomende stemming. Halflege champagneglazen werden weer op tafel gezet en de belegde broodjes, kaasblokjes en vleesballetjes zagen er opeens niet meer zo lekker uit. Ten slotte hield Markus het niet meer uit. Hij vroeg onomwonden waar ze hun bureaus konden vinden.

'O,' zei Young, een man met lavendelblauwe ogen en een lachje dat op zijn gezicht gebeiteld stond, 'niet hier.'

De ontwikkelingsafdeling, kreeg Markus tot zijn enorme teleurstelling te horen, bevond zich niet meer in het Lakeside and Rowe Building, maar in het gebouw van de technische service USA-Oost in Pennsylvania, in een plaats met de onwaarschijnlijke naam Paradise Valley. Dat was al een halfjaar het geval en uit kostenoverwegingen zo ingesteld. Maar het was daar erg mooi en de ontwikkelaars waren er heel gelukkig. Pocono Mountains was een geweldig oord en niet meer dan honderd mijl van New York vandaan.

'Honderd mijl?' hoorde Marcus zichzelf herhalen.

'Ongeveer,' knikte het hoofd Human Resources. 'Het kunnen er ook een paar meer zijn.'

En dus gingen ze met de lift weer naar beneden. Werkelijk, naast vrijwel elke knop prijkte het naambordje van een ander bedrijf. Dat was Markus in de lift naar boven geheel ontgaan. Lakeside and Rowe bezette alleen nog maar de twee hoogste etages.
Toen ze weer buiten stonden, waren de limousines verdwenen; in plaats daarvan stond er een grijze bus op de oprit. Enkele zwarte bedienden in blauwe overalls waren bezig hun koffers in te laden.
'De huren in New York zijn sowieso onbetaalbaar,' zei de Italiaan toen ze instapten. Silvio heette hij, Silvio Damiano. Je kon merken dat hij probeerde zijn teleurstelling voor zichzelf weg te redeneren. 'Ik heb gehoord dat sommigen voor een eenkamerwoning met toilet op de gang evenveel huur betalen als een vierkamerwoning in Rome kost. In Rome!'
'Ja,' knikte Markus grimmig. 'Maar dat zouden ze niet betalen als ze het niet geweldig vonden om in New York te wonen.'
Silvio liet zich op een vrije stoel vallen en leek er geen bezwaar tegen te hebben dat Markus naast hem ging zitten.
'Paradise Valley,' zei de magere Italiaan. 'Dat klinkt als "einde van de wereld".'

Het project bestond er simpelweg uit LR-8, het nieuwe softwaresysteem, dat aan het eind van het jaar op de markt gebracht moest worden, te lokaliseren.
Dat betekende dat alle programma's zo aangepast moesten worden dat ze in het betreffende land te gebruiken waren. Daarvoor moesten bijvoorbeeld in alle formulieren, menu's en resultaatschermen de overeenkomstige Duitse, Italiaanse en Franse begrippen ingevoerd worden. Verder moest gecontroleerd worden of de juiste datumformaten en getalnotaties gebruikt werden. De gebruikershandleidingen en helpfuncties moesten vertaald worden, opleidingsboeken samengesteld enzovoort. Maar het belangrijkste was de software aan de van toepassing zijnde wettelijke voorschriften aan te passen. Omdat aan versie 8 talrijke nieuwe modules waren toegevoegd, vormde dit het grootste deel van deze opdracht. Hiervoor moesten ze regelmatig met juristen en fiscaal deskundigen communiceren, hun informatie in wijzigingsvoorstellen verwerken, met de eigenlijke ontwikkelaars spreken en ten slotte het werk van de laatsten nog eens controleren. Alle veranderingen moesten in de handboeken worden verwerkt en vanzelfsprekend ook in de algemene documentatie.

De lokalisering van een programma was een verantwoordelijke en complexe taak, waarvan de kwaliteit de afzetmogelijkheden in een markt in hoge mate bepaalde. Bij Lakeside and Rowe Inc. was het gewoonte dit werk niet aan programmeurs toe te vertrouwen, maar uitsluitend aan verkoopmedewerkers, die de wensen en behoeften van hun cliënten kenden. Zes maanden was voor dit project tamelijk krap. Ze zouden als waanzinnigen moeten bikkelen om gereed te zijn als het tijd was om weer naar huis te vliegen. Dat lokaliseringen zo arbeidsintensief bleken te zijn, was alom bekend. Toch was dit een geliefd karwei, want omdat je automatisch als onbetwist specialist voor de versie in een bepaalde taal werd beschouwd, leverde dat een uitstekend carrièreperspectief op.
Markus Westermann had echter andere plannen. Hij was in het land van zijn dromen aangekomen en was niet van plan het weer te verlaten. In elk geval niet na afloop van de zes maanden. En hij was al helemaal niet van plan om naar Duitsland terug te keren.

Heden

Hij kwam tot zichzelf, zag licht, hoorde stemmen en zonk weer in de zalige duisternis weg. Maar uiteindelijk was hij in staat zijn ogen te openen en rond te kijken. Verward zag hij dat hij in een wit ziekenhuisbed lag en dat het naar desinfecterende middelen rook. Opeens schoot hem weer te binnen wat er gebeurd was. Hij voelde geen pijn.
Hij hief zijn handen op. Geen probleem. Een van zijn onderarmen was verbonden; tussen de lagen verband verdween een doorzichtig slangetje. Voorzichtig betastte hij zijn gezicht. Verband, pleisters. Waarschijnlijk zag het er niet goed uit. Maar het leek erop dat hij al zijn ledematen nog bezat. Een geluk bij een ongeluk.
Er kwam een zuster binnen die glimlachend en zonder iets te zeggen het vloeistofpeil in een doorzichtige zak boven zijn hoofd controleerde. Hij vroeg haar moeizaam hoe lang hij hier al lag, waarop ze met een Russisch of Pools accent antwoordde: '*Sorry. I don't speak English.*'
Hij keek haar niet-begrijpend aan. Er klopte iets niet. Op haar borst droeg ze een blauw bordje. Daarop stond in het Duits ZUSTER MALGORZATA.
Hij schraapte zijn keel en probeerde het in het Duits: 'Hoe lang ben ik hier al?'
Ze lachte verontschuldigend. 'Weet ik niet. Ik ben hier deze week voor het eerst.'

'Welke dag is het vandaag?'
'Woensdag,' zei de slanke vrouw in het wit en verdween weer.
Hij keek rond, op zoek naar aanknopingspunten. Het tweede bed in de kamer was leeg. Voor het raam bewoog een sprietige boom in de wind. De bladeren waren bruin verkleurd en enkele vielen naar beneden terwijl Markus toekeek. Hij begon het te begrijpen.
Herfst. Het was herfst. Niet alleen was hij terug in Duitsland, sinds het ongeluk moest er ook een lange periode verstreken zijn.

2

Verleden

De makelaar leek er alles aan gelegen dat ze geen moment met elkaar alleen waren tijdens de bezichtiging van het huis. Hij prees het aan alsof zijn leven ervan afhing, totdat zijn telefoon ging; het leek een belangrijk gesprek. Zo hadden ze toch nog een moment met zijn tweeën.

'Wat een te gek huis,' fluisterde Werner. 'En dat voor zo'n prijs! We zouden wel gek zijn als we het niet deden.'

Dorothea was duizelig. Kwam dat door het overweldigende panorama dat zich vanaf het terras ontvouwde? Of kwam het door het vooruitzicht dat haar dromen over een eigen huis nu zo plotseling op spectaculaire wijze vervuld werden?

'Waarom verkoopt iemand zo'n huis? Dat zou ik echt graag willen weten.'

'Dan vragen we het hem toch?' Werner grijnsde over zijn hele gezicht. 'Met zwembad... Tjonge, jonge! Ik zou niet eens op het idee gekomen zijn dat op mijn wensenlijstje te zetten. En nu wordt het ons zo'n beetje in de schoot geworpen! Moet je eens kijken; alleen de woonkamer al, met die open haard. De gang... De kamers boven, de begane grond, de kelder... En dan die enorme lap grond... Zelfs zonder zwembad zou de prijs niets te hoog zijn.'

'Heb jij niet het gevoel dat er een addertje onder het gras zit?' Dorothea moest uiting geven aan haar twijfels. Als iets er te mooi uitzag om waar te kunnen zijn, dan was het dat meestal ook niet. Althans in haar ervaring.

Werner glom van opwinding. 'Het enige addertje dat ik zie is dat we nooit meer zin zullen hebben op reis te gaan als we hier eenmaal wonen.' Hij wreef over zijn kin.

'Afgezien daarvan is het natuurlijk een hoop geld. Zonder jouw erfenis hoeven we niet eens aan een berekening te beginnen.'

Die erfenis, inderdaad. Dorothea voelde een steek. Misschien was dat het addertje, het kleine gebrek waarmee alle schoonheid gepaard ging, zoals een roos doornen heeft.

Maar het huis was werkelijk fantastisch. Het stond boven een steile rotswand langs de meest noordoostelijke bosrand van de Schwäbische Alb en vanaf het grote terras ontvouwde zich een uitzicht over een bijna ein-

deloze, glooiende laagvlakte, over bossen, boerderijen en dorpen, over kronkelende riviertjes, beken en visvijvers. Onder het terras lag het zwembad, dat precies hetzelfde uitzicht bood. Het huis was ruim, elegant en met veel vertoon van goede smaak gebouwd, bood plaats aan minstens vier kinderen, aan Werners hobbykamer... Het had gewoonweg alles wat hun hartje begeerde. Goed, het lag tamelijk eenzaam en afgelegen, maar dit was geen gebied waar criminaliteit een groot probleem was. Werner zou wat verder naar zijn werk moeten forenzen dan ze zich voorgesteld hadden, maar dat was het zeker waard.
'De vorige eigenaar,' legde de makelaar uit nadat hij zich weer bij hen gevoegd had en Werner hem daarnaar had gevraagd, 'heeft via onze makelaardij een mooi pand gevonden, een soort landgoed. Het is een historische herenboerderij, een zeer exclusief object.' Hij glimlachte, vervuld van professionele voldoening. 'Hij schijnt daarmee een soort jeugddroom te willen vervullen.'
Dorothea was opgelucht door dit antwoord. Ze zou er geen goed gevoel bij gehad hebben als een faillissement de reden voor de verkoop geweest was.
Werner zei: 'Dat is mooi voor hem.' Hij bedoelde natuurlijk 'mooi voor ons'; zijn gezicht sprak wat dat betreft boekdelen.
Dorothea had zich zelfs in haar stoutste dromen niet voorgesteld ooit nog eens zo te wonen. Zelfs filmsterren en miljonairs zouden groen van jaloezie zien als ze dit huis zagen. En dat werd hun zomaar aangeboden! Ze hoefden alleen maar ja te zeggen! En dat alleen maar omdat Werner lid van dezelfde terreinwagenclub was als de eigenaar van de makelaardij, de baas van deze makelaar hier, die net een vel papier met aantekeningen uit zijn overvolle map trok. 'De vorige eigenaar heeft enkele punten genoteerd waarop we geïnteresseerden moeten wijzen. Nadelen van het huis, in zekere zin,' voegde hij eraan toe op een toon alsof hij zich niets kon voorstellen bij het idee dat objecten die door zijn makelaardij werden aangeboden nadelen bezaten. 'Dat was heel belangrijk voor hem.'
Dorothea haalde diep adem. 'Dat is netjes van hem,' zei ze.
De makelaar glimlachte geforceerd. 'Ja. De vorige eigenaar is een bijzonder correcte man.' Hij keek op de lijst, die gelukkig niet lang leek te zijn. 'Goed, het belangrijkste is dat u zich moet realiseren dat dit huis hoge verwarmingskosten heeft. Het is in de jaren zestig gebouwd. De isolatie voldoet niet aan de huidige normen. Daar komt nog bij dat er veel grote kamers, hoge plafonds enzovoort zijn... Houdt u er rekening mee dat u

tweemaal zoveel stookolie nodig hebt als in een normaal huis van deze grootte.'

Werner knikte begrijpend. 'Vanwege het zwembad.'

'Ja, en vanwege de onbeschutte ligging. In de winter waaien hier koude noordenwinden, die een aanloop van tweehonderd kilometer kunnen nemen voordat ze op het huis stuiten. En dat kost geld.'

Werner en Dorothea wisselden een blik uit. Deze luxe, stond in die blik te lezen, konden ze zich wel permitteren. Werner had een goede, vaste betrekking en had kort geleden nog promotie gemaakt.

'Goed, en verder?' wilde Werner weten.

'U dient er rekening mee te houden dat u twee auto's nodig hebt als u hier woont. De dichtstbijzijnde supermarkt is in Duffendorf, bijna twintig kilometer verderop.' Hij zwaaide met het vel papier. 'Dat klopt overigens niet helemaal; in het dorp beneden is een bescheiden winkel. Niet heel groot en ook niet goedkoop, maar als de boter op is of als je snel drie eieren nodig hebt, dan kun je dat daar altijd kopen.'

'Geen probleem. We hebben twee auto's.' Een daarvan was Werners terreinwagen, in zekere zin zijn oogappel. En de andere was zijn leaseauto. Een van beide auto's zou hij aan Dorothea moeten overlaten en die zou eraan moeten wennen zelf weer te rijden.

Maar goed, zo nodig kon je aan alles wennen.

'De schoolbus rijdt eveneens alleen vanuit het dorp. De halte is voor het raadhuis.'

Dorothea knikte. Hun zoon zat in groep vier, dus dat was zeker belangrijk. En ze wilden het niet bij één kind laten, zeker niet met zo'n groot huis. 'Dat zullen we wel kunnen regelen.' Ze keek Werner aan. Opeens maakte ze zich zorgen dat hij er misschien anders over zou denken. 'Irene en Ruth moeten hun kinderen ook elke ochtend naar school of de bushalte brengen, en die wonen in Stuttgart.'

Werner knikte. 'En verder?'

'Dat was alles,' zei de makelaar opgelucht.

Paradise Valley zag er precies zo uit als de naam deed vermoeden. De plaats lag verspreid in de idyllische, dicht beboste dalen van de uitlopers van het Appalachengebergte, waar je zonder eigen auto volkomen verloren was. Het lokaliseringsteam werd in een hotel langs route 940 ingekwartierd. Voor wie niet in het hotel-restaurant wilde eten, was er als alternatief een weinig vertrouwenwekkende hamburgerkraam bij het tankstation aan de overkant van de weg. Verder bestond de omgeving

uit bos en gazons; elke kamer had kabel-tv met honderd kanalen en de bus zou hen 's ochtends ophalen en 's avonds weer thuisbrengen.
Dit bleek een rit van ettelijke mijlen te zijn, waarop je elke ochtend uitgebreid de gelegenheid had de enorme villa's en landhuizen van de plaatselijke bevolking te bewonderen die overal in het landschap verspreid lagen. Verder wierpen kinderen die op de schoolbus stonden te wachten hen woeste grimassen toe als ze langsreden of gooiden ze steentjes naar de bus.
'Dat doen ze omdat we een New Yorks nummerbord hebben,' zei de chauffeur, alsof dat een afdoende verklaring was.
Het ontwikkelingscentrum lag in een modern gebouw van twee verdiepingen in de bedrijfskleuren, dat grotendeels in gebruik was bij de technische dienst, de afdeling die de software bij de cliënten installeerde, updates uitvoerde en die bij problemen hulp moest bieden. De heuvel waarop het gebouw stond, bood een uitzicht waarvoor zelfs een exclusief kuurcentrum zich niet had hoeven schamen en alleen al de grond van het omringende parkeerterrein had in New York meer gekost dan heel Paradise Valley.
De indruk van ruimte en luxe vervloog zodra je het gebouw binnenging. De gangen waren nauw en donker en het rook er muf. Het kantoor op de eerste verdieping, waar ze werden ondergebracht, zag er exact zo uit als in Amerikaanse films: voor iedereen was er een hok van scheidingswanden met daarin een bureau, een stoel, een dossierkast en een computer. Het was zo krap bemeten dat je met uitgestrekte armen elk punt erin kon aanraken. Behalve de computer was alles scheef en wiebelig, en dat terwijl het gebouw nog geen twee jaar oud was. Het leek verdomme wel alsof de medewerkers hier in kooien werden vastgehouden.
Dat gold althans voor het laagste niveau. Al op de volgende trede in de bedrijfshiërarchie zagen de kantoren er een stuk beter uit. De chef van het lokaliseringsproject heette John Murray, een zwarte man met smalle, lange handen die nooit glimlachte. Zijn kantoor was voorzien van een deur die hij achter zich kon sluiten – wat hij ook deed –, een groot raam vanwaar je over de indrukwekkende bossen uitkeek en solide meubilair. Zo'n kantoor, besloot Markus, was het volgende etappedoel.

De volgende dag begon het werk. Markus begon met de invulformulieren. Diezelfde ochtend had hij de termen voor alle maskers al gevonden en het was een makkie de bijbehorende Duitse termen te vinden. Op enkele plekken zou er misschien wat weinig ruimte op het beeldscherm zijn, maar dat was een probleem voor de ontwikkelaars, niet voor hem. Aan het begin van de middag had Markus alle maskers en de helft van alle rapporten gereed en begon hij zich af te vragen wat hij hier zes maanden lang eigenlijk moest uitvoeren.

Het antwoord kreeg hij toen hij de volgende ochtend voor het eerst met Europa belde en wel met een Weens belastingkantoor waarmee het bedrijf een samenwerkingsverband had. Als het in Paradise Valley acht uur 's ochtends was, was het in Wenen twee uur 's middags, en zijn gesprekspartner, een zekere dr. Beißwenger, liet hem direct bij het begin weten dat hij gewend was exact om vier uur te stoppen.

'Zo lang zullen we toch niet nodig hebben?' zei Markus verbouwereerd.

Dat ontlokte de man aan de andere kant van de lijn een geringschattend lachje. 'Jonge vriend, we zullen nog veel langer met elkaar te maken krijgen dan je je in je grootste nachtmerrie kunt voorstellen, neem dat van mij aan.'

'Hoe dat zo?' vroeg Markus argeloos.

Een halfuur later begon het tot hem door te dringen dat hij dat beter niet had kunnen vragen. Een van de nieuwe softwaremodules die Lakeside and Rowe tegelijk met de firma die het ontwikkeld had opgekocht had, diende om de mutaties van bankcliënten te analyseren en op basis daarvan profielen op te stellen die inzicht konden bieden in de toekomstige liquiditeit, het bestedingspatroon en het investeringsgedrag van een cliënt. Deze analyses dienden om financiële producten gerichter aan te kunnen bieden aan mogelijk geïnteresseerden. Het gehele stelsel was gebaseerd op een gepatenteerd nieuw analysesysteem dat iets met neurale netwerken te maken had. Markus had daarover al diverse artikelen gelezen en had het op zeker moment opgegeven meer over de achtergronden te weten te komen.

In de Verenigde Staten, een land dat helemaal geen bankgeheim kende, was het gebruik van een dergelijke tool geen probleem. In Europa lag dat anders. Dr. Beißwenger hield een monoloog van bijna twee uur over de principes en de voor dit onderwerp belangrijke details van het Oostenrijkse bancaire recht, natuurlijk niet zonder eveneens naar de relevante richtlijnen van de Europese Commissie te verwijzen. Markus had intussen pijn in zijn arm gekregen van de vele aantekeningen die hij razendsnel had gemaakt; het was een compleet blocnote vol. En dat ging alleen nog maar over Oostenrijk. Aan Duitsland en Zwitserland moest hij nog beginnen.

‘Wie geeft er advies over het Duitse belastingrecht?’ wilde Beißwenger weten.
Markus masseerde zijn pols. ‘Ene professor Müller van de universiteit van Keulen. Maar die is pas begin juni van vakantie terug.’
‘Hij hoeft zich niet te haasten. Luister, jongeman, het beste is het om als volgt te werk te gaan: jij gaat met je teksten aan de slag, vertaalt een deel, stuurt dat per e-mail naar me toe en dan praten we erover. Wat dacht je daarvan? Het is gunstig dat je in Amerika zit, want dan kun je ’s middags werken en kan ik ’s ochtends naar je teksten kijken. Beter kan het niet.’
‘Goed,’ zei Markus op vlakke toon. ‘Zo doen we het.’
‘Tot morgen dan. *Grüß Gott.*’
Op deze wijze ontstond er een vast ritme. ’s Middags vertaalde Markus zoveel mogelijk teksten en stuurde die ’s avonds per e-mail naar Wenen. De volgende ochtend bespraken ze telefonisch wat er veranderd moest worden, wat erop neerkwam dat dr. Beißwenger hem een lange lijst met punten dicteerde die hij met het ontwikkelingsteam moest bespreken. Markus vroeg zich allang niet meer af wat hij de komende zes maanden moest doen. Hij vroeg zich nu af hoe hij ooit voldoende tijd zou hebben.
Anderen hadden het een stuk gemakkelijker. De Zweed in het team las bijvoorbeeld elke ochtend eerst uitgebreid de krant of zat een tijdlang in alle gemoedsrust met de Deen te kletsen. De Sloveen leek niet eens te begrijpen wat voor problemen er met bankvoorschriften en belastingwetten konden zijn.
Markus schoot de Fransman aan, ene Jean-Marc en-nog-wat, die elke paar uur in de keuken een uitstekende kop koffie bereidde, en stelde hem voor om bij Zwitserland met elkaar samen te werken.
‘Bien sûr,’ knikte de Fransman met een vermoeide oogopslag. ‘Maar voorlopig ben ik nog wel even met België bezig.’ Hij leek precies dezelfde strijd te voeren.

’s Avonds zaten ze in het hotel vast. De bus zette hen daar na het werk af, meestal rond halfzeven, en daarna kon je er niet meer weg. Bij het tankstation parkeerde op dit tijdstip al een hele reeks enorme trucks waarvan de chauffeurs, die jonge Europese ICT’ers slechts angst konden inboezemen, de hamburgerkraam belaagden. Er was geen busdienst, althans niet in deze straat, en er waren ook geen taxi’s. Het loonde trouwens toch niet, meende de hoteluitbaatster, die elke dag weer een stralende glimlach toonde, want er was in Paradise Valley niets dat de benaming stadscentrum verdiende. Een bioscoop? De laatste was twee jaar geleden dichtgegaan. Daar liepen nu de ratten over de stoelen. En wat moesten ze in de bioscoop? Op de kamers hadden ze immers goede tv's met extra grote beeldschermen en aansluiting op het pay-tv-systeem. Alles werd door het bedrijf betaald.

Daarom bleven ze gewoon in het hotel. Om acht uur werd het avondeten geserveerd: hamburger met salade, Mexicaans of Chinees. Daarna konden ze achter in de bar in Texasstijl aan vier tafels biljarten totdat ze geen kwartjes meer hadden of wat bij elkaar zitten om te drinken en te praten. Sommigen, zoals Jean-Marc, trokken zich al vroeg op hun kamer terug. Hij had verteld dat hij *La comédie humaine* van Balzac op zijn e-book had meegenomen en vast van plan was alle eenennegentig delen voor de terugvlucht helemaal uitgelezen te hebben.

Markus bleef bij degenen die alleen maar wat zaten te praten. Meestal ging het over het werk. Omdat ze bijna allemaal dezelfde achtergrond hadden, vonden ze gemakkelijk gemeenschappelijke onderwerpen, waarbij het verschil in mentaliteit tussen de nationaliteiten voor tal van anekdotes borgstond. Dat was allemaal heel interessant, maar het was Markus duidelijk dat het niet een halfjaar lang interessant zou blijven. Met andere woorden: hij moest hier weg.

Op een ochtend trof hij een formulier op zijn bureau aan waarop met grote letters URGENT stond. Het was afkomstig van de bedrijfsleiding en betrof een allesbehalve spectaculair onderwerp, namelijk het verschaffen van visitekaartjes aan alle medewerkers ter plaatse voor de duur van hun verblijf. In simpele zinnen, die op het begripsvermogen van zwaar gestoorden toegesneden leken, werd hem gevraagd zijn naam, zijn doorkiesnummer, e-mailadres en eventuele gsm-nummer in de daarvoor bedoelde vakjes in te vullen en het geheel – *urgent!* – om tien uur klaar te leggen. Een bedrijfskoerier zou alle formulieren komen ophalen.

Markus pakte een balpen uit zijn bureaulade. Op het moment dat hij begon te schrijven, schoot het idee hem te binnen. Dwaas en kinderachtig, maar toch onweerstaanbaar.

In het vakje FIRST NAME schreef hij: MARK.

In het vakje LAST NAME schreef hij: WESTMAN.

In het vakje MIDDLE INITIAL schreef hij: S.

Hij sprak de naam zachtjes voor zich uit. 'Mark S. Westman.' Klonk dat niet al behoorlijk, nee zelfs enorm Amerikaans? Begon je niet vanzelf Engels te knauwen, alleen al bij het lezen van de naam?

Wat onnozel. Waarschijnlijk kreeg hij het formulier morgenochtend weer op zijn bureau met het verzoek het te verbeteren. Prima toch? Hij vulde ook de rest nog in – maar niet al te netjes, zodat hij zich in geval van nood op een vergissing kon beroepen – legde het vel papier in het postvakje en begon met zijn werk.
De bedrijfskoerier, een pukkelige, ongewassen ruikende jongen, kwam pas om elf uur. En pas toen hij weer weg was, kon Markus zich weer op de details van de jaarafsluitingen voor kapitaalmarktrekeningen concentreren.
De volgende dag lag er geen formulier op zijn bureau, maar een stapel van honderd visitekaartjes voor Mark S. Westman, medewerker van Lakeside and Rowe, Inc., New York, NY, USA, evenals een clip waarmee je een kaartje op je borst kon vastmaken.
Het mocht dan wel onnozel zijn, toch leek dit hem een gunstig voorteken. Ja, leken de witte kaartjes hem te vertellen, nu ben je aangekomen in het land van de onbegrensde mogelijkheden.
Vrijwel niemand merkte de fout op. Jean-Marc sprak hem erop aan en zei dat hij moest reclameren. 'Van ons accepteren ze ook geen fouten.'
Markus maakte een wegwerpgebaar. 'Ach, wat zegt een naam nou? Helemaal niets toch?' Geen drukte maken, zei hij tegen zichzelf. Natuurlijk geloofde hij niet dat namen niets voorstelden. Namen waren juist magische woorden. Iedereen die met klanten te maken had, wist dat.
Toen ze aan het eind van de week voor het eerst een vergadering met de ontwikkelaars hadden, stelde hij zich direct al met Mark voor, wat iedereen aan tafel zonder met de ogen te knipperen accepteerde. Daarna discussieerden ze tot het aanbreken van de schemering over de noodzakelijke veranderingen. Het overleg verliep in een nuchtere, doelgerichte sfeer en de oplossingen waren verrassend pragmatisch. 's Avonds was Markus ronduit *high.* Zo werd er dus gewerkt in dit land, dat mensen naar de maan gestuurd had!
Maar de eigenlijke overwinning was dat ook de anderen uit het lokaliseringsteam hem Mark begonnen te noemen. De magie werkte blijkbaar. En daaruit zouden wonderen ontstaan, daarvan was hij overtuigd.